Knaur.

W9-ACS-547

Knaur.

*Im Knaur Taschenbuch Verlag sind bereits
folgende Bücher der Autorin erschienen:*
Das Geheimnis der Hebamme
Die Spur der Hebamme

Über die Autorin:
Sabine Ebert wurde in Aschersleben geboren. Sie hat in Rostock studiert und arbeitet als freie Journalistin in Freiberg – dort, wo auch ihre Romane spielen, die alle Bestseller wurden. Besuchen Sie die Autorin auch auf ihrer Homepage: www.sabine-ebert.de

Sabine Ebert

Die Entscheidung der Hebamme

Roman

Knaur Taschenbuch Verlag

Besuchen Sie uns im Internet:
www.knaur.de

Originalausgabe Oktober 2008
Copyright © 2008 by Knaur Taschenbuch.
Ein Unternehmen der Droemerschen Verlagsanstalt
Th. Knaur Nachf. GmbH & Co. KG, München
Alle Rechte vorbehalten. Das Werk darf – auch teilweise –
nur mit Genehmigung des Verlags wiedergegeben werden.
Redaktion: Ilse Wagner
Umschlaggestaltung: ZERO Werbeagentur, München
Umschlagabbildung: Bridgeman Art Library/
Duparc, Françoise (1705–78); AKG images
Satz: Adobe InDesign im Verlag
Druck und Bindung: CPI – Clausen & Bosse, Leck
Printed in Germany
ISBN 978-3-426-63835-4

Dramatis Personae

Aufstellung der wichtigsten handelnden Personen. Historische Persönlichkeiten sind mit einem * gekennzeichnet.

Bewohner von Christiansdorf

Christian*, Ritter im Dienste des Meißner Markgrafen Otto von Wettin

Marthe, eine junge Hebamme und Kräuterkundige, Frau von Christian

Thomas, Clara und Daniel, ihre Kinder

Johanna und Marie, Stieftöchter von Marthe

Lukas, Ritter in Christians Diensten und sein bester Freund

Adela, Frau von Lukas

David und Georg, Knappen von Christian und Lukas

Jonas, ein Schmied, und seine Frau Emma

Johann und Guntram, die ältesten Söhne des Schmiedes

Karl, Schmied und Stiefsohn Marthes

Agnes, Frau von Karl

Mechthild, Köchin in Christians Haushalt

Hilbert, Kaplan in Christians Haushalt

Kuno und Bertram, Wachen in Christians
Diensten

Reinhard, Ritter Christians

Sebastian, der Dorfpfarrer

Griseldis, seine Haushälterin

Walther, Hauptmann der Wache

Hermann, Bergmeister

Wibald, Münzmeister

Josef, Tuchhändler und Dorfschulze

Anselm, Gewandschneider

Hans und Friedrich, ehemals Salzfuhrleute aus
Halle

Peter, Anführer einer Jungenbande

Anna, seine Schwester

Christian, Stallbursche, das erste in Christiansdorf geborene Kind

Bertha, seine Mutter

Tilda, eine Hurenwirtin

Lisbeth, eine Hure

Raina, eine Magd

Meißen

Otto von Wettin*, Markgraf von Meißen

Hedwig*, Gemahlin von Otto

Albrecht* und Dietrich*, Söhne von Otto und
Hedwig

Sophia* und Adela*, Töchter von Otto und
Hedwig

Martin*, Bischof von Meißen

Susanne, Magd im Dienste Hedwigs

Ekkehart, Kommandant von Ottos Leibwache

Cäcilia, seine Frau

Rutger, ein Knappe, Sohn von Christians besieg-
tem Erzfeind

Friedmar, ein angesehener älterer Ritter

Hochadel und Geistlichkeit

Kaiser Friedrich von Staufen*, genannt Barbarossa

Beatrix von Burgund*, Gemahlin von Friedrich

Heinrich der Löwe*, Herzog von Sachsen und
Bayern

Mathilde*, Gemahlin von Heinrich

Dietrich von Landsberg*, Markgraf der Ostmark, Bruder von Markgraf Otto

Dedo, Graf von Groitzsch*, weiterer Bruder
von Otto

Wichmann von Seeburg*, Erzbischof von
Magdeburg

Philipp von Heinsberg*, Erzbischof von Köln

Ludwig der Fromme*, Landgraf von Thüringen

Otto, Markgraf von Brandenburg*,
Siegfried, Bischof von Brandenburg*, und
Bernhard von Aschersleben*,
Söhne Albrechts des Bären* und Brüder
Hedwigs*

Bernhard von Lippe*, Gefolgsmann Heinrichs
des Löwen und Befehlshaber von Burg und
Stadt Haldensleben

Peter*, Abt des Klosters Marienzell

Sonstige handelnde Personen

Raimund, Ritter im Dienste Markgraf Ottos
und Freund Christians

Elisabeth, seine Frau

Giselbert und Elmar, Ritter im Dienste Markgraf Ottos und erklärte Feinde Christians

Hartmut, Anführer von Albrechts Wachen

Ludmillus, ein Spielmann

Jakob, Ritter, Bruder von Lukas

Gerolf, ein Magdeburger Ritter in Erzbischof
Wichmanns Streitmacht

Roland von Maienau, einer der Verteidiger Goslars

Hoyer von Falkenstein, Ritter im Gefolge des
   Kölner Erzbischofs

Waltrud, Bergmannswitwe aus Goslar

Grete, eine Marketenderin

Prolog

Mit allem Mut, den sie aufbringen konnten, und unter unsäglichen Mühen waren sie einst aufgebrochen, um in der Fremde ein neues, ein besseres Leben zu beginnen.

So wurden aus Knechten freie Bauern.

Doch vieles – Gutes und Schreckliches – musste erst geschehen, damit aus Bauern Bürger wurden.

ERSTER TEIL

ERSTER TEIL

Kriegsvorbereitungen

Juni 1179, Hoftag in Magdeburg

»Mein Kaiser.«

Ehrerbietig sank Dietrich von Landsberg, Markgraf der Ostmark, vor dem mächtigsten weltlichen Herrscher der Christenheit auf ein Knie.

»Erhebt Euch, mein treuer Fürst und Freund.«

Unzählige Kerzen tauchten das Privatgemach des Kaiserpaares in warmes Licht und ließen golddurchwirkte Stickereien funkeln. Im Raum hing der schwere Duft von kostbaren Essenzen aus dem Orient.

Ein Page brachte Wein, dann befahl Kaiser Friedrich von Staufen allen anderen mit einem Wink, sie allein zu lassen. Nur Beatrix, die Kaiserin, blieb. In eines ihrer mit Perlen und Edelsteinen geschmückten, purpurfarbenen Kleider gehüllt, saß sie an der Seite ihres Mannes und blickte versonnen auf den schlanken, dunkelhaarigen Markgrafen, der nicht zum allerengsten Kreis der Vertrauten des Kaisers gehörte, aber oft an seinem Hof war, ihn auf mehreren Italienfeldzügen begleitet und in seinem Auftrag diplomatische Missionen übernommen hatte.

Wahrscheinlich rechnete Dietrich gerade wieder mit einer solchen Aufgabe. Doch diesmal brauchten sie ihn als Kämpfer, als Mann von furchteinflößendem Ruf im Umgang mit dem Schwert.

»Ich habe eine Bitte an Euch«, sagte der Kaiser nach einigem Schweigen, wobei er bewusst auf den Pluralis Majestatis verzichtete.

Verwundert sah Dietrich auf.

»Ihr müsst mich nicht bitten, Majestät«, sagte er und breitete die Arme aus. »Sagt, was Ihr wünscht, und ich werde tun, was in meiner Macht steht.«

Aus dieser Nähe war nicht zu übersehen, dass Friedrichs rotblondes Haar, das die Lombarden zu dem Spottnamen »Barbarossa« veranlasst hatte, längst von weißen Strähnen durchzogen war. Der Kaiser musste inzwischen siebenundfünfzig Jahre alt sein, rechnete Dietrich in Gedanken nach. Und die letzten zweieinhalb Jahre waren bitter genug für ihn gewesen, um graue Haare zu bekommen: erst der Bruch mit seinem vermeintlich treuesten Freund und Gefolgsmann, Heinrich dem Löwen, dann die schmähliche Niederlage vor Mailand und als deren Folge der nun unausweichlich gewordene Fußfall vor Papst Alexander nach fast zwanzigjähriger Feindschaft. Der Papst hatte die Niederlage des Staufers weidlich genossen. Vor dem Dom San Marco in Venedig zögerte Alexander den Moment so lange hinaus, den reumütigen Kaiser zu seinen Füßen aufzuheben, dass er, Dietrich von Landsberg, tadelnd vor der versammelten Menschenmenge gerufen hatte, wieso der Papst das Ansehen des Kaisers dermaßen herabsetze.

Was mochte Friedrich am meisten getroffen haben?, überlegte Dietrich. Und was würde er diesmal von ihm wollen? Etwas lag in der Luft … Verrat oder Krieg. Jedermann am Hof wartete, dass etwas Besonderes geschehen würde, etwas Unerhörtes.

»Ich weiß, dass ich auf Eure Lehnstreue zählen kann«, antwortete der Rotbart. »Doch mir ist daran gelegen, dass Ihr diese Aufgabe aus freien Stücken übernehmt.«

Wieder ließ der Kaiser Zeit verstreichen und überbrückte den Moment mit mehreren kräftigen Zügen aus dem goldenen Pokal.

Dietrich wartete. Es ziemte sich nicht, einem Kaiser gegenüber Ungeduld an den Tag zu legen. Er ließ verstohlen einen Blick zur Kaiserin wandern, die ihn mit hoheitsvollem Lächeln ansah, während er eine schwache Spur ihres blumigen Duftes wahrzunehmen glaubte.

Sie ist immer noch schön, dachte Dietrich. Es ist mehr als zwanzig Jahre her, dass Beatrix von Burgund – damals blutjung – den Stauferkaiser Friedrich geheiratet hatte. Wie schafft sie es, ihn immer noch an sich zu fesseln? Einen winzigen Moment lang stellte sich Dietrich das Kaiserpaar im Bett vor, doch schnell verbot er sich den respektlosen Gedanken.

Beatrix war nicht nur schön, sondern auch klug. Sie hatte stets zu ihrem Gemahl gehalten, angesichts einer seiner drängendsten Sorgen sogar besondere Weitsicht bewiesen und sich dafür auch den Markgrafen der Ostmark zum heimlichen Verbündeten gemacht. Das war vor zweieinhalb Jahren gewesen, als sie mit Hilfe Dietrichs und weiterer Getreuer das Gerücht verbreiten ließ, der Kaiser sei vor Heinrich dem Löwen, seinem mächtigsten Vasallen und Herzog von Sachsen und Bayern, auf die Knie gefallen, um ihn um Unterstützung für den bevorstehenden Italienfeldzug zu bitten.

In Wahrheit war nichts dergleichen geschehen – abgesehen davon, dass der Löwe dem Kaiser tatsächlich seine Hilfe versagt hatte. Als er sogar wagte, die reiche Silberstadt Goslar als Gegenleistung zu fordern, sah der Kaiser jedes Maß überschritten. Er ließ den machthungrigen Herzog fallen, den er bislang immer wieder gegen alle Widersacher verteidigt hatte. Vor Mailand, bei der Schlacht von Legnano, in der Dietrich mitgekämpft hatte, erlitt der Staufer ohne Heinrichs Truppen eine schmähliche Niederlage. Währenddessen nahmen die Feinde des Löwen den Kampf gegen den Herzog wieder auf, der nun kein Gehör mehr beim Kaiser fand. Beatrix' klug ersonnene Intrige verhinderte eine Aussöhnung zwischen ihrem Gemahl und dem Welfenherzog.

Der Kaiser hatte das Gerücht vom Kniefall zwar nie offiziell bestätigt, ihm aber auch nicht widersprochen. Mit feinen Fäden hatte Beatrix dafür gesorgt, dass es in seinem Beisein nie erwähnt wurde und er sich deshalb auch nicht dazu äußern musste.

Der Kaiserin schienen ähnliche Gedanken durch den Kopf zu gehen, denn ein Lächeln spielte um ihren Mund, während sie mit leicht geneigtem Kopf Dietrich ansah. Sofort zwang sich ihm erneut das verbotene Bild zweier nackter, verschlungener Leiber auf.

Es musste die Nähe seiner Geliebten sein, die seine Gedanken auf solche Abwege leitete. Die Vorstellung, dass er sie endlich bald wieder in seine Arme schließen würde, beschäftigte seine Gedanken mehr, als gut sein konnte. Nur in der Turbulenz der Hoftage durfte er die sonst Unerreichbare heimlich treffen. Denn sie war verheiratet – noch dazu ausgerechnet mit seinem ältesten Bruder.

Die Stimme des Kaisers riss ihn zurück in die Gegenwart.

»Ihr wisst, zweimal ist Herzog Heinrich nicht zum Hoftag erschienen, weil er der Meinung ist, ein Fürstengericht habe nicht über ihn zu befinden.«

Verwundert über diesen Hinweis, nickte Dietrich. Es gab kein anderes so ausgiebig diskutiertes Gesprächsthema bei diesem Hoftag, und nicht erst seit diesem.

Jahrelang hatten die sächsischen Fürsten, darunter auch Dietrich und seine Brüder, der Meißner Markgraf Otto von Wettin, Dedo von Groitzsch und Friedrich von Brehna, gegen den

Herzog von Sachsen und Bayern gekämpft, der sich aufführte wie ein König und rücksichtslos nahm, was er wollte. Immer wieder hatte der Kaiser seine schützende Hand über ihn gehalten – bis zu Heinrichs folgenschwerer Weigerung in Chiavenna. Seitdem bemühte sich der Kaiser, ihm den Prozess zu machen. Doch der Löwe schien sich eher in einen Aal verwandelt zu haben. Es war schwierig, ihn zu greifen. Es sei denn …

»Nach zuverlässigen Berichten hält sich Heinrich seit gestern ein paar Meilen entfernt von uns in seiner Burg Haldensleben auf und zaudert, ob er hierherkommen soll oder nicht. Ich will verhindern, dass er zu diesem und zum nächsten Hoftag erscheint«, sprach der Kaiser aus, was Dietrich gerade dachte. Wer dreimal der Aufforderung des Kaisers nicht folgte, fiel in Acht und Bann. Damit wäre der Löwe entmachtet. Allerdings wusste Heinrich das auch. Und bis drei zählen kann er wohl, gestand Dietrich dem Gegner mit leichtem Spott zu.

»Wie wollt Ihr das erreichen, Majestät?«, fragte der Landsberger mit einem kaum hörbaren Anflug von Beklommenheit. Es war undenkbar, einen Auftrag des Kaisers abzulehnen, selbst wenn er ihn als Wunsch formulierte. Aber sich als Meuchelmörder zu betätigen, das war nicht seine Sache. Außerdem konnte der Kaiser dafür geeignetere Männer dingen als ausgerechnet einen Markgrafen. Und er war sich nicht sicher, ob Friedrich überhaupt zu solch einem Mittel greifen würde. Außergewöhnlich wäre es zwar nicht, und dass der Kaiser gegen seine Feinde unerbittlich war, hatte er in Italien oft genug bewiesen. Aber gegen seinen Vetter und einstigen Freund?

»Ich brauche einen Fürsten, der angesehen genug ist, dass Heinrich seine Herausforderung nicht ablehnen kann, und der so gut mit dem Schwert umgeht, dass der Löwe lieber fernbleibt, als sich einem Kampf zu stellen«, erklärte der Kaiser bedächtig. »Ich dachte an Euch. Ich habe Euch bei Legnano kämpfen sehen. Fordert ihn zu einem Gottesurteil heraus. Hier und jetzt. Das wird ihn davon abhalten, doch verspätet noch aufzutauchen. So werde ich den Hoftag in Kayna als Ort des Zweikampfes festlegen.«

Markgraf Dietrichs Augen weiteten sich für einen winzigen Moment – nicht aus Angst, sondern vor Überraschung. Welch ein genialer Schachzug!

Wieder sank er nieder. »Ihr könnt auf mich zählen, mein Kaiser.«

Und wieder gebot ihm der Kaiser, aufzustehen. »Ich kenne keinen unter meinen angesehenen Fürsten, der so geschickt mit dem Schwert umzugehen weiß wie Ihr. Heinrich ist noch dazu einen Kopf kleiner, er hätte keine Chance gegen Euch. Außerdem steht Gott auf Eurer Seite. *Ich* stehe auf Eurer Seite. Der Herzog wird aus Furcht nicht kommen. Dann können wir ihn bannen.«

Würde der Löwe wirklich riskieren, dem Hoftag ein drittes Mal fernzubleiben?, überlegte Dietrich. Doch bei einem Gottesurteil konnte der Braunschweiger nicht hoffen, mit ein paar Wunden davonzukommen. Wer unterlag, galt als schuldig und wurde an Ort und Stelle hingerichtet.

»Klagt ihn des Hochverrats an«, schlug der Kaiser vor. »Nehmt zum Anlass, dass er immer wieder die Wenden zu Überfällen auf Eure Mark aufgewiegelt hat. Das macht die Herausforderung glaubwürdig und so schwerwiegend, dass er sie nicht zurückweisen kann.«

»Wie Ihr wünscht, mein Kaiser. Ich werde es morgen vor dem versammelten Hofstaat tun«, versicherte Dietrich.

»Ich wusste, dass ich auf Euch zählen kann.«

Zufrieden lehnte sich der Kaiser zurück. »Und ich werde es Euch lohnen. Ich weiß, welchen tragischen Verlust Ihr vor einigen Jahren erlitten habt«, sagte er, während er beobachtete, wie Düsternis über Dietrichs Gesicht zog. Der einzige eheliche Sohn des Markgrafen war, kaum zum Ritter ernannt, bei einem Turnier zu Tode gekommen. Wenn der Landsberger starb, würde seine Linie erlöschen.

Der Markgraf der Ostmark bemühte sich, die jäh auftauchenden Bilder niederzuringen. Doch vergeblich. Wieder sah er seinen tödlich von einem Lanzenstich getroffenen Sohn in seinem Blut auf der Erde liegen. Er räusperte sich, weil er fürchtete, seine Stimme könnte brechen, sollte der Kaiser jetzt von ihm eine Antwort erwarten.

Aber Friedrich sprach selbst weiter. »Ihr habt mein Wort, dass die Ostmark nach Eurem Tod dem Hause Wettin erhalten bleibt.«

Dietrich verneigte sich tief.

Nach einem Moment des Schweigens sagte er gedankenversunken: »Eine hellsichtige junge Frau hat mir einmal vorhergesagt, dass ich dies tun würde.«

Interessiert sah ihm der Kaiser ins Gesicht und beugte sich sogar leicht vor, während Beatrix in kaum verhohlener Aufregung nach dem Arm ihres Mannes griff. »Hat sie auch geweissagt, wie der Kampf ausgeht?«

»Nein.« Noch einmal rief sich Dietrich Wort für Wort die Unterredung mit jener Marthe in Erinnerung. »Vielleicht, weil der Zweikampf nicht stattfindet ...«

Doch darauf werde ich mich nicht verlassen, dachte er. Und auch nicht auf mein Glück. Ich brauche Christian von Christiansdorf. Einen besseren Gegner für Übungskämpfe werde ich nicht finden.

Als hätte der Kaiser seine Gedanken erraten, erteilte er Dietrich einen weiteren Auftrag, bevor er ihn fortschickte. »Stellt noch heute in einem Schaukampf öffentlich Euer Können mit dem Schwert unter Beweis. Einen geschickten Kämpfer findet Ihr sicher mühelos, ebenso einen Vorwand. Dass ausreichend Zuschauer dort sein werden und der Herzog von Sachsen und Bayern davon erfährt, dafür ist gesorgt.«

Dietrich war wenig überrascht angesichts dieser Worte. Er hatte genügend Zeit bei Hofe verbracht, um zu wissen, dass hier nichts dem Zufall überlassen wurde. Stumm verneigte er sich und verließ mit Erlaubnis des Kaiserpaares den Raum.

Auf dem Weg hinaus aus der prachtvollen Residenz des Magdeburger Erzbischofs Wichmann, der Gastgeber für diesen Hoftag und damit auch für das Kaiserpaar war, fühlte sich Dietrich von neugierigen Blicken verfolgt. Vertrauliche Unterredungen des Kaisers waren beileibe nichts Besonderes, doch diesmal schienen nicht nur die Höflinge, sondern auch die Dienerschaft darauf zu warten, dass etwas Außergewöhnliches geschah. So manchen, der sich ehrerbietig verneigte, wenn ihm der Markgraf der Ostmark entgegenkam, hörte er wispern, kaum dass er an ihm vorbeigegangen war.

Mit langen Schritten überquerte Dietrich den Hof vor dem Palas und hielt Ausschau nach dem Ritter, der ihm als die beste Wahl für einen respekteinflößenden Schwertkampf erschien.

Er fand den Gesuchten erwartungsgemäß bei den Knappen, die am Hof seines ältesten Bruders auf dem Meißner Burgberg ausgebildet wurden und nun mit Ottos Rittern nach Magdeburg zum Hoftag gereist waren.

Wie gebannt starrten die Burschen zwischen vierzehn und zwanzig Jahren auf Christian von Christiansdorf, der ihnen gerade mit einem jüngeren, blonden Ritter vorführte, wie man blitzschnell unter dem Schwert des Gegners durchwechselte, wenn sich die Klingen berührten, um dann die Blöße des anderen auszunutzen und einen tödlichen Hieb am Übergang von Hals und Schulter zu plazieren.

Erneut stiegen düstere Erinnerungen in dem Landsberger auf. Mit einem ähnlichen Manöver hatte Christian vor fünf Jahren bei einem Gottesurteil einen an Größe und Körperkraft überlegenen Gegner besiegt, seinen Todfeind Randolf. Dieser war es gewesen, der Dietrichs Sohn aufgestachelt hatte, nach dem erfolgreich bestandenen Buhurt auch noch zum Tjosten gegen einen als unbezwingbar geltenden Gegner anzutreten. Erst das Wissen darum hatte den Meißner Markgrafen dazu gebracht, seinen vermeintlich getreuesten Gefolgsmann fallenzulassen und Christian zu erlauben, den Ritter zum Zweikampf herauszufordern, der sich ihm und seinem Dorf gegenüber unzählige Schandtaten hatte zuschulden kommen lassen. In einem auf dem Meißner Burgberg längst zur Legende gewordenen Kampf gelang es Christian, den Hünen mit nur zwei Hieben zu besiegen.

Als sich Dietrich der Gruppe in der hereinbrechenden Dämmerung näherte, sah er, dass sich die Knappen angesichts des gerade gesehenen beeindruckenden Schwertkampfmanövers gegenseitig in die Rippen stießen und sich begeistert Bemerkungen zuflüsterten.

»Jetzt ihr. Georg und Herwig zuerst!«, rief Christian.

Zwei der Jungen traten aus dem Kreis der Knappen hervor. Im gleichen Augenblick bemerkte Christian den Nahenden – fast zeitgleich mit Lukas, jenem blonden Ritter, mit dem er die Übung vorgeführt hatte.

»Begrüßt Markgraf Dietrich von Landsberg, den Bruder eures Herrn, Markgraf Otto«, wies Lukas die Knappen an, die sofort gehorchten.

Während Dietrich den Gruß erwiderte, ging ihm durch den Kopf, wie verschieden voneinander die beiden Ritter waren, dennoch und trotz der zehn Jahre Altersunterschied die besten Freunde.

Christian, ein Ritter Mitte dreißig mit scharf geschnittenen Gesichtszügen und einem kurzen, dunklen Bart, hatte etwas Düsteres an sich, was er durch die bevorzugt dunkle Kleidung und den Rappen, den er ritt, noch hervorhob und das ihm den heimlich geflüsterten Beinamen »Der schwarze Reiter« eingetragen hatte. Lukas hingegen, einst Christians Knappe und gelehriger Schüler, war im Umgang mit Schwert und Lanze kaum weniger respekteinflößend. Aber der Jüngere scherzte gern und zog mit seinen blauen Augen und den blonden Locken viele verstohlene und schmachtende Mädchenblicke auf sich.

Beide verneigten sich höflich vor dem Markgrafen der Ostmark.

»Ihr seid der einzige Burgvogt, den ich kenne, der seit seiner Ernennung kein Gran Fett angesetzt hat und sich nicht zu schade ist, den Knappen noch persönlich etwas beizubringen«, begrüßte der Markgraf den dunkelhaarigen Ritter mit freundlichem Spott. Sie kannten sich seit Jahren und hatten genug gemeinsam durchgestanden für solche Vertraulichkeiten; manches davon auch in einer heimlichen Verschwörung mit Hedwig, der Meißner Markgräfin, um ungerechte Entscheidungen ihres Mannes – seines Bruders Otto – abzumildern.

»Vielleicht hängt das eine mit dem anderen zusammen?«, gab Christian leichthin zurück, während ein selten zu sehendes Lächeln über sein Gesicht huschte. »Das zumindest würde meine Frau behaupten.«

»Ist sie in der Nähe? Ich würde sie gern begrüßen.«

Christian hielt Ausschau und entdeckte die Gesuchte zusammen mit einigen anderen Frauen und einem halben Dutzend Kinder. Gerade tröstete sie Hedwigs jüngste Tochter, die offenbar hingefallen war und nun herzzerreißend weinte. Marthe zog sich die kleine Adela auf den Schoß und legte ihr eine Hand auf das aufgeschlagene Knie, während sie beruhigend auf das schluchzende Mädchen einsprach.

Christian hoffte inständig, dass sich die Fünfjährige nichts dabei dachte, wenn der Schmerz durch die Berührung plötzlich nachließ. Normalerweise konnte er darauf vertrauen, dass Marthe wusste, wann sie ihre besonderen Fähigkeiten einsetzen durfte und wann nicht. Aber manchmal ließ sie sich aus Mitleid zu etwas Riskantem hinreißen. Deshalb war er doppelt froh, sie zu sich rufen zu können.

Hastig winkte er einen der Knappen heran. »Bitte die Dame Marthe hierher. Rasch!«

Nach einer knappen Verbeugung lief der sommersprossige Bursche los.

Währenddessen legte Dietrich dem Ritter seines Bruders einen Arm auf die Schultern. »Ich wurde gebeten, in einem Schaukampf mein Geschick mit dem Schwert zu beweisen. Da ich keinen besseren Gegner als Euch kenne, bitte ich Euch, erweist mir die Ehre.«

»Selbstverständlich. Die Ehre ist ganz auf meiner Seite.«

Dietrich lachte kurz auf. »Nun, ich hoffe, Ihr lasst mich nicht allzu behäbig aussehen.«

Eine junge Frau, schlank und zierlich, deren kastanienbraunes Haar von einem zarten Schleier bedeckt wurde, näherte sich ihnen und begrüßte den Markgrafen mit einem tiefen Knicks.

»Bitte, erhebt Euch, Dame Marthe«, forderte Dietrich sie auf. »Je länger ich Euch kenne, umso schöner werdet Ihr.«

»Womöglich liegt es daran, dass meine Kleider immer schöner werden«, erwiderte sie mit verhaltenem Lächeln. Sie fand sich nicht schön, und an die höfischen Schmeicheleien hatte sie sich auch in zehn Jahren noch nicht gewöhnen können. Es lag wohl an ihrer Herkunft. Den Hungernden machten Worte nicht satt, so verheißungsvoll sie auch klingen mochten.

Dietrich jedoch hatte den Schalk in ihren Augen aufblitzen sehen und musste lächeln. Nicht viele Frauen schätzte er so wie diese für ihren Mut und ihre Klugheit. Er gehörte zu den wenigen, die wussten, dass Christians Frau über die Gabe des zweiten Gesichts verfügte – eine Gabe, die man besser geheim hielt, sollte sie nicht noch einmal vor einem Kirchengericht landen und diesmal, als rückfällig gebrandmarkt, zum Tod auf dem Scheiterhaufen verurteilt werden.

Als der Markgraf der Ostmark Marthe vor zehn Jahren zum ersten Mal gesehen hatte, war sie eine mittellose Hebamme und Heilkundige gewesen, blutjung, frisch verwitwet nach einer erzwungenen, unglücklichen Ehe, geflohen aus ihrem Dorf, wo man sie als Hexe hatte töten wollen, und auf der Suche nach Rettung für Christian, der unter falscher Anklage von seinem Feind Randolf gefangen genommen und gnadenlos gefoltert worden war. Mit Dietrichs Hilfe konnten Christians Freunde den für tot Erklärten befreien und ein Komplott gegen den Meißner Markgrafen enthüllen. Als Dank ernannte Otto den Ministerialen Christian zum Edelfreien und auf dessen Bitte hin ebenso Marthe, die erst wenige Tage zuvor Christians Frau geworden und bereit war, mit ihm das Leben von Vogelfreien zu führen. So erhöht, kehrten sie zurück in ihr Dorf, das unter Christians Leitung entstanden und schon wenig später durch die ersten Silberfunde bedeutend geworden war: Durch den Bergbau wuchs es zu einem Ort mit Hunderten Menschen, drei Kirchen und einer entstehenden Burg. Doch bis Christian Vogt dieser Burg wurde, musste er erst seinen Todfeind Randolf entlarven und bezwingen, dem Otto so lange jede Missetat hatte durchgehen lassen wie der Kaiser dem Löwen.

Nun sollte Dietrich also mit Christians Hilfe dafür sorgen, dass auch dem Löwen die Krallen gestutzt wurden.

Der Markgraf ging mit dem jungen Paar zur Mitte des Platzes. Sofort näherten sich ihnen etliche Menschen, in der Erwartung, dass es gleich etwas Berichtenswertes zu sehen gäbe.

»Ich habe Euren Gemahl gebeten, gemeinsam mit mir eine Probe seines Könnens zu geben«, erklärte er der jungen Frau. Sie neigte den Kopf leicht zurück und sah ihn prüfend an. Wie jedes Mal bei solchen Gelegenheiten spürte er das uralte verborgene Wissen, das in ihren graugrünen Augen lag.

»Ihr wollt jemanden beeindrucken ... keine Frau ... einen Gegner vor dem Kampf«, sagte sie fragend. »Werdet Ihr morgen Herzog Heinrich herausfordern?«

Der Markgraf ließ ihre Frage unbeantwortet, aber sein anerkennender Blick und sein vages Lächeln waren Antwort genug.

Er verzichtete darauf, sie nach dem Ausgang des Kampfes zu fragen. Nicht aus Angst, sie könnte von seiner Niederlage sprechen, denn er war sich sicher, Heinrich auf dem Turnierplatz schlagen zu können, auch wenn dieser in jungen Jahren ein gefürchteter Kämpe gewesen war. Doch er argwöhnte, es könnte seine Entschlossenheit mindern, wenn er von einem Ausgang zu seinen Gunsten hörte. Natürlich wollte auch er den Löwen entmachtet sehen. Aber gleich tot? Er fand, irgendwie gehörte es sich nicht, einen Herzog zu töten.

Statt einer Antwort betrachtete er die junge Frau vor sich ausgiebiger. Die Zeit scheint ihr wirklich nichts anzuhaben, dachte er. Man sieht ihr die fünfundzwanzig Jahre nicht an, ebenso wenig, dass sie schon drei Kinder geboren hat.

Nur eines hatte sich unübersehbar seit ihrer ersten Begegnung geändert, abgesehen von ihren Kleidern, wie sie gespottet hatte: Sie hatte gelernt, in höfischer Gesellschaft jede leidenschaftliche Regung zu verbergen. Ihre nun beherrschten Gesichtszüge hatten fast etwas Entrücktes an sich. Er wusste, es war ihr Schutzschild ... und die Erinnerung an die Grausamkeiten, die sie hatte durchleiden müssen. Die kostbaren Kleider, die ihr Mann ihr schenkte, das vollendete höfische Benehmen, hinter dem sie all ihre Leidenschaft versteckte, stellten in dieser Welt einen unverzichtbaren Schutz dar.

Dietrich führte Marthe in den Kreis der Zuschauer, der sich mittlerweile gebildet hatte. Dann drehte er sich zu Christian um und zog sein Schwert. »Seid Ihr bereit?«

Auch Christian zückte seine Waffe. Auf ein Zeichen des Markgrafen rannten zwei Knappen herbei und brachten ihnen Schilde.

Den anderen jungen Burschen hatte Lukas bereits erlaubt, den Zweikampf mit anzuschauen, und sie aufgefordert, gut aufzupassen. »So etwas bekommt ihr nicht alle Tage zu sehen«, kündigte er ihnen mit fröhlichem Grinsen an, denn er hatte selbst als Knappe schon gegen Markgraf Dietrich antreten müssen – eine wahrhaft denkwürdige Bewährungsprobe.

Vor den Augen der in immer größerer Zahl herbeieilenden Zuschauer stellten sich die Männer einander gegenüber auf.

Christian überließ dem Markgrafen aus Höflichkeit den ersten Hieb. Was dann folgte, war ein so atemberaubend schneller Kampf, wie ihn auch die Gestandenen unter den Rittern nur selten zu sehen bekamen, voller Wendungen, Drehungen und raffinierter Manöver. Immer wieder schrien ein paar Frauen auf, weil sie glaubten, gleich würde einer der Kämpfer einen tödlichen Hieb abbekommen, während die Männer anerkennende Bemerkungen austauschten und die beiden anfeuerten.

In rasantem Tempo folgten die wuchtigen Hiebe und wurden mit den Schilden abgefangen, glitten Klingen bis an die Parierstangen hinab, bis die Kämpfer sie durch blitzschnelle Manöver voneinander lösten. Alle paar Augenblicke brachte einer der beiden Männer den Kontrahenten durch eine einzige Bewegung in eine Lage, die ihn bei einem ernsthaften Kampf das Leben gekostet hätte, und ebenso schnell löste sich der andere durch eine gekonnte Reaktion aus der Falle und brachte den Gegner in Bedrängnis.

Endlich traten die einander ebenbürtigen Kämpfer auseinander, verneigten sich und steckten die Schwerter in die Scheiden. Sofort brandete Beifall unter den Zuschauern auf. Nach den vielen Jahren am Hofe war Markgraf Dietrich zynisch genug, zu überlegen, ob nicht auch der Applaus bestellt war.

»Ich danke Euch«, sagte er, begleitete Christian wieder zu seiner Frau und küsste Marthe die Hand. »Hier bringe ich Euch Euern Gemahl zurück – unversehrt«, sagte er. »Wobei ich viel glücklicher bin, selbst unversehrt zu sein.«

»Auf jeden Fall dürfte der Zweck erfüllt sein«, meinte Marthe und wies mit einer kaum sichtbaren Kopfbewegung auf die lebhaft diskutierende Menschenmenge, die den Kampf mitverfolgt hatte.

Dietrich tat, als ob er dem keinerlei Beachtung beimaß, kehrte den Zuschauern den Rücken zu und ging gemeinsam mit Christian und Marthe in die Residenz des Magdeburger Erzbischofs Wichmann.

Nachdem Dietrich sich verabschiedet hatte, um seine Brüder zu suchen, zog Marthe ihren Mann am Arm zurück.

»Können wir nicht beim Mahl fernbleiben?«, bat sie.

Christian ahnte, was in ihr vorging.

»Für heute habe ich genug Aufsehen erregt«, stimmte er deshalb zu. »Wir versäumen das Essen und lassen uns später etwas bringen.«

Ohne ein weiteres Wort führte er sie in den kleinen Kräutergarten hinter der Küche, zu einer Bank aus Weidengeflecht.

Sie setzten sich, und Christian zog sie an sich. An ihren Mann gelehnt, schloss Marthe für einen Moment die Augen und gab sich ganz der Berührung und der Erinnerung an die vergangene Nacht hin.

Dann sah sie ihn mit schwerem Blick an. »Selbst wenn der Kaiser den Prozess gegen den Löwen eröffnet – wir können immer noch nicht auf Frieden hoffen, oder?«

Wie viele Tote hatten die Kämpfe zwischen Heinrich und seinen Gegnern in den zurückliegenden Jahren gekostet! Unzählige Dörfer waren niedergebrannt, Felder verwüstet, Klöster geplündert, Kirchen zerstört, ja, ganze Landstriche verwüstet worden. Die Menschen sehnten sich nach Frieden … und zitterten vor dem nächsten Angriff entfesselter Horden.

Christian küsste sie sanft auf die Schläfe. Solche Zärtlichkeit hätte niemand von ihm vermutet, der ihn nicht näher kannte.

Nur Marthe und seine besten Freunde wussten, dass er sich den heimlichen Ruf als »schwarzer Reiter« bewusst zugelegt hatte, um seine Frau zu schützen.

Doch in dieser Sache wollte und konnte er sie nicht belügen. Zumal sie die Antwort kannte und jetzt nur in der widersinnigen Hoffnung, der Krieg bliebe ihnen erspart, gefragt hatte.

»Bis der Kaiser ein Urteil sprechen kann, vergehen noch Monate. Selbst wenn er die Acht verhängt, tritt sie erst nach Jahr und Tag in Kraft. Und dann muss er den Urteilsspruch auch durchsetzen. Glaubst du, der Löwe gibt seine Burgen und Ländereien freiwillig her?«

Während Marthe nach seinen Händen griff, wie um Halt zu suchen, fuhr er mit bitterer Stimme fort: »Dann fängt der Krieg erst richtig an. Sie warten doch schon alle begierig darauf und haben längst ihre Vorbereitungen getroffen. Diesmal wird auch Otto Truppen aufbieten. Wir müssen uns Gedanken machen, wen von unseren Leuten ich mitnehme, wenn zur Heerfahrt gerufen wird.«

Markgraf Dietrich fand seine Brüder erwartungsgemäß in einem der prunkvollen Säle in der Residenz des Erzbischofs. Zusammen mit anderen Gästen von Rang lauschten sie einem Spielmann, der mit samtweicher und trotzdem voller Stimme zur Laute eine Liebesballade vortrug. Wichmann von Seeburg war vielen weltlichen Freuden zugetan und galt auch als ein Förderer der Spielleute.

Dietrich kannte den Sänger, er war oft auf der Burg seines ältesten Bruders in Meißen zu Gast. Ludmillus war sein Name, und er stand ganz zu Recht in dem Ruf, einer der besten Spielleute weit und breit zu sein. Kein Wunder, dass er hier beim Hoftag auftrat. Nicht ein Laut kam von den Zuschauern, die er vollkommen in seinen Bann gezogen hatte.

Unwillkürlich richtete Dietrich seinen Blick auf Hedwig, seine heimliche Geliebte. Sie trug ein rotes Kleid mit blauem Besatz, das er besonders an ihr mochte und das so gut zu ihrem blonden Haar passte. Stumm und starr saß sie an der Seite ihres Gemahls, des Meißner Markgrafen Otto von Wettin. Dietrich, der die geheimsten Regungen in ihren Gesichtszügen zu lesen verstand, erkannte, dass sie kurz davor war, die Fassung zu verlieren.

Man sagte, Ludmillus sei der Spielmann, der die Weinenden zum Lachen und die Lachenden zum Weinen brachte. Doch Dietrich bezweifelte, dass seine Liebste gelacht hatte, bevor der Kummer sie nun überwältigte.

Hedwig war kurz davor, aufzuspringen und aus dem Saal zu laufen, damit niemand ihre Verzweiflung bemerkte. Doch solch ein Verhalten wäre unverzeihlich gewesen und hätte bloß Anlass zu Gerede und Gerüchten gegeben. Was sollte sie nur tun? Wie konnte sie es schaffen, Haltung zu bewahren?

Als Tochter eines mächtigen Herrscherhauses – ihr Vater war Albrecht der Bär, der Markgraf von Brandenburg, gewesen – hatte sie von klein auf gelernt, stets höflich und beherrscht aufzutreten. Selbst als sie erfuhr, dass sie mit dem mürrischen, oft aufbrausenden und zwanzig Jahre älteren Otto von Wettin verheiratet werden sollte, hatte sie ihre Tränen tapfer verborgen und mit Hilfe einiger unverblümter Ratschläge ihrer Großmutter dafür gesorgt, dass ihr Gemahl schon bald nach der Hochzeit Wachs in ihren Händen war. Sie gebar ihm zwei Söhne und zwei Töchter und fand sich, so gut es ging, mit ihrem Leben an der Seite eines unbeherrschten, im Vergleich zu ihrer Herkunft unbedeutenden Fürsten ab. Erfüllung suchte sie darin, an seiner Seite mitzuregieren und Unheil zu vermeiden oder wenigstens abzumildern, das aus Ottos launenhaften Entschlüssen entstehen konnte.

Doch dann waren zwei Dinge geschehen, die alles von Grund auf veränderten. In Christiansdorf war Silber gefunden worden, unglaublich viel Silber, und Otto reagierte schnell und vorausschauend, um die Förderung rasch in Gang zu bringen. Die Ausbeute der letzten zehn Jahre hatte ihn so reich gemacht, dass er inzwischen sogar von Fürsten beneidet wurde, die über weit mehr Land herrschten. Mit unglaublichem Prunk reiste er nun zu den Hoftagen und überhäufte seine Frau mit kostbaren Kleidern und Schmuck. Denn wie sonst zeigte man seinen Reichtum besser?

Aber sie vermochte keine Freude mehr daran zu finden. Eine zweite, einschneidende Veränderung ließ ihr Leben aus den Fugen geraten. Nach fünfzehn Jahren Ehe mit dem wegen seiner Gicht zunehmend schlecht gelaunten Meißner Markgrafen lernte sie zum ersten Mal die Liebe kennen. Und das ausgerechnet mit dem Bruder ihres Gemahls! Sie hatte nie damit gerechnet, dass solche Gefühle sie wie ein Blitzstrahl treffen und übermannen könnten, und dennoch war es geschehen. Sie durften sich nur heimlich und unter großer Gefahr alle paar Monate bei Gelegenheiten wie den Hoftagen treffen. Einmal wären sie fast entdeckt worden. Jetzt von dem begnadeten Spielmann eine so anrührende Ballade zu hören, die von unsterblicher Liebe und alles verzehrender Sehnsucht berichtete, wühlte ihr Innerstes auf, bis sie glaubte, an ihrem Kummer zu ersticken.

Hedwig zog den kostbaren pelzverbrämten Umhang enger um sich. Sie fror. Krampfhaft suchte sie nach einem Vorwand, nach Ende des Liedes die Halle verlassen zu können, ohne Verdacht zu wecken, und richtete den Blick schon zur Tür.

Mitten in der Bewegung erstarrte sie. Da stand Dietrich, der genau zu ihr sah, betroffen und beschwörend. Hastig drehte sie sich wieder nach vorn. Zum Glück hatte der Spielmann seinen Vortrag gerade beendet und verbeugte sich vor seinem vornehmen Publikum. Otto erhob sich, ging zu ihm und legte Ludmillus mit generöser Miene seinen kostbaren Umhang über die Schultern. So zeigte ein Fürst seine Anerkennung für einen Sänger, der seiner Gattin so trefflich die Minne erwiesen hatte!

Dietrich nutzte das entstehende Gedränge, um sich zu seinen Brüdern durchzuarbeiten. Er begrüßte Hedwig mit aller gebotenen Höflichkeit eines Schwagers, dann bat er sie, Otto und seinen jüngeren Bruder Dedo von Groitzsch in sein Quartier, um sie über die Neuigkeiten zu unterrichten.

Obwohl Brüder, waren die drei wettinischen Herrscher von Statur grundverschieden: Dietrich war schlank und geschmeidig, Otto stämmig und Dedo so fett, dass er mittlerweile Mühe hatte, auf ein Pferd zu steigen. Während sich Otto anfangs jahrelang auf schon fast beleidigende Art vom Kaiser ferngehalten hatte, reisten sie jetzt jedes Mal gemeinsam zu den Hoftagen, wenn Aussicht bestand, dass dort gegen ihren Erzfeind verhandelt wurde, den Herzog von Sachsen und Bayern.

Dietrich war gespannt, wie seine Brüder die Nachricht vom bevorstehenden Gottesurteil aufnehmen würden, und vermied es, zu Hedwig zu sehen. Ottos Reaktion fiel allerdings noch heftiger aus, als er erwartet hatte.

»Du willst dich wirklich und wahrhaftig dafür hergeben, nur wegen eines so vagen Versprechens?«, schnaubte der Meißner Markgraf verächtlich. »Wir haben wenig Grund, dem Staufer einen solchen Dienst zu erweisen.«

»Warten wir nicht alle auf den Tag, an dem der Löwe endlich in Acht und Bann fällt?«, widersprach Dietrich. »Und Friedrich ist unser Kaiser. Wir sind ihm zu Lehnstreue verpflichtet.«

»Du schon«, brachte Otto wütend hervor. »Schließlich bist du der Nutznießer der Schmach, die er über unseren Vater gebracht hat.«

Totenstille senkte sich über den Raum.

Noch nie hatte sich Otto hinreißen lassen, diese Sätze auszusprechen, auch wenn er sie schon oft gedacht haben mochte. Doch nun war er nicht zu halten.

»Denkst du, er würde *mir* die Ostmark geben? Oder gar Bautzen zurück?«

Vor mehr als zwanzig Jahren, kurz nach seiner Krönung, hatte der Kaiser dem alten Meißner Markgrafen das Burglehen Bautzen entzogen, um es dem Herzog von Böhmen zuzusprechen. Ihr Vater Konrad hatte die öffentliche Demütigung nur überstehen können, indem er den weltlichen Ämtern entsagte und sich in ein Kloster zurückzog, wo er wenig später starb. Seinen Besitz teilte er unter den fünf Söhnen auf. Dadurch bekam Dietrich die östliche Mark, Dedo wurde Graf von Groitzsch, Friedrich erhielt Brehna und Heinrich die Grafschaft Wettin. Aber Otto, dem als Ältesten mehr zugestanden hätte, musste sich mit der Mark Meißen begnügen und dazu noch den Ehrverlust hinnehmen, das Burglehen Bautzen abgesprochen zu bekommen. Darüber war er so verbittert, dass er sogar dem Begräbnis seines Vaters fernblieb.

Dietrich verspürte nicht die geringste Lust, mit seinem Bruder darüber zu streiten. »Der Kaiser will seine Einflussgebiete stärken. Er könnte nach meinem Tod die Ostmark auch als Reichslehen einziehen«, warf er nicht ohne Schärfe ein. »Also sei zufrieden, wenn sie unserem Haus erhalten bleibt, selbst wenn sie an Dedo fällt.«

»Du solltest sogar froh sein, dass zumindest Dietrich und ich das Vertrauen des Kaisers erworben haben«, meldete sich nun auch der feiste Dedo zu Wort und funkelte seinen ältesten Bruder aus Augen an, die tief in seinem Gesicht versunken waren. »Vater hat mit Friedrichs Gegnern paktiert. Der Kaiser hätte auch seinen ganzen Besitz einziehen können. Dann wären wir alle leer ausgegangen. Wenn er mir die Ostmark zuspricht statt dir, ist das immer noch besser, als wenn er sie sich zurückholt.«

»Mir ist durchaus nicht entgangen, dass sich der Rotbart bemüht, die Fürsten klein zu halten, die ihm zu mächtig werden«, wütete Otto mit immer lauter werdender Stimme. »Aber ich warte immer noch darauf, dass er dabei endlich mit dem Löwen beginnt!«

»Genug!«

Mit einem Ruck stand Hedwig auf und warf die kunstvoll geflochtenen blonden Zöpfe zurück. Voller Verachtung sah sie erst zu Dedo, dann auf Otto.

»Merkt ihr nicht, wie würdelos das ist?! Ihr streitet darum, wer von euch zuerst Dietrichs Besitz an sich reißt, wenn euer Bruder tot ist. Dabei steht er hier lebend vor euch! Ihr solltet lieber beten, dass sein Vorhaben glücklich endet. Schließlich geht es um ein Gottesurteil. Um sein Leben!«

Sie zog ihren Umhang enger um die Schultern. »Ihr findet mich in der Kirche.« Ohne einen Blick zurück rauschte sie hinaus.

Verwundert sah Otto ihr nach.

Sicher, sie stritten häufig, und Hedwig machte kein Hehl daraus, wenn sie nicht mit ihm einer Meinung war. Doch bis eben hatte sie in all den Jahren tunlichst darauf geachtet, ihm nie vor Zeugen offen zu widersprechen und ihn damit bloßzustellen. Bisher hatte sie jedes Mal gewartet, bis sie allein waren, ehe sie ihre Meinung kundtat.

Aber wie fast immer war nicht von der Hand zu weisen, was sie sagte, gestand er sich zähneknirschend ein.

Also sah Otto bedauernd zu Dietrich und hob die Arme. »Meinetwegen. Tu dem Kaiser den Gefallen und liefere ihm das Schauspiel, das er braucht, um den Löwen zu ächten, ohne ihm einen langwierigen Prozess zu machen, wovor er sich offenbar scheut.« Er gab ein kurzes, großspuriges Lachen von sich. »Und sollte der Bastard es doch wagen, die Herausforderung anzunehmen – stopf ihm ein für alle Mal sein großes Maul und hau ihn in Stücke. Meinen Segen hast du.«

»Und meinen dazu«, dröhnte der fette Graf von Groitzsch.

Dietrich hatte richtig vermutet. Hedwig wartete in der Kathedrale auf ihn. Scheinbar ins Gebet versunken, kniete sie vor einem der Seitenaltäre. Doch als sie ihn sah, bekreuzigte sie sich, stand auf und ging hinaus. Kurz vor dem Ausgang ging er an ihr vorbei und flüsterte ihr, von allen anderen unbemerkt, etwas zu.

Getrennt verließen sie den Dom.

Wenig später betrat Hedwig Dietrichs Quartier. Sie war in einen unscheinbaren Umhang gehüllt, die Kapuze verbarg ihr blondes Haar und ihr Gesicht.

Er hatte dafür gesorgt, dass niemand sie kommen sah, führte sie rasch in seine Kammer und ging noch einmal kurz hinaus, um seinem treuesten Gefolgsmann Anweisung zu geben, vor der Tür zu wachen und auf keinen Fall jemanden zu ihm zu lassen. Er wusste, es war sträflicher Leichtsinn, sich hier und nicht an einem verborgenen Ort mit Hedwig zu treffen. Aber sie waren beide bereit, jedes Risiko auf sich zu nehmen. Sie konnten nicht bis morgen warten, wo er für sie bereits ein verschwiegenes Wirtshaus ausfindig gemacht hatte. Denn von dem Moment an, in dem er seine Herausforderung öffentlich machte, würden sich alle Blicke auf ihn richten.

Und Hedwigs derzeitige Abwesenheit war erklärt. Kirchen gab es genug in dem reichen Magdeburg, in denen sie sein mochte, wenn man sie nicht im Dom fand. Zumal Otto jetzt in seinem Zorn kaum nach ihr suchen lassen würde.

Wie jedes Mal stürzten sie aufeinander zu, nachdem er die Tür hinter sich verriegelt hatte. Dietrich wollte etwas sagen, aber sie legte ihre Hand auf seine Lippen, um ihn zum Schweigen zu bringen, und küsste ihn leidenschaftlich.

Er hatte ihren todtraurigen Gesichtsausdruck nicht vergessen, der ihn bei Ludmillus' Spiel so betroffen gemacht hatte. Deshalb zügelte er seine Begierde, so schwer es auch fiel, und begann, sie sanft zu liebkosen … wie damals, als sie zum ersten Mal zueinandergefunden hatten.

Die Frage, ob der Zweikampf stattfinden und er überleben würde, war auf einmal in weite Ferne gerückt. Jetzt wollte er seiner Geliebten wenigstens für ein paar kurze, gestohlene Augenblicke die Verzweiflung nehmen.

Mit geschickten Griffen entkleidete er sie, während seine Lippen über ihren Hals und ihre Schultern glitten. Sie stöhnte auf, als er mit sanften Händen ihre Brüste liebkoste, und zog ihn fordernd an sich.

Dietrich war ein erfahrener Liebhaber und wusste, dass Hedwig erst durch ihn viele Zärtlichkeiten kennengelernt, nach fünfzehn Jahren Ehe bei ihm zum ersten Mal wahre Verzückung erlebt hatte – sprachlos vor Staunen, dass es so etwas gab. Sie war eine gelehrige und phantasievolle Geliebte geworden. Doch diesmal wehrte er ihr stürmisches Begehren ab. Er legte sie aufs Bett und begann, ihren nackten Leib so zart zu berühren, dass sie seine Fingerspitzen kaum spürte und Schauer um Schauer durch ihren Körper rann. Sie sollte alles vergessen bis auf ihr Verlangen, während er jeden Zoll ihrer Haut mit Küssen bedeckte.

Dann aber war auch ihm alles andere gleichgültig – der Kaiser, das Gottesurteil, die Gefahr, dass sein Bruder sie entdeckte, und wer die Markgrafschaft nach seinem Tod bekam. Jetzt wollte er nur noch eines: im Schoß seiner Geliebten zu versinken, am liebsten auf alle Zeit.

Bruderzwist

»Gibt es noch jemanden hier, der eine Klage vorzubringen hat?«

Beinahe gelangweilt blickte der Kaiser in die Runde der prachtvoll gekleideten weltlichen und geistlichen Fürsten, die sich in der Residenz des Magdeburger Erzbischofs versammelt hatten. Nichts in seiner Stimme ließ erkennen, dass sich gleich mit seinem Wissen und auf seinen Befehl etwas Unerhörtes ereignen würde, von dem die Menschen wohl noch in Jahren oder gar Jahrzehnten reden würden.

Für einen Augenblick herrschte gespannte Stille in dem großen, verschwenderisch mit Schnitzereien und Wandbehängen geschmückten Saal, in dem die Fürsten des Kaiserreiches dicht an dicht beieinanderstanden.

Dietrich überlegte, wie viele der Anwesenden wohl wussten, was nun geschehen würde. Auch wenn der Kaiser ihn erst gestern zu sich gerufen hatte – Ereignisse mit solcher Tragweite wurden von langer Hand vorbereitet.

Gelassen trat er drei Schritte vor. Sofort richteten sich alle Blicke auf ihn.

»Ich klage den Herzog von Sachsen und Bayern des Hochverrats an.«

Augenblicklich brach Tumult im Saal aus.

Der ganze Vormittag war über den Vorwürfen und Anschuldigungen der Fürsten vergangen. Genau genommen, lief das schon seit Monaten so – seit der Kaiser den Vetter fallenließ und die alten Widersacher des Löwen wieder in die Offensive gegangen waren. Heinrich hatte bereits im vergangenen Jahr auf dem Hoftag in Speyer den Erzbischof von Köln beschuldigt, mit mehreren Tausend Bewaffneten in Sachsen eingefallen zu sein und das Land verheert zu haben. Erzbischof Philipp hielt mit eigener Anklage dagegen, so dass der Kaiser im Januar in Worms die Streitigkeiten verhandeln wollte. Doch zu diesem Hoftag war Heinrich nicht gekommen, ebenso wenig wie jetzt nach Magdeburg. Beide Male hatten die Gegner des Löwen erbitterte Klage gegen den Herzog geführt wegen blutiger Angriffe, Belagerungen und Überfälle.

Aber Hochverrat – das war die schlimmste Anschuldigung überhaupt. Auf Hochverrat stand der Tod!

Dietrich ließ seine Blicke wandern und sah, dass sich Philipp von Köln mit hämischem Gesichtsausdruck zum Bischof von Halberstadt hinüberbeugte und auf ihn einsprach. Der greise Ulrich schüttelte den Kopf, während er seine schmalen Lippen zu einem Grinsen verzog und zum wohlbeleibten Magdeburger Erzbischof sah, welcher wiederum amüsiert auf die Fürsten blickte, die anscheinend jegliches höfisches Verhalten abgelegt hatten.

Hedwigs ältester Bruder Otto, der Markgraf von Brandenburg, stieß die Faust in die Luft, als wolle er einen unsichtbaren Gegner niederschlagen. Dicht neben ihm standen Hedwigs Brüder Bernhard von Aschersleben und Dietrich von Werben. Sie gestikulierten wild, während sie in das Geschrei im Saal einstimmten.

Graf Bernhard hatte besonderen Grund für seinen Hass auf den Löwen: Vor vier Jahren war dieser mit einem starken Heer in sein Gebiet eingefallen, hatte von Gröningen an alles Land mit Feuer und Schwert verwüstet, Aschersleben niedergebrannt und selbst noch die Grundmauern der Burg auseinanderreißen lassen. Der Angriff hatte den Thüringer Landgrafen ermutigt, zeitgleich von Süden her in askanisches Land einzudringen, bis schließlich der Kaiser eingreifen musste, um der erbitterten Fehde mit einem Machtwort ein Ende zu bereiten. Scheinbar ungehalten, beugte sich der Kaiser leicht vor und hob die Hand, um Ruhe im Saal zu erzwingen. Beinahe schlagartig verebbte der Tumult.

»Wie begründet Ihr einen derart schwerwiegenden Vorwurf, Fürst Dietrich?« Die Stimme des Kaisers klang gelassen, mit einer Spur von Neugier.

»Immer wieder hat Heinrich die slawischen Stämme an den Grenzen meiner Mark aufgestachelt, in mein Gebiet einzufallen. Voriges Jahr haben sie das gesamte Land bis Lübben verwüstet und etliche meiner Männer getötet. Diese Angriffe von außen auf ein Lehen des Kaisers stellen einen Angriff auf das Kaiserreich und den Kaiser selbst dar.«

Der Landsberger legte eine Pause ein, die seine nächsten Worte noch wirkungsvoller klingen ließ.

»Um jeden Zweifel an der Rechtmäßigkeit meiner Anklage zu tilgen, fordere ich den Herzog von Sachsen und Bayern zu einem Gottesurteil heraus, zu einem Zweikampf auf Leben und Tod.«

Mit einem sorgfältig verborgenen Anflug von grimmiger Belustigung verfolgte Dietrich das erneut ausbrechende Getöse im Saal.

Wer von denen, die sich nun lautstark auf meine Seite stellen, wird wohl erst gestern vom Kaiser dazu aufgefordert worden sein?, dachte er. Und wer von denen, die mir jetzt zujubeln, ist einfach nur froh darüber, dass er selbst nicht die Eisen aus dem Feuer holen muss?

Er sah, dass die sehr zufrieden wirkende Kaiserin anscheinend etwas Ähnliches dachte wie er, denn ein spöttisches Lächeln spielte um Beatrix' Mundwinkel, während ihr anerkennender Blick ihn flüchtig streifte, bevor sie wieder in den Saal schaute.

»Mäßigt Euch!«, ermahnte der Kaiser die tobenden Fürsten mit erhobener Hand. Diesmal dauerte es länger, bis endlich wieder Stille eintrat.

»Wir haben die Anklage des Markgrafen der Ostmark vernommen«, verkündete Friedrich. »Der Vorwurf scheint Uns zu heftig, um darüber hinwegzugehen. Zumal Fürst Dietrich bereit ist, die Richtigkeit mit einem Gottesurteil zu beweisen.«

Der Kaiser sah sich suchend im Saal um – so als sei ihm bisher gar nicht aufgefallen, dass der Löwe abwesend war.

»Also setzen Wir, der durch Gottes Gnade erhabene Kaiser, den Hoftag in Kayna im Monat August als Austragungsort des Zweikampfes fest. Dem Herzog von Sachsen und Bayern wird Nachricht gesandt, dass er zu erscheinen habe.«

Friedrich und Beatrix erhoben sich und beendeten damit die Zusammenkunft. Sofort sah sich Dietrich von Männern umringt, die ihm für seinen Mut Anerkennung aussprechen wollten. Hedwigs Brüder waren die Ersten, die sich zu ihm durchdrängten und ihm auf die Schulter klopften. Während er die lautstarken Sympathiebekundungen Bernhards entgegennahm, vermied Dietrich sorgfältig den Blick in Richtung seiner Geliebten.

Erwartungsgemäß wurde von nun an kein anderes Thema so ausgiebig unter den Fürsten und ihren Gefolgsleuten diskutiert, die zum Hoftag an die Elbe gereist waren, wie Dietrichs Herausforderung.

Nur einer beteiligte sich nicht an den unzähligen Debatten und sogar Wetten zum bevorstehenden Gottesurteil und dessen Ausgang: der Meißner Markgraf Otto von Wettin. Ein heftiger Gichtanfall hatte ihn aufs Krankenlager gezwungen. Als auch der Aderlass keine Besserung brachte, den ihm ein eilig herbeigerufener Medicus verordnete, und Ottos schlechte Laune für alle Anwesenden schlichtweg unerträglich wurde, beschloss Hedwig, einzugreifen.

»Ihr solltet nach Marthe von Christiansdorf schicken lassen, mein Gemahl«, legte sie ihm mit höflichem Lächeln nahe, während sie ein Pergament aufnahm und entrollte, das Otto wütend beiseitegefegt hatte. »Sie hat nicht nur als Wehmutter einen guten Ruf, sondern kennt sich auch mit allerlei Kräutern und anderen Mitteln gegen die verschiedensten Leiden aus.«

Dann vertiefte sie sich scheinbar in das Pergament, als erwarte sie keinen Widerspruch. Dabei wusste Hedwig, auch ohne hinzusehen, dass die anwesenden Hofdamen und Diener wie gebannt den Atem anhielten. Würde der Markgraf den Rat annehmen? Und würde die Frau des Christiansdorfer Burgvogtes helfen können? Sie alle hofften darauf, um den gefürchteten Wutausbrüchen des Markgrafen zu entgehen.

Doch Otto verzog nur abfällig das Gesicht, während er ächzend nach einer bequemeren Stellung in seinem Bett suchte.

»Ich halte mich lieber an gelehrte Männer als an die fragwürdigen Mittel unbedarfter Kräuterweiblein«, erklärte er mürrisch.

Aber Hedwig ließ nicht locker. »Und was haben die gelehrten Männer ausrichten können gegen Eure Schmerzen?«, hielt sie ihm vor. »Erinnert Euch: Vor Jahren hat sie sogar unseren jüngeren Sohn geheilt, nachdem die Ärzte nicht mehr helfen konnten.«

Natürlich erinnerte sich Otto. Damals war diese Marthe fast noch ein Kind gewesen, ein zerlumptes Ding, das mit den ersten Siedlern nach Christiansdorf gekommen war und von Christian auf den Burgberg gebracht wurde. Sich von ihr behandeln zu lassen, erschien ihm wirklich suspekt, auch wenn er sie in den Stand einer Edelfreien erhoben hatte. Deshalb eigentlich noch viel mehr. So etwas gehörte sich nicht für eine Dame von Stand, da hatten die Pfaffen schon recht, die ihr die Arbeit bestenfalls unter Aufsicht gestatten wollten. Aber mittlerweile fühlte er sich so schlecht, dass er bereit war, fast alles zu versuchen, nur damit es ihm besser ging. Zumal ihm das die Vorhaltungen seiner überfürsorglichen Frau ersparen würde.

»Gut, lasst sie holen«, entschied er und schloss resigniert die Augen. Das hinderte ihn, zu bemerken, wie die meisten der Anwesenden erleichtert aufatmeten.

Wenig später betrat die junge Frau die Unterkunft des Markgrafen und kniete nieder.

»Tut etwas dagegen«, stöhnte Otto und streckte ihr einen nackten Fuß entgegen. Die große Zehe war auf fast doppelten Umfang angeschwollen und wirkte beinahe durchsichtig.

Marthe trat näher und fing einen warnenden Blick Hedwigs auf. Dann schüttelte die Markgräfin auch noch kaum erkennbar den Kopf, während sie Marthe fixierte.

Die junge Heilkundige verstand. Hier durfte sie die besondere, heilende Kraft ihrer Hände nicht einsetzen. Besser, Otto wusste nichts von dieser Fähigkeit, die ihr den Vorwurf heidnischer Zauberei einbringen konnte. Er war zu unberechenbar, als dass sie sich ihm auf solche Weise ausliefern durfte.

Also blieben nur die herkömmlichen Mittel, um dafür zu sorgen, dass es dem Markgrafen wieder besser ging. Leider würde dies einige Zeit dauern – eine gefährliche Zeit für alle in seiner Nähe.

»Wann hat Euch der Medicus zur Ader gelassen?«, erkundigte sich Marthe höflich und deutete auf den verbundenen Unterarm.

»Heute Morgen. Aber damit hat er mir nur neue Schmerzen bereitet, statt die alten zu lindern, dieser Scharlatan«, knurrte Otto.

»Meine Ratschläge werden Euch nicht gefallen«, setzte die junge Frau vorsichtig an, während sie das Gesicht des Markgrafen nicht aus den Augen ließ.

Der verdrehte stöhnend die Augen. »Redet endlich! Ihr habt mein Wort, ich werde Euch nichts übelnehmen. Nur sorgt dafür, dass es mir bessergeht.«

»Dann esst weniger üppig, vor allem eine Zeitlang kein Fleisch, und trinkt nur wenig Wein.«

Jäh richtete sich der Markgraf auf. »Was denn sonst? Etwa Körnerfraß und Dünnbier wie das Bauernpack?«

Marthe wich vorsichtig einen Schritt zurück.

»Ihr wolltet meinen Rat«, sagte sie höflich. »Das war er. Ich kann Euch einen Brennnesselsud bereiten und um die schmerzenden Stellen einen lindernden Umschlag wickeln. Aber das wird wenig nutzen, wenn Ihr meinen ersten Rat nicht annehmt. Wenn Euch das nicht gefällt, lasst besser erneut den Medicus rufen.«

Otto sah Hedwigs strengen Blick, der ihn – wie er sofort erkannte – an sein gerade gegebenes Wort mahnen sollte. Lästig, diese Weiber! Aber bedauerlicherweise hatte er geschworen. Also winkte er Marthe mit einer unwirschen Bewegung wieder heran. »Schon gut. Versucht es mit einem Eurer fürchterlichen Gebräue.«

Marthe verneigte sich. »Ich werde sofort alles zubereiten, mein Fürst.«

Voller Sorge ging sie hinaus.

In dieser Angelegenheit konnte sie nur verlieren. Ihre Heilmittel würden kaum etwas bewirken, wenn der Markgraf weiter solche Unmengen Fleisch und Wein vertilgte. Und sie glaubte nicht daran, dass er angesichts der üppig gedeckten Tafeln seinen gewaltigen Appetit zügeln würde.

Hoffentlich musste nicht auch ihr Sohn unter der schlechten Laune des Markgrafen leiden! Der neunjährige Thomas, Christians und ihr Erstgeborener, wurde als Page an Ottos Hof erzogen. Es war ihnen schwer genug gefallen, den Jungen auf den Meißner Burgberg fortzulassen. Er schien ihr noch viel zu klein, um das Elternhaus zu verlassen. Aber so waren eben die Gepflogenheiten. Mit sieben Jahren, wenn die Kindheit offiziell vorbei war, wurden die Jungen aus dem Haus geschickt, um auf das Leben als Ritter vorbereitet zu werden. Sie und Christian hätten sich und auch Thomas nur geschadet, wenn sie das ehrenvolle Angebot Ottos ausgeschlagen hätten, ihren ältesten Sohn an seinem Hof erziehen zu lassen. Für ihr eigenes Überleben und das ihrer Kinder durfte sie nichts tun, das Aufsehen erregte oder gegen die Regeln des höfischen Lebens verstieß. Es war gefährlich genug, dass sie weiter als Wehmutter und Heilerin arbeitete. Einmal hatte ihr das schon einen Kirchenprozess und beinahe den Tod gebracht, und auch jetzt durfte sie ihre Arbeit im Dorf nur unter der Aufsicht des unerbittlichen Paters Sebastian ausüben.

Wenigstens wusste sie, dass Hedwig den Pagen auf dem Burgberg so etwas wie eine Ersatzmutter war und ihre schützende Hand über sie hielt.

War sie anfangs betrübt gewesen, dass Thomas nicht zu denjenigen gehörte, die diesmal Otto und Hedwig zum Hoftag begleiten durften, so fühlte sie sich jetzt eher erleichtert darüber.

»Abscheulich«, schnaubte der Markgraf, nachdem sie ihm einen Becher Brennnesselsud gebracht hatte.

Marthe verkniff sich jede Bemerkung, kniete nieder und begann, ganz vorsichtig einen warmen Umschlag aus Spitzwegerichblättern um die glasige Zehe zu wickeln.

Anfangs verzog Otto schmerzhaft das Gesicht, doch dann lehnte er sich zurück, schloss die Augen und stöhnte: »Das tut gut.«

Das Hüsteln eines Dieners riss Otto aus seiner Versunkenheit.

»Was gibt es?«, knurrte er, während er den Mann wütend anfunkelte.

»Verzeiht, mein Fürst. Ein Beauftragter des Kaisers wünscht Euch umgehend zu sprechen. Er sagt, es sei dringend«, antwortete der Diener, der tunlichst darauf achtete, außer Reichweite des Markgrafen zu bleiben.

»So dringend, dass ich dafür von meinem Krankenlager aufstehen muss?«, knurrte Otto.

Beinahe ängstlich bejahte der Diener und wich noch einen Schritt zurück, bis er direkt an der Wand stand.

Mit einem deftigen Fluch richtete sich Otto auf. »Ich komme nicht einmal in den Stiefel mit diesem Fuß«, wütete er und schaute suchend nach etwas, das angemessen war, um einen Abgesandten des Kaisers zu empfangen.

Doch schnell gab er auf. »Was soll's. Meine Gemahlin ist prachtvoll genug für uns beide gekleidet.«

Jemand reichte ihm die weichen Schuhe aus Filz, die er sich eigens für jene Tage hatte fertigen lassen, an denen ihn die Schmerzen besonders quälten. Dann stemmte er sich ächzend hoch und befahl Hedwig und Marthe, ihm in den vorderen Raum zu folgen, wo er Besucher empfing.

Schnell nahm Marthe den Rest des Sudes an sich, bevor sie ging. Das fehlte noch, dass jemand in ihrer Abwesenheit Gift in Ottos Becher träufelte und man ihr die Schuld gab! Es wäre nicht das erste Mal, dass sie Zeugin eines Giftanschlags auf das Fürstenpaar würde.

Draußen warteten mehrere von Ottos Rittern, darunter auch Christian. In der Mitte des Raumes stand der Beauftragte des Kaisers, ein enger Vertrauter des Marschalls, wie Otto erkannte. Er war ein grauhaariger Mann, dessen Narben und tiefe Falten von einem Leben voller Kämpfe kündeten.

»Es geht um Euern jüngsten Sohn«, eröffnete er ohne Umschweife das Gespräch.

Auf sein Zeichen wurde Ottos Sohn in die Kammer geführt, der nach seinem Oheim benannt worden war, dem Markgrafen der Ostmark. Mit gesenktem Haupt betrat der junge Dietrich den Raum und kniete wortlos in gebührendem Abstand vor seinem Vater nieder.

Hedwig schnappte hörbar nach Luft.

Das schulterlange braune Haar konnte nicht verdecken, dass die linke Augenbraue des Siebzehnjährigen aufgeplatzt, die Wunde kaum verkrustet, die Haut darum angeschwollen und rot und blau verfärbt war. Auch die Rippen und Gliedmaßen mussten ihn schmerzen, erkannte Marthe an den vorsichtigen Bewegungen, obgleich Dietrich versuchte, sich davon nichts anmerken zu lassen.

»Er hat die Hand gegen einen Ritter des Königs erhoben«, verkündete der Vertraute des Marschalls mit eisiger Stimme. »Das macht es unmöglich, dass er als Knappe im Dienst des Kaisers bleibt. Nehmt ihn mit Euch nach Meißen und bestraft ihn nach eigenem Ermessen.«

Ungläubig betrachtete Otto seinen Zweitgeborenen.

»Ist das wahr? Du hast einen Ritter des Königs angegriffen?«, herrschte er ihn nach einem Augenblick quälenden Schweigens an. Dann donnerte er: »Wie konntest du solche Schande über mein Haus bringen!«

Er ließ Dietrich keine Zeit für eine Erwiderung, sondern wandte sich besorgt erneut an den Gesandten des Kaisers.

»Wer war es? Der Betreffende verdient eine Entschädigung … Wir werden es wiedergutmachen, so es in unserer Macht steht.«

»Es spielt keine Rolle, wer es war«, entgegnete dieser kühl. »Ein Ritter des Königs – das genügt. Wäre Euer Sohn nicht noch Knappe, hätte ihn dieses Verbrechen die Schwerthand gekostet. Also nehmt ihn auf Eure Burg und bestraft ihn selbst. Das ist das Höchste an Gnade, das wir ihm angesichts seiner Herkunft und seiner Leistungen gewähren können.«

Ohne ein weiteres Wort abzuwarten, drehte er sich um und verließ die Kammer.

Zurück blieben Marthe und Christian, der immer noch kniende Dietrich, seine Mutter Hedwig und der Markgraf, an dessen Schläfe eine Ader vor Zorn verräterisch zu pulsieren begann.

»Wie konntest du solche Schande über mein Haus bringen!«, brüllte der Markgraf erneut und schüttelte Hedwigs beschwichtigende Hand von seinem Arm. »Welche Schmach! Gegen einen Ritter des Königs! Du …«

Otto suchte nach Worten, um seiner Wut Ausdruck zu verleihen. Hedwig nutzte die so entstandene winzige Pause.

»Solltest du deinen Sohn nicht zuerst einmal fragen, was geschehen ist?«, fragte sie scheinbar ruhig, aber mit Nachdruck.

»Ich kann mir nicht vorstellen, dass er so etwas wirklich getan haben sollte … zumindest nicht ohne triftigen Grund.«

Sie sandte Dietrich, der nur kurz aufgesehen hatte, während seine Mutter sprach, einen aufmunternden Blick zu.

»Ja, wer war es? Gegen wen hast du Tölpel in deiner Dummheit gewagt, die Hand zu erheben?!«, wütete Otto.

Ein Anflug von Trotz zeigte sich auf Dietrichs Gesicht, der jedoch schnell wieder verschwand und Resignation wich. Er kannte seinen Vater gut genug, um zu wissen, dass er von ihm kein Verständnis zu erwarten hatte. Vermutlich nicht einmal Gerechtigkeit.

»Albrecht«, sagte er, während er seinen Blick hob und Otto ansah.

Als habe er nicht recht gehört, beugte sich der Markgraf vor.

»*Dein Bruder*? Du hast dich mit deinem *Bruder* geprügelt? Obwohl der ein Ritter ist und du ein Knappe und also zu gehorchen hast?!«, brüllte er.

»Er hat unsere Mutter beleidigt – Eure Gemahlin, mein Herr und Vater«, verteidigte sich Dietrich heftig.

»Was auch immer er gesagt haben mag, es gibt dir noch lange nicht das Recht, ihn anzugreifen!«

Trotzig senkte Dietrich den Kopf.

Sein ganzes Leben lang war er von dem Älteren drangsaliert worden: in den ersten Kindheitsjahren zu Hause, später, wenn sie sich auf Hoftagen begegneten, und ganz besonders genüsslich, seit Albrecht nach seiner Schwertleite in den Dienst des Königs getreten war, Barbarossas vierzehnjährigem Sohn Heinrich.

Als Knappe durfte er sich nicht dagegen wehren, so schwer es auch fiel. Doch als ihm sein Bruder nach einer Fieberattacke voller Häme vorgehalten hatte, einen solchen Schwächling könne sein Vater unmöglich gezeugt haben, er müsse wohl ein Bastard sein, für den sich seine Hure von Mutter mit einem Stallknecht im Stroh gewälzt habe, da war es mit seiner Beherrschung vorbei. Wütend war er auf den Älteren losgegangen.

Selbstverständlich hatte sich Albrecht in Begleitung seiner besten Freunde befunden, die sich ein Vergnügen daraus machten, den aufsässigen Knappen nach allen Regeln der Kunst zusammenzuschlagen. Dann erst ging Albrecht zum König und beschwerte sich offiziell über die Verfehlung des Jüngeren.

Dietrich hatte die Hoffnung längst aufgegeben, dass sein Vater den Erstgeborenen und Erben in die Schranken weisen würde. Die besorgten Einmischungen Hedwigs hatten nur zur Folge, dass Albrecht inzwischen auch seine Mutter inbrünstig hasste, wie die hässliche Anschuldigung einmal mehr gezeigt hatte.

»Wenigstens bleibt so der Streit in der Familie«, knurrte Otto etwas gemäßigter. »Und ich muss nicht jemandes Stillschweigen teuer mit meinem Silber erkaufen.«

Doch bei seinen nächsten Worten wich das Blut aus Dietrichs Gesicht, was die Spuren der Schlägerei nur noch kräftiger hervorhob.

»Ich bin der ewigen Streitereien zwischen euch leid. Da du offensichtlich nicht mit deinem Bruder auskommen kannst, bleibt mir keine Wahl. Ich stecke dich ins Kloster, wie es einem Zweitgeborenen zukommt. Das hätte ich längst tun sollen.«

Die Augen des jungen Mannes begannen zu brennen, während er seinen Vater fassungslos anstarrte.

Nur mit Mühe beherrschte der Siebzehnjährige seine Stimme.

»Mein Herr und Vater ... ich bitte Euch ... erlegt mir jede Strafe auf, die Euch angemessen erscheint, aber nicht diese! Schickt mich nicht ins Kloster!«

Allmächtiger Gott, betete er stumm, ich will Dir aus ehrlichem Herzen dienen, doch als Ritter, nicht als Mönch. Bitte hilf, dass er es sich anders überlegt. Und dass ich nicht hier vor meinem Vater zu flennen beginne wie ein kleines Mädchen ...

Jäh erhob sich Hedwig und zog damit alle Blicke auf sich. Otto erwartete, dass sie ihm erneut Vorhaltungen machen würde wie beim Streit mit seinen Brüdern. Doch zu seiner Überraschung sank Hedwig vor ihm auf die Knie und umklammerte seine Beine, während sie zu ihm aufblickte.

»Sperrt ihn nicht ins Kloster, ich flehe Euch an!«, bat sie verzweifelt. »Ihr wisst wie ich, dass ihm die Berufung dafür fehlt. Er will und muss ein Ritter werden!«

Verblüfft starrte Otto auf seine Frau.

Schon immer war Dietrich ihr Liebling gewesen, während sie für ihren Ältesten, ein ganzer Kerl so recht nach seinem Geschmack, wenig übrig zu haben schien. Aber dass sie deshalb sogar vor ihm auf die Knie sank? Das hatte es in all den Jahren seit ihrer Vermählung noch nicht gegeben!

Dies war eine Wendung, die ihn seine Schmerzen und auch seine Wut auf den jüngeren Sohn fast vergessen ließ.

Die stolze Hedwig, die Tochter des mächtigen Herrschers der Mark Brandenburg, lag, um Gnade bettelnd, zu seinen Füßen! Er widerstand der aufflackernden Versuchung, sie hochzuziehen und die unwürdige Szene zu beenden. Stattdessen sagte er kein Wort, um den Anblick so lange wie möglich zu genießen. Welch eine Genugtuung!

In den ersten Jahren ihrer Ehe war er geradezu vernarrt in seine so viel jüngere schöne Frau gewesen. Aber mit der Zeit hatte sich das gelegt. Es gab zu viel Streit, nicht zuletzt um seine Affären und Fehlentscheidungen, und zu seinem Ärger hatte sie fast immer recht behalten.

Jetzt konnte er ihr das heimzahlen, jetzt konnte er ihr die Hochnäsigkeit austreiben … Und das brachte ihn auf den nächsten bittersüßen Gedanken.

Seit längerem schon blieb er nachts ihrem Lager fern. Er war nun fast sechzig Jahre alt, da bedurfte es mehr als eines sittsamen Eheweibes, dem er sich im Grunde seines Herzens unterlegen fühlte, um seine Leidenschaft im Bett zu entfachen. Da bedurfte es der besonderen Dienste einer teuren Hure, die sich für ihr Geld schon abmühen würde, damit er zum Zuge kam, und die dafür Dinge tat, die eine Dame von Stand niemals tun, ja, nicht einmal wissen durfte.

Aber jetzt, da er Hedwig jammernd zu seinen Füßen sah, da fühlte er sich voller Saft und Kraft.

Heute Nacht würde er bei ihr liegen. Schon der Gedanke, dass sie trotz ihres Widerwillens gehorsam die Schenkel für ihn spreizen musste, wenn sie ihrem Lieblingssohn helfen wollte, erfüllte ihn mit Häme. Und heute Nacht würde er nicht als höflicher Gemahl um ihre Gunst bitten; nein, heute sollte sie noch einmal niederknien, während er nackt vor ihr stand.

Immer noch war kein Wort gefallen.

Christian tauschte einen kurzen Blick mit Marthe, die fast ebenso bleich geworden war wie der junge Dietrich.

Sie beide kannten den Jungen von klein auf und wussten, dass es seit jeher sein sehnlichster Wunsch war, ein tapferer Ritter zu werden. Zu den Hoftagen konnten sie seine Fortschritte miterleben – und auch, wie sein zwei Jahre älterer Bruder jede Gelegenheit nutzte, ihm immer wieder auf hinterhältige Art zuzusetzen, weil er in ihm einen Rivalen im Kampf um das Erbe ihres Vaters sah.

Aus dem kränklichen Kind, das Marthe vor zwölf Jahren gesund gepflegt hatte, war ein stattlicher junger Mann geworden, der den nahenden Tag seiner Schwertleite herbeisehnte und schon jetzt vielen Jüngeren ein Vorbild im Umgang mit Schwert und Lanze war. Ihn in einem Kloster einzusperren, um ihn die Zeit mit Beten und Fasten verbringen zu lassen, ohne dass er in den nächsten Jahren etwas von der Welt außerhalb der Klostermauern zu sehen bekam, wäre schlimmer als ein Todesurteil für ihn.

Vergeblich versuchte Marthe, das Bild abzuschütteln, das sich ihr aufdrängte: Dietrich in einer grobgewebten Kutte, eine Tonsur in das Haar geschoren – nein, das würde den Jungen zerstören.

Andere mochten Erfüllung in einem Leben ganz für Gott finden. Und mancher Geistliche von Adel führte ein durchaus weltliches Leben. Wichmann von Magdeburg war das beste Beispiel dafür. Schon seine aufwendige Hofhaltung und seine Leibesfülle kündeten davon. Der Erzbischof ritt sogar an der Spitze seiner Truppen ins Feld, und selbst dass sein Dompropst eine Tochter hatte, kümmerte ihn nicht sonderlich. Doch Dietrich war ein anderes Leben bestimmt.

Entschlossen trat Christian vor und kniete neben Ottos Sohn nieder. Er wusste, dass er wieder einmal dabei war, sich in Schwierigkeiten zu bringen, aber er wusste auch, dass Marthe sein Vorhaben gutheißen würde.

»Mein Fürst und Lehnsherr«, begann er, doch der Markgraf ließ ihn gar nicht erst weiterreden.

»Gebt Euch keine Mühe, Christian. Diesmal werdet Ihr mich mit Euren ungewöhnlichen und hartnäckigen Einwänden nicht umstimmen. Dietrich hat sich sein Schicksal selbst zuzuschreiben.«

»Mit Verlaub, Herr. Er ist für ein Leben im Kloster nicht geschaffen.«

»Das ist mir durchaus bewusst. Es soll schließlich eine Strafe sein«, brauste Otto auf. »Wohin sollte ich ihn denn jetzt noch stecken nach dieser Schande? Überall, wo er auftaucht, werden die Leute anfangen, zu wispern und zu tuscheln. Sie werden mit Fingern auf uns zeigen.«

»Sollte ein Kloster nicht ein Ort der Erbauung und der Gottessuche sein statt ein Kerker?«, wandte Christian höflich ein. »Bitte, hört mich an. Ich habe einen anderen Vorschlag.«

In Dietrichs Gesicht flackerte ein Funken Hoffnung auf. Verzweifelt richtete er seinen Blick auf Christian und dann wieder auf seinen Vater.

»Ich bin gespannt, mit welcher merkwürdigen Idee Ihr mir diesmal kommen wollt«, grollte Otto. »Es gibt keinen Ausweg. Niemand von Stand wird noch einen Knappen aufnehmen, der wegen seiner Verfehlungen vom Hof des Kaisers verbannt wurde.«

»Schickt ihn zu mir auf die Burg«, schlug Christian vor. »Dort kann er seine Ausbildung abschließen und zugleich lernen, wie man eine Burg und einen so bedeutenden Ort regiert. Vorausgesetzt« – für einen Augenblick zögerte Christian, denn dies war der einzige Einwand, den er vor sich selbst aussprechen musste –, »Ihr seid bereit, mir Euren Sohn anzuvertrauen.«

Jeder im Raum wusste, worauf der dunkelhaarige Ritter anspielte. Sein letzter Schützling von so hohem Rang, Markgraf Dietrichs Sohn Konrad, hatte den Tag seiner Schwertleite nicht überlebt. Und obwohl es nicht selten vorkam, dass selbst gestandene Ritter bei Turnieren verunglückten, und niemand diesen Vorwurf ausgesprochen hatte, fragte sich Christian Tag für Tag, ob er den jungen Mann nicht noch härter hätte ausbilden müssen.

»Ihr wisst, dass ich Euch dann auf absehbare Zeit nicht mehr zu den Hoftagen mitnehmen kann«, knurrte der Meißner Markgraf. »Und dass der schlechte Leumund dieses Versagers« – wütend blickte er zu seinem Sohn – »unweigerlich auf Euch zurückfallen würde?«

Natürlich hatte Christian diesen Einwand erwartet. Doch er konnte und wollte den Siebzehnjährigen, der seine ganze Kindheit und Jugend hindurch von einem Leben als Ritter geträumt hatte und die Ideale dieses Standes ehrlichen Herzens zu leben versuchte, nicht dem Schicksal ausliefern, das ihm sein Vater zugedacht hatte.

»Mit der Zeit wird Gras über die Sache wachsen«, erklärte er ruhig, während er Marthes erleichterten Blick auf sich gerichtet wusste. »Und in Dorf und Burg gibt es mehr als genug für mich zu tun.«

Alle im Saal starrten wie gebannt auf Otto. Der ließ sich genüsslich Zeit, seine Entscheidung zu verkünden.

Im Grunde genommen fühlte er sich nicht abgeneigt, Christians Vorschlag anzunehmen. Sein Sohn wäre damit erst einmal aus den Augen des Kaisers und der anderen hohen Adligen, ohne dass er ihn an die Kirche abtreten musste.

Krieg stand bevor. Es konnte nicht schaden, mehr als einen Sohn zu haben, der gegebenenfalls auch eine militärische Einheit kommandieren konnte. Vielleicht sollte er Dietrich sogar schneller als geplant zum Ritter machen – wenngleich natürlich in aller Stille und ohne Festlichkeit mit vielen hohen Gästen. Im Krieg mochte der Junge seine verlorene Ehre wiederherstellen.

Doch allzu leicht wollte er es denen nicht machen, die nun vor ihm knieten. Je länger sich Dietrich vor dem Leben hinter Klostermauern fürchtete, umso gründlicher würde er lernen, seinem älteren Bruder den Respekt zu erweisen, den er ihm schuldete. Und den Triumph über Hedwig wollte er bis zur Neige auskosten.

»Ich werde heute Nacht darüber nachdenken«, verkündete er schließlich mit vielsagendem Blick auf Hedwig.

Mit einer Handbewegung entließ er Marthe, Christian und seinen Sohn. Dann bot er seiner Frau die Hand, um ihr aufzuhelfen.

»Folgt mir, meine Gemahlin«, meinte er mit kaltem Lächeln, und ein eisiger Schauer fuhr durch Hedwig.

Früher hatte sie das Bett benutzt, um Otto in ihrem Sinne zu lenken. Ein schlechtes Gewissen hatte sie deshalb nie empfunden. Warum auch, wo es doch kaum andere Möglichkeiten für eine Frau gab, Einfluss auf ihren Mann zu nehmen. Auf diese Art hatte sie letztlich nicht nur vielen Unschuldigen Leid, sondern auch ihrem Gemahl so manche Fehlentscheidung oder gar Blöße erspart.

Doch diese Zeiten waren längst vorbei. Otto war mit den Jahren immer mürrischer und abweisender geworden. Und nachdem sie Dietrichs Liebe kennengelernt hatte, glaubte sie, die im Vergleich dazu grobe Besitznahme durch ihren Mann nicht mehr ertragen zu können.

Das Problem, wie sie eine Schwangerschaft erklären sollte, seit Otto sie nachts nicht mehr aufsuchte, hatte sie bisher verdrängt. Sie war einfach nur froh gewesen, dass ihr seine plumpen Zudringlichkeiten erspart blieben.

Doch sein Blick gerade eben war unmissverständlich. Zweifellos wusste Otto, wie sehr sie mittlerweile seine ehelichen Zuwendungen verabscheute. Nicht Begehren, sondern reine Rachsucht trieb ihn jetzt, seine Überlegenheit auszunutzen. Voller Angst fragte sie sich, wie sie ihrem Sohn zuliebe diese Nacht überstehen sollte, ohne ihren Widerwillen zu verraten.

Als sich Otto endlich zur Seite wälzte, um auf der Stelle einzuschlafen, flüchtete Hedwig mit einem Satz aus dem Bett und begann zu würgen.

Zitternd vor Kälte und Übelkeit, griff sie nach ihrem Umhang, wickelte sich hinein und kauerte sich mit angezogenen Knien in eine Ecke. Dort betete sie, dass ihr Mann lange und tief genug schlief, um ihr Verschwinden nicht zu bemerken.

Wenn sie Glück hatte, konnte sie sich am Morgen schon angekleidet und gekämmt zeigen, wenn er aufwachte. Er sollte sie nicht noch einmal berühren. Und niemand durfte wissen, dass die Markgräfin von Meißen die ganze Nacht auf dem Fußboden verbracht hatte wie die niedrigste Magd.

Während Hedwig frierend und gedemütigt an der Wand kauerte und Ottos jüngerer Sohn auf Befehl seines Vaters die Nacht zur Buße mit ausgestreckten Armen liegend vor einem Altarkreuz verbrachte, schmiegten sich Christian und Marthe aneinander, ganz vom Glück ihrer lustvollen Umarmung erfüllt.

Zärtlich strich der Ritter über die Schenkel, die eben noch leidenschaftlich seinen Leib umklammert hatten, ließ seine

Rechte dann über ihre Hüfte nach oben wandern, bis er ihre Wange ganz sanft berührte. Marthe hatte die Augen geschlossen und lächelte in sich hinein. Nicht zum ersten Mal dachte er: Es fehlt nicht viel, und sie würde vor Zufriedenheit schnurren wie eine Katze.

Er drehte sich auf die Seite, stützte den Kopf in die linke Hand und betrachtete verliebt die Frau, die sein Ein und Alles war. Auch nach zehn Jahren Ehe war er froh um jeden Tag, an dem sie an seiner Seite war. Er fühlte sich unvollständig, wenn sie getrennt waren, und das kam nur zu oft vor. Viel häufiger, als ihm lieb war, schickten ihn Ottos Befehle fort aus seinem Dorf.

Und jeder Tag konnte der letzte sein. Jeder von ihnen war dem Tod schon mehr als einmal nur knapp entronnen. Von heute auf morgen konnten eine gefährliche Krankheit, der Krieg oder die Heimtücke eines Feindes sie für immer auseinanderreißen.

Als hätte sie seine Gedanken erraten, schlug Marthe die Augen auf.

»Worüber grübelst du?«, fragte sie und strich mit der Hand durch sein schulterlanges dunkles Haar, wie sie es oft tat. Sie lächelte, aber es war ein trauriges Lächeln. Sie musste wohl wirklich seine Gedanken erraten haben, wieder einmal.

Also Schluss mit den düsteren Ahnungen!

»Weißt du, ich kann der Aussicht eine Menge abgewinnen, künftig nicht mehr mit Otto zu jedem Hoftag reiten zu müssen«, meinte er mit hintergründigem Lächeln. »So bleibt mir mehr Zeit für dich und unser großes, breites Bett zu Hause.« Klatschend ließ er seine Hand auf ihren Schenkel fallen.

Sie reckte ihm scherzend den Zeigefinger entgegen. »Wollust ist Sünde! Pater Sebastian würde dir dafür sofort zehn Paternoster auferlegen … und mir noch vierzig Tage Fasten dazu.«

Die Erinnerung an den eifernden Pater, der es darauf anlegte, den Menschen im Dorf jedes bisschen Freude auszutreiben, ließ sie beide für einen Moment verstummen. Doch Marthe war genauso froh wie Christian, künftig für eine Zeit dem Leben bei Hofe entrinnen zu können, falls der Markgraf seinen jüngeren Sohn zu ihnen schickte. Sie fühlte sich nicht wohl in dieser Welt, hinter deren verlogener Höflichkeit auf Schritt und Tritt Fallgruben lauerten. In dieser Gesellschaft überkam sie jedes Mal das Gefühl, wie ein Seiltänzer über einem Abgrund zu balancieren oder unbemerkt durch ein Rudel wilder Tiere gehen zu müssen. Eine einzige falsche Bewegung, ein einziges falsches Wort, und sie würde ins Bodenlose stürzen oder von wilden Bestien zerrissen.

»Du weißt, dass du dir den künftigen Herrscher der Mark Meißen zum Feind machst, wenn Otto dir Dietrich als Knappen schickt?«, sagte sie nun ernst, und es klang eher wie eine Feststellung, nicht wie eine Frage.

Es war kein Geheimnis, dass der machthungrige Albrecht das ganze Erbe wollte, ohne auch nur das geringste Stück an seinen Bruder abtreten zu müssen. Jetzt fehlte nur noch ein einziges, letztes Wort seines Vaters, und Albrechts Plan würde aufgehen. Den Bruder nicht nur loszuwerden, sondern auch noch in tiefster Verzweiflung zu wissen, würde ihm die Klostermitgift für Dietrich wert sein.

Wenn Christian ihm diesen Triumph verdarb, kamen spätestens mit Ottos Tod gefährliche Zeiten auf ihn zu. Und nicht nur für ihn, sondern wahrscheinlich auch für seine Familie und seine Freunde.

Christian griff nach Marthes Händen. Sie waren eiskalt, obwohl ihre Haut gerade noch vor Leidenschaft geglüht hatte.

»Dietrich ist es wert.«

Dann ließ er sich auf den Rücken sinken und starrte auf einen unbestimmten Punkt. »Irgendwo in mir lebt die heimliche Hoffnung, dass mit Gottes Hilfe einmal Dietrich statt Albrecht die Mark Meißen regieren könnte. Darauf will ich ihn vorbereiten, so gut ich kann.«

Rotgüldigerz

Nachdem Markgraf Otto am Morgen seine Entscheidung verkündet hatte, befahl er Christian, dessen Gefolge und seinem Sohn, Magdeburg unverzüglich zu verlassen und nach Christiansdorf abzureisen.

Christian und Lukas schickten ihre beiden jungen Knappen Georg und David los, um zusammenzupacken, und Christian erklärte sich bereit, Dietrich in die Kirche zu begleiten. Überaus erleichtert darüber, dass er nicht ins Kloster musste, wollte der Sohn des Markgrafen vor der Abreise eine Kerze stiften und ein Dankgebet sprechen.

Bevor sie den Dom betraten, hielt Dietrich kurz inne und verteilte sämtliche Münzen aus seinem Beutel an die Bettler, die vor dem Eingang warteten und sich nun begierig auf die Almosen stürzten. Nur das Geld für eine Kerze behielt er übrig. »Ich hab's geschworen, wenn mein Vater mich nicht ins Kloster schickt«, erklärte er Christian.

Marthe folgte ihnen in den gewaltigen Magdeburger Dom, dessen Größe und Pracht sie jedes Mal aufs Neue sprachlos machte. Sie wollte für ihre glückliche Heimkehr beten und dafür, dass sie alle im Dorf Daheimgebliebenen wohlauf vorfanden, ganz besonders ihre Kinder und Stiefkinder.

Als sie wieder hinausging, wurde sie erneut von den Bettlern und Krüppeln bedrängt, die vor dem Tor auf mildtätig gestimmte Kirchgänger warteten und anhand Marthes Kleidung auf reichlich Almosen hofften. Sie warf ein paar Hälflinge in die Menge und wandte sich dann einer Geblendeten zu, deren Anblick schon beim Hineingehen ihr Mitleid erregt hatte. Jetzt sah sie, dass die Frau viel jünger war, als sie anfangs gedacht hatte, ungefähr so alt wie sie selbst, nur furchtbar verhärmt und abgemagert. In ihrem einst sicherlich hübschen Gesicht zogen die scheußlichen, nässenden Brandwunden alle Aufmerksamkeit auf sich. Die ausgemergelte Gestalt saß etwas abseits der Bettler, die sich um die Münzen prügelten, und drehte nur den Kopf in die Richtung, aus der der Lärm kam. Marthe ging zu ihr und drückte ihr einen Pfennig in die schmutzige Hand, auch wenn sie argwöhnte, dass dies der Geblendeten nicht viel nutzen würde. Wem immer die junge, verstümmelte Frau das Geld gab, damit er ihr etwas Brot kaufte, der würde es wohl nehmen und auf Nimmerwiedersehen verschwinden.

Dennoch küsste die Bettlerin fassungslos vor Glück ihre Hand. »Gott segne Euch«, stammelte sie, während Tränen aus den leeren Augenhöhlen liefen.

Marthe schauderte. Was mochte sie getan haben, um so grausam bestraft zu werden?

»Hast du niemanden, der sich um dich kümmert?«, fragte sie. Die Geblendete schüttelte den Kopf. »Sie haben mich verstoßen. Aber ich bin unschuldig, ich schwöre es Euch bei allen Heiligen, hohe Frau!«

Das Schluchzen wurde immer heftiger. »Sie haben behauptet, ich hätte den bösen Blick und würde das Vieh krank machen und die Männer behexen. Aber das ist nicht wahr!«

Marthe schauderte. Nur ein grausamer Mensch konnte behaupten, die Frau hätte noch Glück gehabt, dass sie nicht verbrannt worden war. Blenden war ebenso ein Todesurteil, nur dass sich das Sterben länger hinzog. Mit blinden Bettlern wurden grausamste Späße getrieben, und selbst wenn ihnen ein barmherziger Mensch Geld oder Essen gab, nahm ihnen das meistens auf der Stelle jemand wieder weg. Diese Unglückliche würde früher oder später elendiglich verhungern oder erschlagen werden.

Doch niemand wusste besser als Marthe, wie leicht jemand zu Unrecht der Hexerei beschuldigt werden konnte – zumeist aus Missgunst oder Eifersucht.

»Warte hier. Ich schicke jemanden, der dir etwas zu essen bringt.«

Unter den inbrünstigen Dankesrufen der Geblendeten beauftragte sie die Magd, die sie begleitet hatte, bei den nahen Brotbänken einen Laib Brot zu kaufen, und schärfte ihr ausdrücklich ein, diesen der Verstümmelten und niemandem sonst in die Hand zu drücken.

Dann ging sie fort, ein paar Schritte Richtung Elbe, und mit jedem Schritt wurde das Grauen größer, das sie zu erfüllen begann. Doch sie war entschlossen, ihr Vorhaben zu Ende zu bringen. Sie musste sich den Dämonen der Vergangenheit stellen, um sie endlich abzuschütteln.

Als Marthe das zu ihren Füßen dahinströmende Wasser sah, zwang sie sich, stehen zu bleiben, statt fortzurennen, und den Blick nicht abzuwenden.

Anstelle des Weihrauchdufts in der Kirche drang nun der beißende Gestank des Abfalls zu ihr, der ans Ufer gespült worden war und in der Sommerhitze vor sich hin moderte.

Wie viel Zeit mochte vergangen sein, seit sich jene strudelnden, bräunlich trüben Wassermassen an Meißen vorbeigewälzt hatten?

Schlagartig wurde in ihrer Vorstellung die Silhouette Magdeburgs durch die Meißens ersetzt, und sie sah sich erneut inmitten einer Szene, die auch nach fünf Jahren noch in der Erinnerung schauderndes Entsetzen in ihr auslöste: Halbnackt und blutig geschlagen, mit aneinandergefesselten Händen und Füßen zu Reglosigkeit verurteilt, wurde sie vor einer aufgebrachten Menschenmenge in den Fluss geworfen. Ein Gottesurteil sollte zeigen, ob sie eine Hexe war, nachdem ein erfolgloser Medicus sie bezichtigt hatte, mit Dämonen im Bunde zu stehen.

An einem ebenso heißen Sommertag, wie der heutige zu werden versprach, war sie verhaftet und gefoltert worden, bis schließlich ein gnadenloser Geistlicher die Probe auf dem kalten Wasser und damit ihren sicheren Tod forderte.

Ihr Herz krampfte sich zusammen, und zum hundertsten oder tausendsten Mal durchlebte sie in der Erinnerung das Erlittene von neuem: die Todesangst, als die Fluten über ihr zusammenschlugen, während sie durch die Fesseln unbeweglich war, das Entsetzen, als das kalte Wasser in die nach Luft gierende Lunge drang, und den stechenden Schmerz, als sie ihr ungeborenes Kind verlor, nachdem sie, schon so gut wie tot, aus dem Wasser gezogen worden war.

Jemand, den sie für einen Feind halten musste, hatte aus sehr persönlichen Gründen verhindert, dass sie ertränkt wurde. Wenig später befreite er sie aus dem Kerker und hielt sie bei sich verborgen, während alle anderen sie tot glaubten. An diese Geschichte und die später daraus folgenden, merkwürdigen Ereignisse wollte Marthe jetzt nicht denken. Aber seit dem Tag, als sie in den Fluten der Elbe gewaltsam sterben sollte, konnte sie kein Gewässer mehr sehen, das größer als ein Bächlein war, ohne von Grauen erfasst zu werden.

Jetzt würgte das Entsetzen sie erneut, formte sich zu einem

Schrei, den sie mit Mühe erstickte, um kein Aufsehen zu erregen.

Sie musste diese Angst überwinden. Deshalb zwang Marthe sich, auf das sanft strudelnde Wasser zu blicken und dabei den Atem nicht länger anzuhalten.

Es ist vorbei, sagte sie sich, es wird nicht wieder geschehen. Doch sie konnte nicht verhindern, dass ein Teil ihres Verstandes höhnte: Sicher, eine Hexenprobe im Fluss hast du nicht mehr zu befürchten, weil die Häscher dich beim nächsten Mal gleich verbrennen werden. Weil du beim nächsten Mal als rückfällig giltst und es keine Gnade geben wird.

Solange sie die Frau des Burgvogtes war, durfte sich niemand ohne weiteres an ihr vergreifen. Doch von einem Tag zum anderen konnte Christian in Ungnade fallen – so wie damals, als er plötzlich zum Dieb und Gesetzlosen erklärt worden war. Genauso schnell und überraschend, wie sie beide, ein Geächteter und eine bettelarme, der Hexerei bezichtigte Wehmutter, später vom Markgrafen zu Edelfreien ernannt wurden. Wenn Otto starb, würde Albrecht als neuer Herrscher der Mark Meißen den Fürsprecher seines verhassten Bruders nicht im Amt lassen.

Noch lebte der alte Markgraf, und trotz seiner fast sechzig Jahre deutete nichts auf einen baldigen Tod hin. Sollte sie sich nicht besser zuallererst vor dem tückischen Pater Sebastian in Acht nehmen, der ihr im Dorf auflauerte und nichts sehnlicher im Sinn hatte, als sie heidnischen Aberglaubens zu überführen?

Wieder glaubte sie die Stimme jenes Eiferers zu hören, der damals am Elbufer in Meißen ihren Tod gefordert hatte, und das Johlen der begeisterten Menge.

Jemand hinter ihr rief leise ihren Namen. Die junge Frau fuhr zusammen und drehte sich um.

Es war Lukas, Christians Freund und Ritter. Er kannte Marthe lange und gut genug, um zu sehen, dass sie mit ihren Gedanken gerade durch ein besonders finsteres Tal gewandelt war. Wie so oft in solchen Momenten hätte er sie am liebsten in die Arme genommen und getröstet. Doch das durfte er nicht. Sie war die Frau seines besten Freundes. Obwohl er sie schon viel länger liebte.

»Ich soll dich holen. Wir brechen auf«, sagte er leise und verzichtete diesmal auf die Scherze, die er sonst gerissen hätte.

Marthe nickte ihm nur dankbar zu, zog trotz der Hitze ihren Umhang enger um die Schultern und folgte ihm, während sie versuchte, die Düsternis abzuschütteln, die von ihr Besitz ergriffen hatte. Sie musste endlich aufhören, sich vor jedem Schatten zu fürchten. Christian, Lukas und viele ihrer Freunde würden in den Krieg ziehen müssen, und niemand wusste, ob sie wiederkommen würden. Sie sollte jetzt besser den Menschen helfen, die ihr etwas bedeuteten, in den bevorstehenden blutigen Zeiten zu überleben.

Schweigend beobachtete Christian seinen neuen Schützling, dessen Dankgebet kein Ende zu nehmen schien. Lichtstrahlen fielen wie durchsichtige, leuchtende Balken durch die Fenster des Domes und ließen schwebende Staubkörnchen flimmern. In der Kühle des steinernen Gemäuers waren sie das Einzige, das an die draußen herrschende Hitze erinnerte.

Christian war zufrieden, dass sich Dietrich – obwohl bleich und übernächtigt – nichts von den Strapazen der Nacht anmerken ließ. Ein paar gute Freunde mussten ihm am Morgen aufgeholfen haben. Niemand, der eine ganze Nacht reglos mit ausgebreiteten Armen auf dem kalten Steinfußboden einer Kirche zubrachte, kam danach noch aus eigener Kraft auf die Beine.

Der Junge würde Stärke und Härte gegen sich selbst brauchen, um die künftigen Anforderungen zu bestehen, nun noch mehr als ohnehin schon ein Ritter von Stand. Er musste unter den kritischen Augen der adligen Welt die Schande auslöschen *und* seinen rigiden Vater zufriedenstellen, was von allen Unterfangen vielleicht das komplizierteste war.

Christian stand nun schon seit zweieinhalb Jahrzehnten in Ottos Diensten, rechnete er die Pagen- und die Knappenzeit auf dem Meißner Burgberg mit. Und mit den Jahren war es für ihn immer schwieriger geworden, seinem Lehnsherrn, der im Alter noch mürrischer und launischer wurde, aus innerer Überzeugung und nicht nur aus Pflicht die Treue zu halten.

Wenn sein neuer Knappe nicht wollte, dass es sich sein Vater doch noch anders überlegte, sollten sie lieber zusehen, dass sie Magdeburg auf schnellstem Weg verließen.

Als hätte Dietrich Christians Gedanken erraten, bekreuzigte er sich und stand auf.

Wider Erwarten wurden sie am Ausgang diesmal nicht von Bettlern bestürmt. Die Verkrüppelten und Gebrandmarkten waren in ein wildes Knäuel verwickelt und schienen sich um einen Brotlaib zu prügeln. Etwas abseits lag – völlig unbeachtet – der ausgemergelte Leichnam einer Geblendeten. Christian hatte in seinem Leben schon genug Tote gesehen, um zu erkennen, dass hier jede Hilfe zu spät kam.

Er schlug ein Kreuz, ebenso wie Dietrich, der angewidert auf die sich wild Prügelnden sah. Dann führte er seinen neuen Schützling zu dem Kräutergarten, in dem er noch vor zwei Tagen mit Marthe gesessen hatte. Doch diesmal ging er nicht zur Bank aus Weidengeflecht, sondern vergewisserte sich, dass niemand sie belauschen konnte.

»Ich will wissen, warum du auf deinen älteren Bruder losgegangen bist«, sagte Christian streng, die Arme vor der Brust verschränkt.

Dietrich senkte beschämt den Kopf, so dass die braunen Haare in sein schmales, immer noch von Schlägen gezeichnetes Gesicht fielen. Stockend berichtete er mit leiser Stimme.

Seine Geschichte überraschte Christian nicht; etwas in dieser Art hatte er erwartet. »Es wird nicht das letzte Mal gewesen sein, dass Albrecht dich provoziert oder demütigt«, mahnte er. »Ganz gleich, wie sehr er es darauf anlegt – du darfst die Beherrschung nicht verlieren. Noch einmal wird sich dein Vater nicht umstimmen lassen.«

»Ich weiß«, antwortete Dietrich, und seine Miene verschloss sich.

»Also denk stets daran, dass du Albrecht einen großen Gefallen tust, wenn du noch einmal versagst. Dann ist ihm die Markgrafschaft sicher.«

»Das ist sie doch sowieso«, antwortete Ottos jüngerer Sohn unwillig, während er aufsah und Christian anblickte. »Seit er laufen kann, hört er doch nichts anderes von Vater, als dass er einmal dessen Land und Titel erbt.«

»Dein Vater will dir das Gebiet um Weißenfels überlassen, und Albrecht missgönnt es dir«, entgegnete Christian mit Schärfe in seiner Stimme. »Insgeheim fürchtet er sogar, es könnte ihm so gehen wie euerm Vater, der viel weniger erbte, als er erwartet hatte.«

Ein Küchenjunge kam, der anscheinend ein paar Gewürzpflanzen holen sollte. Als er die beiden finster dreinblickenden Männer sah, der Kleidung nach unverkennbar von hohem Stand, verharrte er einen Moment unentschlossen auf der Stelle und lief dann mit ängstlicher Miene wieder fort.

»Lass uns zu den Ställen gehen. Die anderen werden schon auf uns warten«, sagte Christian.

Erleichterung zeichnete sich auf dem Gesicht des Siebzehnjährigen ab. Doch der Ritter hielt ihn noch einen Moment zurück.

»Wenn du bei mir bleiben willst, brauche ich dein Wort, dass du dich nicht noch einmal von Albrecht provozieren lässt.«

»Ihr habt es«, antwortete Dietrich nach kurzem Überlegen.

»Ganz gleich, was geschieht?«, fragte Christian mit unnachgiebiger Strenge. »Von jetzt an hängt nicht nur dein Schicksal davon ab!«

»Ja, Herr. Ihr könnt Euch auf mich verlassen«, versicherte Dietrich in ernstem, fast feierlichem Ton.

Als Christian mit ihm den Kräutergarten verließ, sah er ein paar Schritte weiter schon den kleinen Küchenjungen warten, der sofort losrannte, als der Weg für ihn frei war.

Bevor sie die Stallungen erreichten, nahm Christian seinen Schützling noch einmal beiseite und schärfte ihm mit gesenkter Stimme ein: »Auch wenn es dir ungerecht erscheinen mag … Es ist wohl ganz gut, dass der Markgraf keine Einzelheiten eures Streites wissen wollte.«

Dietrich blickte ihn fragend an.

»Dein Vater ist sehr anfällig für Anschuldigungen gegen deine Mutter«, sagte Christian ohne weitere Erklärungen.

Dietrich musste nicht wissen, dass Otto einmal sogar ihn in den Kerker hatte werfen lassen, nachdem er der Lüge aufgesessen war, Hedwig habe eine Affäre mit ihm. Auch für die Markgräfin hatte das eine Nacht in Fesseln bedeutet, bis Christians Freunde das Komplott enthüllen konnten.

Das Alter würde Ottos Eifersucht und seine Empfänglichkeit für Einflüsterungen nicht mildern. Und Christian war sich nicht sicher, ob Otto beim nächsten Mal noch eine Nacht warten würde, bis er seine Frau bestrafte, wenn er glaubte, sie würde ihn betrügen. Diesmal würde er sie womöglich gleich töten.

Zehn Tage war die Reisegesellschaft nach Christiansdorf unterwegs.

Christian hatte darauf verzichtet, zusätzlichen Geleitschutz in seine Dienste zu nehmen, obwohl er nun für Sicherheit und Leben eines markgräflichen Sohnes verantwortlich war. Als kleine Gruppe reisten sie nicht nur schneller, sondern auch unauffälliger, hatte er Dietrich erklärt. Und er vertraue vollkommen auf das Waffengeschick seiner Männer.

Seine Worte verwunderten Dietrich kaum. Dass Christian als begnadeter Schwertkämpfer und Reiter galt, wusste er bereits seit seiner Kindheit. Schon damals hatte er ihn grenzenlos bewundert und so manche Reitlektion von ihm erteilt bekommen. Er wusste ebenso, dass Christians einstiger Knappe Lukas seinem Lehrmeister in nichts nachstand. Doch auch die übrigen Männer in seiner Begleitung und die Reisigen waren überdurchschnittlich gut im Umgang mit dem Schwert.

Jeden Abend während der ansonsten recht ereignislosen Reise konnte sich Dietrich davon überzeugen. Denn dann ließ ihn Christian ohne Rücksicht auf die Strapazen des Weges zu harten Schwertkampflektionen antreten. Er war fest entschlossen, dem Jungen eine gnadenlose Ausbildung zukommen zu lassen. Nur so würde der Siebzehnjährige das überstehen, was vor ihm lag.

Doch tagsüber, wenn der Weg breit genug war für zwei Pferde nebeneinander, ritt auf seine Bitte hin zumeist Lukas neben Dietrich. Christian baute darauf, dass sein jüngerer Freund mit dem unerschütterlichen Humor dem Siebzehnjährigen das Herz etwas leichter machen würde.

Die beiden anderen Knappen, die mit ihnen reisten, waren kaum vierzehn Jahre alt, hatten ihre Pagenzeit gerade erst hinter sich gelassen und mühten sich redlich, vor den kritischen Augen von Christian und Lukas zu bestehen.

Dietrich beobachtete während der Reise alles aufmerksam, um die Menschen besser kennenzulernen, mit denen er die Zeit bis zu seiner Schwertleite verbringen würde, sofern sein Vater es sich nicht anders überlegte. Dabei fielen ihm einige ungewöhnliche Dinge auf. Die Männer, die Christian folgten, taten dies aus freiem Willen und aus Bewunderung für ihn. Er musste weder Kommandos schreien noch Strafen androhen oder gar verhängen, damit sie seine Befehle befolgten. Zumeist genügten ein knappes Wort oder ein Blick, und sie wussten, was er von ihnen erwartete. Mit seinem Freund Lukas schien er sich häufig ganz und gar wortlos zu verständigen.

Besonders aber faszinierte es den Siebzehnjährigen, aus nächster Nähe das Verhältnis zwischen Christian und Marthe zu erleben.

Die zierliche, zerbrechlich wirkende Frau des Burgvogtes wirkte wie in eine unsichtbare Wolke aus Trauer gehüllt. Doch wenn ihr Blick auf Christian fiel, schien sie von innen heraus zu strahlen. Er konnte sich nicht erinnern, dass sein Vater je seine Mutter so angesehen hätte wie Christian seine junge Frau. Wenn er Marthe aus dem Sattel half oder ihr schützend einen Umhang gegen die Abendkälte umlegte, hatte das wenig Ähnlichkeit mit der steifen Höflichkeit, die er im Umfeld des Kaisers kennengelernt hatte. Es waren keine schmeichelnden Worte oder großen Gesten, sondern es äußerte sich eher in Kleinigkeiten, die nur ein aufmerksamer Beobachter bemerken konnte. Christian schien seine Frau wirklich von Herzen zu lieben – etwas, das Dietrich bei Hofe erst wenige Male gesehen hatte und sonst nur aus den Geschichten kannte, die die Spielleute vortrugen.

Ob ihm selbst je einmal solche Liebe beschieden sein würde? Er wünschte es sich von Herzen, auch wenn wenig Hoffnung darauf bestand. Sollte ihn sein Vater nicht doch noch in ein

Kloster schicken, würde er eine Verbindung arrangieren, die vorteilhaft für das Haus Wettin war, ganz ohne Rücksicht auf die Empfindungen der Brautleute. Und so beobachtete er verstohlen Marthe und Christian, als könnte er sich etwas von ihrem Glück borgen.

Für vergnügliche Abwechslung unterwegs sorgten zwei junge Burschen, die gerade erst das Mannesalter erreicht hatten. Sie gaben sich zwar alle Mühe, beflissen und ernsthaft zu wirken, konnten es aber dennoch nicht lassen, ihre Späße zu treiben. Kuno hieß der eine, ein Rotschopf voller Sommersprossen, der, wie Dietrich aus ihren scherzhaften Disputen erfuhr, mit einer Stieftochter Marthes verheiratet war, die ihr erstes Kind erwartete. Sein schwarzhaariger Freund Bertram schien hingegen an Liebeskummer zu leiden. Wie Dietrich aus einigen Bemerkungen erriet, hatte sich seine Auserwählte in einen anderen verliebt, der jedoch gestorben war und dem sie immer noch nachtrauerte. Bertram musste sich nun allerhand mehr oder weniger rücksichtslose Scherze darüber anhören, wie er die Gunst des Mädchens erringen konnte. Erst als Christian die Spötter streng zurechtwies und sie daraufhin sofort mit einem Ausdruck schlechten Gewissens verstummten, wurde Dietrich klar, dass es sich bei dem Mädchen um die Schwester von Kunos Frau und damit um eine weitere Stieftochter Marthes handeln musste.

In drückender Sommerhitze näherten sich die Reisenden Christiansdorf. Ein Regenguss vom Morgen hatte sie eher erfrischt als gestört, doch mittlerweile waren alle bereits wieder von Staub bedeckt.

Als sie nur noch ein kurzes Stück vom Dorf entfernt waren, schickte Christian einen seiner Reisigen voraus, damit er Nachricht gab, dass die Ankunft des Burgvogtes, seiner Begleiter und eines Sohnes von Markgraf Otto zu erwarten war. So konnte er sich darauf verlassen, dass sie schon bald eine gute Mahlzeit und Wasser für ein Bad vorfinden würden.

Christian lenkte seinen Rappen einen Hügel hinauf und gab Dietrich das Zeichen, an seine Seite zu kommen. Der Fürstensohn ritt einen kostbaren Grauschimmel, wie Christian einst selbst einen besessen hatte – ein Geschenk des Markgrafen, da niemand außer Christian das wilde Tier zu zähmen vermochte.

Christian richtete versonnen einen Blick auf Marthe. Der Hügel war einer ihrer Lieblingsplätze, von hier aus konnte man auf das gesamte Dorf schauen, und manchmal ritten sie gemeinsam hierher, um nachzudenken und Zukunftspläne zu schmieden. Marthe lächelte ihm zu, dann dirigierte sie ihren braven Zelter ein paar Schritte zur Seite, damit Dietrich die Kuppe des Hügels erklimmen konnte.

»Wir sind am Ziel«, sagte Christian und deutete auf den Ort, der vor ihnen lag.

Dietrich verschlug es bei dem Anblick die Sprache. Er hatte unterwegs eine Menge darüber gehört, welche wundersame Entwicklung Christians Dorf genommen hatte, aber es mit eigenen Augen zu sehen, war eine andere Sache.

»Und … das ist alles in nur einem Dutzend Jahren auf wilder Wurzel entstanden?«, fragte er beinahe atemlos.

»Fast auf den Tag genau. Als ich vor zwölf Jahren mit dem Siedlerzug hier ankam, war das alles dichter Wald. Nur am Bach gab es eine kleine Lichtung. Dort wurden die ersten Felder angelegt und Häuser gebaut.« Christian deutete auf die ausladende Dorflinde und ein paar Katen in ihrer Nähe.

Von Wald oder Feldern war kaum noch etwas zu sehen in der Szenerie vor ihnen, in der Menschen klein wie Ameisen geschäftig herumeilten.

Der Wald war im großen Umkreis gewichen, da vor allem die Gruben und die Schmelzöfen Unmengen von Holz und Holzkohle benötigten. Aber auch Äcker – wie sonst in und um ein Dorf üblich – gab es kaum, nur ein paar Gärtchen und ein Hanffeld, das die Seiler mit Rohstoff für ihre Arbeit versorgte. Geprägt wurde das Antlitz des Dorfes vor allem durch einen breiten Streifen in nordöstlicher Richtung, auf dem an unzähligen Stellen gewaltige Löcher im Boden klafften und Menschen emsig damit beschäftigt waren, Silbererz zu fördern und auf den Scheidebänken zu zerkleinern. Der Erzgang setzte sich hinter dem Ort fort, wie Lukas unterwegs erklärt hatte.

Das Dorf selbst erschien Dietrich riesig, vor allem gemessen an der kurzen Zeit seit seiner Entstehung. Am Bach standen mehrere Schmelzhütten, aus denen dichter Rauch quoll, in ihrer Nähe ließ sich noch der einstige Ortskern erkennen. Doch westlich davon war ein ganzes Viertel entstanden, das aus der Ferne schon städtisch wirkte und in dessen Mitte eine große steinerne Kirche stand, deren Türme noch nicht fertig waren. Etwas entfernt gab es noch zwei kleinere, hölzerne Kirchen. Östlich des Erzganges war eine weitere Siedlung gewachsen, die der Bergleute.

Die Burg – ein starker Bergfried, umgeben von einem Häusergeviert und einem Wall – stand auf einem Felsplateau. Der Bach, der es umfloss, war angestaut worden und füllte einen Graben, den eine Zugbrücke querte.

Im Bergfried, das wusste Dietrich, wurde das gewonnene Silber für seinen Vater aufbewahrt. Innerhalb des Walles musste auch die markgräfliche Münze untergebracht sein. Er war gespannt darauf, zu sehen, wie aus unscheinbarem Gestein Silberbarren gewonnen und aus diesen Pfennige geschlagen wurden. Christian wollte, dass er sich auch mit solchen Fragen beschäftigte, die wichtig für einen künftigen Herrscher waren.

Auf Dietrichs etwas unwirsche Antwort, ihm sei es nicht bestimmt, einmal zu herrschen, hatte ihn sein neuer Dienstherr streng zurechtgewiesen. »Und was ist mit Weißenfels?!«

Dietrich war noch nie in Christiansdorf gewesen, da er die letzten zehn Jahre am Hof des Kaisers verbracht hatte, doch er wusste eine Menge über Wehranlagen. Sein prüfender Blick verriet ihm, dass diese Burg gut zu verteidigen war. Je ein Wachturm am westlichen und am nordöstlichen Ausgang des Dorfes sorgten zusätzlich für Sicherheit.

Plötzlich beugte sich Christian auf seinem Rappen vor und schirmte die Augen mit einer Hand ab, um besser sehen zu können. Er wirkte auf einmal beunruhigt.

Jetzt sah es Dietrich auch: Irgendetwas schien in einer der Gruben passiert zu sein, denn immer mehr Menschen liefen dorthin und bildeten bald ein dichtes Knäuel. Er bemerkte, dass Christian einen fragenden Blick zu Marthe sandte.

»Folgt mir!«, rief der Ritter dann und lenkte seinen Rappen, so schnell es ging, den Hügel hinab Richtung Grube.

Die einzigen Menschen, die den bewaffneten Reitertrupp zur Kenntnis nahmen, waren ein paar kleine Kinder, die sie mit großen Augen anstarrten. Den Gruß der Wachen am östlichen Dorfausgang erwiderte Christian, ohne anzuhalten.

Dass die Dorfbewohner trotz der Nachricht von der bevorstehenden Ankunft des Burgvogtes nicht zusammenliefen, um niederzuknien und sie willkommen zu heißen, und ihnen auch sonst kein Mensch begegnete, weckte nun auch in Dietrich Befürchtungen. Ob es ein Unglück in einer der Gruben gegeben hatte? Alles schien darauf hinzudeuten.

Christian an der Spitze des Reitertrupps hielt geradewegs auf die Grube zu, vor der sich eine große, wild durcheinanderschreiende Menschentraube gebildet hatte.

Noch immer schien sie niemand zu bemerken, geschweige denn Anstalten zu machen, den Herrn des Dorfes angemessen zu begrüßen.

Mit den Rücken zu den Neuankömmlingen, brüllten die Dorfbewohner, gestikulierten heftig, schubsten und drängelten, um irgendetwas zu sehen, das den Reitern verborgen blieb.

Lukas beendete das laute Durcheinander, indem er – ganz und gar unhöfisch – auf zwei Fingern einen durchdringenden Pfiff ausstieß.

Sofort drehten sich die Ersten um und erstarrten für einen Moment, um gleich darauf ehrfürchtig zu verstummen.

»Begrüßt den Herrn und die Herrin von Christiansdorf und den Sohn unseres Markgrafen!«, rief Lukas in die Menge.

So wie ein ins Wasser geworfener Stein immer größer werdende Kreise verursacht, erfasste die eintretende Stille Reihe um Reihe die aufgebrachten Menschen. Einer nach dem anderen sanken die Christiansdorfer pflichtgemäß auf die Knie, bis sich ein vornehm gekleideter und sichtlich aufgebrachter Mann mit grauem Bart durch die Menge schob.

»Seid gegrüßt, Herr, und willkommen zurück«, sagte er und verneigte sich tief, bemüht, den Ärger aus seinem Gesicht verschwinden zu lassen.

»Gott zum Gruße, Bergmeister Hermann«, antwortete Christian. »Hat es ein Unglück gegeben?«

»Der Herr sei gelobt, nein.« Hastig bekreuzigte sich der Bergmeister. »Die Männer haben Rotgüldigerz gefunden. Und daraufhin brach hier solch ein Geschrei aus, dass die Dummköpfe noch die bösen Berggeister aufwecken werden.« Wieder schlug er ein Kreuz.

Dann wandte er sich an die neben ihm knienden Menschen.

»Ihr könnt wieder an eure Arbeit gehen. Es gibt hier nichts

weiter zu sehen. Und macht keinen Lärm, habt ihr verstanden?«

Wortlos erhoben sich die Dorfbewohner und entfernten sich. Mancher von ihnen bekreuzigte sich mit ängstlicher Miene ebenfalls.

»Warum fürchten sie sich so vor den Berggeistern?«, erkundigte sich Dietrich leise bei Lukas, der neben ihm stand.

»Weil von deren Launen ihr Leben abhängt«, erhielt er zur Antwort. Entgegen seiner Art spottete Lukas diesmal nicht, sondern schlug gleichfalls ein Kreuz. »Übelgestimmte Berggeister können die Grube einstürzen lassen und die Männer unter dem Gestein begraben. Doch wer sich gut mit ihnen stellt, dem schenken sie vielleicht einen Krug voll Silber, oder sie verwandeln taubes Gestein in reichhaltiges Erz. So zumindest erzählen es die Geschichten aus alter Zeit.«

Inzwischen hatte sich die Menschenansammlung aufgelöst. Übrig geblieben war nur eine Gruppe von vier Männern: der graubärtige Bergmeister und drei Bergleute, in deren geschwärzten Gesichtern fassungslose Freude geschrieben stand. Auch unter all dem Staub und Schmutz, die sich ihnen in die Haut eingefressen hatten, war zu erkennen, dass sie nahe Verwandte sein mussten, vielleicht ein Vater mit seinem Sohn und Bruder oder Vetter.

»Der Herr hat uns gesegnet«, stammelte der Älteste von ihnen. »Er hat in Seinem unterirdischen Reich einen Gang von fast reinem Silber wachsen lassen.«

»Nun«, wandte sich Christian an Dietrich, »dein Vater wird froh sein, das zu hören.«

Ein verstohlenes Lächeln huschte über sein fast immer ernstes Gesicht. »Wo Rotgüldigerz steckt, kreuzen sich zwei Erzgänge. Das heißt, die Bergleute können nun auch quer zur bisherigen Gangstrecke graben und haben Aussicht auf besonders reichhaltiges Erz, zuweilen sogar gediegenes Silber«, erklärte er seinem neuen Schützling.

Bergmeister Hermann lud sie ein, das Vorkommen zu besichtigen. Sie saßen ab und folgten ihm zur Grube.

»Sag bloß nicht ›Silberader‹«, raunte Lukas Ottos Sohn zu. »Die Bergleute haben ihre eigene Sprache. Ader heißt bei ihnen Gang, ihre Leitern heißen Fahrten, und ganz gleich, ob sie unter Tage gehen, steigen oder kriechen – sie nennen es immer ›fahren‹.«

Verblüfft sah Dietrich, dass sich Christian offenkundig nicht zu schade war, die Leitern – oder Fahrten – hinab über mehrere Absätze in die Grube zu klettern, die fast drei Mannslängen in die Tiefe reichte.

»Komm mit und sieh dir aus der Nähe an, woraus der Reichtum deines Vaters entsteht«, wurde er aufgefordert. So folgte er Christian und dem Bergmeister, bemüht, das kostbare Obergewand nicht zu beschmutzen.

Unten angekommen, erlebte er die nächste Überraschung. Blutrote Körner im Gestein waren es, auf die der Bergmeister stolz verwies.

»Das ist Silber?«, fragte Dietrich verwundert.

»Ja, junger Herr, fast gediegen«, beschied ihm der Bergmeister. Dann hob er einen schwarzen Klumpen auf, aus dem etwas wie ein gekrümmter schwarzer Faden ragte.

»Und das hier ist gediegen Silber, eine Silberlocke«, erklärte der Bergmeister.

Der junge Mann wunderte sich immer mehr. Er hatte silbrig glitzernde Adern erwartet, die sich durch das Gestein zogen. Wie wurden aus diesen tiefroten und schwarzen Brocken hell glänzende Münzen? Auf einmal überkam ihn die Neugier, zu erfahren, was wohl für dieses wahrhaftige Wunder alles vonnöten war.

Doch der Bergmeister wandte sich bereits ab, um wieder nach oben zu steigen – oder zu fahren, wollte Dietrich Lukas glauben.

»Wir sollten uns beeilen«, meinte Hermann, und Christian nickte zustimmend.

Erwarteten sie etwas Bestimmtes?, fragte sich Ottos Sohn.

Offenkundig. Denn kaum hatten sie die Oberfläche wieder erreicht, blickten Hermann und Christian suchend nach links und rechts. Jetzt entdeckte auch Dietrich, dass in etwa zwei Steinwürfen Entfernung in beide Richtungen Männer hastig mit Keilhauen auf den Boden einhieben. Er hätte schwören können, dass diese Männer vorhin noch nicht dort gewesen waren.

»Sie folgen der Linie des kreuzenden Ganges«, erklärte Christian. »Sie hoffen, dort eine neue, reiche Fundstelle aufzuschließen. Wer zuerst auf Erz stößt, kann beim Bergmeister das Grubenfeld beanspruchen.«

»Und sie dürfen überall graben, selbst auf den Äckern der Bauern?«, erkundigte sich Dietrich erstaunt.

»Ja«, antwortete Christian, über dessen Gesicht auf einmal Düsternis zog. »Wo ein Mann nach Erz graben will, soll er es mit Recht tun. So hat es dein Vater verfügt.«

»Führt das nicht unweigerlich zu Streit?«, wollte Dietrich wissen, während er sich ein paar Erdkrumen von den Händen klopfte.

»Allerdings«, bekam er zur Antwort. »Das hat uns schon Leben gekostet.«

Der Sohn des Markgrafen verfiel ins Grübeln. Die Sache schien auf einmal viel komplizierter als gedacht. Er würde hier viel lernen müssen, um vielleicht einen Weg zu finden, damit die Förderung ergiebig und zugleich gerecht vonstattenging.

Aber konnte es dabei überhaupt gerecht zugehen? Einer fand einen reichen Anbruch, ein anderer mühte sich Jahre umsonst in der Hoffnung, genug Silber zu finden, um sich und seine Familie zu ernähren. War es Zufall oder Wissen, Gottes Wille oder die Laune eines Berggeistes, wer beschenkt wurde und wer leer ausging?

»Entschuldigt mich, Herr, ich muss dort drüben nach dem Rechten sehen.« Der Bergmeister wies nach links, wo einige Männer eine Rauferei begonnen hatten, während ein paar andere laut zu schreien begannen. Hermann verneigte sich vor Christian, Lukas und Dietrich, um dann mit eiligem Schritt den Ort des wilden Streites zu erreichen.

»Das soll der Bergmeister schlichten«, entschied Christian. »Jetzt lasst uns endlich nach Hause reiten!«

Er saß auf, und die ganze Reisegesellschaft folgte ihm in Richtung Burg.

Schon auf den ersten flüchtigen Blick erkannte Dietrich, dass auf der Burg alles bestens geordnet war. Zugbrücke und Tor waren in einwandfreiem Zustand, die Wachen grüßten ehrerbietig, und als sie den Burghof erreichten, kamen sofort ein paar Stallburschen, um ihnen die Pferde abzunehmen. Die Burgbesatzung unter dem Kommando eines erfahrenen Kämpen namens Walther und das Gesinde hatten sich nebeneinander aufgestellt, um die Reisenden zu begrüßen. Auch der noch junge Kaplan fand sich dazu ein.

Eine resolut wirkende stämmige Frau mit einer sorgsam gebleichten und gefältelten Haube reckte ihnen den Willkommenspokal entgegen. Während sie vortrat, fiel Dietrichs Blick auf ein junges Mädchen mit blondem Haar, das dort mit zwei Kindern an den Händen stand, die unmöglich ihre sein konnten, dafür war das älteste schon zu groß.

Sie sah ihn an, und während Röte in ihr Gesicht schoss, senkte sie hastig die Lider.

Wer ist sie?, dachte Dietrich fasziniert. Ihre Kleidung war weder so schlicht wie die einer Bäuerin oder Magd noch vornehm genug, dass man ihre Trägerin für eine Adlige halten konnte.

Dann sah er, wie sich die beiden Kleinen von ihren Händen losrissen, auf Marthe zustürzten und sich von ihr umarmen ließen.

Marthe war überglücklich, ihre Kinder endlich wieder in die Arme schließen zu können. Die siebenjährige Clara schmiegte sich wortlos an sie, der dreieinhalbjährige Daniel umklammerte ihre Beine und begann aufgeregt zu erzählen, was er in der Zwischenzeit alles erlebt hatte.

Nach der ersten stürmischen Umarmung machte sie sich lachend von ihren Kindern los, auch wenn sie die beiden gern noch länger an sich gedrückt hätte. »Begrüßt euren Vater«, ermunterte sie die Kleinen, die sich sofort Christian zuwandten. Stolz strich er seinem jüngsten Sohn über den Kopf und hob sein Töchterchen hoch, um ihr einen Kuss auf die Wange zu geben.

Währenddessen wandte sich Marthe an ihre beiden Stieftöchter. Johanna, die Ältere von beiden und Kunos Frau, reckte ihr strahlend ihren Bauch entgegen. Die Achtzehnjährige, die von Marthe vieles über die Anwendung von Kräutern und die Krankenpflege gelernt hatte, war regelrecht aufgeblüht in ihrer Schwangerschaft.

»Ich sehe, die Übelkeit ist vorbei«, meinte Marthe lächelnd. »Dabei hatte ich mir allmählich Gedanken gemacht …«

»Kein Grund zur Sorge«, entgegnete Johanna und legte die Hand schützend auf den Bauch. »Es bewegt sich schon«, meinte sie mit verlegener Freude.

Marthe sah Kuno in respektvollem Abstand dastehen, der es wohl nicht erwarten konnte, seine Frau in die Arme zu schließen, sich aber gedulden musste, bis sie allein waren. Mit verstohlenem Lächeln über das junge Glück gab sie Johanna ein Zeichen. Glückstrahlend lief diese zu ihrem Mann.

Dann umarmte Marthe Marie, ihre jüngere Stieftochter, die sich um Clara und Daniel kümmerte, wenn Marthe nicht da oder beschäftigt war.

»Geht es dir gut?«, fragte sie besorgt, während sie ihr zärtlich eine blonde Locke aus dem Gesicht strich. Das Mädchen war immer noch in Trauer um einen Schmiedegesellen, in den sie sich verliebt hatte, der aber an einem Fieber gestorben war, gegen das auch Marthe nichts hatte ausrichten können. Seitdem hatte Marie alle Werbungen abgelehnt und Christian gebeten, sie trotz ihres Alters noch nicht zu verheiraten. Dabei wartete jedermann im Dorf darauf, dass sie nach der Hochzeit ihrer Schwester Johanna mit dem abenteuerlustigen Kuno dessen besten Freund Bertram heiraten würde. Zu unzertrennlich schienen die vier. Schließlich gehörten sie zu denjenigen, die einst vor zwölf Jahren als Erste mit dem Siedlerzug nach Christiansdorf gekommen waren.

Kuno und Bertram wurden später auf ihren brennenden Wunsch hin zu Wachen ausgebildet – von Christian persönlich, der die beiden für ihren Mut und ihre Loyalität schätzte und sich verantwortlich für sie fühlte. Bald hatte Bertram in aller Form um Marie geworben, ohne bisher ein »Ja« erhalten zu haben.

»Mir geht es gut.« Auf einmal zog flammende Röte über Maries Wangen. Doch Marthe blieb keine Zeit, sich darüber Gedanken zu machen, denn gerade begann Christian, der versammelten Burgbesatzung zu verkünden, dass von nun an

Markgraf Ottos jüngerer Sohn Dietrich bei ihnen leben und zum Ritter ausgebildet werden würde.

Bald bewegte sich die ganze Gesellschaft unter großem Trubel zur Halle.

Clara griff nach Marthes Hand und zog sanft daran. Marthe begriff, dass ihr ihre Tochter etwas Vertrauliches zuflüstern wollte, etwas, das so wichtig war, dass sie es nicht länger für sich behalten konnte.

Sie beugte sich herab.

»Er mag Marie«, flüsterte die Kleine, die mit ihren rotbraunen Haaren und den graugrünen Augen das Abbild ihrer Mutter war, während Daniel ebenso wie sein großer Bruder eher nach Christian kam. Verblüfft sah Marthe in die Richtung, in die Clara unauffällig mit dem Kinn gewiesen hatte.

Dort ging Dietrich. Sie waren doch gerade erst angekommen! Aber Clara hatte über ihre Jahre hinaus feine Sinne. Und richtig, Dietrich starrte unentwegt auf ihre jüngere Stieftochter. Marie hingegen fing seinen Blick auf, senkte rasch die Lider und errötete erneut.

Oje, das roch nach Ärger! Sollte sich die sonst so zurückhaltende Marie Hals über Kopf verliebt haben, ebenso wie Dietrich?

Das konnte nichts Gutes bringen. Es war undenkbar, dass der Sohn des Markgrafen eine Bauerntochter heiratete. Ehen für Adlige von seinem Rang wurden ausnahmslos nach politischen Erwägungen geschlossen, nicht aus Neigung, und schon gar nicht mit geringer Geborenen. Wenn Clara mit ihrer Beobachtung recht haben sollte, musste sie unbedingt mit Christian reden. Sosehr sie Marie Liebesglück wünschte – weder Christian noch sie selbst konnten dulden, dass Marie die Gespielin des jungen Markgrafen würde. Denn spätestens dann, wenn

Dietrich eine Fürstentochter heimführte, würden sie Marie mit jemandem verheiraten müssen, der in Kauf nahm, dass seine Frau nicht mehr unschuldig in den Stand der Ehe trat. Doch das würde er Marie ein Leben lang spüren lassen.

Bei allen Heiligen, das Mädchen war sechzehn und würde bald als alte Jungfer gelten! Sie sollten sie schnellstmöglich mit Bertram verheiraten, denn der würde alles dafür tun, um Marie glücklich zu machen.

Doch an diesem Abend kam Marthe nicht dazu, mit Christian über Marie zu sprechen. Als sie endlich zum ersten Mal nach der Rückkehr vom Hoftag wieder allein in ihrer Kammer waren, um sich für die Nacht auszukleiden, überkam sie eine Schwermut, die sie nicht aus ihrem Inneren verbannen konnte, so gern sie es auch wollte.

Dabei war sie so erleichtert, der höfischen Gesellschaft entkommen zu sein, zu der sie sich nach wie vor innerlich nicht zugehörig fühlte. Endlich war sie wieder zu Hause, in vertrauter Umgebung und unter vertrauten Menschen. Und doch kam ihr jetzt schon alles wie ein großer Abschied vor.

Als sie Christians Blick spürte, senkte sie die Lider, um ihre Gedanken zu verbergen.

Sie wollte nicht darüber nachsinnen, ob Christian lebend und gesund aus dem Kampf zurückkam, er und die anderen Menschen, die ihr am Herzen lagen.

Sollte sie ein halbes Jahr oder wer weiß, wie lange es dauern mochte bis zum Feldzug, schon in Trauer verbringen, obwohl ihr Liebster noch an ihrer Seite war? Sollte sie ihn mit ihren Ängsten belasten, noch bevor er den Befehl zum Aufbruch mit seinen Bewaffneten erhalten hatte?

Der Tod konnte jeden von ihnen jeden Tag ereilen, nicht nur im Feld. Außerdem gab es jetzt mehr als genug zu tun.

Doch Marthe kam nicht dagegen an. Und sie konnte ihn auf einmal nicht mehr so unbeschwert lieben wie sonst: leidenschaftlich, selbstvergessen, ganz auf seine und ihre Liebe vertrauend. Jetzt war jede seiner Berührungen für sie so, als sei es ein letztes Mal.

Diesmal schloss sie nicht die Augen, sondern wollte ihn sehen – während er verliebt ihren Körper betrachtete, als er sie zärtlich berührte, als ihn die Leidenschaft übermannte und als er sich völlig in ihr verlor.

Sie waren einander viel zu vertraut, als dass sie ihre Gedanken vor ihm hätte verheimlichen können.

Als sie, erschöpft vom Liebesspiel, nebeneinander auf die Laken sanken, legte er seine Hand an ihre Wange. Er fragte erst gar nicht, was ihr durch den Kopf ging, er wusste es.

»Du musst nicht trauern – und schon gar nicht, solange ich noch hier bin. Noch lebe ich, und ich habe vor, dafür zu sorgen, dass sich vorerst daran nichts ändert.«

Dann nahm er ihren Kopf in beide Hände und küsste sie. »Ich komme wieder, ich versprech's.«

Sie konnte nichts darauf erwidern, sondern nickte nur stumm. Stattdessen zog sie ihn an sich und umklammerte ihn, als wolle sie ihn nie wieder loslassen. So konnte er die Tränen nicht sehen, die ihr übers Gesicht rannen.

Quälende Sorgen

Der Juli ging ins Land. Marthe, Christian und ihre Freunde warteten immer ungeduldiger auf Nachricht, was sich seit ihrer Abreise vom Hoftag ereignet hatte. Auf dem Meißner

Burgberg durften sie sich nach den Befehlen des Markgrafen nicht blicken lassen. Deshalb ritt Lukas an einem schwülen Sommertag zu Raimund, einem Ritter in Ottos Diensten und ein Freund Christians seit ihrer gemeinsamen Knappenzeit. Er hatte Hedwig und Otto nicht nur zum Hoftag nach Magdeburg begleitet, sondern auch zum darauf folgenden in Erfurt und musste nach Christians Schätzung nun wieder auf seine Ländereien zurückgekehrt sein.

Um sich vom bangen Warten abzulenken, beschloss Marthe, ihre Freundin Emma zu besuchen, die Frau des Dorfschmieds. Sie und ihr Mann Jonas stammten aus demselben Dorf wie Marthe, und obwohl sich Marthes Lebensumstände seit ihrer Flucht aus Franken auf nahezu unglaubliche Weise geändert hatten, war sie nicht bereit, deshalb alte Freundschaften aufzugeben.

Als Frau des Burgvogtes hätte sie jeden Dorfbewohner zu sich auf die Burg befehlen können, ja, es wurde sogar von ihr erwartet, statt in die Bauernkaten zu gehen. Und seit Jonas nicht mehr Dorfältester war – anlässlich Randolfs Ernennung zum Burgvogt hatte die Mehrheit der Dorfbewohner entschieden, anstelle des mutigen Schmieds, der wegen seiner Loyalität gegenüber Christian bald Randolfs Rachsucht auf sich zog, einen servilen Tuchhändler zu ihrem Fürsprecher zu wählen –, konnte Christian auch ihn und seine Frau nicht mehr ohne weiteres zu besonderen Anlässen einladen. Denn das hätte erfordert, auch den jetzigen Dorfältesten und den eifernden Pater Sebastian an seinen Tisch zu bitten, und auf deren Gesellschaft verzichtete er lieber, wenn es sich einrichten ließ.

Die rotblonde Emma saß in ihrem Haus über Flickarbeiten, als Marthe eintrat. Freudestrahlend legte sie ihr Nähzeug beiseite und wollte die Freundin umarmen. Doch die meisten der Kinder, die in der Kate spielten, während ihr ältester Sohn

Johann seinem Vater in der Schmiede zur Hand ging, waren schneller und hingen schon an Marthes Rockzipfeln. Lachend teilte sie ihre Honigkügelchen an die wilde Schar der Rotschöpfe aus.

»Man sollte meinen, wenigstens eines deiner Kinder hätte das schwarze Haar seines Vaters geerbt – aber sie kommen alle nach dir!«, spottete sie, zu Emma gewandt.

»Stimmt es, dass der Kaiser genau solche Haare hat wie ich?«, wollte Guntram wissen, Emmas Zweitältester, der nach einem von Randolf zu Unrecht gehängten Bergzimmerer benannt worden war.

»Das stimmt. Nur hat der noch einen Bart dazu«, versicherte Marthe.

»Krieg ich auch bald, sagt Vater«, meinte der Siebenjährige voller Überzeugung und strich sich übers Kinn, als wolle er prüfen, ob dort schon die ersten Stoppeln zu spüren wären.

Marthe und Emma gaben sich alle Mühe, nicht loszuprusten.

Dann holte Marthe noch ein paar Leckereien aus ihrem Korb und übergab sie der Hausfrau, griff sich ein paar zerrissene Beinlinge aus dem Knäuel von Flickarbeiten, die sie mitgebracht hatte, und kramte die Nadel aus dem Beutel an ihrem Gürtel.

Keine der Frauen konnte es sich leisten, einfach so die Zeit mit Schwatzen zu vertrödeln, dazu hatte jede von ihnen viel zu viel zu tun. Aber beim Nähen war ausreichend Gelegenheit, den neuesten Dorfklatsch auszutauschen. Und Emma wusste, dass die Freundin solche Momente bei ihr als ein Stück verlorener Normalität genoss. Also schickte sie eines ihrer Kinder aus, damit es noch Agnes dazuholte, die Frau des zweiten Schmieds, die mit Marthes Stiefsohn Karl verheiratet war. Auch Agnes brachte ihre Kinder mit, so dass es in Jonas' Haus

86

bald noch turbulenter als sonst zuging und Marthe ihre Sorgen vergaß – zumindest für diesen Vormittag.

Am nächsten Tag kam Lukas zurück auf den Burghof geprescht und suchte sofort nach Christian, Marthe und Dietrich, um die Neuigkeiten loszuwerden, kaum dass er sein Pferd einem Stallburschen übergeben hatte.

»Der Löwe ist nach der Herausforderung zum Zweikampf mit Markgraf Dietrich wirklich nicht nach Magdeburg gekommen!«, berichtete er schon auf dem Weg in die Kammer. »Er blieb auf Burg Haldensleben, und von dort aus bat er um ein vertrauliches Treffen mit dem Kaiser. Friedrich soll ihm angeboten haben, er könne durch ein Bußgeld von fünftausend Mark Silber Reue zeigen und den angerichteten Schaden sühnen. Glaubt es oder nicht – der Löwe hat abgelehnt. Ziemlich überheblich von ihm, wenn ihr mich fragt.« Lukas machte eine abfällige Handbewegung. »Damit hat er seinen Untergang besiegelt.«

Endlich nahm er sich Zeit für einen kräftigen Schluck Bier. Er trank den Krug halbleer, wischte sich mit dem Ärmel über die Lippen und sprach weiter.

Während der Kaiser und seine Getreuen in Magdeburg mit großer Pracht das Fest Peter und Paul feierten und von dort aus nach Erfurt zogen, wurden bereits alle Absprachen für den Hoftag im August in Kayna getroffen. Dort würden der Kaiser und das Fürstengericht das Verfahren gegen den Löwen nach Lehnsrecht und Landesrecht eröffnen, was nach Lukas' Ansicht mit nichts anderem als der Ächtung und Entmachtung des Welfen enden konnte.

»Er wird sich nicht kampflos ergeben«, endete der junge Ritter seinen Bericht und meinte, zu Christian gewandt: »Spätestens wenn der Hoftag in Kayna vorbei ist, beginnt der Krieg.«

Dann sah er zu Dietrich. »Zeit, die Schwerter zu schärfen.«

Der Siebzehnjährige blickte triumphierend auf.

Marthe hingegen, obgleich schneeweiß im Gesicht, gab sich alle Mühe, gefasst zu bleiben. Schließlich hatten sie seit Wochen mit nichts anderem gerechnet.

Am nächsten Morgen nahm Marthe ihre eigenen Kriegsvorbereitungen in Angriff. Gemeinsam mit Mechthild, der Köchin und Wirtschafterin, wollte sie die Vorräte überprüfen.

Der Winter war hart und lang gewesen, noch Ostern war alles Land mit Schnee bedeckt. Die Älteren munkelten schon kopfschüttelnd und besorgt von Anzeichen in der Natur, dass auch der kommende Winter streng werden würde, obgleich sich das jetzt, unter der sengenden Sommersonne, niemand so recht vorstellen mochte.

Auch wenn in ihrem Dorf kaum noch Getreide angebaut wurde, weil fast überall Erzgruben angelegt oder Häuser errichtet worden waren – die verspätete Aussaat allerorten und der geringe Ernteertrag würden dieses Jahr den Getreidepreis gewaltig in die Höhe treiben.

Besser, sie kauften das Korn bald nach der Ernte als kurz vor dem Winter, und zwar deutlich mehr als sonst. In Christians Auftrag waren bereits zwei Fuhrleute unterwegs, um Getreide aus Böhmen herbeizuschaffen: Hans und Friedrich, die einst Salz aus Halle nach Böhmen gekarrt und von dort Getreide zurückgebracht hatten. Sie waren damals dem Siedlerzug auf dem Weg ins künftige Christiansdorf begegnet und hatten später hier das erste Silbererz entdeckt.

Doch wenn Christian dem Markgrafen Truppen für die Heerfahrt stellen musste, brauchte sie zusätzliche Vorräte als Proviant für die Bewaffneten.

Auf dem Burghof standen noch ein paar Pfützen von einem

nächtlichen Gewitter, trotzdem herrschte das übliche geschäftige Treiben. Zwei Mägde holten Wasser vom Brunnen, eine saß auf einem Schemel und rupfte eine Gans, wobei sie vor sich hin schimpfte, die Stallknechte riefen sich beim Ausmisten derbe Scherze zu.

Aus den Gebäuden der markgräflichen Münze, die den größten Teil des Hofes einnahmen, drang der gewohnte Lärm: das Zischen und Fauchen aus der Feinbrennerei, wo das aus dem Erz gewonnene Rohsilber erneut geschmolzen und gegossen wurde, aus dem Nebenhaus das helle Hämmern, mit dem es platt geschlagen wurde, damit ein Dutzend Männer aus den flachen Streifen kleine, runde Scheiben schneiden konnten, und das gleichmäßige, dumpfe Pochen aus dem Prägehaus, wo Porträt und Insignien des Markgrafen in die Schrötlinge geschlagen wurden.

Die resolute Mechthild bahnte sich, davon völlig unbeeindruckt, den Weg zur Vorratskammer, während ihre Trippen auf dem Burghof klapperten.

Die Witwe, die alle ihre Kinder verloren hatte und nun hinter rauher Schale eine schier unerschöpfliche Mütterlichkeit für den gesamten Haushalt und ganz besonders für Marthe verbarg, war der jungen Burgherrin eine unersetzliche Hilfe dabei, sich in die neuen Aufgaben hineinzufinden.

Marthe hatte erst lernen müssen, die Vorräte für die vielen Menschen zu berechnen, für die sie jetzt zuständig war. Bei jungen Mädchen aus adligem Haus gehörte das zur Erziehung, bevor sie verheiratet wurden. Doch Marthe stammte aus ärmsten Verhältnissen und hätte sich nie und nimmer träumen lassen, einmal dem großen Haushalt eines Ritters, geschweige denn eines Burgvogtes vorzustehen.

Während sie die Vorratskammer aufschloss, kam ihnen wie ein Blitz eine grauweiße Katze entgegengeschossen. Die hatte

Lukas Marthe vor Jahren geschenkt, damals, kurz nachdem sie mit dem alten Wiprecht verheiratet worden und todunglücklich war. Der Mäusejäger und sein zahlreicher Nachwuchs hatten sich zu tüchtigen Bewachern der Kornkammer entwickelt und standen daher auch bei Mechthild in hoher Gunst.

Die beiden Frauen brauchten einen Augenblick, bis sich ihre Augen nach dem grellen Sonnenlicht an das Halbdunkel in der kühlen Kammer gewöhnt hatten. Wohlgeordnet hingen Säcke mit Hülsenfrüchten und geräucherte Speckschwarten von der Decke, standen große und kleine Fässer beieinander.

Mit dem sicheren Gespür einer erfahrenen Wirtschafterin ging Mechthild auf eines der Fässer zu und hob den schweren Deckel an. Beißender Gestank drang heraus, so dass die Köchin den Holzdeckel nach einem bekümmerten Blick sofort wieder fallen ließ. »Das Pökelfleisch ist rettungslos verdorben«, sagte sie missgelaunt. »Wenn Ihr einverstanden seid, gibt es heute Abend für alle nur Brei.«

Marthe nickte zustimmend. Sie hätten zwar auch ein paar Gänse oder Lämmer schlachten können, damit Fleisch auf die Tafel kam, aber es war besser, zu sparen.

Gemeinsam zählten sie die Säcke mit Bohnen und Erbsen – es waren nicht mehr viele –, begutachteten den gesalzenen Fisch für die Fastentage und überschlugen, wie viel Rüben und Kohl noch in den Mieten und wie viele Säcke Getreide in der Kornkammer lagerten.

»Die Kinder sollen Nüsse sammeln und in die Vorratskammer schaffen. Und dörrt alles Obst, was nicht gleich gegessen wird«, entschied Marthe. Sie zögerte einen Moment, dann sagte sie: »Diesen Herbst sollten wir vorsichtshalber Eicheln auflesen.«

Nun blickte auch Mechthild besorgt. Eichelmehl war karge,

bittere und kaum sättigende Nahrung in Hungersnöten, wenn alle Reserven aufgebraucht waren. Aber auch die Köchin wusste, dass die Ernte dieses Jahr allerorten eher mager ausfallen würde und der nächste Winter ebenso streng und lang wie der werden konnte, den sie hinter sich hatten. Sicher waren viele Christiansdorfer wohlhabend genug, um sich Korn kaufen zu können, aber es gab auch Arme unter ihnen. Und niemand wusste, welches Unheil sie in diesem Jahr noch heimsuchen würde.

»Wir brauchen außerdem mehr Wolle und Leinen als sonst«, verkündete Marthe, während sie das Schlüsselbund von ihrem Gürtel löste, um die Vorratskammer wieder sorgfältig zu verschließen. Die Männer, die in den Krieg zogen, würden nicht nur Kleidung benötigen, sondern auch Verbandsmaterial.

Mechthild schien ihre Gedanken zu erraten, denn sie drehte sich um und sah Marthe düster an. »Wird es Krieg geben?«

»Noch ist keine Heerfahrt beschlossen«, sagte die junge Burgherrin ausweichend. Sie wollte Mechthild nicht belügen, aber auch keine Gerüchte in die Welt setzen.

Doch mehr musste sie der lebenserfahrenen Köchin gar nicht erklären. »Ach, Kindchen«, seufzte Mechthild und sah Marthe mitleidig an.

Diese empfand die Anrede nicht als respektlos; ihr war eher danach zumute, sich von Mechthild in die Arme nehmen und trösten lassen. An ihre leibliche Mutter konnte sie sich überhaupt nicht mehr erinnern, nur noch an die eine Szene, als ihre Eltern von Dieben niedergestochen worden waren. Und ihre Ziehmutter war gestorben, als Marthe noch nicht einmal vierzehn Jahre alt war. Seitdem erstickte sie manchmal fast an der Verantwortung, die sie zu tragen hatte in ihrem neuen Leben, in das sie so unverhofft hineingestolpert war. Der Gedanke, dass das Wohlergehen so vieler Menschen auch davon abhing, ob sie die Vorräte richtig berechnete und einteilte, raubte ihr manchmal den Schlaf.

»Ich werde ein paar Kinder ausschicken, damit sie Schafgarbe sammeln und was sonst noch für Wunden benötigt wird«, erklärte Mechthild kurzerhand, während sie begann, das Fass mit dem verdorbenen Fleisch hinauszurollen, damit es ausgescheuert und das ungenießbar Gewordene vergraben werden konnte.

Marthe sah sie dankbar an und nickte zustimmend.

Sie verließ sich besser nicht darauf, dass der Markgraf während eines Feldzuges gegen den Löwen seine Christiansdorfer Burg nicht entblößen würde. Natürlich konnte er sie nicht unbemannt lassen, aber auf Christian würde er nicht verzichten und stattdessen einem seiner Vertrauten das Kommando über die Burg übertragen – vielleicht jemandem, der kampferfahren, aber zu alt für den Krieg war.

Das grelle Sonnenlicht blendete, als sie aus dem schattigen Vorraum hinaus auf den Burghof trat. Blinzelnd sah Marthe über den Hof. Vor dem Torhaus entdeckte sie einen dreizehnjährigen Stallburschen mit keckem Gesichtsausdruck, der eine Schar Gleichaltriger um sich versammelt hatte, mit denen er unverkennbar etwas aussheckte.

Nun, statt dumme Streiche zu planen, sollten die Jungen lieber etwas Sinnvolles tun, beschloss sie und rief den Anführer der Bande zu sich. Mit erwartungsvoller Miene baute er sich vor ihr auf.

Peter, ein ehemaliger Dieb, war Christian und Marthe treu ergeben, weil sie ihn, seine jüngere Schwester Anna und ihre Freunde aus den Klauen eines brutalen Mannes befreit hatten, der sich eine ganze Bande Waisenkinder hielt, damit sie für ihn Beute machten. Die Gewitztheit und Erfahrung des einstigen

Beutelschneiders, der mittlerweile eine eigene Bande junger Dorfburschen anführte, auch wenn die nicht mehr stahlen, sondern zumeist auf der Burg oder an den Scheidebänken arbeiteten, hatten den Christiansdorfern in manch schwieriger Lage geholfen.

»Solltest du nicht beim Ausmisten helfen?«, fragte sie den Burschen, so streng sie konnte.

»Bin heute nicht dran damit«, versicherte er eifrig, während seine Ohren rot aufleuchteten. »Habt Ihr eine Aufgabe für mich, Herrin?«

Marthe wusste, dass Peter nicht nur einlenkte, weil er von ihr dabei ertappt worden war, wie er seine Arbeit im Stall versäumte. Der Junge war ein inniger Bewunderer Christians und darum auch bestrebt, vor dessen Frau seine Nützlichkeit zu beweisen.

»Nimm deine gesamte Gefolgschaft« – sie wies mit dem Kinn auf die Jungen, die diese Bezeichnung stolz vernahmen – »und geht in den Wald, Bienenstöcke suchen. Wir brauchen mehr Honig.«

»Sofort, Herrin«, versprach Peter begeistert. »Ich sag nur schnell dem Stallmeister Bescheid.«

Er beriet sich kurz mit den anderen, und schon stoben die Burschen davon, um Gerätschaften zu sammeln, mit denen sie jede Menge Lärm veranstalten konnten. So sollten die ausschwärmenden Bienen dazu gebracht werden, sich niederzulassen, damit die Jungs sie mit einem Korb oder Bienenkasten einfangen konnten.

Marthe beschloss, sich als Nächstes um die Arzneivorräte zu kümmern. Doch bevor sie ins Haupthaus gehen konnte, zog ein Reiter ihre Aufmerksamkeit auf sich, der sich in scharfem Tempo der Burg näherte.

Dem kostbaren Pferd zufolge musste es ein Ritter sein. Bringt er etwa schon den Befehl, Truppen aufzustellen?, überlegte Marthe erschrocken.

Bange wartete sie, bis der Reiter den Burghof erreichte, dessen rötliches Haar schon von weitem leuchtete. Jetzt erkannte sie ihn – ein junger Ritter aus Ottos Gefolge.

»Wo ist die Frau des Burgvogtes?«, rief er, während er aus dem Sattel sprang und die Zügel einem Stallburschen zuwarf.

Mit jenem dumpfen Gefühl, das einen in Erwartung schlechter Nachrichten überkommt, ging Marthe auf ihn zu.

Er schien überaus erleichtert, sie gleich vorzufinden, doch in seinen Augen stand quälende Sorge.

»Die Markgräfin braucht Eure Hilfe«, krächzte er mit ausgedörrter Kehle.

Marthe erschrak. Was war geschehen?

Schon brachte eine der Wachen einen Becher Bier. Die Männer hatten den Boten als jemanden von Rang erkannt und wussten außerdem besser als jeder andere, wie durstig man nach einem langen, scharfen Ritt war – noch dazu in dieser Hitze. Der nächtliche Gewitterguss hatte kaum Abkühlung gebracht.

Hastig nahm der junge Ritter einen kräftigen Zug von dem erfrischenden Bier. »Die Fürstin ... Ihr müsst mit mir kommen ... Sie verblutet ...«, brachte er dann heraus.

Marthe bedeutete dem jungen Ritter sofort, ihr in den Palas zu folgen. Gleich zu ebener Erde hatte sie dort einen Raum, in dem sie ihre Vorräte an Kräutern, Salben und Verbänden aufbewahrte und auch die Dorfbewohner behandelte, sofern sie die Kranken nicht in den Hütten aufsuchte. Dabei versuchte sie in aller Eile, mehr aus dem verschwitzten, staubbedeckten Neuankömmling herauszubekommen. Der wand sich, peinlich berührt durch ihre Fragen. Doch nach dem, was er sagte und sie selbst aus seinen Worten erriet, musste Hedwig unterwegs während der Rückreise vom Hoftag eine Fehlgeburt erlitten haben und lag jetzt in ihrem Blut auf einem Rastplatz.

Rasch packte Marthe zusammen, was ihr von Nutzen sein könnte, dann hielt sie Ausschau nach Christian, der an diesem Tag mit Dietrich der Münze einen Besuch abstatten wollte. Sie fand die beiden in Gesellschaft des Münzmeisters gleich im ersten Haus, in der Feinbrennerei.

»Ich schicke dir zwei Mann als Geleit mit«, entschied Christian und ging sofort, um alles Nötige zu veranlassen. Er selbst würde nach Ottos Befehlen nicht mitreiten dürfen.

Marthe holte den Korb mit Arzneien aus der Kammer, gab ihren Kindern einen Abschiedskuss und überließ sie wehen Herzens Maries Obhut. Dann war sie zur Abreise bereit. Ihren Zelter fand sie auf dem Burghof bereits gesattelt vor, daneben saßen schon Kuno und Bertram als Begleiter zu Pferde.

Sie verloren keine Zeit mit überflüssigen Worten, sondern setzten alle vier ihre Pferde in Bewegung. Marthe wusste, dass sie ihretwegen an Tempo einbüßen würden, denn sie war keine besonders gute Reiterin. Schließlich hatte sie diese Kunst nicht schon von Kind an, sondern erst vor zehn Jahren nach ihrer Hochzeit mit Christian erlernt und fühlte sich im Damensitz nie besonders sicher. Aber wenn der junge Ritter sie vor sich auf den Sattel nehmen würde, hätten sie Anstoß erregt.

Vielleicht verblutet die Markgräfin in der Zeit, die wir meinetwegen verlieren, dachte Marthe bitter – und alles wegen der Etikette.

Zu ihrer Erleichterung erreichten sie jedoch bald den Halt der markgräflichen Gesandtschaft an der Handelsstraße nach Chemnitz, von der aus ein Weg nach Christiansdorf abzweigte.

Die Reisegesellschaft lagerte in der drückenden Sommerhitze auf einer wilden Wiese ein paar Schritte abseits des staubigen Weges.

Männer aus Ottos Gefolge standen oder liefen umher, gelangweilt oder besorgt. Andere hatten inzwischen einen Zeitvertreib für die unfreiwillige Rast gefunden. Einige würfelten, zwei hieben mit Schwertern aufeinander ein – offensichtlich ein Schaukampf, über dessen Ausgang Wetten abgeschlossen worden waren, denn die Kämpfer waren von Männern umringt, die sie laut lachend anfeuerten.

Unweit davon standen ein paar Hofdamen im Schatten eines Baumes und tuschelten miteinander. Die jungen Mädchen, die unter Hedwigs Aufsicht an Ottos Hof erzogen wurden, saßen etwas abseits im Gras und richteten sofort begehrliche Blicke auf die Neuankömmlinge. Wahrscheinlich erhoffen sie immer noch einen Liebestrank von mir, dachte Marthe verärgert, denn sie hatte dieses Ansinnen oft genug zurückgewiesen. Angesichts von Hedwigs Notlage hatte sie für solchen Unsinn erst recht keine Geduld.

In der Mitte der Wartenden war ein Jagdzelt errichtet worden, um die Markgräfin vor unziemlichen Blicken zu schützen.

Der junge Ritter sprang vom Pferd, half Marthe aus dem Sattel und führte sie unverzüglich dorthin.

Vor dem Zelt räusperte er sich laut. »Die Herrin von Christiansdorf ist gekommen«, rief er, ohne einzutreten.

Die Stoffbahn am Eingang wurde zurückgeschlagen, und Marthe erblickte Hedwigs Magd Susanne, Marthes Freundin seit ihrem ersten Aufenthalt auf dem Burgberg. Erleichterung stand ihr ins von Sommersprossen übersäte Gesicht geschrieben, während sie Marthe höflich hereinbat. Vor den Augen der anderen durfte sie sich keine Vertraulichkeit gegenüber der Frau eines Burgvogts erlauben, sondern musste die höfischen

Regeln beachten. Nur wenn sie allein waren, konnten sie wie früher miteinander reden.

Marthe warf einen Blick auf die aufgeregten Hofdamen, die besorgt und ratlos umherstanden, und schickte sie kurzentschlossen hinaus.

Dann kniete sie neben der Markgräfin nieder, die zusammengekrümmt im trockenen Gras lag. Hedwig wandte ihr das schmerzverzerrte Gesicht zu.

»Es blutet immer noch«, sagte sie leise. »Mir ist so kalt.«

Marthe zog den Umhang auseinander, in den die Markgräfin gehüllt war, und sah den großen roten Fleck.

Rasch griff sie nach Hedwigs Händen, die beunruhigend kalt waren, und rieb sie. »Fürchtet Euch nicht. Gleich wird es besser«, sagte sie. Dann sah sie Susanne an. »Lass sauberes Wasser bringen! Und noch mehr Felle und warme Umhänge.«

Sofort stand Susanne auf und ging hinaus.

Als sie mit Hedwig allein war, ließ sich Marthe berichten, was geschehen war. Die Markgräfin hatte tatsächlich ein Kind verloren, noch zu einem so frühen Zeitpunkt, dass sie anfangs nicht einmal sicher sein konnte, ob sie schwanger war. Für das Kind vermochte Marthe nichts mehr zu tun. Das oblag den Geistlichen, die den Hofstaat begleiteten, sofern sie entschieden, dass es schon eine Seele hatte, die gerettet werden musste. Doch der Blutverlust stimmte Marthe besorgt, zusätzlich zu der Gefahr, dass ein Fieber nach Hedwig griff.

Susanne kam zurück, beladen mit zwei ledernen Eimern voll Wasser. Marthe reinigte sich gründlich die Hände und begann, das Blut von Hedwigs Leib und Beinen zu waschen. Sie wagte nicht, der zähneklappernden Markgräfin einen Stein im Feuer aufheizen und zum Wärmen bringen zu lassen, weil das die Blutung vielleicht noch mehr anregen würde, sondern sie kleidete sie mit Susannes Hilfe in saubere Gewänder und legte sie behutsam auf ein großes Fell, damit sie nicht länger auf nackter Erde ruhen musste. Marthe packte kalte Umschläge auf Hedwigs Leib, rieb ihr die Füße, bis sie warm wurden, flößte ihr Akeleitinktur gegen das Fieber und einen Sud aus Mutterkraut gegen die Krämpfe ein. Dann häufte sie wärmende Decken über sie.

Allmählich hörte Hedwig auf zu frieren, doch sie war unendlich müde.

»Wie geht es Dietrich?«, fragte sie mit schmerzverzerrtem Gesicht, als Marthe schon hoffte, sie würde einschlafen.

Marthe lächelte ihr zu. »Mein Gemahl ist des Lobes voll, obwohl er ihm keine Nachsicht gönnt und ihn wirklich hart fordert. Er meint, Dietrich würde ein wahrhafter Ritter werden. Nicht nur im Umgang mit Schwert und Lanze.«

Erleichtert schloss Hedwig die brennenden Augen.

Vor dem Zelt machte sich jemand hüstelnd bemerkbar.

Susanne stand auf, um nachzuschauen, was es gab.

»Der Markgraf lässt fragen, ob wir bald weiterreiten können«, hörte Marthe eine Männerstimme sagen.

»Ich bin gleich wieder bei Euch«, flüsterte sie Hedwig zu und lief rasch nach draußen.

»Das ist undenkbar«, beantwortete sie bestimmt die ungeduldige Frage. »Die Fürstin kann jetzt unmöglich auf ein Pferd.«

»Und wenn wir sie auf einer Trage zwischen zwei Pferden transportieren?«, beharrte Ottos Gefolgsmann.

»Nein. Sie darf nicht aufstehen«, sagte Marthe entschlossen. »Wir müssen erst abwarten, wie sie die Nacht übersteht.«

Sichtlich unzufrieden, stapfte der Bote los, um die schlechte Nachricht zu überbringen.

»Bitte meldet dem Markgrafen, sofern er es wünscht, werde

ich ihm berichten, nachdem ich die Dame Hedwig versorgt habe«, rief Marthe ihm noch hinterher.

Dann ging sie zurück ins Zelt und beobachtete die Markgräfin voller Mitgefühl, bevor sie sich wieder neben sie kauerte. Eine Frau aus vornehmstem Hause, reich wie nur wenige, doch in dieser schweren Stunde lag sie auf dem Erdboden wie eine Bäuerin, die auf dem Acker niederkam. Nicht einmal all das Silber in den Truhen ihres Mannes konnte ihr helfen.

Als Hedwig eingeschlafen war und Susanne über ihre Herrin wachte, ging Marthe hinaus.

Der junge rothaarige Ritter, der sie aus Christiansdorf abgeholt hatte, wartete bereits auf sie. Er erhob sich von dem Felsbrocken, auf den er sich gesetzt hatte, und ging auf sie zu.

»Der Markgraf wünscht Euch unverzüglich zu sehen, sobald Ihr die Herrin allein lassen könnt.«

Marthe ließ sich von ihm zu Otto führen.

»Wann können wir aufbrechen?«, verlangte der Meißner Markgraf zu wissen.

»Eure Gemahlin muss in den nächsten Tagen unbedingt ruhen. Wenn Ihr sie in den Sattel lasst, kann ich für die Folgen nicht einstehen.«

»Sollen wir alle hier etwa wie Wegelagerer kampieren?«, schnaubte der Markgraf entrüstet. »Was denkt Ihr Euch?«

Marthe bemühte sich, nicht zurückzuweichen. Niemand, dem etwas an Leben und Besitz lag, widersprach dem Markgrafen. Und von einer Frau würde er sich schon gar nichts sagen lassen. Doch die Auskunft, dass er jetzt nicht mit seiner Gemahlin weiterreiten konnte, war noch harmlos im Vergleich zu dem, was ihr bald bevorstand. Denn wollte sie Hedwigs Leben retten, musste sie Otto davon überzeugen, dass seine Frau nicht mehr schwanger werden durfte. Ein Gespräch, das nur unter vier Augen möglich war und für dessen Ausgang sie nicht bürgen mochte. Nicht auszuschließen, dass er sie fortjagte, ihr den Rang absprach und Christian gleich noch mitbestrafte.

»Eure Gemahlin ist dem Tod nur knapp entronnen«, sagte sie.

»Fürs Erste. Es ist noch nicht entschieden.«

Otto blickte sie erschrocken an.

»Wie geht es ihr?«, fragte er dann, und ein fremdartiger Ausdruck zog über sein Gesicht. Man könnte fast meinen, es sei ein Anflug schlechten Gewissens.

»Sie hat viel Blut verloren. Und ich befürchte, dass sie zu fiebern beginnt.«

Entgegen seiner Gewohnheit sagte Otto kein Wort. Dann fuhr er sich mit einer Hand übers Gesicht, wie um eine übergroße Müdigkeit zu vertreiben. Ja, er hatte Hedwig erniedrigen und demütigen wollen. Aber sterben sollte sie nicht, um keinen Preis. Dafür war sie ihm zu teuer.

»Ich will sie sehen«, sagte er schließlich und stapfte los.

Marthe hastete ihm nach und überlegte, wie sie ihn davon abhalten konnte, die Markgräfin aufzuwecken. Hedwig sollte im Schlaf Kräfte gegen das Fieber sammeln. Doch zu ihrer Überraschung verharrte der Markgraf schweigend im Eingang des Zeltes. Eine ganze Weile stand er regungslos dort, bis er schließlich umkehrte.

Er winkte einen seiner Ritter heran, der ein paar Schritte entfernt wartete. »Die Damen und Jungfrauen sollen mit ausreichend Geleit auf den Burgberg zurückkehren. Alle anderen warten hier mit mir, bis meine Gemahlin in der Lage ist, die Reise fortzusetzen. Lasst die Zelte aufbauen«, befahl er.

Der Ritter nickte und ging davon.

Leise schlüpfte Marthe ins Zelt.

»Was war das eben?«, flüsterte Susanne. »Er hat sie nur angestarrt und ist dann ohne ein Wort gegangen.«

Marthe zuckte die Schultern. Sie wusste es nicht. Aber sie hoffte, der Markgraf wäre in seiner Reue zu den gleichen Schlussfolgerungen gekommen wie sie.

Die Drohung

Da nun feststand, dass sie vorerst nicht nach Christiansdorf heimkehren konnte, schickte Marthe Kuno mit einer Nachricht nach Hause. Weil dies vor aller Ohren und Augen geschah, flocht sie ein geheimes Schlüsselwort in die Botschaft als Zeichen dafür ein, dass alles in Ordnung war. Christian würde verstehen. Am liebsten hätte sie ihm einen Brief mitgegeben. Seit sie einen eigenen Kaplan im Haushalt hatten – eine Vorsichtsmaßnahme, damit sie nicht im Dorf bei Pater Sebastian beichten musste, der nur darauf wartete, ihr etwas anzuhängen –, hatte sie begonnen, Lesen und Schreiben zu lernen. Auch das verbarg sie hier besser. Die meisten Männer hier um sie herum würden meinen, so etwas zieme sich nicht für eine Frau wie sie.

Dann ging sie zurück in Hedwigs Zelt.

Sie war noch nicht müde, aber um nichts in der Welt würde sie jetzt freiwillig die schützenden Leinwände verlassen.

Seit ihrer Ankunft fühlte sie sich von den Blicken eines Mannes in Christians Alter mit strengem, kantigem Gesicht verfolgt, die sie zutiefst beunruhigten, ja, ängstigten. Sie hatte mehr als einen Grund, dem Befehlshaber von Ottos Leibwache aus dem Weg zu gehen, so gut es sich einrichten ließ. Doch wie es aussah, würde sie nun Ottos Hofstaat nach Meißen begleiten müssen, sobald die Markgräfin reisen konnte.

Die beunruhigende Präsenz von Ekkehart war noch etwas, das ihr den Aufenthalt auf dem Burgberg verleidete – zusätzlich zu den Spionen des Bischofs, der zwischen dem Sitz des Markgrafen und dem des Burggrafen seinen eigenen Palas hatte, den argwöhnischen Blicken der intriganten Hofgesellschaft und der heiklen Mitteilung, die sie dem Markgrafen eröffnen musste.

Hedwig bestand am nächsten Morgen selbst darauf, weiterzureisen. Marthe versuchte eindringlich, ihr das auszureden, doch ihre Einwände stießen bei der noch sichtlich angegriffenen Markgräfin auf taube Ohren.

»Es ist nur noch ein halber Tagesritt bis Meißen. Pflegt mich dort gesund, damit ich zum Hoftag in Kayna reisen kann«, beharrte Hedwig. »Auf dem Burgberg reden wir über alles Weitere.«

Sie wollte unbedingt nach Kayna, weil die quälende Frage sie seit Wochen zerriss, ob ihr Geliebter Dietrich dort zum Gottesurteil antreten musste und wie es ausfallen würde. Sie fürchtete, im Schlaf seinen Namen gerufen zu haben, und war nachträglich froh, ihren jüngeren Sohn nach seinem Oheim benannt zu haben. Jeder mochte denken, sie meine den Sohn, falls ihr der Name im Traum oder im Fieber über die Lippen kam.

Marthe verstand sofort, was mit Hedwigs letztem Satz gemeint war. Auch der Markgräfin musste klar sein, dass sie eine weitere Schwangerschaft um jeden Preis vermeiden musste. Otto zu überzeugen, seiner Frau nachts fernzubleiben, war in solcher Direktheit undenkbar, selbst wenn er sich an schönen Gespielinnen schadlos halten konnte. Doch auf verbotene Weise dafür zu sorgen, dass dem Markgrafen keine legitimen Erben mehr geboren wurden, war Hochverrat und konnte ihnen beiden den Tod bringen, sollte jemand davon erfahren.

Dieses Gespräch durften sie nicht hier führen, wo niemand wusste, wer hinter der dünnen Leinwand des Zeltes stand und lauschte.

Die Reise hatte erwartungsgemäß Hedwigs Zustand verschlechtert, und Marthe bekam nach der Ankunft auf dem Burgberg mehr als genug zu tun. Sie hatte noch nicht einmal Gelegenheit, nach ihrem Sohn zu sehen. Doch sie würde Thomas ohnehin nur mit offizieller Erlaubnis treffen dürfen, wenn er sich nicht nachsagen lassen wollte, ein Muttersöhnchen zu sein und noch dazu seine Pflichten zu vernachlässigen.

Erst am Abend war sie mit Hedwig endlich in der Kemenate allein und konnte sicher sein, dass niemand sie belauschte. Die Markgräfin lag, in weiche Felle gehüllt, auf dem Bett und hielt die Augen geschlossen.

Plötzlich sah sie Marthe direkt ins Gesicht.

»Wird Ottos Bruder das Gottesurteil mit dem Löwen ausfechten?«

Zu ihrer Bestürzung zeichnete sich mit einem Mal tiefe Betroffenheit auf Marthes Gesicht ab.

Ängstlich krallte Hedwig die Finger in das Laken und schnappte nach Luft. Ahnte die hellsichtige junge Frau Dietrichs Tod voraus?

»Nein, es ist nicht, was Ihr befürchtet«, erklärte Marthe hastig. Dann senkte sie den Kopf.

»Ich fürchte, mich hat diese Begabung verlassen …«

Als Hedwig sie überrascht ansah, begann sie, stockend zu erzählen. »Unmittelbar vor der Abreise aus Magdeburg habe ich einer blinden Frau, die mit den Bettlern vor dem Dom kauerte, ein Almosen gegeben und Brot bringen lassen. Wenig später erfuhr ich, dass sie erschlagen wurde – um dieses Brotes willen … Ich hätte es voraussehen sollen!«

Marthe schüttelte so hastig den Kopf, als Hedwig etwas sagen wollte, dass die Flamme der Kerze neben ihr flackerte.

»Jeder hätte es vorausgesehen!«, klagte sie sich selbst an. »Über dem Reichtum in Christiansdorf habe ich vergessen, wozu Hunger und Neid die Menschen treiben. Ich wollte Gutes tun und brachte ihr den Tod.«

Mutlos ließ sie den Kopf hängen.

»Manchmal geschieht es, dass wir Gutes wollen und daraus ohne unsere Schuld Böses erwächst«, murmelte Hedwig. Sie hatte mit dem Kniefall vor Otto ihrem Sohn helfen wollen. Doch statt Milde rief sie damit Rachsucht bei ihrem Mann hervor. Erst nachdem sie das Kind verloren hatte, schien sich ihr Otto wieder mit Fürsorge und nicht mit Hass zuzuwenden. Nur so konnte sie ihre selbst auferlegte Pflicht erfüllen und seine gelegentliche Willkür mildern.

Dennoch erfüllte sie Trauer. Sie würde nie erfahren, ob es Ottos oder Dietrichs Kind gewesen war, das sie verloren hatte. Vielleicht war das sogar gut so. Sie wagte nicht, zu Ende zu denken, was geschehen wäre, wenn Otto nicht davon ausgehen konnte, er habe dieses Kind gezeugt. Nachträglich sollte sie froh sein, dass ihr Mann sie in jener demütigenden Nacht aufgesucht hatte.

War das alles hier die Strafe für ihre furchtbare Sünde, für ihren Ehebruch? Doch wie konnte die große, unsterbliche Liebe, die Dietrich und sie füreinander empfanden, Sünde sein?

Wenn ich Otto von meinem Bett fernhalten kann, muss ich verhindern, dass ich von Dietrich schwanger werde, dachte Hedwig verzweifelt. Und überhaupt – in ein paar Jahren werde ich vierzig, das ist zu alt, um noch ein Kind zu tragen!

Auf welchen Wegen auch immer, Marthe war mit ihren Überlegungen an dem gleichen Punkt angelangt wie die Markgräfin. »Ihr solltet keine Kinder mehr bekommen«, flüsterte sie, und Hedwig nickte stumm.

Überraschend schnell entsprach Otto Marthes Wunsch nach einem vertraulichen Gespräch.

»Die nächste Schwangerschaft könnte den Tod für Eure Gemahlin bedeuten«, sagte sie leise, aber ohne Umschweife, als sie vor dem bedrohlich dreinschauenden Markgrafen stand.

»Unfug, ihre Mutter hat elf gesunde, starke Kinder zur Welt gebracht«, knurrte Otto.

»Bei ihrer letzten Entbindung war die Markgräfin von Brandenburg immer noch jünger als Eure Gemahlin jetzt«, wandte Marthe mit gedämpfter Stimme ein. »Schon die beiden letzten Schwangerschaften hätten Eure Fürstin beinahe das Leben gekostet. Und mit jedem Jahr wird es gefährlicher für sie.«

Marthe überließ es Otto, seine Schlussfolgerungen aus ihren Worten zu ziehen, ging zurück zu Hedwig und betete still, dass kein Spion des Bischofs ihre Worte gehört hatte.

Hedwig wollte sich jedoch nicht darauf verlassen, dass Otto künftig ihrem Bett fernblieb.

»Gib mir etwas, damit ich nicht wieder schwanger werde«, bat sie Marthe mit kaum hörbarer Stimme. »Ich weiß, dass du so etwas kannst.«

Die beiden Frauen sahen sich an. Marthe war klar, was sie da tat, konnte ihren Tod bedeuten. Aber sie schuldete Hedwig ihr Leben.

Marthe verdankte es wohl der Markgräfin, dass sie ihren ältesten Sohn öfter als erwartet sehen durfte. Der neunjährige Thomas wurde ihr während der Tage auf dem Meißner Burgberg als Page für verschiedene Dienste zugeteilt.

»Bei allen Heiligen, wie bist du gewachsen«, sagte sie staunend und lachend, als sie ihn endlich ohne Augenzeugen umarmen durfte. Spürbar verlegen, versteifte sich der Junge, räusperte sich und trat zurück. Seine Augen leuchteten, als er von den Freunden berichtete, die er hier gefunden hatte, und dass er bei einem Reitwettbewerb sogar schneller als ein paar Ältere gewesen war.

Er sieht seinem Vater so ähnlich, dachte Marthe nicht zum ersten Mal voller Zärtlichkeit, während sie ihn betrachtete.

Doch in ihr überwog Besorgnis, denn Thomas' Gesicht zeigte die verblassten Spuren von Schlägen.

»Hast du Ärger mit einem der Ritter bekommen, weil du nicht gehorcht hast?«, fragte sie bekümmert und strich sanft über die Stelle, wo noch vor ein paar Tagen ein Bluterguss in kräftigen Farben geschillert haben musste. Angehende Knappen und Ritter wurden streng erzogen und für falsch oder nicht zufriedenstellend ausgeführte Befehle unnachgiebig bestraft.

Unwillig entzog sich ihr Sohn ihren Händen und senkte den Kopf. »Hab mich geprügelt«, murmelte er.

»Mach deinem Vater keine Schande!«, ermahnte ihn Marthe.

»Es war ja wegen Vater«, protestierte Thomas. »Der neue Page hat ihn beleidigt. Ich musste Vaters Ehre verteidigen!«

»Indem du den Jungen verprügelst?«, fragte seine Mutter mit hochgezogenen Augenbrauen. Es gefiel ihr ganz und gar nicht, dass sich schon die Neunjährigen schlugen, obwohl die Männer sicher nichts dabei finden würden. Letztlich taten sie ihr Leben lang nichts anderes.

»Er behauptete, Vater sei ein Bastard und schuld am Tod seines Vaters«, stieß Thomas trotzig aus.

Marthe befiel ein mulmiges Gefühl, als sie nachsann, wer dieser neue Page sein konnte. Doch noch bevor sie weiterfragen konnte, unterbrach eine ungeduldige Männerstimme das Zusammensein, die von draußen nach Thomas rief.

»Ich muss los«, entschuldigte sich der Junge und ging, nachdem er sich formvollendet vor seiner Mutter verbeugt hatte.

Nachdenklich blieb Marthe zurück und hielt aus den schmalen Fensterluken Ausschau nach ihrem Sohn. Bald entdeckte sie Thomas, wie er mit mehreren Rittern aus Ottos Gefolge ausreiten durfte, und beneidete ihn um seinen sicheren Sitz im Sattel. Dann hakte sich ihr Blick an einem Jungen in Thomas' Alter mit feuerrotem Haar fest, den sie bei früheren Aufenthalten auf dem Burgberg noch nicht gesehen hatte. Als er sich umdrehte und sie dabei sein Gesicht sehen konnte, fuhr sie zusammen, denn mit einem Schlag waren grausame Erinnerungen wieder lebendig. Abgesehen von der Haarfarbe, war der neue Page das jüngere Abbild seines Vaters. Es konnte kein anderer sein als Randolfs Sohn, der Sohn des Mannes, den Christian für seine Bluttaten zu einem Gottesurteil herausgefordert und besiegt hatte.

Sie wusste nicht, wer den Jungen, der eine Waise war, aufgezogen und nun an Ottos Hof gebracht hatte.

Aber Christian musste unbedingt mit Thomas sprechen und erklären, warum er Randolf getötet hatte und dass die erbitterte Feindschaft der Väter nicht auch zu einer Fehde der Söhne führen durfte.

Ein paar Tage später traf Marthe die Vorbereitungen für ihre Rückkehr ins Dorf. Zu packen gab es nicht viel, da sie lediglich ihren Korb mit Arzneien bei sich gehabt hatte, als sie so plötzlich aufgebrochen war. Sie musste Otto nur bitten, ihr Geleit zu stellen – einen Ritter und eine Anstandsdame, da es unschicklich und womöglich auch zu unsicher gewesen wäre, wenn sie allein mit Bertram reiste.

Während sie den neuen Umhang, den ihr Hedwig zum Dank geschenkt hatte, sorgfältig zusammenlegte, klopfte es zaghaft an der Tür zu der Kammer, in der sie gemeinsam mit mehreren Witwen untergebracht war. Marthe verdrehte die Augen. Vermutlich war es wieder eine der Hofdamen, die sie heimlich um einen Liebestrank oder ein Zaubermittel bitten wollte, das ihnen den Ehemann vom Leib hielt. Obwohl sie stets bei solchen Ansinnen deutlich erklärte, so etwas besitze sie nicht und gebe sich grundsätzlich nicht mit dergleichen ab, versuchten es manche immer wieder.

Oder war es Adela, dieses junge blonde Ding aus gutem Hause, das es allem Anschein nach auf Lukas abgesehen hatte und in den letzten Tagen kaum von ihrer Seite wich, weil sie sich Rat erhoffte, wie sie die Aufmerksamkeit des blonden Ritters mit den strahlend blauen Augen erringen könnte, wenn er wieder einmal auf den Burgberg kam.

Trotz Marthes »Herein!« blieb die Tür verschlossen, der unerwartete Besucher schien zu zögern. Erst nach einigen Atemzügen trat jemand ein – nicht Lukas' Verehrerin, sondern eine blutjunge, verängstigt wirkende Frau mit hellblondem Haar. Wäre der Schleier nicht gewesen, hätte wohl niemand sie für schon verheiratet gehalten.

»Darf ich Euch um einen Rat bitten?«, fragte die zerbrechlich wirkende Schönheit, die kaum vierzehn Jahre zählen mochte. Sie hielt den Kopf gesenkt, doch sie blickte ängstlich durch den Raum, um sich zu vergewissern, dass niemand sonst hier war.

»Setzt Euch. Und fragt. Wir werden sehen, ob ich Euch helfen kann«, sagte Marthe aufmunternd.

Sie hatte längst mit diesem Besuch gerechnet und sich in gewisser Weise davor gefürchtet. Die Situation war mehr als heikel, aber bestimmt ängstigte sich die Kindfrau noch viel mehr.

»Ich weiß, dass Ihr heilkundig seid und Euch in diesen Dingen auskennt …«, begann die unerwartete Besucherin und geriet schon ins Stocken. Dann holte sie tief Luft und blickte

Marthe geradezu verzweifelt an. »Bitte helft mir, damit ich schwanger werde. Vielleicht ist mein Gemahl dann freundlicher zu mir ...«

Sie begann zu schluchzen und wurde bald von Weinkrämpfen geschüttelt.

Tröstend zog Marthe die schmale Gestalt an sich. In gewisser Weise, so befürchtete sie, war sie sogar schuld an deren Unglück. Denn vor ihr saß Cäcilia, die junge Ehefrau des Kommandanten von Ottos Leibwache.

Der angesehene und von vielen für seine Strenge gefürchtete Ritter Ekkehart war es gewesen, der Marthe vor fünf Jahren unerkannt vor dem Tod bei der Wasserprobe und aus dem Kerker gerettet und bei sich versteckt hatte. Bis heute wusste niemand davon außer Christian, Lukas und Raimund. Ekkehart hatte geglaubt, sich mit ihrer Dankbarkeit auch ihre Liebe zu sichern. Das aber war in Marthes Augen ein unerhörtes Ansinnen, denn er hatte zu jenen Rittern gehört, die sie vor zwölf Jahren gemeinsam mit seinem Freund Randolf entführt und geschändet hatten.

Doch damit war die Geschichte noch nicht zu Ende. Als Christian einige Zeit nach Marthes Genesung von Folter und Kerker nach einem Gefecht verschwunden und für tot erklärt worden war, hatte Ekkehart bei Otto um Marthes Hand angehalten. Der Markgraf befahl ihr, sich binnen einer Woche mit ihm zu vermählen. Sie rang den beiden eine Gnadenfrist von vierzig Tagen ab, damit der im Kampf verletzte Lukas nach Christian suchen konnte. Und sie trotzte Ekkehart das Versprechen ab, dafür zu sorgen, dass sein Freund Randolf sein grausames Wüten in Christiansdorf beendete. Ekkehart hielt Wort. Aber sie musste auch ihr Wort halten, als Lukas und Christian nach Ablauf der vierzig Tage nicht zurück waren. Sie war bereits wiedervermählt und ins Brautbett geführt worden, als die zwei Vermissten endlich auftauchten. Zum Glück war ihre neue Ehe noch nicht vollzogen und wurde annulliert.

Doch Ekkehart hatte die Enttäuschung und Schmach nie verwunden. Er verfolgte sie mit seinen Blicken, sooft sie sich begegneten, auch wenn sie ihm tunlichst aus dem Weg ging. Vor ein paar Monaten wurde Ekkeharts Vermählung bekannt gegeben, und Marthe hatte gehofft, er würde nun endlich die Vergangenheit ruhen lassen. Doch sein Gebaren ihr gegenüber und der Kummer seiner blutjungen Frau deuteten auf das Gegenteil hin.

»Wann floss zum letzten Mal Euer Monatsblut? Und wie häufig besucht Euch Euer Gemahl des Nachts?«, fragte Marthe.

Diese Fragen mochten der verängstigten jungen Frau reichlich direkt vorkommen, aber letztlich konnte sie ihr dies nicht ersparen, wenn sie wirklich Rat wollte.

Das Mädchen löste sich aus der Umarmung und versuchte, den Schleier zurechtzurücken – ein hoffnungsloses Unterfangen, so sehr zitterten ihre Finger. Marthe half ihr dabei.

»Es ist … furchtbar … aber ich will es erdulden«, schluchzte Cäcilia. »Je eher ich schwanger werde und ihm einen Sohn gebäre, umso besser wird es für mich sein …«

»Ihr seid noch zu jung zum Gebären«, wandte Marthe vorsichtig ein.

Nur, wer sollte Ekkehart dies klarmachen, wenn er nicht schon von sich aus darauf kam? Sie selbst war die Letzte, die sich hier einmischen durfte.

Mit ihrem Einwand löste sie nicht wie erwartet einen neuerlichen Tränenfluss aus, sondern erntete einen hoffnungsfrohen Blick. »Wenn ich schwanger bin, muss er Rücksicht auf seinen ungeborenen Sohn nehmen, nicht wahr?«, schniefte die junge Frau. »Dann wird er mich in Ruhe lassen.«

Dunkle Ahnungen krochen in Marthe empor, während sie ihre verzweifelte Besucherin betrachtete.

Wer in einer Bauernkate aufwuchs, wo sich das gesamte Leben in einem einzigen Raum abspielte und nicht selten die ganze Familie eine Schlafstatt teilte, der hatte zumindest eine ungefähre Vorstellung davon, was im Ehebett geschah.

Aber Mädchen wie Cäcilia wurden im Kloster erzogen, wo man tunlichst darauf achtete, dass die künftigen Ehefrauen nichts erfuhren über die Dinge zwischen Mann und Frau. Im Gegenteil, ihnen wurde noch eingeschärft, dass es sündhaft und widerlich sei, was ihnen in der Hochzeitsnacht widerfahren würde, dass sie es aber als Akt der Demut und der Unterwerfung zu erdulden hätten.

Sie konnte nicht anders, als sich Ekkeharts junge Frau im Brautbett vorzustellen: ahnungslos und verängstigt mit einem Mann, den sie kaum kannte und der zwanzig Jahre älter, streng und unnachgiebig war. Diese Brautnacht – nach einer sicher kostspielig gefeierten Hochzeit – unterschied sich womöglich gar nicht so sehr von jenem schrecklichen Tag, als Marthe ihre Unschuld verlor. Nur dass Cäcilia lediglich einen Mann zu erdulden hatte, nicht vier, und Marthe Ekkehart immerhin so viel Rücksicht unterstellte, dass er seiner Braut nicht die Sachen gewaltsam vom Leib riss, sie zu Boden stieß und fesselte, bevor er sich auf sie warf.

Was sollte sie ihr nur raten?

Sie rief sich ein Gespräch mit jener alten weisen Frau in Erinnerung, die sie auf Ekkeharts Befehl gesund gepflegt hatte, nachdem sie aus dem Kerker befreit worden war. Vielleicht würde ein Kind Ekkehart wirklich freundlicher gegen seine junge Frau stimmen. Denn damals hatte sie erfahren, dass Ekkehart seine erste Frau und ihr gemeinsames Kind verloren und lange um sie getrauert hatte.

Doch wichtiger schien ihr, dass Cäcilia die Furcht vor ihrem Mann verlor. Sie musste es schaffen, ihn für sich einzunehmen, auch wenn sie nicht gleich Kinder austrug. Denn diesem zarten, blutjungen Ding zu einer baldigen Schwangerschaft zu verhelfen, die sie vielleicht das Leben kosten konnte, wollte Marthe nicht verantworten.

»Lebt die alte Hilda noch, eine weise Frau, die unweit der Burg Eures Gemahls wohnte?«, fragte sie nachdenklich.

»Die Kräuterhexe?«, wisperte Cäcilia erschrocken. »Ich habe sie erst ein Mal gesehen, sie war mir unheimlich. Die Leute sagen, sie sei eine Zauberin.«

»Nein, Ihr müsst sie nicht fürchten. Sie ist eine sehr erfahrene Heilerin, die sich mit Kräutern gut auskennt. Sie hat mir das Leben gerettet, als ich auf den Tod krank lag …«

»*Ihr* wart die geheimnisvolle Fremde, die mein Gemahl im Bergfried versteckt hat, nicht wahr?«, fragte Cäcilia mit großen, staunenden Augen. Dann ließ sie den Kopf sinken. »Ich glaube, er liebt Euch immer noch … Deshalb wird er mit mir nie zufrieden sein – weil ich nicht bin wie Ihr …«, murmelte sie.

»Das dürft Ihr nicht sagen«, widersprach Marthe energisch. Sie fasste ihr Gegenüber an den Schultern, richtete sie auf und sah ihr fest in die vom Weinen verquollenen Augen. »Bittet Euren Gemahl, die alte Hilda um Rat fragen zu dürfen, damit Ihr ihm starke Söhne gebären könnt. Er wird auf sie hören – selbst wenn sie ihn auffordert, sich noch zu gedulden, bis er Euch schwängern kann. Bei Eurer Jugend ist das keine Lüge.«

»Und er wird sich danach richten?«, flüsterte Cäcilia zweifelnd.

»Ja. Bezwingt Eure Furcht vor ihm, so schwer es auch fällt, oder verbergt sie wenigstens. Seht ihn nicht ängstlich an, das ist ihm zuwider und bringt ihn gegen Euch auf. Zeigt ihm, dass Ihr gelernt habt, das Gesinde anzuleiten. So wird er sich daran gewöhnen, in Euch die Herrin an seiner Seite zu sehen und nicht ein verzweifeltes, verängstigtes Kind, das nur seinen Zorn weckt.«

Gedankenversunken spielte Cäcilia mit einem ihrer Zöpfe und überdachte diesen Rat, der ganz anders aussah als erwartet.

Auf einmal hörten sie, dass sich Schritte von draußen näherten. Hastig sprang Cäcilia auf. »Ihr werdet ihm doch nicht verraten, dass ich hier war? Dann schlägt er mich tot!«

»Auf keinen Fall«, versuchte Marthe sie zu beruhigen.

Doch schon an der Tür, ließ ihre junge Besucherin den Kopf sinken. »Vielleicht wäre es sogar besser, er würde es tun«, flüsterte sie verzweifelt.

»Dame Marthe, der Hauptmann der Leibwache wünscht Euch zu sprechen«, rief eine helle Stimme von draußen.

Cäcilia fuhr zusammen und verlor das letzte bisschen Farbe im Gesicht.

Entschlossen schob Marthe sie hinter die Tür. »Wartet einen günstigen Moment ab und geht«, flüsterte sie. »Ich werde nichts verraten.«

Dann öffnete sie die Tür und trat hinaus. Ein Junge in Thomas' Alter erwartete sie.

»Mein Herr Ekkehart bittet Euch zu sich, um mit Euch die Einzelheiten für Eure Abreise zu bereden«, erklärte er nach einer höflichen Verbeugung.

»Richte ihm meinen Dank aus. Ich bin sicher, er wird alles Nötige veranlasst haben«, antwortete sie und wollte zurück in ihre Kammer gehen.

Gerade diese Begegnung würde sie liebend gern vermeiden, jetzt noch mehr als zuvor. Doch der Junge rannte ihr nach und stellte sich ihr in den Weg.

»Verzeiht, edle Dame, aber er hat mir befohlen, nicht ohne Euch zu kommen«, bat er, und seine flehende Stimme verriet, dass er eine harte Strafe zu fürchten hatte, sollte er den Befehl nicht befolgen.

Marthe atmete tief durch. Es wäre auch dumm gewesen, zu glauben, dass sie sich ewig verstecken konnte.

»Also gut, führ mich zu ihm.«

Erleichtert ging der Junge voran.

Der Page brachte sie in einen großen, wenngleich nüchtern eingerichteten Raum. Als sie eintrat, erhob sich der hochgewachsene Ritter mit dem kantigen Gesicht und ging ihr entgegen.

»Ich bin erfreut, dass Ihr doch noch den Weg zu mir gefunden habt«, sagte er. Aber in seinen Zügen war nicht einmal der Anflug eines Lächelns zu sehen.

Ekkehart befahl dem Pagen und den beiden Männern, die bei ihm waren: »Lasst uns allein!«

»Ihr gefährdet meinen Ruf und auch Euren!«, protestierte Marthe und hatte alle Mühe, sich nichts von ihrer Beklommenheit anmerken zu lassen. »Erlaubt mir, zu gehen, oder holt Zeugen dafür, dass hier nichts Ehrenrühriges geschieht!«

Der Ritter stellte sich vor ihr auf und stieß ein kurzes, unfrohes Lachen aus. »Keine Sorge, das sind meine Leute, die gehorchen aufs Wort. Niemand von denen wird deinen Ruf in Gefahr bringen. Und übrigens würde auch keiner von ihnen deinen Ruf wiederherstellen können.«

Er beugte sich vor und wollte nach ihr greifen, doch Marthe war schon zurückgewichen.

»Was zierst du dich so? Immerhin lagen wir schon im Brautbett miteinander«, rief er zynisch, doch Marthe erkannte die Verbitterung dahinter.

»Ich hoffte, Ihr hättet diese alte Geschichte endlich vergessen«, sagte sie leise, aber bestimmt. »Noch dazu, wo Ihr selbst wieder geheiratet habt.«

Der Kommandant der Wache verzog nur das Gesicht. »Meine Frau ist noch ein Kind und kann dir nicht das Wasser reichen.«

Dann nahm seine Stimme einen unerwartet werbenden Ton an. Auch wenn ihn wohl niemand sonst bei ihm vermutet hätte, sie kannte ihn noch aus der Zeit, als er sie bei sich verborgen hielt.

»So lange habe ich darauf gewartet, dass du einmal allein auf dem Burgberg bist. Lass uns die Gelegenheit nicht ungenutzt verstreichen ... Das bist du mir schuldig nach all den Jahren.«

Er streckte die Hand nach ihr aus, ohne sie zu berühren.

Marthe wich noch einen Schritt zurück. »Ihr sagtet, Ihr wollt, dass ich mich Euch freiwillig hingebe.«

»Und ich stehe zu meinem Wort, als Mann von Ehre.«

»Dann findet Euch damit ab, dass das nie geschehen wird.«

Ekkehart ging wütend zu dem Tisch, auf dem mehrere Papiere und Karten durcheinanderlagen, in denen er nun herumwühlte.

»Das würde ich mir an deiner Stelle noch einmal überlegen«, sagte er in einem Ton, der seine Worte zur unverhüllten Drohung machte.

Marthe, die bereits im Begriff war, zu gehen, wandte sich jäh um. Ihre Nackenhärchen richteten sich auf.

»Was meint Ihr damit?«

»Ich entscheide, wer im bevorstehenden Feldzug wo eingesetzt wird. Und wenn du nicht willst, dass ich deinen geliebten Mann so lange auf Todesmissionen schicke, bis er trotz seines bewundernswerten Rufes endlich draufgeht, solltest du dich etwas entgegenkommender zeigen.«

Seine Stimme schien nun aus Eis.

»Ihr habt wenig Vertrauen in das Kampfgeschick meines Gemahls«, sagte Marthe, so gelassen sie konnte.

Sie hätte es trotz ihres Widerwillens auf sich genommen, seine Forderung zu erfüllen, wenn sie damit wirklich Christians Leben retten könnte. Aber daran glaubte sie nicht einen Augenblick.

»Ich kenne nur die Gefahren des Krieges genau«, drohte Ekkehart, ohne sie aus den Augen zu lassen. »Und glaub lieber nicht, dass Otto wegen seines Sohnes, den Christian mit sich führt, irgendwelche Rücksichten nehmen würde. Im Gegenteil.«

Ohne ein weiteres Wort drehte sich Marthe um und ging zur Tür.

Als sie den Ausgang erreichte, rief ihr Ekkehart nach: »Ich warte! Du kannst es dir jederzeit überlegen! Du weißt, wo du mich findest.«

Kriegsnachrichten

Es kostete Marthe viel Kraft, Christian nach ihrer Rückkehr ins Dorf nichts von Ekkeharts beschämenden Ansinnen und seiner Drohung zu erzählen. Ihren Mann brauchte sie nicht zu ermahnen, dass er sich im Krieg in Acht nehmen musste. Und auch nicht, dass er Ekkehart nicht trauen konnte. Aber wenn er aus Zorn über dessen schändliche Erpressung den Hauptmann der Wache zum Zweikampf forderte, würde Otto ihn nur im günstigsten Fall in den Kerker werfen. Der Markgraf duldete nicht, dass sich seine Ritter gegenseitig umbrachten – und schon gar nicht vor einem Feldzug, wo jeder Kämpfer zählte. Doch wer den Hauptmann seiner Leibwache angriff, der würde wahrscheinlich mit dem Tod bestraft.

Dafür überraschte Christian sie mit seiner Reaktion, als sie ihm von Thomas' Prügelei mit Randolfs Sohn erzählte.

»Ich weiß«, sagte er zu Marthes Verblüffung. »Dieser Rutger ist für sein Alter ziemlich hinterhältig und macht Thomas das Leben schwer, wo er nur kann.«

»Und davon hast du mir nichts erzählt?!«, entrüstete sich Marthe. »Woher weißt du das überhaupt, wenn du seit Wochen nicht auf dem Burgberg warst?«

»Durch Raimund. Sein Ältester und noch ein paar Freunde stehen Thomas bei, eine richtig verschworene Gemeinschaft.« Christian lächelte wehmütig, als er an die Freundschaften dachte, die er während seiner Knappenzeit an Ottos Hof geschlossen hatte. Sie waren zu viert und unzertrennlich gewesen: Raimund, die Brüder Gero und Richard und er. Doch die beiden Brüder starben vor ein paar Jahren bei dem Überfall auf eine für den Kaiser bestimmte Ladung Silber, die sie zu eskortieren hatten.

»Ich wollte nicht, dass du dir Sorgen machst.«

Christians letzte Worte brachten Marthe zum Verstummen. Hatte nicht auch sie ihre Geheimnisse vor Christian, die sie bewahrte, um ihn zu schützen?

Hatte sie ihm nicht auch gerade etwas verschwiegen?

Dabei kannte Christian nur die halbe Wahrheit darüber, was zwischen ihr und Ekkehart geschehen war.

Er durfte nie erfahren, dass nicht nur Randolf, den er dafür getötet hatte, sondern auch Ekkehart und seine Kumpane Giselbert und Elmar einst über sie hergefallen waren.

Die Wochen vergingen, während sie auf Nachricht vom Hoftag in Kayna warteten. Diese Möglichkeit, dass Dietrich von

Landsberg dort vielleicht zum Gottesurteil gegen Heinrich den Löwen antrat, beschäftigte die Phantasie aller auf der Christiansdorfer Burg, die von der Herausforderung wussten.

Ansonsten zeigten sich weder Christian noch sein Knappe Dietrich übermäßig bekümmert, dass sie nach Ottos Order nicht zum Hoftag reisen sollten. Dietrich wusste, dass ihm sein Vater nur täglich neue Vorhaltungen machen und Albrecht für die nächste Begegnung sicher eine noch größere Gemeinheit geplant haben würde. Christian aber wollte die Zeit so gut wie möglich für die Vorbereitung auf den Feldzug nutzen, den mittlerweile fast alle für unausweichlich hielten, die wussten, was auf dem Spiel stand.

Gerade wieder hieben er, Lukas und Dietrich abwechselnd mit den Schwertern aufeinander ein. Dabei ging der schon seit dem Mittag während Nieselregen allmählich in einen kräftigen Guss über. Die beiden jüngeren Knappen, Georg und David, waren längst fortgeschickt worden, um Kettenhemden vom Rost zu befreien.

Marthe warf einen skeptischen Blick aus der Fensterluke, dann legte sie entschlossen die Leinenstreifen beiseite, die sie gerade zu Verbandsmaterial faltete, und lief auf den Hof.

»Nun ist es aber genug!«, schimpfte sie, die Hände in die Hüften gestemmt, während auch sie durchnässt wurde. »Schert euch ins Haus und zieht trockene Sachen an.«

Und weil sie hoffte, dass wenigstens dieses Argument erhört wurde, fügte sie hinzu: »Sonst setzen die Schwerter noch Rost an.«

Christian und Lukas schienen über den Waffenübungen wieder einmal die Zeit vergessen zu haben. Der stärker werdende Septemberregen hatte zwar alle Zuschauer bis auf die Pferdeburschen vertrieben, die – glücklich über das Ausbleiben des Stallmeisters, der sie zurück an die Arbeit gejagt hätte – zwi-

118

schen den Torflügeln standen und mit aufgerissenen Augen das fulminante Übungsgefecht zwischen ihrem Burgherrn und dessen ranghohem Knappen verfolgten. Doch die Kämpfer ließen sich nicht davon beeindrucken.

»Der Krieg wird bei Regen nicht abgesagt«, war ein bei den Jüngeren gern zitierter Ausspruch Christians.

Jetzt sah er belustigt auf seine Frau, strich sich das nasse Haar zurück, wischte das Schwert trocken und steckte es gelassen in die Scheide.

»Sie hat recht. Genug für heute!«, rief er Dietrich zu.

Der Sohn des Markgrafen verneigte sich höflich vor seinen Lehrern und folgte erleichtert Marthe. Noch ein Hieb, und ich wäre umgekippt wie ein gefällter Baum, dachte er. Und sosehr ihn die Aussicht auf trockene Kleider und eine heiße Mahlzeit begeisterte – er befürchtete, nicht einmal mehr den Löffel halten zu können, ohne dass ihm die Hand zitterte. Nur wollte er sich um keinen Preis eine Blöße vor seinem Lehrmeister geben.

Christian hingegen folgte bereitwillig, weil ihn der Anblick von Marthes Körper, der sich unter dem regennassen Kleid abzeichnete, auf ganz andere Gedanken brachte.

Für heute hatten sie genug geübt. Ihm war nicht entgangen, dass Dietrich am Ende seiner Kräfte angelangt war. Schließlich hatte er nie eine Pause gehabt – im Gegensatz zu den beiden Rittern, die ihm mal abwechselnd, mal gemeinsam zusetzten. Aber er war zufrieden, dass sich Ottos Sohn so gut hielt.

Er konnte das dem Siebzehnjährigen nicht ersparen, den er härter als jeden anderen seiner Knappen ausbildete. Christian rechnete fest damit, dass Otto seinen jüngeren Sohn auffordern würde, sich zu einem besonders gefährlichen Auftrag zu melden, um seine angeblich verlorengegangene Ehre wiederherzustellen.

119

Wenig später saßen sie beieinander in Christians und Marthes Kammer – noch mit tropfnassen Haaren, aber in frischen Kleidern und mit einem Becher Bier, den Marthe ihnen eingeschenkt hatte, während unten in der Halle für das Essen die Tischplatten auf die Schragen gehievt wurden.

»Wird sicher urgemütlich, noch um diese Jahreszeit zum Feldzug aufzubrechen«, knurrte Lukas. »Vielleicht hätte uns Marthe doch nicht ins Haus rufen sollen. Dann könnten wir uns schon mal daran gewöhnen, im Schlamm herumzukriechen.«

Niemand lachte über den bitteren Scherz.

Jeden Tag konnte der Befehl eintreffen, dass sich Christian und seine Männer in Waffen auf dem Burgberg einzufinden hatten. Und das Warten in Ungewissheit war etwas, das niemand in dieser Runde gut ertrug.

Lärm von draußen ließ sie aufmerken. Marthe stand auf und lugte aus dem Fenster, um zu sehen, was auf dem Burghof vor sich ging. Sie erkannte ein vertrautes Gesicht mit einem braunen Lockenschopf. »Es ist Raimund!«

Christian und Lukas sprangen sofort auf. Raimund hatte den Markgrafen zum Hoftag begleitet und würde wichtige Nachrichten bringen.

Als Christian die Tür aufriss, stand vor ihm Marie und wich erschrocken zurück.

»Das Mahl ist bereit, soll ich sagen«, brachte sie heraus.

Doch die Männer beachteten sie diesmal kaum, sondern stürmten an ihr vorbei. Bis auf Dietrich, der sie anstarrte, woraufhin sie errötete und den Kopf senkte, während er für einen Augenblick seine edle Abstammung verwünschte.

Warum konnte er nicht wie jeder einfache Bauer die Frau nehmen, die ihm gefiel? Dass die Bauern auch genau rechnen mussten, mit wem sie sich zusammentaten und was die künftige Frau mit in die Ehe brachte, davon wollte er in seinem Gram nichts wissen.

Christian hatte ihn schon bald nach ihrer Ankunft beiseitegenommen und ihm unmissverständlich klargemacht, dass sein Mündel für ihn als Liebschaft nicht in Frage kam. Gütiger Gott, er war siebzehn und träumte jede Nacht von nackten Brüsten, schlanken Frauenleibern und leidenschaftlichen Küssen! Manchmal hielt er es kaum noch aus und war froh, wenn er abends, völlig erledigt nach den harten Waffenübungen, auf sein Bett fiel.

Er war sich sicher, dass ihm die hübsche Marie gern einen Kuss oder auch mehr geschenkt hätte. Aber mit ihrem Stiefvater konnte er es sich nicht verderben. Außerdem hätte er damit in Christians Augen seine Ehre verloren – und die bedeutete ihm zu viel. Also sandte er Marie nur einen wehmütigen Blick, bevor er den anderen folgte, während sie ihm unglücklich nachsah.

Es kümmerte Christian nicht, dass er schon wieder durchnässt wurde, als er seinem Freund mit langen Schritten quer über den Burghof entgegenlief.

»Es tut gut, dich zu sehen«, meinte er, während er den Gleichaltrigen umarmte und ihm dabei auf den Rücken klopfte.

»Freu dich nicht zu früh«, entgegnete Raimund orakelhaft. »Ich bringe keine guten Nachrichten.«

»Stehen wir im Krieg?«

Raimund nickte, düster dreinblickend. »Morgen will Otto dich auf dem Burgberg sehen. Dich und seinen Sohn.«

Christians Gesicht ließ keine Regung erkennen, auch Lukas nahm diese Mitteilung wortlos entgegen. Sie kam für niemanden unerwartet.

Marthe war noch zu weit entfernt gewesen, um Raimunds Worte zu hören, doch an den Gesichtern der Männer erkannte sie, dass ihre Befürchtungen wahr geworden waren. Sie biss sich auf die Fingerknöchel, um nicht laut aufzuschreien. Dann fasste sie sich, ging Raimund entgegen und begrüßte ihn, so herzlich sie es noch vermochte. Sie hatten alle gewusst, dass es so kommen würde. Doch sie konnte nicht verhindern, dass die Angst um Christian ihr Herz wie eine eisige Faust zusammenpresste.

Raimund folgte ihnen ins Haus, während der Regen aus seinen dunkelbraunen Locken und vom grünen Bliaut tropfte. Die Aussicht auf einen Platz am Feuer und eine reichliche Mahlzeit unter Freunden besserte seine Laune zusehends.

»Soll ich dir ein Bad bereiten lassen?«, bot Marthe an.

»Später. Lass mich nur am Feuer stehen, damit die Sachen trocknen. Es gibt eine Menge zu berichten.«

»Nichts da«, widersprach Marthe energisch. »Erst ziehst du die triefend nassen Kleider aus. Ich will dich nicht noch einmal vor dem Fiebertod retten müssen. Das war damals Arbeit genug!«

Sie lächelten beide wehmütig bei der Erinnerung an jene schweren Tage, seit denen Marthe auch mit Raimunds Frau Elisabeth befreundet war.

»Du solltest mich nicht so verzärteln«, meinte Raimund. »Die nächsten Wochen und Monate bringe ich schätzungsweise sowieso in Kälte und Regen bei der Belagerung irgendeiner Burg zu.«

»Umso wichtiger, dass du nicht schon krank hinreitest«, entgegnete Marthe, während sie in einer Truhe kramte, froh, dass niemand dabei ihr Gesicht sehen konnte. Es schickte sich nicht für die Frau eines Ritters, Angst zu zeigen oder gar zu weinen, wenn der Ehemann in den Krieg musste. Sie drückte Raimund trockene Kleider in die Hand und lief nach unten, um Bescheid zu sagen, dass das Essen für den Burgvogt und ihren Gast in die Kammer gebracht werden sollte.

»Früher hat sie einen nicht so kommandiert«, spöttelte Raimund.

»Von wegen! Wenn jemand krank war oder krank zu werden drohte, vergaß sie doch schon immer jede Schüchternheit«, erinnerte Christian.

Raimund war noch halbnackt, als es klopfte und Mechthild eine große Schüssel mit heißer Suppe hereintrug. Darüber lag ein Brett mit dicken hellen Brotscheiben, die noch vor Wärme dampften und verführerisch dufteten. Die Köchin bemühte sich krampfhaft, nicht auf den bloßen Oberkörper des Gastes zu starren, und verließ die Kammer hastig wieder mit der Ankündigung, gleich noch Bier zu bringen.

»Es riecht herrlich«, meinte Raimund, während er ein frisches Obergewand überstreifte. »Aber Suppe statt Braten? Man sollte meinen, ein Burgvogt lebt üppiger. Du hast die Zeit als armer Ritter ohne Lehen also noch immer nicht so recht hinter dir gelassen! Oder gewöhnst du dich schon an Kriegsrationen?«

»Die fallen bestimmt nicht so köstlich aus. Es ist Freitag, mein Freund«, erinnerte ihn Christian tadelnd.

»Tatsächlich?« Verblüfft starrte Raimund ihn an und überlegte fieberhaft, ob er unterwegs irgendeine Fastenregel gebrochen hatte. »Auf Reisen komme ich jedes Mal durcheinander …«

Marthe, Lukas und Dietrich setzten sich zu ihnen, Christian sprach das Tischgebet.

»Köstlich! Dabei hatte ich gehofft, etwas Biber in der Suppe zu finden«, lobte Raimund, während er kräftig zulangte.

Marthe, die inzwischen etwas Zeit gefunden hatte, sich zu sammeln, lächelte vage in sich hinein. Weshalb Biberfleisch das Fasten nicht brach, hatte sie nie so recht verstanden.

123

Sie schob Dietrich noch eine dicke Scheibe hellen Brotes hinüber. Der Junge hatte stets Appetit für drei, auch wenn er bemüht war, sich das nicht anmerken zu lassen. Maßhalten galt als ritterliche Tugend.

Doch sie selbst vermochte kaum etwas hinunterzuschlucken. Christian merkte, dass sie fast nichts aß, und musterte sie mit kritischem Blick. Gehorsam aß sie noch einen Löffel Suppe. Niemand sollte sehen, mit welchen Ängsten sie rang … Ängsten davor, dass Christian und seine Freunde in den Krieg mussten, und davor, dass Ekkehart seine Drohung wahr machte.

Als sie fertig gegessen hatten, lehnte sich jeder zurück und blickte zu Raimund. Der schob die Schüssel beiseite und ließ sich den Becher neu füllen. »Reden wir über den Hoftag. Und darüber, was seitdem geschehen ist.«

Seinem Bericht zufolge war Herzog Heinrich trotz Ladung zum dritten Mal nicht vor dem Kaiser erschienen, was Markgraf Dietrich den Zweikampf auf Leben und Tod ersparte und es dem Kaiser und den Fürsten ermöglichte, den Löwen nach Lehnsrecht und Landesrecht zu bannen.

»Es ging streng nach den Regeln zu«, erzählte Raimund, nachdem er einen tiefen Schluck genommen hatte. »Der Kaiser befragte die Fürsten, was rechtens sei, wenn sich jemand weigere, sich dem Gericht zu stellen, der dreimal vorgeladen und dennoch nicht erschienen sei. Ihnen blieb nichts anderes übrig, als zu sagen, ein solcher Mann sei der Acht verfallen und müsse Eigentum und Lehen verlieren.«

»Sie werden dabei sicher vor Mitgefühl übergequollen sein«, spottete Lukas. »Als ob sie diesen Augenblick nicht schon seit Jahren herbeigesehnt hätten!«

Christian ignorierte den Einwurf. »Hat der Kaiser nun die Acht über den Löwen verhängt?«, wollte er wissen.

»Von wegen! Die versammelten Fürsten baten Friedrich, mit der Achtverkündung noch einen vierten Gerichtstag abzuwarten, und unser Kaiser – großmütig, wie er ist – entsprach huldvoll ihrer Bitte.« Raimund verzog das Gesicht zu einem zynischen Grinsen.

»Weshalb?«, fragte Marthe verwundert. »Wagt es der Kaiser am Ende doch nicht, seinen Vetter fallenzulassen?«

»Oh nein, er ist entschlossen, die Sache zu Ende zu bringen. Er hat eingesehen, dass der Löwe zu mächtig geworden ist.« Raimund sah neugierig auf Dietrich. »Lass hören, ob du an Friedrichs Hof genug von hoher Politik gelernt hast, um das Rätsel für die Hausherrin zu lösen!«

Dietrich sah kurz zu Christian, und dieser nickte ihm auffordernd zu.

»Der Kaiser will sich keinen Fehler erlauben. Alles soll genau nach dem Gesetz ablaufen. Es könnte sich aber jemand darauf berufen, dass der Löwe aufgrund seiner schwäbischen Herkunft nicht ohne schwäbischen Richter verurteilt werden kann, am besten sogar auf schwäbischem Boden«, schlug Ottos Sohn als Erklärung vor. »Vermutlich hat der Kaiser seine Fürsten vor der Versammlung aufgefordert, diese Bitte zu äußern, damit er sich als gnädiger und gerechter Herrscher zeigen und einen vierten Gerichtstag einberufen kann.«

Raimund pfiff anerkennend durch die Zähne. »Gut gefolgert!« Er blickte zu Christian hinüber. »Wie es scheint, hat dein neuer Knappe bei Hofe nicht nur zu raufen gelernt.«

Während Dietrich peinlich berührt nach unten sah, griff Raimund nach einem übriggebliebenen Kanten Brot und brach sich die Hälfte ab, um die Schüssel damit auszuwischen. »Alles nur Formsache. Der Krieg hat längst begonnen, schon vor dem Hoftag. Anfang August ist ein Ritterheer Heinrichs in Westfalen eingedrungen, hat dort gewütet und gebrandschatzt.«

»Wer führt es an?«, fragte Christian stirnrunzelnd.

»Ein paar gefürchtete Haudegen: Gunzelin von Schwerin, Bernhard von Ratzeburg, Bernhard von Wölpe, Ludolf und Wilbrand von Halermunt. Außerdem noch der junge Adolf von Holstein, der wird sich wohl erst einen Namen machen wollen. Ihre Gegner erlitten bei Osnabrück eine furchtbare Niederlage. Graf Simon von Tecklenburg und etliche seiner Ritter wurden gefangen genommen, von den Leuten im Tross die meisten gleich erschlagen.«

Lukas ließ seiner Entrüstung freien Lauf. »Davon hat der Kaiser gewusst und trotzdem die Ächtung vertagt?«

»Das ist noch nicht einmal alles«, fuhr Raimund ungerührt fort. »Gleichzeitig ist Heinrichs Getreuer Bernhard von Lippe gegen Soest gezogen, hat die ganze Umgebung verheert und dann das kölnische Medebach in Brand gesteckt.«

Marthe wurde bei Raimunds Worten immer kälter. Im Geiste sah sie niedergebrannte Dörfer und Felder, erschlagene Frauen und Kinder. Krieg war nicht nur eine Angelegenheit, bei der sich gegnerische Heere gegenüberstanden und sich ehrenhaft nach allen Regeln des Rittertums schlugen. Er traf immer die Ärmsten und Schutzlosen zuerst und am härtesten.

»Was unternimmt der Kaiser?«, fragte Christian den Freund, der nun den letzten Bissen Brot mit einem kräftigen Schluck aus seinem Becher hinunterspülte.

»Er hat erlaubt, dass die von Heinrich bedrohten Fürsten – darunter auch Erzbischof Wichmann, was uns nun direkt betrifft – bewaffnet in Heinrichs Land einmarschieren. Von Halberstadt und Hornburg aus haben die Kämpfe um sein Gebiet schon begonnen.«

»Also wird Otto Wichmann mit Truppen unterstützen«, schlussfolgerte Christian düster. Der Erzbischof von Magdeburg, einer der mächtigsten und einflussreichsten Männer des

Kaiserreiches, war ein Vetter des Meißner Markgrafen und seiner Brüder. Sie hatten bereits seit Jahren gemeinsam gegen den Löwen gekämpft, sogar, als sich dieser noch der Gunst des Kaisers erfreute.

»Es heißt, Heinrich will ein Heer gegen Halberstadt entsenden. Die Stadt ist Wichmann unterstellt und ihr Bischof Ulrich dem Löwen zutiefst verhasst«, berichtete Raimund weiter. »Die Fürsten sind aufgerufen, Wichmann zu unterstützen. Otto ist dabei, ebenso seine Brüder Dedo und Dietrich. Ludwig von Thüringen will vierhundert Ritter schicken. Und den Gerüchten zufolge sammelt der Kölner Erzbischof Philipp von Heinsberg ein Heer von viertausend Geharnischten.«

»Viertausend?!« Christian konnte seine Verblüffung nicht verbergen.

»So heißt es. Und es soll ein wildes Söldnerheer sein; man munkelt sogar, es seien die Brabanzonen.«

Für einen Moment herrschte entsetztes Schweigen in der Runde. Jeder versuchte, sich das Unglaubliche vorzustellen: dass ausgerechnet ein Mann Gottes, ein Erzbischof, die gefürchtetste Söldnertruppe Europas in seine Dienste nahm, skrupellose Gestalten, die bar jeder Menschlichkeit plündernd, mordend und brandschatzend durch die Lande zogen. Kaiser Friedrich und der französische König Ludwig waren schon vor Jahren übereingekommen, sie wegen ihrer Greueltaten nicht mehr gegeneinander einzusetzen. Dann kämpften sie an der Seite des englischen Königs Heinrich von Plantagenet gegen dessen aufständische Söhne. Nachdem ihr Anführer Wilhelm von Cambrai gefallen war, ließen sie sich in verschiedenen Gruppierungen von Männern in Sold nehmen, die bereit waren, in Kauf zu nehmen, dass die Rotten mit unbeschreiblicher Grausamkeit ganze Landstriche verheerten.

»Tja, junger Mann«, meinte Raimund sarkastisch zu Dietrich,

»wenn das stimmt, kannst du deine Vorstellungen von der edlen Kunst des Krieges getrost vergessen, falls dein Vater dich auf dem Feldzug dabeihaben will.«

Als Christian vor der Nacht noch einmal in die Halle ging, bemerkte er, dass er erwartet wurde. Kuno und Bertram erhoben sich sofort, als sie ihn sahen, und traten auf ihn zu, eher verlegen als mit der ihnen sonst eigenen Forschheit.

»Herr, dürfen wir mit, wenn Ihr in den Krieg zieht?«, bat der Rotschopf.

Christian verschob mit einem stummen Seufzer die Frage, woher sie davon wussten; sicher waren die zwei schlau genug, um sich zwei mal zwei zusammenzureimen. Jetzt gab es Dringenderes, am Abend vor seiner Abreise nach Meißen, um Kriegsorder zu empfangen.

»Deine Frau kann jeden Tag ihr erstes Kind zur Welt bringen«, hielt er dem jungen Mann vor, der in seiner Vorstellung immer noch der tolldreiste Bursche war, als den er ihn vor Jahren kennengelernt hatte. »Hast du die Ehe jetzt schon satt?«

»Nein, Herr.« Verlegen senkte Kuno den Blick. »Ich schwör's, ich liebe Johanna. Und es fällt mir wirklich schwer, sie gerade jetzt allein zu lassen. Aber ich weiß, sie ist versorgt. Und ich will nicht, dass die anderen sagen ...«

Er stockte.

»Ja?«, drängte Christian ihn, zu sprechen, da er nicht die ganze Nacht in der kalten Halle verbringen wollte.

»... dass Ihr mich nur hierlasst, um mich zu schonen. Weil Johanna Euer Mündel ist.«

Kuno stieß den Atem aus, doch dann ließ er den Kopf wieder hängen, als Christian antwortete.

»Sofern Otto nicht von mir jeden Einzelnen meiner Männer fordert, werde ich niemanden mitnehmen, der eine hochschwangere Frau zurücklässt. Und auch keinen, der der einzige Ernährer der Familie ist.«

Kuno trat noch einen kleinen Schritt vor. »Ich bitte Euch, Herr, macht eine Ausnahme«, sagte er leise, aber eindringlich. »Ich habe ja verstanden, was Ihr mir immer wieder vorhaltet: Der Kampf, der Krieg ist kein Spaß. Aber wollt Ihr, dass man Eurer Stieftochter nachruft, sie sei mit einem Feigling verheiratet, der sich hinter ihrem Rockzipfel versteckt?«

»Will Johanna auch, dass du in den Krieg ziehst?«

»Natürlich nicht. Aber sie sagt, wenn ich es tun muss, wird sie tapfer sein und für mich beten.«

»Was ist mit dir?«, wandte sich Christian an Bertram, der noch verlegener als sein Freund wirkte.

»Ich will auch mit«, bekräftigte dieser sofort, um dann gleichfalls ins Stocken zu geraten. »Aber zuvor … möchte ich Euch fragen … und bitten … ob Ihr mir vielleicht …« – Bertram riss sich zusammen – »Eure Stieftochter Marie anverloben würdet.«

Wenn jemand gleichzeitig erleichtert und eingeschüchtert aussehen konnte – der schwarzhaarige junge Mann brachte es fertig.

Christian zog die Augenbrauen hoch. Das war eine Entwicklung, die ihn doch überraschte, wenn auch auf frohe Art.

»Weiß die künftige Braut denn davon? Und falls sie es tut, was meint sie dazu?«

»Ja … und ja …«, bekam er zur Antwort.

Christian gab den Gedanken auf, so bald zu seiner Frau ins Bett zu kommen, und machte es sich auf einer Bank bequem, während er Marthe und Marie holen ließ. Beide kamen schnell; die eine besorgt, es sei etwas geschehen, die andere sichtlich verlegen.

»Marie«, sagte er sanft zu ihr, »sieh mich an.«

Das Mädchen hob den Kopf, ihre Wangen glühten.

»Dieser junge Mann hier hat mich um deine Hand gebeten. Möchtest du ihn heiraten?«

Marie sah erst zu Marthe, dann zu Christian.

»Er wird mir ein guter Mann sein, das weiß ich«, sagte sie leise. »Er wird in den Krieg ziehen, so oder so. Aber wenn Ihr mich ihm versprecht, dann sieht er sich vielleicht mehr vor, damit er auch zurückkommt.«

Dann blickte sie wieder zu Boden. »Es wäre schade um ihn.«

Jeder andere hätte wohl gespottet über diesen Grund, zu heiraten. Nicht Christian. Denn Maries Worte erinnerten ihn an jene Nacht, als Marthe zum ersten Mal zu ihm gekommen war. Es war die Nacht, bevor sie aufbrachen zu einem Kampf, bei dem sie wenig Aussicht hatten, den nächsten Tag zu überleben. Deshalb hatte sie sich ihm geschenkt.

Sie hatte es selbst gesagt, und er hatte diese Worte nie vergessen: »… dass du so mindestens einen Grund hast, dein Leben nicht allzu leichtfertig aufs Spiel zu setzen.«

Christian wechselte einen Blick mit Marthe und erkannte, dass sie wohl gerade wieder einmal dasselbe dachte wie er.

»Gut«, sagte er. »Bertram, Marie. Ihr seid einander versprochen. Wenn wir aus dem Krieg wiederkommen, wird geheiratet.«

Drei junge Menschen sahen ihn an: Bertram strahlte vor Glück, Kuno gratulierte seinem Freund, indem er ihm heimlich in den Rücken stieß, und Marie lächelte schüchtern in sich hinein, ein bisschen wehmütig.

Marthe erkannte ihre unausgesprochene Frage: ob wohl aus Freundschaft auch Liebe werden konnte. Sie wusste die Antwort nicht, aber sie zog ihre Stieftochter zu sich und schloss sie in die Arme.

Am nächsten Morgen rief Christian seine Bewaffneten zusammen.

»Ich weiß noch nicht, wie viele Männer Otto von mir erwartet. Aber jeder von euch soll sich bereitmachen. Schärft eure Waffen, geht zur Beichte und packt eure Bündel. Morgen komme ich mit neuen Befehlen zurück. Womöglich brechen wir schon übermorgen auf.«

Dann ritt er mit Raimund und Dietrich los. Lukas sollte sich derweil mit Marthe um den Proviant kümmern und darüber wachen, dass die Männer vor lauter Kriegslust nicht zu raufen begannen oder sich sinnlos betranken.

Auf dem Meißner Burgberg kündete alles vom bevorstehenden Aufbruch zum Feldzug. Überall drängten sich in Kettenpanzer gekleidete Ritter, Wagen wurden mit Proviant, Decken und Zelten beladen, berittene Boten kamen oder brachen auf. Von allen Seiten wurden Befehle gebrüllt, die in dem allgemeinen Getöse wohl nur in Ausnahmefällen ihren Adressaten erreichten.

Kurzum, es herrschte ein gewaltiges Durcheinander, in dem niemand zu bemerken schien, dass der Sohn des Markgrafen und der Vogt von Christiansdorf eingetroffen waren. Raimund musste erst lautstark einen Stallburschen herbeirufen, der ihnen die Pferde abnahm und versorgte.

Währenddessen sah sich Dietrich gespannt um. Er war seit seinem achten Lebensjahr nicht mehr auf der Burg seines Vaters gewesen. Obwohl er sich seine Kindheitserinnerungen bewahrt hatte, so gut es ging, erkannte er kaum etwas wieder. Die Befestigungsmauern um die Burg waren verstärkt worden, etliche hölzerne Bauten durch steinerne ersetzt, und wenn er auch vom Hof des Kaisers Prunk gewohnt war, überraschte ihn doch, um wie vieles prachtvoller die einst vergleichsweise schlichten Hallen geworden waren, in denen er aufgewachsen war. Jetzt erst begriff er zur Gänze, was das Christiansdorfer Silber für seinen Vater bedeutete.

Doch Christian und Raimund ließen ihm keine Zeit zum Staunen. Zielstrebig drängten sie sich durch das Gewühl Richtung Palas. Gelegentlich begrüßten die beiden Ritter diesen oder jenen, ohne sich länger aufzuhalten.

Während Dietrich ihnen folgte, versuchte er, sich innerlich auf das Kommende vorzubereiten. Dass ihn sein Vater sicher nicht freudig in die Arme schließen würde, darauf war er gefasst. Aber Raimund hatte ihn vorgewarnt, dass auch sein Bruder auf dem Burgberg war und an der Besprechung teilnehmen würde. Also biss er die Zähne zusammen und übte sich in stoischer Gelassenheit, die allerdings seinem Temperament deutlich widersprach.

»Christian! Gut, dass Ihr da seid!« Otto schien diesmal vergleichsweise zufrieden gestimmt. Was ihn jedoch nicht hinderte, seinen jüngeren Sohn nur mit einem flüchtigen Blick zu streifen.

Der Markgraf saß nicht wie gewohnt auf seinem reichverzierten Stuhl, sondern hatte sich vor einem Tisch mit ausgebreiteten Pergamenten und Karten aufgestellt. Neben ihm standen Ekkehart, dessen Freunde Elmar und Giselbert und Ottos ältester Sohn. Albrecht hatte die Arme verschränkt und blickte verächtlich auf die Neuankömmlinge.

»Kommen wir gleich zur Sache«, meinte der Markgraf. »Ich will Euch beim Feldzug dabeihaben, Christian. Auf einen so erfahrenen Kämpfer kann ich nicht verzichten. Ich übertrage Euch das Kommando über die Hälfte meiner Männer.«

Christian nickte knapp, sein Gesicht ließ keine Regung erkennen. »Wie viele Bewaffnete soll ich mitbringen?«

»Sämtliche Eurer Ritter und dreißig Mann Fußvolk und Reisige.«

Alle Ritter, und dazu nur dreißig Mann? Christian wunderte sich. Vor Jahren, als es um eine neue Steuer für den Italienfeldzug des Kaisers ging, hatte Otto gedroht, einhundert Männer unter Waffen aus Christiansdorf zu fordern.

»Mehr nicht«, bekräftigte der Markgraf. »Und es soll kein Bergmann dabei sein, kein Schmied, kein Schmelzer und niemand sonst, der mit dem Silberbergbau zu tun hat. Die Förderung darf nicht stocken.«

Dass Otto keine Mineure mitnehmen wollte, verwunderte Christian noch mehr. Erfahrene Bergleute waren geeignet wie niemand sonst, unterirdische Gänge anzulegen, durch die man eine Burg erreichen und einnehmen konnte.

Und ihn sorgte, dass er keinen seiner Ritter auf der Burg lassen durfte. Konnte er Marthe unter dem Schutz von Walther, dem Befehlshaber seiner Wachen, zurücklassen?

»Wem wollt Ihr so lange das Kommando über die Christiansdorfer Burg erteilen? Und habt Ihr Befehle, die Euren Sohn Dietrich betreffen?«, fragte er.

»In Eurer Abwesenheit wird mein Erstgeborener Befehlshaber Eurer Burg. Diese Aufgabe kann er wohl bewältigen und dabei gleich noch dazulernen, wie man regiert. Dietrich« – wieder streifte Otto seinen Jüngeren nur mit einem Blick – »wird Euch begleiten. Als Knappe. Mag sein, er findet im Krieg eine Gelegenheit, seine Ehre wiederzuerlangen und sich den Rang eines Ritters zu verdienen.«

Christian hatte Mühe, seine Verbitterung zu verbergen. Deshalb also forderte Otto alle seine Ritter, ließ aber ansonsten die Christiansdorfer Burg gut besetzt. Albrecht konnte auf sicherem Posten bleiben und zusammen mit seinen eigenen Leuten den Befehlshaber einer ausreichend bemannten Festung spielen, während Otto seinen Jüngeren an vorderste Front zu schicken und womöglich zu opfern bereit war.

Als hätte der Markgraf Christians Gedanken gelesen, sagte er: »Dietrich, geh und verabschiede dich von deiner Mutter. Und Ihr, Christian, werdet Albrecht übermorgen die Schlüssel und die Befehlsgewalt über die Burg übergeben. Danach stoßt mit Euren Gefolgsleuten zu uns auf der Straße nach Chemnitz.«

Als Christian und Dietrich am nächsten Tag ins Dorf zurückkehrten, hielt der Ritter sofort Ausschau nach Marthe. Er musste nicht lange suchen, sie kam ihm schon entgegen, dicht gefolgt von Lukas.

»Morgen. Mit allen Rittern und dreißig Mann Fußvolk«, beantwortete Christian knapp die unausgesprochene Frage. Er erteilte Walther, dem Hauptmann der Wache, ein paar Anweisungen, dann sagte er zu Marthe und Lukas: »Wir müssen reden«, und lief voran ins Haus.

Sie alle wussten, jetzt ging es darum, was aus Marthe würde.

Vor einiger Zeit hatte sie mit Christian sogar die Möglichkeit diskutiert, ihn und seine Männer zu begleiten, wenn sie zum Feldzug gerufen wurden. Und sie war Christian dankbar, dass er diese Überlegung nicht sofort zurückgewiesen hatte.

Frauen im Heerlager waren nichts Außergewöhnliches: Es gab nicht nur Marketenderinnen und Huren, sondern auch adlige Damen, sogar Königinnen und Fürstinnen, die ihre Männer begleiteten und abseits der Schlachtfelder warteten, wie der Kampf ausgehen würde. Warum nicht auch eine Heilerin, deren Können mit Sicherheit gebraucht würde?

Doch seit sie wussten, dass Brabanzonen zu den Streitmächten gehörten, mit denen die Wettiner auf einer Seite kämpften, war klar, dass Marthe nicht mit ihnen ziehen würde. Sie hatte genug über die Rottenknechte gehört, um zu wissen, dass in deren Nähe kein Platz für eine Frau war. Die Brabanzonen scheuten vor keiner Greueltat zurück, nicht einmal im eigenen

Lager. Dabei dachte Marthe weniger an ihre eigene Sicherheit als an Christians: Seine Aufmerksamkeit im Kampf durfte nicht durch die Sorge abgelenkt sein, ob sie in Gefahr war.

Doch davon, wer das Kommando über die Burg bekam, hatte Christian abhängig machen wollen, ob er sie hierließ oder zusammen mit den Kindern zu Raimunds Frau Elisabeth auf die Güter ihres Freundes bringen würde.

In der Kammer entzündete Marthe eine Kerze und schenkte Wein ein.

Christian wartete gar nicht erst, bis jeder seinen Becher hatte.

»Otto überträgt seinem ältesten Sohn das Kommando über die Burg, solange ich und meine Männer fort sind«, begann er sofort, noch ehe er sich setzte. »Und so, wie wir Albrecht kennen, sollten wir Marthe und die Kinder besser vorher noch zu Elisabeth bringen. Lukas, kannst du das übernehmen und uns dann nachreiten? Ich muss bleiben, um Albrecht die Befehlsgewalt zu übergeben.«

Er sah zu Marthe und Lukas, die ihm gegenüber auf der Bank saßen, und wartete auf Zustimmung.

Lukas blickte Marthe an und schwieg. Er hatte erkannt, dass Marthe zu einer anderen Entscheidung gekommen war. Jetzt konnte sie nur noch hoffen, Christian davon zu überzeugen.

»Gerade deshalb sollte ich bleiben. Es sind genug Leute hier, die mir zur Seite stehen, wenn er es zu arg treibt«, sagte sie mit fester Stimme.

»Du weißt, welche Heimtücke er gegen seinen Bruder walten lässt«, hielt Christian ihr vor. »Er wird dir heimzahlen, dass wir Dietrich aufgenommen haben, dich demütigen und seine ganze Macht ausspielen.«

»Er ist ein zwanzigjähriger, verwöhnter Bengel«, meinte Marthe schnippisch.

»Und du eine würdige Gevatterin von stattlichen fünfundzwanzig Jahren?«, versuchte Lukas, die zunehmend angespannte Stimmung aufzulockern.

»Er ist der Sohn des Markgrafen und ein Ritter des Königs«, fuhr Christian verärgert dazwischen. »Und er wird keine Gelegenheit auslassen, das herauszukehren, wenn sein Vater und der König weit weg sind. Zumal keiner von meinen Rittern mehr hier sein wird. Und Walther zählt nicht für ihn, weil er nicht von Stand ist.«

»Das weiß ich. Gerade deshalb sollte ich bleiben«, widersprach Marthe leidenschaftlich.

Dann redete sie leiser weiter, die Lider gesenkt. »Ich will nicht wieder jedes Mal fliehen müssen, wenn du fort bist. Zumal es ja beim letzten Mal auch nicht geholfen hat.«

Sie biss sich auf die Lippe. Die Männer verstummten angesichts der Erinnerungen, die Marthes Worte heraufbeschworen.

Vor fünf Jahren hatte Christian Marthe und die Kinder zu Elisabeth gebracht, als sie befürchteten, dass ein eifersüchtiger Medicus oder ein übereifriger Geistlicher ihr im Dorf gefährlich werden konnte, während Christian mit dem Markgrafen unterwegs war. Doch die Häscher hatten sie auch auf Raimunds Gütern aufgespürt, in Ketten fortgeführt und in den Kerker geworfen, bis Ekkehart sie rettete. Wochenlang hatte Christian glauben müssen, Marthe sei tot. Und die Spuren der Folter auf ihrem Körper waren immer noch nicht restlos verheilt und würden es wohl nie. Ganz zu schweigen von den Spuren in ihrer Seele.

»Es gibt keine Sicherheit, nirgendwo«, sagte Marthe leise. »Für euch nicht und für mich nicht. Aber Gott hat mich sicherlich nicht auf diesen Platz gestellt, nur damit ich schöne Kleider trage. Lass mich den Menschen im Dorf helfen, sich, so gut es geht, gegen Albrecht zu behaupten, während du fort bist. Es wird genug Leute geben, die mir beistehen, glaube mir!«

Christian strich sich nachdenklich übers Gesicht und sah zu Lukas hinüber.

Sie beide hatten oft gestritten, wenn es um Marthe ging – weil Lukas mehr Vertrauen in ihre Stärke besaß, während Christian fürchtete, die Haft und die Folter könnten sie innerlich zerbrochen haben.

Lukas fing seinen Blick auf und nickte zögernd. Auch er liebte Marthe und wollte sie keiner Gefahr aussetzen. Aber er war froh über ihren neu erwachten Mut. »Sie kann es schaffen.«

Nach einer ganzen Weile erst entschied Christian.

»Gut. Aber wir werden ein paar Vorsichtsmaßnahmen treffen.«

Erleichtert atmete Marthe auf. Sie war nicht ohne Furcht, wenn sie sich die Zeit mit Albrecht als Befehlshaber der Burg ausmalte. Aber sie würde vor den Schwierigkeiten nicht davonlaufen und sich nicht verstecken.

ZWEITER TEIL

Das brennende Moor

Oktober 1179 vor Haldensleben

Wind und Regen peitschten Christian ins Gesicht, während er auf die Burg Haldensleben blickte, bemüht, sich vor seinen Leuten nichts von seiner Skepsis anmerken zu lassen. Starke Mauern und ein dreifacher Wall erwarteten sie, das alles von einem Sumpf umgeben, was bei den Belagerern Zweifel aufkommen ließ, ob sie die Festung des Löwen je würden einnehmen können. Erst recht um diese Jahreszeit, im nasskalten Oktober.

Ottos Streitmacht war gerade angekommen, nachdem Erzbischof Wichmanns Boten den Meißner Markgrafen und seine Brüder mit ihren Truppen vor Magdeburg empfangen und ein paar Meilen nordwestlich hierhergeleitet hatten.

Christian hatte nur einen finsteren Blick auf die Burg geworfen und dann den Männern befohlen, Packpferde und Wagen zu entladen und die Zelte zu errichten.

Ziemlich alles an Wichmanns Lager vor Haldensleben machte einen entmutigenden Eindruck. Menschen und Tiere trieften vor Nässe, der Boden war von Regen vollgesogen, bei jedem Schritt spritzte Schlamm auf. Im östlichen Teil des Lagers wurden gerade unter lautem Geschrei und Schimpfen mehrere Karren mit Baumstämmen entladen. Das Holz für Belagerungstürme und Sturmleitern mussten die Belagerer von weit her

141

anfahren. Im Sumpfland ringsum gab es keine geeigneten Bäume, lediglich Flechten und da und dort dürres Buschwerk, das nur lose mit dem Untergrund verankert war und nicht einmal als Brennmaterial taugte.

Noch dazu hatten die Ortskundigen die Männer angewiesen, ja achtzugeben, wohin sie ihre Füße setzten. Was harmloses Grasland schien, war an vielen Stellen in Wirklichkeit Sumpf. Wie zur Bestätigung hörte Christian hinter sich entsetzte Schreie. Vielleicht sechzig Schritt entfernt, wo gerade Dedo von Groitzschs Leute ihr Lager aufschlugen, hatte sich ein Mann zu weit vorgewagt und steckte schon bis an die Hüfte im Morast. In Todesangst ruderte er mit den Armen, was zur Folge hatte, dass er nur noch schneller einsank. Ein paar Männer rannten los, um Stangen und Leitern zu holen. Doch als sie endlich zurück waren und vorsichtig versuchten, sie dem Einsinkenden entgegenzuschieben, war es schon zu spät. Er konnte die Arme nicht mehr bewegen, um nach dem rettenden Holz zu greifen. Sein Verzweiflungsschrei erstickte im Moor, ein paar Schlammblasen waren das Letzte, das von seinem jämmerlichen Ende kündete.

Schaudernd schlug Christian ein Kreuz. Die Männer um ihn herum, die alles beobachtet hatten, taten es ihm gleich.

Ein magerer junger Bursche, der ihnen in Meißen zugeteilt worden war und nun eine Schaufel in die Hand gedrückt bekommen hatte, um in ausreichendem Abstand von den Zelten einen Graben für die Notdurft der Männer auszuheben, verlor die Nerven. Panisch warf er die Schaufel von sich. »Keinen Schritt gehe ich von hier weg! Nicht einen! Das ist der Vorhof zur Hölle.«

Christian wollte eingreifen, aber Lukas, der näher bei dem Burschen stand, war schneller. Während ein paar Umstehende ängstlich murmelten, ging er auf den Wimmernden zu, warf ihn mit einer einzigen Bewegung zu Boden und packte ihn am Genick.

»Wenn wir hier schon im Schlamm liegen, dann nicht auch noch in deiner Scheiße«, fuhr er ihn an und drückte dabei das Gesicht des Mannes nach unten, bis es nur noch einen Fingerbreit über dem Boden schwebte. »Oder willst du schon mal ausprobieren, wie sich das anfühlt?«

»Nein, Herr«, stammelte der Bursche ängstlich.

Unversehens ließ Lukas ihn los, was nun doch dazu führte, dass der Kopf des Verängstigten in den Schlamm fiel. Seine Gefährten brachen in Gelächter aus, während der Gemaßregelte mürrisch aufstand und versuchte, sich den Schmutz aus dem Gesicht zu wischen.

»Lass dir von Wichmanns Wegführern zeigen, wo der Boden sicher ist, und erledige sofort, was dir aufgetragen wurde«, befahl Christian.

»Komm schon, Muttersöhnchen«, spottete Kuno. »Ich zieh dich auch raus, wenn du im Sumpfloch versinkst.« Er winkte dem Burschen, ihm zu folgen, dem nichts anderes übrigblieb, wenngleich er dabei nur zaghaft einen Fuß vor den anderen setzte. Er schien nicht der Einzige zu sein, der sich vor dem unberechenbaren Untergrund fürchtete. Nachdem das Gelächter erstorben war, sahen ein paar Männer mit sichtlichem Unbehagen um sich. Einige bekreuzigten sich und murmelten Gebete.

»Worauf wartet ihr?«, fragte Bertram unwirsch. Da niemand reagierte, drückte er einem Reisigen, der sich aus der hinteren Reihe verdrücken wollte, die nächste Schaufel in die Hand und griff selbst nach einer. »Du siehst aus, als müsstest du auch gleich in den Graben. Also komm lieber und beeil dich. Keiner von uns will zusehen, wie du dir vor Angst in die Hosen scheißt.«

Ungerührt verteilte er weiter Schaufeln und lief dann mit den Männern los.

Das fängt ja gut an, dachte Christian, auch wenn er erleichtert war über Kunos und Bertrams Einmischung. Er bereute nicht, dass er die beiden doch mitgenommen hatte. Dabei war Kuno erst verspätet bei der Truppe eingetroffen, die unter Christians Kommando stand. Gerade als sie aufbrechen wollten, kam Johanna in die Wehen, und Christian erlaubte, dass ihr Mann blieb, bis das Kind geboren war. Am übernächsten Tag hatte Kuno Ottos nicht übermäßig große Streitmacht eingeholt, um Christian stolz zu berichten, dass Johanna ein kleines Mädchen zur Welt gebracht hatte und Mutter und Kind wohlauf waren.

»Merkwürdig, wie einen so ein winziges Menschlein schon an sich ziehen kann«, sinnierte der Rotschopf. Doch dann riss er sich zusammen und fragte nach Befehlen.

Von den Berittenen und dem Fußvolk, die unter seinem Kommando standen, konnte sich Christian vorerst nur auf seine eigenen Leute verlassen. Schon auf dem Marsch hierher hatte er mehrfach harte Strafen verhängen müssen, um Disziplin zu erzwingen.

Ekkehart, der neben der Leibwache nun auch wie Christian eine Hälfte von Ottos Streitmacht befehligte, ließ unterwegs sogar einen Mann hängen, weil der gegen das Plünderungsverbot in den Dörfern, die sie passierten, verstoßen hatte.

Immerhin, mit seinem deftigen Scherz hatte Lukas vorerst erreicht, dass der Feigling zwar bloßgestellt, aber von seinen Kumpanen nicht unterstützt, sondern ausgelacht wurde. Beim nächsten Mal würde er härter durchgreifen müssen.

Lukas und Ottos jüngerer Sohn traten zu Christian, während er durch den Regen auf die Burg starrte und versuchte, den modrigen Gestank um sich herum zu ignorieren.

144

»Ich frage mich wirklich, wie wir diese Burg einnehmen wollen, wenn nicht durch Verrat«, meinte Lukas halblaut, so dass niemand außer Christian und Dietrich ihn verstehen konnte. »Mit Belagerungstürmen kommen wir nicht einmal bis an den Wall. Aushungern können wir sie nicht, unsere Vorräte werden viel eher zu Ende gehen. Und einen Tunnel dorthin graben geht auch nicht in diesem stinkenden Moor.«

Er sah zu Dietrich. »Dein Vater muss geahnt haben, dass wir hier eingesetzt werden. Sonst hätte er auf jeden Fall ein paar erfahrene Bergleute mitgenommen, damit sie die Burg unterminieren. Um diese Jahreszeit wochenlang in Kälte und Regen auszuharren, dürfte ihn noch weniger begeistern als mich.«

»War ja nicht schwer vorherzusehen, dass wir hier landen, oder?«, entgegnete Christian düster.

Niemanden überraschte es übermäßig, dass sie sich hier ausgerechnet vor Haldensleben wiederfanden, seit Jahren ein Zankapfel zwischen dem Löwen und Erzbischof Wichmann, dem die aufstrebende Kaufmannssiedlung und vor allem die Festung seines Feindes so nahe vor den Toren Magdeburgs ein Pfahl im Fleische waren. Das wusste auch Dietrich, der als Knappe am Hof des Kaisers genug von den Auseinandersetzungen unter den Fürsten mitbekommen hatte, wenngleich er nicht alle Einzelheiten kannte.

»Vor zwölf Jahren sollte Herzog Heinrich diese Burg auf Beschluss des Fürstengerichts an Wichmann ausliefern«, erklärte Christian ihm die pikanten Details der Vorgeschichte. »Der Löwe weigerte sich und marschierte stattdessen gegen Bremen. Daraufhin zerstörten seine Widersacher die Burgen Haldensleben und Niendorf. Trotz seines Wortbruchs erhielt Heinrich Haldensleben vom Kaiser zurück und ließ den Aufbau einer stark befestigten Marktsiedlung an der Ohre beginnen, nur ein paar Steinwürfe von der zerstörten Feste entfernt. Und hier stehen wir nun.«

Ein völlig durchnässter junger Mann trat zu ihnen. »Der Markgraf bittet Euch, ihn zu Erzbischof Wichmann zu begleiten«, sagte er zu Christian, während sich Lukas' Miene verhärtete. Der Bote war kein anderer als sein jüngerer Bruder Jakob, und auf dessen Gesellschaft legte er wenig Wert.

Sie hatten viel Streit miteinander gehabt, als Jakob noch Christians Knappe war, weil Lukas mit der Leistung des Jüngeren nicht zufrieden war und ihm das immer wieder vorhielt, um ihn zu größeren Anstrengungen zu treiben. Dann enterbte ihr Vater Lukas, nachdem dieser das befohlene Verlöbnis mit der bigotten Nachbarstochter aufgekündigt hatte, die mitschuldig an Marthes Verhaftung durch die Häscher der Kirche war. Um selbst das Erbe zu bekommen, sagte sich Jakob zu Christians maßloser Enttäuschung von seinem Bruder los.

Doch Monate später und nach ein paar hässlichen Worten, die Jakob inzwischen bereuen mochte, hatte sich der Jüngere zu einer schwierigen Entscheidung durchgerungen. Er gestand erst Lukas und Christian, dann Markgraf Otto, wer dessen Neffen Konrad am Tag seiner Schwertleite aufgestachelt hatte, sich zum Zweikampf mit einem überlegenen Gegner zu melden, und so Konrads Tod provozierte. Jakobs Geständnis führte dazu, dass der Markgraf Christian endlich erlaubte, seinen Todfeind Randolf zum Zweikampf auf Leben und Tod herauszufordern.

An Konrads Grab schlossen die verfeindeten Brüder in stillschweigendem Einvernehmen so etwas wie einen Waffenstillstand, doch richtig ausgesöhnt hatten sie sich bis heute nicht.

Inzwischen hatte Jakob auf Befehl seines Vaters eine Nachbarstochter geheiratet und mehrere Kinder gezeugt, während Lukas immer noch unbeweibt und ohne Nachwuchs war.

Christian befahl, Brot und Bier auszuteilen, wenn das Lager fertig war, und folgte dem Boten.

Das Zelt des Meißner Markgrafen war bereits aufgebaut. Gerade trat Otto in Begleitung Ekkeharts heraus, blinzelte missmutig in den grauen Himmel, aus dem es wie aus Kannen goss, und zog fröstelnd die Schultern hoch. Mit einer knappen Geste bedeutete er Christian und Ekkehart, ihm zu folgen.

Unterwegs schlossen sich ihnen Dietrich von Landsberg und Dedo von Groitzsch mit ihren ranghöchsten Befehlshabern an. Ottos Brüder hatten ihre Heere bereits auf dem Weg hierher mit der Meißner Streitmacht vereinigt. Beide waren ebenso durchnässt und skeptisch wie Christian auch.

Angesichts von Dedos Körperumfang fragte sich Christian mit jäh aufkommendem Zynismus, wie der Graf von Groitzsch wohl das Moor überqueren wollte, ohne einzusinken. Markgraf Dietrich musste ähnlich denken, denn um seine Mundwinkel spielte für einen Moment ein spöttisches Lächeln.

Der Erzbischof erwartete sie in einem prachtvollen Zelt, in dem Kohlebecken wohltuende Wärme verbreiteten.

Wenn es nach mir geht, könnte die Besprechung ruhig eine Weile dauern, dachte Christian. Denn es wird wohl auf längere Zeit die letzte Gelegenheit sein, meine Kleider trocknen zu können. Dankbar nahm er den heißen Würzwein entgegen, den ihm ein Junge reichte, der kaum älter als vierzehn Jahre sein mochte und nicht verbergen konnte, dass er hundserbärmlich fror, so sehr zitterten seine Finger. Vielleicht war es aber auch Fieber, das ihn so frösteln ließ.

»Gott segne Euch für Euren Beistand!«, begrüßte der Erzbischof von Magdeburg seine Verbündeten. Mit seiner Leibesfülle und den prachtvollen Gewändern sollte Wichmann eigentlich alle Aufmerksamkeit auf sich ziehen. Doch Christians Blick richtete sich unwillkürlich auf einen für eine Belagerung übermäßig herausgeputzten jüngeren Mann, der zwischen Wichmanns geistlichen Beratern und militärischen Führern stand und überheblich auf die Wettiner herabsah.

Christian hatte zwar gehört, dass der Landgraf von Thüringen Magdeburg zu Hilfe eilen wollte, dessen Banner allerdings im Lager noch nicht gesehen. Womöglich war er auch gerade erst eingetroffen, so wie sie.

Er trat einen kleinen Schritt zurück ins Halbdunkel. Es würde ihrer Sache nicht unbedingt dienlich sein, wenn Ludwig in ihm den Mann erkannte, den er vor ein paar Jahren gegen alles Recht auf der Wartburg gefangen gehalten hatte, um ihn für eine beträchtliche Summe an den Herzog von Sachsen und Bayern zu verkaufen. Damals hatte der Thüringer noch gemeinsame Sache mit dem Löwen gemacht. Wenn er jetzt umgeschwenkt war, dann sicher nur, weil er erkannt hatte, dass die Tage von Heinrichs Allmacht gezählt waren. Christian traute dem Ludowinger ebenso wenig über den Weg, wie Otto es tat. Und das nicht nur wegen der Kerkerhaft auf der Wartburg.

Ludwig hatte ihn schon ins Auge gefasst und starrte ihn mit schlecht gespielter Gleichgültigkeit an. Demonstrativ deutete Christian ein knappes Nicken an, bevor er seinen Blick auf den Magdeburger Erzbischof richtete.

Der sonst den weltlichen Freuden so zugetane Wichmann wirkte nicht nur erschöpft, sondern stark gealtert in den wenigen Monaten seit dem Magdeburger Hoftag, als Christian ihn zum letzten Mal gesehen hatte.

Aber noch nie hatte er so viel Hass aus seinen Worten gehört wie jetzt. »Werft Haldensleben nieder! Kein Stein soll auf dem anderen bleiben! Brennen soll es, brennen, wie mein Halberstadt brannte!«

Entsetztes Schweigen legte sich über die Runde. Und das weniger deshalb, weil ein so bedeutender Geistlicher Barmherzigkeit üben und die Rache dem himmlischen Vater überlassen sollte. Der Erzbischof von Magdeburg war nicht frommer als jeder von ihnen selbst. Aber er hatte sich bisher immer um Ausgleich in den Angelegenheiten bemüht, die den Frieden und die Sicherheit des Kaiserreiches betrafen. Während der Pilgerreise Heinrich des Löwen nach Jerusalem vor sieben Jahren hatte dieser ihn trotz der bestehenden Rivalität sogar zum Statthalter Sachsens ernannt und über seine Güter wachen lassen. Und Wichmann führte die Aussöhnung des Kaisers mit Papst Alexander nach zwanzigjähriger Feindschaft nicht nur maßgeblich herbei, sondern er hatte den Kaiser höchstpersönlich nach Venedig begleitet, damit dieser dort den Friedenskuss und den Segen des Papstes empfing. Wie viele geduldige Worte vonnöten waren, um Friedrich dazu zu bringen, sich dem Papst vor die Füße zu werfen, wollte sich Christian lieber nicht ausmalen.

Nur das Prasseln des Regens auf das Zeltdach und das gedämpfte Schimpfen und Schreien der Belagerer draußen durchbrachen die Stille.

Der Geistliche schien das Befremden seiner Zuhörer nicht zu bemerken. Immer wieder stockend, berichtete der sonst so wortgewaltige Erzbischof, was sich ereignet hatte, während seine Verbündeten noch auf dem Marsch hierher gewesen waren.

»Der Löwe hat Halberstadt kampflos besetzt, wehrlose Bürger gefangen genommen und ihrer gesamten Habe beraubt«, erzählte er mit brüchiger Stimme. »Doch das war erst der Anfang. Seine Leute steckten bei starkem Wind eine Hütte in Brand. Das Feuer griff im Nu um sich und setzte die ganze Stadt in Flammen. Nicht nur die Häuser, sondern auch fast alle Kirchen und Klöster brannten. Es hat weniger als einen Tag gedauert, und von Halberstadt waren nur noch Schutt und Asche übrig.«

Der Erzbischof bedeckte die Augen mit seiner ringgeschmückten Hand. Niemand unter den Anwesenden zweifelte daran, dass Wichmanns Entsetzen echt war.

»Hunderte Menschen, die in den Gotteshäusern Schutz und Zuflucht suchten, wurden unter den Trümmern der einstürzenden Kirchen begraben«, klagte er. »Der hochbetagte, ehrwürdige Bischof Ulrich hat sein Leben riskiert, um die halbverkohlten Reliquien des heiligen Stephanus, des Schutzpatrons von Halberstadt, aus den Flammen zu reißen und vor der gänzlichen Vernichtung zu retten. Er, sein Propst, etliche andere Geistliche und Ritter wurden gefangen genommen und fortgeschafft, Gott weiß, wohin.«

Der Erzbischof schien noch mehr in sich zusammenzusacken, während das Feuer in den Kohlebecken knisterte. »Und als sei das alles nicht genug, hat der Löwe zugelassen, dass seine Truppen in der niedergebrannten, wehrlosen Stadt gewütet haben wie Abgesandte der Hölle. Grölend zogen sie durch die rauchenden Trümmer, mordeten und plünderten. Ehrbaren Frauen und Jungfrauen rissen sie die Kleider vom Leib und schändeten sie vor aller Augen. Nicht einmal der geistliche Stand blieb verschont.«

Jäh richtete sich Wichmann auf. »Verflucht sollen sie sein, verflucht in alle Ewigkeit!«

Seine Stimme klang wieder klar und energisch, als er fortfuhr: »Ich habe der Mainzer Kirche von diesen Ungeheuerlichkeiten berichtet. Fluch um Fluch ist über den Gottlosen verhängt worden. Der Kölner Erzbischof hat ein Heer um sich gesammelt und ist auf dem Marsch hierher. Gemeinsam werden wir Haldensleben vernichten.«

Mit brüchiger Stimme rief er: »Möge es vom Erdboden getilgt werden! Auf Jahrzehnte soll sich hier niemand mehr niederlassen können.«

Keiner der anwesenden Heerführer sagte ein Wort. Zu entsetzt waren sie – womöglich weniger von dem Bericht über die Greuel von Halberstadt, denn so etwas gab es nur zu oft in eingenommenen Städten, sondern vom unversöhnlichen Hass des Erzbischofs.

Die ruchlose Zerstörung und Plünderung Halberstadts, wo Wichmann von Seeburg seine geistliche Ausbildung erfahren hatte und mehrere Jahre Dompropst gewesen war, schien bei ihm jegliche Bereitschaft zu Verständigung mit dem Gegner ausgelöscht zu haben.

In die eingetretene Stille hinein ergriff Markgraf Dietrich zuerst das Wort.

»Seid unseres Mitgefühls versichert. Unsere Männer stehen bereit, um gemeinsam mit den Euren Haldensleben zu nehmen.«

Christian lief es kalt den Rücken hinunter. Würde Wichmann aus lauter Rachsucht Haldensleben gleichfalls zum Plündern und Brandschatzen freigeben? Würde ein Gottesmann so weit gehen? Doch er ahnte die Antwort. Schließlich nahm auch der Erzbischof von Köln die Zerstörung von Soest und Medebach zum Anlass, den verrufensten Söldnerhaufen der christlichen Welt in Dienst zu nehmen.

Einen Moment lang wünschte er sich, sie würden Haldensleben nie erobern. Zumindest nicht, bis Wichmann wieder zu einer gemäßigten Haltung zurückgefunden hatte. Denn wenn der Erzbischof den Brabanzonen Haldensleben ohne Einschränkungen überließ, würden dessen Bewohner die gleichen Greuel durchleben müssen wie die Halberstädter.

Dietrichs Stimme wandelte sich jetzt von höflichem Mitgefühl zu sachlicher Kühle. »Ich sehe, Ihr lasst Holz für Belagerungsgerät heranschaffen. Wisst Ihr, wie die Festung einzunehmen ist? Kennt Ihr Wege, die fest und breit genug sind, um mit dem Belagerungsgerät über das Moor zu gelangen?«

Wichmann schüttelte den Kopf. »Wir können die Türme nicht im Ganzen dorthin bringen. Wir müssen Einzelteile bauen, die wir erst direkt vor dem Wall zusammensetzen.«

»Wozu Wurfmaschinen?«, fragte der Thüringer Landgraf herablassend. »In diesem Sumpfloch findet sich ja nicht einmal ein Stein, mit dem wir die Burgmauern beschießen können. Und woher bekommen wir Proviant? Auf Meilen im Umkreis gibt es hier keine Dörfer, in denen noch etwas zu holen wäre. Meine Männer murren jetzt schon.«

Der Meißner Markgraf hatte zwar die gleichen Fragen stellen wollen, doch nun hielt er sich gerade noch zurück.

»Es spricht nicht gerade für Euch und Eure Leute, wenn sie bereits am ersten Tag zu meutern beginnen, Landgraf«, meinte er stattdessen kühl, wobei er Ludwig mit einem verächtlichen Blick streifte.

Der Thüringer wollte zu einer Entgegnung ansetzen, doch Wichmann hob, Stille gemahnend, die Hand. »Spätestens morgen werden weitere Lieferungen eintreffen.« Missbilligend blickte er auf die rivalisierenden Fürsten. »Hebt Euch Eure Kampfeslust für Heinrichs Leute auf. Ich habe bereits ein Vermögen für Holz und Korn ausgegeben. Also sorgt dafür, dass Eure Mannschaften ihre Arbeit tun.«

Mit müder Geste entließ er die versammelten Heerführer.

Am Zeltausgang entstand ein Gerangel, als Otto und Ludwig

zusammenstießen, weil keiner dem anderen den Vortritt überlassen wollte. Der feiste Dedo dicht hinter ihnen ließ ein bedrohliches Knurren erklingen.

»Na, wunderbar«, raunte Markgraf Dietrich Christian zu,
während sie als Letzte das Zelt verließen. »Wir sind noch keinen Tag hier, uns steht in Schlamm und Regen die Belagerung
einer nahezu uneinnehmbaren Burg bevor, aber die Verbündeten fallen schon übereinander her, noch ehe wir den Feind
auch nur zu Gesicht bekommen haben.«

Der Regen war unterdessen schwächer geworden, doch das
Gelände hatte sich endgültig in ein einziges Schlammfeld verwandelt.

Missmutig stapfte Christian zurück zu seinen Leuten, um
Männer für den Bau der Belagerungstürme und Wurfmaschinen einzuteilen.

Vier Tage lang goss es beinahe ununterbrochen wie aus Kannen, bis die Wolken endlich aufrissen. Wo die Herbstsonne auf
den morastigen Boden fiel, stiegen feuchte Schwaden auf und
machten die Gegend noch unheimlicher. Niemand von den
Belagerern hatte auch nur einen trockenen Faden am Leib, das
Brot schimmelte ihnen unter den Händen weg, das Dörrfleisch
begann zu faulen. Selbst Wichmanns Berater schienen keinen
erfolgversprechenden Plan zu haben, wie sie die Burg einnehmen konnten. Doch der an Starrsinn grenzende, unvermin-
derte Zorn des Erzbischofs erstickte jede Debatte unter den
Heerführern, die Belagerung Haldenslebens angesichts der
vorgerückten Jahreszeit aufzugeben und erst im Frühjahr wiederaufzunehmen.

Also ließ Christian seine Männer weiter an den Teilen für
einen Belagerungsturm bauen, auch wenn sich keiner von ihnen vorstellen konnte, wie sie mit dem schweren Kriegsgerät

über das sumpfige Gelände bis an die Wälle und Mauern kommen sollten.

Währenddessen machte das Gerücht die Runde, dass Philipps Söldnerheer auf dem Marsch nach Haldensleben die Besitzungen Heinrichs geplündert und dabei nicht einmal Kirchen und Klöster unbehelligt gelassen hatte. Westfalen war ein zweites Mal verheert worden, schlimmer noch als durch die Truppen des Löwen.

Christian unternahm wie jeden Abend nach Einbruch der Dämmerung gemeinsam mit Lukas und Dietrich einen Rundgang durchs Lager, um mit seinen Männern zu reden.

Längst kannte er auch diejenigen beim Namen, die ihm in Meißen zugeteilt worden waren. Und zufrieden registrierte er, dass der magere Bursche, der bei der Ankunft so viel Furcht gezeigt hatte, sein Versagen wettzumachen bemüht war und sich geschickt im Umgang mit Axt und Säge zeigte.

Die Männer saßen in Gruppen um kleinere Feuer; manche starrten vor sich hin, andere schwatzten oder würfelten und hofften, sich vom Gewinn die Dienste einer Trosshure kaufen zu können. Einige brieten sich überm Feuer irgendwelches Getier, das sie gefangen hatten; eine winzige Mahlzeit zweifelhaften Ursprungs, doch der Duft von gebratenem Fleisch in dem allgegenwärtigen dumpfen, modrigen Gestank, der über dem Lager hing, ließ auch Christians Magen knurren.

Eine Hure sprach sie an, aber als sie ihn erkannte, entschuldigte sie sich hastig und verzog sich umgehend. Es war bekannt im Lager, dass Christian keine Hurendienste in Anspruch nahm. Er wusste, dass sein Verhalten das Gerücht aufbrachte, seine Frau hätte ihn mit einem Zauber an sich gebunden. Doch er war nicht bereit, so weit zu gehen, sich mit einer der heruntergekommenen Lagerhuren einzulassen, um Marthe vor solchem Gerede zu schützen.

In Gedanken versuchte er sich auszumalen, wie es ihr wohl ergehen mochte, während Albrecht das Kommando über die Burg hatte. Dann zwang er sich, solche Grübeleien beiseitezuschieben. Es war müßig; er konnte hier nichts für sie tun, sondern musste darauf bauen, dass sie sich selbst zu helfen wusste und die heimliche Armee ihrer Verbündeten im Ort ihr beistand. Mochten auch die Dörfler nicht wagen, dem Sohn eines Markgrafen zu widersprechen – Christian hatte in den letzten zwölf Jahren genug Menschen in seinem Dorf kennengelernt, auf deren Mut und Loyalität er vertraute und die mit Witz und Verstand ihr Bestes geben würden, um Unheil zu vermeiden.

Lukas schien zu ahnen, wohin die Gedanken seines Freundes flogen. »Ich halte jede Wette, dass wir hier nicht den Winter zubringen«, sagte er. »Otto wird dazu noch weniger Lust verspüren als du und ich. Sobald er einen Weg findet, die Zelte abzubrechen, ohne das Gesicht vor Wichmann und den anderen zu verlieren, geht's nach Hause, glaub mir!«

Darin stimmte Christian ihm zu. »Ich wüsste keinen außer Wichmann, der nicht lieber heute als morgen hier wegwollte. Selbst der Erzbischof muss doch längst eingesehen haben, dass die Burg so nicht einzunehmen ist.«

»Vielleicht wartet er auf ein Gotteswunder?«, spöttelte Lukas.

»Viertausend Brabanzonen würde ich nun nicht gerade als ein Wunder *Gottes* bezeichnen …«, entgegnete Christian abfällig.

Gedankenversunken gingen sie ins Zelt, um bei einem kargen Mahl aus Trockenfleisch und Brot mit Dietrich und den beiden jüngeren Knappen ein paar Angriffstaktiken zu erörtern.

Es musste schon dunkel sein, als sie von draußen aufgeregte Rufe hörten. Sofort griff Christian nach seinem Schwert, sprang auf und stürzte hinaus. Lukas und Dietrich folgten ihm, ebenfalls die Waffen in der Hand. Doch es gab keine Schlägerei und auch keinen Ausfall der Belagerten, wie sie befürchtet hatten.

Die Männer waren zusammengelaufen und starrten ängstlich auf das Moor zwischen dem Lager und der Burg, aus dem in der Dunkelheit da und dort feurige Fackeln emporzuwachsen schienen, an anderen Stellen Rauchwolken quollen.

»Sind das Moorgeister? Oder Irrlichter?«, fragte jemand furchtsam und bekreuzigte sich.

»Nein«, entgegnete Christian mit düsterer Miene. Nun war eingetreten, was er schon seit Tagen befürchtet hatte.

»Die Bastarde haben uns das Torfmoor unter den Füßen angezündet.«

In dieser Nacht war für die Belagerer an Schlaf nicht zu denken. Niemand wusste, wie lange der Torf schon unter der Erdoberfläche brannte, ohne dass sie es bemerkt hatten. Doch nun schien sich das Feuer immer schneller auszubreiten. Da und dort traten Rauchwolken aus dem Boden, an denen sie verfolgen konnten, wie sich ihnen die unzähligen Brandherde näherten. Gelegentlich fuhren gewaltige Stichflammen empor – überall dort, wo sich durch das Feuer unterirdische Hohlräume gebildet hatten und die dünne Grasdecke darüber zusammenbrach.

»Wenigstens bekommen wir so bald warme Füße«, meinte Kuno sarkastisch.

Er hatte die Worte kaum ausgesprochen, als von rechts ein vielstimmiges markdurchdringendes Wiehern ertönte. Die Koppel war verschwunden. Das Feuer hatte darunter einen Hohlraum gefressen, bis der Boden einbrach.

Christian schickte Männer los, die retten sollten, was noch zu retten war. An der Unglücksstelle erwartete sie ein grauenvolles Bild. Wohl ein Dutzend Pferde waren in das Erdloch gestürzt. Wild um sich schlagend und vor Angst und Schmerz durchdringend wiehernd, versuchten sie vergeblich, wieder aufzukommen.

Bertram ließ sich an einem Seil hinab, das von zwei Männern gehalten wurde, und versuchte, einem Schecken aufzuhelfen. Das Tier rollte panisch die Augen und schlug wild aus. Bertram schaffte es, dem verängstigten Pferd eine Decke über den Kopf zu werfen, damit seine Augen bedeckt waren. Dann legte er ihm ein Seil um den Hals und zog ihn zur Seite, fort von den verletzten Tieren, die immer noch tobten und angstvoll wieherten. Gemeinsam mit ein paar anderen Männern gelang es ihm, den Schecken dazu zu bringen, sich halb aus der Grube ziehen zu lassen, halb herauszuklettern.

»Gut gemacht«, lobte Christian, der sich eine Fackel hatte geben lassen, um in die Grube zu leuchten. Was er sah, bestätigte seine schlimmsten Vermutungen. Der Hengst, den Bertram hatte retten können, war wahrscheinlich das einzige Tier, das den Einsturz mehr oder weniger unverletzt überstanden hatte. Die anderen hatten sich beim Sturz Vorder- oder Hinterhand gebrochen.

Er schwenkte die Fackel über die grauenvolle Szene und verständigte sich kurz mit dem Stallmeister. Dieser würde ein paar Männer hinunterschicken, damit sie den schwer verletzten Pferden den Gnadenstoß gaben.

Christian wandte sich ab, um das Gemetzel nicht mit ansehen zu müssen. Die Männer würden wohl noch in dieser Nacht Pferdefleisch essen; auch dabei wollte er lieber nicht zusehen. Doch er kam nicht dazu, zurück ins Zelt zu gehen.

Plötzlich erhellte gleißendes Licht die Nacht. Mit lautem Prasseln, fauchend und qualmend ging ein halbfertiger Belagerungsturm im Lager der Thüringer in Flammen auf. Eine Stichflamme, die aus der Tiefe geschossen kam, hatte das Holz in Brand gesteckt, das wahrscheinlich schon vorher dort zu glimmen begonnen hatte, wo es das Erdreich berührte.

Mit weit aufgerissenen Augen starrten die Männer auf das schaurige Schauspiel. Einige schlugen ein Kreuz und blickten unsicher auf Christian.

»Was können wir tun?«, fragte Dietrich leise, der neben Christian getreten war und nur mit Mühe sein Schaudern verbarg.

»Nichts«, entgegnete der. »Warten und beten, dass uns der Boden nicht unter den Füßen wegbrennt.«

Dann erteilte er Befehle an seine Männer. »Vergrößert die Koppeln und überprüft, wo der Boden warm oder zumindest trocken wird! Stellt ausreichend Wassereimer um das Belagerungsgerät und die Karren mit der Ausrüstung!«

Den Belagerern blieb nun anscheinend nichts weiter, als sich vorzustellen, wie sich die Glut zu ihnen durchfraß.

Als die Nacht der Morgendämmerung wich, begann es zu allem Übel auch noch, dicke Flocken zu schneien – viel zu früh für die Jahreszeit.

»Gut«, konstatierte Christian zufrieden. Dietrich sah ihn fragend an. War das ein makabrer Scherz?

»Der Schnee hilft uns, die unterirdischen Brandherde aufzuspüren«, erklärte sein Lehrmeister. Er wies seine Männer an, jene Stellen besonders aufmerksam zu prüfen und frei zu räumen, an denen der Schnee schmolz, sobald er den Boden berührte.

Wie von einer unsichtbaren Macht gezwungen, mussten die Belagerer immer wieder auf das Moor starren, wo Rauch und Feuersäulen aus dem Boden traten.

Sie hatten noch nicht einmal Zeit für das Frühmahl gefunden,

158

als auch einer der Türme in den Reihen der Magdeburger in Flammen aufging. Entsetzte Rufe und durcheinanderrennende Leute sorgten dort sofort für hektische Geschäftigkeit. Aber Wichmanns Männer konnten den Turm nicht retten. Mit dichtem weißem Qualm brannte das regennasse Holz.

Christian kontrollierte währenddessen sämtliche Stellen, an denen sie Holz und Vorräte lagerten. Seine Männer hatten gute Arbeit geleistet. Gefüllte Ledereimer und Wasserfässer standen bereit, doch vorerst deutete nichts darauf hin, dass sich hier bald die Glut durch den Boden fressen würde. Die verbliebenen Pferde auf den Koppeln waren unruhig, ließen sich aber von Radomir, seinem Rappen, gehorsam zusammentreiben und blieben in der Nähe des Leithengstes, der Christian schnaubend begrüßte.

Bevor er weitergehen konnte, fing ihn Lukas' Bruder ab, der auf dem Feldzug Botendienste für Otto übernommen hatte.

»Ihr sollt sofort zum Markgrafen kommen. Sein Sohn ebenfalls«, übermittelte Jakob nach einer Verbeugung, die seine Verlegenheit überspielen sollte.

Lukas und Dietrich warteten vor ihrem Zelt auf Christian.

»Ich nehme an, angesichts der Dringlichkeit können wir darauf verzichten, uns angemessen zurechtzumachen«, meinte dieser nach einem kurzen Blick auf ihre Kleider, die ebenso wie seine von Schlamm und Ruß verschmutzt waren.

»Wieso? Ich finde, für diese hoffnungslose Belagerung seid ihr absolut angemessen gekleidet«, lästerte Lukas. »Jeder Klumpen Dreck steht für einen wunderschönen Tag mit Blick auf Haldensleben.«

Christian ersparte sich eine Entgegnung und verzog nur den Mundwinkel.

»Vielleicht gewinne ich meine Wette von gestern schon heute«, meinte Lukas dann.

Dietrich sah abwechselnd von einem zum anderen und hoffte zu erfahren, was das wohl für eine Wette gewesen sein mochte. Oder dass einer der beiden Ritter eine Vermutung äußern würde, weshalb er mit Christian zu seinem Vater gerufen wurde. Auch wenn es mit Sicherheit um die Situation vor Haldensleben ging, so fürchtete ein Teil von ihm stets, sein Vater könnte ihn doch noch ins Kloster schicken.

Lukas verließ sie, um sich nun um die Türme und die Pferdekoppeln zu kümmern, während Christian mit Jakob und Dietrich ohne ein weiteres Wort zu Ottos Zelt ging.

Dort erwartete sie zusammen mit dem Markgrafen und Ekkehart einer der militärischen Berater von Erzbischof Wichmann, ein Ritter im mittleren Alter, den Christian bei den Zusammenkünften als erfahren und besonnen erlebt hatte.

Sollte Lukas recht behalten? Würde der Magdeburger mit ihnen über den Abbruch der Belagerung sprechen?

Otto erwiderte nur mit einem knappen Nicken die Begrüßung Christians und seines Sohnes, dann überließ er sogleich das Wort Gerolf, dem Magdeburger. Christian erkannte, dass hier bereits eine Entscheidung getroffen war, die ihn und Dietrich betraf, nicht aber den Rückzug aus Haldensleben.

Die nächsten Worte Gerolfs sollten ihm recht geben.

»Erzbischof Philipps Heer ist nur noch fünfzig Meilen von hier entfernt«, begann der Magdeburger. »Der ehrwürdige Wichmann bittet den Markgraf von Meißen, Philipp zur Begrüßung eine Eskorte seiner besten Männer entgegenzuschicken.«

Nun richtete Gerolf seinen Blick direkt auf Christian, und sein Verhalten ließ erkennen, dass er in ihm einen Gleichgesinnten sah, jemanden, der ein klares Wort mehr schätzte als höfliche Floskeln.

»Philipp von Köln hat – ohne es eingestehen zu wollen – die Herrschaft über seine Truppen verloren, falls er sie überhaupt jemals hatte. Die Brabanzonen plündern und brandschatzen in jedem Dorf, durch das sie ziehen, ganz gleich, ob es dem Gegner oder den Verbündeten gehört. Nicht einmal die Drohung, exkommuniziert zu werden, hält sie noch im Zaum. Seine paar Ritter im Heer haben längst jeden Versuch aufgegeben, die Rotte zur Ordnung rufen zu wollen.«

»Und wir sollen das jetzt versuchen, damit nicht noch mehr Dörfer Wichmanns zerstört werden«, fasste Christian lakonisch zusammen, worauf Gerolfs Worte hinausliefen.

»So ist es.« Mehr sagte der Magdeburger nicht. Nach einer Pause fügte er an: »Ich werde mit Euch reiten.«

Wieder tauschten die beiden kampferfahrenen Männer einen Blick, der sie zu Gleichgesinnten machte. Denn jeder von ihnen wusste auch ohne weitere Worte, dass dies ein Auftrag war, um den sich niemand reißen würde. Es war, als würde man sie losschicken, eine tödliche, reißende Flut mit bloßen Händen aufzuhalten.

Falls Otto ihr Unbehagen spürte, ließ er sich davon nicht beirren.

»Christian, sucht Euch von meinen Rittern aus, wen Ihr wollt, um Philipp entgegenzureiten. Ich denke, die Eskorte sollte nicht größer als fünf Mann sein, um keine Missverständnisse hervorzurufen. Und ich möchte, dass Ihr meinen Sohn mitnehmt.«

Ohne auch nur zu Dietrich zu schauen, trat Christian einen Schritt auf den Markgrafen zu. »Ich bitte Euch inständig, Euren Sohn hierzulassen und nicht dieser Gefahr auszusetzen.«

Er hörte hinter sich Dietrich entrüstet Luft holen, doch mit einem scharfen Blick brachte er ihn zum Schweigen, noch bevor der Junge ein Wort sprechen konnte.

Mürrisch musterte Otto seinen Ritter. »Ich dachte mir schon, dass Ihr das sagen würdet, Christian. Aber wolltet Ihr aus meinem Sohn nicht einen beherrschten, tapferen Ritter machen?« Nun triefte seine Stimme vor Hohn. »Dies scheint mir die beste Gelegenheit, damit er zeigen kann, was er bei Euch gelernt hat.«

Christian wusste, er sollte jetzt besser schweigen oder wenigstens niederknien, wenn er schon dem Markgrafen erneut widersprach, doch dafür war er viel zu aufgebracht angesichts der Bereitwilligkeit, mit der Otto seinen jüngsten Sohn in eine lebensgefährliche Situation brachte.

»Mein Fürst, Ihr könnt ihn jederzeit mit Schwert und Lanze prüfen lassen. Ich bin sicher, Dietrich wird bereitwillig vorführen, was er kann«, entgegnete er brüsk. »Doch es besteht keine Notwendigkeit, das Leben Eures Sohnes einer solchen Bedrohung auszusetzen.«

Gereizt zog Otto die Brauen zusammen und beugte sich vor.

»Ihr werdet meine Befehle nicht in Frage stellen, Lehnsmann!«, fauchte er. »Entweder Ihr macht einen Mann aus diesem Versager« – verächtlich wies er mit dem Kinn auf Dietrich –, »oder er ist und bleibt eine Memme. Dann wäre er doch im Kloster besser aufgehoben. Das ist mein letztes Wort. Und nun reitet los!«

Ohne ein weiteres Wort machte Christian kehrt und verließ das Zelt. Dietrich und der Magdeburger folgten ihm.

Draußen angelangt, befahl Christian Dietrich mit einer Handbewegung, zu schweigen, und verabredete mit Gerolf, wann sie aufbrechen würden.

Erst als sie außer Hörweite von Ottos Zelt waren, drehte er sich zu seinem Knappen um. »Jetzt darfst du reden.«

Er rechnete es dem Jüngeren hoch an, dass der trotz seiner

Entrüstung erst tief durchatmete, bevor er ausstieß: »Habt Ihr denn gar kein Vertrauen in mich?«

»Deinem Vetter Konrad schien auch keine Herausforderung zu groß. Das brachte ihm den Tod«, wies Christian seinen Schützling zurecht. »Und glaube mir, nichts, was du bei mir oder am Hof des Kaisers erlebt hast, kann dich auf das vorbereiten, was uns in Philipps Lager erwartet.«

Das stimmte vielleicht nicht ganz: Auf den Italienfeldzügen hatten auch Friedrichs Truppen gnadenlos in den Städten des Lombardischen Bundes gewütet. Doch damals war Dietrich als Page oder Knappe vermutlich weitab der Greueltaten gewesen.

Christian drehte sich um, packte den jungen Mann bei den Schultern und zwang ihn, ihm in die Augen zu blicken.

»Wir werden morgen viertausend Rottenknechten gegenüberstehen, denen die Regeln des ritterlichen Lebens völlig egal sind, die nichts anderes wollen als plündern, brandschatzen und schänden. Ich brauche dein Wort, dass du nichts tust, das dich oder einen von uns in Gefahr bringt! Sonst kehre ich auf der Stelle um und bitte deinen Vater selbst, dich ins Kloster zu schicken. Dort bist du wenigstens in Sicherheit.«

»Ihr habt mein Wort, Herr«, erklärte Dietrich und schluckte.

Nun war er doch blass geworden – und das nicht erst bei Christians letzten Worten.

Der hingegen erwog ernsthaft, umzukehren und Otto eine geistliche Laufbahn für seinen jüngeren Sohn nahezulegen. Denn er hatte den furchtbaren Verdacht, dass der Markgraf diese merkwürdige und, genau genommen, überflüssige Gesandtschaft – was sollten vier Ritter und ein Knappe gegen viertausend ausrichten? – nur ausschickte, um einen Vorwand zu haben, mit seinen Truppen abzuziehen. Ein Übergriff auf den Sohn des Markgrafen würde unbestritten als schwerwiegend genug für solch eine Entscheidung gelten.

Otto war anscheinend sogar bereit, dafür seinen Sohn zu opfern.

»Pack unsere Sachen zusammen«, wies er Dietrich an. »Wir reiten in voller Rüstung.«

Dann ging er, um Lukas und Raimund zu bitten, mit ihnen zu reiten. Auch wenn beiden klar war, worauf sie sich einließen, stimmten sie ohne Zögern zu.

Das Kommando über seine Männer übergab er vorübergehend Reinhard, einem seiner jungen Ritter, ebenso alt wie Lukas. Er war kurz nach seiner Schwertleite von Randolf in Dienst genommen worden, als dieser die neu errichtete Burg und das Burglehen von Christiansdorf bemannte. Reinhard war der Einzige von Randolfs Rittern, der nach dem Schuldspruch über seinen Dienstherrn durch das Gottesurteil, bei dem Christian Randolf im Zweikampf getötet hatte, im Dorf geblieben und Christian die Treue geschworen hatte. Obwohl sich Reinhard einst Christians Todfeind angeschlossen hatte, gab es für Christian bis zu diesem Tag keinen Grund, seine Entscheidung zu bereuen, den jungen Ritter nicht wie die anderen Getreuen Randolfs fortgeschickt zu haben. Dennoch wirkte Reinhard überrascht, beinahe verlegen vor Freude, dass ihm nun ein solcher Vertrauensbeweis zuteilwurde.

Während die anderen die Pferde sattelten, ging Christian hinüber zu den Marketenderinnen, die seine Männer bekochten und ihnen diese oder jene Ration extra feilboten. Ihre Wortführerin, eine hagere Frau namens Grete mit schlohweißem Haar und gefürchtetem Mundwerk, begrüßte ihn mit einem zahnlosen Lächeln, während sie mit einem großen Schöpflöffel in einem Kessel herumfuhrwerkte.

»Wollt Ihr etwas von meiner Suppe, Herr?«, bot sie ihm an und machte Anstalten, eine Schüssel für ihn zu füllen.

Er lehnte dankend ab, weil keine Zeit dafür war. »Ich möchte, dass du deinen Gefährtinnen etwas ausrichtest«, meinte er und wies hinüber zu den anderen Frauen. Sie ließ die Kelle sinken und sah ihn argwöhnisch an.

»Ist es wahr, dass die Brabanzonen anrücken?«, fragte sie mit gedämpfter Stimme.

»Deshalb komme ich. In spätestens drei Tagen werden sie hier sein«, bestätigte Christian mit düsterer Miene. »An eurer Stelle würde ich alles für einen schnellen Aufbruch bereitmachen und das Lager verlassen, sobald sie in Sicht sind. Mit denen werdet ihr ohnehin keine Geschäfte machen.«

Ihr grimmiges Gesicht sagte ihm, dass er sie nicht weiter überzeugen musste.

»Wenn ihr wollt, bekommt ihr Geleitschutz bis Magdeburg«, bot er an, weil er sich dazu verpflichtet fühlte. Sicher, die Frauen verdienten am Krieg, aber sie gingen ein großes persönliches Wagnis ein und sorgten dafür, dass seine Männer bessere Kost und manch andere Vergünstigung erhielten, die sie die Umstände eher ertragen ließen. Er hatte auch mitbekommen, dass diese Alte hier Lukas' Knappen, der schon bald nach der Ankunft jämmerlich zu husten begonnen hatte, ein heilendes Elixier zugesteckt hatte. Und für einen Tag würde er angesichts der trostlosen Lage ein paar seiner Männer entbehren können.

»Danke, Herr«, sagte die Frau mit dem schlohweißen Haar. Dann ging sie zu Christians Überraschung vor ihm auf die Knie, griff nach seiner Hand und küsste sie. »Gott möge Euch schützen. Euch und Eure Freunde!«

Als Christian zurück zu seinem Zelt lief, sah er, dass Jakob zögernd seinem älteren Bruder entgegenging. Lukas tat nichts, um dem Jüngeren etwas von seiner Verlegenheit zu nehmen, sondern blickte ihn nur an und wartete stumm.

»Du warst immer der bessere Kämpfer, Bruder ...«, begann Jakob stockend und mit gesenktem Blick. »Sollte mir hier etwas zustoßen ... bitte ich dich ... kümmere dich um meine Frau und meine Kinder. Ich habe dich zu ihrem Vormund ernannt für den Fall, dass ich nicht aus dem Krieg zurückkomme ...«

Verblüfft starrte Lukas auf seinen Bruder. »Bei diesem Auftrag bin wohl eher ich es, der seine Angelegenheiten für den Fall seines Ablebens regeln sollte«, platzte er heraus. Doch dann überwand er sich, umarmte den Jüngeren kurz und klopfte ihm auf die Schulter. Es war eine ungewohnte Geste zwischen beiden; keiner von ihnen konnte sich erinnern, dass so etwas zwischen ihnen schon einmal geschehen war.

»Bei dieser Belagerung läufst du zwar eher Gefahr, dich zu Tode zu frieren als von einem Schwertstreich getroffen zu werden«, lästerte Lukas in der für ihn typischen Unbekümmertheit. »Aber du hast mein Wort: Sollte ich die Begegnung mit den Brabanzonen überleben, werde ich mich um deine Frau und deine Brut kümmern, wenn du dir hier einen Schnupfen holst oder stolperst und dir ein Bein brichst.« Er grinste. »Wie heißt sie eigentlich, deine Frau? Ist sie hübsch? Und wie viele Bälger hast du inzwischen schon in die Welt gesetzt?«

Erleichtert grinste Jakob zurück. Doch als er Christian, Lukas, Dietrich, Raimund und dem Magdeburger nachsah, wie sie aufbrachen, um das gefürchtete Söldnerheer zu treffen, verschwand sein Grinsen und wich tiefer Besorgnis.

Nach einem straffen Ritt wussten die fünf Reiter bereits am Morgen des nächsten Tages, dass sie in Kürze auf Philipps Heer treffen würden. Im Westen stiegen mehrere Rauchsäulen

166

gen Himmel – vermutlich aus einem Dorf, das die Söldner verwüstet hatten.

Bald zeichnete sich am Horizont ein dunkler Streifen ab, der immer größer wurde. Als der gewaltige Trupp nahe genug heran war, um sie zu entdecken, zügelten sie wie verabredet ihre Pferde, rückten nebeneinander und warteten.

Aus den Augenwinkeln sah Christian, dass Gerolf ein Kreuz schlug und Dietrich neben ihm stumm ein Gebet flüsterte. Das sollte ich wohl auch tun, dachte er, und umfasste das silberne Kreuz unter dem Gambeson, das ihm Marthe zum Schutz mitgegeben hatte. Während er reglos und scheinbar gelassen dem heranrückenden wilden Haufen entgegenblickte, gönnte er sich in einem letzten Moment der Ruhe den Gedanken, wie es Marthe wohl ging und ob er sie je wiedersehen würde.

Unter Albrechts Kommando

Marthe verpasste Albrechts Einzug in Christiansdorf, denn ausgerechnet zu diesem Zeitpunkt setzten bei Johanna die Wehen mit aller Macht ein. Selbst beim besten Willen hätte sie jetzt nicht weggekonnt, denn obwohl es Johannas erstes Kind war und sich da eine Geburt meistens hinzog, ging auf einmal in der Gebärstube alles recht hektisch zu.

Gerade noch schaffte es Marthe, für einen Augenblick nach draußen zu gehen, um sich von Christian zu verabschieden. Sie hasste lange Abschiede, aber ihn nur noch für diesen einen Moment zu sehen, bevor er in den Krieg zog, zerriss ihr genauso sehr das Herz.

Einer plötzlichen Eingebung folgend, nahm sie die Kette mit dem silbernen Kreuz als Anhänger, die er ihr geschenkt hatte, ab und band sie ihm um den Hals. »Gott schütze dich, dich und die anderen. Kehrt gesund wieder!«, sagte sie mit brüchiger Stimme.

Er zog sie an sich, ganz gleich, was Beobachter dazu sagen mochten. »Ich komme zurück; so wahr mir Gott helfe. Halte durch!«, raunte er ihr zu.

Dann drang wieder ein durchdringender Schrei aus der Gebärkammer. Hin- und hergerissen stand Marthe da, doch Christian nahm ihr die Entscheidung ab. Er küsste ihre Schläfe und schob sie zur Tür. »Geh schon, sie braucht dich.«

Die Sorge um Johanna verdrängte zumindest für die nächste Zeit die Sorgen, die ihr sonst noch durch den Kopf schwirrten: ob Christian, Lukas und alle anderen, die ihr am Herzen lagen, unversehrt zurückkamen, ob Albrecht ihr ankreiden würde, dass sie ihn nicht persönlich begrüßt hatte – natürlich würde er das, schon um ihr Schwierigkeiten zu bereiten, auch wenn Mechthild sicher darauf achtete, dass er und seine Begleiter bestens versorgt würden –, und ob es Christians Männer als schlechtes Zeichen werteten, dass sie nicht von der Burgherrin persönlich verabschiedet wurden.

Etwas beunruhigte sie bei dieser Entbindung. Zum wer weiß wievielten Male tastete sie den Bauch von Johanna ab, die sie mit ängstlichen Augen anblickte. Die Geburt schritt einfach nicht mehr voran. Das Kind steckte fest.

Bei dieser Erkenntnis durchfuhr es Marthe siedend heiß. Sie war eine gute Wehmutter und konnte sogar ein Ungeborenes im Mutterleib drehen, wenn es nicht richtig lag. Doch es gab Situationen, in denen auch die beste Wehmutter hilflos war – zum Beispiel, wenn der Kopf des Kindes zu groß war, als dass die Kreißende ihn aus ihrem Leib pressen konnte. Wenn dieser

Fall eintrat, mussten sie alle mit ansehen, wie die Frau mitsamt dem Kind, das sie nicht gebären konnte, qualvoll starb. Manchmal dauerte das drei furchtbare Tage lang.

Hektisch überlegte sie. Als sie Lage und Größe des Ungeborenen in Johannas Leib ertastet hatte, war ihr der Kopf zwar groß erschienen, aber nicht so groß, dass sie schon bereit war, Mutter und Kind aufzugeben. Sie besaß ein gefährliches Pulver, von dessen Existenz niemand etwas wissen durfte, weil damit auch die Leibesfrucht abgetrieben werden konnte. Sie setzte es manchmal ein, um nachlassende Wehen wieder in Gang zu bringen. Doch Johannas Wehen waren stark – vorerst noch, obwohl ihre Stieftochter nach einer schlaflosen Nacht voller Schmerzen bald ans Ende ihrer Kräfte kommen würde.

Marthe ließ Johanna vom Gebärstuhl zum Bett bringen und wies Marie an, ihren Platz einzunehmen und das Kind aufzufangen, sollte es jäh herausgleiten. Dann kletterte sie auf das Bett, kniete sich über Johannas Leib und begann, mit ganzer Kraft das Kind nach unten zu drücken.

»Pressen!«, rief sie Johanna zu, und mit gequältem, schweißüberströmtem Gesicht nahm die junge Frau alle Kraft zusammen.

»Es hat schwarze Haare!«, rief Marie, fassungslos vor Staunen. »Ich hab's für einen Augenblick gesehen!« Voller Angst sah sie zu Marthe. »Was soll ich tun?«

»Rasch, tausch mit mir den Platz!«

So schnell sie konnte, kletterte Marthe vom Bett und kam gerade zur rechten Zeit. Vorsichtig drückte sie gegen das Köpfchen, damit er nicht zu schnell austrat und Johanna dabei aufriss. Nach der nächsten Wehe konnte sie das Kind an den Schultern herausziehen.

Glücklich hielt sie das blutverschmierte Neugeborene hoch.

»Es ist ein Mädchen!«, rief sie Johanna zu, die vor Erschöpfung und Freude zu weinen begann.

Sofort setzte neuerliche Geschäftigkeit ein. Die junge Mutter wurde gewaschen, gekleidet und gekämmt, das Neugeborene gesäubert, und die blutigen Spuren der Entbindung wurden beseitigt. Dann ließ Marthe den Kaplan und den frischgebackenen Vater holen.

Erleichtert und froh hielt sie Johannas Hand, bis Kuno hereinstürzte, sich entgegen seiner Art wortlos ans Bett seiner Frau setzte und mit staunenden Augen sein Töchterchen bewunderte.

Augenblicke später kam Hilbert, um das Neugeborene auf den Namen Anne zu taufen.

Marthe beschloss, die jungen Eltern allein zu lassen. So gern sie auch bei ihrer Stieftochter geblieben wäre – jetzt konnte sie es nicht länger hinauszögern, Albrecht entgegenzutreten.

Frisch zurechtgemacht und in ihrem besten Kleid, ging Marthe wenig später Ottos Erstgeborenem und seinen Begleitern entgegen, die in der Halle saßen und unter derben Späßen aßen und tranken, was Mechthild hatte auftragen lassen.

Bereits von weitem durchfuhr sie angesichts der Gäste ein eisiger Schrecken. Direkt neben Albrecht saß ein Ritter, dessen Anblick jedes Mal von neuem ihr Herz für einen Augenblick stocken ließ. Wie stets trug er einen kostbaren Bliaut und hatte das rötliche Haar sorgfältig frisiert.

Es gab wenige Menschen, denen Marthe den Tod wünschte, aber Elmar war einer von ihnen. Er gehörte zu denen, die sie vor zwölf Jahren geschändet hatten. Ihren Anführer Randolf hatte Christian getötet. Mit Ekkehart war es eine besondere Geschichte, über die sie jetzt nicht nachdenken wollte. Der Dritte, der feiste Giselbert, war gemein und gewalttätig wie

Elmar auch. Doch Elmar war darüber hinaus jemand, der mit Freude, kühl und berechnend Intrigen spann. Es war bestimmt kein Zufall, dass er ausgerechnet jetzt und hier an Albrechts Seite saß. Mit Sicherheit würde er ihm so manche Einzelheit über Christiansdorf und seine Bewohner verraten, die ihnen gefährlich werden konnte.

Elmar hatte sie bemerkt und raunte Albrecht etwas zu. Dieser jedoch tat so, als wäre er vollauf damit beschäftigt, sich seinen Becher füllen zu lassen.

Mit gespielter Geduld verharrte Marthe vor seinem Platz, bis er sie endlich zur Kenntnis zu nehmen schien.

Sie verneigte sich tief. »Willkommen in Christiansdorf, Graf!« Albrecht musterte sie amüsiert, doch wie üblich war sein eigentlich hübsches Gesicht durch einen arroganten Zug verzerrt.

»Und wer seid Ihr, dass Ihr es wagt, mich jetzt erst eigens willkommen zu heißen, wo ich doch schon einen halben Tag hier bin?«

»Marthe, die Frau des Burgherrn.«

»Nun, der Burgherr bin ich. Aber ich wüsste nicht, dass ich geheiratet habe – oder ist mir etwas entgangen?«

Grinsend sah er zu seinen Begleitern, von denen die meisten um die zwanzig Jahre alt waren wie er, abgesehen vom fünfzehn Jahre mehr zählenden Elmar und einigen Männern in dessen Alter. Vor allem die Jüngeren gaben ihm umgehend laut prustend recht.

Dann wandte sich Albrecht wieder ihr zu. »Wenn du mir allerdings auf diese kecke Art deine Dienste anbieten möchtest …« Provokant ließ er seinen Blick an ihr auf und ab gleiten. »Nun, normalerweise bevorzuge ich jüngere Mädchen. Aber bei dir würde ich vielleicht sogar eine Ausnahme machen. Deine Dreistigkeit imponiert mir. Und dein Kleid verrät mir, dass deine bisherigen Liebhaber mehr als zufrieden mit dir gewesen sein müssen.«

Fragend sah er zu Elmar. »Seit wann ist es den Huren eigentlich erlaubt, sich herauszuputzen wie eine Dame von Stand?«

»Das Hurenhaus findet Ihr am westlichen Dorfausgang«, entgegnete Marthe, so gelassen sie konnte. Sie wusste, dass Albrecht sich ein Vergnügen daraus machte, mit ihr Katz und Maus zu spielen. »Ich bin Marthe, die Frau von Ritter Christian.«

Mit kaltem Lächeln lehnte sich Albrecht zurück.

»Oh, dann verzeiht meinen Irrtum! Habt ihr gehört?«, fragte er in die Runde seiner Begleiter. »Sie ist gar keine Hure.« Während die anderen lachten, wandte sich Albrecht wieder ihr zu, diesmal mit harter Stimme. »Und was war so dringend, um Euch davon abzuhalten, mich bei meiner Ankunft zu begrüßen, wie es sich geziemt?«

»Eine Entbindung, junger Herr. Meine Stieftochter hat ihr erstes Kind zur Welt gebracht.«

»Redet mich gefälligst mit ›Herr‹ oder ›Graf‹ an, nicht mit ›junger Herr‹«, fuhr Albrecht sie an. »Das ist wohl angemessen. Ich bin kein Kind mehr. Und ich *bin* jetzt hier der Herr.«

»Ja, Herr. Wie Ihr wünscht, Herr.«

Zufrieden lehnte sich Albrecht zurück und biss in eine Gänsekeule. Während er sich das Fett mit dem Handrücken vom Mund wischte, musterte er sie erneut von unten nach oben.

»Eine Entbindung, sagt Ihr. Ihr habt also lieber einem Bauernbalg auf die Welt geholfen, statt vor mir niederzuknien, während mir Euer Gemahl die Schlüssel für die Burg übergab.«

Als Marthe nichts entgegnete – Johanna würde in Albrechts Augen nie etwas anderes als eine Bauerntochter sein –, deutete er mit dem Fleischbrocken auf sie. »Jetzt erinnere ich mich.

Seid Ihr nicht dieses Kräuterweiblein, das meinen innig geliebten Bruder geheilt hat, als er noch ein rotzverschmierter kleiner Bengel auf meines Vaters Burg war?«

Seine hämischen Worte brachten die anderen erneut zum Lachen.

»Euer Vater empfand es als angemessen, mich zum Dank in den Stand einer Edelfreien zu erheben«, entgegnete Marthe gelassen. Ihr war klar, dies alles gehörte zu Albrechts Spiel. Sie durfte sich jetzt keine Blöße geben, wollte sie sich auf der Burg behaupten.

»Es würde mich sehr interessieren, welche Art Dienste er damit belohnte«, fragte Albrecht grinsend zur Belustigung seiner Begleiter. »Jetzt verstehe ich auch, warum sich mein Bruder hierherverkrochen hat. Wenn ihn ein Wehwehchen befällt, kann er sich gleich trösten und kurieren lassen.«

Albrecht nahm einen kräftigen Bissen, dann warf er die Keule in hohem Bogen in die Binsen. Sofort stürzten ein paar der Hunde darauf zu, die seine Leute mitgebracht hatten, und begannen, darum zu raufen. Wehmütig dachte Marthe, dass sie eigens für die Gäste das Stroh auf dem Hallenboden hatte erneuern lassen, weil zumindest die niederen Begleiter und die Reisigen in Albrechts Diensten darauf schlafen würden. Nun waren sie selbst schuld, wenn sie inmitten des Abfalls liegen und von Flöhen zerbissen würden.

Solange sie in diesen Dingen noch das Sagen auf der Burg besaß, hatten Hunde in der Halle nichts zu suchen gehabt und wurde der Unrat nicht einfach so herumgeworfen.

Ein Knappe hielt Albrecht eine Schüssel Wasser hin, damit er seine fettigen Hände hineintauchen konnte. Doch dieser ignorierte ihn und wischte sich die Hände am Tischtuch ab, das Mechthild für die angesehensten Gäste hatte auflegen lassen. Dabei sah er Marthe kalt lächelnd in die Augen.

Jeder von ihnen wusste, dass er sie mit diesem klaren Verstoß gegen höfisches Benehmen provozieren wollte. Dann jedoch sah er, dass es ihm einer seiner rangniederen Begleiter gleichtat. Angewidert ließ er das Tischtuch los und raunzte: »Benimm dich gefälligst in meiner Gegenwart, sonst lasse ich dich mit dem Vieh im Stall fressen!«

Augenblicklich erstarrte der Übeltäter und murmelte eine Entschuldigung.

Marthe zog ihre eigenen Schlüsse aus dem Zwischenfall und wartete, ob Albrecht sie wegschickte, sie aufforderte, an der Tafel Platz zu nehmen, oder was er sonst mit ihr vorhatte.

Nach einem Moment dröhnenden Schweigens sagte er: »Ihr habt uns also warten lassen, weil Ihr angeblich als Wehmutter und Heilkundige gebraucht wurdet. Da ist es nur recht und billig, dass Ihr uns eine Probe Eures Könnens vorlegt. Nun, eine Wehmutter wird niemand von uns benötigen, höchstens Wilhelm, der wird immer fetter.«

Alle Blicke richteten sich auf einen Dickwanst am unteren Ende des Tisches, der gute Miene zum bösen Spiel machte und mit den anderen meckernd lachte.

»Also«, fuhr Albrecht fort, »beweist, was Ihr könnt, meine Teure.«

Er streckte ihr die rechte Handfläche entgegen. »Vermögt Ihr mir die Zukunft vorauszusagen?«

»Ich lese nicht aus der Hand, Herr. Ich heile Krankheiten mit Kräutern und Salben.«

»Soso.« Albrecht hielt nun seine Hand, als wollte er selbst daraus lesen. »Wenn Ihr klug wärt, würdet Ihr mir vorhersagen, dass ich einmal ein starker und mächtiger Herrscher werde. Das kann sogar ich aus meiner Hand erkennen.«

Er sah sie herablassend an. »Aber es stimmt anscheinend, was ich gehört habe. Dass Ihr aus lauter Rechtschaffenheit nicht einmal eine kleine Notlüge über Eure Lippen bringt, selbst wenn sie Euch nutzen würde. Wie dumm von Euch!«

Nun wurde sein Ton herrisch und gereizt. »Ist Euch nicht klar, Ihr einfältiges Weib, dass Ihr mir ein Dorn im Auge seid? Überzeugt mich auf der Stelle, dass Ihr mir auch nur irgendwie von Nutzen sein könnt, oder Ihr könnt Euch heute noch einen Unterschlupf in den Bauernkaten suchen – dort, wo Ihr hingehört.«

Marthe ließ ihre Blicke kurz über die Männer in Albrechts Nähe schweifen, die sie während dessen Reden bereits unauffällig beobachtet hatte.

»Den Ritter zwei Plätze zu Eurer Rechten plagt ein Leberleiden, das ich mit einem Kräutersud und besonders zubereiteter Kost mildern könnte.«

Sie erkannte das an der Gelbfärbung seiner Augen und seiner Haut.

»Der Mann neben ihm« – sie wies auf einen Ritter in mittleren Jahren, der seinen rechten Arm nur vorsichtig bewegte und jedes Mal das Gesicht schmerzvoll verzog, wenn er ihn anwinkeln musste – »hat sich die Schulter gezerrt, wogegen Rotöl hilft.«

Dann wies sie auf den Fetten, dem Albrecht eine Schwangerschaft unterstellt hatte. »Seine Galle produziert schlechte Säfte. Ein Bader sollte ihn zur Ader lassen.«

Das mit den Gallensäften war geraten, aber anzunehmen bei dieser Statur, und ein Aderlass galt in besserer Gesellschaft als probates Mittel gegen beinahe jedes Leiden. Der Fette würde es überstehen, und ihr konnte niemand unterstellen, die Kunst der Bader und gelehrten Ärzte geringzuschätzen.

Die erstaunten Ausrufe der Männer an der Tafel gingen mittlerweile in einen regelrechten Tumult über.

Marthe beugte sich zu Albrecht vor, sah ihm direkt in die

Augen und raunte: »Und Ihr solltet nicht länger auf Bilsenkraut vertrauen, um Eure Sinne zu schärfen. Sonst werden die Alpträume immer furchtbarer, die Euch quälen.«

Albrecht fuhr zurück, und an seiner Reaktion erkannte sie, dass sie richtig beobachtet hatte. Seine Pupillen und die tief umschatteten Augen hatten ihn verraten.

Marthe wusste, dass es unter jungen Rittern in Mode gekommen war, sich mit Hilfe einer winzigen Menge Bilsenkraut bei einer Jagd hervorzutun – sie hörten und sahen dann besser und reagierten schneller als alle anderen. Albrecht war ehrgeizig, und er würde sich nie nachsagen lassen, dass man ihm den stattlichsten Hirsch zutrieb, wie es bei hohen Herren üblich war. Wer weiß, bei welchen Gelegenheiten er das verhängnisvolle Kraut noch genommen hatte, um vor den anderen zu brillieren – vielleicht auch für den Schwertkampf oder um die Manneskraft zu stärken. Doch je öfter man danach griff, umso schrecklicher wurden die Erscheinungen, die einen erst im Schlaf, später auch am helllichten Tage heimsuchten.

»Ich vermag Euch von den Alpträumen zu heilen«, sagte sie leise. Nur Albrecht und Elmar hatten sie verstehen können.

Dann richtete sie sich auf und blickte in gespielter Demut zu Boden.

Albrecht hatte zurück zu seiner Haltung gefunden, der Aufruhr begann sich zu legen, und sie musste nun dafür sorgen, dass niemand auf den Gedanken kam, es wäre Hexerei, was sie da gerade getrieben hatte.

»Das alles sind Dinge, die ich an Euren Augen, Händen oder der Gesichtsfarbe ablesen und mit Heilpflanzen kurieren kann, wie sie die Mönche auch verwenden«, sagte sie in das jäh entstandene Schweigen hinein. »Doch es ist der ausdrückliche Wunsch von Bischof Martin, dass unser ehrwürdiger Dorfpfarrer zugegen ist, wenn ich Kranke behandle. So kann jeder sicher sein, dass es ein frommes Werk und nicht etwa heidnischer Zauber ist.«

Albrecht wechselte einen Blick mit Elmar, dann stand er mit einem Ruck auf.

»Das Mahl ist beendet«, fuhr er seine Leute an. »Seht zu, dass ihr zeitig auf euer Strohlager findet und morgen nicht mit schwerem Kopf aufwacht. Es gibt viel zu tun.«

Bevor er ging, wandte er sich brüsk zu Marthe um. »Ihr wartet hier, bis ich Euch rufen lasse!«

Marthe dachte nicht daran, still in der Halle zu sitzen, bis es Albrecht einfallen mochte, nach ihr zu schicken. Sie hatte das Gefühl, die erste Schlacht mit Ottos Sohn bestanden, wenn nicht gar gewonnen zu haben. Endgültig würde sie das erst wissen, wenn sich herausstellte, was der künftige Markgraf als Nächstes für sie plante.

Doch jetzt musste sie sich erst einmal weiterhin vor seinen Männern behaupten. Das ging nicht, indem sie in einer Ecke auf Befehle wartete, sondern nur, indem sie welche erteilte.

Es war ein kleines Schauspiel, das sie nun gemeinsam mit Mechthild und ihren Mitverschwörern gab. Energisch kommandierte sie die Mägde, die die Tafeln abräumten. Natürlich hätten diese das auch von allein getan, aber sie musste sich jetzt als diejenige zeigen, die hier das Sagen hatte. Dabei fing sie ein heimliches Grinsen der Köchin auf, das ihr zeigte, dass Mechthild Marthes ersten Auftritt vor Albrechts Leuten ebenso als Sieg wertete.

Auch die Mägde hatten anscheinend Spaß an der kleinen Komödie und folgten ihren Befehlen mit übertrieben tiefen Knicksen und ergebenen Worten. Sie alle waren bereit, Christians Frau bei ihrer Vorführung nach Leibeskräften zu unterstützen. Denn davon, wie sich Marthe in Christians Abwesenheit gegen Ottos Sohn und dessen Ritter durchsetzen konnte, hing auch ihr Schicksal für die nächsten Wochen ab.

Marthe ließ sich zeigen, wer das Kommando über Albrechts Gefolge führte. Wie sich herausstellte, war es jener Ritter mit der schmerzenden Schulter.

Mit forschen Schritten trat sie an ihn heran. »Sind Eure Männer zu Eurer Zufriedenheit untergebracht?«, erkundigte sie sich. »Oder benötigt Ihr noch irgendetwas?«

»Ihr habt alles gut vorbereitet.« Der Mann zögerte. »Könnt Ihr mir tatsächlich dazu verhelfen, dass ich die Schulter wieder richtig bewegen kann?«

»Nicht über Nacht. Aber Ihr werdet schneller wieder das Schwert führen können, wenn Ihr mich Euch helfen lasst.«

Einen Moment lang überlegte sie, dass gerade dies vielleicht nicht unbedingt erstrebenswert für ihr Dorf sein mochte. Doch besser wäre es sicher, sich diesen Mann zum heimlichen Verbündeten zu machen. Nur, so gern sie ihm auf der Stelle geholfen hätte – im Beisein von Albrechts Vertrauten durfte sie auf keinen Fall die Weisung des Bischofs ignorieren.

»Schickt nach dem Pater; Euer Bote soll ihm ausrichten, es ginge um das Kraut, das nach dem heiligen Johannes benannt wurde.«

Als der Verletzte noch zögerte, winkte sie Peter herbei, der in Sichtweite herumlungerte. »Lauf zu Pater Sebastian und sag ihm, einer von Markgraf Ottos verdienstvollen Rittern benötigt seinen Beistand.«

Nach einer übertriebenen Verbeugung stob der Junge davon, aber Marthe hatte gerade noch gesehen, dass er ein breites Grinsen aufsetzte.

Auch sie musste in sich hineinlächeln, denn dieses hier erinnerte sie an eine Mut machende Episode aus schwärzesten Tagen.

Damals – sie war kaum der Folter und dem Tod entronnen – hatte ihr der Bischof nur unter der Bedingung erlaubt, weiter zu heilen, wenn Pater Sebastian jeden ihrer Handgriffe kontrollierte. Die ständige Präsenz des widerlichen Eiferers und die damit über ihr schwebende Drohung zermürbten sie. Doch diejenigen Dorfbewohner, die mit ihr und Christian sympathisierten – allen voran die Fuhrleute Hans und Friedrich –, marschierten nacheinander bei ihr auf, um sich in Sebastians Gegenwart ausnahmslos Kräuter geben zu lassen, die Heiligennamen trugen. Der so überrumpelte Pater konnte nicht wissen, dass die Betreffenden überhaupt nicht an den Krankheiten litten, von denen sie mit Marthes Arzneien geheilt werden wollten. Ihm blieb nichts weiter übrig, als sich nach ein paar Tagen darauf zu beschränken, regelmäßig ihre Arzneivorräte durchzuwühlen.

Dann schickte sie eine Magd zu Johanna, um Rotöl zu holen. Sebastian war diesmal noch schlechter gelaunt als sonst. Der hagere Pfarrer mit der verkniffenen Miene war wohl enttäuscht, dass man ihn nicht an die Tafel von Ottos Sohn gerufen hatte. Wahrscheinlich hoffte er, sich nun endlich vor dem künftigen Markgrafen wichtigmachen zu können.

Wie immer erkannte Marthe ihn schon an dem säuerlichen Geruch, der seinen Kleidern anhaftete, noch bevor sie sich zu ihm umdrehen und etwas sagen konnte.

Im gleichen Augenblick baute sich Elmar vor ihr auf. »Der Burgvogt wünscht Euch umgehend zu sehen«, verkündete er schroff und mit herrischer Miene.

Kurz sah Marthe von einem zum anderen der drei Männer, die plötzlich alle auf einmal nach ihr verlangten. Dann drückte sie dem Verletzten das Rotöl in die Hand, verneigte sich höflich vor dem Pater und überließ es den beiden, miteinander klarzukommen. »Verzeiht, der Sohn des Markgrafen ruft nach mir.«

Elmar behielt seine formelle Höflichkeit ihr gegenüber nur so lange bei, wie sie von anderen umgeben waren. Kaum hatten sie die Halle verlassen, packte er Marthe grob am Arm und drückte sie gegen eine Wand.

»Was sollte das vorhin mit Albrechts Träumen? Ich schwör's, ich bring dich eigenhändig um, wenn du ihn oder einen von unseren Männern behext! Und zwar langsam und qualvoll! Du kennst mich gut genug, um dich vor mir zu fürchten.«

Obwohl er damit recht hatte, tat sie, als hätte sie die Drohung überhört. Wütend zerrte sie, um ihren Arm freizubekommen – vergeblich, denn seine Hände waren wie eiserne Zwingen.

»Mir kann es gleichgültig sein, ob er gut schläft oder nicht«, fauchte sie Elmar an. »Aber es ist ein Gift! Kommt Euch nie der Gedanke, jemand könnte ihm einmal zu viel davon geben?«

Wahrscheinlich wäre das für uns alle am besten, dachte sie bitter. Und ebenso wahrscheinlich werde ich es früher oder später bereuen, wenn ich ihm jetzt helfe, davon loszukommen, anstatt darauf zu warten, dass er irgendwann zu viel davon nimmt. Aber ein Herrscher, den grauenvolle Alpträume und Phantasiegespinste heimsuchten, war noch unberechenbarer und gefährlicher als einer, der wegen seiner Gicht schlechtgelaunt war.

Elmar ließ sie los und stieß sie in die Gästekammer, die sie für Albrecht hatte herrichten lassen.

Ottos Sohn war in ebenso schlechter Stimmung wie sein Ritter.

»Du wirst mein Geheimnis hüten, sonst lasse ich dich aus dem Weg räumen, ist das klar?«, drohte er ihr, kaum dass Elmar die Tür hinter sich geschlossen hatte.

»Selbstverständlich, Herr.«

»Also, Hexe: Was weißt du über meine Alpträume?«

»Das ist keine Hexerei, sondern einfaches Kräuterwissen, Herr«, widersprach Marthe sanft. Irgendetwas sagte ihr, dass sie jetzt mit dem hochmütigen und jähzornigen jungen Mann geduldig umgehen musste wie mit einem uneinsichtigen Kind.

»Eine winzige Menge Bilsenkraut macht Euch stark – für den Augenblick. Aber es dauert nicht lange, dann macht es Euch schwach. Und die Alpträume werden immer schlimmer. Bis Euch die Wahnbilder auch am Tag verfolgen.«

Sie sah ihm eindringlich in die Augen. »Ich kann Euch dazu verhelfen, dass Ihr schlaft, ohne von Dämonen heimgesucht zu werden.«

»Wieso sollten wir dir trauen?«, mischte sich Elmar wütend ein. Zu Albrecht gewandt, sagte er: »Glaubt ihr nicht! Wie könnt Ihr Euer Leben in die Hände dieses Weibes geben? Holt lieber einen Priester, der die Dämonen austreibt.«

»Solange ich mich noch nicht dafür entschieden habe, sie ins Verlies zu werfen, wahrt gefälligst die Regeln der Höflichkeit«, wies Albrecht ihn zu Marthes Überraschung dafür zurecht, dass er sie mit dem plumpen »Du« angeredet hatte.

Sie wusste genau, was die beiden gerade dachten. Albrecht wollte unbedingt ihre Hilfe. Er musste schon so oft von dem Gift genommen haben, dass ihn die Schreckgespinste nicht mehr losließen. Er litt wirklich, wollte sich aber nicht einem Geistlichen ausliefern. Wenn sich herumsprach, dass sich der Sohn des Markgrafen einem Exorzismus unterziehen musste, konnte er wahrscheinlich die Hoffnung aufgeben, die Mark Meißen zu erben.

Elmar hingegen war am verächtlichen Gesichtsausdruck anzusehen, dass er sich nur mit Mühe davon abhielt, herauszuplatzen, wieso er ein Weib respektvoll anreden solle, das er sich wohl ein Dutzend Mal mit Gewalt gefügig gemacht hatte wie die billigste Hure, sogar ohne zu zahlen. Doch aussprechen durfte er das nicht.

Auch wenn auf Notzucht der Tod stand – sie konnte jetzt nicht mehr Klage gegen ihn erheben, weil sie es damals nicht sofort getan hatte. Doch kein Gericht hätte einer besitzlosen Wehmutter recht gegeben gegen vier vermögende Ritter. Dennoch würde die Sache nun, da Marthe eine Edelfreie war, ein schlechtes Licht auf ihn werfen. Obwohl bei näherer Betrachtung die Folgen für sie noch viel schwerwiegender wären. Jeder würde erwarten, dass Christian sie verstieß, käme diese Sache je ans Tageslicht.

Albrecht wandte sich nun wieder Marthe zu. »Wie wollt Ihr mir helfen?«, fragte er ungeduldig.

»Ich kann Euch einen Betäubungstrank aus anderen Kräutern mischen: Melisse, Hopfen, Baldrian und für die erste Zeit eine winzige Dosis Tollkirsche dazu.«

»Sie will Euch vergiften! Lasst sie in den Kerker werfen für diesen Vorschlag!«, forderte Elmar sofort.

»Vergiften wird Euch das Bilsenkraut«, widersprach Marthe energisch. »Entweder zerstört es nach und nach den Verstand, oder Ihr nehmt versehentlich zu viel davon und sterbt dadurch.«

»Schweigt, alle beide!«, brüllte Albrecht, sprang auf und begann, in der Kammer hin und her zu laufen. Mit beiden Händen griff er nach seinem Kopf. »Ich muss nachdenken!«

Nichts mehr von seinem arroganten Gehabe in der Halle war geblieben. Marthe erkannte, dass ihn mittlerweile, kurz vor der Nacht, die Furcht vor den Schreckensträumen beherrschte – so wie wahrscheinlich schon in etlichen Nächten zuvor.

Wortlos beobachteten sie und Elmar seine hektischen Bewegungen und warteten, wie er entscheiden würde.

Mit einem Mal fühlte Marthe große Müdigkeit über sich kommen. Konnten ihr die Träume von Ottos Sohn nicht gleichgültig sein? Sollte sie ihn nicht einfach dem Gift überlassen, bis es ihn vernichtete und ihnen allen eine Schreckensherrschaft ersparte?

Sie sollte jetzt nach Johanna und dem Neugeborenen sehen. Und dann sollte sie selbst endlich schlafen nach der durchwachten Nacht am Wöchnerinnenbett. Sie wollte sich unter ihrer wärmenden Decke verkriechen und ihre Gedanken, Gebete und guten Wünsche auf Christian, Lukas und Dietrich richten, bevor sie sich dem Schlaf ergab, anstatt hier zu stehen und den Launen eines machtgierigen und dem Rausch verfallenen Markgrafensohnes ausgeliefert zu sein.

»Bring mir dein Gebräu«, befahl Albrecht, ohne auf Elmars Protest zu achten. »Aber der Pfaffe darf nichts davon erfahren. Und auch niemand sonst, das geht keinen etwas an.«

Doch als Marthe sich umwandte, um zu gehen, rief er sie zurück. »Warte! Ich brauche Sicherheit, dass du mich nicht vergiftest. Elmar wird jeden deiner Handgriffe überwachen. Und du wirst auch davon trinken. Wenn ich sterbe, stirbst du ebenso. Sollte ich die Nacht nicht überstehen, wird Elmar morgen früh deine Kinder töten. Hast du das verstanden?«

Wie kann man das missverstehen, du Ungeheuer, dachte Marthe voller Abscheu. Warum hatte sie sich nur darauf eingelassen? Zum Glück hatte Christian mit Walther besondere Absprachen für ihre Kinder getroffen. Sollte ihnen Gefahr drohen, würde er sie umgehend außer Reichweite Albrechts bringen. Ein geheimes Zeichen von Marthe würde genügen.

»Sie könnte das Gift wieder herauswürgen oder ein Gegengift einnehmen, wenn sie unbeobachtet ist, Herr«, gab Elmar zu bedenken. »Ihr solltet sie die ganze Nacht überwachen lassen.«

»Im Verlies?«, überlegte Albrecht laut. »Nein, da sieht niemand, was sie treibt. Vielleicht holt sie sogar irgendwer dort heimlich raus. Sie hat doch sicher hier ein paar Getreue, die ihr gehorchen.«

Er sprach jetzt immer schneller. »Außerdem würde das für Aufsehen sorgen. Nein, sie bleibt hier, in meiner Kammer.«

»Mein Herr!«, widersprach Marthe vehement. »Das ist undenkbar und würde außerdem für noch mehr Aufsehen sorgen!«

»Ach ja, Euer Ruf. Und meiner.« Nun brachte Albrecht doch noch ein höhnisches Grinsen zustande, wenngleich mühsam. »Was sollen meine Männer denken, wenn ich mich plötzlich mit fünfundzwanzigjährigen verheirateten Weibern abgebe statt mit blutjungen Schönheiten?«

Jäh hielt er in seiner unsteten Wanderung inne.

»Ich hab's. Elmar, Ihr beaufsichtigt sie, während sie mir den Schlaftrunk braut. Wenn sie getrunken hat, haltet Ihr den Rest der Nacht Wache neben ihr, damit sie kein Gegengift schluckt oder sonst etwas unternimmt.«

»Ich werde Euch nicht helfen, wenn dieser Mann mit mir die Nacht in einer Kammer verbringt, noch dazu, während ich in tiefen Schlaf versetzt bin!«, protestierte Marthe leidenschaftlich. »Lieber lasse ich mich in den Kerker werfen.«

Auch ohne das jähe Aufleuchten von Bosheit in Elmars Gesicht bei Albrechts Worten würde sie eher die härteste Strafe in Kauf nehmen, als sich dem Verhassten so auszuliefern.

»Ich verstehe, Euer Ruf. Also gut, dann schlaft meinetwegen in einer Kammer bei offener Tür, und zwei meiner und zwei Eurer Männer halten davor Wache und lassen Euch nicht aus den Augen.«

»Darf ich vorher noch jemanden ausschicken, der fragt, wie es der Wöchnerin geht?«

»Meinetwegen. Und nun beginnt endlich!«

Mit einer ungeduldigen Handbewegung schickte Albrecht sie hinaus. Elmar folgte ihr und packte sie erneut mit eisenhartem Griff am Arm, kaum dass sie die Kammer verlassen hatten.

»Wie schade, mein Täubchen, dass er die Idee hat fallenlassen«, höhnte er. »Was wäre das für eine Nacht geworden – nur wir zwei allein!«

Rüde schubste er sie die Treppe hinab, ohne sie loszulassen. Das hinderte sie daran, zu stürzen. Unten angekommen, raunte er ihr ins Ohr: »Albrecht ist noch jung, er hat sich von dir um den Finger wickeln lassen. Aber mich täuschst du nicht. Ich werde dich schon noch überführen, Hexe. Und denk daran: Wenn Albrecht morgen früh nicht gut ausgeruht und bei vollen Kräften aufwacht, stech ich mit Freuden deine Brut ab.«

Das Söldnerheer

Wortlos betrachteten die fünf Reiter das heranrückende Heer, das sich ihnen wie ein schwarzer, giftiger Lindwurm entgegenwand. Gerolf, der Magdeburger, saß in der Mitte auf seinem immer unruhiger werdenden Hengst, links und rechts neben ihm Lukas und Dietrich, während Christian und Raimund die kleine Gruppe von außen flankierten.

Bald wuchs das Stampfen der vielen Füße, die sich ihnen in schnellem Marsch näherten, zu einem dumpfen Dröhnen. Selbst zu Ross konnten die fünf Männer in Kettenpanzern nun spüren, wie die Erde unter den schweren Tritten erbebte. Die Pferde begannen, nervös zu tänzeln, und waren nur mit Mühe zur Ruhe zu bringen. Der Wind trieb ihnen das Grölen der Rotte und die Rauchwolken entgegen, die sich von Westen her ausbreiteten und den stinkenden Atem des Krieges zu ihnen trugen.

Gerolf entrollte das Banner Erzbischof Wichmanns, als die Reiter an der Spitze des schwarzen Lindwurms nahe genug waren, um es mit bloßem Auge zu erkennen. Sofort setzten sich winzige Rußflocken darauf fest.

Aus dem Zug löste sich eine Dreiergruppe, die in scharfem Tempo auf sie zuritt. Schon während sie sich näherte, konnten die Wartenden erkennen, dass sie aus höchst unterschiedlichen Männern bestand.

In der Mitte ritt der Größte von ihnen. Immer heftiger gab er seinem Pferd die Sporen. Als Christian und seine Begleiter keinerlei Anstalten machten, entweder auszuweichen oder anzugreifen, riss er sein Tier so gewaltsam an den Zügeln, dass es unmittelbar vor ihnen zum Stehen kam. Der Mann war zweifellos einer der Anführer der Brabanzonen. Er war riesig, trug einen Kettenpanzer und starrte vor Waffen. Seine Nase war von mehreren Brüchen merkwürdig gekrümmt, den wilden schwarzen Bart hatte er zu zwei Zöpfen geflochten. Doch das Auffälligste an ihm war sein im wahrsten Sinne des Wortes atemberaubender Gestank.

Die gegenseitige Musterung dauerte kaum länger als einen Lidschlag, dann war auch der zweite von Philipps Befehlshabern heran; ein Ritter in Lukas' Alter mit von Schlaflosigkeit tief umschatteten Augen. Er wollte sie ansprechen, doch der Söldnerführer ließ ihn nicht zu Wort kommen.

»Was seid ihr denn für welche? Wollt ihr euch mit uns messen oder euch uns anschließen?«, dröhnte er mit tiefer Stimme und breitem Grinsen, wobei er zwei lückenhafte Reihen schwarzer Zahnstummel entblößte. »Wir teilen unsere Beute mit keinem!«

»Der Erzbischof von Magdeburg schickt uns. Wir sollen den Ehrwürdigsten Philipp von Heinsberg willkommen heißen und über die Lage vor Haldensleben informieren«, erklärte Gerolf so gelassen, als planten sie einen Jagdausflug mit Freunden und nicht etwa einen Aufenthalt inmitten eines entfesselten Söldnerheeres.

»Habt ihr dieses lächerliche Nest immer noch nicht eingenommen?« Der Hüne lachte schallend, ein Lachen voller Verachtung. »Gut! Wir rennen es nieder, dann gehört die Habe der fetten Kaufleute uns. Wir nehmen uns ihr Geld und ihre Weiber. Meine Männer haben es satt, dass sie sich seit Wochen schon mit vertrockneten alten Bauernvetteln begnügen müssen. Es wird Zeit für zartes Fleisch, für Jungfrauen und feiste Krämerinnen, die denken, sie seien was Besseres.«

Wieder lachte er dröhnend und wandte sich dann zu dem Geistlichen um, der als Dritter mitgeritten war und nun endlich aufgeschlossen hatte. »Sag, Pfaffe, hat Haldensleben ein Nonnenkloster?« Genüsslich leckte er sich die Lippen, und als er das angewiderte Gesicht des Mönches sah, lachte er noch lauter. »Nicht? Na ja, es geht doch nichts über ein paar zarte Novizenärsche.«

»Genug!«, fuhr ihm der junge Ritter zu seiner Linken wütend ins Wort. »Du musst mit deinen Schandtaten nicht noch prahlen.«

Zu Gerolf und dessen Begleitern gewandt, sagte er: »Mein Name ist Hoyer von Falkenstein. Folgt uns. Wir geleiten Euch zu Philipp.« Er wendete sein Pferd und wartete, bis es ihm der Hüne gleichtat. Dann ritten sie allesamt auf den schwarzen Lindwurm zu.

Der Erzbischof war schon von weitem nicht zu verkennen. Vor ihm, an der Spitze des Zuges, ritten dicht hintereinander fünf Reihen bis an die Zähne bewaffneter Männer. Ihnen folgten ein Reiter, der Philipps Banner trug, und drei Geistliche. Das Banner hing schlaff im Wind. Der Erzbischof selbst ritt in prunkvoller Kleidung und mit einem goldenen Kreuz über der Brust einen prächtigen Fuchs. Doch offensichtlich hatte er Mühe, das temperamentvolle Tier zu beherrschen – was ihm nur recht geschah, wie Christian dachte. Gottesmänner waren gehalten, brave Zelter oder Maultiere zu reiten, wenn sie schon nicht zu Fuß gingen, und keine feurigen Hengste.

Ein Kordon Schwerbewaffneter flankierte den Erzbischof, gefolgt von zwei Dutzend Rittern. Mehr Einzelheiten konnte Christian nicht ausmachen, während sie sich Philipps Truppen näherten, aber eines war deutlich zu erkennen: Nach der prunkvollen Formation an der Spitze löste sich die Ordnung des Zuges schnell auf. Hinter den Berittenen stapfte grölendes Fußvolk in schier unübersehbarer Zahl wild durcheinander. An mehreren Stellen hatten sich die Reihen ganz aufgelöst, weil dort Schlägereien im Gange waren.

Auf ein Zeichen des Hünen hin teilte sich die Reiterschar an der Spitze des Zuges, um die Neuankömmlinge durchzulassen.

In respektvollem Abstand vor dem Erzbischof brachten sie ihre Pferde zum Stehen.

»Eine Gesandtschaft des ehrwürdigen Wichmann«, rief der Kölner Ritter.

Offenkundige Erleichterung machte sich auf Philipps Gesicht breit. Er zügelte seinen Hengst und hob eine Hand. »Wir rasten hier. Baut mein Zelt auf«, befahl er.

Die Bewaffneten saßen ab, mit routinierter Geschäftigkeit wurde das Lager errichtet. Als Gerolf Wichmanns Grüße übermitteln wollte, brachte ihn der Erzbischof mit einer Geste zum Schweigen. Offenbar wollte er nicht reden, bevor sein Zelt stand, dessen Leinwände wenigstens den Anschein von Vertraulichkeit vermitteln konnten.

Christian zog seine eigenen Schlüsse aus diesem Vorgehen. Bisher hatte er den eitlen Erzbischof Philipp nur bei Hoftagen erlebt: seiner Macht bewusst und von geradezu beleidigender Herablassung gegenüber allen anderen, den Kaiser ausgenommen. Dagegen schien er jetzt kaum wiederzuerkennen: blass und nervös, beinahe ängstlich. Seine Augen wanderten unruhig hin und her.

Der mächtige Philipp hatte unverkennbar die Gewalt über die finstere Macht verloren, die er heraufbeschworen hatte. Er konnte das entfesselte Brabanzonenheer nicht mehr beherrschen, auch nicht mit Hilfe seiner Ritter, deren Zahl nicht ausreichte, um den Söldnertrupp zu disziplinieren.

Das Zelt wurde genau an jener Stelle errichtet, wo der Erzbischof mit Hilfe eines seiner Gefolgsmänner aus dem Sattel gestiegen war. Niemand verschwendete einen Gedanken daran, dass sie mitten auf der Straße lagerten. Kein Händler, Wallfahrer oder sonstiger Reisender würde auf die Idee kommen, den Weg benutzen zu wollen, solange diese wilde Streitmacht in der Nähe war.

Während Christian und seine Begleiter warteten, dass sie zu Philipp gerufen wurden, schauten sie sich aufmerksam um. Hoyer, der junge Kölner Ritter, erteilte Befehle, ihnen die Pferde abzunehmen und zu versorgen. Auch er wirkte angespannt und besorgt.

Aus dem Augenwinkel erahnte Christian eine Bewegung, die er sicher nicht hatte sehen sollen: Derjenige, der seinen Rappen anpflocken sollte, fingerte am Verschluss der Satteltasche, um darin nach etwas zu suchen, das ihm nützlich sein könnte.

Mit einer blitzschnellen Drehung und noch in der Bewegung das Schwert ziehend, überrumpelte Christian den Dieb, einen vor Schmutz starrenden Kerl mit verfilztem Haar, der ihn nun dümmlich anstarrte, als er die Schwertspitze an seiner Kehle spürte.

»Wäre mein Pferd nicht im Weg, hätte ich dir die Diebeshand längst abgeschlagen«, stieß Christian wütend hervor. Er packte den Ertappten mit der Linken und drückte ihn auf die Knie. Dann richtete er den Blick auf den Brabanzonenführer, der ihnen entgegengeritten war.

»Bestrafst du den Dieb selbst, oder soll ich es tun?«

Nicht nur Dietrich hielt den Atem an. Alle Blicke richteten sich auf den Hünen, der wütend erst zu Christian und dann auf seinen Mann blickte. Er ging ein paar Schritte auf den Knienden zu, zerrte dessen Kopf mit der Linken an den Haaren nach hinten, zückte seinen Dolch und zog ihn dem Dieb, ohne zu zögern, durch die Kehle.

Eine Blutfontäne traf auf seinen Kettenpanzer, doch er trat ganz gemächlich einen Schritt beiseite, als störte es ihn nicht, noch mehr besudelt zu werden. Erst dann ließ er den Sterbenden los, dessen Kopf er immer noch an den Haaren hielt. Verächtlich sah er auf den reglosen Körper hinab und spie aus.

»Tölpel!«

Dann sah er zu Christian. »Seid Ihr zufrieden?«

Der nickte knapp und steckte sein Schwert wieder in die Scheide.

Im nächsten Augenblick trat der Geistliche, der ihnen entgegengeritten war, aus dem nun aufgerichteten Zelt und bat sie herein. Seine Einladung erstreckte sich eindeutig nur auf Christian, seine Begleiter und den jungen Kölner Ritter, doch der Anführer der Rotte schob ihn einfach beiseite, als er ihn aufhalten wollte.

»Keine Sorge, Mönchlein, der Ehrwürdigste würde ohnehin gleich nach mir rufen. Mit wem will er denn sonst Haldensleben einnehmen, wenn nicht mit mir und meinen Leuten?« Der Hüne lachte erneut sein dröhnendes Lachen. »Mit seinen paar Rittern? Oder den Schlappschwänzen aus Magdeburg, die es seit Wochen vergeblich versuchen?«

Dietrich nutzte die entstandene Unruhe, um Lukas leise zu fragen: »Warum hat er das getan?«

Lukas wusste sofort, was der bleich gewordene Knappe meinte. Christian hatte ihm eingeschärft, sich um keinen Preis von den Söldnern provozieren zu lassen. Und er selbst legte es bereits bei der Ankunft auf einen bewaffneten Streit an.

»Sie wollten uns auf die Probe stellen«, erklärte er ihm leise. »Nun wissen sie, dass wir uns nicht vor ihnen fürchten. Und es sind zwar viele, aber ihr Zusammenhalt ist nicht groß. Ihr Anführer hätte nichts getan, um seinen Mann zu verteidigen.«

»Weshalb lassen wir dann jetzt zu, dass er sich mit in die Besprechung drängt, obwohl Philipp ihn dort gar nicht haben will?«, flüsterte Dietrich zurück.

Lukas grinste. »Das soll der Ehrwürdigste gefälligst selber klären. Wir sind schließlich nicht seine Haushofmeister.«

Obwohl sie keine guten Nachrichten für Philipp hatten, wirkte der Kölner Erzbischof erleichtert über ihre Ankunft. Nachdem er sich hatte berichten lassen, verharrte er eine Weile, dann entließ er die Männer ohne ein weiteres Wort.

Draußen richtete es Christian ein, dass er unbelauscht mit dem jungen Kölner sprechen konnte.

»Worauf wartet Euer Heerführer?«, fragte er leise, da nichts auf einen bevorstehenden Aufbruch hindeutete. Sie lagerten mitten am Tage inmitten des Weges, obwohl sie nur noch ein paar Meilen vom Ziel ihres Marsches entfernt waren.

Hoyer zog verbittert den Mundwinkel herab und wirkte dadurch noch müder, als er ohnehin schon war. »Vermutlich würde er am liebsten hier die Nacht abwarten. Er fürchtet, was geschieht, wenn die da« – er deutete vage mit dem Kinn auf die Söldner, von denen einige in ihrer Nähe eine deftige Schlägerei begonnen hatten – »in das nächste Dorf kommen. Glaubt mir, ich bin nicht zimperlich, aber was das Pack treibt, kann einem wirklich den Schlaf rauben.«

»Und niemand fällt ihnen in den Arm«, konstatierte Christian.

»Der Erzbischof hat ihnen mit Exkommunikation gedroht. Nicht einmal das hat sie aufgehalten«, berichtete der Kölner. »Sie haben Frauen einen Spieß längs durch den Leib getrieben, nachdem sie gleich haufenweise über sie hergefallen waren, Schwangeren mit ihren Dolchen die Ungeborenen aus dem Leib geschnitten, Kinder mit Schwertern zerhackt oder lebendig ins Feuer geworfen, vor den Augen ihrer Mütter …«

Der Kölner schauderte, dann rieb er sich resigniert über das vor Müdigkeit graue Gesicht. »Wir wollten ein paar von ihnen zur Abschreckung hängen lassen. Aber Philipp ist dagegen. Sie sind zu viele. Er fürchtet einen Aufruhr oder dass sie einfach abziehen. Und wir Ritter sind nicht genügend an der Zahl, um sie aufzuhalten. Was nützt es, wenn wir unser Leben riskieren, um jemanden zu retten? Kaum sind wir ein paar Schritte weg, um woanders einzugreifen, holen sie nach, woran wir sie gehindert hatten. Es ist ein gottloses, ruchloses Pack. Und wir sind nur fünfzig gegen viertausend.«

»Fünfundfünfzig mit uns«, erklärte Christian bestimmt. »Wir haben die Menschen in den Dörfern, durch die wir auf dem Weg hierhergekommen sind, gewarnt. Sie sind längst mit ihrem Vieh in die Wälder geflüchtet.«

Ein Funke Hoffnung glomm auf in den Augen des jungen Ritters. »Jetzt müssen wir bloß sehen, dass wir selbst überleben, bis wir wenigstens die Burg des Feindes erreicht haben. Wer weiß, woran sie ihre Wut austoben, wenn sie die Dörfer verlassen vorfinden.«

Endlos viel Zeit schien zu vergehen, bis der Erzbischof doch noch den Befehl zum Aufbruch gab. Christian nutzte die Gelegenheit, um seine Begleiter darüber ins Bild zu setzen, was er erfahren hatte.

»Ist euch aufgefallen, dass die Kölner Ritter zumeist noch jung und sicher wenig kampferprobt sind?«, fragte Raimund in die Runde. »Entweder will der schöne Philipp nur junge Männer um sich haben, oder die Erfahrenen unter seinen Rittern haben sich erfolgreich davor zu drücken gewusst, mit der Rotte in den Krieg zu ziehen.«

»Ich weiß nicht, was von dem, das du da anzudeuten versuchst, ich widerlicher finde«, knurrte Lukas, während er aufstand und versuchte, ein paar feuchte Erdkrumen von seinem Bliaut zu klopfen.

Vergeblich, es hatte wieder zu regnen begonnen. Der dunklen Wolkenwand im Osten zufolge würden sie geradewegs in ein Unwetter hineinreiten.

Wichmanns fünfköpfige Gesandtschaft bekam einen Platz an der Spitze der Kolonne zugewiesen. Dabei richtete es Christian so ein, dass er stets in der Nähe des schwarzbärtigen Anführers der Söldner blieb.

Falls Philipp gehofft hatte, mit der in die Länge gezogenen Rast zu verhindern, dass sie vor Einbruch der Dunkelheit durch ein Dorf kamen, in dem sein Heer lagern konnte, so hatte er sich gründlich verrechnet. Während es zu dämmern begann, zeichnete sich vor ihnen eine schmale Kirchturmspitze ab. Mit wildem Grölen reagierte das Söldnerheer auf diesen Anblick.

Christian warf einen warnenden Blick auf Dietrich, der mit zusammengebissenen Zähnen anhören musste, wie ein paar Kerle hinter ihm lautstark ihre nächsten Schandtaten auszumalen begannen. Doch Dietrich hielt Wort und blieb beherrscht. Was sie tun konnten, um dem Dorf zu helfen, würde sich erst zeigen, wenn sie dort waren. Er hoffte, die Bewohner hatten sich und ihr Vieh in Sicherheit gebracht.

Bereits der Umstand, dass in der näher rückenden Ortschaft nur an einer einzigen Stelle Rauch aufstieg, sorgte für Murren im Trupp.

In Schritttempo ritt die Spitze des Heeres den Dorfweg entlang, aber keine Menschenseele ließ sich blicken.

Dietrich wollte bereits aufatmen, als ihnen doch noch jemand entgegenkam: der Dorfpfarrer.

Zaghaft humpelte er dem Reiterzug durch den Regen entgegen. Hoyer von Falkenberg befahl der Kolonne, zu halten.

Christian fragte sich zornig, warum wohl dieser Dummkopf von einem Pater seine eindringliche Warnung nicht befolgt hatte und nun für sich und andere tödliche Gefahr heraufbeschwor.

Doch der Geistliche gab schon selbst die Antwort.

»Gott zum Gruße, edle Herren«, begrüßte er sie mit zittriger Stimme. »Bitte sagt dem ehrwürdigsten Bischof …«

»Erzbischof«, fiel ihm der Brabanzonenführer höhnisch ins Wort.

»Vergebung, dem Erzbischof«, verbesserte sich der Pater, während er ängstlich auf den Hünen starrte, »… dass wir ihn willkommen heißen und Quartier in unserer bescheidenen Dorfkirche anbieten, wenn er damit vorliebzunehmen geruht.

Jeden Augenblick kann ein Unwetter losbrechen ... und er wird doch nicht unter freiem Himmel nächtigen wollen.«

»Du glaubst also nicht, Pfaffe, dass der ehrwürdige *Erzbischof* ausreichend gute Beziehungen zum Himmel hat, um beim Allmächtigen ein Wort für besseres Wetter einzulegen?«, hielt ihm der schwarzbärtige Söldnerführer grinsend vor.

Der Pater stammelte etwas, das niemand verstand, weil der Anführer nun absaß und seinen Berittenen das Signal gab, es ihm gleichzutun.

Christian tauschte einen kurzen Blick mit seinen Gefährten. Jetzt würde wohl unvermeidlich werden, was sie zu verhindern versucht hatten. Und das nur, weil sich ein einfältiger Dorfpfarrer bei einem Erzbischof anbiedern wollte.

Für einen Augenblick zog Philipp die allgemeine Aufmerksamkeit auf sich, der den Pater zu sich winkte und ihm gelangweilt ein paar Fragen stellte, während der Dorfpfarrer ehrfürchtig vor ihm auf die Knie sank. Dann ging der Erzbischof in die hölzerne, schindelgedeckte Kirche.

Christian gab seinen Männern ein Zeichen, ihm in eine andere Richtung zu folgen – zur Hütte des Paters, wohin er ein paar dunkle Gestalten hatte laufen sehen. Während sie sich näherten, zerrte schon einer der Söldner eine zu Tode verängstigte ältere Frau aus der Hütte.

»Kommt alle her!«, rief er seinen Kumpanen zu. »Für drei Hälflinge kann sie jeder von euch kriegen, wenn ich fertig bin.«

Er zog seinen Dolch und drückte ihn der Frau an den Hals.

»Hinlegen und Beine breit! Sonst stech ich dich ab und bedien mich dann bei dir!«

Die Frau, vermutlich die Haushälterin des Pfarrers, rührte sich nicht, sondern wimmerte nur mit ängstlich aufgerissenen Augen.

Ein heller Schrei drang aus der Kate, dann kam ein weiterer Söldner heraus, der ein zappelndes, höchstens vier oder fünf Jahre altes Mädchen unterm Arm trug. »Seht nur, was ich erst habe!«, brüllte er begeistert. »Heut treiben wir's mit Pfarrers Töchterlein!«

Die Ablenkung wurde dem Söldner zum Verhängnis, der die Frau mit dem Dolch bedrohte. Er bemerkte zu spät, dass Christian von der Seite auf ihn zustürmte. Noch ehe er reagieren konnte, fuhr ihm Christians Schwert von oben so machtvoll in die Schulter, dass der Arm einfach abgespalten wurde, der den Dolch hielt. Ungläubig starrte der Mann auf den Blutstrom, der aus seinem Körper sprudelte, dann sackte er in die Knie und schlug mit dem Gesicht nach vorn zu Boden.

Noch bevor er fiel, wirbelte Christian herum und schlug dem Zweiten mit einem gewaltigen Hieb den Kopf vom Rumpf.

Er schob die immer noch wimmernde Frau zurück in die Kate und starrte grimmig auf die Söldner, die sich ihm mit gezogenen Waffen im Halbkreis näherten. Ehe sie ihn umzingeln konnten, waren Gerolf und seine eigenen Männer schon neben ihm, jeder das blanke Schwert in der Hand.

»Hinter mich«, zischte er Dietrich zu.

Der wollte widersprechen, doch Christian hatte jetzt keine Zeit für Debatten.

»Sofort!«, fuhr er ihn an. Mit den paar Figuren mussten sie notfalls auch zu viert fertig werden. Er konnte nicht riskieren, dass Ottos Sohn hier etwas zustieß.

Die Rottenknechte zögerten. Sie hatten gesehen, wie schnell der Fremde als Einzelner zwei ihrer Kumpane niedergemacht hatte, und seine Freunde wirkten nicht minder entschlossen.

Sie selbst waren knapp ein Dutzend, die Hälfte von ihnen würde wohl sterben, wenn sie sich auf einen Kampf einließen, und niemand hatte Lust, als Erster durchbohrt zu werden. So schön war die Alte nun auch nicht, und ihr Balg hatte sich sowieso schon wieder verkrochen. Vielleicht sollten sie derweil doch lieber ein paar Vorratskammern plündern, bevor die anderen es taten.

Christian verharrte ebenso wie seine Freunde in angriffsbereiter Stellung, vorgebeugt mit leicht gespreizten Beinen, das Schwert nach vorn gestreckt.

Für einen Moment sah es so aus, als ob die Angreifer abziehen wollten. Doch dann näherten sich ihnen weitere Gestalten, die auf den drohenden Kampf aufmerksam geworden waren. Mit ihnen kam auch ihr Anführer, der sich rücksichtslos den Weg durch die Lauernden bahnte.

»Ihr schon wieder«, knurrte er, als er den kampfbereiten Christian im Mittelpunkt des Aufruhrs sah und zu dessen Füßen zwei tote Söldner. »Ihr habt mich an einem Tag drei Männer gekostet ... ein bisschen viel für einen Verbündeten!«

Der Hüne stemmte die Hände in die Hüften, drehte sich zu seinen Männern um und brüllte: »Was war hier los?«

Da niemand von seinen Leuten zu antworten bereit war, übernahm Christian das Wort, ohne das Schwert zu senken.

»Der Erzbischof würde nicht gern hören wollen, dass sich deine Leute ausgerechnet an der Haushälterin eines Pfarrers und ihrer Tochter vergreifen wollten.«

Ein gehässiges Grinsen zog über das Gesicht des Schwarzbärtigen, und es war unschwer zu erraten, was er dachte: Der Erzbischof, diese Memme, hatte sogar hingenommen, dass sie auf dem Weg hierher Kloster geplündert und Nonnen geschändet hatten.

Doch er besaß genug Verstand, das nicht auszusprechen. Es war eine Sache, ein paar tumbe Bauern abzustechen, aber eine andere, sich mit Rittern zu schlagen, die als offizielle Gesandtschaft ihrer Verbündeten geschickt worden waren. Noch dazu, wo unter ihnen der Sohn eines Markgrafen war, auch wenn der nur aus irgendeinem unbedeutenden Landstrich weit im Osten kam.

Wo steckte das Bürschlein überhaupt? Wahrhaftig, zwar hinter dem breiten Rücken dieses Aufwieglers, aber mit gezogenem Schwert und bereit, sich mit seinen Männern anzulegen! So viel Tollkühnheit verdiente schon wieder Respekt. Was nichts daran ändern würde, dass seine Leute sich die Störenfriede und den Burschen schon bald greifen und sich an ihnen rächen würden. Nur nicht jetzt und hier, direkt unter Philipps krummer Nase. Aber das Moor um Haldensleben war nah ... und verschwiegen.

Christian bemerkte, wie sich der Blick des Rottenführers an Dietrich festhakte, und beschloss sofort, den Jungen keinen Schritt mehr ohne Geleitschutz gehen zu lassen, sollten sie diese Konfrontation hier heil überstehen.

»Halte besser deine Leute davon ab, die Scheunen und Vorratskammern der Bauern niederzubrennen«, redete er kühl auf den Schwarzbärtigen ein. Mit dem Kopf wies er lässig in die Richtung, wo ein paar Gestalten mit lodernden Fackeln auf die nächste Kate zuliefen. »Aus diesen Dörfern holt Wichmann den Nachschub für die Belagerung, also auch für euch.«

»Zur Hölle!«, brüllte der Anführer. »Los, mitkommen!«, schrie er seine Leute an, die immer noch standen und überlegten, ob sie sich nun mit Christian und seinen Gefährten schlagen oder lieber nach Beute suchen sollten.

Verwirrt zogen die Söldner los, um ihre Kumpane am Feuerlegen zu hindern.

Christian sah ihnen nach, wischte sein Schwert am Ärmel des Geköpften ab und steckte es in die Scheide. Was an Blut schon angetrocknet war, würden die nach oben gerichteten Ziegenhaare abschmirgeln, mit denen die Scheide ausgekleidet war.

»Das war knapp«, meinte Raimund erleichtert. »Und nun?«

»In die Kirche. Die Nacht überstehen wir wahrscheinlich nur in unmittelbarer Nähe Philipps.«

»Ich glaube, nach so viel Gottlosigkeit kann ich sogar dem Gedanken etwas abgewinnen, bei einem Erzbischof unterzukriechen«, stöhnte Lukas. »Mir ist jetzt wirklich nach ein bisschen Frömmigkeit zumute – oder ich kotz mir die Gedärme aus.«

Die alte Dorfkirche hatte sich inzwischen in einen Rastplatz verwandelt. Draußen herrschte finstere Nacht. Prasselnder Regen schlug so heftig auf das Schindeldach, dass es zu einem bedrohlich wirkenden Trommeln wurde. Der gestampfte Lehmboden nahe der Tür begann sich allmählich in einen Morast zu verwandeln.

In der Mitte des Kirchenschiffs hatte sich der Erzbischof mit seinen engsten Beratern und Bediensteten niedergelassen, ganz in der Nähe lagerten Christian und seine Begleiter. Sie hatten auch ihre Pferde hereingeführt, ebenso wie einige von Philipps Berittenen. Christian hatte darauf bestanden, weil er befürchtete, dass sie sonst am Morgen nur die abgestochenen Kadaver ihrer Hengste vorfinden würden. Es war nichts Ungewöhnliches, dass bei Unwettern oder anderen Katastrophen die Dorfbewohner samt dem Vieh – ihrem wertvollsten Besitz – in der Kirche Schutz und Unterschlupf suchten.

Von den Dörflern ließ sich nach wie vor niemand blicken außer dem Pfarrer, der mit betretener Miene ganz für sich allein etwas abseits des Bischofs hockte. Seine Haushälterin und ihre Tochter, denen er beim Anmarsch des Heeres befohlen hatte, zu bleiben, waren inzwischen bestimmt zu den anderen Dorfbewohnern in den Wald geflüchtet.

Christian verteilte den letzten Rest Brot, den ihm Grete, die weißhaarige Marketenderin, vor dem Aufbruch mitgegeben hatte.

Durch die schmalen Fensterluken konnten sie sehen, wie Blitze immer wieder für einen Augenblick die tiefschwarze Nacht erhellten. Der krachende Donner, der sie begleitete, rückte von Mal zu Mal näher.

Nach dem kargen Mahl teilten sie die Nachtwache untereinander auf. Christian übernahm die erste Schicht selbst, gemeinsam mit Dietrich. Er ahnte, dass der Junge jetzt sowieso noch nicht zur Ruhe kommen würde. Lukas und Raimund hingegen wickelten sich in ihre feuchten Umhänge und schienen schon bald auf dem Lehmboden eingeschlafen zu sein.

Gerolf, der Magdeburger, war zu Philipp gerufen worden. Die vier Meißner lagerten für sich allein, doch in nicht mehr als einem Dutzend Schritt Entfernung vom Erzbischof. Ihre Augen hatten sich längst an die Finsternis gewöhnt, in der nur ein paar Kerzen für etwas Licht inmitten flackernder Schatten sorgten. Jetzt entfachten Philipps Leute ein kleines Feuer auf dem Lehmboden. Wer weiß, wo sie trockenes Holz dafür gefunden haben mochten.

Wieder beleuchteten grelle Blitze das Innere der ärmlichen Kirche, fast zeitgleich krachte der Donner. Der Dorfpfarrer fuhr zusammen und schlurfte mit hängenden Schultern zum Altar, um niederzuknien und Gebete zu murmeln.

Dietrich wandte seinen Blick von der erbärmlichen Gestalt ab und sah wieder hinüber zu Philipp.

»Wie ist so etwas möglich?«, flüsterte er Christian zu. »Wie kann ausgerechnet ein Mann Gottes solch einen ruchlosen, gottlosen Haufen in seine Dienste nehmen?«

»Und sie noch dazu mit dem Zehnten, den er von seinen frommen Schutzbefohlenen kassiert, für ihre Schandtaten entlohnen«, ergänzte Christian sarkastisch. »Es gibt keine Antwort darauf. Dass Heinrichs Truppen Soest verwüstet haben, mag seinen Zorn erklären, obwohl ein Erzbischof doch mehr als jeder andere Vergebung predigen und die Rache dem Allmächtigen überlassen sollte. Aber das ist keine Rechtfertigung. Nichts kann solche Bluttaten rechtfertigen.«

Christians Stimme war jetzt von einer Härte, wie Dietrich sie selten an ihm erlebt hatte. »Es ist der Krieg. Er holt das Schlechteste aus den Menschen hervor.«

»Aber auch Heldenmut. Ist der Krieg nicht eine edle Sache?«, wandte Dietrich überrascht ein.

Christian sann darüber nach, wie er dem jungen Mann seine Anschauungen klarmachen konnte, ohne dass dieser seine Kaisertreue und seine Festigkeit im Glauben in Frage stellte. Er dachte in vielen Punkten anders als die meisten Ritter, die wenige Gedanken an das Schicksal der einfachen Menschen verschwendeten. Doch er war als Waise bei einer armen weisen Frau aufgewachsen, bis ihn Ottos Vater auf den Burgberg geholt hatte und zum Ritter ausbilden ließ; etwas, das Christians Vater mit seinem Leben erkauft hatte, der als Spielmann ein Spion in den Diensten des alten Meißner Markgrafen gewesen war. Dass Christian weder Besitz noch eine rühmliche Abstammung vorzuweisen hatte – niemand durfte wissen, dass sein Vater ein Spielmann war und damit als unehrlich Geborener galt –, hatte ihm von der Pagenzeit an die Verachtung und Feindschaft bessergestellter Gleichaltriger, wie Randolf, Ekkehart oder Elmar, eingebracht.

»Wir sind uns doch einig darüber, dass unser Kaiser ein Mann von edler Gesinnung und die wahre Verkörperung des ritterlichen Ideals ist?«

»Selbstverständlich.«

»Weißt du, was er befohlen hat, als er vor Jahren mit der Stadt

Crema nahe Mailand ein Exempel statuieren wollte? Das war, kurz bevor du als Page an seinen Hof kamst.«

Dietrich schüttelte den Kopf.

»Er ließ Gefangene und Geiseln, darunter auch Kinder, in Körben an seinen Belagerungstürmen aufhängen. Wenn die Verteidiger der Stadt die Türme aufhalten wollten, waren sie gezwungen, mit Brandpfeilen auf ihre eigenen Kinder zu schießen, die vor Angst und Entsetzen schrien und um Gnade flehten. Bis sie tot waren. Aus Rache zerstückelten die Cremasken dann die gefangenen Kaiserlichen bei lebendigem Leib auf der Stadtmauer, vor den Augen von Friedrichs Männern, und warfen die zerhackten Körper, Köpfe und Gliedmaßen auf sie herab.«

Nun blieb Dietrich eine ganze Weile stumm.

»Was ist mit den Heiligen Kriegen? Mit den Kreuzzügen gegen die Ungläubigen?«, fragte er schließlich. »Die Ungläubigen zu töten, muss doch gottgefällig sein. So sagen es die Kirchenfürsten: Gott will es.«

Christian musste warten, bis der nächste Donner verhallte.

»Ich weiß nicht, ob Gott es will. Aber ich kannte einen Mann, der den letzten Kreuzzug mitgemacht hat, unser früherer Dorfpfarrer. Er war als Kämpfer dabei gewesen, als vor mehr als dreißig Jahren König Konrads Truppen bei Damaskus fast bis auf den letzten Mann niedergemacht wurden. Als er zurückkam, ging er in ein Kloster, weil er das Morden und Metzeln nicht mehr ertragen konnte. Er wollte seinen Frieden finden.«

»Und, hat er ihn gefunden?«

Ein wehmütiges Lächeln zog über Christians Gesicht bei der Erinnerung an Pater Bartholomäus, einen Mann mit festem Glauben und großem Herzen. »Im Kloster wohl doch nicht ganz. Aber ich denke, er fand ihn, indem er den Menschen in unserem Dorf half, ein neues, besseres Leben aufzubauen.«

»Habt Ihr schon viele Menschen getötet?«, wollte Dietrich nach einem weiteren Moment des Schweigens wissen.

»Ja.« Das klang hart und nüchtern. »Doch es waren nie wehrlose Bauern oder gar Frauen und Kinder. Es waren Feinde in Waffen. Mörder und Plünderer wie dieser Abschaum heute, Ritter, die die Regeln unseres Standes mit Füßen getreten und die Menschen geschunden haben.«

Christian machte eine wegwerfende Handbewegung. »Nur – wenn wir Haldensleben wirklich einnehmen, werde ich sicher manch guten Mann töten müssen, dessen Vergehen lediglich darin besteht, auf der anderen Seite zu kämpfen, auf Heinrichs Seite.«

»Der Kampf ist die Aufgabe des Wehrstandes«, widersprach Dietrich leidenschaftlich. »Und wir verteidigen das Land gegen Herzog Heinrichs Willkür. Seine Truppen haben ganze Landstriche verheert!«

»Das ist es, was ich meine«, entgegnete Christian gelassen. »Philipps Rotte tut nichts anderes, im Gegenteil, sie sind noch schlimmer. Der Krieg ist eben nicht nur Sache des Wehrstandes. Er trifft immer die Wehrlosen zuerst und am härtesten. Diejenigen, die wir Ritter nach unserem Eid eigentlich zu schützen haben.«

Dietrich begriff, dass sein Lehrmeister ihm mit diesen gefährlich offenen Worten einen Vertrauensbeweis geschenkt hatte. Sosehr er auch grübelte, ihm fiel einfach nichts ein, das er jetzt sagen konnte.

Ein ohrenbetäubender Donner, zeitgleich mit einem grellen Blitz, ersparte ihm die Antwort. Mit einem Mal erfüllte ein stechender Geruch das Kirchenschiff. Plötzlich richteten sich alle Blicke nach oben, wo es laut krachte und flackernd zu leuchten begann.

»Feuer! Alle hinaus!«, schrie jemand. »Die Kirche brennt!«
Sofort stürzten mehrere Männer auf den Erzbischof zu, um ihn in Sicherheit zu bringen. Bar jeglicher Würde rannte er hinaus, während ihm die Kleider um die Waden flatterten.

Raimund und Lukas waren durch den Alarmruf sofort hellwach und hatten gewohnheitsmäßig nach ihren Waffen gegriffen. Doch dann erkannten sie, was geschehen war. Ein Blitzschlag hatte den Kirchturm in Brand gesetzt, der trotz des Regens wie Zunder brannte, und schon wenig später ließen herabstürzende brennende Balken, Schindeln und Funken das Kirchendach in Flammen aufgehen.

»Schafft die Pferde hinaus!«, rief Christian.

Obwohl die Hengste der Ritter dafür ausgebildet waren, auch bei Feuer auf die Kommandos ihrer Herren zu hören, waren sie kurz davor, durchzugehen. Stampfend und wiehernd drängten sie sich um Christians Rappen, der bestrebt war, mit seiner Herde aus der Gefahrenzone zu stürmen.

Schon stand das halbe Dach in Flammen, und die ersten brennenden Balken krachten herab ins Kirchenschiff. Mit aller Willenskraft brachte Christian seinen Hengst so weit zur Ruhe, dass er ihn mit schnellen Handgriffen losbinden konnte. Seinen Freunden war inzwischen unter Lebensgefahr Gleiches bei ihren Tieren gelungen.

Nun waren die Pferde nicht mehr zu halten. Christian blieb nichts weiter übrig, als sich auf Radomir zu schwingen und mit ihm an der Spitze herauszupreschen, während er den Hals des sattellosen Tieres umklammerte. Die anderen Pferde folgten, von Angst getrieben.

Lukas und die anderen Männer schafften es derweil gerade noch, die Sattel und den Rest ihrer Habe zu packen, bevor sie ins Freie rannten.

Christian ließ Radomir ein Stück galoppieren und kehrte dann mit den anderen Pferden in weitem Bogen zurück zur Kirche, die inzwischen lichterloh brannte.

Raimund hatte sich eine übel aussehende Brandwunde an der linken Hand zugezogen, seine braunen Locken waren angesengt, die Bliauts von Dietrich und Lukas wiesen ein paar größere Brandlöcher auf, doch ansonsten schienen sie unversehrt.

Erleichtert, dass auch Christian seinen nächtlichen Gewaltritt unbeschadet überstanden hatte, nahmen sie ihm ihre Pferde ab.

Obwohl die Nähe des Feuers die Tiere verängstigte, blieben Christian, Lukas, Raimund und Dietrich bei der Kirche – weit genug entfernt, um nicht von herabstürzenden Balken oder anderen brennenden Teilen getroffen zu werden, aber dicht genug, damit der helle Flammenschein es unmöglich machte, dass sich die Brabanzonen an sie heranschleichen konnten, um das allgemeine Durcheinander für einen Racheakt zu nutzen.

Sollte anfangs noch jemand erwogen haben, Löscharbeiten zu befehlen, so wurde schnell klar, dass dies keinen Sinn hatte. Das Holz war so alt und ausgetrocknet, dass es trotz des Regens wie Zunder brannte und nun beißenden Qualm verbreitete.

Der Kölner Hoyer hatte ein paar Dutzend Männer eingeteilt, sich bereitzuhalten für den Fall, dass die Flammen auf andere Häuser übergreifen sollten. Doch das war nicht nötig, die Katen standen in ausreichendem Abstand.

Als der Morgen graute, waren von der Kirche nur noch ein paar rauchende, verkohlte Balken geblieben, die wie verdorrte schwarze Finger anklagend in alle Richtungen zeigten.

Fassungslos starrte der Pater auf die Überreste seiner Kirche. Vor der Brust hielt er das Altarkreuz umklammert, das er aus dem brennenden Gotteshaus hatte retten können. Dann ließ er sich auf die Knie fallen, immer noch das Kreuz an sich pressend, während Tränen über seine mageren, rußverschmierten Wangen liefen.

Der Erzbischof, durchnässt und ebenfalls mit Rußflocken auf dem Gesicht und in den ansonsten stets tadellos gepflegten Haaren, ging an ihm vorbei und sagte ein paar Worte, die den Verstörten nicht erreichten. Dann befahl Philipp seinen Männern den Aufbruch.

»Jetzt habe ich noch eine Antwort«, meinte Dietrich erschüttert, während er die Sattelgurte an Christians Rappen festzurrte. »Gott selbst hat geantwortet. Er duldet nicht, dass jemand, der solch eine ruchlose Rotte heraufbeschworen hat, in Seinem Haus Zuflucht sucht.«

»Und die Dörfler müssen sich nun das Geld vom Mund absparen, um eine neue Kirche zu bauen«, ergänzte Christian trocken.

Der neue Vogt

Stöhnend fuhr Albrecht aus dem Halbschlaf hoch. Er schüttelte sich, um das Fratzengesicht zu vertreiben, das ihm vor dem Aufwachen erschienen war, dann sah er sich in dem ihm fremden Raum um. Jetzt erinnerte er sich. Er war in Christiansdorf.

Genauer gesagt: Er war der Vogt von Christiansdorf. Unwillkürlich machte sich ein Grinsen auf seinem Gesicht breit. Zum ersten Mal in seinem Leben musste er nicht dienen und gehorchen – weder seinem Vater, seinem strengen Großvater und seinem Onkel, die ihn ausgebildet hatten, noch dem König, der erst ein Knabe war. Zum ersten Mal konnte er uneingeschränkt herrschen. Und das nicht nur über ein paar nichtsnutzige Knechte oder Pagen, sondern über das reichste Dorf weit und breit. Das Dorf, das bald ihm allein gehören würde, so wie die ganze Mark Meißen.

Durch das Fenster drang geschäftiger Lärm zu ihm hoch. Irgendwo dicht unter ihm wurde geklopft und gehämmert, ein paar Hunde bellten, ein Pferd wieherte. Jemand rief lauthals nach einem Peter und ließ alle Mithörer wissen, er werde dem nichtsnutzigen Lümmel schon die Ohren langziehen, wenn er ihn erwische, woraufhin ein mehrstimmiges helles Gelächter ausbrach.

Jetzt erst wurde Albrecht bewusst, dass es dem Stand der Sonne nach, die er durch die Fensterluke hinter den Wolken erahnen konnte, längst Vormittag sein musste. Er hatte wahrhaftig lange und fest geschlafen, zum ersten Mal ohne diese entsetzlichen Alpträume. Das Fratzengesicht beim Aufwachen konnte er vernachlässigen, das war harmlos im Vergleich zu dem, was ihm sonst den Schlaf und die Seelenruhe raubte.

Also hatte Christians Weib wirklich die Macht und das Wissen, ihm zu helfen. Das war gut. Und schlecht zugleich, denn damit begab er sich in gewisser Weise in ihre Hände, was ihm überhaupt nicht gefiel. Kein echter Kerl sollte auf ein Weib angewiesen sein, und diesem hier traute er schon gar nicht. Schließlich war er auch hierhergekommen, um ihr heimzuzahlen, dass wegen ihr und dieses Christian sein Bruder doch nicht in ein Kloster weggesperrt wurde.

Dabei waren die beiden Emporkömmlinge schlimmster Sorte. Eigentlich gehörten sie zu den Bettlern vor der Kirche und nicht unter Leute von Stand. Elmar hatte ihm ein paar interessante Einzelheiten verraten. Aber sein Vater hatte in einem unbegreiflichen Moment der Schwäche dieses Pack zu Edelfreien ernannt. Noch dazu schienen sie ausgemachte Lieblinge seiner Mutter und seines verhassten Landsberger Onkels zu sein, die beide kein Hehl daraus machten, dass sie ihn, Albrecht, für eine Enttäuschung hielten.

Aber über das Kräuterweib würde er später nachdenken. Wenn sie überhaupt jemals wieder aufwachte. Auf Elmars Rat hin hatte er sie gestern gezwungen, die doppelte Menge von dem Schlaftrunk zu nehmen, die sie ihm zugemessen hatte. Und wenn er von seinem Becher schon fast bis zum Mittag geschlafen hatte, würde sie, schwach und zierlich, wie sie war, ihm sicher nicht so bald vor die Augen treten.

Jetzt hatte er Dringenderes vor.

Albrecht stand auf und schlurfte ein paar Schritte, bis er nahe genug an einem Tonkrug war, um beim Urinieren hineinzuzielen. Das helle Geräusch des auftreffenden Strahls machte ihn endgültig wach. Als er fertig war, riss er die Tür auf und brüllte, es solle gefälligst sofort jemand kommen, um ihn zu waschen und Frühstück zu bringen.

Zwei seiner Reitknechte hielten Wache vor seiner Kammer und begrüßten ihn grinsend. Dass sie ihren Herrn erst um diese Zeit und noch dazu splitterfasernackt zu sehen bekamen, geschah höchstens nach einem gründlichen Besäufnis oder wenn er sich mit seinen Freunden ein paar Huren hatte kommen lassen. Aber Elmars Befehle waren eindeutig gewesen: den Herrn auf keinen Fall zu wecken.

Mit einem Tritt schickte Albrecht den einen los, ein paar Mägde aufzuscheuchen, und trug dem anderen auf, umgehend Elmar zu ihm zu bringen.

Dann ging er zurück zu seinem Bett, ließ sich daraufsinken und kratzte sich versonnen.

Elmar stieß an der Tür beinahe mit der Magd zusammen, die

Wein und einen Teller mit hellem Brot, Schinken und Käse gebracht hatte.

»Ihr seht erholt aus. Also habt Ihr gut geschlafen?«, erkundigte sich der Ritter, der so etwas wie ein Vertrauter und Mentor für Albrecht geworden war, seit dieser vorübergehend an den Hof seines Vaters zurückgekehrt war.

»Tief und fest wie nach einem guten Gelage«, meinte der künftige Markgraf grinsend und lud Elmar mit einer Geste ein, das Frühstück mit ihm zu teilen. »Was macht das Weib?«

»Schläft noch tiefer und fester. Keine Sorge, sie wird Euch für den Rest des Tages keinen Ärger mehr bereiten.«

»Das will ich auch hoffen«, knurrte Albrecht. Er ließ sein Essmesser einen Augenblick über dem Schinken verharren, bevor er sich eine dicke Scheibe abschnitt und aufspießte. »Habt Ihr Euch die Mixtur gemerkt? Für den Fall, dass sie nicht wieder aufwacht?«

»Keine Sorge«, beruhigte ihn Elmar. »Wenn sie krepiert – sie hat eine Stieftochter, die sich auch mit derlei Dingen auskennt. Die, die gestern einen Bastard geworfen hat. Wenn nötig, zerren wir sie aus dem Wochenbett her.«

»Welch ein Glück, dass Ihr Euch so gut in diesem Dorf auskennt«, meinte Albrecht, ehrlich erleichtert.

Elmars Gesichtsausdruck wurde für einen Augenblick von einer hasserfüllten Erinnerung verzerrt, dann nahm er wieder die übliche Verschlagenheit an. »Ich habe Euch doch gesagt, dass ich hier oft gewesen bin – mit einem guten Freund, wie Ihr wisst. Ich kann Euch noch eine Menge über die Dorfbewohner erzählen, das Euch nutzen wird.«

Ein Klopfen unterbrach ihr Gespräch. »Gott zum Gruße, Herr. Ich bringe das Wasser für Eure Morgenwäsche«, rief eine Stimme von draußen.

»Das wird auch Zeit!«, brüllte Albrecht. »Rein mit dir.«

Mürrisch betrachtete er die rundliche alte Magd, die zwei Eimer mit warmem Wasser trug und nun ächzend abstellte.

»Von dir alten Vettel will ich nicht gewaschen werden«, schnauzte er sie an. »Hol mir jemand anders. Diese ... Marie. Ja, sie soll kommen. Schick sie sofort her!«

Während sich die Magd nach einer ängstlichen Verbeugung verzog, tauschten die beiden Männer ein erwartungsfrohes Grinsen. Ja, das versprach ein herrlicher Spaß zu werden.

Es dauerte ein Weilchen, bis es wieder zaghaft klopfte.

Mit forschem Schritt ging Albrecht zur Tür und riss sie auf. »Nur herein, meine Schöne!«

Er trat beiseite, doch Marie rührte sich keinen Schritt von der Stelle. Erschrocken sah sie auf den neuen Burgvogt, der in seiner ganzen Nacktheit vor ihr stand.

»Wird's bald!« Elmar verlieh der Aufforderung Nachdruck. Bevor sie fortrennen konnte, hatte er sie schon am Arm gepackt, zog sie in die Kammer und warf die Tür zu.

»Nun tu doch nicht so, als hättest du noch nie einen nackten Mann gesehen«, hielt Albrecht ihr belustigt vor, als sie vor Scham errötete. »Dabei ist mir zu Ohren gekommen, dass sich mein Bruderherz für dich interessiert. Sollte der Dummkopf die Blume etwa noch nicht gepflückt haben?«

»Man hat Euch falsch informiert, Herr«, widersprach Marie, während sie die Augen starr nach unten gerichtet hielt.

Albrecht und Elmar tauschten ein amüsiertes Lächeln über ihre unbeabsichtigt doppeldeutige Antwort.

»Also *hat* er dich gehabt! So viel Manneskraft hätte ich ihm gar nicht zugetraut«, spottete der Jüngere.

Marie wurde noch verwirrter. »Nein, Herr! Warum sollte sich Euer Bruder für mich interessieren?«

Instinktiv wusste sie, dass sie Dietrich hier heraushalten musste.

»Außerdem bin ich verlobt. Wenn mein Bräutigam vom Feldzug zurückkehrt, soll die Hochzeit sein.«

»Als ob das eine mit dem anderen zu tun hätte«, höhnte Albrecht. »Und wie man hört, läuft es nicht so gut in diesem Krieg für die Gegner des Löwen. Nicht, dass du etwas davon verstündest. Aber was ich damit sagen will: Vielleicht bist du bald schon Witwe, obwohl es noch gar keine Hochzeit gab?«

Mit beiden Beinen stieg er in einen Eimer, ohne sich darum zu kümmern, dass er so den halben Inhalt über den Boden verspritzte, und breitete die Arme aus. »Los, wasch mich!«

Mit gesenktem Kopf und hochrotem Gesicht ging Marie auf ihn zu, tauchte einen Lappen in den zweiten Bottich und begann, Albrechts Arme und seine Brust abzureiben. Sie hatte kaum begonnen, als sich sein Glied aufzurichten begann. Schnell trat sie hinter ihn und widmete sich mit zusammengekniffenen Lippen seinem Rücken.

»Du bist vorn noch nicht fertig«, mahnte er.

Elmar ließ ein kehliges Lachen hören. »Ihr solltet sie sehen, Herr, so schüchtern und keusch«, vermeldete er.

Albrecht drehte sich nach hinten, so weit er es vermochte. »Hat dich mein Bruder am Ende doch nicht gehabt?«

Als Marie weiter beharrlich schwieg, griff er nach ihrer Hand und zog sie wieder vor sich. »Du warst hier noch nicht fertig!«

Marie nahm allen Mut zusammen und trat drei Schritte zurück. »Das könnt Ihr wohl allein tun, Herr.«

Elmar ging auf sie zu und verpasste ihr eine so wuchtige Ohrfeige, dass sie wankte und zu Boden geschlagen wäre, hätte sie nicht an der Wand Halt gefunden.

»Damit das klar ist, du dreistes Ding«, fauchte er sie an. »Auch wenn du dir sonst etwas auf deinen Stiefvater einbildest – er ist weit weg. Vor dir steht jetzt dein wahrer Herr. Wenn er befiehlt, hast du zu gehorchen. Und wenn er verlangen sollte, dass du sein Lager teilst, hast du dich willig und mit Freuden dorthin zu legen und darfst dich geehrt fühlen, dass sein wohlwollendes Auge auf dich gefallen ist!«

»Lasst nur, Elmar, wir wollen die Schöne nicht gar zu sehr verschrecken. Vielleicht ist sie inzwischen nicht nur Witwe, sondern auch Waise«, meinte Albrecht in geheucheltem Mitgefühl.

Sie wussten beide, dass er zwar jede beliebige Magd in sein Bett zwingen konnte, aber nicht ohne weiteres Christians Mündel. Das würde ihm möglicherweise Ärger mit seinem Vater einbringen – und den musste er vermeiden, wollte er die Markgrafschaft erben. Doch es war ein Riesenspaß, dem Mädchen Angst einzujagen.

»Du hast Glück; heute habe ich Wichtigeres zu erledigen«, lenkte Albrecht ein. »Und jetzt – ausnahmsweise – werde ich wirklich selbst tun, was du nicht wolltest.«

Während er sie angrinste, begann er, sein Glied zu reiben. Elmar brach in lautes Hohngelächter aus, als Marie entsetzt aus der Kammer flüchtete.

Albrecht fiel in sein Gelächter ein, nachdem er sich erleichtert hatte.

»Ihr könnt jetzt ruhen, schließlich habt Ihr die ganze Nacht durchgewacht«, gestattete er Elmar, während sie frühstückten. »Aber gebt zuvor noch Bescheid, dass ich das Kräuterweib unverzüglich sehen will, wenn sie erwacht. Das heißt – falls sie je erwachen sollte …«

Was er jetzt vorhatte, das wollte er lieber allein tun, ohne den prüfenden Blick des Älteren. Und danach, ja, dann würde er sich von Elmar noch mehr über die Dorfbewohner erzählen lassen, um die Figuren für seine Schachpartie aufzustellen, bei der er die Bauern für sein Vergnügen ganz nach Belieben hin- und herrücken und opfern würde.

Doch bevor Elmar die Tür aufstieß, rief er ihn noch einmal zurück. »Ich kann mich auf Euer Stillschweigen verlassen, was mein kleines ... nächtliches Problem angeht?«

Niemand durfte erfahren, dass der künftige Herr der Mark Meißen die Hilfe einer Kräuterhexe brauchte, weil er sich vor seinen eigenen Träumen fürchtete.

»Ihr habt mein Wort, Graf.«

Elmar konnte er vertrauen. Der Ritter mit dem sorgfältig gekämmten rötlichen Haar hielt zu ihm und war viel zu geübt in Intrigenspielen, um unbedacht eine Bemerkung fallenzulassen.

Als Elmar die Kammer verlassen hatte, ließ sich Albrecht in die Kleider helfen und nach dem Münzmeister rufen.

Marthe erwachte, als jemand sie an der Schulter rüttelte und verzweifelt ihren Namen rief. Mühsam öffnete sie die Lider und erkannte Marie, die neben ihr kniete und aussah, als würde sie jeden Moment zu weinen beginnen. Hinter ihr stand Walther, der Befehlshaber der Wachen von Christiansdorf, den Christian zu ihrem Schutz hiergelassen hatte. Der erfahrene, graubärtige Kämpfer wirkte besorgt.

Immer noch benommen, stemmte sich Marthe hoch.

»Ist etwas geschehen?« Die Gesichter der beiden ließen keinen anderen Schluss zu.

»Nein«, antwortete Marie erleichtert. »Aber wir haben uns Sorgen gemacht. Es ist schon Mittag!«

Stück für Stück kehrte die Erinnerung zurück. Elmar hatte sie am Abend nicht aus den Augen gelassen, während sie den Schlaftrunk für Albrecht zubereitete, und sie dann gezwungen, viel mehr davon zu schlucken, als sie Ottos Sohn verabreicht hatte. Da sie kleiner war als Albrecht und noch dazu durch Johannas Niederkunft schon eine schlaflose Nacht hinter sich hatte, musste der Trank sie umgeworfen haben wie einen betäubten Ochsen.

Sie hatte gerade noch mitbekommen, dass Walther selbst die Wache vor ihrer Kammer übernahm, gemeinsam mit einem seiner Vertrauten sowie Elmar und einem weiteren von Albrechts Männern.

Sie richtete sich nun ganz auf und rieb sich die Augen. Doch die Benommenheit wollte nicht weichen.

»Ihr habt die ganze Zeit wie tot dagelegen; das wurde langsam ziemlich beängstigend«, brummte Walther verlegen.

»Schon gut, es wird gleich wieder«, versuchte sie, ihn zu beruhigen, doch die Sorge in ihrem Gesicht konnte sie nicht verbergen.

»Niemand hat Eure Kammer betreten, ich bin keinen Schritt von der Schwelle gewichen«, versicherte ihr Walther, der wohl die stumme Frage in ihren Augen gelesen hatte. Dankbar nickte sie ihm zu, während ihr durch den Kopf ging, welche Gerüchte die merkwürdigen Befehle Albrechts für ihre Nachtruhe wohl auf der Burg hervorgerufen haben mussten. Aber jetzt gab es Wichtigeres.

»Was ist mit dem Sohn des Markgrafen?«

»Er ist erst spät aufgestanden. Er zog diesen Ritter Elmar und seine zweite Wache von hier ab, und gleich nach dem Frühmahl rief er den Münzmeister zu sich. Nach Euch hat er sich erkundigt und befohlen, wir sollten Euch schlafen lassen, bis Ihr von selbst aufwacht. Aber dann wolle er Euch unverzüglich sehen.«

»Nun, lassen wir ihn nicht länger warten.«

Wer weiß, was Albrecht inzwischen anstellte. Marthe warf die Decke beiseite und besah kritisch ihr Kleid, das vollkommen

214

zerknittert war. Doch es auszuziehen und im Unterkleid oder gar nackt zu schlafen wie üblich, während vier Männer vor ihrer offenen Tür standen, wäre natürlich undenkbar gewesen.

Walther verstand und zog sich zurück. Marthe ging mit Marie in die Kemenate, um sich zu erfrischen und für die Begegnung mit Albrecht zu wappnen. Und um zu hören, wer ihre Stieftochter so heftig ins Gesicht geschlagen hatte, dass ihre linke Wange dick angeschwollen war.

Was Marie stockend und voller Scham berichtete, brachte Marthe so in Rage, dass ihre Benommenheit jäh verflog.

Albrecht konnte warten, so bald würde er sowieso nicht mit ihr rechnen. »Du darfst ihm nicht mehr unter die Augen kommen«, beschloss sie sofort. »Geh zu deinem Bruder und Agnes, sie werden dich aufnehmen. Und lass dich so wenig wie möglich draußen blicken«, sagte sie.

Karl, der ältere Bruder von Johanna und Marie, war mit der Tochter eines Obersteigers verheiratet und arbeitete in seiner eigenen Schmiede. Die beiden hatten drei kleine Kinder, und Agnes erwartete schon wieder eines. Sie würde froh und erleichtert sein, wenn Marie ihr zur Hand ging.

»Einer von Walthers Männern wird dich hinbringen, am besten heute Abend, wenn Albrechts Leute allesamt in der Halle sind und sich betrinken. So lange bleibst du hier in meiner Kammer.«

Marie nickte erleichtert. Dann sah Marthe aus der Fensterluke und winkte einen der Stallknechte heran. »Schick mir Peter«, rief sie, gerade laut genug, dass er sie verstehen konnte. Der Stallknecht nickte und lief zurück. Augenblicke später kam der ehemalige Dieb schon angerannt, wie immer mit frechem Grinsen und froh, sich für Christians Frau nützlich machen zu können. »Lauf zu Tilda und bitte sie hierher«, trug sie dem mageren Jungen auf.

Tilda war die Wirtin des Hurenhauses von Christiansdorf. Angesichts der vielen Fremden und Glückssucher, die schon bald nach den ersten Silberfunden hier aufgetaucht waren, hatte es nicht lange gedauert, bis ihnen die Huren folgten. Ihre Dienste waren gefragt. Viele der neu Hinzugezogenen waren ledige Männer, die ihre mal mühsam erarbeiteten, mal leicht gewonnenen Pfennige bereitwillig zwischen den Schenkeln der Hübschlerinnen ausgaben. Doch als sich vor ein paar Jahren die Beschwerden der verheirateten Frauen und des Paters über den sündigen Anblick häuften, den die Huren auf den Straßen boten, hatten Christian und der damalige Dorfälteste, der Schmied Jonas, vorgeschlagen, die Dörfler sollten ein Hurenhaus bauen. Die Frauen willigten ein und wählten Tilda, die Älteste von ihnen, zur Hausherrin. So kehrte zumindest in dieser Angelegenheit wieder Ruhe im Dorf ein, weil allen mit der Lösung gedient war: Die Huren mussten nicht mehr bei Wind und Wetter im Freien auf Kundschaft warten, die vielen Ledigen oder Witwer unter den Bergleuten, Wachen und Handwerkern ließen die Hände von jungen Mädchen oder verheirateten Frauen, und der Pachtzins ans Dorf für das Haus wurde an Krüppel und Arme verteilt.

Tilda war eine Verbündete Marthes seit Christiansdorfs schwärzesten Tagen, während der Blutherrschaft Randolfs. Sie ahnte, worum es gehen würde, und wusste auch, dass sie nicht zu erkennen sein durfte, wenn sie Marthe besuchte, während der Sohn des Markgrafen und seine Männer auf der Burg herumlungerten. Also verbarg sie ihre roten Locken, die sie sonst offen trug, wie eine sittsame Witwe unter einem Tuch und zog sich ein unscheinbares Kleid über. Der inzwischen eingesetzte Regen tat ein Übriges. Niemand war in der Nähe des Hurenhauses, der sie beobachten konnte. Und wer noch Richtung Burg unterwegs war, der hastete mit gesenktem Kopf durch die Straßen, um auf dem Weg nach Hause nicht völlig durchnässt zu werden. Das war auch für Tilda gut, denn wenn man sie dabei ertappte, dass sie sich als ehrbare Ehefrau oder Witwe ausgab, würde sie nach dem Gesetz bestraft.

Marthe spähte aus der Fensterluke, bis sie die Hurenwirtin kommen sah, dann ging sie hinunter in die kleine Kammer, in der sie ihre Kräuter und Salben aufbewahrte und Kranke behandelte. Das machte die Szene unverdächtig.

»Schick von heute an jeden Abend ein paar deiner Mädchen auf die Burg«, flüsterte sie Tilda zu. »Damit Albrechts Leute die Hände von den Mägden lassen. Aber ich brauche noch eine, die die ganze Zeit hier ist und sich als Magd ausgibt.«

In kurzen Worten schilderte sie Tilda Maries Erlebnis vom Morgen.

Die Hurenwirtin lächelte. »Dafür ist Lisbeth am besten geeignet. Sie ist jung, hübsch und eine Naturbegabung, den Männern etwas vorzuspielen.«

Unabhängig voneinander dachten beide Frauen für einen Augenblick das Gleiche: Dem jungen Ritter Lukas würde das ganz und gar nicht gefallen. Seit Kathrein, eine hübsche blonde Hure mit üppigen Locken, die er regelmäßig aufgesucht hatte, an einem Winterfieber gestorben war, hatte er sich bei seinen Besuchen stets für Lisbeth entschieden. Wenn er sein Kommen ankündigte, sorgte Tilda dafür, dass Lisbeth für ihn frei war. Doch jetzt stand Lukas Hunderte von Meilen entfernt im Krieg, und das Mädchen musste die Zeit nutzen, um zu verdienen, solange sie noch jung und schön war.

Nur Marthe und Christian ahnten, warum Lukas sich bis heute weigerte, zu heiraten. Dass er enterbt worden war, weil er das von seinem Vater arrangierte Verlöbnis gelöst hatte, schien ihn nicht zu bekümmern. Er hatte auch seitdem keinerlei Anstrengungen unternommen, um eine Braut zu werben, obwohl ihm viele Mädchen auf dem Burgberg mit schmachtenden Blicken nachsahen, allen voran die blonde Adela, die gemeinsam mit den anderen Jungfrauen unter Hedwigs Aufsicht erzogen, aber von Lukas überhaupt nicht zur Kenntnis genommen wurde.

Marthe verabredete mit der Hurenwirtin, selbst heimlich für Lisbeths Dienste zu bezahlen. Albrecht würde es nicht tun, auch falls er erfuhr, dass sie eine Hure war – und es war besser, wenn er es nicht wusste. Das würde seiner Eitelkeit mehr schmeicheln. Ein neues Jagdopfer würde ihn von Marie und den jungen Mägden auf dem Burgberg ablenken.

Tilda huschte fort, nachdem Marthe ihr noch eine Arznei für eines ihrer Mädchen mitgegeben hatte.

Dann trat Marthe hinaus in den prasselnden Regen. Aus den Ställen sah sie Hartmut kommen, den Anführer von Albrechts Wachen. Entschlossen ging sie auf ihn zu.

»Euer Herr hat mich rufen lassen«, sprach sie ihn an. »Wisst Ihr, wo er sich aufhält?«

»Er ist gerade mit dem Münzmeister dort hineingegangen«, antwortete der Mann und zeigte auf die Zainegießerei, wobei er den Arm immer noch vorsichtig bewegte. »Ich begleite Euch, wenn Ihr wollt.«

»Was macht Eure Schulter?«, fragte sie auf dem Weg. Er verzog das Gesicht. »Wenn es nicht bald besser wird, kann ich meinen Dienst nicht mehr versehen«, sagte er mit finsterer Miene.

»Ich werde mich darum kümmern, sobald Euer Herr mit mir fertig ist«, bot sie an, und erst beim Sprechen wurde ihr das Doppeldeutige ihrer Worte bewusst. Nein, so schnell würde Albrecht nicht mit ihr fertig sein.

Aber das hatte sie gewusst, als sie sich dafür entschieden hatte, im Dorf zu bleiben, statt bei Raimunds Frau unterzukriechen. Deshalb bot sie Hartmut nicht nur aus Mitleid ihre Hilfe an. Es konnte sich für sie und die Dörfler einmal von Vorteil erweisen, wenn er in ihrer Schuld stand.

»Lasst nach mir rufen, wenn Ihr Zeit für mich habt«, dankte ihr der Hauptmann erleichtert.

Gemeinsam mit dem lädierten Kämpfer betrat Marthe die Zainegießerei. Diesmal ersparte sich Albrecht das Spiel vom Vortag. Er ließ den Münzmeister stehen und wandte sich ihr sofort zu.

»Also seid Ihr doch noch erwacht«, kommentierte er hämisch ihr Erscheinen. Ehe sie etwas erwidern konnte, hob er die Hand und fiel ihr schroff ins Wort. »Wir sprechen uns später! Ihr bleibt unmittelbar neben mir, bis ich Zeit für Euch habe. So lange schweigt!«

Marthe verstand sofort. Albrecht fürchtete, dass sie etwas ausplauderte, und wollte sie deshalb nicht aus den Augen lassen.

Mit einem freundlichen Nicken dankte sie Hartmut für die Begleitung – wortlos natürlich, wie es Albrecht befohlen hatte. Dessen ängstliche Befehle weckten in ihr die unbändige Lust, ihn zu verspotten, indem sie seine Anordnungen bis aufs Letzte wörtlich nahm. Doch schnell ließ sie den Gedanken wieder fallen. Albrecht war eitel, aber nicht dumm – und er war gefährlich. Er würde sie und alle, die ihr am Herzen lagen, furchtbar dafür büßen lassen.

Immerhin, ihre Gedanken konnte er nicht lesen.

Und für den Moment hatte Albrechts Order, in seiner Nähe zu bleiben, den Vorteil, dass wenigstens ihre regennassen Kleider schneller trocknen würden.

In der Zainegießerei herrschte große Hitze von den Schmelz-öfen, der Gussstrecke und den offenen Feuern.

Hier wurde das Silber in schmale dünne Barren – die Zaine – gegossen, nachdem es im genau vorgeschriebenen Verhältnis mit Kupfer gemischt worden war. Die Streifen mussten nach dem Gießen noch mehrfach ausgeglüht werden.

»Dadurch sind die Pfennige weniger brüchig«, erklärte der dürre Münzmeister gerade. Marthe kannte den Prozess, so genoss sie die in gebührendem Abstand vom Feuer wohlige Wärme.

»Und dann?«, forderte Albrecht ungeduldig zu wissen, den diese Details offenbar wenig interessierten. Er konnte es wohl nicht erwarten, die fertigen Pfennige zu sehen.

»Folgt mir, Herr«, lud Münzmeister Wibald ein. Albrecht gab Marthe mit einem knappen Kopfrucken das Zeichen, weiter direkt hinter ihm zu bleiben, damit er sie überwachen konnte. Der nächste Raum, den sie betraten, war von regelmäßigem hellem Hämmern erfüllt. Ein Dutzend Männer klopften die schmalen Silberstreifen flach, die von anderen mit Zangen festgehalten wurden.

»So bekommen die Zaine die vorgegebene Dicke«, erläuterte Meister Wibald, der fast schreien musste, um den Lärm zu übertönen.

Ein schlaues Lächeln ging über Albrechts Gesicht. »Wenn man sie dünner macht, erhält man dann nicht mehr Pfennige?«, fragte er lauernd.

»Nein, Herr«, erhielt er zur Antwort. »Das wäre ein schweres Verbrechen. Genau zweihundertvierzig Pfennige müssen aus einer Mark Silber geschlagen werden, so schreibt es das Gesetz vor. Wer dagegen verstößt, der verliert die Hand, ebenso, wer Pfennige beschneidet, um sie kleiner zu machen.«

Das hättest du ihm lieber nicht erzählt, schoss es Marthe durch den Kopf. Du bringst ihn nur auf schlechte Ideen. Das gierige Funkeln in Albrechts Augen war nicht zu übersehen. Sicher wollte er den Aufenthalt in Christiansdorf auch nutzen, um an Geld heranzukommen, da es doch schon vor seinen Augen geprägt wurde.

Der Münzmeister führte Ottos Sohn in den nächsten Raum, wo zwölf Männer mit Benehmscheren runde Scheiben in Pfenniggröße aus den flachen Streifen schnitten.

Albrecht griff in die Kiste mit ausgeschnittenen Scheiben, die noch rußgeschwärzt waren und keine Prägung besaßen.

»Was ist mit den Resten, mit dem, was hier an Silber übrigbleibt?«, verlangte er zu wissen.

»Sie werden zu neuen Zainen gegossen. Seht, Herr, der nächste Schritt ist das Weißsieden.«

Er führte seinen Gast zu einem dampfenden Bottich, der Uringestank verbreitete.

»Ihr taucht mein Geld in Pisse?«, entrüstete sich Albrecht.

»Die Beize macht die Schrötlinge blank«, erklärte der Münzmeister höflich und hielt Albrecht einen solchen Schrötling entgegen – eine silbern glänzende dünne Scheibe, kaum größer als ein kleiner Fingernagel.

»Fehlt nur noch die Prägung«, sagte der künftige Markgraf, und Marthe erkannte, dass er sich in Gedanken bereits vorstellte, wie einmal sein Antlitz die Meißner Pfennige zieren würde.

»Das geschieht nebenan.« Der Münzmeister wollte sie in den nächsten Raum führen, aus dem sie ein unregelmäßiges Pochen hörten. »Wir haben den besten Gemmenschneider aus Meißen kommen lassen, damit er Abbild und Insignien Eures Vaters in den Prägestempel arbeitet.«

Doch das schien Albrecht nicht mehr zu interessieren.

»Führt mich zur Silberkammer«, befahl er.

»Wie Ihr wünscht, Graf.«

Meister Wibald ging voraus. Die Silberkammer war im ersten Stockwerk des runden Bergfrieds untergebracht, dem wichtigsten und zuerst fertiggestellten Teil der Burg.

Angesichts des hohen Besuches traten die Wachen ehrerbietig grüßend beiseite.

Im Erdgeschoss war die Wachstube eingerichtet, in der weitere Männer saßen. Die Hälfte von ihnen gehörte zu Albrecht, wie Marthe sofort erkannte. Es war Ottos ausdrücklicher Befehl gewesen, dass Christian einen Teil der Burgbesatzung mit auf den Feldzug nahm, der dann durch Albrechts Männer ersetzt wurde. Sie unterbrachen sofort ihr Würfelspiel, als sie ihren Herrn sahen, doch der schenkte ihnen keinen Blick, sondern folgte Meister Wibald schwungvoll die schmale, zusammenrollbare Leiter hinauf – der einzige Zugang zur Silberkammer. Der gesamte Bergfried war, vom Erdgeschoss abgesehen, nur über Leitern zu erklimmen, die im Fall eines Angriffs eingezogen werden konnten.

»Soll ich Euch auch nach oben folgen?«, rief Marthe ihm nach und bekam ein herrisches »Ja« zur Antwort.

Das war wieder einmal typisch. Wie, bitte schön, sollte sie mit dem langen Rock die Leiter hinaufklettern, ohne Sitte und Anstand zu verletzen?

Hartmut, der mittlerweile zu den Männern gestoßen war, erkannte als Erster ihr Problem – oder war als Erster bereit, ihr zu helfen.

»Dreht euch gefälligst um, damit die Herrin unbehelligt von unkeuschen Blicken nach oben gelangen kann«, brummte er. Sein Befehl wurde sofort befolgt.

Als Marthe endlich in der Silberkammer ankam, standen Albrecht und Meister Wibald schon vor zwei geöffneten Truhen. In einer, der kleineren Truhe, lagen Pfennige säuberlich übereinandergestapelt, in der größeren befanden sich die handlichen Silberbarren für den Fernhandel nach Italien und ins Morgenland, jeder mit einer kleinen Prägung, die auswies, woher das Silber kam.

»Gebt mir davon«, verlangte Albrecht und wies auf das Silber. Der Münzmeister wurde bleich. Unbehaglich fuhr er mit den Fingern in den Halsausschnitt seines Obergewandes und zerrte daran. »Ich bin Eurem Vater Rechenschaft über jeden Pfennig schuldig«, erklärte er dann mit fester Stimme.

»Ja, und? Ich bin sein Erbe. Eines schönen Tages wird all das mir gehören.« Mit ausladender Geste wies Albrecht auf die Truhen voller Silber. »Seht es als Vorschuss auf meine Regentschaft.«

»Dann müssen wir das beurkunden – im Beisein des Kaplans und des Gegenschreibers«, beharrte der Münzmeister.

Doch das wollte Albrecht nun auch nicht. Sein Vater sah ihm zwar vieles nach, aber dass er sich so einfach aus seiner Schatzkammer bediente, sicher nicht.

»Wir sprechen später darüber«, knurrte er und stieg die Leiter wieder hinab.

Er wartete, bis Marthe ebenfalls wieder unten angelangt war, dann starrte er sie wütend an. »Nun zu Euch. Folgt mir!« Und schon stapfte er voran in seine Kammer.

Der Regen war unterdessen so stark geworden, dass sich Marthe fröstelnd zurück in die Wärme der Zainegießerei sehnte. Ob es dort auch so schüttet, wo Christian und Lukas jetzt sein mochten? Diesen wehmütigen Gedanken konnte sie nicht unterdrücken.

Als sie das Haupthaus erreicht hatten, waren alle völlig durchnässt.

In der Kammer für die hohen Gäste ließ sich Albrecht auf eine Bank sinken, ohne Marthe einen Platz anzubieten. Mit dieser demonstrativen Unhöflichkeit stellte er auch ohne Worte klar, dass er zwar auf ihre Dienste angewiesen war, aber letztlich in ihr kaum etwas anderes als eine Magd sah.

Während Regenwasser aus seinen dunklen Haaren tropfte, starrte er auf Marthe, und zwar nicht in ihre Augen oder in ihr Gesicht. Beklommen wurde ihr klar, dass er auf ihre Brüste sah, deren Form sich unter dem nass gewordenen Kleid abzeichnete.

Es wird allerhöchste Zeit, dass Lisbeth kommt und sich dieses Burschen annimmt, der mit seinen zwanzig Jahren anscheinend nichts anderes im Kopf hat, dachte sie.

Albrecht riss seinen Blick von ihr los und streckte lässig die Beine aus.

»Dein Trank war gut, Weib«, erklärte er ihr betont schroff. »Du wirst mir von heute an jeden Abend einen bereiten, ohne jemandem etwas davon zu sagen. Und selbstverständlich bleiben die Sicherheitsvorkehrungen die gleichen.«

»Graf Albrecht, ich kann meine Pflichten für das Wohlergehen der Burgbesatzung nicht erfüllen, wenn Ihr mich jeden Abend in so tiefen Schlaf versetzt, dass ich erst mittags aufwache«, protestierte sie. »Die Dosis ist viel zu hoch für mich. Ich bin nicht so stark wie Ihr, sondern nur ein schwaches Weib.«

Eine kleine Schmeichelei ist wohl angebracht, wenn ich ihm schon widerspreche, dachte sie. Auch wenn sie wenig Hoffnung hegte, dass es half.

»Ja, und schwache Weiber morden mit Gift«, hielt Albrecht ihr gehässig vor. »Ich sehe nicht den geringsten Grund, warum ich ausgerechnet dir trauen kann. Oder kannst du mir einen nennen?«

»Dass Ihr noch lebt?«, versuchte sie es mit gespielter Zaghaftigkeit, während sie grimmig dachte, wie sehr er doch mit seinem Argwohn recht hatte. »Und überhaupt – im ganzen Dorf wird man darüber reden, wenn Ihr Nacht für Nacht meinen Schlaf bewachen lasst.« Weil dir niemand Fürsorge zutraut, du Ungeheuer.

»Lass sie reden! Was kümmert mich das Bauernpack.«

»Aber es werden die merkwürdigsten Gerüchte aufkommen!«

Dieses Argument schien ihm immerhin überdenkenswert. Doch bevor er etwas sagen konnte, klopfte es an der Tür.

»Ich will nicht gestört werden!«, brüllte er.

Als er verstummte, war von draußen eine verführerische Stimme zu hören. »Ich bin die neue Magd und Euch eigens zugeteilt, um für Euer Wohlergehen zu sorgen.«

Albrechts Miene hellte sich schlagartig auf. »Dann komm herein.«

Tilda und Mechthild hatten ihr Bestes getan, um Lisbeth so auszustaffieren, dass sie einerseits wie eine Magd aussah, andererseits genug von ihren Reizen zu erkennen war, um unverzüglich Albrechts Interesse zu wecken. Sie trug zwar wie vorgeschrieben ein Tuch ums Haar, aber darunter wallten ihre dunkelblonden Locken hervor. Ihr waidblaues Kleid war schlicht, nur saß es etwas knapp und ließ am Ansatz die Rundungen ihrer üppigen Brüste erkennen.

Doch vor allem Lisbeth selbst war unglaublich: Schüchtern trat sie ein und knickste, aber dann riss sie vor Begeisterung die Augen auf und schien ihren Blick nicht von Albrecht lösen zu können, bis sie die Lider senkte und sogar ein vages Erröten zustande brachte.

Erneut knickste sie und hauchte dann: »Ihr seid durchnässt, Herr. Soll ich Euch beim Wechseln der Kleider behilflich sein?«

Dieser Vorschlag und die damit verbundenen Aussichten begeisterten Albrecht so sehr, dass er die Frage des Schlaftrunkes auf später verschob. Wer sagte denn, dass ihm dieses schöne Kind nicht ebenso zu tiefem Schlaf verhelfen konnte, nur auf viel angenehmere Weise?

»Wir besprechen das später zu Ende«, beschied er Marthe und gab ihr mit einem Wink zu verstehen, dass sie gehen könne.

Sie verneigte sich, machte kehrt und war froh, dass er ihren zufriedenen Gesichtsausdruck nicht sehen konnte. Bei Lisbeth brauchte sie sich keine Sorgen zu machen, dass sie gleich Schlimmes zu erdulden hätte. Sie war erfahren in ihrem Geschäft. Und wenn auch manche Freier grob mit den Huren umsprangen – Marthe wusste es nicht zuletzt dadurch, weil sie heimlich ab und an die Folgen davon bei Tildas Mädchen behandelte –, sah das hier ganz danach aus, dass Albrecht Lisbeth bald aus der Hand fressen würde.

Bevor sie die Tür schloss, hörte sie sie noch gurren: »Was seid Ihr für ein stattlicher, vornehmer Herr«, und Albrechts gar nicht mehr schroffe Antwort.

Ja, das würde ganz nach Plan laufen. Jetzt konnte sie sich erst einmal um Hartmut kümmern.

Blieb nur abzuwarten, was der künftige Markgraf tun würde, wenn sie sich weigerte, sich jeden Tag in Tiefschlaf versetzen zu lassen. Er konnte sie in den Kerker werfen, aber das würde ihm auch nicht viel nützen. Was würde Ottos Sohn als Nächstes aushecken? Hoffentlich schaffte es Lisbeth, ihn möglichst lange abzulenken.

Der Hinterhalt

Während der letzten Rast vor Haldensleben ließ Erzbischof Philipp von Köln Christian und Gerolf, den Magdeburger Ritter, zu sich rufen.

»Ihr werdet mit Euren Leuten vorausreiten und Wichmann unsere baldige Ankunft verkünden«, befahl er schroff.

Im Gegensatz zu ihrer Begegnung vor zwei Tagen wirkte er nun wieder so hochfahrend, wie Christian ihn von den Hoftagen kannte. Die Vorstellung, bald nicht mehr allein mit seinem entfesselten Söldnerheer zu sein, schien seine Angst zu mindern.

Mochte Philipp es auch für angemessen halten, würdig empfangen zu werden – der Befehl war vom militärischen Gesichtspunkt aus genauso sinnlos wie die Order, dem Heer entgegenzureiten. Das Land um Haldensleben war flach, bald würde der gewaltige Heerzug, dessen Ankunft ohnehin schon erwartet wurde, von dort aus zu sehen sein. Doch aus dem Augenwinkel fing Christian ein triumphierendes Grinsen des Brabanzonenführers auf, das sofort erstarb, als dieser sich ertappt fühlte.

Damit wusste Christian genug. Höflich verneigte er sich vor dem Erzbischof. »Dann erlaubt, dass wir unverzüglich aufbrechen.«

Mit einem höchst knappen Handwedeln – so als schnippe man eine lästige Fliege weg – entließ Philipp sie.

Draußen eilte Christian mit langen Schritten los, so dass Gerolf Mühe hatte, ihm zu folgen.

»Ein Hinterhalt!«, sagte er, als der Magdeburger ihn eingeholt hatte. »Der Schwarzbart hat ihm das eingeredet. Irgendwo unterwegs lauern uns ein paar seiner Mordgesellen auf.«

Schon hatten sie die Stelle erreicht, an der Lukas, Raimund und Dietrich auf sie warteten.

»Beeilt euch, wir reiten sofort«, drängte er und berichtete seinen Freunden kurz von seinen Schlussfolgerungen. Seit dem Aufbruch am Morgen waren keine Söldner an ihnen vorbeimarschiert. Entweder waren sie schon während der nächtlichen Rast vorgeschickt worden und lauerten in einem Versteck auf sie, oder sie würden ihnen nun folgen, um über sie herzufallen. Dann konnten sie ihnen vielleicht entwischen, wenn sie schnell waren.

Während die anderen die Pferde sattelten, verabredete Christian in aller Kürze mit dem jungen Hoyer, ihre Packpferde in dessen Obhut zu lassen. Der Kölner bot ihnen ein paar seiner Männer als Geleitschutz an, aber Christian lehnte ab. Das hätte ihren Aufbruch nur verzögert und außerdem Fragen provoziert, deren Beantwortung einen Affront gegen den Erzbischof bedeutete.

Wie er es drehte und wendete, jetzt half ihnen nur Schnelligkeit.

Solange sie in Sichtweite des Heeres waren, ritten sie in mäßigem Tempo. Das war unauffällig, und sie mussten den Hengsten erst Gelegenheit geben, die Sehnen warm zu laufen, damit sie die Tiere nicht zuschanden ritten. Dann jedoch nahmen die vier Ritter auf Christians Zeichen Dietrich so in ihre Mitte, dass er von allen Seiten verdeckt war, und gingen gemeinsam zu gestrecktem Galopp über.

Die Schilde hatten sie im Lager vor Haldensleben gelassen, aber jeder von ihnen trug einen Kettenpanzer über dem Bliaut, seit sie zu dieser Mission aufgebrochen waren.

Christian galoppierte voran. Ab und zu vergewisserte er sich mit einem Blick, dass Dietrich das harte Tempo mithalten konnte. Doch dessen Grauschimmel war ein vorzügliches Pferd, und der Siebzehnjährige schien mit dem Tier wie verwachsen. Seine vielen Reitlektionen bei Christian von frühen Jahren an zahlten sich aus.

Unbehelligt näherten sie sich in dichter Formation einem Waldstück. Haldensleben konnte nun nicht mehr weit sein. Hinter dem Wald stiegen in einiger Entfernung mehrere Rauchfäden und eine dicke Qualmsäule auf. Das Torfmoor brannte also immer noch, und anscheinend ging gerade wieder ein Belagerungsturm in Flammen auf. Die Burg konnte es nicht sein, die befand sich, von ihnen aus gesehen, ein Stück weiter westlich.

Christian hob die Hand zum Zeichen für seine Kameraden und zügelte sein Pferd. Die anderen taten es ihm gleich und brachten ihre Hengste drei Pfeilschüsse entfernt von dem Waldstück zum Stehen.

»Wenn sie uns auflauern, dann dort«, meinte er. »Entweder sie haben Stricke über den Weg gespannt, um die Pferde zu Fall zu bringen und über uns herzustürzen, oder sie hocken gleich vorn mit Bögen und Armbrüsten im Gebüsch und greifen an, bevor wir den Wald erreichen. Riskieren wir es, in vollem Galopp durchzureiten?«

Raimund klopfte seinem schweißdampfenden Pferd auf den Hals, um es zu beruhigen. »Ich bin dafür«, sagte er. »Normalerweise würde solches Pack mit Fallstricken lauern, da können sie uns auf keinen Fall verfehlen. Aber die hier dürfen nicht riskieren, gesehen zu werden, falls einer von uns entkommt. Ich denke wie du: Da vorn stecken ein paar Schützen im Gebüsch und verlassen sich darauf, dass wir sie nicht durchs Unterholz verfolgen.«

Als Lukas zustimmend nickte, richtete Christian seinen Blick auf den Magdeburger. »Wie sicher ist das Gelände? Können wir vom Weg runter, querfeldein und an anderer Stelle durch den Wald? Oder sind Sumpflöcher unter dem Gras?«

»Abseits des Pfades sinken wir ein.«

»Dann bleibt uns keine Wahl. Für uns hat Vorrang, den Sohn des Markgrafen zu schützen. Habt Ihr dringendere Verpflichtungen gegenüber Wichmann?«

»Ich reite mit Euch«, entschied Gerolf sofort.

Nacheinander blickte Christian seine Mitstreiter noch einmal an und schob den Gedanken beiseite, dass dort vorn der Tod auf sie lauern konnte. »Bereit?«

Die anderen nickten. Christian griff nach Marthes Kreuz, das er unter dem Gambeson trug, und sprach ein stummes Gebet. Dann nahm er die Zügel straff in die Linke, zog das Schwert mit der Rechten und trieb seinen Rappen mit einem lauten Ruf voran. Die anderen folgten ihm, die Körper dicht über die Hälse ihrer Hengste gebeugt, in der gleichen engen Formation wie zuvor in scharfem Galopp.

Christian hatte recht mit seiner Vermutung. Kaum hatten sie ein paar Pferdelängen Wegstrecke hinter sich gelassen, sahen sie die Geschosse auf sich zukommen. Es mussten Armbrustbolzen sein, für einen Pfeilschuss war die Entfernung noch zu groß.

Die Bolzen rauschten über sie hinweg und schlugen dicht hinter ihnen in den Boden. Mit einem kurzen Blick vergewisserte sich Christian, dass niemand verletzt war, und trieb sein Pferd weiter voran. Zum Nachdenken blieb nicht viel Zeit, sein Instinkt und seine Erfahrung sagten ihm, dass die Angreifer nun zu den Bögen greifen mussten, weil das Nachspannen der Armbrüste zu viel Zeit kostete.

Richtig, kaum waren sie auf Pfeilschussnähe heran, gingen die nächsten Geschosse auf sie nieder.

Unter anderen Umständen wären ihre Erfolgsaussichten größer gewesen, würden sie mehr Abstand zueinander halten und nicht ein einziges, kompaktes Ziel bilden. Aber sie hatten Dietrich zu schützen.

»Dichter zusammen!«, schrie Christian. Im nächsten Augenblick fühlte er einen wuchtigen Schlag gegen das rechte Brustbein und hätte vor Schmerz beinahe sein Schwert fallen lassen. Mit zusammengebissenen Zähnen ritt er weiter, doch er konnte ein qualvolles Stöhnen nicht unterdrücken, als er sich wieder umdrehte, um zu sehen, ob ihre Gruppe noch beieinander war, so sehr schmerzte die Bewegung.

Der Wald war nur mehr auf einen Steinwurf entfernt; die Gegner mochten jeder noch Gelegenheit für ein oder zwei Pfeilschüsse haben, diese aber aus nächster Nähe. Christian fasste sein Schwert fester und versuchte, den höllischen Schmerz zu ignorieren.

Sie passierten die Stelle, hinter der die Angreifer lauern mussten, ohne dass sich einer der Schützen blicken ließ.

Christian hörte jemanden hinter sich aufschreien und warf einen kurzen Blick zurück. Lukas hing mit schmerzverzerrtem Gesicht schief über dem Rücken seines Braunen.

»Schneller!«, schrie Christian. Zwei Meilen vom Hinterhalt entfernt ließ er seinen kleinen Trupp halten. Sie waren noch zu fünft, und wie durch ein Wunder war keines der Pferde verletzt. Aber ein Pfeil hatte Lukas übel in den Rücken getroffen. Der Länge des Schaftes nach, der noch herausragte, musste er tief eingedrungen sein. Lukas selbst war kreidebleich und atmete nur noch flach.

»Kannst du weiterreiten?«, fragte Christian besorgt.

»Hab ich eine Wahl?«, keuchte der Freund mit dem schmerzverzerrten Versuch eines Grinsens.

Raimund ritt heran und griff nach den Zügeln von Lukas'

231

Pferd. Halb bewusstlos ließ sich der Blondschopf auf den Pferderücken sinken.

Christian versuchte, den Pfeil herauszuziehen, der in seinen eigenen Oberkörper eingedrungen war. Als das nicht gelang, brach er ihn kurzentschlossen mit einem Ruck ab. Für eine Weile tanzten Sterne vor seinen Augen. Auch wenn der Feldscher dadurch den Pfeil vielleicht nicht mehr so einfach zu entfernen vermochte – er konnte nicht weiterreiten, wenn der Schaft zwei Handspannen herausragte und bei jeder Bewegung federte, so dass sich die Pfeilspitze immer stärker durch sein Fleisch wühlte.

Er warf noch einmal einen Blick zurück. Niemand schien sie zu verfolgen. Die Angreifer würden nicht schnell genug durch das Unterholz kommen, um sie zu überholen und ihnen noch einmal aufzulauern. Ein zweiter Hinterhalt schien ihm unwahrscheinlich. Dafür war der Wald zu dicht, und dahinter würde schon Wichmanns Lager in Sicht sein.

Sie konnten jetzt also langsamer reiten. Aber nicht zu langsam, denn Lukas' Zustand bereitete ihm allmählich größte Sorge.

Als sie sich dem Heerlager von Wichmann und seinen Verbündeten näherten, erkannten sie schon von weitem, dass sich nichts grundlegend geändert hatte, seit sie vor zwei Tagen aufgebrochen waren. Es machte immer noch den gleichen trostlosen Eindruck ohne Aussicht auf Eroberung der Burg. Aus dem allgegenwärtigen Schlamm ragten verkohlte Balken – die Überreste der Belagerungstürme, von denen mittlerweile nur noch eine Handvoll nutzloser Fragmente übriggeblieben war.

Im Abschnitt der Meißner Streitmacht gab es zwei auffallende Veränderungen: Der Hohlraum im Bereich der Pferdekoppel, die vor ihrem Aufbruch eingestürzt war, hatte sich noch vergrößert. Dafür war der Lagerplatz der Marketenderinnen und Trosshuren frei geworden und nun als Koppel eingezäunt worden.

Die Frauen hatten Christians Warnung befolgt.

»Kümmert Euch um Euern Freund und Eure eigene Verwundung«, erklärte Gerolf. »Ich kann Wichmann auch allein berichten.«

Dankbar nahm Christian das Angebot an.

Ihre Ankunft sorgte für Unruhe, vor allem der mittlerweile reglose Körper von Lukas, den sie auf seinem Braunen hatten festbinden müssen.

Kuno lief ihnen als Erster entgegen, um ihnen die Pferde abzunehmen. »Was ist geschehen?«, rief der Rotschopf bestürzt. »Seid Ihr Feinden begegnet?«

»Nein, unseren Verbündeten«, knurrte Christian. »Hol den Wundarzt, rasch!«

»Den hat es selbst erwischt, er ist letzte Nacht in ein Loch gestürzt und hat sich beide Beine gebrochen.«

»Dann übernimmst du ab sofort seine Arbeit. Schließlich hast du eine Heilerin zur Frau.«

Kuno starrte ihn einen Augenblick lang verwirrt an, doch schnell sammelte er sich und lief zu Lukas.

Inzwischen waren auch die beiden jüngeren Knappen von Christian und Lukas herbeigerannt. »Lebt er noch?«, fragte Georg, und seine Augen begannen vor Sorge und Verzweiflung feucht zu schimmern.

»Herrgott noch mal, reiß dich zusammen«, fuhr Christian ihn an, weil ihn die Angst um den Freund selbst die Beherrschung vergessen ließ. Dann rief er sich zur Ordnung. Während Dietrich und Raimund den Schwerverletzten vorsichtig bäuchlings auf den Boden legten, beauftragte er – mit ruhigerer Stimme –

die beiden Vierzehnjährigen: »Lauft zu dem verletzten Wundarzt und holt dieses Gerät, mit dem er Pfeilspitzen aus dem Fleisch ziehen kann. Worauf wartet ihr noch?«

Sofort rannten die Jungen los.

»Bleibst du so lange bei ihm?«, fragte er Raimund. »Ich muss zum Markgrafen.«

»Und Eure eigene Wunde?«, wandte Dietrich besorgt ein.

»Hat Zeit. Zuerst gehen wir zu deinem Vater. Wer weiß, ob ich dazu noch in der Lage bin, wenn sie mir erst dieses Ding da herausgeschnitten haben«, entgegnete Christian grimmig. »Du kommst mit.«

Otto musste bereits von ihrer Ankunft erfahren und seine Brüder zu sich gerufen haben, denn während sie sich seinem Zelt näherten, sahen sie den massigen Dedo von Groitzsch darin verschwinden und Dietrich von Landsberg ihnen entgegenkommen.

Von weitem wirkte der Markgraf der Ostmark erleichtert, sie zu sehen, doch dann erkannte er Christians Verletzung.

»Seid Ihr auf den Feind getroffen?«, erkundigte auch er sich besorgt.

»Wenn Ihr Erzbischof Philipps Meute so nennen wollt – ja«, erhielt er zur Antwort.

»Zwei Verwundete, aber kein Beweis, wer den Hinterhalt gelegt hat«, fasste Otto Christians Bericht zusammen. Der Vorwurf in seinen Worten war nicht zu überhören.

»Unter anderen Umständen hätten wir sie verfolgt und überwältigt, Herr«, erklärte Christian. »Aber die Sicherheit Eures Sohnes hatte Vorrang.«

»So.« Mürrisch starrte Otto auf seinen jüngeren Sohn, der mit gesenktem Haupt vor ihm kniete. »Er kehrt nicht gerade mit Ruhm bedeckt zurück.«

»Er hat besonnen gehandelt«, widersprach Christian erneut.
»Wir konnten in jeder Situation auf ihn zählen wie auf einen
bewährten Ritter.«

»Ja, lobt ihn nur, Euren Schützling«, knurrte Otto. »Aber
setzt ihm keine Flausen in den Kopf. Nur weil er drei Tage
unter Verbündeten überlebt hat, werde ich seine Schwertleite
nicht vorziehen.«

»Nicht jeder an seiner Stelle hätte sich so furchtlos gezeigt«,
setzte sich nun auch Dietrich von Landsberg für seinen Paten-
sohn ein. Ebenso wenig, wie er das rüde Benehmen seines Bruders gegenüber Hedwig begreifen konnte, verstand er, wieso
Otto seinem Ältesten jede Verfehlung nachsah, dem jüngeren
Sohn aber kaum Beachtung schenkte, geschweige denn einmal
ein anerkennendes Wort für ihn übrig hatte.

Dann sah er, dass Christian wankte und instinktiv nach seiner
Wunde griff. »Lass deinen Ritter gehen und seine Verletzung
versorgen«, ermahnte er seinen älteren Bruder.

»Ja, tut das. Und nehmt Euren Knappen mit«, brummte Otto.

Christian konnte angesichts der schnöden Behandlung nur
mit Mühe seinen Zorn verbergen. Ohne ein weiteres Wort
verließen er und Dietrich das Zelt. Er war kaum draußen, als
er Otto hinter der Leinwand murren hörte: »Nun haben wir
immer noch keinen Grund, diese sinnlose Belagerung abbre-
chen zu können. Ich bin es wirklich leid!«

Christian warf einen kurzen Blick auf Dietrich, der mit verbis-
sener Miene hinter ihm lief. »Da hörst du's. Es hat nichts mit
dir zu tun.«

»Wenn ich das nur glauben könnte«, stieß Dietrich zwischen
den Zähnen hervor.

»Sie suchen alle nach einem Vorwand, hier wegzukönnen,
ohne das Gesicht zu verlieren. Würde mich wundern, wenn
sich der nun nicht bald findet.«

Als sie ihren Lagerplatz erreichten, schrak Christian zusammen. Neben Lukas, der immer noch bäuchlings, aber mittlerweile bei Bewusstsein auf dem Boden lag, kniete ein Mönch mit einem Kranz grauer Löckchen um die Tonsur.

Ein paar Schritte abseits stand Jakob und starrte mit entsetzter Miene auf seinen schwerverwundeten Bruder.

Der Geistliche sah auf und las sofort aus Christians betroffenem Gesicht, welchen Schluss dieser aus seiner Anwesenheit zog.

»Ich bin nicht wegen der Sterbesakramente hier«, beruhigte er ihn. »Der ehrwürdige Wichmann hat mich geschickt, nachdem Gerolf berichtete, dass Ihr und einer Eurer Ritter verwundet seid.«

Erleichtert trat Christian näher und ließ sich an der Seite seines Freundes nieder. Durch die unbedachte Bewegung drückten die Ringe seines durchbohrten Kettenhemdes den Rest des Pfeilschaftes nach oben, der immer noch ein kurzes Stück herausragte. Vor Schmerz zog er scharf die Luft ein.

Der Mönch musterte ihn kurz, dann wandte er sich wieder Lukas zu. »Wenn ich hier fertig bin, kümmere ich mich gleich um Eure Verletzung.«

»Wird er es überstehen?«, fragte Christian besorgt.

Lukas' Wunde musste sehr tief sein, und sie blutete immer noch. Erst jetzt erkannte Christian neben dem verletzten Freund auch mehrere blutverschmierte Stücke des Pfeils und die schmale, gezackte Spitze, die noch in der Apparatur des Wundarztes steckte. Also hatten David und Georg das kostbare Stück in kürzester Zeit aufgetrieben. Richtig, da standen sie, in respektvollem Abstand und von einem Bein aufs andere tretend, und ließen keinen Blick von Lukas.

»Ich muss die Wunde ausbrennen, damit sie endlich aufhört zu bluten und nicht brandig wird«, verkündete der Mönch.

»Dafür brauche ich ein paar Männer, die mir zur Hand gehen.«

Sofort rannten die Knappen los, um auf einer Schaufel aus hartem Holz etwas Glut zu holen, damit der Mönch sein Messer ausglühen konnte.

Raimund kniete sich vor seinen bäuchlings liegenden jüngeren Freund und schob ihm das Heft seines Dolches zwischen die Zähne, um zu verhindern, dass dieser sich während der Prozedur die Zunge abbiss. Dann zog er Lukas' Oberarme nach vorn und drückte sie mit seinen Händen fest auf den Boden. Vor Schmerz stöhnte der Verletzte auf.

Der Mönch sah sich um. »Ihr seid sein Bruder?«, fragte er Jakob, der immer noch unentschlossen ein paar Schritte entfernt stand. »Worauf wartet Ihr? Setzt Euch rittlings auf seinen Rücken, damit er sich nicht aufbäumt, wenn ich die Wunde ausbrenne. Und betet zu Gott, dass er nicht verblutet!«

Kreidebleich trat Jakob näher.

»Sollte nicht ich es sein, der sich jetzt fürchtet?«, brachte Lukas mit gequältem Spott zwischen den Zähnen hervor. »Wenn du deine Sache nicht gut machst, kleiner Bruder, such dir einen anderen, der sich um deine Brut kümmert!«

Jakob brachte kein Wort heraus, befolgte aber die Anweisung des Geistlichen.

Der Mönch sprach ein Gebet, dann hielt er sein Messer in die Glut.

Christian erschauderte. Er wusste, was dem Freund nun bevorstand – und ihm selbst vermutlich auch noch. Er hatte sich schon einmal eine Beinwunde ausbrennen müssen und noch äußerst ungute Erinnerungen daran. Irgendetwas ließ ihn befürchten, dass die Prozedur am Rücken und am Brustbein noch schmerzhafter sein könnte.

Doch es war nicht zu vermeiden, und sie sollten froh und dankbar für die Hilfe des Geistlichen sein. Heilkundige Mönche waren oft erfahrener in diesen Dingen als Ärzte. Zwar sollten sie nicht ins Fleisch schneiden und überhaupt jeglichen Kontakt mit Blut meiden. Doch in Fällen wie diesem pflegten die Aufgeschlosseneren unter ihnen diese Regel großzügig auszulegen, wie er von Pater Bartholomäus wusste. Dann hatte eben Vorrang, den Körper des Kranken für den Kampf mit den Dämonen zu stärken, die die Krankheit verursachten.

Der durchdringende Geruch von verbranntem Fleisch stieg Christian in die Nase, während Lukas qualvoll aufstöhnte. Nur mit Mühe konnten Raimund und Jakob ihn festhalten. Dann setzte der Mönch das Kautermesser ein weiteres Mal an. Jetzt erst erkannte Christian, wie tief Lukas' Wunde wirklich war. Wenn weder die Lunge noch ein anderes wichtiges Organ durchbohrt war, dann musste der Freund wirklich göttlichen Beistand gehabt haben.

Lukas hatte inzwischen das Bewusstsein verloren – wahrscheinlich das Beste nicht nur für ihn, sondern auch für die anderen Beteiligten. Jakob sah so bleich aus, als würde er selbst gleich umkippen.

Der Mönch wischte das erkaltete Messer an einem Tuch ab.

»Ich habe für Euren Freund getan, was ich kann. Nun betet für seine Genesung.«

Dann wandte er sich Christian zu. »Sollen wir Euch das Kettenhemd abnehmen? Aber das wird schmerzhaft. Oder soll ich das Geflecht um den Pfeil herum weiter auftrennen, um an die Wunde heranzukommen?«

»Runter damit«, entschied Christian. »Und jemand soll es gleich zum Ausbessern zu einem Schmied bringen.«

Mit Sicherheit würde er in nächster Zeit den rechten Arm kaum einsetzen können. Zwar focht er mit der Linken genauso gut, doch zusätzlich zur Verletzung auch noch mit einem halb aufgetrennten Kettenhemd zum Kampf anzutreten, konnte er nicht riskieren, sollten sie tatsächlich die Burg stürmen.

Er biss die Zähne zusammen, während Georg und David vorsichtig versuchten, erst das durchlöcherte Stück über den Pfeilschaft zu schieben und ihm dann den Kettenpanzer abzunehmen, ohne dass er den rechten Arm mehr als nötig bewegen musste. Schließlich hatte er das zaghafte Gehabe der beiden Jungen satt, die blass und schwitzend am Werk waren.

»Lasst, sonst sterbe ich eher am Alter als am Wundbrand«, knurrte er sie an und erledigte den Rest mit einem Ruck.

Für einen Moment wankte die Erde um ihn herum, ehe der Schmerz nachließ – zumindest ein wenig.

Der Mönch hieß ihn auf einem Baumstubben Platz nehmen, dann ging er vorsichtig daran, mit seinem Messer den blutdurchtränkten Gambeson um die Wunde herum weiter aufzuschlitzen.

Dabei sah Christian Marthes kleines silbernes Kreuz hervorblitzen, das er immer noch um den Hals trug. Er bemerkte, dass auch der Anhänger mit Blut befleckt war, und merkwürdigerweise störte ihn das mehr als das Aussehen seines hoffnungslos verdorbenen Gambesons.

Der Mönch ließ Christian zwei Becher starken Weines trinken. Dann stellte sich Raimund auf seinen Wink hinter Christian, drückte ihm ein Knie fest in den Rücken und griff mit den Armen unter seine Achseln, um zu verhindern, dass der Verletzte zurückzuckte, während sich der Geistliche an seiner Wunde zu schaffen machte.

»Haltet ihn mit aller Kraft«, ermahnte der Mönch. Raimund nickte ihm zu, ohne ein Wort zu verlieren.

Zuerst versuchte der Heilkundige, den Pfeilschaft herauszuziehen, der sich im Fleisch festgesogen hatte. Er drehte kräftig, um ihn zu lösen, doch brauchte er zwei quälend schmerzhafte Versuche, bis er ihn endlich herausgebrochen hatte. Erneut sprudelte Blut aus der Wunde. Dann setzte er die Apparatur des Wundarztes an.

Christian wurde schwarz vor Augen, doch sein Freund hielt ihn fest und verhinderte, dass er einfach umkippte. Seine ganze rechte Seite war nun blutüberströmt.

Kuno hatte sich auf seine Pflichten als frisch ernannter Hilfsfeldscher besonnen und das Kautermesser neu ausgeglüht. Der Mönch zögerte nicht, sondern legte es umgehend auf.

Diesmal waren der Schmerz und der Brandgeruch so dicht unter Christians Nase dermaßen intensiv, dass er Mühe hatte, den guten Wein nicht wieder herauszuwürgen. Es ist wirklich schlimmer als beim Bein, dachte er, als er wieder einigermaßen denken konnte. Oder hab ich nur vergessen, wie furchtbar es damals war?

»Atmet ruhig durch und betet zehn Rosenkränze«, ermahnte ihn der Mönch.

Noch zweimal musste er das glühende Eisen ansetzen, bis der Blutfluss endlich versiegte.

»Du hast es überstanden«, sagte Raimund leise hinter ihm und klang selbst erleichtert. »Kann ich dich loslassen, oder kippst du uns dann weg?«

»Lassen wir es auf einen Versuch ankommen«, brachte Christian mühevoll hervor, dem es vor den Augen flimmerte. Seine Wunde brannte, als würde immer noch jemand mit einem glühenden Messer darin herumwühlen.

Der Mönch reichte ihm noch einen Becher Wein; wer weiß, woher er den haben mochte.

»Ich erkenne Eure Absicht, Bruder«, sagte Christian aufstöhnend. »Ihr wollt, dass mir morgen der Kopf mehr vom Wein weh tut als die Wunde nach Eurer martialischen Behandlung!«

»Das wäre doch ein Erfolg«, meinte der Mönch erleichtert, und um seine Augen bildeten sich kleine Lachfältchen.

Christian nahm einen tiefen Schluck, dann sah er dem Älteren in die Augen. »Ich danke Euch. Auch dafür, was Ihr für meinen Gefährten getan habt.«

»Gott schütze Euch und schenke Euch beiden schnelle Genesung«, entgegnete der Mönch, packte seine Sachen und ging zurück zum Lager der Magdeburger.

Die Ankunft von Erzbischof Philipp mit seinem viertausend Mann starken Heer veränderte die Situation der Belagerer von Haldensleben von Grund auf. Nun waren sie genug Kämpfer, um die Burg von allen Seiten zu umschließen.

Doch die Kölner Rotte, die zahlenmäßig die zuvor angerückten Einheiten um ein Mehrfaches übertraf, brachte gehörig Unruhe unter die Belagerer, und das nicht nur wegen ihrer Anzahl. Hatten die Befehlshaber bisher mit äußerster Härte die Disziplin unter den Männern aufrechterhalten können, die in Kälte, Schlamm und Regen und bei kargen Rationen die Tage damit verbrachten, missmutig die Burg von fern anzustarren, so trieben die berüchtigten Brabanzonen die ohnehin schon angespannte Lage vollends zur Eskalation.

Bereits am ersten Tag begannen sie so viele Schlägereien mit den Truppen, die unmittelbar neben ihnen lagerten, dass sich Wichmann gezwungen sah, jedem Unruhestifter mit dem Verlust der Schwerthand zu drohen, wie es der Kaiser im Feldlager auch tat.

Das Grölen der viertausend Mann starken Streitmacht von Erzbischof Philipp war auch im Lager der Wettiner zu hören. Noch blieben ihnen direkte Konfrontationen erspart, doch Christian war klar, dass er mit einem heimlichen Vergeltungsakt der Rotte rechnen musste. Er ermahnte seine Leute, sich nicht provozieren zu lassen, und verdoppelte die Wachen um die Zelte und die Pferdekoppeln. Vor allem trug er dafür Sorge, dass Dietrich stets in Begleitung mehrerer bewährter Kämpfer war.

Währenddessen machte ihm seine Verletzung mehr zu schaffen als erwartet. Die Wunde verschorfte nur langsam, riss immer wieder an den Rändern auf und nässte.

Lukas durfte auf Geheiß des Mönches vorerst nicht aufstehen. Dass der Freund darüber nicht spottete, sondern die meiste Zeit schlafend oder im Halbdämmer verbrachte, bereitete Christian mehr Sorge, als ihm lieb war.

Und es gab noch jemanden, um den er sich Gedanken machen musste. Irgendwann, als er nach der kräftezehrenden Behandlung wieder einigermaßen klar denken konnte, fiel ihm auf, dass Kuno zwar mit großer Gewissenhaftigkeit dabei war, seine neuen Pflichten zu erfüllen, dass jedoch niemals Bertram an seiner Seite auftauchte, obwohl die beiden sonst seit der Kindheit unzertrennlich waren.

»Wo steckt eigentlich dein Zwillingsbruder?«, versuchte Christian einen Scherz.

In Kunos von Sommersprossen übersätem Gesicht erstarb der für ihn typische unbekümmerte Ausdruck.

»Verletzt«, meinte er bekümmert, doch gleich darauf wurde ihm bewusst, dass er seinem Dienstherrn wohl ein paar ausführlichere Erklärungen schuldete.

»Während Ihr fort wart, brannte es im Lager der Groitzscher. Wir sind hingerannt, um zu helfen. Bertram hat versucht, die Pferde zur Ruhe zu bringen und an einen sicheren Platz zu führen. Die Tiere waren in Panik, und in dem Gewühl hat ihn eins erwischt. Der Feldscher hat ihm die Knochen gerichtet, so gut er konnte. Aber er meinte, er müsse ihm vielleicht das

Bein abnehmen. Dann wurde er selbst verletzt und kam nicht mehr dazu.«

»Bring mich zu ihm«, sagte Christian sofort. Kuno führte ihn wortlos zu einem der Zelte. Bertram lag gleich am Eingang und wollte sich hochstemmen, als er Christian vor sich stehen sah.

»Bleib liegen«, sagte der Ritter und hatte Mühe, sich seine Erschütterung nicht ansehen zu lassen. Bertrams schwarze Haare und sogar die Augenbrauen waren abgesengt, was sein abgemagertes Gesicht noch blasser machte, aber die würden wieder nachwachsen. Doch sein rechter Unterschenkel war auf doppelten Umfang angeschwollen und schillerte in allen Farben, soweit er es unter dem verschmutzten Verband erkennen konnte.

»Wenn es ab muss, Herr«, sagte Bertram leise und schluckte, »wenn es ab muss, gebt Marie einem anderen. Sie soll nicht mit einem Krüppel leben müssen. Das hat sie nicht verdient.«

»Darüber reden wir, wenn es so weit ist, und keinen Augenblick eher«, erklärte Christian schroff. »Und dann will ich erst hören, was sie selbst dazu meint.«

Er ließ sich neben dem jungen Mann nieder und hob den Leinenstreifen an, der den offenen Teil der Wunde bedeckte. »Da ragte der Knochen raus. Der Feldscher hat das wieder hingekriegt. Nur … wenn es brandig wird …«, berichtete Bertram und verstummte erneut.

»Noch sind keine schwarzen Ränder zu sehen und auch keine roten Streifen«, sagte Christian und stand wieder auf. »Und falls es dazu kommen sollte, werden wir es ausbrennen, ehe wir jemanden mit der Knochensäge an dein Bein lassen. Kuno weiß inzwischen, wie das abläuft. Warum soll es dir bessergehen als mir?«, fragte er in gespieltem Grimm und freute sich, als die beiden jungen Männer ein mattes Grinsen austauschten.

»Denk daran, wie Raimund damals im ersten Jahr nach unserer Ankunft ins Dorf kam«, redete er Bertram weiter zu. »Auch ihm wollte ein übereifriger Feldscher das Bein abnehmen, aber Marthe hat es gerettet, und heute läuft er wie eh und je.«

Was Christian verschwieg: Bertram würde dieses Glück wohl nicht haben. Trotz der Schwellung war zu sehen, dass der Knochen nicht wieder in die ursprüngliche Lage gebracht worden war. Selbst wenn er das Bein behielt – Bertram würde nie wieder laufen können, ohne zu humpeln. Und das war noch die erfreulichste Aussicht. Er nahm sich vor, Wichmanns heilkundigen Mönch zu fragen, ob er sein Können noch einmal beanspruchen durfte. Vielleicht gelang es ihm ja, den Knochen zu richten.

»Du weißt, was Marthe oder Johanna tun würden, damit sich die Wunde nicht entzündet?«, fragte er Kuno.

Der Rotschopf nickte.

»Kümmere dich um ihn! Das hat für dich im Moment Vorrang vor allen anderen Pflichten.«

»Mach ich, Herr«, stammelte Kuno erleichtert.

Wenig später wurde Christian zu Markgraf Otto gerufen, um mit ihm an einer Beratung der Heerführer in Wichmanns Zelt teilzunehmen. Dietrich von Landsberg und Dedo von Groitzsch warteten bereits bei ihm, wobei der Markgraf der Ostmark besonders grimmig wirkte.

Also ist es wahr, dachte Christian. Im Lager ging das Gerücht um, dass Dietrich am Morgen zur Abschreckung fünf Brabanzonen hatte hängen lassen, weil sie sich schwere Übergriffe gegen seine Männer geleistet hatten.

Dedo hingegen konnte ein Grinsen nicht verbergen, und Otto wirkte für seine Verhältnisse geradezu gutgelaunt.

Für Ottos frohe Miene wusste Christian nur zwei Erklärungen: Entweder hatte jemand einen Weg gefunden, die Burg trotz ihrer starken Befestigung und ihrer Lage im Handstreich einzunehmen, oder gleich würde etwas geschehen, das den Wettinern einen Vorwand gab, mit ihren Männern abzuziehen. Das erschien ihm wahrscheinlicher.

In der Mitte von Wichmanns großem, üppig ausgestattetem Zelt saßen die Erzbischöfe von Magdeburg und Köln auf kostbaren Stühlen. Umringt waren sie von einem Dutzend Männern, unter denen Christian den Thüringer Landgrafen Ludwig, dessen jüngeren Bruder Hermann, Gerolf und Hoyer von Falkenstein erkannte, der ihn mit einem knappen, kameradschaftlichen Nicken begrüßte.

Philipp war kaum wiederzuerkennen – nicht nur, weil er seine Kleider gegen saubere, noch prunkvollere getauscht hatte, sondern weil er nun eine Unnahbarkeit und Überlegenheit ausstrahlte, von der vor drei Tagen nichts zu erkennen gewesen war.

Dennoch sah Christian für einen Augenblick Unsicherheit, ja, beinahe Angst über sein Gesicht huschen – genau in dem Moment, als unmittelbar nach den Wettinern der Anführer der Rottenknechte das Zelt betrat.

Verärgert sah Wichmann auf den Schwarzbärtigen. »Du und deinesgleichen, ihr habt hier nichts zu suchen. Hinaus!«, fuhr er ihn an.

»Findet hier nicht eine Versammlung der Heerführer statt?«, konterte dieser dröhnend. »Und führe ich nicht das größte Heer an? Waren es nicht meine Männer, die sogar den gefürchteten Bernhard von Lippe aus Westfalen vertrieben haben? Außerdem will ich Beschwerde führen gegen den da!« Wütend wies er auf Dietrich von Landsberg.

»Dies ist eine Versammlung von Fürsten und Rittern, da haben du und deinesgleichen nichts zu suchen«, wiederholte

Wichmann zornig. »Dein Heerführer, der Erzbischof von Köln, wird dir deine Befehle später übermitteln. Und bevor *du* Klage gegen irgendjemanden erheben darfst, wirst du dich zu verantworten haben für meine Dörfer, die du gebrandschatzt hast! Für Kloster Hillersleben, das du geplündert und zerstört hast. Hinaus, Gottloser!!!«

Bei den letzten Worten hatte sich Wichmann halb erhoben, während seine Hände die Armlehnen umklammerten.

Gerolf trat mit einem weiteren Ritter auf den Söldnerführer zu, die Rechte fest am Griff des Schwertes. Der Schwarzbart sah sie wütend an, machte kehrt und verließ das Zelt.

Wichmann wartete, bis die Leinwände wieder geschlossen waren, dann atmete er tief durch.

»Da wir nun schon bei diesem leidigen Thema sind – habt Ihr etwas mit dem Markgrafen der Ostmark zu bereden?«, wandte er sich an Philipp.

»Durchaus«, meinte dieser und blickte hochfahrend zu Dietrich. »Wie könnt Ihr es wagen, ohne meine Zustimmung fünf meiner Leute hängen zu lassen?«

»*Eure* Leute?« Dietrich wiederholte diese Worte mit so viel Verachtung, dass jeder im Zelt sofort begriff, Streit war nun unausweichlich.

»Ich ahnte nicht, dass Ihr solch ruchloses Pack zu *Euren* Leuten zählt. Sei's drum, wir sind im Krieg, und sie haben einen meiner Männer getötet und Kriegsgerät zerstört. Selbst der Kaiser hätte sie dafür hängen lassen.«

»Ihr seid aber nicht der Kaiser ...«, hielt ihm Philipp hämisch entgegen und beugte sich vor, »... sondern nur ein unbedeutender Markgraf mit einer unbedeutenden Streitmacht. Ihr hättet mich um Erlaubnis ersuchen müssen!«

Die Beleidigung war so groß, dass Dietrich mit der Rechten den Knauf seines Schwertes umklammerte, bis die Haut über den Fingerknöcheln fast weiß wurde. Jeden anderen hätte er dafür auf Leben und Tod gefordert. Doch bei einem Erzbischof blieb ihm das verwehrt.

»Ich brauche Eure Erlaubnis nicht, um ein paar Mörder und Plünderer der schlimmsten Sorte hinzurichten – selbst wenn sie in Euren Diensten stehen, worüber sich Euer oberster Dienstherr im Himmel sehr wundern mag«, erwiderte er mühsam beherrscht.

Otto hingegen hielt eine höfliche Entgegnung für unnötig.

»Das ist unerhört!«, polterte er. »Das lassen wir uns nicht bieten!«

Auch Dedo verschaffte seiner Entrüstung lauthals Ausdruck.

Der Markgraf der Ostmark wechselte einen kurzen Blick mit seinen Brüdern, dann trat er einen Schritt vor und sah zu Wichmann.

»Vetter, ich bin Euch als Verbündeter zu Hilfe geeilt. Dafür muss ich mich nicht beleidigen lassen, nicht einmal von einem Erzbischof. Es war mein gutes Recht, diese Verbrecher zu hängen, denn sie haben ihre Schandtaten gegen meine Leute und in meinem Lager begangen.«

Bekümmert sah der beleibte Wichmann von einem zum anderen. Dann sagte er mit einiger Schärfe zu Philipp: »Ich will keinen Streit unter meinen Verbündeten. Ganz gleich, wie groß die Streitmacht ist, die jeder hierhergebracht hat, eine jede wird von einem Fürsten angeführt, dem Respekt und Dank gebühren.«

»So?«, höhnte Philipp. »Was habt Ihr denn erreicht in den letzten Wochen ohne mein Heer? Nichts, außer Euch den Boden unter den Füßen wegbrennen zu lassen. Nur mit meinen viertausend Männern werdet Ihr Haldensleben nehmen. *Ich* habe die größte Streitmacht, deshalb steht *mir* auch das Kommando zu. Auf deren paar Leute« – mit dem Kinn wies er herablassend auf die Wettiner – »können wir getrost verzichten.«

Wichmann wollte einschreiten, aber Otto kam ihm zuvor.

»Das könnt Ihr haben!«, brüllte er.

Mit einem Blick verständigte er sich mit seinen Brüdern. »Wir ziehen sofort ab. Von mir aus könnt Ihr hier im Schlamm ausharren bis ans Ende aller Tage!«

Einmütig verließen die Wettiner das Zelt, mit ihnen auch Christian. Beim Hinausgehen hörten sie, wie Wichmann und Philipp in Streit darüber gerieten, wer von ihnen das Kommando über das Belagerungsheer haben müsse.

Sie stampften über den vor Nässe aufgeweichten Boden, bis sie das Lager der Magdeburger durchquert hatten. Dann hielt Otto inne und sah seine Brüder an, auf einmal äußerst zufrieden.

»Schau nicht so wütend, Dietrich! Was soll's, niemand außer ein paar Leuten hat die Beleidigung gehört, und wir werden schweigen. Dafür kommen wir jetzt endlich weg von hier und sind zu den hohen Feiertagen zu Hause!«

Beinahe glücklich richtete er dann den Blick auf Christian. »Gebt Befehl, die Zelte abzubrechen! Für uns ist die Belagerung zu Ende. Wir ziehen noch heute ab.«

Rachepläne

Elmar beschloss, die Zeit für ein paar zusätzliche Erkundigungen zu nutzen, während Albrecht mit diesem neuen Mädchen beschäftigt war.

Mit dem Dorfschulzen, einem kriecherischen Tuchhändler, würde der neue Burgvogt sicher demnächst selbst reden wol-

248

len, und ob er diesen widerlichen Dorfpfarrer überhaupt zu sehen wünschte, sollte Albrecht selbst entscheiden.

Doch Elmar wusste, wer ihm nur zu gern ein paar nützliche Informationen zuflüstern würde.

»Hol mir die Haushälterin des Pfarrers«, befahl er einem seiner Knechte. Der verbeugte sich und hastete davon.

Wenig später tauchte er mit der Gewünschten auf.

Ehrerbietig sank sie vor ihm auf die Knie, doch in ihren Zügen sah er schon die Gier flackern, sich anzubiedern und ihm jede noch so winzige Kleinigkeit zuzutragen, die dieser lästigen Marthe und seinem Erzfeind Christian schaden konnte.

»Wie ich sehe, hast du inzwischen Unterschlupf bei euerm Pater gefunden«, meinte er herablassend, nachdem er die Alte mit kaltem Blick gemustert hatte.

»Vater Sebastian war so gütig, sich einer armen Witwe zu erbarmen, nachdem mein Mann gestorben war, der Herr hab ihn selig«, antwortete Griseldis und schlug ein Kreuz.

»Der vorige Burgvogt wollte dich wohl nicht in deiner Stellung belassen?«, erkundigte sich Elmar hämisch. Dabei wusste er alles über die Alte. Schließlich war er oft genug hier gewesen, als sein Freund Randolf noch über Burg und Dorf herrschte.

Der Mann dieser klatsch- und rachsüchtigen Griseldis war der erste Dorfschulze von Christiansdorf gewesen. Wegen seiner Feigheit hatten ihn die Siedler bald aus dem Amt verstoßen und dafür einen aufsässigen Schmied gewählt. Doch mit Randolfs Einzug als Burgvogt von Christiansdorf setzte das hiesige Krämerpack durch, dass anstelle des Schmiedes einer der Ihren Dorfschulze wurde. Und die hässliche, griesgrämige Alte und ihr Nichtsnutz von einem Mann waren die Ersten, die zu Randolf überliefen. Dafür bekamen sie die Aufsicht über das Gesinde auf dem Burghof übertragen und waren glücklich, endlich wieder bestimmen zu dürfen, wenn auch nur den Mägden und Knechten.

Nach Christians Sieg über Randolf hatte dieser die beiden Überläufer nicht in seine Dienste genommen. Bald darauf starb der Mann der Alten, und sie verdingte sich als Haushälterin bei jenem widerwärtigen, aber nützlichen Eiferer von einem Pfaffen. Elmar konnte sich ein hämisches Grinsen nicht verkneifen, als er sich ausmalte, wie die beiden trieben, was man Priestern und ihren Haushälterinnen gemeinhin unterstellte, meistens nicht einmal zu Unrecht.

Doch diese beiden – nie und nimmer! Die größte und einzige Befriedigung würde es ihnen verschaffen, die Dorfbewohner auszuspionieren und jede Kleinigkeit aufzuspüren, die sie anderen vorwerfen konnten. Dass sich dabei ihr gemeinsames Interesse ganz besonders auf Christian und Marthe richtete, die sie beide inbrünstig hassten, wenn auch aus sehr verschiedenen Gründen, machte sie zu nützlichen Werkzeugen.

Albrecht brauchte den Pfaffen gar nicht erst zu befragen. Sollte sich der Junge derweil lieber mit der blonden Magd vergnügen. Die Alte würde ihm, Elmar, nur zu gern alles erzählen, was ihnen nützen konnte.

»Du kannst gehen. Du hast mir gute Dienste erwiesen«, beschied Elmar Griseldis, nachdem sie mit ihrer Litanei fertig war. Verächtlich warf er ihr einen Hälfling vor die Füße. »Komm wieder, wenn dir noch etwas einfällt«, wies er sie an, während sich die Alte eifrig vor ihm verbeugte. Doch als sie ihm gar die Hände küssen wollte aus lauter Dankbarkeit, stieß er sie angewidert von sich.

»Gewiss, Herr«, beeilte sie sich zu sagen, bevor sie verschwand. »Ich erfülle nur meine fromme Christenpflicht.«

Schwungvoll verließ er die ihm zugewiesene Kammer und

ging in die Halle. Was er soeben erfahren hatte, musste mit einem kräftigen Schluck gewürdigt werden. Ob wohl Albrecht noch mit der Blonden beschäftigt war?

Doch der war jung, da war man schnell fertig mit Weibern im Bett.

Elmar nahm einen tiefen Zug aus dem Krug, den ihm eine Magd gebracht hatte, dann stieg er hinauf zu Albrechts Quartier.

Davor hielten zwei Mann Wache, die breit grinsten, als er fragte, ob der Burgvogt allein oder in Gesellschaft sei.

»Sie ist noch drin, Herr«, meinte einer und zwinkerte vertraulich. »Wie es sich angehört hat, muss er gerade erst wieder von ihr gestiegen sein.«

»Erweise dem künftigen Markgrafen gefälligst mehr Respekt«, fuhr Elmar ihn an. »Sonst lasse ich dich ab sofort Schweine hüten!«

Augenblicklich erstarb das Grinsen. »Selbstverständlich, Herr«, stammelte der Getadelte.

»Ist es erlaubt, einzutreten, Herr?«, rief Elmar, nachdem er kräftig angeklopft hatte. »Ich bringe interessante Neuigkeiten.«

»Nur herein mit Euch«, erklang es von drinnen.

Nackt lag Albrecht auf dem breiten Bett, während sich das Mädchen die Decke bis zum Hals zog, als Elmar eintrat.

Der Ritter übernahm persönlich das Amt des Mundschenks, goss Albrecht einen Becher voll und reichte ihn ihm. Doch bevor der Ritter des Königs trinken konnte, raunte er ihm etwas ins Ohr.

Albrecht zog die Augenbrauen hoch. Erst wollte er auffahren, doch als Elmar hastig weiterflüsterte, machte sich ein boshaftes Grinsen auf seinem Gesicht breit.

»Lasst sofort Christians Weib holen«, befahl er.

Dann wandte er sich Lisbeth zu. »Und du, meine Schöne, hilfst mir in die Sachen. War das nicht deine Aufgabe?«

Marthe war gerade bei Johanna und ihrem neugeborenen Töchterchen, als unverhofft einer von Albrechts Vertrauten auftauchte und sie zu seinem Herrn befahl.

Von allen ihren Kindern bereitete ihr die älteste Stieftochter derzeit die größte Sorge. Clara und Daniel waren in Pater Hilberts Obhut und wurden ständig durch zwei zuverlässige Männer von Walthers Wache geschützt. Ihre feinsinnige Tochter war verständig genug, um den Ernst der Lage zu begreifen und den jüngeren Bruder von Unvorsichtigkeiten abzuhalten. Am besten wäre, die beiden kämen Albrecht gar nicht erst unter die Augen.

Marie war bei ihrem Bruder Karl und dürfte dort in Sicherheit sein, zumindest vorerst außer Reichweite des neuen Burgvogtes. Johanna hingegen ging es nach der Niederkunft noch schlecht; sie sorgte sich zu sehr um ihren Mann, der in den Krieg gezogen war, ohne dass jemand wissen konnte, ob er und seine Gefährten je wiederkämen.

Sie darf sich nicht aufregen, sonst bekommt sie noch Fieber, dachte Marthe bekümmert angesichts der aufgelösten jungen Mutter. Beruhigend strich sie Johanna übers Haar.

»Christian wird auf ihn aufpassen, das weißt du«, sprach sie auf sie ein. »Du hilfst keinem, wenn du dir den Kopf zergrübelst. Im Gegenteil, dann hast du nicht genug Milch für dein Töchterchen! Ich werde Pater Hilbert bitten, ein Gebet für die Männer zu sprechen, und selbst eine Kerze für sie anzünden. Jetzt versuch zu schlafen.«

Entschlossen legte sie das friedlich schlummernde Neugeborene zu Johanna, die mit wehmütiger Miene ihrem Töchterchen über den zarten Flaum auf dem Kopf strich.

Genau in diesem Moment rief jemand von draußen nach Marthe.

»Gott wird ihnen beistehen«, versprach sie und lief rasch hinaus. Dem barschen Ton nach musste Albrecht etwas von ihr wollen, und das war bestimmt nichts Gutes. Johanna sollte besser nichts davon mitbekommen.

»Der Herr wünscht Euch umgehend zu sehen«, beschied ihr mürrisch ein bärbeißiger Knecht, der zu Albrechts Gefolge zählte. »Begleitet mich zu ihm!«

»Gewiss«, antwortete sie, gab einer Magd den Auftrag, zu Johanna zu gehen und sich um das Kind zu kümmern, damit die Wöchnerin etwas Schlaf fand, und folgte dem Bärbeißigen.

Aus dem Augenwinkel bekam sie mit, dass sich die elfjährige Anna in einigem Abstand an ihre Spuren heftete, die jüngere Schwester von Peter, dem einstigen Dieb und nunmehrigen Anführer der Jungenbande. Während der Knecht ihr voran die Treppe hinaufstapfte, nutzte das Mädchen die Gelegenheit, mit einem Arm voll Feuerholz vorbeizulaufen, sich kurz zu ihr umzudrehen und ehrerbietig zu knicksen. Dabei raunte sie: »Gebt acht, soll ich Euch sagen. Griseldis war bei dem rothaarigen Ritter!«

Nur mit einem winzigen, von anderen nicht wahrnehmbarem Lächeln dankte Marthe ihr für die Warnung.

Es verblüffte sie immer wieder, wie schnell und umfassend Peters heimliches Netzwerk von halbwüchsigen Spionen funktionierte. Dass seine Schwester auch dazugehörte, obwohl sie ein Mädchen war, verwunderte sie hingegen ganz und gar nicht. Anna war wie Peter bei dem Anführer einer Diebesbande aufgewachsen, bis Christian und Marthe sie in ihre Obhut genommen hatten. Sie wusste nicht nur, wie man ungesehen andere beobachtet, sondern auch, dass niemand von den Fremden eine kleine Magd mit einem Bündel Feuerholz unterm Arm beachten würde.

Während Marthe dem Knecht die Treppe hinauf folgte, überdachte sie Annas Warnung.

Sie würde wohl jedes Mal mit etwas Hinterhältigem oder Üblem rechnen müssen, wenn Albrecht oder einer seiner Männer nach ihr rief. Doch was mochte Griseldis, dieses bösartige alte Weib, ihm gesteckt haben?

Hoffentlich gibt es keinen Ärger für Lisbeth, dachte sie, während sie ihren Schleier zurechtrückte und der Bärbeißige sie durch die Tür hindurch ankündigte.

Albrecht war inzwischen angekleidet, und Lisbeth schnürte gerade ihr Kleid wieder zu, als Marthe eintrat.

»Ihr wünscht mich zu sprechen, Herr?«, sagte sie und verneigte sich, wobei sie sich bemühte, nichts von ihrer Unruhe zu zeigen.

»Allerdings«, meinte Albrecht, scheinbar gelassen.

Dann ging er auf Lisbeth zu, packte sie bei den Haaren und zwang sie mit einem brutalen Ruck in die Knie.

»Wie ich erfahren musste, Weib, habt Ihr mir statt einer Magd eine Hure geschickt!«, brüllte er.

Marthe verbarg ihre Angst mit aller Sorgfalt. Von den nächsten Augenblicken hing nicht nur ihr, sondern auch Lisbeths Schicksal ab.

Unwillkürlich fielen ihr die alten Geschichten von Königreichen ein, in denen ein böser Drache herrschte, dem die Bewohner Jahr für Jahr oder Monat für Monat eine Jungfrau opfern mussten, damit ihre Dörfer nicht verwüstet wurden.

Wir werden dir keine Jungfrau opfern, du Ungeheuer!, dachte sie grimmig. Und auch Lisbeth hole ich da irgendwie raus, wenn es nötig werden sollte, ob nun mit List oder notfalls auch mit Walthers Männern.

»Glaubt Ihr wirklich, die Mägde auf dieser Burg würden in solch unzüchtigen Kleidern herumlaufen?«, entgegnete sie mit gespielter Verwunderung, aber nicht ohne gewisse Schärfe. »Natürlich ist sie eine Hübschlerin, die gefragteste und teuerste im ganzen Ort. Nicht einmal jeder von den wohlhabenden Kaufleuten kann sie sich leisten. Und Ihr müsst sie doch nicht bezahlen, Graf – ich habe sie Euch geschickt, um Euch den Aufenthalt hier so angenehm wie möglich zu gestalten. Wir hatten nur Euer Wohlergehen im Sinn.«

»Ich sollte dich wegen Unzucht kahl scheren und aus dem Dorf peitschen lassen«, fauchte Albrecht Lisbeth an, deren Haar er immer noch gepackt hielt, während Elmar die Szene mit mokantem Lächeln betrachtete.

»Natürlich könntet Ihr das, Herr«, hauchte Lisbeth scheinbar unterwürfig. Aber Marthe erkannte, dass sie längst wusste, was sie als Nächstes tun würde. »Wart Ihr etwa nicht zufrieden mit mir? Anstatt mich zu bestrafen, könntet Ihr mir erlauben, Euch auf andere Weise noch mehr Freude und Befriedigung zu verschaffen.«

Albrecht ließ das Mädchen los, trat einen Schritt zurück und musterte sie. »Zugegeben, du bist nicht nur hübsch, sondern auch erfreulich gut in deinem Gewerbe«, räumte er ein. »Bevor ich entscheide, ob ich dich behalte oder bestrafe ...« – er legte bedächtig eine Pause ein, um die Spannung zu erhöhen –, »... will ich wissen, was du noch alles kannst. Elmar, seid Ihr interessiert? Probiert sie selber aus. Ich will zusehen, wenn Ihr sie besteigt.«

»Wie Ihr wünscht, Herr«, meinte der Ritter und trat auf Lisbeth zu, die sich auf seinen Wink hin erhob und ihn anlächelte.

Doch der Rothaarige erwiderte ihr Lächeln nicht, sondern

griff nach dem Ausschnitt ihres Kleides und zerriss es mit einem Ruck.

Marthe fuhr so zusammen, dass sie beinahe losgestürzt wäre, ohne dass sie hätte sagen können, ob nun zu Lisbeth oder zur Tür hinaus. Sie kannte Elmars Gewalttätigkeit nur zu gut und hatte auf einmal fürchterliche Angst. Was hatte sie nur getan, als sie das Mädchen hierherholte?

Doch Lisbeth schien keine Furcht zu fühlen. Sie sah Elmar tief in die Augen, während sie ihr Kleid achtlos abstreifte, als könne sie es gar nicht erwarten, mit dem brutalen Ritter ins Bett zu steigen.

»Gefalle ich Euch, Herr?«, fragte sie lächelnd, während sie, ohne eine Antwort abzuwarten, seinen Bliaut nach oben zog und gurrte: »Zeigt mir, wie stark Ihr seid! Ich mag starke Männer.«

Elmars Gesichtsausdruck wandelte sich von gehässiger Verachtung zu einem eitlen, gierigen Grinsen.

Er ließ sich auf das Bett fallen, während Lisbeth ihn auszog und dabei über seine Muskelstränge strich, während sie ihre langen, lockigen Haare über seinen Oberkörper gleiten ließ.

Albrecht konnte die Augen kaum von den beiden lassen.

»Schert Euch gefälligst nach draußen und wartet dort«, fauchte er Marthe an, um sogleich wieder seinen Blick auf das inzwischen nackte Paar zu richten.

Sofort huschte Marthe hinaus. Zum Glück ermöglichte es ihr Albrechts Befehl, zu hören, falls Lisbeth irgendwann um Hilfe rufen sollte. Dann würde sie unter einem Vorwand fortlaufen und irgendeine Ablenkung organisieren; ihr würde schon etwas einfallen.

Aber anscheinend hatte Tilda recht, als sie meinte, das Mädchen habe eine unglaubliche Begabung darin, die Männer um den Finger zu wickeln. Denn die einzigen Schreie, die sie aus der Kammer hörte, waren Lustschreie – ob nun geheuchelt oder echt.

Niemand von Albrechts Männern durfte mitbekommen, wie der Rest der Burgbewohner Witze darüber riss, dass der neue Vogt den ganzen Tag nicht aus dem Bett kam.

Und noch ein Zwischenfall machte bald die Runde im Dorf und natürlich auch auf der Burg: Irgendwer – es fiel Marthe nicht schwer, zu erraten, wer die Urheber des Schelmenstreichs waren – hatte den Hühnern von Pater Sebastian mit Bier getränkte Brotkrumen hingeworfen, so dass sie nun über den Hof und durch dessen Gemüsegarten torkelten, bis die Ersten von ihnen umfielen. Griseldis, die nicht erriet, was die Ursache für das merkwürdige Benehmen des Federviehs war, rannte verzweifelt hin und her und versuchte vergeblich, zu erreichen, dass sich die Hühner wieder wie Hühner benahmen. Schließlich sank sie händeringend vor dem Pater auf die Knie, um Gnade für ihr vermeintliches Versäumnis zu erflehen.

Während Albrecht Elmar dabei zusah, wie er das Mädchen ritt, überkam ihn erneut ein so starkes Verlangen, dass er sich kaum gedulden konnte, bis der Ältere fertig war.

Als seine Lust dann endlich vorerst gestillt war, beschloss er, auszureiten. Wenn er seiner Trägheit nach dem Vergnügen mit der Hure nachgeben und liegen bleiben würde, käme er in der Nacht nicht zum Schlaf, und dann würden ihn die Schreckgespinste wieder heimsuchen.

Er befahl Lisbeth, die Kammer nicht zu verlassen, schickte Marthe fort, die, seinem Befehl entsprechend, immer noch vor der Tür wartete, und forderte Elmar auf, ihn zu begleiten.

»Ich denke, Ihr könnt mir noch eine ganze Menge erzählen, was dieses Dorf betrifft. Dabei will ich dieses aufrührerische

Bauernpack nicht um mich herum sehen«, erklärte er, während er sein Schwert gürtete.

Elmar bleckte grinsend die Zähne. »Gewiss, Herr! Ihr werdet Eure Freude haben.«

Als sich die beiden Männer den Stallungen näherten, kam ihnen ein strohblonder Stallbursche von vielleicht zwölf Jahren entgegen.

»Wünscht Ihr Eure Pferde für einen Ausritt gesattelt, Graf?«, erkundigte er sich höflich nach einer tiefen Verbeugung.

»Was sonst, Tölpel? Und zwar ein bisschen plötzlich!«, blaffte Elmar.

»Ja, Herr. Wie Ihr wünscht, Herr«, erwiderte der Junge mit einer erneuten Verbeugung.

Doch als er loslaufen und den Befehl befolgen wollte, packte ihn Elmar am Arm und hielt ihn zurück.

»Mir gefällt deine Miene nicht, Bursche«, knurrte er. Dann wandte er sich Albrecht zu. »Findet Ihr nicht auch, mein Fürst, dass es das Gesindel hier Euch gegenüber an Respekt fehlen lässt?«

Sich keiner Schuld bewusst, starrte ihn der Junge verwundert an, ehe er sich hastig auf die Knie fallen ließ und den Kopf senkte. »Verzeiht mir, edle Herren, wenn ich Euch verärgert haben sollte. Ich werde sofort Eure Hengste satteln.«

Elmar tauschte einen Blick mit Albrecht, der ihm mit zufriedener Miene zunickte.

»Du bleibst gefälligst auf den Knien und nimmst deine verdiente Strafe entgegen«, verkündete der Ritter drohend.

Während der Junge den Kopf noch tiefer senkte, winkte Elmar einen Knecht heran.

»Ruf sofort alle zusammen, die in den Ställen Dienst tun!«, befahl er.

Die Burschen, die gerade ausgemistet hatten, stachen ihre Gabeln ins Stroh und knieten gehorsam vor dem Sohn des Markgrafen und seinem Ritter nieder.

»Wo ist der Stallmeister?«, fauchte Elmar.

»Fort, um zusätzliches Futter zu besorgen«, lautete die höfliche Antwort.

»Er soll sich sofort beim Burgvogt melden, wenn er zurück ist«, schnauzte Elmar. »Und sich für die Faulheit und Aufsässigkeit seiner Leute verantworten.«

Dann wandte er sich erneut dem strohblonden Stallburschen zu, der immer noch vor ihm kniete und inzwischen kreidebleich geworden war.

»Dem Grafen gefällt deine dreiste Miene nicht«, sagte er so laut, dass ihn jeder im Umkreis verstehen konnte. »Aber wir werden dich Benehmen lehren.«

Er holte seine Reitgerte hervor und fragte Albrecht: »Soll ich es tun, oder wollt Ihr selbst ...?«

Ottos Sohn sah in die Runde und zögerte die Antwort genüsslich hinaus. »Ich glaube, ich werde ihm persönlich Gehorsam einprügeln. Damit er mich gründlich in Erinnerung behält«, sagte er dann.

Elmar zerrte den Jungen am Arm hoch, drehte ihn um und riss ihm den Kittel vom Rücken. Eine seiner Wachen war inzwischen herangetreten, stieß den Halbentblößten vor sich her zu einem Pfosten und band seine Handgelenke darum.

Niemand sprach ein Wort.

Albrecht ließ die Gerte ein paar Mal pfeifend durch die Luft sausen, dann verpasste er dem Jungen den ersten Hieb, der die Haut aufplatzen und das Blut spritzen ließ.

Der Junge stieß zwischen zusammengebissenen Zähnen ein Stöhnen aus, das er nicht unterdrücken konnte, wenn er schon nicht schrie. Die unfreiwilligen Zuschauer zogen scharf Luft ein oder wandten die Blicke ab.

»Stur und unverbesserlich«, kommentierte Albrecht. »Seht genau her! Euch Gesindel werde ich Gehorsam lehren!«

Mit Wucht schlug er auf den Jungen ein, bis der schließlich mit blutig geschlagenem Rücken in die Knie sackte.

Zufrieden sah Albrecht in die Runde, dann befahl er, seinen und Elmars Hengst zu satteln und zu ihnen zu bringen.

Bevor er aufsaß, bemerkte er ein paar Blutspritzer auf seinem Obergewand. »Wie lästig«, kommentierte er und strich über die kleinen roten Flecken. »Ich will hoffen, die Waschmägde hier sind tüchtiger als die Stallburschen.«

Dann schwang er sich in den Sattel.

»Der Kerl da bleibt so lange dort, bis ich erlaube, ihn loszubinden«, befahl er, bevor er gemeinsam mit Elmar vom Burghof preschte.

»Das tat gut!«, schwärmte Albrecht, als sie das Dorf verlassen hatten und nebeneinander über das Land ritten. »Morgen nehme ich mir den Nächsten vor. Oder vielleicht gleich heute noch, wenn wir zurück sind.«

»Wisst Ihr eigentlich, wen Ihr da verprügelt habt?«

»Wen kümmert's? Irgendein Knecht, ein Stallbursche.«

»Es war nicht nur irgendeiner. Ihr habt – mit sicherem Gespür dafür, wie Ihr am eindrücklichsten Lektionen erteilt – eine hervorragende Wahl getroffen«, schmeichelte Elmar, als hätte nicht er das Opfer ausgewählt.

Albrecht zügelte seinen Hengst und sah interessiert zu seinem Ritter.

»Er heißt Christian«, erklärte dieser.

»Mit dem Namen kann er es unter meiner Herrschaft zu nichts bringen«, meinte Albrecht und lachte selbstgefällig.

»Ihr sagt es. Seinen Vater hat der frühere Burgvogt als Dieb hängen lassen. Doch was noch wichtiger ist: Er ist das erste hier geborene Kind, und Christians Anhänger sehen in ihm so etwas wie ein Symbol für das Gedeihen des Dorfes.«

Beinahe ungläubig starrte Albrecht den älteren Ritter an. Dann begann er, lauthals zu lachen. »Wie treffend! Da bekommt das Pack gleich einmal einen Vorgeschmack, *wie* ihr Dorf gedeihen wird, wenn sie nicht so springen, wie ich es will!«

Er trat seinem Pferd die Sporen in die Seiten, und sie lenkten die Hengste einen Hügel hinauf.

Marthe hatte noch einmal nach Johanna gesehen, die nun doch endlich eingeschlafen war, als ihr Clara entgegengerannt kam, dicht gefolgt von Hilbert, dem Kaplan.

»Schnell, schnell, zu den Ställen«, rief sie ihrer Mutter zu, die angesichts der entsetzten Miene der Siebenjährigen von schlimmsten Ahnungen überfallen wurde.

Mit gerafften Röcken lief sie dem Mädchen hinterher, geradewegs auf eine Menschentraube zu, die sich vor den Ställen gebildet hatte.

»Beiseite!«, rief sie voller Angst, denn sie hatte schon eine Vorstellung davon, was sie nun zu sehen bekommen würde. Sie wusste nur noch nicht, wen es getroffen hatte.

Nacheinander machten ihr die jungen Burschen Platz, und sie sah die Ursache des Auflaufs und biss sich, mühsam beherrscht, auf die Lippen.

»Ich hab nichts getan, ich schwör's«, brachte Christian mühsam hervor. Sein Gesicht war schneeweiß und immer noch vor Schmerz verzerrt, er zitterte inzwischen dermaßen vor Kälte, dass seine Zähne klapperten.

»Gib mir ein Messer!«, rief Marthe dem Erstbesten zu, der neben ihr stand.

»Der neue Burgvogt hat verboten, ihn loszubinden«, murmelte einer von ihnen mit gesenktem Kopf.

»Das handle ich mit ihm selbst aus, wenn er zurückkommt«, entgegnete sie ungeduldig und streckte die Hand nach dem Messer aus. Sie konnten den jungen Christian, den sie einst selbst auf die Welt geholt hatte, nicht länger qualvoll in den Stricken hängen lassen. Und wer weiß, was Albrecht noch mit ihm vorhatte, wenn er erst zurückkam.

»Helft mir, ihn vorsichtig auf den Boden zu legen.«

Sie schickte einen der Stallburschen, Wasser, saubere Tücher und ihren Arzneikorb zu holen. »Ihr anderen geht wieder an die Arbeit. Alle, bis auf Peter«, ordnete sie dann an.

Mit Peters Hilfe flößte sie dem gequälten Jungen etwas zu trinken ein, legte ihm zunächst feuchte Tücher auf den Rücken, wusch vorsichtig das Blut ab und bedeckte die Wunden mit Schafgarbe, damit sie besser heilten und sich nicht entzündeten.

Dabei ließ sie sich von Peter berichten, was geschehen war.

»Christian hat überhaupt nichts Unrechtes getan, versteht Ihr!«, brachte der einstige Dieb wütend hervor. »Der Graf wollte einfach jemanden verprügeln! Es hat nicht viel gefehlt, und er hätte ihn totgeschlagen.«

»Er will uns allen Angst machen. Zeigen, welche Macht er hat …«, meinte Marthe leise.

»Das zahl ich ihm heim«, sagte Peter zähneknirschend und stieß mit der Faust in die Luft. »Mir einen von meinen Leuten zuschanden zu machen!«

Jäh richtete sich Marthe auf. Und es machte ihr nichts aus, dass sie kaum größer als der Vierzehnjährige war.

»Auch wenn er einer von deiner Bande ist – du wirst nichts dergleichen tun, hörst du!«, fuhr sie ihn an. »Sonst lässt er es das ganze Dorf furchtbar büßen! Verstehst du mich? Es wird schon Ärger genug geben, wenn er wiederkommt und Christian nicht mehr hier in Fesseln hängt.«

Peter starrte sie nur trotzig an.

»Knie nieder!«, forderte sie den Burschen auf. Der sah sie verblüfft an, denn noch nie hatte Marthe so etwas von jemandem gefordert. Doch diesmal tat sie es, um zu erreichen, dass sich ihre nächsten Worte eindringlich genug einprägten.

»Er ist der Sohn des Fürsten und wird der nächste Herrscher der Mark Meißen, wenn sein Vater stirbt. Wir sind ihm alle auf Gedeih und Verderb ausgeliefert – nicht nur du und deine Freunde, sondern jedermann in diesem Dorf, mich und Ritter Christian eingeschlossen. Auf Leben und Tod! Hast du das verstanden? Dann schwöre!«

Sie sah dem Anführer der Jungenbande so lange unnachgiebig in die Augen, bis der schließlich den Blick senkte. Marthe ließ ihn schwören, von Racheaktionen Abstand zu nehmen, und schickte ihn los, noch ein oder zwei Jungen zu holen, damit sie Christian zu seiner Mutter Bertha bringen konnten, die als Haushälterin im Haus des Bergmeisters arbeitete. Bei Bergmeister Hermann würde der Geschundene wohl in Sicherheit sein.

Dann setzte sie sich auf einen Strohballen und wartete auf Albrechts Rückkehr. Seinen Zorn darüber, hier sein Opfer nicht mehr angebunden vorzufinden, musste sie allein auf sich nehmen. Jeden anderen würde er vermutlich dafür totschlagen.

Von dem Hügel aus bot sich Albrecht und Elmar ein atemberaubender Ausblick auf Christiansdorf.

»Seht es Euch nur an«, meinte er mürrisch zu Elmar. »Ein ganzes Dorf voller Silber, und ich komme nicht daran.«

»Das muss nicht so bleiben«, meinte der Ältere gelassen. »Ihr seid doch der Vogt. Wenn Ihr einen Gerichtstag haltet …«

Er musste den Satz gar nicht zu Ende sprechen, schon zog ein begeistertes Verstehen über Albrechts Gesicht. »Dann steht mir das Gewette zu!«

»Selbstverständlich. Allerdings …« Elmar zögerte.

»Was?!«

»… hat Christian erst kurz vor seinem Aufbruch einen Gerichtstag abgehalten.«

Ottos Sohn entfuhr ein wütender Ausruf.

»Keine Sorge, mit etwas Geduld werden wir schon ein paar Leute finden, die jemanden verklagen wollen oder die wir verklagen können«, beruhigte Elmar ihn.

»Dann erzählt endlich, was Ihr über das Pack hier wisst und wie wir sie zu greifen kriegen«, forderte Albrecht.

»Auf der Burg werdet Ihr kaum Verbündete finden – die halten alle treu zu Christian.«

Albrecht schnaubte verächtlich. »Es gibt immer irgendwo jemanden, der überläuft – und sei es heimlich. Wie sieht es bei den Dörflern aus?«

»Der Bauernschulze ist kein Problem, eine Krämerseele, der nur sein eigenes Vorankommen im Sinn hat. Er wird alles tun, um sich bei Euch anzubiedern«, berichtete Elmar. »Ein nützlicher Verbündeter wird Euch der Dorfpfarrer sein. Kein sehr heller Kopf und ein widerlicher Kerl. Seht Euch vor, wenn Ihr mit ihm redet – er ist einer von diesen verbohrten, gnadenlosen Pfaffen, selbstgerecht und frömmlerisch. Aber er wartet nur auf den Tag, Christians Weib eine Verfehlung nachzuweisen, um sie doch noch auf den Scheiterhaufen zu bringen.«

»Sehr nützlich, der Kerl. Wünschen wir ihm Erfolg dabei!«, meinte Albrecht grinsend. »Was ist mit den Bergleuten?«

»Sie bilden eine Gruppe für sich, haben sogar eine eigene Gerichtsbarkeit und unterstehen dem Bergmeister. Der heißt Hermann.«

»Ist der willfährig oder käuflich?«

»Wohl eher nicht. Er ist Euerm Vater verpflichtet, den Ihr nicht verärgern dürft. Für den Bergmeister steht zu viel auf dem Spiel, wenn man ihm etwas nachweisen kann. Ähnlich wie für den Münzmeister. Der war Goldschmied in Meißen, musste die Münze pachten und bezahlt alle Einrichtungen und Leute, da hat er mehr als genug am Hals. Die beiden solltet Ihr vorerst in Ruhe lassen. Es sind angesehene Männer; sie haben sogar das Recht, ein Schwert zu tragen. Wenn Ihr sie behelligt, bekommt Ihr Ärger mit Euerm Vater.«

»Und abgesehen vom Schulzen und diesem Pfaffen hält das ganze Dorf zu Christian? Wer sind die Rädelsführer?«, fragte Albrecht, äußerst unzufrieden mit diesen Auskünften.

»Die Schmiede, aber die solltet Ihr diesmal auch ungeschoren davonkommen lassen – sonst stockt die Förderung, und der Bergmeister beschwert sich bei Euerm Vater.« Elmar merkte wohl, dass sein künftiger Herr immer unzufriedener wurde. »Keine Sorge«, beeilte er sich zu versichern, »es gibt da so manchen Krämer, mit dem sich etwas anfangen lässt. Und wie gesagt – in diesem Stallburschen sehen die Dörfler ein Symbol. Es sollte mich sehr wundern, wenn der jetzt noch mit seinem blutig geschlagenen Rücken am Pfahl hängt. Dann habt Ihr Handhabe genug, die Christiansdorfer das Fürchten zu lehren.«

Albrechts Gericht

»Da, habe ich es Euch nicht vorausgesagt?«, rief Elmar zufrieden und wies zu den Stallungen, als sie auf den Burghof ritten. Von dem blutig geprügelten Jungen war weit und breit nichts zu sehen.

Wütend schlug Albrecht mit der Reitgerte auf seinen Hengst ein und stieß ihm die Sporen in die Seiten. »Ungeheuerlich! Was nimmt sich dieses Pack heraus, meinen Befehlen zuwiderzuhandeln?! Ich lasse sie allesamt auspeitschen und dem Burschen die Hand abhacken!«

Sein Zorn wuchs mit jedem Hufschlag, den sie sich näherten, während er sich schon ausmalte, wie er den Erstbesten strafen würde, der sich von diesem aufrührerischen Gesindel blicken ließ. Irgendjemand musste ihnen ja die Pferde abnehmen.

Zu seiner Verblüffung kam ihnen anstelle eines Knechtes Marthe aus den Ställen entgegen.

Albrecht trieb seinen Hengst geradewegs auf sie zu, doch sie wich keine Handbreit zur Seite.

Er wird es nicht wagen, mich niederzureiten, redete sie sich Mut zu. Um das Pferd keine Angst wittern zu lassen, rief sie sich vor Augen, wie auch Christians halbwilder Grauschimmel sie einst zu aller Verblüffung an sich herangelassen hatte, ohne sie zu zerstampfen.

Das ist Hexenwerk, dachte Albrecht schaudernd, als sein Pferd vor Marthe von sich aus stehen blieb, bevor er es im letzten Augenblick zügeln konnte, obwohl es doch dafür ausgebildet war, auch menschliche Hindernisse niederzureiten.

»Wer wagt es, gegen meine ausdrücklichen Befehle zu verstoßen?«, blaffte er sie an, um sich nichts von seinem Schaudern anmerken zu lassen. »Wo ist diese Missgeburt, die ich bestraft habe?! Oder hat sich der Bastard etwa durch ein göttliches Wunder in Luft aufgelöst?«

Auf einen Wink Marthes kamen zwei Knechte herbei, die Albrecht und Elmar die Pferde abnahmen und sogleich fortführten.

»Ich habe ihn losbinden lassen, um seine Wunden zu versorgen«, sagte sie, so ruhig sie konnte, als die beiden Knechte ein paar Schritte außerhalb Albrechts Reichweite waren.

»Ihr erdreistet Euch, gegen meine Befehle zu handeln?!«, brüllte dieser über den ganzen Hof. »Ich sollte Euch an seiner Stelle vor aller Augen auspeitschen lassen!«

Marthe wusste, dass aus verborgenen Ritzen und Spalten unzählige Augenpaare auf sie gerichtet waren und die halbe Dienerschaft den Atem anhielt aus Angst vor der Rache des künftigen Markgrafen, die jeden von ihnen treffen konnte.

»Das ist natürlich Euer gutes Recht, Herr«, erwiderte sie demütig. »Nur ...« – sie senkte die Stimme, so dass lediglich Albrecht und Elmar sie verstehen konnten – »... käme ich dann nicht mehr dazu, Euch einen lindernden Trank für die Nacht zu bereiten. Das vermag sonst niemand hier außer mir, ohne Euch in Gefahr zu bringen.«

Sie nutzte den Moment von Albrechts Sprachlosigkeit, um auf die Knie zu sinken.

»Verzeiht mir mein Handeln«, bat sie laut mit geheuchelter Reue, senkte demütig den Kopf und breitete die Arme aus. »Ich hatte nur Euer Wohlergehen im Sinn. Der Schuldige wird von mir und dem Stallmeister hart bestraft werden – mit zusätzlicher Arbeit statt mit Schlägen.« Nun hob sie den Kopf wieder und sah Albrecht mutig ins Gesicht. »Bedauerlicherweise können wir keinen der Stallburschen auf längere Zeit entbehren. Ihr habt mit Euren Männern zu viele Pferde mitgebracht. Mehrere Stallknechte sind mit Euerm Vater in den Krieg gezogen. Und Ihr wünscht doch sicher, dass Euer wertvoller Schimmel die beste Pflege bekommt.«

»Ihr solltet langsam zusehen, dass Ihr dieses aufsässige Weibsbild loswerdet«, raunte Elmar Albrecht zu.

»Verschwindet mir aus den Augen!«, brüllte dieser Marthe an.

»Ihr werdet Eure Kammer ohne meine Erlaubnis nicht mehr verlassen!«

Dann bedeutete er Elmar, ihm in die Halle zu folgen, wo sofort nach seinem Erscheinen das Mahl aufgetragen wurde.

Mitten in der Nacht schreckte Albrecht erneut aus dem Schlaf. Er hatte gedacht, diesmal auf die Giftmischereien von Christians Weib verzichten zu können, doch wieder hatten ihn die altbekannten fürchterlichen Träume heimgesucht: Wände, die sich in abscheuliche Fratzen verwandelten und auf ihn einstürmten, ein unheimliches Geheul und schließlich der Höllenfürst persönlich, der ihn von überall angrinste, wohin er auch blickte.

Die junge Hure neben ihm – sie hatte wirklich erstaunliche Fähigkeiten, aber die nutzten ihm jetzt wenig – schreckte hoch und starrte ihn schlaftrunken an.

»Verschwinde, sofort!«, fuhr er sie an. »Ich lasse dich rufen, wenn ich dich wieder brauche.«

Lisbeth entzündete eine Kerze und klaubte ihre Sachen zusammen.

Nicht einmal ihr nackter Körper im Kerzenschein konnte Albrecht jetzt reizen; im Gegenteil. Das Schattenspiel an der Wand, als sie sich das Kleid überwarf, wirkte auf ihn, als lauerten dort düstere Gestalten, um ihn in die Hölle zu zerren.

Seine Stirn war schweißbedeckt, er atmete flach.

»Starr mich nicht so an«, fuhr er die Wache an, die vor seiner Tür gewartet hatte und besorgt hereingestürzt kam. »Hol Christians Weib, sofort!«

Mit einem Talglicht in der Hand kam Marthe und wusste, was los war, auch ohne dass er etwas sagte.

»Wollt Ihr wieder einen Trank? Aber es dauert eine Weile, bis ich ihn zubereitet habe.«

Albrecht ließ Elmar rufen, damit er Marthe überwachte, dann musste eine Magd geweckt werden, die das Herdfeuer schürte. Das Durcheinander und Gerenne treppauf, treppab mitten in der Nacht riss die halbe Burgbesatzung aus dem Schlaf, von der ein beträchtlicher Teil auf dem Boden der Halle schlief.

Elmar verlangte, dass Marthe auch diesmal mehr als doppelt so viel von dem Trank zubereitete, wie sie für Albrecht benötigte.

Sie protestierte vor Ottos Sohn erneut dagegen, bis in den nächsten Tag hinein in tiefen Schlaf versetzt zu werden. »Ich kann mich sonst nicht um meine Pflichten kümmern, damit hier alles zu Eurer Zufriedenheit verläuft.«

Dafür, dass ich zufrieden bin, müsstest du in Ketten am Schandpfahl schmoren, Christians Kopf über dem Burgtor hängen und die Silberkammer mein sein, dachte Albrecht grimmig. Doch noch war der langersehnte Tag nicht gekommen, an dem er endlich das Erbe von seinem Vater übernehmen konnte. Noch musste er vor dem Alten kuschen und den treuergebenen Sohn spielen. Und um mit diesem tückischen Weibsbild fertig zu werden, würde er sich auch noch etwas einfallen lassen.

Andererseits – sein Vater und ebenso dieser Christian waren im Krieg, da gab es üblicherweise Tote zuhauf. Wer weiß, vielleicht kam schon morgen ein Bote mit der Nachricht, dass sein Vater gefallen und er der neue Markgraf war! Dann konnte er auch mit Christian und dessen Weib ganz anders umspringen. Sofern Christian überhaupt noch lebte.

Aber noch musste er vorsichtig sein, was die Hexe betraf, damit sie ihn nicht am Ende doch vergiftete oder – was vielleicht sogar schlimmer war – verfluchte.

»Diesmal machen wir es anders«, erklärte er, als sie ihm die Medizin reichte. »Wir tauschen die Becher. Wenn Ihr mich

vergiften wollt, Weib, werdet Ihr Euch selbst den Tod einflö-
ßen.«

»Ich will Euch nicht vergiften, sonst hätte ich es längst getan«,
entgegnete sie heftiger, als gut für sie sein konnte. »Und ich
habe den ganzen Tag zu tun, damit Eure Leute ordentlich ver-
pflegt sind und Euer Hauptmann seinen Schwertarm wieder
bewegen kann.«

»Keine Widerrede!«, herrschte Albrecht sie an und gab Elmar
ein Zeichen, der herantrat und sie mit vorgehaltenem Dolch
zwang, Albrechts Becher auszutrinken.

Vorerst herrschte von nun an so etwas wie Waffenstillstand
auf der Burg.

Lisbeth mit ihren unerschöpflichen Einfällen im Liebesspiel
und Marthe mit ihren Tränken sorgten dafür, dass Albrecht
nachts schlafen konnte, was seine Laune tagsüber besserte,
auch wenn jeder, der es vermochte, lieber einen großen Bogen
um ihn schlug.

Wer in seine Nähe musste, tat dies mit allergrößter Vorsicht.
Der Stallmeister sorgte dafür, dass der junge Christian mit seinen kaum verschorften Wunden für Arbeiten eingeteilt wurde, bei denen ihn die Leute des neuen Burgvogtes nicht zu
Gesicht bekamen.

Peter hielt Wort, so schwer es ihm auch fallen mochte, und
brachte seine Bande davon ab, irgendetwas zu unternehmen,
das den Zorn und die Rachegelüste Albrechts oder seiner
Männer hervorrufen konnte.

Es war auch Hartmuts Einfluss, der zum Burgfrieden beitrug.
Der Anführer von Albrechts Wachen fühlte sich Marthe zu
Dank verpflichtet, weil er durch ihre Hilfe seinen Schwertarm
allmählich wieder gebrauchen konnte. So hielt er seine Männer
dazu an, sich zu benehmen. Dass jeden Abend ein paar von

Tildas Huren in der Halle waren, das Bier nicht versiegte und die Tische reichlich gedeckt waren, hielt Albrechts Gefolgsleute zumeist davon ab, aus purer Langeweile Streit zu beginnen oder das Gesinde zu schikanieren. Wenn einer doch zu randalieren begann, griff Hartmut ein und warf ihn hinaus.

Marthe wusste allerdings, dass sie alle weiter auf der Hut sein mussten. Albrecht war nicht jemand, der nachgab oder sich eine Gelegenheit entgehen ließ, seine Macht zu demonstrieren. Zumal Elmar an seiner Seite sicher ebenfalls Pläne schmiedete, ihr und denen, die zu Christian hielten, Steine in den Weg zu legen. Er würde nicht eher ruhen, bis er Randolfs Tod gerächt hatte.

Irgendetwas planten sie, irgendeine besondere Hinterhältigkeit, dessen war sie sich ganz sicher.

Sie begann sich immer mehr zu sorgen, ob es ein Fehler war, den künftigen Markgrafen von den Nachwirkungen des Bilsenkrauts zu befreien. Denn je weniger er sich vor Alpträumen fürchtete, umso durchtriebener wurde sein Handeln. Er und seine Männer ließen jetzt zwar die Burgbewohner mehr oder weniger unbehelligt, aber sie wusste, dass es inzwischen zunehmend Ärger im Dorf mit ihnen gab.

Albrecht und seine Ritter ließen sich Lieferungen aus dem Handwerkerviertel kommen. Die Schuhmacher, Gürtler, Sattler, Tucher und auch der Gewandschneider beklagten sich heimlich bei Marthe, dass noch keine einzige Bestellung bezahlt sei.

»Habt Ihr nicht dafür einen von Euch zum Dorfschulzen gewählt, Meister Anselm?«, hielt sie dem Gewandschneider vor, als er sie bat, dafür zu sorgen, dass Albrechts Leute ihre Schulden beglichen. »Soll Meister Josef im Namen aller beim neuen Dorfvogt vorsprechen. Ich bin nur eine schwache Frau; auf mich wird niemand hören.«

Auch wenn Schadenfreude eine Sünde war – sie bedauerte längst nicht alle der Betroffenen. Der Gewandschneider Anselm gehörte zu denjenigen, die intrigiert hatten, um den Schmied Jonas als Dorfschulzen durch den zwielichtigen Tuchhändler Josef zu ersetzen. Josef war rücksichtslos gegenüber Schwächeren, aber feige vor Höhergestellten, sein Zechbruder Anselm hatte sich sogar etwas noch Widerwärtigeres zuschulden kommen lassen: Er hatte einst sein Mündel zur Hure gemacht.

Die beiden Wortführer aus dem Christiansdorfer Nicolaiviertel, in dem die Kaufleute und Handwerker wohnten, gehörten zu den in besonderem Maße Geprellten. Bei ihnen hatte Albrecht am meisten in Auftrag gegeben.

Doch am härtesten treffen würde es den alten Schuhmacher, wenn ihm gleich mehrere Paar Stiefel nicht bezahlt würden. Seine Frau war kränklich, und er hatte nach dem Tod seiner einzigen Tochter und deren Mann noch ein paar Enkel durchzufüttern, von denen die meisten zu klein waren, um schon mitzuverdienen. Er tat Marthe leid. Aber diese Angelegenheit musste tatsächlich der Dorfschulze regeln.

Sollen die Dorfbewohner doch sehen, was sie an Meister Josef haben, dachte sie grimmig. Sie haben ihn schließlich selbst gewählt! Ich bin keine Fee wie aus den alten Geschichten, die alle Wünsche erfüllen kann. Es ist schwierig genug, Albrecht und die Seinen auf der Burg einigermaßen im Zaum zu halten.

Dennoch: Es ging nicht an, dass die Lieferungen an den Burgvogt und seine Leute nicht bezahlt wurden. Das musste geklärt werden.

Eines Abends kam Mechthild mit besorgter Miene auf Marthe zu.

»Diese Kerle fressen mir die Vorratskammer schneller leer, als ich zusehen kann«, beklagte sie sich. »Wenn das so weitergeht, gibt's zu den Feiertagen nur noch Eichelmehlsuppe. Genau genommen, fressen sie mir die Haare vom Kopf.«

Die Köchin hatte kaum ausgeredet, als eine von Albrechts Wachen auftauchte und Marthe zu seinem Herrn befahl.

»Was soll das hier sein, das Ihr auftischen lasst?«, fuhr der sie wütend an. Mit angewiderter Miene tauchte er seinen Hornlöffel in einen Kessel Hirsebrei und ließ die Masse auf das Tischtuch kleckern.

»Glaubt Ihr etwa, *das* sei einem Fürstensohn angemessen? Dem künftigen Herrscher über die Mark Meißen? Bringt Fleisch!«

Marthe schickte umgehend einen Küchenjungen zurück in die Küche, um Albrechts Befehl zu übermitteln, obwohl auch Kapaune, Neunaugen und Schinken auf dessen Tafel standen.

»Mit Verlaub, Herr«, sagte sie dann. »Wir schlachten schon jeden dritten Tag ein Schwein, aber Eure Männer essen so viel, dass unsere Vorräte knapp werden und die Speisekammer fast leer ist. Vielleicht würde es Euch Vergnügen bereiten, auf die Jagd zu reiten. Dann könnten wir Wildbret auftischen.«

Sie wusste nicht, ob es das nasskalte Herbstwetter oder die Angst vor den Folgen des Bilsenkrauts waren, die Albrecht bisher davon abgehalten hatten, diesem dem Adel vorbehaltenen Vergnügen nachzugehen. Vielleicht fürchtete er, ohne die Stimulans nicht erfolgreich genug bei der Jagd zu sein. Doch das Gift wieder einzunehmen, würde die Alpträume neu erwecken, die er gerade halbwegs losgeworden war.

Deshalb hatte sie auch bisher von diesem Vorschlag Abstand genommen. Aber Mechthild hatte recht: Die Kerle fraßen ihnen die Haare vom Kopf, und wenn sie nicht endlich bald ein paar Hirsche und Wildschweine erlegten, würde es tatsächlich nach Weihnachten nur noch Eichelmehlsuppe geben.

Albrecht wechselte einen Blick mit Elmar, der wie stets an seiner Seite saß.

»Ja, wir sollten morgen zur Jagd reiten«, sagte er dann gedehnt. »Aber zuvor will ich hier einen Gerichtstag halten. Sorgt dafür, dass sich morgen früh das Dorf auf der Burg einfindet, und lasst ausrufen, dass jedermann seine Klagen und Beschwerden vorbringen kann.«

Wohl um die hundert Dorfbewohner kamen am nächsten Morgen auf den Burghof, um mitzuerleben, wie der neue Vogt Recht sprechen würde: überwiegend Handwerker und Kaufleute, auch ein paar Bauern. Von den Bergleuten war niemand erschienen, sie schlichteten ihre Streitigkeiten selbst unter Aufsicht des Bergmeisters.

Albrecht hatte ein Podest errichten lassen, auf dem er nun thronte. Ein Dach aus Zeltleinwand schützte ihn vor dem feinen Sprühregen, der bei Tagesanbruch begonnen hatte. Links und rechts neben ihm standen Elmar und einige seiner Ritter, an der Seite ein paar seiner Wachen, von denen einer die Werkzeuge für die sofortige Urteilsvollstreckung neben dem Richtklotz bereitgelegt hatte: eine gut geschärfte Axt, um einem Verurteilten die Hand abzuhacken, glühende Eisen, ein Dolch, falls jemand die Zunge oder ein Ohr verlieren sollte, und der Ochsenziemer für diejenigen, die mit einer Prügelstrafe davonkamen.

Marthe musste auf Albrechts Befehl bereits neben seinen Wachen stehen, noch bevor die ersten Dorfbewohner zum Gerichtstag erschienen, und war mittlerweile trotz des wärmenden Umhangs durchgefroren bis auf die Knochen. Hilbert, der Kaplan, stand auf ihre Bitte hin an ihrer Seite. Hier und heute würde fraglos etwas vorfallen, bei dem sie eingreifen musste. Albrecht hatte die Marterwerkzeuge bestimmt nicht nur der abschreckenden Wirkung wegen ausbreiten lassen. Doch Frauen besaßen kein Rederecht vor Gericht und mussten einen Fürsprecher vorschicken, der an ihrer Stelle das Wort ergriff. Dieses Amt sollte Hilbert übernehmen.

Und überhaupt: dass Albrecht sie schon so zeitig hierherbefohlen hatte, erfüllte sie mit tiefem Misstrauen. In ihr wurde das Gefühl immer stärker, dass inzwischen etwas geschehen war, das sie nicht mitbekommen sollte.

Die Dorfbewohner drängten und schubsten, um durch den feinen Regen auch richtig sehen zu können.

»Hat jemand von euch eine Beschwerde vorzubringen?«, fragte Albrecht mit lauter Stimme über den Burghof, nachdem sich seine vor Waffen starrenden Männer aufgebaut hatten.

Niemand wagte sich zu melden, nur aus den hinteren Reihen waren Gewisper und Gezischel zu hören.

»Niemand?«, fragte Albrecht. »Kein Einziger?«

Kühl ließ er seine Blicke über die Menschenansammlung schweifen. »Nun, es freut mich, dass hier mit meiner Herrschaft Frieden und Gerechtigkeit Einzug gehalten haben.«

Immer noch sagte niemand etwas.

Natürlich wagte es keiner der Dorfbewohner, eine Streitigkeit durch einen Vogt verhandeln zu lassen, von dem er nicht wusste, wie streng und vor allem wie gerecht dieser urteilen würde. Zumal die meisten wussten oder zumindest ahnten, dass mit diesem hier nicht gut Kirschen essen war. Das ausgebreitete Marterwerkzeug tat ein Übriges, um für ängstliche Stille zu sorgen.

Doch selbst wenn niemand eine Klage vortrug – Marthe war sicher, Albrecht würde die Versammlung nicht auflösen, bevor er die Gelegenheit ausgekostet hatte, ein paar harte Urteile zu verhängen, die seinen furchteinflößenden Ruf festigten, und bevor er einiges Silber kassiert haben würde.

Ihre Vorahnung sollte sich bald bestätigen.

»Nur keine Furcht, Leute!«, rief Albrecht. »Wie mir berichtet wurde, beklagen sich einige von euch heimlich darüber, dass gewisse Lieferungen an die Burgbesatzung nicht bezahlt wurden. Das stimmt doch?«

Er richtete seinen Blick auf Josef.

»Stimmt das, Dorfschulze?«, fragte er nun härter.

Der Tuchhändler schien sich unter den strengen Blicken geradezu zu krümmen. »Nun ja, Herr ... gewissermaßen ...«

»Also stimmt es«, fuhr Albrecht zufrieden fort. »Diejenigen, die das betrifft, mögen vortreten und aufzählen, welche Summen ihnen ihrer Meinung nach zustehen.«

Zunächst wagte sich niemand nach vorn. Dann endlich bahnte sich der Schuhmacher einen Weg durch die Reihen und sank vor dem neuen Burgvogt auf die Knie.

»Mit Verlaub, Herr, ich habe mehreren Eurer Leute neue Stiefel angemessen, aus feinstem Leder, und noch keinen Pfennig dafür erhalten«, sagte er mit zittriger Stimme.

»Hm. Sonst noch jemand?«, fragte Albrecht in die Runde.

Zögernd traten weitere Männer nach vorn und beanstandeten, dass ihre Waren ebenfalls noch nicht bezahlt worden seien: der Gürtler, der Gewandschneider und Josef, der Tuchhändler.

Ihr werdet euer Geld nicht zu sehen bekommen, dachte Marthe besorgt. Zum Glück zählten nicht auch noch die beiden Schmiede zu den Geprellten. Jonas und Karl waren bisher jedes Mal als Erste in blutige Schwierigkeiten geraten, wenn das Dorf Christians Gegnern in die Hände fiel. Da die Arbeit der Schmiede nicht nur für die Bergleute, sondern auch für die Pferde der Ritter unentbehrlich war, hatte Christian vor der Übergabe der Burgschlüssel in Ottos Beisein abgesprochen, dass die Schmiede für Hufbeschlag oder neue Waffen zu entlohnen seien. Dagegen konnte auch der Sohn des Markgrafen nicht verstoßen.

Albrecht ließ seine Blicke über die vor ihm knienden Handwerker und Händler wandern.

»Ich bin entsetzt und erschüttert über so viel Dreistigkeit«, verkündete er kopfschüttelnd, scheinbar fassungslos.

Dann wurde seine Stimme schärfer. »Das sind Lieferungen, die ihr an die Burg zu leisten habt, so wie jeder Bauer Korn und Eier abzuliefern hat! Und ihr wagt es, dafür Geld zu verlangen?!«

Den letzten Satz brüllte er und richtete sich dabei halb auf in seinem Stuhl, während die Geprellten vor ihm zusammenfuhren.

»Wie gesagt, ich bin entsetzt. Solche Frechheit verdient Strafe. Jeder von euch wird mir so viel Silber als Buße zahlen, wie er glaubte fordern zu können.«

Er winkte ein paar Wachen herbei. »Ihr werdet sie zu ihren Häusern begleiten, damit sie unverzüglich das Geld holen und ihre Schulden bei mir bezahlen.«

Mit fassungsloser Miene richteten sich die Händler auf, während jeder von einer Wache gepackt wurde.

Nur der weißhaarige dürre Schuhmacher ließ sich nicht fortzerren. Jammernd warf er sich vor dem Vogt auf den Boden und rang die Hände. »Habt Erbarmen, Herr, Ihr bringt mich an den Bettelstab! Wie soll ich meine Familie satt bekommen, wenn Ihr mir die letzten Pfennige abnehmt?«

Albrecht musterte den Alten mit undurchdringlicher Miene. »Nur, weil dies mein erster Gerichtstag hier ist, will ich mich gnädig zeigen.«

Jedermann auf dem Burghof hielt den Atem an, Josef und die anderen drehten sich hoffnungsfroh um.

»Ich lasse dir die Wahl: Entweder du zahlst, oder du bekommst stattdessen für jeden Pfennig einen Hieb.«

Entsetzt sah der Alte, wie Albrecht lässig den größten seiner Knechte heranwinkte, der grinsend nach dem Ochsenziemer griff und den Stiel auf seine Hand klatschen ließ.

»Es war doch sicher besonders feines Leder, das du verwendet hast. Also setze ich die Strafe auf dreißig Pfennige fest – oder dreißig Hiebe«, erklärte Albrecht genüsslich.

Der Alte sackte in sich zusammen; er war nicht einmal mehr in der Lage, einzuwenden, dass die Stiefel nie und nimmer eine solch hohe Summe gekostet hätten.

»Wofür entscheidest du dich?«, drängte der Burgvogt.

»Die Hiebe«, flüsterte der Schuhmacher ängstlich, von dem jeder wusste, dass er das Geld nicht aufbringen konnte. Tränen rannen über seine Wangen, während zwei Wachen auf ihn zugingen, ihn an den Armen packten und zu dem Pfahl zerrten, der eigens für den Gerichtstag aufgestellt worden war.

Marthe überlegte fieberhaft, wie sie eingreifen konnte, um dem Schuhmacher die Qual und die Schande zu ersparen. Sie hatte so gut wie kein Bargeld mehr im Haus. Die Aufwendungen für Albrechts Gefolge hatten fast alle ihre Reserven an Bargeld aufgebraucht, und Albrecht würde nicht warten, bis sie jemanden gefunden hatte, der ihr etwas borgte.

Da trat schon Jonas vor. »Wenn Ihr erlaubt, Herr, zahle ich die Strafe für ihn«, erklärte er, während der Alte erst recht aufschluchzte, nun vor Erleichterung.

Albrecht musterte den Schmied neugierig, während sich Elmar zu ihm hinabbeugte und ihm etwas ins Ohr flüsterte.

»Einverstanden«, erklärte er schließlich. »Das kostet aber doppelt so viel. Ich bekomme sechzig Pfennige von dir, Schmied.«

Aufgebrachtes Gemurmel wuchs aus den Reihen der Dorfbewohner, das sofort erstarb, als Albrecht drohend in die Richtung blickte, aus der es kam.

Das Ganze war eine himmelschreiende Ungerechtigkeit. Aber gegen die Entscheidung des Vogtes durfte niemand etwas sagen.

Das haben sie von ihrer Feigheit, dachte die kälteschlotternde Marthe und warf einen finsteren Blick auf Josef und Anselm. Wenn sie auf Christian gehört und sich gemeinsam um das Stadtrecht für Christiansdorf bemüht hätten, wäre die Lage eine andere. Stadtbürger durften noch bis eine Meile außerhalb der Stadtmauer auch einen Ritter zum Zahlen seiner Schulden auffordern. Und außerdem würde dann ein Schöppengericht aus zwölf oder vierundzwanzig angesehenen Bürgern die Urteile fällen und nicht ein Burgvogt ganz nach eigenem Gutdünken und Nutzen.

So, wie die Lage derzeit war, konnte sie hier nichts bewirken. Wenigstens war dank Jonas kein Blut geflossen. Vorerst jedenfalls. Irgendwie hatte sie das dumpfe Gefühl, dass es längst nicht vorbei war und Albrecht und Elmar sich für diesen Gerichtstag noch eine ganz besondere Boshaftigkeit ausgedacht hatten.

Wieder richtete Ottos Erstgeborener die Frage an die Menge, ob jemand eine Klage oder Beschwerde vorzubringen habe. Erwartungsgemäß meldete sich nun niemand mehr.

»So gibt es noch einen Diebstahl zu verhandeln«, erklärte Albrecht und gab seinen Wachen einen Wink.

Marthe erstarrte vor Schreck: Zwei Bewaffnete führten den jungen Christian vor den Stuhl des Vogtes und stießen ihn zu Boden, so dass er auf den Knien landete.

Deshalb also sollte sie schon so zeitig hier stehen – damit ihr niemand berichten konnte, dass ihr Schützling von Albrechts Leuten gefangen genommen worden war!

Hastig blickte sie um sich, doch niemand von Peters Bande war zu sehen – außer Anna, die plötzlich dicht hinter ihr auftauchte.

»Mein Bruder fragt ...«, begann sie, aber Marthe fiel ihr ins Wort. »Er soll hier für irgendeine Ablenkung sorgen, damit Christian fliehen kann, wenn es nötig wird«, flüsterte sie hastig. »Hat er schon«, wisperte Anna erleichtert zurück.

»Dann lauf rasch zu Bertha und hol sie her.«

Sofort rannte das Mädchen los zum Haus des Bergmeisters, um die Mutter des jungen Christian zu holen.

»Dieser Kerl ist ein Dieb. Er hat einem meiner Getreuen einen Pfennig gestohlen. Dafür wird ihm die rechte Hand abgeschlagen«, verkündete Albrecht.

Entrüstete Stimmen und erschrockene Rufe erschollen aus den hinteren Reihen, während der junge Stallbursche rief: »Das ist nicht wahr! Ich habe nicht gestohlen!«

Das brachte ihm einen so derben Hieb ins Kreuz ein, dass er vornüber in den Schlamm fiel.

Ungerührt zerrten die Wachen den Zwölfjährigen hoch und führten ihn zum Richtblock. Einer umklammerte den rechten Unterarm des Jungen und presste die Hand auf die rauhe Holzfläche, während ein anderer nach der Axt griff und prüfend mit dem Daumen über die Klinge fuhr.

»Schnell, so unternehmt doch endlich etwas!«, drängte Marthe den Kaplan. Hastig zwängte sich Hilbert nach vorn.

»Gnädigster Fürst, bevor Ihr das Urteil vollstrecken lasst, bitte ich Euch im Auftrag der Dame Marthe als ihr Fürsprecher um Euer Gehör.«

Unwirsch sah Albrecht auf den Kaplan. »Und was will uns die Dame Marthe durch Euch mitteilen lassen?«

»Dass sie von der Unschuld dieses Jungen überzeugt ist und Euch um Gnade anfleht.«

»Will sie etwa mich oder einen meiner Männer der Lüge bezichtigen?«, schnauzte Albrecht. »Wie ich gehört habe, ist schon der Vater dieses Burschen als Dieb gehängt worden. Es scheint ihm also im Blut zu liegen. Stehlt Ihr mir nicht meine Zeit!«

Gütiger Herr im Himmel, lass irgendetwas geschehen, um Christians Hand zu retten!, betete Marthe zähneklappernd und hielt verstohlen Ausschau nach Peter und seiner Bande.

Stattdessen wühlte sich Bertha durch die Menschenmenge und warf sich händeringend dem Vogt vor die Füße.

»Gnade, Herr, lasst Gnade walten für meinen Sohn!«, bat sie unter Tränen. Ungerührt befahl Albrecht seinen Wachen, die Verzweifelte fortzuschaffen und das Urteil endlich zu vollstrecken. »Nein! Nein! Gott, hilf!«, schrie Bertha, während zwei Männer sie wegzerrten.

Kreidebleich und fassungslos starrte der junge Christian auf die Hand, die er gleich verlieren sollte, dann auf den Büttel, der sich bereitmachte, zum Hieb mit der Axt auszuholen.

Bertha schrie gellend, aus den Reihen der Dorfbewohner kamen wütende Rufe. Marthe trat vor, noch ohne eine Eingebung zu haben, was sie tun sollte.

Und dann ging auf einmal alles so blitzschnell, dass niemand später genau sagen konnte, was im Einzelnen passiert war. Irgendjemand ließ ein wütend quiekendes Ferkel los, das in wildem Tempo genau auf den Richtblock zuraste. Christian nutzte die so entstehende Verwirrung, um sich loszureißen und zu fliehen; den Wachen, die ihn verfolgen wollten, rannte das aufgebrachte Schwein zwischen die Füße, so dass sie stürzten. Heilloses Durcheinander herrschte, bis das Tier endlich eingefangen war.

Gut gemacht, dachte Marthe, glücklich über Peters Findigkeit, auch wenn sich Christian nun verstecken musste, solange Albrecht hier herrschte.

Wütend starrte Ottos Sohn in die Menge und wartete, ob einer seiner Leute zurückkam, der den Geflüchteten wieder eingefangen hatte. Doch vergeblich.

Trotz der allgemeinen Erleichterung und sogar heimlichen Belustigung hielt jeder der Dorfbewohner den Atem an. Was würde der künftige Markgraf jetzt tun? Wie würde er sich rächen?

Albrecht richtete seinen Blick auf Bertha, die völlig aufgelöst an der Seite stand und die Hände vors Gesicht geschlagen hatte. Auf seinen Befehl hin griffen zwei Wachen nach ihr und stießen sie vor den Vogt.

»Du bist seine Mutter?«, fragte Albrecht knapp, und nach ihrem ängstlichen »Ja, Herr« schnitt er ihr mit einer Bewegung jedes weitere Wort ab.

»Da der Schuldige geflohen ist, wirst du an Stelle deines Sohnes die Strafe auf dich nehmen«, erklärte Albrecht und gab ein Zeichen, woraufhin die Männer die angstvoll aufschreiende Bertha zum Richtblock zerrten.

Das alles ist meine Schuld, dachte Marthe entsetzt. Ich habe ihn dazu provoziert, als ich Christian losband. Ich hatte gedacht, ich könnte es wagen; ich hatte gedacht, ich könnte ihn ein wenig im Zaum halten. Für meine Vermessenheit, für meinen Hochmut werden Bertha und Christian nun bestraft.

Ohne auf Hilbert zu warten, trat sie vor und sank direkt vor Albrecht auf die Knie, in den Schlamm. Doch Ottos Sohn beachtete sie gar nicht.

Fast im gleichen Augenblick war der Bergmeister vorgetreten, der mit Bertha hergeeilt war, als er von dem Willkürurteil gegen den jungen Christian hörte.

»Kann ich die Frau auslösen?«, fragte er knapp und knüpfte seinen Beutel vom Gürtel. »Sie führt mir den Haushalt, ich habe mich an ihre Dienste gewöhnt, und da nützt sie mir als Krüppel nichts mehr.«

Seine Worte klangen schroff, beinahe gleichmütig, aber Marthe wusste, das war gespielt.

Hermann hatte Bertha bei sich aufgenommen, nachdem Randolf ihren Mann unter falscher Anklage hatte hängen lassen. Er schätzte sie sehr und fühlte ebenso Sympathie für den jungen Christian wie die anderen Dorfbewohner. Doch wenn er das zeigte, würde Albrecht aus purer Boshaftigkeit nicht auf seinen Vorschlag eingehen.

Dass Hermann nun mit dem Gebaren eines bedeutenden und wohlhabenden Mannes vor ihm stand, dem es nicht etwa um Mitleid mit einer zu Unrecht Bestraften ging, sondern nur um den Erhalt einer tüchtigen Bediensteten, erhöhte seine Aussicht auf Erfolg. Denn der Bergmeister hatte ebenso wie Marthe längst erkannt, dass Albrecht diesen Tag nutzen wollte, um an Geld zu kommen.

Neugierig musterte der künftige Markgraf den graubärtigen Bergmeister, der für ihn unantastbar war, weil sein Vater ihn für unabkömmlich bei der Silbergewinnung hielt. Hermann war womöglich der reichste Mann in Christiansdorf, denn wenn stimmte, was Elmar sagte, dann hatte sich der Münzmeister hoch verschulden müssen, um die Münze pachten und überhaupt erst einrichten zu können. Was bei den feisten Krämern in den Truhen und Verstecken unter dem Herdfeuer schlummerte, konnte niemand wissen, doch die hatte er heute schon erfolgreich um etliches Geld erleichtert.

Ja, bei dem Bergmeister war womöglich sogar so viel Silber zu holen, dass er zumindest einen Teil seiner Wettschulden bezahlen konnte.

Den aufsässigen Stallburschen würde er sich schon noch irgendwann vorknöpfen, und die heulende Witwe war ihm im Grunde genommen egal. Das Pack hier im Dorf würde seine Lektion begriffen haben und sich ihm künftig furchtsam vor die Füße werfen, wenn er nur mit dem Finger schnippte.

»Ich will Euch zuliebe Gnade vor Recht ergehen lassen, Bergmeister«, verkündete er großspurig. »Zahlt mir eine Mark Silber, und Ihr bekommt Eure Dienstmagd in einem Stück zurück.«

Die Höhe des Preises sorgte für aufgebrachtes Raunen unter den Dörflern. Eine Mark Silber – das galt so viel wie zweihundertvierzig Pfennige. Für die meisten war das eine unvorstellbare Summe. Würde der Bergmeister so viel für Bertha aufbringen?

»Ich schicke auf der Stelle jemanden, der das Geld holt«, stimmte Hermann zu, der wusste, dass er jetzt nicht feilschen durfte.

Da er es nicht wagte, selbst zu gehen, weil Albrecht in der Zwischenzeit seine Meinung ändern könnte und er auch keinen Knecht an seine Geldtruhe lassen konnte, bat er den Kaplan, diesen Weg zu erledigen. Er händigte Hilbert den Schlüssel aus und beschrieb ihm genau, wo im Haus er suchen musste.

Erleichtert, dass es ohne Blutvergießen abgegangen war, eilte der junge Geistliche los.

Wenig später war der Handel perfekt. Hermann konnte die vor Entsetzen wie gelähmte Bertha mit nach Hause nehmen, und Albrecht löste den Gerichtstag auf.

»Den entflohenen Dieb erkläre ich für vogelfrei«, verkündete er zuvor noch mit triumphierendem Blick in die Runde. »Wer ihn findet, kann ihn erschlagen, wer ihn mir lebend bringt, wird belohnt!«

Dann warf er Elmar das Silber des Bergmeisters hinüber.

»Verwahrt es gut für mich! Und nun lasst uns endlich zur Jagd reiten!«

Völlig unbeachtet von Albrecht, richtete sich Marthe wankend und frierend in ihrem schlammbedeckten Kleid auf.

Die Heimkehr

Es war wohl selten ein Heerlager ohne Fluchtbefehl so schnell abgebrochen worden wie das der Wettiner vor Haldensleben. Beinahe jeder war froh, endlich dem heimtückischen Moor, der Kälte und dem Schlamm zu entkommen, selbst wenn die Burg nicht erobert und keine Beute gemacht worden war.

Christian allerdings bereitete es Sorge, wie Lukas und Bertram in ihrem derzeitigen Zustand die weite Heimreise überstehen sollten.

Der Mönch mit den grauen Löckchen um die Tonsur war auf seine Bitte hin noch einmal gekommen und hatte Bertrams Bein neu gerichtet, doch lange würde Maries Verlobter auch auf einem Karren liegend die Reise über holprige Wege nicht überstehen. Und Lukas war zu stolz, um den Heimweg anders als im Sattel zurückzulegen. Christian malte sich schon mit Schaudern aus, welche Schmerzen allein das Aufsitzen dem Freund bereiten musste. Also ließ er nach denjenigen von seinen Leuten suchen, die die Marketenderinnen nach Magdeburg geleitet hatten.

»Wisst ihr, wo ich ihre Anführerin finde, diese Grete, die weißhaarige Alte?«, erkundigte er sich bei ihnen.

»Sie sagte, sie wolle ihre Vorräte in Magdeburg verkaufen und für eine Weile hinter den dicken Stadtmauern ausharren, bei einer Gevatterin«, berichtete ein Meißner, den Christian als zuverlässig kennengelernt hatte.

»Gut. Ich habe einen dringenden Auftrag für dich. Reite voraus, mach sie ausfindig und frag sie in meinem Namen, ob sie zwei Verletzte bei sich aufnehmen und gesund pflegen kann. Ich werde sie reichlich entlohnen.« Christian hatte nicht vergessen, dass sich die Alte auch aufs Heilen zu verstehen schien.

Er gab dem Meißner noch einen Reisigen als Begleitung mit und verabredete mit ihnen, wo sie ihn und die Verwundeten erwarten sollten.

Nachdem das Lager abgebaut und die Karren beladen waren, ließ er Bertram vorsichtig auf einen davon hieven. Dabei erwachte der Verletzte stöhnend. Sein Gesicht war wächsern, auf seiner Stirn stand kalter Schweiß, und sein Bein war immer noch erschreckend angeschwollen und verfärbt. Er wagte keinen Widerspruch, als er hörte, dass Christian ihn für eine Weile in Magdeburg zurücklassen würde, sondern schien eher erleichtert darüber.

Lukas hingegen bestand darauf, auf seinen Braunen zu steigen, als sie aufbrachen.

»Erst wenn ich nicht mehr aus eigener Kraft von einem Stein aus auf mein Pferd komme, wäre das ein Grund, mir das Erbe abzusprechen und einem Jüngeren zu übertragen«, protestierte er.

»Du vergisst, dass du gar kein Erbe hast – und auch keinen Sohn, der es übernehmen könnte«, zog Christian ihn auf.

Dabei graute ihm selbst vor dem Moment, wo er mit seiner kaum verheilten Wunde aufsitzen musste, doch Lukas' Verletzung war noch tiefer, und der Freund sah beunruhigend grau im Gesicht aus.

Er gab seinen Männern ein Zeichen, damit sie sich abwandten, um nicht zuzusehen, wie mühsam sich Lukas mit Hilfe des Knappen auf seinen Braunen zog. Der Blondschopf wankte, als er endlich im Sattel saß, und hatte das letzte bisschen Farbe aus dem Gesicht verloren.

»Nur ein paar Meilen«, versuchte Christian ihn aufzumuntern. »Ihr bleibt in Magdeburg, du und Bertram. Kommt nach, wenn eure Verletzungen ausgeheilt sind.«

»Soll Bertram sich aufs Krankenlager legen«, widersprach Lukas. »Ich lasse mir doch den Anblick nicht entgehen, wie Albrecht dir die Schlüssel zur Burg zurückgibt!«

Christian beschloss bei sich, nicht mit Lukas darüber zu streiten. Der Freund würde nach den ersten Meilen selbst am besten einschätzen können, ob er die Reise durchzustehen vermochte oder nicht.

Dann konzentrierte er sich ganz darauf, trotz der pochenden Wunde auf dem Rappen aufzusitzen, ohne sich vor seinen Leuten zu blamieren.

Kurz vor Magdeburg kam ihnen der junge Meißner entgegen. »Ich habe sie gefunden. Sie erwartet Euch«, berichtete er stolz.

Christian sah fragend zu Lukas, der an seiner Seite ritt. Doch der schüttelte den Kopf. »Ich reite weiter«, brachte er zwischen zusammengebissenen Zähnen hervor.

Christian verzichtete darauf, den Freund umstimmen zu wollen. Wenn sie beide den Heimweg überstanden hatten, würde sich Marthe um ihre Wunden kümmern.

Christian hatte bereits bei Otto um Erlaubnis nachgesucht, einen Verletzten nach Magdeburg schaffen und dort gesund pflegen zu lassen. So bat er ihn jetzt nur, sich kurz entfernen zu dürfen, um sich davon zu überzeugen, dass Bertram gut untergebracht würde. Der interessierte Blick Ekkeharts, der an Ottos Seite ritt, war für Christian ein Zeichen, nun doppelt sorgsam auf seinen Rücken zu achten.

Für die Zeit seiner Abwesenheit übergab er erneut Reinhard das Kommando über seine Männer und beauftragte Dietrich, nicht von Lukas' Seite zu weichen, solange er selbst fort war.

Während sich das heimziehende Heer die alte Handelsstraße gen Osten entlangwälzte, ritt Christian mit dem jungen Meißner und Kuno nach Magdeburg hinein. Den verletzten Bertram hatten sie auf eine Stoffbahn zwischen zwei Packpferden gebettet.

Die Alte empfing ihn mit neugieriger Miene.

»Ich vertraue dir einen guten Mann an, den Verlobten meines Mündels«, sagte er, ohne sich um Bertrams Einspruch zu kümmern. »Pfleg ihn gesund. Und wenn du willst, komm dann mit ihm in mein Dorf. Ich verspreche dir, es wird für dich gesorgt sein, ohne dass du mit deinem Marketenderkarren hinter dem Krieg herziehen musst.«

»Danke, Herr. Jetzt bin ich ja gerade vor dem Krieg hergezogen«, erwiderte die Alte. »Und es hat sich gelohnt. In der Stadt sind Korn und Erbsen mittlerweile knapp, weil in fast allen Dörfern der Gegend Scheunen und Speicher niedergebrannt sind.«

Christian wollte ihr eine Pfennigschale voll Münzen in die Hand drücken, aber sie wehrte ab. »Lasst mich erst einmal sehen, ob ich tatsächlich etwas für den Burschen da tun kann!«

Vorsichtig nahm sie den Verband von Bertrams Bein ab und besah es, ohne ein Wort zu sagen. Doch Christian konnte von ihrem Gesicht genug ablesen.

»Ich werde mein Bestes tun. Aber Ihr solltet für ihn beten«, sagte sie. »So Gott will, bringe ich Euch Euren Gefolgsmann nach Hause.«

»Dieser junge Mann hier wird dir zur Hand gehen und für eure Sicherheit sorgen«, entschied Christian und wies auf Kuno. So schnell der Rotschopf sicher heim zu Frau und Töchterchen wollte – falls Bertrams Bein tatsächlich abgenommen werden musste, würde er am ehesten dem Freund beistehen und helfen können, irgendwie damit klarzukommen, nun ein Krüppel zu sein.

Christian bemühte sich, nichts von seinen Sorgen zu zeigen, als er sich von der Alten und seinen beiden jungen Gefolgsleuten verabschiedete.

Doch dann versuchte er, die dunklen Gedanken abzustreifen. Eine andere Angelegenheit erforderte nun seine volle Konzentration und hielt ihn davon ab, sofort zu Ottos Streitmacht zurückzukehren.

Um sich Gewissheit zu verschaffen über ein vages Gefühl, das er nicht mehr loswurde, seit er nach Madgeburg aufgebrochen war, stellte er sein Pferd vorübergehend in einem Mietstall unter und bewegte sich zu Fuß durch die engen, dicht gefüllten Gassen des Viertels, in dem sich mehr Bettler und Spitzbuben als ehrliche Leute herumtrieben.

Sein Gefühl hatte ihn nicht getäuscht. Bald wusste er mit Sicherheit, dass er verfolgt wurde. Linker Hand entdeckte er eine Garküche, vor der reger Andrang herrschte.

Für die zwei Männer, die ihm folgten, musste das als ideale Gelegenheit erscheinen, ihn in dem Gewimmel von hinten abzustechen, ohne aufzufallen und – vor allem – ohne sich auf einen Kampf mit ihm einlassen zu müssen. Der Umstand, dass er verwundet war, mochte wohl bei seinen Verfolgern die Bereitschaft gefördert haben, einen Angriff aus nächster Nähe zu wagen.

Doch die beiden hatten die Rechnung ohne ihn gemacht. Er

ahnte mehr, dass ein Messer gezückt wurde, als es zu sehen, fuhr herum und stieß dem ersten Angreifer seinen Dolch in die Brust. Der Zweite zog ein einfaches Schwert, doch Christian war schneller. Noch bevor der andere in der Enge zum Hieb ausholen konnte, hatte er ihm schon seine Waffe durch den Hals gerammt und wieder herausgezogen. Röchelnd stürzte auch der zweite Angreifer zu Boden, während das Blut aus seiner Kehle spritzte.

Die Menschen um ihn herum starrten ihn erschrocken an, die meisten bekreuzigten sich furchtsam, doch niemand wagte es, etwas zu sagen. An seiner Kleidung und seinem Schwert war Christian unzweifelhaft als Ritter zu erkennen, damit erübrigten sich Fragen.

Er zog scharf Luft ein, weil sich seine Wunde durch die heftige Bewegung anfühlte, als würden erneut glühende Messer in sein Fleisch gebohrt. Dann befahl er in die Menge hinein: »Ruft den Schinderkarren, damit jemand die Leichen der Meuchelmörder wegschafft.«

Die Menschen sahen sich an, nickten sich zu, und Christian wusste: Sobald er hier weg war, würden sie den Toten zuerst die Schuhe, und was sie sonst noch am Leib trugen, abnehmen.

Die Waffen der beiden Angreifer hob er selbst auf. Zumindest einen von ihnen kannte er; er gehörte wie vermutet zu Ekkeharts Reitknechten. Christian hatte einmal im Vorbeigehen gesehen, wie er vor Haldensleben einem Mann mit dem Daumen ein Auge ausquetschte, weil der ihn angeblich beim Würfelspiel betrogen hatte.

Niemand hinderte ihn daran, zu gehen und seinen Rappen wieder abzuholen. Er ritt durch dasselbe Stadttor wieder hinaus, durch das er Magdeburg betreten hatte, und folgte Ottos kleinem Heer.

Die Kolonne rastete gerade, als er sie einholte. Christian trieb seinen Hengst nach vorn, bis er den Hauptmann von Ottos Leibwache entdeckte. Nur der Umstand, dass er in Ekkeharts Schuld stand, weil dieser Marthe gerettet hatte, hielt ihn davon ab, den anderen zum Zweikampf zu fordern.

Verächtlich warf er ihm die Waffen der Attentäter vor die Füße. »Das hast du in Magdeburg verloren!«

Dann lenkte er den Rappen um und ritt zu seinen Männern.

Es war nun schon November, nasskalt und rauh, und diese Witterung während nicht enden wollender Reisetage im Sattel machte Otto so sehr zu schaffen, dass er kurz vorm Ziel beschloss, nicht noch einen Tag länger bis nach Meißen zu reiten, sondern Richtung Christiansdorf abzubiegen.

»Eure Frau soll sich um meine schmerzenden Glieder kümmern, und ich kann mich bei der Gelegenheit gleich davon überzeugen, wie gut mein Sohn und Erbe seine Sache macht«, verkündete er Christian, den er während einer Rast zu sich hatte rufen lassen, um ihm diese Entscheidung mitzuteilen.

Christians Befürchtungen, was Ottos Erstgeborener während seiner zeitweiligen Herrschaft über sein Dorf wohl angestellt haben mochte, um den ihm ausgelieferten Menschen das Leben schwerzumachen, waren mit jedem Tag gewachsen, den sie sich seinem Dorf näherten. Er hoffte inständig, dass Marthe diese Zeit ohne Gefahr für Leib und Leben überstanden hatte.

So gesehen, konnte es nur von Vorteil sein, dass Otto in Christiansdorf haltmachte, auch wenn es mittlerweile wahrscheinlich schwierig werden würde, so viele Männer zusätzlich für eine Weile zu verkösten. Vor den Augen seines strengen Vaters würde Albrecht wohl ein gemäßigtes Verhalten an den Tag legen, und auch gegenüber seinem jüngeren Bruder musste er sich nun zügeln. Immerhin kehrte Dietrich von einem Feldzug zurück.

Otto beschloss, unangekündigt in Christiansdorf aufzutauchen, und untersagte Christian, einen Boten vorauszuschicken. Stattdessen ließ der Markgraf den größten Teil seiner Streitmacht unter Ekkeharts Kommando nach Meißen ziehen und Hedwig die Botschaft ausrichten, er erbitte ihre Anwesenheit in Christiansdorf.

Mit lauten Rufen und begleitet von einem Rudel wild kläffender Jagdhunde, waren Albrecht und seine Männer aufgebrochen.

Marthe sah ihnen nach, und als die Letzten endlich das Burgtor passiert hatten, wäre sie am liebsten noch auf den höchsten Turm geklettert, um sich zu überzeugen, dass sie wirklich fortritten und nicht wieder umkehrten.

Verflucht soll Albrecht sein, dachte sie wütend, und fuhr im nächsten Augenblick zusammen. Hastig schlug sie ein Kreuz. Fluchen war Sünde. Ihre Ziehmutter hatte sie ermahnt, dass Flüche immer auf denjenigen zurückfielen, der sie aussprach.

Sie schlotterte immer noch vor Kälte und fühlte sich wie zerschlagen. Der Rücken schmerzte ihr vom langen Stehen, und die Angst würgte sie, was Albrecht den Dorfbewohnern als Nächstes antun würde.

Wäre sie ein Mann und edelfrei geboren, hätte Albrecht sich vielleicht etwas mehr zurückgehalten. Doch so war sie doppelt im Nachteil: als Frau und als jemand, dessen Stand Albrecht nicht anerkannte. Wie sollte sie so noch irgendetwas bewirken, vor allem, wenn der Dorfschulze keine Hilfe war?

Der Hof hatte sich inzwischen größtenteils geleert; die meisten der Zuschauer diskutierten das Vorgefallene lieber außerhalb der Burgmauern, während sie zurück an ihre Arbeit gingen.

Doch einige waren geblieben, hauptsächlich die direkt von den Urteilen Betroffenen.

Der Bergmeister und Jonas waren mit ernsten Mienen in ein Gespräch vertieft; neben ihnen stand Bertha mit vom Weinen verquollenem Gesicht.

Rasch ging Marthe auf sie zu und zog sie in ihre Arme.

»Was soll nur aus meinem Jungen werden?«, schluchzte die Witwe. »Ich werde ihn nie wiedersehen – höchstens seinen Leichnam … Sie werden ihn finden und aufhängen … wie seinen Vater …«

Bertha wurde von Weinkrämpfen geschüttelt. Dass sie eben beinahe ihre Hand eingebüßt hätte, schien sie fast vergessen zu haben. Marthe wusste, welches Bild Berthas Denken nun ganz ausfüllte: wie ihr Mann einst auf Randolfs Befehl an der Dorflinde aufgehängt wurde … und sich sein im Todeskampf verzerrtes Gesicht in das ihres Sohnes verwandelte.

Entschlossen packte sie Bertha mit ihren eiskalten Händen an den Oberarmen und zwang sie, ihr in die Augen zu blicken.

»Das wird nicht geschehen, hörst du!«, schärfte sie ihr ein. »Das *wird nicht* geschehen! Du weißt, wer ihn sicher verstecken kann. Und wenn Christian aus dem Krieg zurückkehrt, wird er das ungerechte Urteil aufheben.«

Clara war neben sie getreten und hatte ihr zustimmend zugenickt, als sie von dem sicheren Versteck für den geächteten Jungen sprach. Mit einem Mal fragte sich Marthe, ob vielleicht auch ihre Tochter insgeheim zu Peters Bande gehörte. Zumindest schien sie gut Bescheid zu wissen über alles, das dort vor sich ging.

Sobald hier das Nötigste geregelt war, würde sie wohl ein ernsthaftes Gespräch mit ihr führen müssen. Sie bat Clara,

Bertha in der Kräuterkammer etwas zur Beruhigung zu geben, und die Tochter nickte ihr mit einem Verschwörerlächeln zu. Sie hatte sofort verstanden, dass ihre Mutter jetzt nicht nur an Melisse oder Lavendel dachte, sondern eher an ein paar aufmunternde Worte darüber, was Peter und seine Helfer alles geplant hatten, damit Christian nicht gefunden werden konnte.

Dann wandte sich Marthe dem Bergmeister zu, der immer noch mit gedämpfter Stimme auf Jonas einsprach.

»Ich danke Euch von Herzen, Meister Hermann«, sagte sie, als sich die beiden Männer zu ihr umdrehten. »Es war eine himmelschreiende Ungerechtigkeit von Albrecht. Aber ich fürchte, ich kann Euch den Schaden vorerst nicht ersetzen, und auch dir nicht, Jonas … Vielleicht kann jemand in Meißen für mich etwas Schmuck in Silber eintauschen.«

»Das müsst Ihr nicht«, beruhigte Hermann sie. »Ich habe es um Berthas willen getan; sie ist eine tüchtige Frau und hat schon den Mann durch einen ungeheuerlichen Betrug verloren.«

»Das eben war genauso ungeheuerlich!«, entgegnete Marthe aufgebracht. »Ich wollte helfen, aber ich konnte überhaupt nichts tun. Weil ich nur eine Frau bin und nicht aus einer alteingesessenen Adelsfamilie stamme.«

Resigniert ließ sie die Schultern hängen. »Ich kann ihn nicht aufhalten.«

»Darüber reden wir gerade«, fiel Jonas ihr ins Wort. »Wir müssen etwas unternehmen. Wenn wir Stadtrecht hätten, so wie Christian es längst wollte …«

Der Schmied hielt inne und sah geringschätzig zu Josef hinüber, der wütend auf den weißhaarigen Schuhmacher einsprach, während der Alte schützend einen Arm vors Gesicht hielt, als befürchte er, geschlagen zu werden.

»Meister Jonas und ich sind uns einig, dass wir uns heute Abend bei mir mit ein paar Männern treffen und darüber beraten«, meinte der Bergmeister.

Marthe war Jonas' Blick gefolgt und sah nun wieder zu Hermann. »Ihr werdet Josef kaum dafür gewinnen können, vor den Fürsten zu treten und irgendwelche Bitten vorzutragen, geschweige denn Vorschläge.«

Der Bergmeister nickte düster. »Deshalb wollen wir erst einmal ein paar Entschlossene um uns sammeln, ohne dass er davon erfährt. Wenn wir genug sind, können wir ihm das Messer auf die Brust setzen – oder er soll sein Amt abgeben.«

»Gott segne Euch und steh Euch bei«, meinte Marthe erleichtert. Es tat gut, zu wissen, dass auch ihre Verbündeten etwas unternehmen würden. Möglicherweise hatte eine Gruppe angesehener Männer mehr Aussicht auf Erfolg als sie.

Als der Tuchhändler, der Gewandschneider und ihre Anhänger den Burghof verlassen hatten, lief Marthe hinüber in ihre Kräuterkammer. Es überraschte sie nicht im Geringsten, dass dort nicht nur Clara und Bertha waren, sondern auch Peter, der grinsend auf einer Truhe hockte und mit den Beinen baumelte. Als er sie sah, sprang er rasch auf die Füße und grüßte sie mit einer tiefen Verbeugung.

»Ein Meisterstück«, lobte sie ihn, und seine Augen leuchteten über den gelungenen Streich. »Wir sollten das Ferkel wohl aus Dankbarkeit für seinen Heldenmut leben lassen. Aber ich werde Mechthild sagen, dass sie heute Abend jedem von euch eine große Portion Fleisch zukommen lässt.«

»Wenn das keine fürstliche Belohnung ist«, frohlockte Peter. Fleisch war etwas, das selten oder nie auf den Tisch der einfachen Leute kam.

»Nur sucht euch ein zurückgezogenes Plätzchen für euer Festmahl«, ermahnte Marthe. »Und nehmt auch Christian etwas davon mit. Habt ihr ein gutes Versteck für ihn?«

»Was denkt Ihr von uns?«, entrüstete sich Peter. »Macht Euch keine Sorgen, den findet niemand.«

Aus dem breiten Lächeln auf Claras Gesicht folgerte Marthe, dass auch ihre Tochter das Versteck kannte und für sicher hielt.

Bertha jedoch fing wieder an zu schluchzen. »Wie lange soll das gutgehen, wenn er als Gesetzloser in einer Höhle haust?«, wehklagte sie. »Irgendein Verräter findet sich immer!«

Das hatte Bertha schließlich selbst auf schreckliche Weise erleben müssen, als einer der ersten Siedler mit untergeschobenen Beweisen dafür gesorgt hatte, dass ihr Mann als Dieb gehängt wurde. Und inzwischen wohnten so viele Menschen im Dorf, dass sie unmöglich allen trauen konnten. Marthe überlegte, ob sie nicht für alle Fälle Vorkehrungen treffen sollte, wenn der Stallmeister zurückkam. Vielleicht lastete Albrecht noch ihm das angebliche Vergehen seines Schützlings an.

»Verlass dich nur auf uns«, versicherte Peter großspurig der Mutter seines Freundes, und Clara nickte zustimmend.

»Es ist nur vorübergehend«, versuchte Marthe, die Verzweifelte zu beruhigen.

»Aber es kann Monate dauern, bis Ritter Christian aus dem Krieg zurückkommt«, widersprach Bertha.

Doch je mehr Marthe in sich hineinhörte, umso größer wurde ihre Gewissheit. »Nein. Er ist schon auf dem Weg hierher.«

Marthe bat Walther, jemanden Ausschau halten zu lassen. Offiziell, um so früh wie möglich zu wissen, wann und wie die

Jagdgesellschaft zurückkam. Unfälle bei der Jagd waren nichts Ungewöhnliches, wenn die Männer mit Spießen auf ein paar wütende Wildschweine losgingen oder durch die unwegsamen Wälder ritten.

Doch insgeheim wurde ihre Hoffnung immer größer, dass die Wachen Christians Rückkehr ankündigen würden.

Ob sie wohl gesund wiederkamen, er und Lukas, Dietrich und die beiden jungen Knappen, Kuno, Bertram und all die anderen, die mit ihnen gezogen waren?

Sie zog ein trockenes Kleid an, trank dankbar von dem heißen Würzwein, den ihr Mechthild brachte, und ging dann in die Kapelle. Sie wollte ein Dankgebet für den unblutigen Ausgang des Gerichtstages sprechen und eine Kerze für die glückliche Rückkehr der Männer aus dem Krieg anzünden.

Doch bald spürte sie, dass sie für Gebete zu unruhig gestimmt war. Nicht einmal die friedliche Umgebung und Einsamkeit in der Kapelle mochten sie diesmal zu innerer Einkehr bringen. Ihre Gedanken schweiften ständig ab.

Nach dem vergeblichen Versuch beschloss sie, lieber etwas zu tun, womit sie ihre Hände beschäftigen konnte, und ging in ihre Kräuterkammer, um sauberes Leinen in Streifen zu reißen und zu Verbandsmaterial zusammenzufalten. Irgendetwas sagte ihr, dass sie es bald brauchen würden.

Nach einer Weile kam Johanna, setzte sich wortlos zu ihr und half. Ihr Töchterchen hatte sie mitgebracht. Die Kleine hatte die winzigen Hände zu Fäusten geballt und saugte im Schlaf daran.

Unwillkürlich stahl sich ein Lächeln auf Marthes Gesicht, als sie die Kleine so schlummern sah. Und in Gedanken betete sie, dass der Vater des winzigen Wesens noch lebte und bei guter Gesundheit war.

Clara, die in die Kammer gestürzt kam, unterbrach sie in ihren Überlegungen. »Sie kommen mit einem Verletzten«, stieß das Mädchen atemlos hervor.

»Wer?« Marthe war unweigerlich zusammengefahren. Hatte es bei der Jagd einen Unfall gegeben? Oder gehörte der Verletzte zu den Männern, die mit Christian in den Krieg gezogen waren?

Clara schien ihre Gedanken erraten zu haben.

»Einer von Albrechts Tölpeln«, sagte sie abfällig, und aus ihren Worten sprach so viel Verachtung, ja, Hass, dass Marthe angst um ihre Tochter wurde.

»Hast du heute nicht gesehen, was denen geschieht, die Albrecht nicht genügend Respekt entgegenbringen?«, fuhr sie das Mädchen an, während Johanna erschrocken von ihrer Arbeit aufsah. Solch einen Ton schlug ihre Stiefmutter nur selten an.

»Ja, Mutter«, antwortete Clara, mäßig zerknirscht, um gleich darauf zu beteuern: »Sei nicht bange, von denen bekommt mich keiner von nahem zu sehen. Und wenn, dann nur sittsam still und mit schüchtern gesenktem Haupt.«

Sie lachte sogar ein bisschen.

Hat sie doch nicht begriffen, wie gefährlich das alles für uns werden kann?, dachte Marthe sorgenvoll. Vielleicht habe ich ihr zu viel zugemutet; sie ist noch nicht einmal acht Jahre alt. Ich muss mit ihr darüber reden, nachher, ganz allein.

Aber jetzt hatte sie sich erst einmal um einen Verletzten zu kümmern.

Hartmut und ein Begleiter kamen in raschem Tempo durch das Burgtor geprescht. Der Ritter hielt vor sich im Sattel einen Mann, dessen Bliaut blutdurchtränkt war.

Sie lief ihnen entgegen, ein paar Stallburschen rannten herbei und halfen, den Verletzten vorsichtig vom Pferd zu hieven.

Schon auf den ersten Blick sah es böse aus; die blutige Kleidung war unterhalb des Gürtels zerfetzt; aus einer weiteren Wunde am Bein rann noch mehr Blut.

»Ein riesiger Keiler hat ihn umgerannt und aufgeschlitzt«, berichtete Hartmut. »Ehe wir die Bestie niederstechen konnten, war es schon passiert.«

Der Verletzte war noch jung und hatte seine Erhebung in den Ritterstand wohl gerade erst hinter sich, er gehörte zu Albrechts Gefolge. Dietmar hieß er, rief sich Marthe in Erinnerung. Trotz der großen Wunden und des Blutverlustes schien er keine Schmerzen zu spüren. Das war ein schlechtes Zeichen.

Sie hatten also keine Zeit zu verlieren. Auf ihren Befehl hin wurde der Verletzte auf das Podest gelegt, von dem aus Albrecht am Morgen noch Gericht gehalten hatte. Noch herrschte Tageslicht, wenn auch sicher nicht mehr lange. In der Kammer, nur bei Kerzenlicht, würde sie nicht genug sehen können.

Als der junge Ritter auf den Holzbohlen lag, schlug Marthe vorsichtig sein Obergewand hoch, um zu sehen, wie groß die Verletzung war. Inzwischen hatte Johanna bereits damit begonnen, die Wunde am Bein abzubinden. Doch als sie sahen, welchen Schaden das wilde Tier angerichtet hatte, tauschte sie mit Johanna nur einen Blick und ließ das Obergewand wieder auf den Körper sinken.

Auch Hartmut erkannte sofort, dass hier keine Hilfe mehr möglich war. Der Unterleib war fast über die gesamte Breite aufgeschlitzt, zerfetztes Gedärm hing heraus, während Blut aus der Wunde floss.

»Er hat sich vor Albrecht geworfen, als die Bestie ihn angreifen wollte«, murmelte er betroffen.

»Ich gehe den Priester holen«, sagte Marthe leise. Dem jungen

Mann zuliebe würde sie sogar persönlich zu Sebastian gehen, damit er schnell genug kam, um Dietmar die Sterbesakramente zu gewähren.

»Wacht Ihr so lange bei ihm?«, bat sie Hartmut.

»Nein!«, stöhnte der tödlich Verletzte. Verwundert und betroffen zugleich, sah ihn Marthe an.

»Werde ich sterben?«, wollte der junge Ritter wissen. Inzwischen schüttelte es ihn vor Kälte, seine Zähne schlugen aufeinander.

Marthe forderte Hartmut mit einem Blick auf, seinem Gefährten die Wahrheit zu sagen. Der nickte nur. Für einen Augenblick schloss Dietmar die Augen, dann sah er sie an.

»Werdet Ihr bei mir bleiben, während der Hauptmann den Priester holt?«, bat er leise. »Mir ist so kalt … Vielleicht könnt Ihr meine Hand halten … und ein bisschen wärmen.«

Wortlos nahm Marthe seine Hand und drückte sie sanft mit ihrer Linken. Mit der Rechten strich sie über seine Stirn, als wollte sie seine Ängste fortwischen, und legte sie dann an seine Wange, während Marie aufstand und einen Umhang brachte, den sie über den Todgeweihten deckte.

Wenig später kam Hartmut mit Pater Sebastian zurück.

Taktvoll überließ Marthe ihren Platz Albrechts Hauptmann. Wahrscheinlich wollte der Sterbende jetzt lieber einen Waffengefährten bei sich haben.

Sie entfernte sich nur ein paar Schritte, für den Fall, dass sie gerufen wurde, und ließ ihren Blick auf dem jungen Mann ruhen, der sie noch einmal angstvoll ansah, bevor seine Augen brachen.

Sebastian strich über seine Lider, schlug ein Kreuz und richtete sich auf.

Doch sein Gebet wurde von einem lauten Hornsignal übertönt.

»Markgraf Otto kommt aus dem Krieg zurück, und mit ihm sein Sohn nach erfolgreicher Jagd«, erscholl ein Ruf vom Wartturm aus.

Marthe stürzte zum Tor, dicht gefolgt von Johanna, und Augenblicke später wusste sie auch Marie an ihrer Seite.

Tatsächlich – da kamen sie allesamt. Der Jagdtrupp und der Heereszug mussten sich unterwegs begegnet sein und vereinigt haben.

Marthe verrenkte sich, um nach denen Ausschau zu halten, die ihr besonders nahe waren. Da entdeckte sie Christian. Ihr Herz machte einen Sprung vor Freude.

An seiner Seite ritten Dietrich und Lukas.

Doch dann hörte sie Johanna neben sich aufstöhnen: »Wo ist Kuno? Ich kann ihn nicht entdecken!«

»Und Bertram? Er ist auch nicht dabei«, flüsterte Marie mit tränenerstickter Stimme.

Hedwigs Mahnung

Am liebsten wäre Marthe Christian sofort entgegengestürzt und um den Hals gefallen. Doch nun war es nötiger denn je, dass sie genauestens ihre Pflichten als Frau des zurückgekehrten Burgvogtes erfüllte. Außerdem waren ihre Hände noch verschmiert vom Blut des jungen Jägers. Also rannte sie in die andere Richtung, zurück zum Palas, ließ sich von Mechthild Wasser über die Hände gießen und in aller Eile ihren prächtigsten Umhang um die Schultern legen, während eine Magd in ihrem Auftrag den Willkommenspokal mit dem besten

Wein füllte. Dann rückte sie den Schleier zurecht, damit ihr Haar auch sittsam bedeckt war, und lief dem Reitertrupp entgegen, der gerade das Burgtor passiert hatte.

Sie begrüßte Christian von weitem mit einem glückstrahlenden Lächeln, das er erwiderte, dann ging sie pflichtgemäß auf den Markgrafen zu und reichte ihm mit höflichen Worten des Willkommens den Pokal.

Otto nahm ihn bestens gelaunt entgegen und trank durstig, ehe er ihn an seinen älteren Sohn weitergab, der direkt an seiner Seite auf den Hof geritten war.

»Wir sind uns unterwegs begegnet«, verkündete der Markgraf mit seiner weittragenden Stimme. »Mein Erstgeborener hat reichlich Beute gemacht: Wildschweine, Rehe, zwei Hirschkühe und einen stattlichen Hirsch. Ich bin stolz auf dich, Sohn!«

Zufrieden sah er in die Runde, während sich der Burghof immer mehr füllte. Nach den aus dem Krieg Heimgekehrten und den Jägern kamen nun auch noch die Jagdhelfer, die das erlegte Wild trugen, Stallburschen liefen herbei, um den Reitern die Pferde abzunehmen, und die aufgeregten Jagdhunde vollendeten das Durcheinander.

Marthe erkannte schon an den vorsichtigen Bewegungen, mit denen sich Otto vom Pferd helfen ließ, dass ihm die Gicht schwer zu schaffen machen musste. Das war nicht verwunderlich, da er wochenlang um diese Jahreszeit in Zelten gehaust oder im Sattel gesessen haben mochte.

Noch bevor sie etwas sagen oder zu Christian gehen konnte, befahl Albrecht sie mit einem Wink zu sich. Er beugte sich aus dem Sattel zu ihr hinab, um ihr den Pokal zurückzugeben, und zischte dabei: »Beklagt Euch über mich bei meinem Vater, und Ihr werdet es bitter bereuen!«

Sie nickte zum Zeichen dafür, dass sie verstanden hatte, und verbarg jede Regung sorgfältig.

Doch sie hatte ihm noch etwas mitzuteilen. »Der junge Ritter, Herr, der Euch vor dem wilden Keiler beschützt hat ...«, begann sie.

»Was ist mit ihm?«, fuhr Albrecht sie ungeduldig an, während er aus dem Sattel stieg.

»Er ist gestorben, gleich nach seiner Ankunft. Ich konnte nichts mehr für ihn tun.«

»Wie bedauerlich.« Ungerührt sah sich Albrecht um, bis er Hartmut entdeckte, der in Marthes Nähe stand und mitbekommen hatte, worum es gerade ging. »Jemand soll seinem Vater einen Boten schicken und fragen, ob er den Leichnam abholen oder hier unter die Erde bringen lassen will.«

Für einen Augenblick war Marthe fassungslos angesichts Albrechts Gleichgültigkeit. Wenn Hartmuts Bericht stimmte – und es gab keinen Grund, daran zu zweifeln –, so hatte der junge Mann sein Leben geopfert, um den Sohn des Markgrafen zu retten.

Unwillkürlich sah sie zu Hartmut, der kurz die Lippen zusammenpresste, bevor er antwortete: »Ich werde mich selbst darum kümmern, Graf.«

Endlich durfte Marthe zu Christian und den Ihren. Ihre Füße trugen sie wie von selbst dorthin. Christian war bereits abgesessen und lief ihr mit großen Schritten entgegen.

»Mein Herz!«, begrüßte er sie mit leuchtenden Augen, während er sie entgegen allen höfischen Regeln an seine Brust zog.

»Du bist verletzt«, stellte sie erschrocken fest. Sie hatte es schon an seiner Bewegung erahnt und spürte nun den Verband unter seinem Gewand.

»Schon fast wieder verheilt«, meinte er nur. »Lukas hat es ärger erwischt, er wird deine Pflege brauchen.«

»Er übertreibt«, wiegelte nun auch Lukas ab.

»Ihr kommt beide gleich mit in die Kammer, damit ich mir die Wunden ansehe«, entschied Marthe sofort.

Die beiden Männer wechselten einen belustigten Blick, und sogar die Knappen, die hinter ihnen standen, grinsten sich zu. Doch an Lukas' mühsamem Lächeln erkannte sie, dass er große Schmerzen haben musste.

Marthe wollte Dietrich begrüßen, aber der war bereits zu seinem Vater gerufen worden.

Suchend sah sie sich um. »Wo sind Kuno und Bertram?«

Sie wusste Johanna und Marie dicht hinter sich, die nur auf Antwort zu dieser Frage warteten, und war kaum weniger besorgt um die beiden jungen Männer. Marthe kannte sie, seit sie sich vor mehr als einem Dutzend Jahren dem Siedlerzug hierher angeschlossen hatte. Auch wenn aus den tolldreisten Burschen einer nun ein Ehemann und Vater geworden war und der andere bald heiraten sollte, befürchtete Marthe, dass sie sich aus Abenteuerlust und Treue zu Christian immer noch zu so mancher Unvorsichtigkeit hinreißen ließen.

»Bertram hat sich ein Bein gebrochen«, gab Christian Auskunft. »Ich habe ihn und Kuno bei einer heilkundigen Frau in Magdeburg gelassen, bis sie die Heimreise antreten können.«

Das klingt sehr harmlos für den Ausgang eines Feldzuges, dachte Marthe skeptisch, aber sie sagte nichts.

Christian nickte Johanna beruhigend zu, die mit ihrem Töchterchen auf dem Arm vor ihm stand und ihn mit großen Augen anstarrte. »Kuno ist wohlauf; mach dir keine Sorgen.«

Neugierig starrte er auf das winzige Bündel in Johannas Armen und lächelte. »Kaum zu glauben, dass sie noch kleiner gewesen sein soll.«

Da musste auch Johanna lächeln trotz des Kummers darüber, dass sie noch länger auf ihren Mann warten musste.

Marie jedoch wagte es nicht, den Blick von Christian abzuwenden. »Wie schlimm ist es? Wird er das Bein verlieren? Ist es das rechte oder das linke?«, fragte sie ängstlich.

»Das rechte. Er braucht vor allem Ruhe und Zeit, damit es heilt«, sagte er, und Marie atmete erleichtert auf. Wer sein linkes Bein verlor, der konnte nicht mehr aufs Pferd steigen.

Doch Marthe kannte ihren Mann genau genug, um zu erkennen, dass es um Bertram längst nicht so gut stand, wie er behauptete, damit sich Marie nicht noch mehr ängstigte. Ohne ernsthaften Grund hätte er ihn nicht in Magdeburg zurückgelassen, sondern versucht, ihn hierherzubringen, damit sie sich selbst um die Verletzung kümmerte.

Darüber konnten sie erst reden, wenn sie unter sich waren.

Endlich durfte Christian auch seine beiden jüngsten Kinder umarmen, die auf ihn zugestürmt waren, als sie sich im Gewimmel auf dem Burghof unbeachtet glaubten.

Dann sagte er bedauernd zu seiner Frau: »Du solltest dich besser zuerst um Otto kümmern. Ich sorge derweil dafür, dass endlich alle Pferde in den Stall und die Gäste in die Halle kommen.«

Der Markgraf war auf dem Weg in den Palas, den rechten Arm hatte er seinem Sohn anerkennend auf die Schulter gelegt. Dietrich ging mit undurchdringlichem Gesichtausdruck hinter ihnen.

»Alles in bestem Zustand«, lobte Otto, während er die Verteidigungsanlagen der Burg musterte, als sei dies Albrechts Verdienst. »Und dazu noch reichlich Jagdbeute! Gut gemacht, Sohn!«

Albrecht erwiderte nichts, sondern verzog nur den Mund zu seinem üblichen mokanten Lächeln. Ihm war nicht entgangen, dass sein Vater nur unter Schmerzen gehen konnte. Vielleicht sah es der Alte ja endlich ein, dass er zu gebrechlich war, um sein Land noch weiter zu regieren, und übergab Titel und Markgrafschaft an ihn.

Stöhnend ließ sich Otto auf den Stuhl sinken, von dem aus tags zuvor noch Albrecht Befehle erteilt hatte.

»Soll ich Euch ein heißes Bad bereiten lassen?«, schlug Marthe vor, die ihnen gefolgt war und nun vor dem Markgrafen und seinen beiden Söhnen stand. »Das könnte Eure Beschwerden lindern.«

Diese Bemerkung brachte ihr einen weiteren hasserfüllten Blick von Albrecht ein.

»Oh, ja!« Otto stöhnte auf. »Ihr ahnt gar nicht, wie sehr mich schon der Gedanke daran erfreut.«

Den Rest des Tages verbrachte Marthe damit, sich um Otto, Lukas, das Mahl, die Unterbringung der Gäste und hundert andere Dinge gleichzeitig zu kümmern.

Es war schon tiefe Nacht, als sie sich endlich mit Christian zurückziehen konnte. Sie hatten ihre Kammer dem Markgrafen überlassen und waren mit den Kindern und einigen Getreuen vorübergehend in das Steinhaus gezogen, in dem sie gelebt hatten, bevor Christian zum Burgvogt ernannt worden war.

»Ich dachte schon, sie wollten nie zu Bett gehen!«, sagte Marthe und seufzte, als sie in Christians Arme sank, kaum dass er die Tür hinter sich geschlossen hatte.

Doch er erstickte jedes weitere Wort mit einem innigen Kuss. Augenblicke später fanden sie sich schon auf ihrem Bett wieder, engumschlungen und vor Verlangen zitternd. Jede Müdigkeit nach dem langen, anstrengenden Tag war auf einmal vergessen.

Sie brauchten keine Worte. Sie kannten sich gut genug, um zu wissen, wie sehr sie einander vermisst hatten und wie erleichtert sie waren, den anderen lebend wiederzusehen.

Hastig zerrten sie einander die Kleider vom Leib, doch als Marthe Christian auf sich ziehen wollte, hielt er inne.

»Warte!«, sagte er und entzündete eine Kerze. »Ich will dich sehen.«

Lächelnd räkelte sie ihren Leib im Kerzenlicht und streckte ihm die Arme entgegen. »Komm! Ich hab mich so nach dir gesehnt! Lass mich nicht länger warten.«

Das tat er auch nicht. Begehrlich glitten seine Hände über ihren Körper, während er mit seinen Lippen ihre Brüste liebkoste. Doch auch er war ungeduldig, endlich in ihren Schoß einzudringen, der bereit für ihn war. Es war, als konnten sie nicht genug voneinander bekommen. Alles um sie herum schien sich auf einmal in nichts aufgelöst zu haben, es gab nur noch sie beide und ihre leidenschaftliche, grenzenlose Liebe.

Als sie endlich voneinander ließen, erschöpft und schweißgebadet, da war keine Gelegenheit mehr für lange Gespräche über das in den letzten Wochen Erlebte. Der Schlaf übermannte sie, dicht aneinandergeschmiegt und glücklich.

Marthe erwachte vom Geräusch plätschernden Wassers. Schlaftrunken blinzelte sie ins Licht. Sie brauchte erst einen Augenblick, um zu erkennen, wo sie war, und sprang dann erschrocken aus dem Bett.

Der Tag war längst angebrochen, und sie hatte so viel zu tun! Das Frühmahl, Ottos Gicht, Lukas' Verletzung, die sie gestern nur notdürftig hatte behandeln können, die Vorbereitungen für Hedwigs Ankunft …

Christian war schon auf, stand leicht vornübergebeugt vor einer Schüssel und goss sich aus einer Kanne Wasser über die muskulösen Arme. Bei diesem Anblick hätte sie ihn am liebsten sofort wieder in ihr Bett gezogen.

Er musste wohl ihre Gedanken erraten haben, denn er lächelte sie bedauernd an. »Wir sollten uns besser schnellstens auf der Burg blicken lassen.«

In aller Eile begann sie, ihre Kleider zusammenzusuchen. »Hoffentlich haben wir die Frühmesse nicht verpasst«, meinte sie besorgt. »Und ich muss dir vorher noch erzählen, was es inzwischen hier mit Albrecht gab.«

»Oh, das Wichtigste davon weiß ich schon«, erwiderte Christian mit sich verfinsternder Miene. »Was hatte es mit diesen Tränken auf sich, die du für ihn brauen musstest?«

Verblüfft richtete sie sich auf und starrte ihn an. Sie hatten gestern kaum zwei Sätze unbeobachtet wechseln können, und so, wie sie die ganze Zeit seit der Ankunft der Gäste beschäftigt war, hatte sich auch Christian um den Markgrafen und dessen ältesten Sohn zu kümmern und dürfte kaum einen Augenblick allein gewesen sein.

»Peter und Clara haben geschickt ein paar unbeobachtete Momente abgewartet«, erklärte er ihr.

Während sie ihm einen neuen Verband anlegte, begann sie zu berichten. Mit unbewegter Miene hörte er ihr zu.

Dann versuchte sie, ihr Kleid an den Seiten zuzuschnüren, und ärgerte sich, keine Magd bei sich zu haben, die dabei helfen konnte. Doch es war ihr wichtiger gewesen, mit Christian allein sein zu können.

Christian trat wortlos neben sie und entwirrte die Schnüre an den Seitenteilen.

Als er fertig war, begann Marthe, nach einem Kamm zu suchen. Sie hätten längst auf der Burg sein müssen, und dabei hatte sie noch nicht ein Wort davon gehört, was Christian und seinen Männern in den letzten Wochen widerfahren war!

Hier musste doch irgendwo das Kästchen mit dem Kamm sein!

Während sie immer fahriger wurde, stand Christian auf und hielt ihr die gesuchte schlichte Schatulle entgegen.

»Beruhige dich!«, ermahnte er sie, umklammerte ihre Hände und zwang sie, wenigstens vorübergehend still zu stehen.

Das Kästchen in ihren Händen ließ in Marthe einen Augenblick lang eine wehmütige Erinnerung aufblitzen. Diesen Kamm hatte ihr einst Karl geschnitzt, als sie mit dem Siedlerzug aus Franken unterwegs waren. Damals hätten sie sich nie träumen lassen, dass sie wenig später Karls Stiefmutter werden sollte – und noch später Christians Frau.

Am liebsten hätte sie sich jetzt an Christian gelehnt, um sich von ihm umarmen zu lassen. Doch für tröstende Umarmungen war jetzt keine Zeit.

»Was ist los mit dir?«, fragte er, während er ihr Gesicht erforschte.

Schon brach die schwache Kruste ihrer Selbstbeherrschung zusammen.

»Ich habe alles verkehrt gemacht!«, klagte sie und ließ sich auf das Bett sinken. »Ich dachte, ich könnte ihn dadurch irgendwie im Zaum halten. Stattdessen fühlte er sich noch herausgefordert, Rache zu nehmen. Es ist meine Schuld, dass beinahe Blut geflossen wäre. Ich konnte allein nichts ausrichten.«

»Du warst nicht allein«, widersprach Christian und griff nach ihren Händen. »Zusammen habt ihr euch gut geschlagen und Schlimmeres verhindert.«

Sein Blick war düster, aber ohne Vorwurf. »Albrecht hat Freude daran, andere spüren zu lassen, dass sie ihm ausgeliefert sind. Es war ganz sicher kein Zufall, dass er ausgerechnet den jungen Christian grundlos bestraft hat. Dahinter steckt Elmar.

Und diese Sache mit dem Bilsenkraut … wer weiß, wozu es einmal gut sein kann, darüber Bescheid zu wissen.«

»Mir graut davor, wenn Albrecht Markgraf von Meißen wird«, entgegnete Marthe. »Schon die Vorstellung jagt mir einen Schauer über den Rücken. Wir werden fortgehen müssen, wenn es so weit ist, weit fort!«

»Solange er mich nicht in die Verbannung schickt, werde ich bleiben und den Menschen beistehen, die sich mir anvertraut haben«, erwiderte Christian schroff. »Ich habe geschworen, sie zu schützen – mit meinem Schwert und meinem Leben.«

Dann wirst du sterben!, hätte Marthe ihm am liebsten entgegengerufen.

Doch so schwer es ihr fiel, sie hielt ihren Verzweiflungsschrei zurück. Christian hatte seine Entscheidung längst getroffen. Er würde sich nicht einmal von ihr umstimmen lassen.

Ohne ein weiteres Wort öffnete er die Tür, um zur Burg zu gehen. Mit hölzernen Schritten folgte sie ihm, vor Entsetzen wie gelähmt, während sie versuchte, ein Bild abzuschütteln, das ihr Denken nun ganz ausfüllte.

Sie sah sich selbst, neben Christians Leichnam kniend.

Am gleichen Tag traf auch Hedwig mit ihrem Gefolge auf der Burg ein. Würdevoll begrüßte sie ihren Mann, der mit seinen Söhnen und einigen seiner Ritter in der Halle saß.

Die Gegenwart Albrechts flößte ihr erneut das heimliche Grauen ein, das sie seit längerem befiel, wenn sie überdachte, zu welchen Untaten ihr ältester Sohn fähig war, wenn er sich außer Sichtweite seines Vaters wusste.

Ihren Jüngeren hingegen hätte sie am liebsten an sich gezogen und in die Arme geschlossen, so froh war sie, ihn lebend und gesund vom Feldzug zurückgekehrt zu sehen.

Doch Dietrich verneigte sich in vollendeter Höflichkeit vor

ihr. So blieb ihr nichts anderes übrig, als seine Begrüßung mit einem Lächeln zu erwidern.

In Gedanken verfluchte sie die höfische Etikette. Warum durfte sie ihren Sohn nicht umarmen? Warum nur distanzierte Höflichkeit?

Selbst die ärmste Bäuerin konnte ihre Kinder herzen. Aber von ihr wurde erwartet, dass sie den Sohn, der dank Gottes Hilfe unversehrt aus dem Krieg wiederkehrte, nur mit einem huldvollen Lächeln aus fünf Schritten Entfernung begrüßte.

In diesem Moment war die Erkenntnis so klar wie venezianisches Glas: Sie führte zwar ein Leben in Wohlstand, aber es war ein Leben ohne Liebe, ohne Freunde, ohne Freude … und sogar ohne Berührungen, wenn sie die seltenen, heimlichen Zusammenkünfte mit ihrem Geliebten außer Acht ließ.

Die einzigen Berührungen sonst, die ihr zuteilwurden, waren die ihres Mannes, die sie mit Widerwillen, ja, mit Abscheu erfüllten.

Brauchte nicht jeder Mensch dann und wann eine Umarmung, die Wärme eines anderen? Und das nicht nur einmal alle paar Monate für ein paar kurze, gestohlene Momente?

Sie war allein, unsagbar allein.

Jeder mochte eine Fürstin beneiden. Sie litt keine Not, wurde von allen umschmeichelt und umsorgt, trug die schönsten Kleider und musste nicht hart arbeiten wie eine Magd oder eine Bäuerin. Doch niemand konnte ermessen, wie unendlich einsam sie war. Eine Fürstin hatte keine Freundin, unter Gleichgestellten nur Rivalinnen, und sie wurde, ohne gefragt zu werden, einem Mann gegeben, der in ihr nur ein Gefäß sah, um seine Söhne auszutragen.

Beinahe gewaltsam riss sie ihren Blick von Dietrich los, bevor sie noch zu weinen begann vor Freude und Kummer zugleich.

Dann sah sie, dass am Halsausschnitt von Christians Bliaut ein Stück Verband herauslugte.

»Ihr seid verletzt? Also ist es doch zu Kämpfen gekommen?«, erkundigte sie sich besorgt.

»Nein, Herrin, es war ein Hinterhalt.«

»Durch wen?«, fragte Hedwig verwundert.

»Der ehrwürdige Wichmann bat mich und einige meiner Ritter, dem Heer des Kölner Erzbischofs entgegenzureiten«, erwiderte Christian knapp. »Und es ließ sich nicht vermeiden, dass wir bei dieser Gelegenheit mit Philipps Brabanzonen aneinandergerieten. Auf dem Rückweg lauerten sie uns auf.«

»Ich hoffe, es gab keine weiteren Verletzten, und Ihr habt die Übeltäter fassen und angemessen bestrafen können.«

»Mein Ritter Lukas wurde verwundet, einen weiteren Verletzten musste ich in Magdeburg zurücklassen.«

Christian zögerte, die indirekte zweite Frage zu beantworten. Sie hatten die Angreifer nicht verfolgen und vernichten können, weil sie Dietrich in Sicherheit bringen mussten. Wenn Hedwig erfuhr, dass Otto seinen jüngeren Sohn auf diese gefährliche Mission mitgeschickt hatte, würde es wahrscheinlich zu einem solchen Streit zwischen dem Markgrafenpaar kommen, wie ihn noch keiner erlebt hatte – und Otto würde ihm zweifellos die Schuld daran zuschieben.

Doch überraschend kam ihm Albrecht zuvor und antwortete an seiner Stelle.

»Er hat es nicht geschafft, sich zu rächen und den Kerlen dafür einfach den Kopf abzuschlagen, weil er auf mein Brüderchen aufpassen musste, den Schwächling«, höhnte er.

Es kostete Christian einige Mühe, nicht auf die Provokation des künftigen Markgrafen einzugehen. Dabei fragte er sich, ob es Dummheit oder der feste Glaube an seine Überlegenheit war, die Albrecht zu dieser leichtsinnigen Äußerung hinriss.

Denn wie erwartet zog Hedwig sofort den richtigen Schluss aus Albrechts Worten und richtete einen strengen Blick auf Otto.

»Ihr habt Dietrich mitgeschickt auf eine Gesandtschaft zu diesen verrohten, durch niemanden zu bändigenden Gestalten?«, fragte sie scharf. Ihre Stimme zitterte vor Fassungslosigkeit und Zorn.

Jedermann im Raum hielt den Atem an und fragte sich, wer nun zuerst losschreien würde: der Markgraf oder seine Frau.

Da Otto nicht antwortete, wusste Hedwig, was sie wissen musste.

Sie holte tief Luft, dann befahl sie mit versteinerter Miene: »Lasst uns allein. Geht sofort, alle!«

Dietrich fuhr zusammen. Wenn es jetzt zum Streit kam – würde sein Vater die Mutter vielleicht sogar schlagen?

Albrecht hingegen unternahm keine Anstalten, den Saal zu verlassen, sondern grinste triumphierend.

»Das gilt auch für dich«, fuhr Hedwig ihn an.

»Ich lasse mich nicht von einem Weib aus der Halle schicken«, meinte Albrecht herablassend und verschränkte demonstrativ die Arme vor der Brust.

Doch er wurde zurechtgewiesen von einer Seite, von der er es nicht erwartet hatte.

»Sie ist deine Mutter, und sie ist die Fürstin von Meißen«, herrschte sein Vater ihn zur Überraschung aller an. »Jedes für sich ist Grund genug, zu gehorchen. Also geh!«

Nachdem Albrecht als Letzter den Saal verlassen hatte, atmete Hedwig tief durch.

Mürrisch sah Otto zu seiner Frau. Gleich würde es wohl wieder Streit geben, kaum dass sie sich nach Wochen zum ersten Mal gegenüberstanden.

Stattdessen sagte sie zu seiner Überraschung mit leiser Stimme: »Danke, dass du meine Ehre gegen Albrecht verteidigt hast.«

Ihr Dank kam aus ehrlichem Herzen, denn Ottos energisches Eingreifen zu ihren Gunsten war für sie völlig unerwartet gewesen.

Sie hatte ihn anschreien wollen angesichts der Bedenkenlosigkeit, mit der er ihren Jüngeren in Gefahr gebracht hatte, und der Ungerechtigkeit, mit der er seinem einen Sohn alles nachsah, den anderen geringschätzte.

Doch indem er Albrecht zurechtgewiesen hatte, um sie zu verteidigen – vielleicht sogar ohne Berechnung –, fühlte sie sich entwaffnet.

Albrecht hatte den Bogen überspannt und zum ersten Mal den Zorn seines Vaters heraufbeschworen.

Einen Moment lang herrschte Schweigen zwischen ihnen.

Dann sagte Hedwig ruhig, aber nachdrücklich: »Du besitzt nicht so viele Söhne, als dass du einen davon leichtsinnig opfern könntest. Denk an deinen armen Neffen Konrad! Wie schnell kann der Tod einen jungen Ritter ereilen …«

Otto erwiderte nichts.

Doch Hedwig begann zu hoffen, dass ihre Worte auf fruchtbaren Boden fielen. Vielleicht würde Otto beginnen zu erkennen, welcher von seinen Söhnen besser geeignet war, einmal über die Mark Meißen zu herrschen.

DRITTER TEIL

Der Krieg mit dem Löwen

Februar 1180

Auch wenn für Otto und seine Truppen der Krieg vorerst vorbei war und der Winter Einzug hielt im Land – es wurde kein Frieden im Reich des Kaisers. Boten kämpften sich durch Schnee und Eis Richtung Osten und brachten Schreckensmeldungen, eine schlimmer als die andere.

Ins tiefverschneite Christiansdorf gelangten die Nachrichten durch zwei langersehnte Heimkehrer: Kuno und Bertram. Die Fastenzeit hatte gerade begonnen, als sie gemeinsam mit der weißhaarigen Grete das Dorf erreichten.

Im Flockenwirbel wäre ihre Ankunft im Dorf wohl vorerst von den meisten unbemerkt geblieben. Aber die Mannschaft des Wartturmes am westlichen Dorfausgang bereitete den Reisenden ein lautstarkes Willkommen, als sie die beiden jungen Männer erkannten. Der Umstand, dass Bertram die Strecke zu Pferde hatte zurücklegen können und noch im Besitz beider Beine war, verdoppelte die Freude über ihre Ankunft. Und während noch ein allgemeines Schulterklopfen im Gange war, schickte Walther, der gerade auf einen Kontrollgang zum Wartturm gekommen war, jemanden los, der auf der Burg Bescheid sagte.

»Höchste Zeit, dass ihr Faulpelze endlich zurückkommt und euch an eure Arbeit schert«, brummte der Befehlshaber der

317

Wache und erntete dafür einen dankbaren Blick von Kuno. Denn so, wie Bertram humpelte, war nicht abzusehen, ob er seinen Dienst als Wache je wieder aufnehmen konnte. Seine finstere Miene ließ befürchten, dass er sich schon aufgegeben hatte.

Gemeinsam mit Walther ritten die beiden zur Burg, gefolgt von der alten Marketenderin mit ihrem Karren.

Als die vier schneebedeckten Gestalten in der Abenddämmerung das Tor passierten, rannten Marthes Stieftöchter den Heimkehrern freudestrahlend entgegen.

Marthe hingegen wandte sich der Marketenderin zu, von der ihr Christian erzählt hatte.

»Danke, dass du dich um Bertram gekümmert hast. Wir waren sehr in Sorge, dass er sein Bein verliert«, sagte sie erleichtert.

Die Alte verzog den Mund zu einem breiten, durchtriebenen Lächeln. »Mir blieb gar keine Wahl. Sein Freund hätte mir die Hölle auf Erden bereitet, wenn ich das zugelassen hätte.«

Das zahnlose Grinsen erlosch, nun blickte sie ernst. Doch aus ihrer Stimme hörte Marthe eine fast mütterliche Wärme heraus, die sie sofort für die Alte einnahm.

»Es hat wahrlich nicht viel gefehlt. Und er wird das Bein wohl immer nachziehen müssen. Aber es sind zwei gute Kerle, Gott schütze sie. Und Euch und Euren Mann.«

Wie aufs Stichwort kam Christian auf den Hof geritten, der – wer weiß, woher, aber vermutlich am ehesten durch Peters Bande – von der Ankunft seiner Schutzbefohlenen erfahren hatte und sie nun sichtlich erleichtert begrüßte.

Marthe konnte nicht verstehen, was Bertram leise entgegnete, aber seine Miene und Christians Reaktion darauf ließen vermuten, dass er mit Verweis auf seine Verletzung den Dienst quittieren wollte.

»Willst du dich drücken?«, stauchte Christian ihn zurecht, härter, als von jedermann erwartet. »Nur weil ein jämmerlicher Gaul dir vors Scheinbein getreten hat, bist du noch lange kein Held, der sich zur Ruhe setzen und den Enkeln am warmen Herd von seinen ruhmreichen Taten erzählen kann.«

Bertram erbleichte, wagte aber keine Entgegnung.

»Euer Gemahl findet genau die richtigen Worte«, raunte die Alte Marthe zu. »Der Bursche will aufgeben. Wenn ihm nur jemand ordentlich in den Hintern tritt, wird er lernen müssen, damit klarzukommen.«

»Du kennst dich gut mit Menschen aus«, meinte Marthe anerkennend.

Die Alte grinste. »Das muss ich. Sonst wäre ich nie so alt geworden in meinem Gewerbe.«

Nicht nur Gretes Name erinnerte Marthe an jemanden, den sie einst sehr mochte: Kunos Stiefmutter, eine gewitzte, kluge alte Frau, die von Randolf erstochen worden war, nachdem sie ihn verflucht hatte.

»Es wäre schön, wenn du bei uns bliebst«, lud Marthe die Besucherin ein. Sie vermisste die beiden weisen alten Frauen, von denen sie das Heilen erlernt hatte – ihre Ziehmutter Serafine und Christians Ziehmutter Josefa –, ebenso wie Kunos scharfzüngige und lebenserfahrene Stiefmutter.

Doch diese Grete hier schien nicht bereit, sich ohne weiteres festzulegen. »Wir werden sehen«, meinte sie und neigte den Kopf nachdenklich zur Seite.

Marthe rief den Großknecht heran, damit er einen Unterstand für Gretes Karren fand. Dann bat sie die Ankömmlinge in die Halle und ließ Bier und etwas zu essen bringen.

»Zuerst sollten wir Christian berichten«, meinte Kuno, der hungrig Brei in sich hineinschaufelte und trotzdem kaum ein Auge von Johanna ließ. Sie hatte sich mit ihrem Töchterchen auf dem Arm ihm gegenüber hingesetzt und strahlte ihren Mann an, der nicht aufhören konnte, bei diesem Anblick vor lauter Stolz und Vorfreude von einem Ohr zum anderen zu grinsen.

Neben Johanna kauerte Marie, der immer wieder eine verlegene Röte ins Gesicht schoss, wenn sie Bertrams Blick auffing. Doch dieser gab sich offenkundig Mühe, so wenig wie möglich zu ihr zu sehen.

Er fühlt sich als Krüppel, erkannte Marthe, und will auf die Heirat verzichten. Sie versuchte, in Maries Gesicht zu lesen, was ihre jüngere Stieftochter dazu meinte, doch darin standen nur Freude und eine Spur Verlegenheit.

Zum Glück muss das nicht sofort entschieden werden, dachte Marthe. Schließlich ist Fastenzeit, da wird nicht geheiratet.

Ihre Überlegungen wurden unterbrochen, denn Christian, der zuvor auf dem Hof noch etwas mit Walther zu bereden gehabt hatte, betrat die Halle, gefolgt von Lukas.

Die jungen Männer wollten sich sofort erheben, doch Christian winkte ab. »Esst, ihr müsst hungrig und durchgefroren sein«, meinte er.

Kuno schob entschlossen die halbvolle Schüssel beiseite und strich sich das vom Schnee nasse rote Haar aus der Stirn. Das Grinsen erstarb auf seinem Gesicht. »Ich schätze, Ihr wollt gleich hören, was seit dem Abzug des Markgrafen in Haldensleben und Magdeburg geschehen ist.«

»Heraus damit«, bekräftigte Christian. »Wir sind seit Wochen eingeschneit und ohne Nachricht. Ihr seid die Ersten seit langem, die hierher durchgedrungen sind.«

Marthe schenkte ihm und Lukas ebenfalls einen Becher Bier ein, dann setzte sie sich zu den anderen, gespannt auf die Neuigkeiten.

»Nur wenige Tage nach Euerm Aufbruch zog auch Philipps

Streitmacht von Haldensleben ab, um auf dem Rückzug Richtung Köln weiter zu plündern, zu morden und zu brandschatzen«, begann Johannas Mann. »Also gab Erzbischof Wichmann die Belagerung auf. Mit den verbliebenen Truppen hatte er keine Aussicht mehr, die Burg einzunehmen. Außerdem war der Löwe in das Magdeburger Land eingefallen und wütete dort gnadenlos.«

Anfang November, nur wenige Tage nach dem Abzug der Wettiner, brannte Heinrich aus Rache für die Belagerung Haldenslebens Calbe nieder, die bischöfliche Pfalz an der Saale, berichtete Kuno. Die Truppen des Herzogs verheerten das Land bis an die Elbe und ließen Hornburg ein weiteres Mal in Flammen aufgehen. Zur gleichen Zeit fielen auch noch die von Heinrich herbeigerufenen Liutizen und Pommern ins Land ein und wüteten nicht minder grausam. Die von Wichmann gegründete Stadt Jüterbog brannte am gleichen Tag wie Calbe. Die Slawen zerstörten das Kloster Zinna und erschlugen dessen Abt.

»Deshalb verließ Wichmann Haldensleben nur wenige Tage nach Euch, um mit seinen Truppen sein Land gegen die Eindringlinge zu verteidigen.«

Christian musterte ihn skeptisch. »Für jemanden, der einen Freund auf dem Krankenlager schützen sollte, musst du viel unterwegs gewesen sein, um dich umzuhören«, bemerkte er.

»Oh, ich wusste ihn in guten Händen.« Kuno grinste hinüber zu der Alten. »Ich dachte, Ihr wollt wissen, was geschehen ist.«

In seinem von Sommersprossen übersäten Gesicht war auf einmal nichts mehr von seiner üblichen Keckheit und Unbeschwertheit zu sehen. Er wechselte einen Blick mit der alten Grete, die ebenfalls sehr ernst wirkte.

»Tag für Tag sind neue Schauergeschichten nach Magdeburg gedrungen, durch die Menschen, die in die Stadt geflüchtet kamen, um wenigstens ihr nacktes Leben zu retten. Vielleicht ist nicht alles wahr, was sie in ihrer Furcht erzählen. Aber das, was ich Euch berichtete, hat sich so zugetragen. Ich habe mit ein paar Männern von diesem Gerolf gesprochen, der mit Euch zusammen den Brabanzonen entgegengeritten ist. Wer weiß, ob sie noch leben.«

Für einen Augenblick legte sich Stille über den Raum. Jeder hing seinen eigenen, düsteren Gedanken nach, was dieser Krieg ihnen und ihrem Dorf bringen würde.

Christian brach das Schweigen. »Wenn ihr gegessen habt, sollen sich Marthe und Grete Bertrams Bein anschauen. Morgen tretet ihr beide euern Dienst wieder an.«

Mit einem harten Blick brachte er Bertram zum Verstummen, bevor dieser etwas einwenden konnte, erhob sich brüsk und ging hinaus. Lukas folgte ihm.

Noch bevor Lukas den Hof betreten konnte, um mit Christian zu den Ställen zu gehen, kam ihm eine junge Magd entgegen, die anscheinend hier auf ihn gewartet hatte.

»Herr, darf ich Euch um etwas bitten?«, fragte sie mit sichtlich verlegener Miene, während ihre Hände den Saum ihrer Schürze kneteten.

Überrascht hielt Lukas inne, doch er nickte ihr aufmunternd zu. Raina hatte ihn noch nie um etwas gebeten, obwohl sie ihn seit einiger Zeit regelmäßig nachts in seiner Kammer besuchte.

Als Lukas nach seiner Rückkehr von der gescheiterten Belagerung Haldenslebens erfahren hatte, dass Lisbeth über Wochen Albrechts Lager geteilt hatte, brachte er es nicht mehr über sich, zu ihr zu gehen. Er wusste, dass er sie damit kränkte und ihr unrecht tat. Immerhin hatte sie es auf Marthes Bitte hin getan, um den Dorfbewohnern Unbill zu ersparen. Und schließlich war sie eine Hure – da sollte es ihn nicht stören, zu wissen, dass auch andere Männer sie aufsuchten. Doch in diesem Fall störte es ihn. Er wusste, wenn er wieder bei ihr liegen würde, wäre für ihn die Vorstellung übermächtig, wie Albrecht sie nahm. Irgendwie glaubte er sie beschmutzt durch den Mann, der ihnen allen noch das Leben schwermachen würde, sobald er erst über die Mark Meißen herrschte. Auch wenn Albrecht nach Gottes Ordnung einmal sein Dienstherr sein würde – Lukas sah in ihm einen Feind, mit dem er nichts teilen wollte, nicht einmal eine Hure.

Natürlich sprach sich herum, dass er plötzlich dem Hurenhaus fernblieb. Dennoch war Lukas verblüfft, als es in einer Winternacht ein paar Tage vor Weihnachten zaghaft an seiner Kammertür klopfte, Raina eintrat und nach kurzem Zögern mit einem Ruck ihr Kleid abstreifte. Unsicher, beinahe ängstlich, hatte sie damals auf ihn gestarrt, bis er aufgestanden war und auf sie zuging.

»Du musst frieren«, hatte er gesagt, und tatsächlich konnte er im Kerzenlicht erkennen, dass sich in der Kälte des Raumes auf ihren Armen eine Gänsehaut bildete.

»Werdet Ihr mich wärmen, so wie ich Euch Euer kaltes Bett wärmen möchte?«, hatte sie gefragt, wobei ihr Atem sich in kleine weiße Wölkchen verwandelte und ihre Augen um Zärtlichkeit bettelten.

Er hatte Raina bisher kaum wahrgenommen, sie arbeitete als Magd im Backhaus. Doch nachträglich wurde ihm bewusst, dass sie zu denjenigen gehörte, die ihn schon lange mit sehnsüchtigen Blicken verfolgten.

Und sie war hübsch: ebenso blond und mit leuchtend blauen Augen wie er, schlank und mit wohlgeformten Brüsten.

Also hatte er nicht länger gezögert und sie in sein Bett genommen. Das sollte er nicht bereuen.

Er war nicht ihr erster Liebhaber, was ihn in gewisser Weise beruhigte. Er wollte nicht derjenige gewesen sein, der ihr die Aussicht auf eine unbeschwerte Heirat verdarb. Doch bei den einfachen Leuten spielte die Frage der Unberührtheit der Braut bei weitem nicht die Rolle wie bei adligen Hochzeiten. Raina war voller Hingabe und dankbar für seine Zuwendung, ohne je etwas anderes von ihm zu erwarten als ein paar zärtliche Augenblicke.

Dass sie ihn jetzt um etwas bitten wollte, überraschte ihn – und noch mehr ihre nächsten Worte.

»Können wir dazu in Eure Kammer gehen?«

Sie hielt den Kopf gesenkt und flüsterte beinahe. Irgendwie wirkte sie in Nöten. Also wartete er nicht auf Erklärungen, sondern bedeutete ihr, ihm zu folgen.

»Nun, was gibt es?«, fragte er sie aufmunternd, als sie allein in seiner Schlafstatt waren, die sofort von dem Duft nach frischem Brot ausgefüllt wurde, der an Rainas Kleidern, ihrer Haut und ihrem Haar haftete.

Wieder knetete sie den Saum ihrer Schürze, und nicht zum ersten Mal dachte Lukas, dass ihre Hände immerzu in Bewegung waren.

»Ich bin guter Hoffnung und möchte Euch bitten, bei der Dame Marthe ein Wort einzulegen, damit Mechthild mich nicht davonjagt«, brachte sie schließlich leise hervor, ohne zwischendurch Luft zu holen.

»Ist das wahr?!«, brachte Lukas verblüfft hervor.

Sie wich ängstlich einen Schritt zurück. »Es ist von Euch, Herr, ich schwör's!«

Lukas zweifelte nicht an ihren Worten. Schließlich war sie fast jede Nacht bei ihm gewesen, und hätte sie noch einen anderen

Liebhaber, würde sich das auf dem Burghof längst herumgesprochen haben. Doch trotz seiner vielen Liebschaften in den letzten zehn Jahren hatte ihm noch nie eine Frau eröffnet, dass sie ein Kind von ihm erwarte. Er hatte schon begonnen zu fürchten, keine Nachkommen zeugen zu können.

Allmählich wich die Fassungslosigkeit in seiner Miene einem übergroßen Glücksgefühl. Strahlend ging er auf Raina zu und griff nach ihren Händen.

»Du ahnst gar nicht, welche Freude du mir bereitest«, sagte er, und die ängstliche Besorgnis wich aus ihren Zügen.

»Ich werde das Kind anerkennen und für euch sorgen.«

Dann zog er sie an sich.

Erschrocken wich Raina zurück. »Herr, Ihr werdet Euer Gewand mit Mehl beschmutzen.«

Schon begann sie, mit bebenden Fingern das feine weiße Pulver, mit dem ihr einfaches Kleid bestäubt war, von seinem Bliaut zu wischen.

Er hielt ihre Hände fest. »Lass nur!« Erneut zog er sie an sich, küsste sie, schob sie dann ein Stück von sich und legte seine Hand auf ihren Bauch, als wollte er seinen dort heranwachsenden Sprössling begrüßen. Es störte ihn nicht, dass es ein Bastard sein würde.

»Wann soll es zur Welt kommen?«

»Im Herbst natürlich, wann sonst?«, antwortete sie mit einem Lächeln, dem ebenso Erleichterung wie milde Belustigung über seine Frage abzulesen waren.

Immer noch ein bisschen sprachlos über die Neuigkeit, musterte er sie erneut.

Und dann konnte er nicht anders vor Freude und Glück. Ungeachtet ihres halbherzig vorgebrachten Einwandes, dass es noch nicht Nacht sei, schnürte er ihr Kleid auf und ließ es zu Boden gleiten, zog ihr das Unterkleid über den Kopf und dirigierte sie in sein Bett. Diesmal küsste er zuerst ihren Bauch, der noch nichts davon verriet, dass hier sein Sohn oder seine Tochter heranwuchs. Und während er sie leidenschaftlich liebte, füllte ihn der Gedanke beinahe vollständig aus: Ich werde Vater!

Es kümmerte ihn nicht, ob sein lustvolles Stöhnen im ganzen Haus zu hören sein mochte, und auch Raina, die wie stets anfangs bemüht war, keinen Laut von sich zu geben, konnte sich nicht ewig zügeln. Bald hallten ihre Lustschreie durch die Kammer, und als Lukas sich in sie ergossen hatte, dachte er erneut voller Glück: Ich werde Vater!

Raina hatte darauf bestanden, sich sofort wieder anzuziehen und ins Backhaus zu gehen, um nicht noch mehr Ärger wegen ihres Ausbleibens zu bekommen.

Lukas jedoch, obwohl er am liebsten liegen geblieben wäre und sich der wohligen Müdigkeit und den Träumereien hingegeben hätte, ob er nun einen Sohn oder eine Tochter bekommen würde, fühlte sich verpflichtet, Rainas Bitte umgehend zu erfüllen. Erwartungsgemäß fand er Marthe in der Kammer im Erdgeschoss, wo sie ihre Arzneien aufbewahrte und Kranke behandelte. Grete, die Marketenderin, war bei ihr, ebenso Bertram, der mit verlegener Miene gerade wieder seine Beinlinge an der Bruche festknotete.

»Die Wunde ist sauber verheilt«, fasste Marthe das Ergebnis ihrer Untersuchung zusammen.

»Das heißt, ich bleibe für immer ein Krüppel«, interpretierte Bertram mürrisch ihre Worte.

Marthe fasste ihn scharf ins Auge. »Das liegt bei dir! Du hast gehört, was Christian gesagt hat. Solange er dich nicht aufgibt, solltest du es auch nicht. Also hör auf zu humpeln und benimm dich wie ein Mann!«

Lukas fragte sich insgeheim, ob es sich Marthe und Christian nicht ein bisschen zu einfach machten. Schließlich hatte er Bertrams dick angeschwollenes und verfärbtes Bein im Feldlager gesehen und ebenso, wie viel Fleisch um die Wunde herum weggeschnitten werden musste. Das konnte nicht ohne Folgen bleiben.

»Wir sollten lieber ein paar Gebete für den armen Kerl sprechen«, murmelte er, als Bertram und die alte Grete gegangen waren.

Marthes Gesichtsausdruck änderte sich von der rigiden Strenge, mit der sie eben noch Bertram ermahnt hatte, zu tiefer Besorgnis.

»Ja, das sollten wir«, meinte sie ebenso verhalten wie Lukas. »Und ich muss mit Marie reden. Wenn ihn jemand dazu bringen kann, neuen Mut zu fassen und sich mit dem abzufinden, was nicht mehr zu ändern ist, dann sie.«

»Denkst du, sie will ihn noch nach alldem?«, fragte Lukas überrascht. »Obwohl er nie wieder laufen wird wie früher und sie doch gar nicht so darauf erpicht war, ihn zu heiraten?«

Marthe lächelte hintergründig. »Ich glaube, jetzt hat sie sich ihn so richtig in den Kopf gesetzt. Und den Starrsinn einer Frau sollte niemand unterschätzen.«

»Lass das ja nicht Pater Sebastian hören«, spottete Lukas. »Duldsam, gehorsam und stumm seien die Weiber!«, zitierte er den eifernden Priester.

»Das beweist nur, wie wenig er von Frauen versteht«, konterte Marthe.

Als Lukas wider Erwarten nichts entgegnete, erforschte sie wortlos sein Gesicht.

»Raina hat mit dir gesprochen?«, vergewisserte sie sich.

»Ja«, brachte er, gleichermaßen erleichtert wie verlegen, hervor. Ausgerechnet mit Marthe darüber zu reden, dass eine

Frau ein Kind von ihm trug, kam ihn hart an. Schließlich wussten sie beide, dass er sie liebte. Wenngleich keine Aussicht bestand, dass er sie je bekam – höchstens unter der Voraussetzung, dass Christian, sein bester Freund, tot war, und das wollte er gar nicht zu Ende denken –, hatte er ständig das unsinnige Gefühl, sie zu betrügen, wenn er mit einer anderen Frau im Bett lag.

Ein bisschen spät brachte er deshalb seine verwunderte Frage heraus: »Du weißt davon?«

Sie lächelte verhalten.

Lukas konnte sein zufriedenes Grinsen nicht zurückhalten. »Ich werde es als meines anerkennen. Redest du mit Mechthild, damit sie ihr das Leben nicht schwermacht?«

»Keine Sorge«, beruhigte sie ihn. »Sie wird hier auch mit ihrem Kind – deinem Kind – ein Auskommen haben.«

Das, so überlegte Marthe ganz praktisch, erhöhte auch Rainas Chancen, einen Ehemann zu finden, der sich nicht an ihrem Bastard störte, denn unter dem Gesinde würde sie nun als gute Partie gelten.

Während Lukas sich an den neuen Gedanken gewöhnte, Vater zu werden, und Marie dem verblüfften Bertram schnippisch verkündete, wenn er nicht aufhöre, sich selbst zu bemitleiden, sei er es nicht wert, dass sie ihn heirate, brütete Markgraf Otto auf dem Meißner Burgberg über einem Brief seines Landsberger Bruders.

Den halben Abend schon überlegte er hin und her, ob er zum Hoftag Mitte April nach Gelnhausen reiten sollte oder nicht. Wie Dietrich schrieb, sollten dort einschneidende Beschlüsse gefasst werden, nachdem im Januar tatsächlich die Acht über den bisherigen Herzog von Sachsen und Bayern verhängt worden war. Es ging um nicht mehr und nicht weniger als um die Neuverteilung seiner einstigen Herzogtümer Sachsen und Bayern.

Der Löwe hatte nichts getan, um den Richtspruch abzuwenden. Weihnachten feierte er mit demonstrativem Prunk in Lübeck, seiner Siege und seiner Sache sicher. Als der Kaiser in Würzburg die Acht über ihn verhängte und ihm sämtliche Lehen und Güter absprach, war Heinrich gar nicht erst erschienen. Hatte er begriffen, dass seine Gegenwart nichts mehr an der Entscheidung des Staufers ändern würde, oder baute er auf die Stärke seines kampferprobten Heeres, das so groß war, wie sonst nur ein Kaiser oder König eines hatte?

So oder so, Kaiser Friedrich nutzte das wiederholte Fernbleiben des Löwen trotz Aufforderung, um mit der Anklage der Majestätsbeleidigung – man blieb nicht ungestraft fern, wenn der Kaiser rief! – auch die Reichslehen Sachsen und Bayern einzuziehen.

Da jedoch niemand wusste, ob der englische König zugunsten seines Schwiegersohnes eingreifen würde und wie sich der Dänenkönig Waldemar verhalten würde, der ebenfalls mit dem Löwen verwandt war, boten die Fürsten dem einstigen Herzog einen Waffenstillstand an, der bis acht Tage nach Ostern, bis zum 27. April im Jahr des Herrn 1180, bestehen sollte.

Jede der beteiligten Seiten nutzte ihn, um sich mit aller Kraft auf den Krieg vorzubereiten, der unausweichlich geworden war.

Auch Otto traf Vorkehrungen zu einem neuen Feldzug gegen den Löwen. Nur fühlte er sich brüskiert, weil nach Dietrichs Informationen zwar das Haus der Askanier, also Hedwigs Brüder, bei der Neuverteilung von Heinrichs Lehen berücksichtigt werden sollte, jedoch niemand aus dem Hause Wettin. Noch dazu sollten Dietrich und Dedo das kaiserliche Urteil beurkunden, er hingegen nicht!

Welch ein Affront!

Aber Dietrich, der einiges mehr darüber wusste, was in Gelnhausen geschehen würde, drängte ihn, dabei zu sein.

»Es wird ein denkwürdiger Tag, nicht nur für die Gegner des Löwen, sondern für die Geschichte des Reiches«, schrieb er. »Der Kaiser will den Reichsfürstenstand neu ordnen. Du *musst* dabei sein, wenn du auch künftig zu den bedeutendsten Männern des Kaiserreiches zählen willst.«

Das Knarren der sich öffnenden Tür unterbrach Ottos Grübeleien. Hedwig betrat sein Gemach und brachte wie jeden Abend den Heiltrank, den ihre Magd Susanne nach Marthes Anweisungen braute.

Gedankenschwer sah Otto auf und blickte auf den Becher in ihrer Hand. »Schon wieder dieses abscheuliche Gebräu!«, knurrte er mürrisch.

»Ich habe es mit etwas Honig süßen lassen«, ermunterte sie ihn, während sie ihm den Becher in die Hand drückte. Dabei achtete sie tunlichst darauf, jede Berührung mit ihrem Mann zu vermeiden.

Vorsichtig roch Otto daran. Tatsächlich, ein zarter Hauch Süße mischte sich unter all die widerlichen Aromen, die sonst der Medizin entstiegen.

Er fühlte Hedwigs Blick auf sich gerichtet und wusste, dass sie nicht gehen würde, bevor er ausgetrunken hatte.

Lästig, diese Aufsicht! Er brauchte keine Amme mehr! Allerdings musste er zugeben, dass die Medizin zu helfen schien, obgleich es ihm schwerfiel, Marthes Ratschlägen zu folgen und weniger Fleisch und Wein zu vertilgen. Leider ließ ihm Hedwig auch in dieser Hinsicht keine Wahl und hatte sich mit dem Küchenmeister verschworen. Da Fastenzeit war, konnte er ihnen nicht einmal vorhalten, dass nur Fisch, fleischlose Suppe, Brot, Hirsebrei und Bier auf seine Tafel kamen.

Aber um nichts in der Welt hätte er zugegeben, dass es ihm besser ging. Und Hedwig war klug genug, ihm dieses offene Eingeständnis nicht abzuverlangen.

Zögernd wagte er einen kleinen Schluck. Wahrhaftig, mit Honig ließ sich das ertragen. Warum war sie nicht schon eher darauf gekommen?

Hedwig setzte sich ihm gegenüber und ließ ihn nicht aus den Augen.

Bevor ich nicht ausgetrunken habe, werde ich sie nicht wieder los, dachte Otto erneut und überwand sich, einen kräftigen Schluck zu nehmen. Irrtum, revidierte er seine Meinung; es ist und bleibt ein widerliches Gebräu.

Hedwig sah, dass er sich schüttelte, und wollte ihn ablenken.

»Grübelst du immer noch nach über den Brief deines Bruders?«, fragte sie und wies auf das Schreiben vor ihm.

Der Anblick von Dietrichs Handschrift erinnerte sie schmerzhaft an ihren Geliebten. Sie fühlte sich versucht, nach dem Pergament zu greifen, das er in seinen Händen gehalten haben musste, um dem letzten Hauch seiner Berührung nachspüren zu können.

Scheinbar beiläufig zog sie den Brief an sich, und ihr war, als könnte sie noch Dietrichs Wärme auf der dünnen, gegerbten Haut fühlen.

Natürlich war das Unsinn; der Bote musste zwei Tage durch den Schnee geritten sein. Aber sie konnte es nicht lassen, mit beiden Händen über dieses hauchzarte Verbindungsglied zwischen ihnen zu streichen.

Dann zwang sie sich zu Beherrschung.

»Ich weiß nicht, warum du zögerst, nach Gelnhausen zu reiten«, sagte sie, um Ottos Aufmerksamkeit auf den Hoftag zu lenken.

Sie hatten schon am Nachmittag über den Inhalt der Nachricht diskutiert. »Fast eineinhalb Jahrzehnte hast du gemeinsam mit unseren Verbündeten und ungeachtet aller Gefahr auf diesen Moment hingearbeitet: den Löwen entmachtet zu sehen. Schon deshalb solltest du dir das nicht entgehen lassen.«

Otto gab einen unbestimmbaren Laut von sich, der sowohl Zustimmung als auch Widerspruch bedeuten konnte.

»Wenn die mächtigsten Männer des Reiches zusammenkommen, gehörst du dazu«, bohrte Hedwig weiter. »Es ist eine Frage der Ehre!«

»Du hast ja recht«, brummte Otto und nahm angewidert einen kräftigen Zug, um den letzten Rest Sud auszutrinken.

Brüsk schob er den leeren Zinnbecher zu seiner Frau hinüber.

Sie unterdrückte ein Lächeln über seinen widerwilligen Gehorsam.

»Aber wenn ich mich bei Wind und Wetter wieder für Wochen in den Sattel quäle, sollen mich Christian und sein Weib begleiten, damit diese Marthe unterwegs etwas gegen meine Schmerzen unternehmen kann«, knurrte er.

»Eine gute Entscheidung, mein Gemahl«, lobte Hedwig erleichtert.

Sie war nicht nur besorgt gewesen, Otto könnte aus Groll über die Entscheidung des Kaisers dem Hoftag fernbleiben, weil das seine Position unweigerlich schwächen würde. Sie wollte auch dabei sein, wenn ihr Bruder Siegfried endlich das Erzbistum Bremen zugesprochen bekam, das ihm schon so lange zugestanden hätte. Vor allem aber hoffte sie auf eine Gelegenheit, sich in Gelnhausen heimlich mit ihrem Geliebten treffen zu können.

Sie zögerte einen Moment, zu fragen, ob wohl ihr jüngster

Sohn mit ihnen reisen würde. Wenngleich sie einen erneuten Zusammenstoß mit Albrecht befürchtete, der sich inzwischen wieder dem Gefolge des Königs angeschlossen hatte und mit Sicherheit am Hoftag teilnehmen würde, wollte sie ihren Jüngsten gern wiedersehen.

Doch Otto kam ihrer Frage zuvor. »Dietrich soll in Christiansdorf bleiben, das ist mein unumstößlicher Befehl«, erklärte er mit einem Blick, der jeglichen Einwand Hedwigs ersticken sollte. »Es ist noch längst nicht genug Gras gewachsen über seine unrühmliche Prügelei mit einem Ritter des Königs, auch wenn es sein eigener Bruder war, um ihn mit zu einem Hoftag zu nehmen, zu dem die wichtigsten Männer des Kaiserreiches kommen werden.«

»Wie Ihr wünscht, mein Gemahl«, hauchte Hedwig zu seiner Überraschung, nahm den leeren Becher und stand auf, um mit leichtem Schritt die Kammer zu verlassen. Sie würde schon jemanden finden, der Otto nahelegte, er könne seinen Sohn so unmittelbar vor einem Krieg nicht allein auf einer mäßig bemannten Burg lassen, während er deren Befehlshaber mit sich reiten ließ.

Warum kann sie nicht immer so folgsam sein?, dachte Otto, während er ihr nachsah. Nach den Streitereien der letzten Jahre und jener demütigenden Nacht, in der er sie auf Knien bitten ließ, ihrem jüngeren Sohn das Kloster zu ersparen, hatte sich ihr Verhältnis zueinander eindeutig verbessert, seit sie bei der Fehlgeburt fast gestorben war.

Zu seiner Überraschung machte es die Sache leichter, dass er ihr nachts fernbleiben sollte, weil sie nicht mehr schwanger werden durfte. So fühlte er sich nicht mehr unter Druck gesetzt, sich ihr im Bett beweisen zu müssen. An Gespielinnen fehlte es ihm nicht, wenn ihm danach war. Aber sie musste nun wegen des Makels, ihm keine Erben mehr gebären zu können, mehr Demut und Bescheidenheit an den Tag legen.

Eigentlich, so dachte Otto zufrieden, führen wir jetzt eine richtig gute Ehe.

Kaiserpfalz Gelnhausen, April 1180

Hedwig konnte sich nicht entsinnen, jemals einen Hoftag erlebt zu haben, bei dem so viel kaum verborgene Spannung in der von kostbaren Düften geschwängerten Luft lag wie bei diesem in Gelnhausen. Dabei hatten die meisten Anwesenden Jahre oder gar Jahrzehnte auf die Entmachtung des Löwen gewartet und sollten froh sein, dass der Kaiser nun endlich gewillt war, sie konsequent bis zum bitteren Ende zu betreiben. Otto an ihrer Seite schwitzte förmlich Zorn aus allen Poren, und ein Blick auf ihren ältesten Bruder verriet ihr, dass auch dieser bis zum Äußersten angespannt war.

Sie wagte es nicht, nach Dietrich von Landsberg zu sehen, verlor sich aber in dem Gedanken, ob sie sich hier wohl heimlich würden treffen können. Wie sehr sie seine Zärtlichkeiten und seine Kraft vermisste! So versank sie in Tagträumen, malte sich aus, wie seine Hände über ihren Körper glitten, wie seine Lippen sie an den empfindlichsten Stellen liebkosten, und spürte, wie ein Beben durch ihren Körper ging.

Die Stimme des Kaisers, nun mit Nachdruck erhoben, riss sie aus ihren Gedanken.

»Hiermit rufen Wir, der durch göttliche Gnade erhabene Kaiser, zur Reichsheerfahrt gegen Heinrich den Löwen, den einstigen Herzog von Sachsen und Bayern«, verkündete Friedrich

Rotbart vor den Großen seines Reiches, die sich so zahlreich in der Halle versammelt hatten, dass kaum Platz blieb, um eine Nadel fallen zu lassen. »Sie soll am fünfundzwanzigsten Juli im Jahr der Menschwerdung des Herrn 1180 beginnen. Die Uns treu ergebenen Fürsten sind aufgerufen, an diesem Tag mit ihren Streitmächten anzutreten, um die Städte und Burgen zu erobern, die der Geächtete nicht freiwillig ausliefert.«

Die meisten der zum Krieg Gerufenen blickten kampfeslustig, manch einer brachte mit Rufen seine Zustimmung zum Ausdruck. Niemand in diesem Saal glaubte auch nur einen Augenblick lang, dass der Löwe seinen gewaltigen Besitz aus freien Stücken hergeben würde. Und selbst diejenigen unter ihnen, die keine persönliche Rechnung mit dem Welfen offen hatten, mussten daran interessiert sein, dass Heinrich ein für alle Mal entmachtet wurde. Er war zu stark und zu überheblich geworden.

Außerdem: Vierzig Städte und nahezu siebzig Burgen zählten zu Heinrichs Besitz und waren neu zu verteilen. Sie einzunehmen, versprach jedem Beteiligten üppige Beute.

Otto stand mit seinen Brüdern unmittelbar neben den Askaniern und hoffte, dass der Kaiser nun endlich die schicksalsträchtige Versammlung für diesen Tag auflösen würde. Seine Beine und sein Rücken schmerzten vom langen Stehen, und seine Laune konnte schlechter kaum sein.

Doch der Kaiser war zur Überraschung aller noch nicht fertig.

»Landgraf Ludwig, Herzog Bernhard!«

Geschmeichelt traten die beiden Adligen hervor, die zu den vorrangig Begünstigten bei der Aufteilung Sachsens zählten: der Thüringer Landgraf Ludwig, dem der Kaiser die Pfalzgrafschaft Sachsen verliehen hatte, und Hedwigs jüngster Bruder Bernhard von Aschersleben. Ihn hatte Friedrich überraschend zum Herzog von Sachsen ernannt – ein Titel, der sich allerdings nur noch auf den östlichen Teil des früheren Herzogtums erstreckte, denn die Kirchenbezirke Paderborn und Köln hatte der Kaiser zuvor abgetrennt und als Herzogtum Westfalen dem Kölner Erzbischof übertragen. Außerdem erlaubte er auch noch den Kirchenfürsten, sämtliche kirchlichen Lehen des Löwen an sich zu nehmen. Bernhard würde als Herzog von Sachsen über deutlich weniger Land herrschen als sein Vorgänger. Und dem Vernehmen nach wollte der Kaiser auch Bayern aufsplittern, ehe er es neu vergab.

In Erwartung weiterer Befehle knieten Ludwig und Bernhard vor dem Kaiser nieder.

»Ihr werdet mit Euren Heeren als Erste die Reichsacht gegen den Abtrünnigen vollziehen«, verkündete der Rotbart. »Euch wird von Uns die ehrenvolle und bedeutende Aufgabe übertragen, Goslar zu schützen.«

Otto konnte nicht verhindern, dass sich ein verächtlicher Ausdruck auf seinem Gesicht ausbreitete.

Die Verteidigung der reichen Kaiserstadt, die Heinrich einst gehört hatte und die ihn wegen der ergiebigen Bergwerke in der Nähe anziehen musste wie ein Honigtopf den Bären, ausgerechnet dem glücklosen Bernhard zu übertragen, der bisher so gut wie jede militärische Auseinandersetzung verloren hatte und sich seine Stammburg Aschersleben hatte niederbrennen lassen, zeugte in seinen Augen nicht gerade von der Weitsicht des Kaisers.

Ihm war klar, warum Friedrich von allen Askaniern ausgerechnet Bernhard gewählt hatte, um ihn zum Herzog von Sachsen zu machen, und nicht etwa Hedwigs ältesten Bruder Otto, den energischen Markgrafen von Brandenburg. Offenkundig hatte der Staufer aus dem Zerwürfnis mit dem Löwen gelernt und beschlossen, nie wieder einem seiner Vasallen so viel Macht zu übertragen, dass er ihm gefährlich werden konnte. Und Hedwigs ältester Bruder – ganz der Erbe seines Vaters, Albrechts des Bären – hätte vielleicht das Zeug dazu. Aber das Schicksal Sachsens und Goslars in die Hände des glücklosen Bernhard zu legen? Welch eine bizarre Idee!

Der Meißner Markgraf konnte zwar von seiner Position aus in dem übervollen Saal nicht mitbekommen, wie sein Schwager auf diesen Auftrag reagierte, aber auf jeden Fall musste er den Kaiser erzürnt haben.

Friedrich zog die Augenbrauen zusammen und blickte finster auf den neuernannten Herzog von Sachsen, während die Kaiserin geradezu verächtlich auf Bernhard herabsah.

»Habt Ihr irgendetwas gegen Unseren Beschluss einzuwenden, *Herzog?*«

Das letzte Wort betonte der Kaiser auf eine Art, die unmissverständlich ausdrückte, er könne die Ernennung umgehend wieder rückgängig machen.

Auch von der leise gesprochenen Antwort Bernhards konnte Otto kaum etwas verstehen.

»Das war keine Bitte, sondern ein Befehl«, erwiderte der Kaiser mit Schärfe. Bernhard fuhr zusammen, verneigte sich und zog sich mit Friedrichs Erlaubnis zurück auf seinen Platz.

»Nun ist es an Euch, dem Kaiser Eure Treue und Dankbarkeit zu beweisen«, konnte sich Erzbischof Philipp nicht zu sagen verkneifen, der mit dem heutigen Tag auch noch Herrscher des neugegründeten Herzogtums Westfalen geworden war.

Angewidert verzog Otto das Gesicht. Er sah hinüber zu seinem wütend blickenden, gleichnamigen Schwager, Hedwigs ältestem Bruder, und beschloss sofort, sich gleich nach der Fürstenversammlung mit dem Markgrafen von Brandenburg zu betrinken.

Hedwigs Bruder Siegfried, der als künftiger Erzbischof von Bremen zu den Gewinnern des Krieges gegen den Löwen zählte, würde seine Berufung wohl eher angemessen mit einem Dankgebet feiern wollen.

Otto atmete auf, als der Kaiser die Zusammenkunft der Fürsten für diesen Tag endlich beendete. Höflich bot er Hedwig seinen Arm, um sie hinauszugeleiten. Doch sie hatten den Ausgang noch nicht erreicht, als ein Page sie mit einer tiefen Verbeugung aufhielt und ausrichtete, die Kaiserin bitte die Markgräfin von Meißen zu sich.

Otto zog überrascht die Brauen hoch. Hedwig erwiderte seine stumme Frage mit einem kaum wahrnehmbaren Schulterzucken. Sie hatte keine Ahnung, warum Beatrix sie sprechen wollte. Aber sie erinnerte sich gut an ihre letzte vertrauliche Unterredung mit der Kaiserin. Das war vor zwölf Jahren auf dem Hoftag in Würzburg gewesen, wo ihr Mann als Teilnehmer einer Verschwörung gegen Heinrich den Löwen, damals noch engster Freund des Kaisers, die Mark Meißen hätte verlieren können. Eine vertrauliche Nachricht von Beatrix an Hedwig – versteckt hinter höfischen Floskeln, damit ihnen niemand vorwerfen konnte, sich in die Politik ihrer Männer einzumischen – hatte dafür gesorgt, dass die Aufständischen schließlich dem vom Kaiser geforderten Waffenstillstand zustimmten.

Mit einer jovialen Geste gestattete der Markgraf seiner Frau, zu gehen. Erleichtert, Ottos Berührung und seiner Nähe entkommen zu können, folgte sie dem Pagen.

Unterdessen suchte der Markgraf von Meißen seine Brüder und seinen Schwager Otto von Brandenburg. Er brauchte jetzt dringend etwas Starkes zu trinken, und vermutlich ging es den anderen ebenso.

Beatrix begrüßte Hedwig mit großer Herzlichkeit, bot ihr einen Stuhl an und ließ schweren roten Wein aus ihrer Heimat Burgund bringen. Dann schickte sie sämtliche Kammerfrauen und Hofdamen aus dem Raum.

Zum ersten Mal war Hedwig mit der Kaiserin allein.

Was würde sie von ihr wollen? Falls sie eine Nachricht für sie hatte, musste Beatrix sie diesmal nicht versteckt zwischen höfischen Floskeln übermitteln und hoffen, dass ihr Gegenüber verstand.

Kaum hatte die letzte Hofdame ihnen den Rücken zugedreht, um das Privatgemach der Kaiserin zu verlassen, in dem im Gegensatz zur üblichen Kälte im Gemäuer wohlige Wärme herrschte, erlosch das Lächeln auf Beatrix' Gesicht, das sie vor der Fürstenversammlung aufzusetzen pflegte. Für einen kurzen Moment wirkte sie müde und angegriffen von den Streitigkeiten der letzten Jahre.

Die Kaiserin war siebenunddreißig Jahre alt, rechnete Hedwig nach; fast genauso alt wie sie selbst. Beide waren mit zwanzig Jahre älteren Männern verheiratet worden, beide hatten sie es geschafft, dass ihnen ihre Ehemänner verfallen waren und auf ihren Rat hörten. Nur durfte sich keine von ihnen offen in die Politik ihrer Männer einmischen – das hätte deren Ansehen bei den Vasallen unwiderruflich geschadet.

Hedwig wusste Beatrix' prüfenden Blick auf sich und wartete, innerlich angespannt.

»Ich habe aus der Ferne Euren Weg genau verfolgt, Dame Hedwig.« Ein amüsiertes Lächeln zog über das Gesicht der Kaiserin. »Wie Ihr damals in Würzburg die Streithähne zum Einlenken bewegt habt, war ein Meisterstück. Ich habe Euch bis heute noch nicht dafür gedankt.«

»Ohne Eure Hilfe hätte ich nichts zu bewirken vermocht, Majestät«, entgegnete Hedwig aufrichtig.

Die beiden Frauen tauschten einen Blick, der sie wie schon vor zwölf Jahren zu Verbündeten machte.

»Ich wünschte nur, alle Fürstinnen verstünden es so gut, ihre Männer mit sanfter, aber entschlossener Hand zu etwas mehr Vernunft zu bringen«, meinte Beatrix.

»Wenn ich ehrlich sein soll«, sagte Hedwig nach einigem Zögern, »so fürchte ich, dass ich nur noch bedingt Einfluss auf meinen Gemahl habe.«

War es Verrat, was sie da gerade an ihrem Mann beging? Doch Beatrix war klug genug, um längst erkannt zu haben, wie es im Hause Wettin stand.

»Ein Wunder, wie Ihr es überhaupt noch schafft, diesen grimmigen Bären an der Kette zu halten«, entgegnete die Kaiserin mit einem Lächeln.

»Ihr müsst ihm verzeihen – er wird fast ständig von unerträglichen Schmerzen gequält, das macht ihn unleidlich«, nahm Hedwig ihren Mann gegen ihren Willen in Schutz.

»Und Ihr habt eine überaus kundige Heilerin aufgetrieben, um seinen Zustand und seine Laune zu bessern, die Frau des Christiansdorfer Vogtes. Wie weise!«

Hedwig wunderte sich nicht, dass Beatrix so gut informiert war. Sie würde – im Gegensatz zu anderen – nie den Fehler begehen, die Klugheit der Kaiserin zu unterschätzen.

»Wenn Ihr ihre Dienste benötigen solltet, wird sie Euch freudig zur Verfügung stehen«, versicherte sie.

»Danke, das ist nicht nötig. Mit Gottes Hilfe erfreuen sich mein Gemahl und ich bester Gesundheit. Sagt, wie geht es Euerm jüngsten Sohn? Wie ich hörte, hat ihn der Herr von Christiansdorf als Knappen bei sich aufgenommen.«

Aufmerksam musterte Hedwig das Gesicht der Kaiserin. Würde sie Dietrich seine Verfehlung nachtragen?

»Mein Sohn gibt wirklich sein Bestes, um sein Vergehen wiedergutzumachen und seine Ehre wiederherzustellen. Bei der Belagerung Haldenslebens hat er sein Leben riskiert, um die Interessen Erzbischof Wichmanns zu wahren.«

Vergeblich hoffte sie, die Kaiserin würde ihr ersparen, die Einzelheiten darüber zu berichten. Natürlich bestand Beatrix darauf, die Geschichte zu hören.

Als Hedwig geendet hatte, beugte sich die Kaiserin zu ihr und senkte die Stimme noch mehr, um ganz sicher zu sein, dass auch kein Lauscher vor der Tür sie hören konnte.

»Es ist klug, ihn vorerst in Euerm Silberdorf unterzubringen. Glaubt mir, ich kann Euch nur zu gut verstehen. Leider. So wie Euch Euer Ältester, bereitet mir der König einige Sorgen ...«

Abrupt lehnte sich Beatrix zurück, als hätte sie zu viel gesagt. Sie nahm einen tiefen Schluck und strich sich über die rechte Augenbraue.

Ein beklemmender Gedanke ging Hedwig durch den Kopf – nicht zum ersten Mal. Hatte das Wissen um die Macht, die ihnen zufallen würde, den jungen König Heinrich und auch Albrecht schon von klein auf verdorben? Beide hatten nie Demut oder wenigstens Bescheidenheit gelernt, sondern nur, dass ihnen jeder gehorchen musste.

Beatrix' nächste Worte rissen sie aus ihren Überlegungen.

»Euer Gemahl und Euer ältester Bruder werden enttäuscht sein über die Entscheidung des Kaisers, an wen er die frei gewordenen Lehen vergibt.«

Hedwig wollte etwas erwidern, doch die Kaiserin ließ sie mit einer Handbewegung verstummen. »Erspart mir höfische Floskeln. Wir alle wissen, dass der Markgraf von Brandenburg ein guter Herzog von Sachsen geworden wäre, was im Falle Bernhards nicht gewiss ist, zumal Krieg bevorsteht. Doch bedenkt: Nicht nur der Kaiser, sondern auch die anderen Fürsten hätten nicht hingenommen, dass noch einmal jemand zwei Herzogtümer hält und ähnlich mächtig und einflussreich wie der Löwe werden könnte. Stimmt Ihr mir zu?«

Hedwig blieb nichts anderes übrig, als zu nicken. Beatrix hatte recht. Sie hatten alle gelernt aus diesem Fall, nicht nur Friedrich Rotbart.

»Es wird im Reich nie wieder jemanden außer dem Kaiser geben, der über so viel Macht verfügt«, bekräftigte Beatrix.

Dann sollte der Kaiser Philipp von Heinsberg gut im Auge behalten, dachte Hedwig skeptisch. Denn zu seiner bisherigen Macht ist dem Erzbischof von Köln nun noch das halbe Sachsen zugefallen, auch wenn es jetzt Westfalen heißt.

»Mein Gemahl konnte deshalb den Markgrafen von Brandenburg nicht weiter belehnen«, fuhr die Kaiserin fort, als habe sie Hedwigs skeptischen Gesichtsausdruck nicht bemerkt. »Aber er vermochte die beiden Herzogtümer auch nicht an seine eigenen Söhne zu übertragen; dafür hätte er die Zustimmung der Fürsten nie bekommen. Ihr versteht?«

Wieder nickte Hedwig, bemüht, sich von ihrer Verblüffung über dieses Eingeständnis nichts anmerken zu lassen.

»Ich bitte Euch, richtet dies Eurem Gemahl und Eurem ältesten Bruder aus – und dass der Kaiser zur Reichsheerfahrt auf beide zählt.«

Eine Weile herrschte Schweigen zwischen beiden Frauen, jede nippte an ihrem Wein. Das Knistern des Feuers und das Rascheln der Seide ihrer Kleider waren für einen Augenblick die einzigen Geräusche.

Dann entschloss sich Hedwig, die Stille zu brechen. »Erlaubt Ihr eine Frage, Majestät?«

Mit einer Geste ermutigte Beatrix sie, zu sprechen.

»Die Niederlage des Löwen ist unausweichlich. Doch niemand weiß, wie lange und blutig dieser Krieg sein wird. Konntet Ihr nicht bewirken, dass Heinrichs Gemahlin ihn zum Einlenken bringt?«

Beatrix sah sie für einen Augenblick an, dann schüttelte sie den Kopf. »Die kleine Mathilde wird mir ewig ein Rätsel bleiben.«

Beide Frauen lächelten angesichts dieser Formulierung, die nicht einer gewissen Ironie entbehrte. Zwar war Mathilde, die Tochter des englischen Königs Heinrich Plantagenet und seiner Gemahlin Eleonore von Aquitanien, kaum elf Jahre alt gewesen, als sie vor zwölf Jahren mit dem viel älteren Heinrich verheiratet wurde, aber inzwischen überragte sie ihren stämmigen Ehemann um eine halbe Handspanne.

Hedwig erinnerte sich noch genau, was ihr durch den Kopf ging, als sie die normannische Kindfrau zum ersten Mal gesehen hatte, im Sommer 1168 auf dem Hoftag zu Würzburg. Damals stand Mathilde klein und eingeschüchtert an der Seite ihres Gemahls, anscheinend weit weniger vom Glanz des Hoftages als von der Präsenz des breitschultrigen Herzogs an ihrer Seite beeindruckt. Jedermann hatte erwartet, dass sie tatkräftig an seiner Seite mitregieren würde, wenn sie erst etwas älter und das Brautlager vollzogen war.

Doch obwohl sich Heinrich alle Mühe gab, ihr zu gefallen, Sänger und Dichter an seinen Hof holte – nie hörte man davon, dass Mathilde versuchte, Einfluss auf ihn zu nehmen, und schon gar keinen mäßigenden Einfluss, wie es angebracht gewesen wäre.

»Anscheinend hat sie nichts vom Temperament ihrer Eltern geerbt«, sprach die Kaiserin aus, was beide dachten. Denn Heinrich von England und Eleonore von Aquitanien führten seit Jahren einen offenen Krieg miteinander, bei dem die Königin von ihrem Gefangenenquartier aus sogar ihre Söhne zur offenen Rebellion gegen den Vater aufgestachelt hatte.

343

»Mathilde hätte es in der Hand«, sagte Beatrix bedauernd. »Aber sie lehnt es ab! Ich bot ihr geheime Verhandlungen an, doch sie ließ mich wissen, dass sie stets den Entscheidungen ihres Gemahls folgen werde und ihr Platz an seiner Seite sei.«

Sie schüttelte verständnislos den Kopf. »Ihre Mutter kann es nicht gewesen sein, die ihr so viel Gehorsam gegenüber Ehemännern beigebracht hat. Sollte sie sich wirklich in diesen sturen, aufbrausenden, machtbesessenen Mann verliebt haben?«

Das vermochte sich auch Hedwig schwer vorzustellen.

»Vielleicht fürchtet sie sich vor ihm?«, überlegte sie laut. Es brauchte Mut, sich als Frau in die Geschäfte der Männer einzumischen. Wer nicht wohldurchdacht vorging, riskierte nicht nur den Zorn seines Gemahls, sondern auch dessen Ansehen bei den Gefolgsleuten.

»Dann wird ihre Ängstlichkeit viele gute Männer das Leben kosten«, konstatierte die Kaiserin bitter. »Andererseits hätten wohl auch wir beide Mühe, diesen Starrkopf zum Einlenken zu bringen. Also werden die Waffen sprechen. Deshalb bitte ich Euch, sorgt mit allem Geschick dafür, dass die Markgrafen von Brandenburg und Meißen entschlossen an der Seite des Kaisers kämpfen! Sie werden es nicht bereuen.«

Hedwig hatte viel Stoff zum Nachdenken, als sie in das Quartier ging, das ihr und ihrem Mann während des Hoftages zugewiesen worden war. Schon von draußen hörte sie laut dröhnende Männerstimmen.

In der Kammer fand sie dann auch die Szene vor, die sie erwartet hatte: Ihr Mann und ihr ältester Bruder waren dabei, sich zielstrebig zu betrinken.

»Der Kaiser kann keine starken Männer mehr um sich vertragen«, tönte der Meißner Markgraf mit schwerer Zunge. »Erst

sserhackt er die Herzogtümer in kleine Stücke, dann verteilt er
ssie an die größten Versager.«

Hedwig war dankbar, dass Ottos Stimme schon undeutlich
geworden war. Was, wenn ein Lauscher draußen weitertrug,
was die beiden hier von sich gaben?

»Stimmt«, bestätigte ihr Bruder, der dem Wein wohl ebenso
kräftig zugesprochen haben musste, auch wenn er ihn besser
vertrug, und hieb dem Schwager auf die Schulter.

Dietrich, der an eine Wand gelehnt stand und skeptisch auf die
beiden Trinkfreudigen schaute, wechselte einen kurzen Blick
mit Hedwig und mahnte eindringlich: »Seid vorsichtig! Hier
haben die Wände Ohren!«

»Iss doch wahr!«, nuschelte Otto von Meißen.

»Und spätestens, wenn der kleine Bernhard vor Goslar versagt, wird dem Rotbart das leidtun«, bekräftigte Otto von
Brandenburg.

Seine Augen verengten sich zu kleinen Schlitzen, als er meinte:
»Der Krieg wird die Harzer Bergleute in Scharen zu dir trei-
ben, Schwager. So wirst du noch reicher! Sie werden dich auf
Knien anflehen, nach Christiansdorf kommen zu dürfen.
Denk an meine Worte!«

Krachend stießen die beiden Ottos ihre Pokale zusammen und
tranken sich zu.

»Auf den Krieg!«

»Auf den Krieg! Solange ich nur nicht wieder in dieses gott-
verdammte Torfmoor muss!«

Niemand ermahnte den Meißner Markgrafen, das Fluchen zu
unterlassen. Die Erinnerung an die widrige Belagerung Haldenslebens war unter den Männern noch zu gegenwärtig.

»Deine Gemahlin wirkt blass und müde«, sagte Dietrich zu
Otto. »Erlaubst du, dass ich sie an deiner Stelle bis zur Tür
eures Schlafgemachs begleite?«

Hedwig durchfuhr es siedend heiß.

Aber Otto winkte nur ab und ließ sich neuen Wein einschenken. »Nur ssu!«

Mit schwerem Blick sah er auf Hedwig. »Ruh dich aus. Damit du morgen wieder schön aussiehst, meine Teure!«

Dietrich reichte ihr seinen Arm. Das war auch dringend nötig, denn vor Angst und Aufregung waren ihre Beine mit einem Mal ganz zittrig geworden.

»Trinkt nicht alles aus«, ermahnte er die beiden Zechbrüder beiläufig. »Ich bin gleich zurück.«

Mit angehaltenem Atem ließ sich Hedwig von Dietrich hinausführen. Ohne ein Wort gingen sie den Gang entlang. Doch dann schob Dietrich sie in eine Nische und durch eine schmale Tür. Der winzige Raum dahinter war stockfinster. Hedwig hatte beim Eintreten im flackernden Schein der Fackel, die den Gang erleuchtete, nur erkennen können, dass er als Vorratskammer für irgendetwas diente und dort mehrere Fässer standen.

Hastig schob Dietrich den Riegel vor und riss sie an sich. Er küsste sie leidenschaftlich, ja, gierig, während seine Hände ihre Brüste kneteten und im nächsten Moment schon unter ihren Rock glitten. Dann löste er sich überraschend für einen Moment von ihr, um sie mit beiden Händen hochzuheben und gegen die Wand zu drücken.

»Ich halte es nicht mehr aus ohne dich«, keuchte er, während sie mit ihren Schenkeln seinen Leib umklammerte. Diesmal war nichts von seiner sonstigen Besonnenheit geblieben. Heftig stieß er in sie hinein, wieder und wieder, während sie ihre Lustschreie an seinem Körper erstickte, damit niemand sie hörte. Mit einem herzzerreißenden Seufzer ergoss er sich in sie.

Vorsichtig ließ er sie herab und versenkte sein Gesicht zwischen ihren Brüsten.

»Meine Liebe, meine einzige, große Liebe!«, stöhnte er verzweifelt. »Ich weiß nicht, wie ich länger ohne dich leben soll.«

Hedwig war zutiefst verstört über seinen Ausbruch. So hatte sie Dietrich noch nie erlebt. Diesmal war sie es, die ihn trösten musste – und nicht umgekehrt.

Sie bedeckte sein Gesicht mit Küssen. »Wir finden einen Weg«, flüsterte sie. Auch wenn sie keine Hoffnung hatte, dass ihr das gelingen würde.

Am Morgen erwachte Otto erwartungsgemäß spät und mit dröhnendem Schädel. Hedwig war bereits darauf vorbereitet und hatte Christians Frau gebeten, einen Trank zu brauen, der die Kopfschmerzen des Meißner Markgrafen lindern könnte.

Mit der fertigen Mixtur in der Hand wartete Marthe, bis sie gerufen würde.

Währenddessen war Hedwig mit ihren Gedanken bei ihrem Geliebten.

Die Jahre des Hoffens auf eine der raren Gelegenheiten, sich für wenige, gestohlene Momente heimlich zu treffen, immer in Gefahr, entdeckt zu werden, hatten sie beide zermürbt und zutiefst unglücklich gemacht. Aber keiner konnte vom anderen lassen, jeder von ihnen lebte nur in Erwartung der kurzen, heimlichen Begegnungen.

Bisher war Dietrich immer der Stärkere gewesen, hatte stets versucht, sie aufzurichten und ihr Hoffnung zu geben. Gestern Nacht, während ihrer hastigen, stürmischen Vereinigung, hatte er zum ersten Mal die Beherrschung verloren und zu erkennen gegeben, dass er nicht weniger verzweifelt war als sie. Auf einmal waren die Rollen vertauscht; nun musste sie die Stärkere sein.

Die halbe Nacht hatte sie wach gelegen und gegrübelt, welchen Ausweg es für sie beide geben könnte. Die zunehmend ernsthaft von ihnen erwogene Möglichkeit, gemeinsam zu fliehen und sich irgendwo niederzulassen, wo niemand sie kannte, entfiel, solange Krieg herrschte. Im Friedensfall hätte Dietrich vielleicht die Markgrafschaft seinem Bruder überlassen können. Schließlich besaß er die Zusicherung des Kaisers, dass die Ostmark an Dedo fallen würde, sollte ihm etwas zustoßen. Doch gerade hatte der Kaiser die Fürsten zur Reichsheerfahrt aufgerufen. Nun durfte Dietrich nicht mehr einfach so verschwinden – das wäre Verrat am Kaiser.

Und sie war endlich auf dem Weg, ihren Einfluss auf Otto wiederzuerlangen; Einfluss, den sie geltend machen wollte, damit er seinen Titel und das Land dem jüngeren Sohn und nicht Albrecht vererbte. Jetzt, nachdem Otto erstmals seinen Ältesten in die Schranken gewiesen hatte und ihn mit einer vagen Spur von Misstrauen beäugte, konnte sie nicht fortgehen.

Wie sie es drehte und wendete – ihnen blieb nichts, als sich weiter ab und an zu den Hoftagen heimlich zu treffen, bis sie irgendwann entdeckt würden. Und irgendwann würde das Unvermeidliche eintreten.

Otto würde sie auf der Stelle töten. Eine öffentliche Bestrafung kam nicht in Frage. Die Blöße, vor aller Welt gehörnt worden zu sein, würde sich Otto niemals geben.

Sollte er ihr doch seinen Dolch ins Herz stoßen! Wenn sie Dietrich nicht mehr sehen durfte, war ihr das Leben nichts mehr wert.

Aber welches Schicksal würde ihren Geliebten treffen? Würde es zum Bruderkampf auf Leben und Tod kommen? Dietrich wäre dabei eindeutig der Überlegene. Nur, er würde seinen Bruder nicht umbringen, nachdem er ihm schon die Frau weggenommen hatte.

Aber hatte er eine Wahl, wenn er verhindern wollte, dass Otto sie aus Rache tötete?

Hedwig sah keinen Ausweg, sosehr sie auch grübelte.

Bisher hatte Dietrich immer mit viel Geld ein verschwiegenes Wirtshaus ausfindig gemacht, um sie heimlich treffen zu können. Aber diesmal waren so viele Fürsten mit ihrem Gefolge zum Hoftag gekommen, dass ihm das bisher trotz aller Mühe nicht gelungen war.

Ob sie sich für diese Nacht wenigstens noch einmal in jener kleinen, verborgenen Kammer verabreden konnten? Sie kannte sich in der Gelnhausener Kaiserpfalz nicht gut genug aus, um zu wissen, wo sie ungestört waren. Ganz abgesehen von der Schwierigkeit, die vielen Hofdamen abzuwimmeln, die sie auf Schritt und Tritt begleiteten und mit ihr in einem Raum schliefen.

Während Hedwigs Denken immer wieder um diesen einen Punkt kreiste, versuchte Otto, einen Gedanken aus seinem dröhnenden Hinterkopf hervorzulocken, der dort lauerte. Irgendetwas Wichtiges. Etwas, das sein Schwager gestern Abend gesagt hatte.

Mit angewiderter Miene schob er das nächste ekelhafte Gebräu beiseite, das ihm Christians Weib aufdrängen wollte, und griff nach einem Becher mit schwerem Rotwein. Schon die Bewegung schmerzte ihn dermaßen, dass er nach einem kräftigen Zug doch reuevoll nach der Medizin griff. Dabei blieb sein Blick an Marthe hängen, und schlagartig fiel ihm ein, wonach er die ganze Zeit gegrübelt hatte.

»Holt sofort den Christiansdorfer Burgvogt und den Kommandanten meiner Leibwache«, befahl er.

Fast zeitgleich kamen die beiden Gerufenen.

Marthe hätte sich am liebsten unsichtbar gemacht, als Ekkehart neben Christian auftauchte und sofort seinen Blick an ihr festhakte, nachdem er den Markgrafen begrüßt hatte.

»Christian, was hattet Ihr mir vor Jahren erzählt über diese Salzfuhrleute, die das Silber entdeckt hatten? Kamen die nicht ursprünglich aus Goslar?«

»So ist es, Herr«, antwortete Christian verwundert. »Doch sie suchten dann lieber bei der Salzpfännerschaft von Halle um Arbeit nach, weil der Löwe gedroht hatte, die Goslarschen Bergwerke eher zu zerstören, als sie dem Gegner zu überlassen.«

»Genau!«, entfuhr es Otto, der im nächsten Moment zusammenzuckte, denn sein eigener lauter Ausruf hatte eine neuerliche Welle des Schmerzes in seinem malträtierten Schädel ausgelöst. Wenigstens überlagerte dieser vorübergehend den Dauerschmerz seiner gichtigen Glieder.

»Ekkehart, Christian, lasst uns nachdenken«, sagte er gedämpft, nun gewarnt, welche Missempfindungen zu laute Töne derzeit bei ihm auslösten.

»Noch diesen Monat läuft der Waffenstillstand ab. Und wir sind uns doch einig, dass der Löwe dann umgehend gen Goslar marschieren wird?«

Von seinen Rittern kam kein Widerspruch.

»Und dass Bernhard und Ludwig nicht das Zeug haben, sein gewaltiges Heer aufzuhalten?«

Auch hierfür erntete er die Zustimmung der beiden Männer, die es mieden, einander anzuschauen. Christian, weil er Ekkehart zutiefst misstraute, und Ekkehart, um seinen Hass nicht zu verraten. So lange schon wollte er Christians Tod, damit Marthe endlich ihm gehörte. Doch der Verhasste schien sieben Leben wie eine Katze zu haben und hatte bisher jeden Anschlag überstanden. Mittlerweile gab es bereits Gerede unter seinen Leuten, dass verflucht und dem Untergang geweiht sei, wer die Hand gegen Christian erhob. Doch nun würde er die Sache persönlich übernehmen. Dieser Krieg sollte ausreichend Gelegenheit dazu bieten. Nach der Schlacht würde niemand mehr feststellen können, wessen Schwert Christian durchbohrt hatte, wenn sein Leichnam erst einmal auf dem Feld lag.

Triumphierend sah Otto um sich, und sein Kopf schien auf einmal weniger zu schmerzen.

»Goslar ist stark befestigt. Aber die Gruben und Schmelzhütten vor der Stadt könnte Heinrich ungehindert zerstören und damit dem Kaiser erheblich schaden. Ich denke, er wird es tun. Weder Bernhard noch Ludwig sind stark genug, ihn daran zu hindern.«

Otto sah direkt zu Christian. »Ich wollte Euch zur Heerfahrt wieder einen Teil meiner Truppen anvertrauen. Stattdessen werdet Ihr Quartier nahe Goslar beziehen, mit einigen Reisigen. Verfolgt, was geschieht, und wenn eintritt, was wir vermuten, dann wartet, bis die Streitmächte abgerückt sind, und versprecht den Bergleuten ein gutes Auskommen, wenn sie auf der Stelle in mein Land ziehen, um dort Silber zu fördern.«

Noch ehe Christian etwas erwidern konnte, fuhr Otto fort: »Euer Weib soll derweil mit uns zurückreiten und sich unterwegs um meine schmerzenden Glieder kümmern. Wollen wir hoffen, dass es uns beim nächsten Feldzug nicht wieder nach Haldensleben verschlägt!«

Nach kurzem Zögern fügte er an: »Mein Sohn wird mit Euch reiten. Soll er sich dabei seine Sporen verdienen!«

Der Markgraf hatte seine Meinung geändert und Dietrich doch mit nach Gelnhausen genommen, wenngleich er ihn an keiner Zusammenkunft mit dem Kaiser teilnehmen ließ, sondern bei den Knappen mehr oder weniger versteckte. Jedenfalls war es so zu keinem weiteren Zusammenstoß mit Albrecht und dessen zwielichtigen Freunden gekommen.

Auf Ottos Zeichen hin entfernten sich die beiden Ritter.

Christian begann bereits zu überlegen, wo er weitere Bergleute unterbringen konnte und wo sie schürfen sollten, wenn – wie zu erwarten – eine größere Zahl von ihnen nach Christiansdorf zog. Er würde mit dem Bergmeister reden müssen. Es war wohl an der Zeit, auch in den Nachbardörfern neue Gruben zu eröffnen. Dort vermutete Hermann weitere ergiebige Vorkommen.

Ekkehart hingegen bedauerte zwar die ihm nun entgehende Möglichkeit, im Schlachtgetümmel Christian höchstpersönlich sein Schwert in den Rücken zu stoßen. Aber da Otto den verhassten Rivalen genau dorthin schickte, wo aller Wahrscheinlichkeit nach schon in ein paar Tagen der Krieg beginnen würde, eröffneten sich neue Möglichkeiten. Dazu kam noch der Vorteil, dass Marthe für die nächste Zeit in seiner Nähe sein würde, und dies ohne Christian.

Während Otto, zufrieden mit sich und den Aussichten, die sich da auftaten, nach dem Frühmahl rief, bat Marthe um die Erlaubnis, ihrem Mann zu folgen. Sie hatte Ekkeharts Blicke aufgefangen und war zutiefst beunruhigt.

»Wirst du gleich von hier aus in den Harz reiten?«, fragte sie Christian, sobald sie allein waren.

»Ja. Mir bleibt keine Zeit, um erst mit dem Bergmeister zu sprechen und ein oder zwei seiner Vertrauten mitzunehmen, die in den Gruben am Rammelsberg noch bekannt sind.« Christian rechnete kurz nach. »In dreizehn Tagen läuft der Waffenstillstand ab, und vermutlich wird der Löwe sein Heer sofort nach Goslar schicken. Ich muss gleich von hier aus dorthin. Lukas soll inzwischen mit dem Bergmeister und dem

352

Dorfschulzen alles Notwendige besprechen und vorbereiten.«

»Pass auf deinen Rücken auf«, raunte Marthe, und sie konnte ihr ungutes Gefühl nicht verbergen.

»Ekkehart«, antwortete Christian zu ihrer Überraschung. »Er will dich haben. Und mittlerweile ist er wohl zu allem entschlossen, damit du tatsächlich Witwe wirst.«

Marthe wäre vor Scham am liebsten im Boden versunken.

»Bitte, glaub mir, ich habe ihn nie irgendwie ermutigt ...«, flüsterte sie.

Beruhigend strich er über ihre Wange. »Du kannst nichts dafür. Mach dir keine Sorgen um mich, ich passe schon auf.«

Gedankenverloren richtete er seinen Blick auf einen unbestimmten Punkt in der Ferne. »Viel mehr Sorge bereitet mir, dich allein in seiner Nähe zu lassen. Halte dich an Hedwig! Lukas soll nicht von deiner Seite weichen. Und Otto kann ich wohl wenigstens die Zusage abringen, dich diesmal nicht wieder zu verheiraten, bevor er meinen Leichnam gesehen hat.«

Marthe schauderte, als sie Christian so beiläufig von seinem möglichen Tod sprechen hörte.

»Brichst du heute schon auf?«, fragte sie bang.

»Morgen.« Er lächelte vage und zog sie an sich. »Diese Nacht bleibt uns noch.«

Die Belagerung Goslars

Christian hatte beschlossen, mit seinem Trupp Reisiger, die die Bergleute auf dem Zug in die Mark Meißen beschützen sollten, nicht, wie von Otto vorgeschlagen, verborgen vor Goslar zu warten, bis Heinrichs Truppen möglicherweise die Gruben und Hütten am Rammelsberg zerstörten. Wenn er schon mit seiner kleinen Schar Bewaffneter dort war, wo der erste Angriff des Löwen erwartet wurde, konnte er sich auch gleich den Verteidigern Goslars anschließen.

David und Georg, die beiden jungen Knappen, hatte er in Lukas' Obhut gelassen. Nicht, weil er befürchtete, sie könnten beim Angriff auf die Kaiserstadt in Gefahr geraten, sondern weil das Gefährlichste an dieser Mission voraussichtlich der Marsch mit den neuen Siedlern durch Kriegsgebiet war. Falls sie dabei auf versprengte Gegner oder gar eine starke militärische Einheit treffen sollten, würden diese nicht nach den Ehrenregeln der Ritterschaft kämpfen und die Knappen verschonen, sondern den kleinen Trupp einfach niedermachen, sofern sie es vermochten.

Dietrich allerdings war auf Ottos Befehl hin bei ihm. Aber im Gegensatz zu den jungen Knappen war Dietrich mit seinen nunmehr achtzehn Jahren weit genug, um im Fall eines Angriffs mit dem Schwert in der Hand seinen Mann zu stehen.

Als sich Christian und sein Gefolge der mit starken Mauern und Türmen befestigten Kaiserstadt Goslar näherten, waren die Kriegsvorbereitungen schon von weitem unverkennbar. Auf dem Weg zur Stadt überholten sie schwerbeladene Karren, mit denen Proviant herangefahren wurde, um die Stadt im Fall einer Belagerung zu versorgen.

Auf den Wehrgängen der starken Stadtmauern und Türme, um die er Goslar bei jedem seiner Besuche beneidet hatte, sah er schon von weitem Männer patrouillieren. Handwerker besserten Mauerwerk aus, wo es beschädigt war. Und noch bevor sie das dicke Steintor passierten, das ihnen Einlass in die Stadt gewährte, stieg ihm und seinen Männern einer der Gerüche in die Nase, der am meisten charakteristisch für eine anstehende Belagerung war: der würzige Duft von erhitztem Pech, das bei einem Ansturm der Feinde als siedend heiße Flüssigkeit auf die Angreifer gegossen werden konnte.

Trotz des Gewimmels erregte ihre Ankunft Aufmerksamkeit. Am Tor erwartete sie eine doppelte Anzahl Wachen mit gezogenen Waffen.

»Wer seid Ihr und was führt Euch hierher?«, fragte mit schlecht gespielter Forschheit ein übermüdeter, nervöser junger Mann, der anscheinend den Befehl erhalten hatte, dieses Tor zu sichern.

Durch irgendetwas erinnerte er Christian an Hoyer, den Kölner, der ihnen mit Philipps Brabanzonenführer entgegengeritten war. Liegt es daran, dass ich älter werde, wenn mir diese jungen Ritter fast wie Kinder vorkommen?, dachte er für einen Moment. Aber es war nur normal, dass überwiegend Junge vorgeschickt wurden. Nicht jeder hatte das Glück wie er, nach so vielen bestandenen Kämpfen noch am Leben zu sein. Für einen Ritter waren seine sechsunddreißig Lebensjahre schon ein beträchtliches Alter.

»Christian von Christiansdorf, Ritter im Dienste des Meißner Markgrafen Otto von Wettin«, stellte er sich vor. »Mein Fürst schickt mich und meine Männer, damit wir uns den Truppen seines Schwagers Bernhard von Anhalt anschließen, des neuen Herzogs von Sachsen, um Goslar zu verteidigen.«

Die Reaktion des nervösen jungen Ritters verriet ihm, dass die Goslarer wie erwartet über die Gelnhausener Ereignisse und die anrückende Verstärkung bereits im Bilde waren.

Christian konnte das Misstrauen seines Gegenübers nur zu gut verstehen. Ein Dutzend Männer mochten bei der Verteidigung der Stadt nicht ins Gewicht fallen. Wer aber sagte, dass die Fremden nicht vom Gegner geschickt wurden und nur darauf warteten, den Truppen des Löwen heimlich die Stadttore zu öffnen? Es war viel aussichtsreicher, eine stark befestigte Burg oder Stadt durch Verrat einzunehmen, als sie durch eine wochen- oder gar monatelange Belagerung auszuhungern.

Der junge Befehlshaber kniff misstrauisch die Augen zu einem Spalt zusammen, während er ihn musterte, dann befahl er forsch: »Begleitet mich mit Euren Männern zum Kommandanten der Stadt!«

»Euer Name?«, erkundigte sich Christian mit höflichem Interesse, in das eine winzige Spur von Spott gemischt war. Wahrscheinlich stand der junge Mann, der so nervös an den Fingernägeln riss, vor seinem ersten gefährlichen Kampf und hatte vor lauter Aufregung die Regeln guten Benehmens vergessen.

»Roland von Maienau, Ritter im Dienst des Kaisers«, beeilte sich der andere zu erklären, sichtlich verlegen angesichts seines Fehlers.

Christian nickte ihm freundlich zu, um den Patzer des anderen für vergessen zu erklären, und verfolgte dann aufmerksam, wie Roland seinen Leuten ein paar Kommandos gab, während er sich sein Pferd bringen ließ und aufsaß.

Erwartungsgemäß wurden die Meißner von einem Dutzend Bewaffneter begleitet, die sie nicht aus den Augen ließen, während sie durch die von geschäftigen Menschen wimmelnden Gassen ritten.

Überall unterwegs waren die Bewohner Goslars mit den Vorbereitungen auf einen Angriff beschäftigt: Pecher brachten die Ausbeute ihrer Arbeit zu den Toren, Wasserfässer wurden gefüllt, um im Fall eines Brandes das Feuer löschen zu können, bevor es auf die Nachbarhäuser übergriff, Fensteröffnungen wurden mit Brettern zugenagelt, Vorräte herangeschleppt und verstaut.

Christians Trupp wurde zu dem freien Gelände vor der Kaiserpfalz geführt, auf dem bei Hoftagen jedes Mal unzählige Zelte aufgeschlagen waren, um wenigstens einen Teil der aus allen Himmelsrichtungen angereisten Gäste zu beherbergen. Jetzt sollten hier vermutlich Bernhards und Ludwigs Streitmächte ihr Lager errichten.

Die Gruppe der Reiter steuerte auf einen Kahlkopf um die vierzig zu, der Kommandos in alle Richtungen brüllte, die augenblicklich befolgt wurden. Der Befehlshaber über die Stadt, wie sich Christians Vermutung bestätigte, als er dem Kahlen vorgestellt wurde, in dessen Gesicht mehrere hässliche Brandnarben und ein sauber verheilter Schnitt quer über die linke Wange von bestandenen Kämpfen kündeten.

»Der Meißner Markgraf schickt mich und diese Männer, um die Streitmacht seines Schwagers Herzog Bernhard zu verstärken«, erklärte Christian auch ihm.

Der Befehlshaber musterte ihn mit dem gleichen Misstrauen wie der junge Roland.

»Der Herzog wird Euch bestätigen können, dass ich und meine Männer im Dienst des Hauses Wettin stehen«, erklärte Christian, der die Gedanken seines Gegenübers erriet. »Wenn Ihr wünscht, leiste ich Euch einen Eid.«

Er winkte Dietrich heran, der drei Schritte hinter ihm verharrte. »Das ist Graf Dietrich, der Sohn meines Dienstherrn und ein Neffe Herzog Bernhards.«

»Seid willkommen«, brummte der Kommandant. »Wir erwarten die Truppen des Herzogs in drei Tagen. So lange können Eure Männer helfen, die Verteidigungsanlagen auszubessern.«

Christian nickte zum Zeichen seines Einverständnisses und fragte: »Welchen Schutz gibt es für die Menschen vom Rammelsberg? Die Verbündeten des Kaisers befürchten, der Löwe könnte seinen Angriff auf die dortigen Gruben richten.«

»Die Bergleute und ihre Familien sollen hier Zuflucht suchen, wenn sich das feindliche Heer nähert«, knurrte der Kahle. »Doch die Gruben selbst können wir nicht schützen, das wäre aussichtslos und würde nur in einem Blutbad enden.«

Christian und seine Leute wurden jenem Abschnitt der Stadtbefestigung zugeteilt, durch dessen Tor sie Goslar betreten hatten und über das der nervöse junge Roland das Kommando hatte. Er musste seinen Männern Befehl gegeben haben, die Fremden nicht aus den Augen zu lassen, denn jedem von Christians Leuten wurden zwei oder drei Goslarer zur Seite gestellt.

Einen Tag vor Ablauf des Waffenstillstandes am siebenundzwanzigsten April rückte das bereits erwartete Heer des neuen Herzogs von Sachsen an. Bernhard musste noch von Gelnhausen aus Boten zu einem Gewaltritt losgeschickt haben, die den Befehl überbrachten, seine Truppen nach Goslar in Marsch zu setzen. Die Streitmacht mochte nur ein paar hundert Mann stark sein, doch ihre Wirkung sollte sich als verheerend herausstellen – allerdings anders als erwartet.

Christian teilte sich mit Roland und Dietrich gerade etwas Brot und Bier zum Frühmahl, als Warnrufe vom Turm aus erklangen.

Roland sprang auf, griff nach seinem Schwert und bedeutete dem Meißner Ritter und dessen Knappen, ihm zu folgen – weniger ein Zeichen seines Vertrauens als seines immer noch nicht gänzlich erloschenen Misstrauens.

Nacheinander hasteten sie die gewundene Treppe hinauf, um mit eigenen Augen zu sehen, was den Alarmruf ausgelöst hatte.

Vom Turm aus war nur die Spitze des Zuges der Bewaffneten zu erkennen, der noch eine reichliche Meile von der Stadt entfernt zu sein schien. Doch wohl weit über hundert Menschen rannten auf die Stadt zu, als würden sie von Teufeln gehetzt. Ihre Angstschreie waren noch in der Höhe zu hören, aus der die Ritter den panischen Ansturm ansehen mussten. Es waren zumeist Frauen jeden Alters, viele mit Kindern auf dem Arm oder an der Hand, erkannte Christian. Manche trugen ein dürftiges Bündel in der Hand, das sie vor ihrer heillosen Flucht gegriffen hatten.

»Die Leute vom Rammelsberg«, rief Roland, während er sich schon wieder umwandte, um hinabzulaufen. »Sie denken, das sei das feindliche Heer!«

Als sie unten anlangten, stürmten schon die ersten Verzweifelten auf das Tor zu.

Roland gab es auf, sich dem Strom entgegenstellen und die Leute beschwichtigen zu wollen; er wäre überrannt worden. So befahl er, die Fliehenden einzulassen und das Tor hinter den Letzten zu verschließen. Denn es war seine Aufgabe, sich zu überzeugen, dass die Heranrückenden wirklich die Gefolgsleute des neuen und nicht die des entmachteten Herzogs von Sachsen waren. Er schickte zwei seiner Männer aus, dem Kommandanten der Stadt Meldung zu machen und ihn hierherzuholen, dann wandte er sich an Christian.

»Könnt Ihr Euch um diese Leute kümmern?«

Mit dem Kinn wies er auf den Strom der schreienden, rennenden Flüchtlinge, der sich ineinander verknäuelt hatte; es stand zu befürchten, dass totgetrampelt wurde, wer zu Boden stürzte.

»Eine Panik ist das Letzte, was wir jetzt gebrauchen können. Es herrscht so schon genug Angst in der Stadt.«

Christian nickte kurz zum Einverständnis, gab Dietrich das

Zeichen, ihm zu folgen, und rannte der schreienden Menschenmenge hinterher, die scheinbar ziellos durch die Gassen flutete.

Die Massenflucht hatte bereits erste Opfer gefunden. Eine Frau mit schmerzverzerrtem Gesicht lag stöhnend auf dem Boden und versuchte vergeblich, wieder aufzukommen; das linke Bein hielt sie umklammert. Neben ihr lag ein Säugling auf dem Boden, ein paar Schritte abseits stand ein kleines Mädchen und weinte.

Christian beugte sich zu der Frau hinab, der Tränen in den Augen standen. »Kannst du aufstehen?«, fragte er.

Wortlos schüttelte die Frau den Kopf und hielt weiter mit schmerzverzerrtem Gesicht ihr Bein. Dann beugte sie sich hinüber zu dem Säugling, der keinen Laut mehr von sich gab, riss angstvoll die Augen auf und griff mit einem Schrei der Verzweiflung nach dem reglosen Bündel.

»Mein Sohn! Mein kleiner Junge!«, wimmerte sie, während sie fassungslos auf den winzigen Leichnam starrte. Das Mädchen neben ihr weinte noch lauter.

Christian sprach ein stummes Gebet. Er konnte jetzt nichts weiter für sie tun, als sie von der Straßenmitte wegzuziehen und an eine Hauswand zu lehnen. Die Gasse war wie leergefegt, auch hinter den Häuserfronten regte sich nichts, alle Türen waren fest verschlossen.

Lautstark pochte er an die Tür des nächsten Hauses und rief: »Hier liegt eine Verletzte. Kümmert euch um sie oder holt wenigstens einen Bader!«

Er bezweifelte, dass die Frau einen Bader bezahlen konnte, wenn dieser ihr das womöglich gebrochene Bein richtete und schiente. Doch er durfte sich jetzt nicht länger bei der Unglücklichen aufhalten.

Hinter der nächsten Biegung lag ein weiteres Opfer der heillosen Flucht; eine dürre alte Frau mit Krücken, die sich nicht mehr regte und über deren verschlissenes hellgraues Kleid Fußabdrücke verliefen. Christian fragte sich, wie sie so weit in der rennenden Menschenmenge hatte mithalten können.

Ein paar Schritte weiter fanden er und Dietrich einen zu Tode getrampelten kleinen Jungenkörper, dann zwei Kinder, die sich an den Händen hielten und verzweifelt nach ihrer Mutter schrien.

Er ging auf die Kinder zu, die ihn mit großen, angstvollen Augen anstarrten, statt wegzurennen.

»Kommt mit, wir suchen eure Mutter«, sagte er, und gehorsam folgten die Kleinen ihm und Dietrich.

Rasch holten sie den Menschenstrom wieder ein, der allmählich langsamer geworden war, bis er zum Stehen kam. Den Verzweifelten schien zu dämmern, dass sie vorläufig in Sicherheit waren, und sie hatten kein Ziel mehr für ihre heillose Flucht. Ein Blick sagte Christian, dass es immer noch mehr als hundert Menschen sein mochten, die nun ratlos oder wehklagend hier zusammenstanden.

Er stieg auf ein Fass vor dem Haus eines Schusters, das vermutlich zum Löschen dorthin gestellt war, und rief laut: »Hört mich an!«

Nach und nach drehten sich die Menschen zu ihm um, manche verwundert, manche immer noch voller Angst.

Von links hörte er einen erleichterten Aufschrei: Die beiden Kinder hatten ihre Mutter gefunden, die sie nun in die Arme riss und zu weinen begann.

»Hört mich an!«, rief Christian erneut. »Es ist kein feindliches Heer, vor dem ihr geflohen seid. Sachsen hat einen neuen Herzog, der Löwe ist entmachtet. Herzog Bernhard und der Pfalzgraf von Thüringen sind mit ihren Streitmächten auf dem Weg hierher, um Goslar verteidigen zu helfen.«

»Was nützt uns das, edler Herr?«, hielt ihm eine hagere Frau mit faltenzerfurchtem Gesicht laut entgegen, der Kleidung nach anscheinend eine Witwe. »Da draußen am Rammelsberg wird uns niemand schützen. Selbst wenn wir in die Stadt flüchten – wer hilft unseren Männern und Brüdern, die weitab in den Gruben stecken und erst erfahren werden, was hier vorgeht, wenn es längst zu spät ist?«

An den Reaktionen der anderen konnte Christian erkennen, dass sie nicht nur ausgesprochen hatte, was die meisten von ihnen dachten, sondern auch unter den Familien der Bergleute angesehen zu sein schien.

»Wartet hier«, befahl er. »Ich muss zurück zum Tor, aber ich lasse euch Nachricht bringen, ob es unsere Verbündeten sind, vor denen ihr geflohen seid. Und ich will mich darum kümmern, dass ihr rechtzeitig gewarnt werdet, wenn der Feind sich nähert.«

In der Hoffnung, dieses letzte Versprechen halten zu können, sprang er vom Fass und wandte sich an die Witwe. »Es gab Verletzte unter euch auf dem Weg hierher. Kannst du ein paar Leute losschicken, die sich um sie kümmern?«

Die Frau nickte, dann sagte sie: »Danke, Herr! Gott segne Euch für Eure Barmherzigkeit.«

Als er gehen wollte, hielt sie ihn mit einem Ruf zurück. »Herr! Wie können wir unsere Männer und Brüder warnen?«, fragte sie. »Die meisten Gruben sind ein ganzes Stück weg von hier.«

Christian überlegte kurz, während er in ihre besorgten Augen sah. »Morgen läuft der Waffenstillstand aus. Schick ihnen Nachricht, damit sie gleich hierherkommen und bei einem Angriff in der Stadt Schutz suchen können.«

»Das werde ich tun, Herr«, sagte die Frau entschlossen und straffte sich. »Besser, ein paar Tage Lohn zu verlieren als das Leben.«

Es war tatsächlich Bernhards Streitmacht, die sich Goslar genähert und dabei unbeabsichtigt die wilde Flucht vom Rammelsberg ausgelöst hatte.

Christian hatte keine Mühe, den Kommandanten der Stadt zu überzeugen, vor dem Anrücken der Thüringer die Familien der Bergleute zu informieren, damit sich so etwas nicht wiederholte. Der Kahle war bereits zu den gleichen Schlussfolgerungen gekommen.

Also meldete sich Christian mit Dietrich und den Meißner Reisigen beim neuernannten Herzog von Sachsen, um sich einen Platz in dessen Truppen zuweisen zu lassen.

Hedwigs jüngster Bruder begrüßte seinen Neffen leutselig, während er Christian misstrauisch beäugte. Dieser nutzte die Gelegenheit gleichfalls, um sein Gegenüber unauffällig zu mustern, und kam bald zu dem Schluss, dass er Bernhard nicht mochte. Die vor wenigen Tagen unverhofft gewonnene Herzogswürde war Hedwigs Bruder zu Kopf gestiegen.

So war er eher erleichtert als gekränkt darüber, dass der neue Herzog ihm vorschlug, sich selbst einen Platz zu suchen, an dem er mit Ottos Männern Goslar verteidigen konnte. Seinem Neffen bot Bernhard an, gemeinsam mit ihm und den anderen Befehlshabern den erwarteten Angriff von einem sicheren Ort aus mitzuverfolgen. Aber Dietrich bat höflichst um Erlaubnis, weiter seinem Ritter als Knappe dienen zu können.

Christian ahnte, dass nicht nur Abenteuerlust und Tatendrang den jungen Mann dazu trieben, sondern dass Dietrich selbst wenig Wert darauf legte, in der Nähe dieses Oheims zu bleiben. Wahrscheinlich hatte er auch gespürt, dass er Bernhard nicht so willkommen war, wie jener vorgab. Fürchtete der Herzog, es könne seiner neuen Würde schaden, ausgerechnet von dem Neffen begleitet zu werden, der wegen eines Angriffs auf einen Ritter des Königs vom Hof weggeschickt worden war?

Gefahr lauerte letztlich überall, sollte die Stadt gestürmt werden, überlegte Christian, und in seiner Nähe konnte Dietrich vermutlich mehr lernen als im Quartier der Befehlshaber, wo er bestenfalls ein stummer Zuhörer im Hintergrund sein würde.

Einen halben Tag nach Bernhard – gerade noch rechtzeitig vor Ablauf der Friedensfrist – rückte auch Ludwig von Thüringen mit seinem Heer an. Er brachte Nachricht von den Spionen des Kaisers, seines Vetters, dass der Löwe wie erwartet sein Heer Richtung Goslar in Bewegung setzen würde.

Der Befehlshaber von Goslar sandte auf allen Straßen, die aus der Kaiserstadt herausführten, Späher aus, die das Anrücken der Feinde rechtzeitig melden sollten.

Die Verteidiger der Stadt richteten sich auf ihren Posten ein.

Mit dem letzten Abend des Waffenstillstandes legte sich eine unheimliche, lähmende Ruhe über die Stadt. Niemand wagte es, seinen Platz zu verlassen, jedermann richtete seinen Blick auf die dicken Stadtmauern und Türme oder zum sternenklaren Himmel, betete und überprüfte wieder und wieder Waffen und Vorräte.

Dieser merkwürdige Zustand des Wartens hielt zwei Tage an. Zwei Tage, in denen wenig gesprochen wurde, ausgenommen Gebete.

Dann versetzte ein Warnruf die Besatzung des Stadttores in Alarm: »Sie kommen!«

Augenblicke später begannen alle Glocken von den Kirchtürmen zu läuten. Es schien, als erwachte die Stadt schlagartig von lähmendem Warten zu hektischer Betriebsamkeit.

Ritter, Soldaten und Stadtbürger griffen nach den Waffen und liefen zu den Posten, für die sie eingeteilt waren. Wer es von den Frauen, Kindern und Greisen nicht wagte, im eigenen Haus zu bleiben, suchte Zuflucht in einer der steinernen Kirchen.

Ein Dutzend Goslarer Handwerker, darunter auch eine stämmige Frau, fanden sich bei Roland ein, um bei der Verteidigung seines Mauerabschnittes zu helfen.

Ein letztes Mal wurde das Stadttor geöffnet, damit die Bergleute und ihre Familien hinter den Mauern Schutz suchen konnten, die vom Rammelsberg herbeigelaufen kamen – zwar hastig, voller Angst und in Sorge um ihre Habe und ihren Broterwerb, aber diesmal ohne einander totzutreten.

Dann wurden sämtliche Tore verschlossen, die Fallgitter herabgelassen, Feuer unter den Pechkesseln geschürt und Gebete gesprochen, dass die Wälle und dicken Stadtmauern das feindliche Heer davon abhalten mögen, den Sturm auf Goslar zu versuchen.

Christian, Dietrich und ihre Reisigen erwarteten den anrückenden Feind zusammen mit Roland und dessen Leuten. Der junge Ritter schien auf einmal seine Nervosität überwunden zu haben. Mit überraschender Gelassenheit befahl er seinen Männern, anzutreten.

»Lasst uns Gott bitten, Seine schützende Hand über diese Stadt, unsere Familien und uns selbst zu halten!«, rief er.

Ohne Zögern knieten die Männer nieder. Christian und seine Gefolgsleute taten es ihnen gleich. Die miteinander verflochtenen Ringe der Kettenhemden klirrten, Leder knarrte, dann trat für einen Moment Stille ein. Jeder sprach sein Gebet und sandte seine Gedanken ein letztes Mal zu seinen Nächsten, bevor er sich ganz auf den Kampf konzentrieren musste. Christian griff wieder nach Marthes Silberkreuz, das er unter dem Gambeson trug.

Jäh richtete sich Roland auf, zog sein Schwert, küsste die blanke Scheide und reckte die Klinge in die Höhe.

»Jedermann auf seinen Posten!«, rief er. »Zeigt den Hurensöhnen, dass das reiche Goslar zu stolz und zu stark ist, um sich von einem verfemten Thronräuber in die Knie zwingen zu lassen!«

Lautstark und mit emporgereckten Waffen schrien die Männer Zustimmung, um dann auf ihre Plätze zu eilen.

Nicht schlecht für eine Rede vor der Schlacht, dachte Christian. Kurz und anfeuernd, auch wenn Pater Sebastian sicher einwenden würde, dass Stolz eine Todsünde sei. Aber es war überzeugender, das mit seinem Leben zu verteidigen, was einem etwas bedeutete und auf das man stolz sein konnte. Und genau genommen, hatte der Löwe nicht versucht, Friedrich Rotbart vom Thron zu stoßen, aber sicherlich mit dem Gedanken gespielt.

Er nickte Roland anerkennend zu, dann folgte er ihm die Treppen den Turm hinauf.

Das feindliche Heer war auf zwei Pfeilschuss Entfernung herangekommen.

Bereits jetzt ließ sich erkennen, dass die Streitmacht mehrere Tausend Mann stark war. Dabei konnten sie nicht wissen, ob Heinrich alle Truppen auf diesen einen Weg geschickt hatte oder ob sich weitere Angreifer von den anderen Seiten her der Stadt näherten.

Roland schien auf einmal die Ruhe selbst.

Auch Christian blieb gelassen. Die Goslarer Mauern waren stark, und letztlich lag ihr aller Schicksal in Gottes Hand.

Dietrich war gleichermaßen stolz und erleichtert, dass ihn Christian diesmal nicht an einen sicheren Ort oder zu seinem herzöglichen Onkel geschickt hatte, sondern ihn mit dem Schwert in der Hand an der Verteidigung Goslars teilnehmen ließ. Christian hatte Bernhard sogar um einen Kettenpanzer für Ottos Sohn gebeten, und der neuernannte Herzog zeigte sich großzügig und ließ seinem Neffen ein sorgfältig gearbeitetes Stück mit dicht verflochtenen Ringen, eine Kettenhaube und einen guten Gambeson bringen.

Wenn Marie mich so sehen könnte!, dachte er, um sich im nächsten Augenblick beklommen daran zu erinnern, dass das Mädchen, das er immer noch nicht ganz aus seinem Herzen verbannen konnte, obwohl er sich nach Christians Weisung von ihr fernhielt, vielleicht schon in ein paar Tagen heiraten würde, noch dazu einen Krüppel.

Die Dämmerung brach schnell herein, und die Heranrückenden entzündeten immer mehr Fackeln, so dass der Heerzug bald einem glühenden Riesenwurm glich, der immer näher kroch. Nun waren das Stampfen der Füße und Hufe und die Schreie der Befehlshaber zu hören.

Roland hatte ein Dutzend Bogenschützen neben sich postiert. Doch noch ehe die gegnerische Armee auf Schussweite herangekommen war, ließen ihre Anführer haltmachen und lagern.

Christian und Roland errieten ohne Mühe, weshalb.

Heinrichs Befehlshaber konnten sehen, dass ihnen kein Überraschungsangriff gelingen würde, sondern dass sie erwartet wurden. Deshalb war es sinnvoller, die Männer nach dem anstrengenden Gewaltmarsch ruhen zu lassen, statt sie gleich in den Kampf zu schicken, und ein paar Späher auszusenden, die die Lage rund um die Stadt erkundeten. Der Löwe hatte viele Jahre über Goslar geherrscht, er kannte die Stärke der städtischen Befestigungen nur zu gut.

Dennoch war nicht auszuschließen, dass seine Männer einen nächtlichen Angriff wagten.

Christian überzeugte sich, dass Dietrich in Deckung war, und richtete sich auf eine lange, hoffentlich ereignislose Nacht ein.

Den ganzen Tag über waren immer mehr Wolken aufgezogen. Wenn wir Glück haben, regnet es, dachte er. Die größte Gefahr bei einem Angriff waren Brandpfeile, die die stroh- oder schindelgedeckten Dächer der dicht an dicht beieinanderstehenden Häuser entflammten. Dann konnte die ummauerte Stadt zur tödlichen Falle für die Eingeschlossenen werden.

Er starrte aufmerksam hinab in die Dunkelheit. Die feindlichen Truppen teilten sich plötzlich wie das Rote Meer vor Moses, etwas wurde hindurchgewuchtet oder geschoben. Jetzt erkannte er es im Fackelschein: ein Rammbock, den die Angreifer noch in einigem Abstand vor dem Tor in Stellung brachten. Er warf einen Blick auf Roland, doch der zeigte sich weiterhin gelassen.

Noch war kein einziger Schuss gefallen.

»Gott schütze Euch, Christian. Euch und Eure Männer«, sagte Roland.

»Euch ebenso.«

Ein Bote brachte Nachricht von den anderen Toren. Auch dort waren inzwischen feindliche Truppen in Stellung gegangen, aber noch nirgendwo war der Kampf eröffnet.

»Sie beraten, wie sie vorgehen, da es ihnen nicht gelungen ist, die Stadt zu überrumpeln«, erklärte Christian Dietrich, der nicht von seiner Seite wich.

Roland nickte. »Sie können jeden Moment den Befehl zum Angriff geben.«

Erst im Morgengrauen kam Bewegung in das Heer der Belagerer. Mit laut gebrüllten Befehlen wurden ein paar Dutzend Männer angetrieben, den Rammbock näher ans Tor zu schieben.

Roland rief seine Bogenschützen zu sich.

Salve um Salve wurde auf die Angreifer abgeschossen, die sich Schilde über die gebeugten Rücken gehängt hatten. Nur wenige Schüsse richteten Schaden an, und wo ein Mann fiel, wurde er sofort durch einen neuen ersetzt. Zeitgleich gaben die Angreifer ihren Leuten Deckung und sandten ihrerseits Pfeile auf die Goslarer Bogenschützen. Christian sah einen Mann mit durchbohrtem Hals zu Boden gehen, ein weiterer schrie auf, als ihm ein Pfeil in den Arm fuhr.

Roland ließ die Getroffenen sofort ersetzen und gab Befehl, die Kessel an den Pechnasen zu plazieren.

Die stämmige Krämerin – eine Witwe, die das Geschäft ihres Mannes entschlossen weiterführte, wie Christian erfuhr – hatte bereitwillig die Aufgabe übernommen, das Feuer am Brennen zu halten, damit stets flüssiges Pech zur Verfügung stand.

Als die Männer mit dem Rammbock nahe genug waren, gab Roland das Zeichen, und ein Kessel voll siedend heißem Pech ergoss sich über die Köpfe und Schultern der Angreifer. Schmerzensschreie kündeten davon, dass die gefährliche Ladung wirkungsvoll plaziert war. Männer rannten davon, einige blieben reglos oder in wilden Zuckungen neben dem Rammbock liegen, und auf einmal stand das Belagerungsgerät verlassen vor dem Tor.

Roland winkte seinen besten Schützen heran und befahl ihm, die pechübergossene hölzerne Ramme mit Brandpfeilen zu beschießen. Bald begann der dicke Pfahl zu brennen. Seine Männer jubelten.

Wieder wurden im gegnerischen Lager lauthals Befehle gebrüllt, und zu seiner Verwunderung sah Dietrich, dass ein paar Männer auf den brennenden Rammbock zurannten und ihre Waffenröcke hochschlugen.

»Sie löschen das Feuer mit Pisse?!«, fragte er so ungläubig, dass sich Christian ein belustigtes Grinsen nicht verkneifen konnte.

»Na, dann wollen wir den Hurensöhnen mal die Schwänze richtig heiß machen«, tönte die dicke Krämerin, die längst selbst den durchdringenden Geruch nach Rauch und Pech an ihren Kleidern hatte. Ohne zu zögern, tauchte sie einen Eimer in das siedende Pech und schleuderte ihn dann mitsamt seinem gefährlichen Inhalt über die Mauer. Schrille Schreie von unten zeigten, dass sie gut gezielt hatte.

»Mit besten Grüßen von Goslars Frauen!«, brüllte sie schadenfroh, während die Männer auf dem Turm schallend lachten.

Wütend reckte die Krämerin eine Faust in die Höhe, doch Christian zog sie weg von der Brüstung. Zu schade, wenn die Couragierte von einem Rachepfeil getroffen würde.

Für den Rest des Tages gab es zwar immer noch jede Menge Hin und Her und gebrüllte Kommandos im Lager der welfischen Streitmacht, aber keine weiteren Angriffe.

Auch die nächste Nacht verging ohne Attacke.

»Was werden sie tun?«, fragte Dietrich, während er gemeinsam mit Roland und Christian Hirsebrei löffelte, den ihnen ein paar Bürgersfrauen gebracht hatten, die auf diese Art die Verteidiger ihrer Stadt unterstützen wollten.

»Wie es aussieht, beraten sie sich noch mit ihren Kumpanen, die vor den anderen Stadttoren lauern. Vielleicht warten sie auch auf Order vom Löwen persönlich«, erklärte Christian seinem Schützling. »Er wird wohl seine Truppen abziehen, wenn sich die Stadt nicht im Handstreich nehmen lässt. Heinrich hat keine Zeit für eine lange Belagerung. Es sind zu viele Orte, an denen er gleichzeitig kämpfen muss.«

»Gut möglich«, meinte auch Roland voller Hoffnung. »Nie-

mand weiß besser als der Löwe, wie stark Goslar befestigt ist –
praktisch uneinnehmbar.«

Keine Stadt ist uneinnehmbar, dachte Christian. Wer es darauf
anlegt, findet immer einen Verräter, der ihm heimlich ein Tor
öffnet. Doch er sprach es nicht aus.

Ihre Hoffnungen wurden erfüllt: Am dritten Tag der Belagerung zogen die Gegner plötzlich ab. Nicht nur von ihrem Tor,
sondern auch von allen anderen, wie Boten meldeten. Roland,
seine Bogenschützen und auch die Goslarer Bürger, die seine
Mannschaft verstärkt hatten, brachen in lauten Jubel aus.

»Schert euch zur Hölle, ihr schwarzgeschwänzten Bastarde!«,
brüllte die dicke Krämerin zur enormen Belustigung der Männer auf dem Turm.

Christian erwiderte Rolands erleichtertes Schulterklopfen.
Der Jüngere hatte seine erste Bewährungsprobe bestanden,
ohne dass es zum Kampf Mann gegen Mann und zu einem
großen Gemetzel gekommen war.

Als die Feinde abgezogen waren, gab Roland der Hälfte seiner
Männer bis zum Abend frei. Mehr wollte er nicht entbehren –
der Abmarsch konnte auch nur vorgetäuscht und eine List
sein.

»Geht nur mit ihnen, wenn es Euer Ritter erlaubt«, forderte er
Dietrich auf. »Feiert mit den Goslarern!«

»Die Frauen werden sich den kühnen Verteidigern der Stadt
dankbar erweisen«, meinte die stämmige Krämerin lachend
und zwinkerte Ottos Sohn zu.

»Ich hoffe, er findet eine Jüngere als dich, Elsa«, erwiderte Roland mit einem flegelhaften Grinsen.

»Jünger vielleicht, aber bestimmt nicht so feurig«, erklärte einer von Rolands Männern doppeldeutig, was die anderen erneut zum Lachen brachte.

»Eben, eben«, lästerte einer der Bogenschützen. »Sucht Euch lieber eine andere, junger Herr!«

Unter weiteren Anzüglichkeiten und lärmender Fröhlichkeit stiegen die vorerst Entlassenen den Turm hinab; Dietrich mit ihnen, der von Christian die Erlaubnis dazu bekommen hatte.

Sein Onkel wird jetzt ohnehin keine Zeit für ihn haben; er ist alt genug, um auf sich aufzupassen, und warum soll er nicht ein bisschen mitfeiern?, dachte Christian. Wenn ihm eine Frau anbot, ihn in ihr Bett zu nehmen – ganz gleich, ob Hure, Magd oder junge Witwe –, warum nicht? In den nächsten Wochen würde voraussichtlich keine Gelegenheit mehr dazu sein, falls eintrat, was er befürchtete.

»Wollt Ihr nicht auch in die Stadt, den Sieg feiern?«, fragte Roland, der selbst keine Anstalten machte, den Turm zu verlassen.

»Nein; mir geht es wie Euch«, antwortete er. »Ich befürchte, es ist noch nicht ganz vorbei.« Mit einer leichten Kopfbewegung wies er Richtung Rammelsberg.

Christians Ahnungen wurden noch vor Ablauf des Tages wahr. Bald sah er dichte Rauchwolken vom Rammelsberg aufsteigen, und die Erfahrung sagte ihm, dass diese dunklen Fahnen nicht aus normal arbeitenden Schmelzöfen kamen.

Auch Rolands Gesicht verfinsterte sich bei dem Anblick.

Nachdem Kundschafter bestätigt hatten, dass das feindliche Heer vom Rammelsberg abgezogen war, bot Christian an, die geflüchteten Bergleute mit seinen Bewaffneten dorthin zu begleiten.

Sie hatten die Stadt bisher noch nicht verlassen können, weil auf Befehl des Kommandanten die Tore erst am nächsten Morgen wieder geöffnet werden sollten.

Dietrich meldete sich bei ihm zurück. Seiner in scheinbar unbeobachteten Momenten verträumten Miene nach musste ihm wirklich eine Goslarerin ihren Dank auf ganz spezielle Art erwiesen haben. Christian gönnte dem Achtzehnjährigen die schöne Erinnerung. Denn bald – wahrscheinlich noch diesen Vormittag – würden sie eines der besonders hässlichen Gesichter des Krieges zu sehen bekommen.

Die aus der Bergmannssiedlung Geflüchteten warteten bereits seit dem Morgengrauen darauf, dass die Tore wieder geöffnet wurden und sie zu dem zurückkehren konnten, was von ihren Häusern noch übrig sein mochte. Mit mulmigem Gefühl sah Christian auf die Menschen vor sich, die beteten und sich mit von Sorgen zerfurchten oder verzweifelten Mienen gegen das zu wappnen versuchten, was sie erwartete.

Er hielt Ausschau nach der respekteinflößenden Witwe, mit der er ein paar Tage zuvor gesprochen hatte, und ließ sie zu sich rufen.

»Sorge dafür, dass sie nicht jeder für sich loslaufen, wenn das Tor geöffnet wird«, bat er sie mit ernster Miene. »Meine Männer werden euch beschützen, falls dort noch Feinde lauern. Aber dafür müsst ihr zusammenbleiben.«

Christian schloss nicht aus, dass Heinrichs Truppen nicht nur Befehl hatten, die Häuser und Gruben der Goslarer Bergleute zu zerstören, sondern auch noch so viele wie möglich von ihnen totzuschlagen, um den Harzer Bergbau zum Erliegen zu bringen.

Die Witwe verneigte sich dankbar vor ihm und ging, um seine Botschaft weiterzutragen.

Es wurde ein trauriger Zug bis zum Rammelsberg. Je mehr sie sich der Bergmannssiedlung näherten, um so durchdringender wurde der unheilkündende Brandgeruch. Als sie ihr Ziel erreicht hatten, löste der Anblick, der sie dort erwartete, entsetzte Schreie, Wehklagen und Tränen aus.

Christian verharrte wortlos und mit regloser Miene auf seinem Rappen. Ein Blick auf Dietrichs von Abscheu gezeichnete Gesicht sagte ihm, dass auch dieser die Szenerie nicht so bald vergessen würde, die sich ihnen darbot.

Fast alle Häuser in der Siedlung der Bergleute, die Christian vor Jahren selbst besucht hatte, um Männer abzuwerben, waren niedergebrannt. Aus manchen Ruinen kräuselten sich noch dünne Rauchfäden, von anderen waren nur noch geschwärzte Balken übrig.

Sie sahen verkohlte Tierkadaver, neben einem Brunnen lagen ein alter Mann und eine alte Frau erschlagen und verstümmelt, vielleicht Eheleute, die ihr Haus nicht verlassen wollten oder schlichtweg vergessen worden waren.

Sämtliche Schmelzhütten waren zerstört, die wertvollen Gerätschaften der Hüttenleute zertrümmert, verbrannt, unbrauchbar gemacht.

Während die Menschen wehklagend in den Überresten ihrer Häuser nach dem suchten, was sie vergraben hatten, um es zu bewahren, und was nach dem Feuer noch irgendwie zu gebrauchen war, verharrte er immer noch und wartete auf die letzte unheilvolle Nachricht, die das Ende für viele der verzweifelten Menschen bedeuten würde, die sich bis gestern noch durch den Bergbau ihr täglich Brot erworben hatten, so wie ihre Väter und Vorväter.

Er musste nicht lange warten, auch wenn ihm die Zeit angesichts des Elends um ihn herum lange vorkam.

Bald näherte sich eine Gruppe Männer der zerstörten Siedlung, mit finsteren Mienen, manche mit geballten Fäusten.

Als die anderen sie bemerkten, hielten die meisten mit dem inne, was sie gerade taten, und richteten ihre Blicke mit einer Mischung aus Verzweiflung und letzter Hoffnung auf die Nahenden.

Ein Mann in deutlich besserer Kleidung als seine Begleiter ergriff das Wort, doch er musste sich erst mehrmals räuspern, bis er – sichtlich erschüttert – sprechen konnte.

»Sie haben Feuer in den Gruben gelegt«, sagte er mit gebrochener Stimme. »Ohne Grubenstöcke sind die Stollen zusammengebrochen. Sämtliche Holzvorräte sind dahin.«

Seine Worte lösten dumpfes Stöhnen und Wehklagen aus. Manche Menschen schrien auf, andere sanken verzweifelt auf die Knie und reckten die Arme zum Himmel, verkrampften furchtsam die Hände, suchten Halt an der Schulter des Nächsten oder erstarrten, fassungslos vor Entsetzen.

Auch wenn Christian mit dieser Nachricht gerechnet hatte, fühlte er tiefes Bedauern mit den Menschen. Häuser und Schmelzhütten konnten wieder aufgebaut werden, auch wenn es einige Zeit dauern würde. Aber wenn die Gruben zerstört waren, bedeutete dies auf nicht absehbare Zeit das Ende der Förderung. Diese Leute hier würden verhungern, wenn nicht ein Wunder geschah.

Doch er konnte einen Ausweg bieten.

Christian saß ab und arbeitete sich zu dem Mann durch, der die verhängnisvollen Worte ausgesprochen hatte und nun von Verzweifelten umringt war. Einem Ritter machte jedermann sofort Platz; zu tief war der Gehorsam vor Höhergestellten in die einfachen Menschen gepflanzt.

»Ihr seid der Bergmeister?«, fragte Christian. Der andere Mann nickte und verneigte sich knapp.

Christian stellte sich vor, und schon der Name »Christiansdorf« sorgte dafür, dass ein Hoffnungsflackern über die Gesichter der Umstehenden zog. Der Reichtum der Gruben in der entlegenen Mark Meißen war auch hier nicht mehr unbekannt.

»Ich habe Euren Leuten einen Vorschlag zu machen.«

Christian musste nicht lange reden. Die Verzweiflung unter den Goslarer Bergleuten war so groß, dass sein Angebot sofort auf fruchtbaren Boden fiel.

Der Bergmeister erklärte, er werde mit einigen entschlossenen Männern versuchen, den Bergbau wieder in Gang zu bringen. Doch mehr als hundert Bergleute zeigten sich ohne großes Zaudern bereit, dem Fremden in die Mark Meißen zu folgen. Dass Christian außerdem gute Nachricht von manchem Verwandten überbringen konnte, der bereits vor Jahren mit ihm gezogen war, zerstreute die letzten Bedenken.

»Wir haben hier nichts mehr zu verlieren«, ermutigte die Witwe die noch Zögernden.

»Sucht zusammen, was euch noch geblieben ist an Vorräten, Werkzeug und anderem Gerät«, gebot Christian. »Wir brechen sofort auf.«

Warten würde nichts bringen; im Gegenteil. Das Ausmaß der Zerstörung stellte sie alle vor das Problem, wovon sie sich ernähren sollten. Es war nicht viel geblieben, und da der Siedlerzug mit Frauen und Kindern wohl an die dreihundert, vierhundert Leute umfassen würde, bestand kaum Aussicht, Tag für Tag in den Dörfern unterwegs ausreichend Getreide und Hülsenfrüchte kaufen zu können, noch dazu, da Krieg herrschte.

Wieder wandte sich Christian an die Witwe.

»Ich schicke sofort einen Boten, der dem Markgrafen berichtet, wie viele von euch kommen, und bitte ihn, uns eine Lieferung Korn entgegenzuschicken«, erklärte er ihr. »Damit niemand verhungert, bis Hilfe kommt, müssen wir die Vorräte gemeinsam verwalten. Ein paar Frauen sollen sich zusammentun, die für alle kochen.«

Die Witwe nickte zustimmend, zog ihr Gebende zurecht und ging los, um diese schwierige Entscheidung zu vermitteln und den wohl dadurch unausweichlich entstehenden Streit zu schlichten.

Christian war zufrieden. Schon bei seinem ersten Siedlerzug hatte er die Erfahrung gemacht, dass es vor allem die Frauen waren, auf die er zählen konnte, wenn es darum ging, dass trotz knapper Vorräte niemand verhungerte.

Erwartungsgemäß waren den Bergleuten und ihren Familien weder Karren noch Vieh geblieben. Sie würden zu Fuß gehen müssen und das Letzte, was sie hatten retten können, selbst tragen. Doch erleichtert sah Christian, dass die meisten von ihnen noch ihr Werkzeug besaßen. Sie hatten es wohl mitgenommen auf der Flucht in die Stadt. Wo ein Stiel zerbrochen oder verbrannt war, konnte er leicht ersetzt werden. Hauptsache, sie hatten noch ihr Eisen. Eisen war teuer.

Es dauerte keinen viertel Tag, und der Zug war bereit zum Aufbruch.

Seine Größe minderte auch Christians Befürchtung, sie könnten unterwegs von Bewaffneten – welcher Herkunft auch immer – angegriffen werden. Nicht nur seine eigenen Männer verstanden mit den Waffen umzugehen. Bergleute in solch großer Zahl waren sicher ein wehrhaftes Volk.

So Gott will, sind wir schnell genug, damit ich ankomme, bevor Otto zur Heerfahrt aufbricht, dachte er, als er seinem Rappen an der Spitze des Zuges das Zeichen zum Aufbruch gab.

»Und was ist mit Aalblut? Aalblut in Wein? Meine Mutter schwört darauf, dass es Schmerzen lindert«, verkündete, sichtlich stolz auf ihr Wissen, eines der jungen Mädchen, die unter Hedwigs Aufsicht auf dem Meißner Burgberg erzogen wurden und im Halbkreis um Marthe unter freiem Himmel auf einer Lichtung saßen.

Es war die Idee der Markgräfin gewesen, dass sie auf dem Rückweg von Gelnhausen den Mädchen zwischen zehn und fünfzehn Jahren etwas darüber beibrachte, wie sie künftig als Ehefrauen bei ihren Männern und Kindern diverse Beschwerden lindern konnten. Jede Rast wurde nun dafür genutzt, sofern sich Marthe nicht um Otto oder einen anderen ernsthaft Leidenden zu kümmern hatte.

»Aal ist überhaupt unübertroffen als Heilmittel. Verrenkte Glieder kann man heilen, wenn man Aalhaut darum bindet«, fügte eine zweite an, Lukas' eifrige Verehrerin Adela, eine hübsche Blonde mit großen runden Augen und einer keck himmelwärts strebenden Nase. »Wogegen Aalfett gut ist gegen …« – sie senkte die Stimme und blickte verlegen nach links und rechts, ob kein Mann sie hören konnte, ehe sie weitersprach –, »… gegen diese schmerzenden Beulen an einer gewissen unaussprechlichen Stelle, die man vom zu langen Reiten bekommt …«

Die anderen Mädchen prusteten und kicherten los, und Marthe verdrehte entnervt die Augen.

Um sie herum wurden mit großer Geschäftigkeit die Vorbereitungen für das Mahl getroffen. Ottos magerer Küchenmeister befehligte wie üblich unzählige Helfer, die auch unterwegs dafür zu sorgen hatten, dass der Markgraf und seine Begleiter angemessen verköstigt wurden; Mägde bauten die Tafeln auf, indem sie Holzplatten auf Schragen hievten.

Beinahe zweihundert Menschen zählte die Kolonne, mit der Otto zum Hoftag gereist war: Ritter, Hofdamen, Geistliche, Reisige als Geleitschutz, die Dienerschaft und der Küchenmeister mit seinen Gehilfen. Mit weniger Gefolgschaft zu einem Hoftag zu reisen, wäre nicht standesgemäß für einen Markgrafen gewesen.

Am Morgen waren sie von einem Kloster aus aufgebrochen, das sie eine Nacht beherbergt hatte, und da sie vor der Dämmerung nicht die Burg eines Adligen erreichen würden, bei dem Otto gastliche Aufnahme erwartete, und der Mai mit ausgesprochen mildem Wetter begonnen hatte, waren die bunten Zelte für den reisenden Meißner Hofstaat auf einer anheimelnden Lichtung errichtet worden.

Die Bäume trugen schon frisches, helles Grün, die Bienen summten, Vögel sangen um die Wette. Ein paar Schritte entfernt sprang gerade eine der Hofdamen auf, weil Ameisen über ihren Rock krochen. In dieser friedlichen Umgebung – den unterdrückten Schrei der Hofdame ausgenommen – fühlte sich Marthe umso mehr befremdet durch das Gekicher der in vielerlei Hinsicht völlig ahnungslosen jungen Mädchen.

Sie konnte sich nicht erinnern, dass sie je so albern gewesen wäre. Aber sie war auch nicht behütet wie diese Mädchen aufgewachsen, sondern musste schon von frühester Kindheit an Tag für Tag ums Überleben kämpfen: mit vier Jahren verwaist, dann aufgezogen von einer weisen Frau, die von den argwöhnischen Dörflern selbst jederzeit wegen eines Fehlers verjagt oder erschlagen werden konnte, als Dreizehnjährige von einem grausamen Burgherrn mit der Drohung zur Flucht getrieben, er würde ihr Hände und Füße abschlagen, wenig später geschändet und zur Hochzeit mit einem alten Witwer gezwungen – nein, ihre Kindheit und Jugend waren mit den Erlebnissen der kichernden Mädchen vor ihr nicht zu vergleichen. Sie konnte nur hoffen, dass ihren Zuhörerinnen ähnlich Schlimmes erspart blieb. Doch dafür sollten sie besser zuhören! Hedwig wusste schon, weshalb sie darauf bestand, dass die ihr anvertrauten Mädchen lernten, bei den künftigen Ehemännern die Folgen maßlosen Trinkens zu mildern.

»Ich möchte Euren wohledlen Müttern nicht zu nahe treten, Jungfrau Lucardis und Jungfrau Adela«, begann Marthe deshalb vorsichtig. »Doch ich habe noch von keinem Mann gehört, dessen Leiden durch Aalblut, Aalhaut oder sonstige Teile des Aals gelindert worden wären.« Sie sah, dass die beiden Angesprochenen schnippisch die Lippen verzogen, auch wenn sie nicht zu widersprechen wagten.

»Und Ihr braucht mir jetzt auch nicht mit Aalköpfen gegen Warzen kommen, Adela! Das ist Aberglauben. Wenn Ihr nicht wollt, dass eines Tages einmal Euer künftiger Gemahl seine schlechte Laune über Kopfschmerz nach einem Gelage an Euch und Euren Kindern auslässt, hört Ihr mir besser zu! Also, Melisse, Lavendel ...«

Wenig später beendete sie die Lektion für diesen Tag, denn das Mahl unter freiem Himmel sollte beginnen.

Marthe hielt Ausschau nach Lukas, den Christian diesmal nicht mit auf seine Mission genommen, sondern zu ihrem Schutz bei ihr gelassen hatte.

Noch nie war ihr eine Reise so lang vorgekommen wie die Rückkehr von Gelnhausen in die Mark Meißen. Und das lag bei weitem nicht an der Strecke, die mehrere Hundert Meilen maß. Bisher hatten sie zumeist gut ausgebaute Handelsstraßen bereist und pro Tag etliche Meilen ohne größere Zwischenfälle bewältigt, sah man davon ab, dass es immer wieder unfreiwilligen Halt gab, weil etwas an den Wagen ausgebessert werden musste, die mit unzähligen Gerätschaften, Kleidertruhen, Proviant und Futter für die Reit- und Zugtiere beladen waren.

Aber sie vermisste Christian auf dieser Reise und fühlte sich verloren ohne ihn. Obwohl er sonst unterwegs meistens nicht an ihrer Seite sein durfte, weil er zusammen mit den anderen Rittern für das sichere Geleit des Zuges sorgen musste, so hatte sie doch stets die beruhigende Gewissheit seiner Nähe. Lukas gab sich jede Mühe, sie aufzumuntern, doch er konnte sie nur selten sehen. Und mit ihm vermochte sie unmöglich über das zu reden, was ihr derzeit am meisten Furcht einflößte.

Ihre geheimen Ängste drehten sich diesmal weniger um Christian und Dietrich im Zentrum der befürchteten Schlacht um Goslar, sondern um eine viel nähere Bedrohung. Ohne Christians schützende Präsenz musste sie hier nicht nur Ekkehart ständig in ihrer Nähe erdulden, sondern auch Elmar und seinen feisten Freund Giselbert.

Die drei Kumpane Randolfs waren vor sechs Jahren in Streit miteinander geraten, als sich Ekkehart nach seiner – später annullierten – Vermählung mit Marthe weigerte, sie im Brautbett auch den anderen zu überlassen. Doch irgendwann nach Randolfs Tod im Zweikampf mit Christian hatten sich die drei wieder ausgesöhnt. Schon die bloße Gegenwart dieser Männer, von denen niemand wissen durfte, dass sie sie einst gemeinsam mit Randolf geschändet hatten, brachte sie zum Schaudern.

Jäh wurde sie aus ihren düsteren Erinnerungen gerissen.

Die zwei ältesten ihrer Schützlinge näherten sich ihr mit erwartungsvollen Mienen. Es waren die hübsche, blonde Adela und ihre Freundin Lucardis, die Marthe trotz ihres frommen und sittsamen Gehabes für ziemlich durchtrieben hielt.

»Dürfen wir Euch etwas fragen, Dame Marthe?«, wisperte Adela, nachdem sie sich mit einem Seitenblick davon überzeugt hatte, dass die anderen Mädchen weit genug entfernt waren, um sie zu hören.

Als Marthe sie ermutigte zu sprechen, sah sie noch einmal geziert nach links und rechts und flüsterte dann: »Es darf aber niemand davon erfahren!«

»Nun – wenn Ihr schon Geheimnisse habt, dann solltet Ihr sie für Euch behalten«, beschied ihr Marthe streng, die ahnte, worauf dieses Gespräch hinauslaufen würde. In all den Jahren sollte es sich doch endlich auf dem Burgberg herumgesprochen haben, dass sie nicht die Richtige dafür war.

»Könnt Ihr uns nicht das Rezept für ein Liebestränklein verraten?«, fragte Adela erwartungsgemäß.

Marthe seufzte, dann versuchte sie zum hundertsten Mal, so geduldig wie möglich zu erklären, dass sie weder Liebestränke besaß noch welche herstellen konnte und sich mit dergleichen auch nicht befasste.

»Außerdem bin ich im Zweifel, ob es so etwas wirklich gibt«, erklärte sie. »Was da auf den Märkten verkauft wird, sind zumeist nur höchst fragwürdige Mixturen. Ich bezweifle, dass Ihr die Liebe eines Mannes erringt, wenn Ihr ihm einen Löffel voll von dem Wasser, mit dem Eure Bruche ausgekocht wurde, oder etwas Monatsblut in seinen Wein träufelt.«

»Das sagt Ihr nur, damit wir Euch niemanden streitig machen«, erwiderte Adela schnippisch, und der verstohlene Seitenblick, den sie dabei auf Lukas richtete, der in der Nähe gerade mit skeptischer Miene den Huf an der Vorderhand eines kostbaren Schimmels besah, rief eine merkwürdige Unruhe in Marthe hervor.

»Ihr habt ja auch gut reden!«, meinte Lucardis ebenso vor-

wurfsvoll. »Ihr seid mit einem gutaussehenden Ritter vermählt, der nur ein paar Jahre älter ist als Ihr!«

Marthe musterte die beiden Mädchen genauer und begann zu
ahnen, dass es einen konkreten Anlass für dieses heikle Gespräch gab.

»Soll eine von Euch gegen ihren Willen verheiratet werden?«,
fragte sie mitleidig.

Die Mädchen sahen sich an.

»Ich«, sagte Lucardis und schnaubte verächtlich. »Mein Vater
will mich einem Mann geben, der fast dreißig Jahre älter ist,
nur damit er einen wichtigen Vasallen an sich binden kann.«

»Und ich habe meinen Bruder gebeten, dem Ritter die Heirat
mit mir anzutragen, dem mein ganzes Herz gehört«, erklärte
Adela mit schwärmerisch leuchtenden Augen. Dann zog sie
einen Schmollmund. »Er sagt, ich soll ihn mir aus dem Kopf
schlagen, weil er kein Lehen hält, und er würde mich noch
dieses Jahr mit einem Mann verheiraten, der wohlhabend und
einflussreich ist. Aber der ist bestimmt steinalt und hässlich!«
Bekümmert senkte sie den Blick und drehte eine ihrer blonden, lockigen Strähnen um den Zeigefinger.

Ich glaube, ich sollte Lukas eine Warnung zukommen lassen,
dachte Marthe.

Zwar bedauerte sie die Mädchen wegen des ihnen zugedachten
Schicksals. Doch dagegen tun konnte sie nicht das Geringste.
Weder Lucardis' Vater noch Adelas Bruder, der nach dem Tod
des Vaters ihr Vormund war, würden sich von dem Argument
umstimmen lassen, dass die Mädchen keine Liebe für ihre
künftigen Ehemänner empfanden.

Liebe galt nicht als Grund für eine adlige Hochzeit, sondern
eher als Hindernis, da sie die Beteiligten davon abhielt, mit
klarem Verstand abzuwägen, wer wie viel Land oder Silber zu
dieser wichtigen Verbindung beisteuerte. Die Liebe würde

sich in einer guten Ehe schon mit der Zeit einstellen, hieß es gemeinhin. Und es war nichts Ungewöhnliches, dass der Mann zwanzig oder gar mehr Jahre älter als die Braut war. Schließlich musste er seine künftige Familie auch ernähren können.

»Vielleicht kann Euch die Dame Hedwig helfen«, war der einzige vage Ausweg, den Marthe vorschlagen konnte. »Ansonsten betet, dass der Herr Euch einen freundlichen und gutaussehenden Gemahl schenkt.«

Die Mädchen senkten gehorsam die Köpfe. Doch als sie sich entfernten, sah Marthe, dass die beiden einen Blick tauschten, der ganz und gar nicht darauf hindeutete, dass sie sich in ihr Schicksal dreinfinden würden.

»Ich muss ihn dazu bringen, dass er um meine Hand anhält!«, hörte sie Adela wispern, als die beiden schon ein paar Schritte entfernt waren.

Lukas, du solltest besser künftig keinen Schritt mehr allein tun, sofern du nicht diese blonde Kleine heiraten willst, dachte Marthe.

Ottos Haushofmeister rief zum Mahl, und wie neuerdings üblich, ging dem Essen eine Zeremonie voraus, die er auf dem Hoftag von irgendjemandem aufgeschnappt haben mochte und die Marthe zutiefst zuwider war. Während das Markgrafenpaar jeweils gemeinsam mit dem Haushofmeister und Ekkehart als Befehlshaber, deren Frauen sowie einem Geistlichen an der Hohen Tafel Platz nahm, wurde für die Ritter und Damen jeden Tag neu ausgelost, wer mit wem am Tisch ein Paar bilden sollte.

Es kam, was Marthe bereits Tag für Tag auf dieser Reise befürchtet hatte – diesmal wurde sie Giselbert als Tischdame zugeteilt.

Der Feiste, der in den vergangenen Jahren die meisten Haare verloren, aber an Gewicht noch zugenommen hatte, grinste hämisch, als er Marthe seinen Arm reichte, um sie zur Tafel zu führen.

»Welche Freude es mir sein wird, mit Euch meinen Becher zu teilen«, höhnte er und legte seine aufgedunsene rechte Hand über ihre, damit sie sie nicht zurückziehen konnte.

»Lieber verdurste ich, als mit Euch aus einem Becher zu trinken«, zischte sie zurück und zerrte ihre Hand unter seiner hervor.

»Tsss.« Missbilligend schüttelte er den Kopf. »Wo wir doch schon so viel mehr miteinander geteilt haben ...«

Er lachte gekünstelt, bevor er sich setzte, sie wie alle anderen auch die Hände falteten und den Kopf zum Tischgebet senkten.

Als das Mahl endlich eröffnet war, sandte Marthe einen hilfesuchenden Blick zu Lukas. Doch dieser war mit einer üppigen Matrone beschäftigt, deren teigiges Gesicht nur ein übereifriger Schmeichler mit den Worten »von vornehmer Blässe« bezeichnen würde. Sie warf ihm verzehrende Blicke zu und machte Anstalten, ihn wie eine verliebte junge Braut mit einem Stück dunklen Wildbrets zu füttern. Lukas schien es zu gelingen, ihr Vorhaben mit einem höflichen Scherz zu vereiteln, denn sie schob sich lächelnd den Fleischbrocken selbst in den breiten Mund, ohne beleidigt zu wirken.

Nicht lange, und Hedwig bereitet dieser neuen albernen Sitte ein Ende, dachte Marthe erleichtert nach einem Blick auf die Markgräfin. Die Fürstin erschien ihr seit dem Hoftag in Gelnhausen tatkräftiger denn je und blickte mit unverkennbarem Widerwillen auf das schamlose Verhalten, das einige der durch das Los gebildeten Paare zeigten: zu tiefe Blicke in den Kleiderausschnitt der Tischdame, von begehrlichen Mienen begleitete mehrdeutige Schmeicheleien, unzüchtiges Gelächter und Hände, die verstohlen auf eine Wanderschaft gingen, die sich nicht ziemte.

Angewidert rückte sie von Giselbert ab, so weit es ging, ohne dem nächsten Tischnachbarn näher zu kommen, als der Anstand gebot – Adelas Bruder Gerald, einem Ritter in Lukas' Alter, der weitläufige Ländereien an der Mulde von seinem Vater geerbt hatte.

Zum Glück zwangen die höfischen Anstandsregeln Giselbert, allzu eindeutige Bemerkungen bei Tisch zu unterlassen. Sie selbst hielt Wort und trank nicht einen Schluck aus dem Becher, den sie sich zu teilen hatten. Dass sie kaum etwas aß, fiel nicht auf, sondern würde ihr höchstens als vollendetes Benehmen einer Dame angerechnet werden.

Sosehr sie es auch in der Nähe von Randolfs Freunden graute – sie hatte lernen müssen, sich davon nichts anmerken zu lassen, um ihnen nicht noch diesen Triumph zu gönnen.

Es kam ihr unwirklich vor, dass sich hier alles um höfische Regeln und die Schwärmereien alberner junger Mädchen drehte, die Bienen summten und Vögel sangen, während woanders längst Krieg toben mochte, Menschen erschlagen, erstochen, erschossen und zerstückelt oder dem Hungertod ausgeliefert wurden. Nicht zum ersten Mal sprach sie ein stilles Gebet für Christian, Dietrich und die Männer, die sie nach Goslar begleitet hatten.

Um nicht sehen zu müssen, wie Giselbert vor Wohlbehagen schnaufend und schmatzend an einer Wildschweinkeule herumkaute, wobei ihm das Fett übers Kinn lief, richtete Marthe ihren Blick unauffällig auf Cäcilia, die neben Ekkehart am äußeren Ende von Ottos Tafel saß.

Sie hatte nicht wieder mit ihr gesprochen seit jener heimlichen Begegnung auf dem Meißner Burgberg vor knapp einem

Jahr, sondern sie nur verstohlen von weitem gemustert, seit Ekkehart sie auf die Reise nach Gelnhausen mitgenommen hatte.

Cäcilia schien ein Stück gewachsen zu sein, ihre Formen waren eine Spur fraulicher geworden, aber alles in allem sah sie immer noch aus wie ein Kind, unglücklich und verängstigt wie damals.

Das hellblonde Haar unter dem Schleier hatte seit jeher die Haut der zarten jungen Frau noch blasser wirken lassen, doch jetzt sah sie geradezu totenbleich aus.

Während der Reise hatte Marthe zu befürchten begonnen, dass Cäcilia schwanger sein könnte, doch Ekkeharts Frau ging ihr geflissentlich aus dem Weg, so dass sie sie nicht danach fragen konnte. Auch wenn fast ein Jahr vergangen war seit ihrem Gespräch, hielt sie Cäcilia immer noch für zu jung, um ein Kind zu gebären. Doch wenn sie zusah, mit wie viel Überwindung sie an dem winzigen Stück Fleisch herumkaute, das ihr Ekkehart mit strenger Miene zugewiesen hatte, verstärkte sich ihr Verdacht.

Cäcilia schluckte, schien den Bissen wieder hochzuwürgen, dann zuckte sie auf einmal zusammen, krümmte sich und umklammerte mit den Armen ihren Leib.

Seiner Miene nach schien Ekkehart sie streng zurechtzuweisen, doch Cäcilia schüttelte nur mit schmerzverzerrtem Gesicht den Kopf und krümmte sich noch mehr.

Eine Fehlgeburt!, dachte Marthe erschrocken und zauderte: Sollte sie aufspringen und zu Cäcilia laufen, um ihr zu helfen? Niemand durfte die Tafel vor dem Markgrafen verlassen, schon gar nicht wegen solch einer delikaten Angelegenheit! Der Skandal wäre perfekt. In Gedanken verwünschte Marthe dem Umstand, dass die Männer zwar Erben haben wollten, aber alles, was mit Schwangerschaft und Geburt zusammenhing, für höchst anrüchig hielten. Begriff Ekkehart nicht, was seiner Frau widerfuhr?

Offenkundig nicht, denn statt Hilfe herbeizurufen oder Otto wenigstens um Erlaubnis zu bitten, dass er und seine kranke Gemahlin sich entfernen durften, zischte er Cäcilia etwas ins Ohr, das recht unritterlich nach einem harten Verweis aussah.

Bei Gott, jetzt reicht es!, dachte Marthe und stemmte sich hoch. Sieht denn keiner, dass sie Hilfe braucht?

Doch noch bevor sie entrüstete Blicke auf sich zog, geriet Cäcilia vollends in den Mittelpunkt der allgemeinen Aufmerksamkeit. Mit einem qualvollen Stöhnen kippte die junge Frau von ihrem Platz und krümmte sich im Gras zusammen.

Niemand wunderte sich, dass Marthe so schnell bei ihr war, und es nahm auch niemand Anstoß. Im Gegenteil, die meisten Anwesenden schienen froh zu sein, dass auf Marthes Anweisung hin Cäcilia unverzüglich in das Zelt getragen wurde, das für den Befehlshaber der Wachen aufgestellt worden war, und damit der Anlass des Aufruhrs aus aller Augen verschwand. Dass sich die bekanntermaßen heilkundige Frau des Christiansdorfer Burgvogtes um den Vorfall kümmerte, lag auf der Hand.

Ein paar Frauen folgten ihr mit Ottos Erlaubnis: die Frau des Haushofmeisters, die Marthe nicht leiden mochte und bestimmt aufpassen sollte, dass hier nichts Verwerfliches vor sich ging, Hedwigs Magd Susanne und eine weitere junge Magd.

»Wache vorm Zelt und pass auf, dass kein Mann hereinkommt«, wies Marthe die zweite Magd an. »Auch nicht ihr Gemahl.«

Denn der ist der Letzte, den ich jetzt hier sehen möchte, fügte sie in Gedanken an.

Ihr Verdacht bestätigte sich. Cäcilia erlitt tatsächlich eine Fehlgeburt. Und sie konnte nicht viel mehr für sie tun, als sie zu wärmen, ihre Hand zu halten und sie zu trösten, bis es endlich vorbei war.

»Bitte, holt den Pater und berichtet Ritter Ekkehart, was geschehen ist«, bat sie die Frau des Haushofmeisters. »Er darf aber vorerst nicht zu ihr.«

Äußerst zufrieden, mit einer Neuigkeit vor den anderen aufwarten zu können, lief die Frau des Hagestolzes hinaus.

Endlich war Marthe mit Cäcilia allein, von Susanne abgesehen, der sie vertrauen konnte.

»Wie geht es Euch?«, fragte sie die unglückliche junge Frau, und ihre Frage bezog sich weniger auf deren derzeitigen Zustand. Den vermochte sie leider auch aus eigener Erfahrung nachzufühlen.

»Danke, dass Ihr mich damals zu der alten Hilda geschickt habt«, flüsterte Ekkeharts Frau. »Sie hat mir wirklich sehr geholfen ... Jedenfalls eine Zeitlang.«

Nun fing Cäcilia an zu weinen. »Es ist so schrecklich ...«, schluchzte sie. »Ich weiß nicht, wie ich das ein ganzes Leben lang aushalten soll ... Wenn Gott mich doch zu sich rufen würde, dann wäre meine Qual wenigstens endlich vorbei. Könnt Ihr mich nicht einfach hier sterben lassen?«

»Psst, versündigt Euch nicht!«

Marthe spürte die Verzweiflung der bleichen Kindfrau so überdeutlich, dass sie langsam auf sie übergriff. Und die Quelle dieser Verzweiflung war weniger die Strenge und Herzenskälte, mit der Ekkehart seiner Frau begegnete, sondern das unsägliche Grauen, das Cäcilia vor seinen nächtlichen Besuchen empfand. Marthe fiel es schwer, zu glauben, dass sich dies mit der Zeit legen würde, wie man entsetzten Bräuten nach der Hochzeitsnacht tröstend versicherte.

Was mochte sich abgespielt haben in Ekkeharts Gemach, das sie nur zu gut kannte? Doch das war nicht schwer vorzustellen: eine verängstigte, ahnungslose Braut, fast noch ein Kind, und ein mehr als zwanzig Jahre älterer, für seine Strenge gefürchteter Mann, den sie kaum kannte, vielleicht nur ein- oder zweimal zuvor gesehen hatte, und der nichts tat, um ihr die Angst zu nehmen.

Vielleicht sollte man doch nur Paare verheiraten, die Liebe füreinander empfanden, dachte sie. Sie und Christian, Elisabeth und Raimund und auch die Schmiede im Dorf mit ihren jungen Frauen waren glücklich miteinander. Doch sie schob den Gedanken beiseite. Man würde sie als närrisch schelten, wenn sie etwas dermaßen Abwegiges aussprach.

Offenkundig war Ekkehart nicht gewillt gewesen, länger als unbedingt nötig Rücksicht auf die Jugend und Zartheit seiner Frau zu nehmen.

Um Cäcilia zu helfen, blieb ihr nur noch eines. Sie hatte entgegen aller Wahrscheinlichkeit gehofft, vermeiden zu können, je noch einmal das Wort an Ekkehart richten zu müssen, aber um der unglücklichen jungen Frau willen musste sie es tun.

Als Marthe Cäcilia mit einem milden Beruhigungstrank endlich zum Einschlafen gebracht hatte, bat sie eine der Mägde, bei ihr zu wachen, und schlüpfte aus dem Zelt.

Die Nacht war längst hereingebrochen; mehrere kleine Feuer beleuchteten mit flackerndem Schein das Zeltlager der Reisegesellschaft. Sie brauchte nicht lange nach Ekkehart zu suchen. Ein paar Schritte vom Zelt entfernt stand er, gegen einen Baum gelehnt, einen Becher in der Hand. Er hatte den Kopf in den Nacken gelegt und starrte zu den Sternen empor, doch beim Nahen ihrer Schritte richtete er den Blick sofort auf Marthe.

»Es tut mir leid für Euch um Euer Kind«, sagte sie.

»Nicht einmal dazu taugt sie«, zischte Ekkehart abfällig.

Angewidert zuckte Marthe zusammen. »Ihr solltet Euch in Grund und Boden schämen für diese Worte!«

Als der Ritter nur mit einem verächtlichen Schnauben auf ihren Vorwurf reagierte, ging sie zwei Schritte auf ihn zu und stellte sich vor ihm auf. Noch nie seit ihrer verpatzten Heirat war sie ihm so nahe gewesen. Doch niemand würde Anstoß nehmen – es standen genug Beobachter unweit von ihnen, die darauf achteten, dass es keine Berührung zwischen ihnen gab.

»Sie ist noch zu jung und zu schmal, um eine Geburt zu überleben!«, fuhr Marthe ihn an. »Schlimm genug, dass Ihr darauf keine Rücksicht nehmt! Aber Ihr könnt Gott dafür danken, dass es so ausgegangen ist. Sofern das Kind nicht sehr klein gewesen wäre, hätte sie es wahrscheinlich kaum zur Welt bringen können.«

Und vielleicht würde sie dich weniger fürchten, wenn du ein wenig freundlicher zu ihr wärst, fügte sie in Gedanken an. Doch dies zu sagen, stand ihr nicht zu.

Als sie auf seinem Gesicht immer noch keine Reue entdeckte, sah sie nur noch einen Weg, sein Gewissen zu treffen. »Ist Euch nicht schon eine Frau bei der Geburt Eures Kindes qualvoll gestorben?«

Ekkehart zuckte zurück wie vor einer Viper.

»Als Wehmutter muss ich Euch raten, Euch von Eurer Gemahlin nachts fernzuhalten, bis sie kräftig genug ist, Euch Söhne auszutragen«, hielt sie ihm hart entgegen.

Die flackernden Flammen des Feuers neben ihnen verliehen seinem Gesichtsausdruck etwas Dämonisches, und der Anblick vermischte sich vor ihren Augen mit der Erinnerung daran, wie er sich einst begierig auf sie geworfen hatte, um sie vor den Augen seiner Kumpane zu nehmen. Beinahe wäre sie vor Angst einen Schritt zurückgewichen.

»Du solltest es sein, die mir meine Söhne gebiert«, raunte er mit heiserer Stimme. Er hob den Arm, um nach ihr zu greifen, ließ ihn jedoch wieder sinken, als er den Abscheu auf ihrem Gesicht sah.

»Ihr werdet schon eine Magd oder ein anderes bedauernswertes Wesen finden, an dem Ihr Eure Wollust stillen könnt«, meinte sie verächtlich, drehte sich um und ging.

Cäcilia wurde für den Rest der Reise auf einen Wagen gebettet. Marthe hatte darauf bestanden, dass sie zumindest in den nächsten Tagen auf keinen Fall reiten durfte. Die junge Frau erholte sich körperlich, doch ihr Gemüt blieb düster und verängstigt.

Im Verlauf der Heimreise kamen mehrfach Boten zu Otto, und Marthe fragte sich jedes Mal, ob sie wohl Nachricht von Christian brachten. Als Frau stand es ihr nicht zu, sich danach zu erkundigen. Ekkehart, der als Hauptmann von Ottos Leibwache dabei war, wenn dem Markgrafen Botschaften überbracht wurden, sah seinerseits nicht den geringsten Anlass, ausgerechnet Christians Gemahlin oder dessen Freund ins Bild zu setzen.

Doch als sie sich bereits auf zwei Tagesmärsche dem Kloster Chemnitz genähert hatten und damit das Ende der Reise in greifbare Nähe gerückt war, ließ der Markgraf sie und Lukas zu sich rufen, nachdem der Hofstaat Quartier auf dem Anwesen eines Vasallen bezogen hatte.

»Es gibt Nachricht von Christian«, verkündete er, als sie mit bangem Herzen vor ihm stand.

Christian lebt! Erleichtert atmete Marthe auf.

»Heinrichs Truppen haben tatsächlich die Goslarer Gruben zerstört«, erklärte der Markgraf. »Euer Mann ist mit fast vierhundert Leuten auf dem Weg in die Mark Meißen.«

Marthe riss die Augen auf, und auch Lukas atmete tief durch bei diesen Worten.

Vierhundert Menschen! Sie alle unterzubringen und ihnen Arbeit zu geben, von der sie leben konnten, würde ein schwieriges Unterfangen werden.

Doch um wie viel größer und reicher würde ihr Heimatort, wenn es gelang! Welchen erneuten Aufschwung würde der Silberbergbau nehmen, wenn sie noch mehr Gruben eröffneten!

An Ottos zufriedener Miene konnte sie erkennen, dass der Markgraf sich schon ausmalte, wie ihm diese neue Entwicklung die Truhen mit noch mehr Silber füllte.

Doch wie sollen wir so viele Menschen satt bekommen?, sorgte sich Marthe.

Aus der Erfahrung der Jahre seit Beginn des Bergbaus in Christiansdorf wusste sie, dass ein Erzfund zwar schnell gemutet werden konnte. Doch bis das Erz aus der neuen Grube gewonnen und schließlich Silber daraus geschmolzen war, verging viel Zeit. Und wenn die Truppen des Löwen das Gebiet am Rammelsberg verheert hatten, war ungewiss, ob die Neuankömmlinge überhaupt noch ihren Besitz und irgendwelche Vorräte mitnehmen konnten.

Auch wenn sie eben noch froh gewesen war, für diesen Tag aus dem unbequemen Damensattel gekommen zu sein – am liebsten wäre sie sofort aufgebrochen, um auf schnellstem Weg nach Hause zu gelangen und sich dort mit dem Bergmeister und Mechthild zu besprechen, ja, ihretwegen sogar mit Josef, dem widerlichen Dorfschulzen. Sollte der sich ruhig auch einmal etwas einfallen lassen, wie die Situation zu bewältigen war.

Lukas musste Ähnliches gedacht haben, denn er bat den Markgrafen um Erlaubnis, mit der Dame Marthe und einigen Reisigen als Geleit am nächsten Tag unverzüglich loszureiten, um in Christiansdorf Vorbereitungen für die Ankunft eines solch gewaltigen Zuges zu treffen.

»Einverstanden, brecht gleich morgen früh auf«, stimmte Otto zu. »Ich weiß, dass Christian Euch vertraut und Ihr Euch mit diesen Dingen auskennt. Besprecht Euch mit dem Bergmeister und weitet die Förderung auf noch mehr Erzgänge in der Umgebung aus.«

Nach kurzem Überlegen sagte er zu Lukas: »Selbst wenn Christian rechtzeitig vor Beginn der Heerfahrt zurückkehren sollte – ich will ihn jetzt lieber in seinem Dorf wissen, damit er die Silbergewinnung vorantreibt. Er soll nur ein paar Ritter und Reisige schicken, mehr erwarte ich diesmal nicht von ihm. Das Silber hat Vorrang.«

Bevor er Lukas und Marthe erlaubte, zu gehen, informierte er sie, dass er Christian auf dessen Bitte hin eine Wagenladung Korn entgegengeschickt hatte. »Eine weitere werde ich Euerm Dorf zukommen lassen, wenn der Zug der Bergleute dort unbeschadet eintrifft. Ich erwarte, dass sich die neuen Bergleute dafür erkenntlich zeigen und große Mengen Silber zutage fördern!«

Marthe schwirrte der Kopf von all dem, was angesichts dieser Neuigkeiten alles zu regeln war.

Aber die Neuigkeiten ausgiebig mit Lukas zu erörtern, blieb ihr vorerst verwehrt. In der höfischen Gesellschaft ging es bei weitem nicht so ungezwungen zu wie auf ihrer Burg. Hier verbot der Anstand, dass sie als verheiratete Frau ohne Zeugen mit einem anderen Mann sprach. Das hätte ihrer beider Ruf in Frage gestellt.

Also konnte sie nichts tun, als zurück zu den jungen Mädchen zu gehen, die sie schon kichernd und prustend erwarteten, damit sie den Unterricht fortsetzte.

»Dies ist vorerst unsere letzte Lektion«, informierte sie ihre Schützlinge zu deren Überraschung. »Morgen früh werde ich mit Ritter Lukas nach Christiansdorf reiten, um dort wichtige Angelegenheiten zu regeln. Also fragt jetzt gleich, was Ihr noch nicht verstanden habt oder was Ihr noch wissen möchtet!«

Sie sah die Mischung aus Erschrecken und Eifersucht in Adelas Gesicht und den bedeutungsschweren Blick, den diese mit ihrer Freundin Lucardis wechselte. Doch sie konnte jetzt wirklich keinen Gedanken an die Schwärmereien einer Vierzehnjährigen verschwenden. In ihrem Kopf wirbelte zu viel Wichtiges durcheinander, das bedacht werden musste.

Erwartungsgemäß hatte Hedwig inzwischen die merkwürdige Sitte abgeschafft, die Tischpartner per Los einander zuzuteilen. Nun saßen beim abendlichen Mahl wieder die Ehepaare beieinander, die Ritter, die unverheiratet waren oder ohne ihre Frauen reisten, an einem Tisch, die Witwen oder Frauen wie Marthe, deren Männer sich derzeit an entfernten Orten aufhielten, an einem anderen.

Ihr Gastgeber hatte sich alle Mühe gegeben, dem Aufenthalt des hohen Gastes Glanz zu verleihen. Nach dem Mahl, bei dem wieder ins Federkleid gehüllte, gebratene Schwäne die Hauptattraktion gebildet hatten – Marthe schüttelte es immer noch, als sie an den schlammigen Geschmack des allseits so gepriesenen Schwanenfleisches dachte –, ließ er einen Spielmann aufspielen.

Die strenge Runde lockerte sich bald auf, und so nahm auch niemand Anstoß, als Lukas Marthe zu dem Tisch führte, an dem Raimund und Elisabeth gemeinsam mit mehreren befreundeten Paaren saßen, um ihr zu berichten, was er inzwischen noch alles von Christians Boten erfahren hatte.

Die Kerzen waren ein ganzes Stück heruntergebrannt und einige Becher geleert, als sie beschlossen, jeder für sich sein Quartier aufzusuchen, denn am nächsten Tag hatten sie einen anstrengenden Ritt vor sich. So schnell wie möglich wollten sie ins Dorf, um alles für Christians Ankunft mit dem Zug der Harzer Bergleute vorzubereiten.

»Der Spielmann ist wirklich eine Zumutung«, meinte Lukas grinsend, als er sich von Raimund und Elisabeth verabschiedete.

Die meisten anderen schien das nicht zu stören. Die Halle war noch bevölkert mit Männern und Frauen, die lachten, miteinander schwatzten, Schmeicheleien austauschten und sich kaum um das Gekratze der Fidel und die jämmerlichen Verse zu scheren schienen.

»Lukas, warte!« Marthe hielt den Freund noch einmal kurz zurück, bevor sie die Halle verließ. »Kann sein, dass Adela dir irgendwo auflauert, um zum Abschied noch irgendein Liebespfand von dir zu erhaschen«, warnte sie, etwas verlegen.

»Ich bin nicht an dummen kleinen Gänschen interessiert«, meinte er gleichgültig.

Er hätte besser auf Marthes Warnung hören sollen. Als er die Kammer betrat, die ihm und zwei weiteren Rittern, die noch unten in der Halle zechten, für diese Nacht zugewiesen war, kam ihm seine Schlafstatt verändert vor. Ungehalten griff er nach der Decke, unter die jemand irgendetwas geschmuggelt haben musste, und zog sie beiseite.

Für einen Augenblick verschlug ihm der Anblick die Sprache, doch schnell fand er seine Worte wieder.

»Bedeckt Eure Blöße und verlasst auf der Stelle diese Kammer!«, fuhr er Adela an, die sich, nur mit dem Unterhemd bekleidet, unter seiner Decke versteckt hatte.

Der schwärmerische Blick, mit dem sie ihn angesehen hatte, wich der Enttäuschung, ihr lächelnder Mund verzog sich zu einem Schmollen.

»Aber ich liebe Euch! Begehrt Ihr mich denn gar kein bisschen?«, bettelte sie.

»Wisst Ihr nicht, worauf Ihr Euch da einlasst? Ihr bringt Euern guten Ruf in Gefahr! Und meinen«, fuhr er sie an, gröber, als er wollte.

Weil sie keinerlei Anstalten machte, sein Bett zu verlassen, griff er nach ihrem Arm, um sie hochzuziehen und aus der Kammer zu schicken.

Im gleichen Augenblick ging die Tür auf, und Adelas Bruder stand in der Öffnung.

»Seht Ihr, habe ich es Euch nicht gesagt?«, hörte Lukas eine triumphierende Mädchenstimme und sah Lucardis hinter Geralds Rücken hervorlugen. Er ließ seine Hand sinken, als habe er glühendes Eisen berührt.

Ebenso fassungslos wie kurz zuvor noch Lukas, starrte nun Adelas Bruder auf die Szene, die sich ihm darbot, und wurde puterrot vor Zorn.

»Ihr ehrloser Schuft wagt es …«, fing er an zu brüllen, doch Lukas fiel ihm ins Wort.

»Der Anblick täuscht, es ist nichts geschehen! Sie war es …«, wollte er erklären. Aber Gerald ließ ihn nicht ausreden. Inzwischen begann sich ein Auflauf vor der Kammer zu bilden; dem Stimmengewirr nach musste mindestens ein Dutzend Menschen im Gang stehen.

Fein ausgedacht, dachte Lukas wütend. Und ich bin geradewegs in die Falle getappt!

Auch die eingeschüchtert wirkende Adela wollte etwas sagen, doch ihr Bruder packte sie hart am Arm und zerrte sie hoch.

»Raus mit dir, Hure! Warte draußen, bis ich komme und dich

grün und blau schlage! Gleich morgen früh schaffe ich dich ins Kloster!«

»Nein! Nicht das!«, schrie das Mädchen verzweifelt, und Tränen schossen ihr in die Augen. Lukas sah, dass sie mit dieser Entwicklung nicht gerechnet hatte.

»Allerdings! Was dachtest du denn?«, wütete Gerald. »Aber vorher kriegst du noch deine Tracht Prügel. Dann kannst du auf allen vieren ins Kloster kriechen.«

Grob zerrte er sie zur Tür und übergab sie einem seiner Freunde. »Oswin, beginn schon einmal damit. Schone sie ja nicht, auch wenn sie noch so heult! Sie hat kein Erbarmen verdient.«

Geralds Begleiter nahm das Mädchen mit grimmiger Miene in Empfang und nickte ihrem Bruder zu, bevor er die verzweifelte Adela nach draußen zog.

Ohne seiner heulenden Schwester noch einen Blick nachzuwerfen, sah Gerald nun wütend auf Lukas.

»Ihr werdet mir morgen früh Genugtuung leisten für die verlorene Ehre meiner Schwester.«

»Wie Ihr wünscht«, entgegnete Lukas kaum weniger grimmig.

Von draußen hörte er harte Schläge klatschen und Adela jämmerlich aufschreien, wieder und wieder. Dem Geräusch nach schien sie zu Boden zu stürzen, ihre Schreie wurden zu einem qualvollen Wimmern, doch anscheinend wurde sie wieder hochgezerrt, denn die Schläge hörten nicht auf.

Lukas räusperte sich, trat einen Schritt auf Gerald zu und erklärte mit belegter Stimme: »Vorher erlaubt mir, Euch in aller Form um die Hand Eurer Schwester zu bitten.«

Zurück in Christiansdorf

»Was hätte ich denn tun sollen?« Wütend zerrte Lukas am Sattelgurt seines Pferdes. »Dieser Grobian hätte sie fast totgeschlagen!«

Er verschränkte die Hände, um Marthe in den Sattel zu helfen. »Und wie hat sie mich aussehen lassen, dieses gerissene Biest?«

Marthe schwieg. Was hätte sie auch sagen sollen? Ihn trösten und sagen, vielleicht würde ihm Adela eine gute Frau werden, auch wenn sie sich das schwer vorstellen konnte? Sie war nicht sicher, ob ihre Vorbehalte möglicherweise nur daher rührten, dass ihr der Gedanke zu ungewohnt erschien, Lukas verheiratet zu sehen. Doch so oder so, irgendwann musste er sich schließlich eine Frau nehmen.

Natürlich hatte sich der unerhörte Vorfall vom Abend im Nu herumgesprochen – nur nicht zu Marthe, die völlig entgeistert erst am Morgen durch den Hofklatsch davon erfuhr.

Ihr Aufbruch hatte sich verzögert, weil Lukas noch zum Zweikampf mit Adelas Bruder antreten musste. Dessen Schwester durfte nicht dabei zusehen. Gerald hatte ihr befohlen, unter strengster Bewachung in der Kammer zu bleiben. So musste das Mädchen, dessen Gesicht von den Schlägen angeschwollen war, bangen, ob nun ihr Bruder oder der Mann, von dem sie schon seit Monaten träumte und den sie unbedingt heiraten wollte, starb. Niemand durfte zu ihr und sie damit beruhigen, dass Otto strenge Regeln für diesen Kampf aufgestellt hatte.

Natürlich konnte er ihn nicht untersagen; schließlich ging es um die Ehre einer Jungfrau. Doch der Markgraf hatte verfügt, dass keiner der Gegner den anderen töten durfte. Der Kampf sollte zu Ende sein, wenn das erste Blut floss.

Mit grimmigen Mienen stellten sich die beiden Kontrahenten auf, und Lukas war sich nicht sicher, ob sich Gerald wirklich an die Weisung des Markgrafen halten würde. Adelas Bruder machte eher den Eindruck, ihn abstechen zu wollen – ob nun aus Zorn über den vermeintlichen Ehrverlust seiner Schwester oder weil Lukas seine Heiratspläne für sie durchkreuzt hatte. Also ließ er ihm erst gar nicht die Gelegenheit zu einem tödlichen Hieb, sondern hebelte ihm sofort mit einer wuchtigen Bewegung das Schwert aus der Hand, noch während Gerald zum ersten Schlag ausholte. Mit einer beinahe lässigen Bewegung verpasste er dem Verblüfften im nächsten Augenblick einen knapp bemessenen Schnitt am Oberarm. Geralds aufgeschlitzter Ärmel offenbarte einen roten Kratzer.

»Blut ist geflossen, der Kampf ist beendet«, verkündete Ottos ältester Ritter, ein graubärtiger Kämpe namens Friedmar, der für den morgendlichen Zweikampf das Amt eines Turniervogtes übernommen hatte. »Ritter Lukas hat gewonnen. Die Ehre der Jungfrau blieb unangetastet und steht außer Frage.«

Mit eifrigem Getuschel kommentierten die Zuschauer den Ausgang des Kampfes, während sich Gerald von einem Freund – jenem, der am Vorabend in seinem Auftrag Adela so gnadenlos gezüchtigt hatte – sein Schwert zurückbringen ließ. Er wusste nicht, ob er wütend oder erleichtert über diesen Verlauf sein sollte. Doch am Ende überwog wohl die Erleichterung, dass der Skandal um seine Schwester nicht noch schlimmere Ausmaße annahm. Anscheinend war er gerade noch rechtzeitig erschienen, um Schlimmstes zu verhindern. Diese Lucardis hatte wohl recht: Für die Warnung stand er in ihrer Schuld. Vielleicht sollte er zum Dank wirklich bei ihrem Vater um ihre Hand anhalten, wie sie ihm suggeriert hatte. Immerhin, sie sah hübsch aus, schien nicht auf den Kopf gefallen zu sein, und es war allgemein bekannt, dass sie mit einer üppigen Mitgift ausgestattet werden sollte. Warum war er nicht schon eher auf diese Idee gekommen? Doch darüber konnte er später nachdenken. Jetzt gab es erst einmal Dringlicheres zu regeln.

»Ihr werdet sie noch vor der Reichsheerfahrt heiraten«, knurrte er Lukas an. »Ich will nicht riskieren, dass Ihr vielleicht fallt und sie enterht, aber unverheiratet zurückbleibt.«

Lukas nickte nur und verzichtete darauf, seinen künftigen Schwager darauf hinzuweisen, dass er Adela *nicht* enterht hatte. Wer weiß, ob sie überhaupt noch Jungfrau war, so dreist, wie sie sich aufgeführt hatte.

»Bis dahin stecke ich sie in ein Kloster«, fuhr Gerald wütend fort. »Ihr werdet sie erst am Tag der Hochzeit vor der Kirche wieder zu sehen bekommen. Und glaubt nicht, um die Mitgift mit mir feilschen zu können!«

Kommentarlos nahm Lukas auch diese Worte entgegen. Gerald würde die Mitgift nun ohnehin geringer ansetzen, aber das war ihm gleichgültig. Adela hatte gewusst, worauf sie sich einließ, und bekam, was sie wollte: einen Ritter ohne eigenes Land.

Sie hatte ihm leidgetan, als sie am Abend so jämmerlich verprügelt worden war. Doch nun fragte er sich, ob er ihr je verzeihen konnte, ihn durch Hinterlist gezwungen zu haben, um ihre Hand anzuhalten, obwohl er keinerlei Interesse an ihr hatte.

»Ich habe schon mein Land und mein Erbe eingebüßt, da kann ich nicht auch noch meine Ehre verlieren«, stieß Lukas zornig aus, während er Marthe in den Sattel half. »Die ist nämlich das Einzige, das mir noch geblieben ist.«

Ohne ein weiteres Wort saß er auf, und der kleine Reitertrupp setzte sich Richtung Christiansdorf in Bewegung.

Ohne den folgenschweren nächtlichen Zwischenfall hätte er Marthe vor sich aufs Pferd genommen, damit sie schneller vorankamen, sobald sie außer Sichtweite des Hofstaates waren. Aber das verbot sich nun. Ein Mann, der in den Ruf geraten war, ehrbaren Jungfrauen nachzustellen, würde wohl auch vor Ehefrauen nicht haltmachen, malte sich Lukas mit grimmiger Miene den unausweichlich aufkommenden Klatsch aus. Und natürlich mussten sie zusätzlich zu ein paar Reisigen und den beiden Knappen auch noch eine Anstandsdame für Marthe mitnehmen. Zum Glück hatten sich Raimund und seine Frau Elisabeth bereit erklärt, sie zu begleiten.

Wenn wir angekommen sind, überrede ich Raimund zu einem mächtigen Besäufnis, dachte Lukas. Danach steht mir jetzt wirklich der Sinn.

Marthe hingegen, die von diesem Plan des künftigen Bräutigams nichts ahnte, hoffte, dass Elisabeth und Raimund noch einige Zeit in Christiansdorf bleiben und sie bei den gewaltigen Aufgaben unterstützen würden, die auf sie zukamen. Elisabeth hatte dafür – im Gegensatz zu ihr – die beste Ausbildung bekommen. Jetzt musste sie nicht nur dafür sorgen, vierhundert Neuankömmlinge unterzubringen und ihnen ein Auskommen zu verschaffen, sondern auch noch eine Hochzeit vorbereiten. Genau genommen, zwei, wenn Marie inzwischen Bertram ins Gewissen geredet hatte.

Die kleine Reisegruppe hatte auf das Frühmahl verzichtet, um Zeit zu sparen, und sich stattdessen vom Küchenmeister Proviant mitgeben lassen.

Sofort nach dem Morgengebet und dem kurzen Zweikampf brachen sie auf. Sie hatten fast dreißig Meilen vor sich, und diese an einem Tag zu bewältigen, da auch zwei Frauen im Damensattel mit ihnen reisten, war ein hartes Unterfangen.

Elisabeth war im Gegensatz zu Marthe eine ausgezeichnete Reiterin. Umso mehr wurde Marthe wieder einmal beschämend bewusst, dass sie die anderen aufhielt. Doch sie hatten keine Zeit zu verlieren, und sie waren unter sich. Also schlug Raimund kurzerhand vor, Marthe zu sich aufs Pferd zu nehmen, damit sie schneller vorankamen. Er ritt einen kräftigen, ausdauernden Fuchs aus seinem eigenen Gestüt. Das gemeinsame Geschick im Umgang mit Pferden war es, das ihn und Christian schon während der Knappenzeit zu Freunden gemacht hatte – dies und ihr striktes Eintreten für die Regeln der ritterlichen Ehre.

Als die Dämmerung hereinbrach, waren es nach Lukas' Worten noch fünf Meilen bis Christiansdorf. Sie verständigten sich kurz und beschlossen, weiterzureiten.

Die nach Einbruch der Dunkelheit verlassenen Gruben vor dem Dorf wirkten im Mondschein gespenstisch auf Marthe. Doch als sie den westlichen Wachturm erreichten, atmete sie auf. Die Wachen ließen sich die Verwunderung über die späte Ankunft der Reisenden nicht anmerken, sondern hießen sie willkommen und schickten ihnen ein paar Reiter mit, die mit Fackeln den Weg beleuchteten.

Nächtliche Stille lag über dem Dorf, nichts deutete darauf hin, dass hier etwas Bedrohliches oder Beunruhigendes geschehen war. Alles schien schon in tiefem Schlaf zu liegen, nur da und dort schlugen ein paar Hunde an oder weinte ein Kind.

Die Wache am Burgtor war bereits auf ihre Ankunft vorbereitet. Einer von Peters Burschen hatte sich im Wachhaus herumgedrückt und war nun vorgeschickt worden, um Reinhard Bescheid zu geben, dem Christian für die Zeit seiner Abwesenheit das Kommando über die Burg übertragen hatte.

So füllte sich der Burghof rasch mit Menschen, die sich noch die Augen rieben oder verstohlen gähnten, weil sie aus dem Schlaf gerissen worden waren, um die spät Angekommenen willkommen zu heißen und ihnen die Pferde abzunehmen.

Ein paar Mägde, die ohnehin noch nicht im Bett gewesen waren, liefen herbei, um Brot, Schinken und Käse zu bringen; Mechthild ließ das Feuer in der Küche wieder schüren, damit bald auch etwas Heißes für die Heimgekehrten und die Edelleute in ihrer Begleitung auf den Tisch gelangte.

Während Marthe nach oben lief, um nach ihren Kindern zu sehen, die bereits tief schliefen, betrachtete Lukas mit ebenso erstauntem wie zärtlichem Blick Rainas nun schon gewölbten Bauch. Sie hatte ihn erst scheu, beinahe ängstlich angesehen, als fürchte sie, er könne seine Zusage inzwischen bereut haben, ihr Kind als seines anzuerkennen. Doch als er ihr zulächelte, lächelte sie zurück.

Es schien Raina gutzugehen, ihre Wangen waren gerundet, ihre Brüste voller, und angesichts seiner aufmunternden Miene strahlte sie so viel Freude aus, dass ihr Anblick ihn rührte. Sofort gab er seinen Plan auf, sich mit Raimund zu betrinken.

»Komm nachher zu mir. Ich warte auf dich«, flüsterte er ihr zu, als sie ihm Wein nachschenkte, und sie sah ihn glücklich an.

Ich muss dafür sorgen, dass meine Zukünftige ihr das Leben nicht zur Hölle macht, wenn sie erst einmal hier lebt, schoss ihm durch den Kopf.

Inzwischen stellte sich auch der besorgt wirkende Bergmeister ein, den Marthe hatte aus dem Bett trommeln lassen. Die anderen, mit denen sie sich besprechen musste, bevor sie am nächsten Morgen das Dorf zusammenrief, wollte sie nicht auch noch aus dem Schlaf reißen. Doch Hermann musste gleich Bescheid wissen, um seine Vorschläge und Erfahrungen beizusteuern, wie sie die neue Lage meistern konnten.

Lukas war diesmal jedoch nur halbherzig bei der Sache. Zu sehr war er mit seinen Gedanken bereits im Bett mit Raina.

Es ist einfach zu lange her, dass ich eine Frau hatte, dachte er.

Nachdem der Bergmeister endlich gegangen und Lukas mit großen Schritten hinauf in seine Kammer gestiegen war, musste er nicht lange warten. Zaghaft wie immer klopfte Raina an und wartete, dass er sie hereinbat.

Tatsächlich, ihre Brüste waren voller geworden, geradezu einladend. Er konnte nicht widerstehen, in den Ausschnitt ihres Kleides zu greifen, und sie löste bereitwillig die Schnur, die den Stoff am oberen Saum zusammenhielt.

Ungeduldig streifte er ihr die Sachen ab, dann plötzlich verspürte er das unbezwingbare Verlangen, ihren Bauch mit seinen Händen zu umfassen.

»Es wird ein Sohn, sagt die Herrin«, flüsterte sie, und er kam gar nicht dazu, darüber nachzudenken, dass mit »Herrin« Marthe gemeint war. Plötzlich hatte er nur noch diesen einen Satz in seinem Kopf: Ein Sohn. Ich bekomme einen Sohn.

Voller Freude küsste er ihren Leib und schrak zusammen, als ihn ein winziger, aber energischer Stoß traf. Raina musste über seine verblüffte Miene lachen. »Es bewegt sich schon«, erklärte sie, als sei dieses für ihn unbeschreibliche Wunder das Normalste der Welt.

Mit einem Mal verspürte er eine ihm ungewohnte Scheu.

Raina musterte vorsichtig sein Gesicht und schien zu erraten, was ihm durch den Kopf ging.

»Ich glaube nicht, dass Ihr ihm schadet, wenn Ihr nicht allzu heftig seid«, sagte sie verlegen. Sie schien immer noch zu befürchten, er könnte sie zurückweisen. Und er wusste, dass ihre Ängste, wegen des Kindes fortgejagt zu werden, nicht aus der Luft gegriffen waren.

Nicht jede Burgherrin duldete, dass uneheliche Kinder auf ihrem Hof geboren wurden, wenngleich das beinahe überall vorkam, auch deshalb, weil anderswo häufig der Burgherr selbst oder seine Ritter die Hände nicht von den jungen Mägden lassen konnten. Und bei weitem nicht jede Magd teilte so freiwillig das Bett ihres Herrn oder seiner Edelleute wie Raina das seine.

Doch jetzt war keine Zeit für langes Grübeln über Sitten und Unsitten. Der Anblick von Rainas fraulichem, sichtlich gerundeten Körper erregte Lukas so sehr, dass er nicht länger warten konnte, sonst würde er zerspringen.

»Ich glaube, ich habe ihn aufgeweckt«, murmelte er schuldbewusst, als er sich erschöpft und atemlos aus ihr zurückzog und nun merkwürdige Beulen aus ihrem Leib wachsen und sofort wieder verschwinden sah.

Raina prustete los, dann stand sie wie üblich auf, um sich sofort wieder anzukleiden und aus seiner Kammer zu verschwinden.

Todmüde wollte Lukas einschlafen, doch da fiel ihm seine Verlobung ein, die er gerade für ein paar glückliche Momente vergessen hatte.

Er beschloss, es ihr selbst zu sagen, ehe sie durch den Klatsch davon erfuhr – das hatte sie nicht verdient. Immerhin war sie die künftige Mutter seines Erstgeborenen.

Sein Eingeständnis schien sie nicht übermäßig zu erschüttern. Keiner von ihnen beiden wäre je auf die Idee gekommen, er würde sie heiraten. Das war schlichtweg undenkbar. Ihre größte Sorge war, dass Lukas' künftige Gemahlin sie mitsamt ihrem Bastard vom Hof jagen würde.

»Das erlaube ich nicht, du hast mein Wort«, versicherte er ihr und strich erneut über den gerundeten Leib, in dem sein Sohn heranwuchs.

»Sie wird nicht dulden, dass ich Euch weiter besuche«, meinte sie mit traurigem Lächeln. »Ich werde Euch nachts vermissen, Herr.«

Und ich dich wahrscheinlich auch, dachte er, nachdem sie die Tür leise hinter sich geschlossen hatte. Aber wenn Adela so begierig auf ihn war – vielleicht erwies sie sich ja im Bett als zärtliche und leidenschaftliche Gemahlin.

Marthe bekam in dieser Nacht kaum ein Auge zu. Die Gedanken wirbelten ihr nur so durch den Kopf, und sie konnte es nicht erwarten, die vor ihr liegenden dringenden Angelegenheiten in Angriff zu nehmen.

Sobald das erste Anzeichen der Morgendämmerung durch das Fenster zu sehen war, stand sie auf. Sie weckte die Magd, die mit ihr und den Kindern in ihrer Kammer schlief, wenn Christian nicht da war, ließ sich ankleiden und ging hinab in die Halle.

Dann schickte sie Georg und David zum Dorfältesten Josef und zu Pater Sebastian, um sie mit höflichen Worten auf die Burg zu bitten. Peter schickte sie mit dem gleichen Auftrag zu den Fuhrleuten Hans und Friedrich.

Ein Augenblick des Wartens blieb ihr noch. Sie lenkte die Schritte in die Kapelle, wo Hilbert gerade sein Morgengebet beendet hatte.

»Würdet Ihr gemeinsam mit mir beten, um Gottes Segen für die glückliche Ankunft der vielen armen Seelen zu erbitten, die hierher unterwegs sind?«, fragte sie. Hilbert zögerte nicht einen Augenblick und kniete neben ihr nieder.

Nach einem kurzen, aber inbrünstigen Gebet um das Gelingen ihres Vorhabens lief Marthe auf den Hof und bat Reinhard, der sie bereits erwartete, das Eisen schlagen zu lassen, mit dem das Dorf in Notfällen alarmiert wurde. Trotz des Silberreichtums besaß noch keine der drei Christiansdorfer Kirchen eine Glocke, die sie hätten läuten können.

Zum Glück war ihr Ort bisher von den Feuersbrünsten verschont geblieben, die unausweichlich jede größere Ansiedlung einmal heimsuchten. Doch wegen des mittlerweile schon legendären Rufes des Christiansdorfer Silbers mussten sie immer wieder Angriffe von Diebesbanden abwehren, bei denen die Bewohner Schutz auf der durch Wall und Graben gesicherten Burg fanden.

Marthe hatte gerade noch den richtigen Zeitpunkt abgepasst, bevor die Menschen an ihr Tagwerk gingen und die Bergleute ihre Gruben befuhren, wo sie bis zum Abend nichts mehr von dem mitbekommen würden, was im Dorf geschah.

Mit erschrockenen Gesichtern kamen die Christiansdorfer auf den Burghof gelaufen und fragten sich, was wohl geschehen sein mochte und welche Gefahr ihnen drohte.

Die beiden Fuhrleute trafen als Erste von den fünf angesehenen Männern ein, die Marthe und Lukas zu sich gebeten hatten, den Bergmeister eingeschlossen.

Mit kurzen Worten weihte sie sie ein und trug ihnen ihr Anliegen vor.

»Ihr könnt auf uns zählen«, versicherte Friedrich, der ältere der beiden Brüder, zu ihrer Erleichterung. »Auch wenn ich geglaubt hatte, es mir auf meine alten Tage irgendwann am warmen Herd gemütlich machen zu können ...«

Wehmütig seufzte er auf und strich sich über den kahlen Kopf, doch sein Bruder hieb ihm kräftig ins Kreuz. »Du würdest dich zu Tode langweilen. Komm, lass uns noch einmal etwas Großes unternehmen, wie in alten Zeiten, bevor wir endgültig zu alt sind, um den Fuß aus dem Dorf zu setzen.«

Nacheinander folgten der Bergmeister, dessen ruhige Gelassenheit Marthe ermutigte, der windige Dorfschulze und als Letzter der Pater mit sauertöpfischer Miene.

Mittlerweile war der Hof voll von Menschen, die aufgeregt darüber diskutierten, warum wohl Alarm geschlagen worden war.

Marthe gab Lukas mit einem Nicken ein Zeichen. Er stieß auf zwei Fingern einen gellenden Pfiff aus, und die Gespräche verstummten schlagartig. Mit Lukas' Hilfe kletterte sie auf ein kleines Fass, das der junge Christian für sie dorthin gerollt hatte, damit sie von allen gesehen und gehört werden konnte.

Es war immer noch kühl an diesem Maimorgen, doch genau in diesem Augenblick brach der erste Sonnenstrahl durch die Wolken. Ein schwacher Wind wehte und trug Marthes Worte über den Burghof.

»Es gibt Nachrichten vom Krieg, die uns alle betreffen«, begann sie, und spätestens nach diesen Worten hätte man eine Nadel fallen hören können. Nur das Wiehern eines Pferdes zerschnitt die plötzlich eingetretene Totenstille.

»Die Gruben und Schmelzhütten am Rammelsberg sind zerstört, der Bergbau dort auf nicht absehbare Zeit zum Erliegen gebracht!«, rief sie. Ihre Worte lösten vor allem unter den Familien bestürzte Rufe aus, die einst aus dem Harz gekommen waren, um in Christiansdorf nach Silber zu schürfen. Etliche der Zuhörer bekreuzigten sich und sprachen ein Gebet für ihre Verwandten.

»Ritter Christian ist mit vierhundert Männern, Frauen und Kindern von dort auf dem Weg hierher«, fuhr sie fort. »Diese Menschen haben durch den Krieg alles verloren. Unter ihnen werden viele eurer Verwandten und Bekannten sein. Die meisten Dörfer bis vor Magdeburg sind verwüstet. Es wird schwierig für sie werden, auch nur das Nötigste zu finden, um nicht zu verhungern.«

Unzählige Stimmen schwirrten nun durcheinander und vermischten sich zu einem Getöse, aus dem ein paar laute Rufe heraushallten.

»Wisst Ihr, ob mein Bruder dabei ist? Er heißt Hans und hat nur noch vier Finger an der rechten Hand«, rief eine Frau besorgt, die ganz nah bei Marthe stand und unter deren hastig gebundenem Tuch ein paar graue Strähnen hervorlugten.

»Hat unser Herr Christian etwas von einem Steiger Klaus gehört?«, wollte ein Mann mit von Sorgen zerfurchtem Gesicht neben ihr wissen. Von allen Seiten drangen solche Fragen zu Marthe. Der Bergmeister musste einschreiten, um ihr erneut Gehör zu verschaffen.

»Ich kann euch keine Namen nennen«, rief sie mit ausgebreiteten Armen. »Aber ganz gleich, ob es eure Verwandten oder Fremde sind, wir müssen ihnen helfen und Vorsorge treffen, dass wir nicht auch noch hier von einer Hungersnot heimgesucht werden, bevor die Ernte eingebracht ist.«

Sie richtete den Blick bewusst nicht auf die Gruppe der Bergleute, sondern auf die der Händler und Handwerker.

»Jeder von euch soll überlegen, ob und wie viele Menschen er aufnehmen kann, zumindest zeitweise. Und wir müssen ihnen Korn schicken, damit sie unterwegs nicht verhungern.«

Auf ihr Zeichen hin traten Hans und Friedrich an ihre Seite.

»Diese ehrbaren Fuhrleute, die ihr gut kennt, werden heute noch aufbrechen, um ihnen mit einer Ladung Proviant entgegenzufahren. Jeder von euch soll beisteuern, was er entbehren kann. Gott wird es euch lohnen.«

Sie legte eine winzige Pause ein, bevor sie weitersprach. »Ich weiß, die Vorratskammern und Speicher sind vor der Ernte fast leer. Aber diese Menschen brauchen unsere Hilfe. Denkt daran, wie es war, als ihr hierherzogt. Jeder von euch ist nur mit dem Nötigsten aufgebrochen. Sie haben noch weniger, sie konnten nichts retten außer ihrem Werkzeug. Schaut nach, was ihr an Korn und Erbsen entbehren könnt, damit sie nicht verhungern! Seht dabei nicht nur in eure Vorratskammern, sondern auch in eure Herzen!«

Wieder ließ sie eine Pause, damit die Menschen über ihre Worte nachsinnen konnten.

Jonas, der Schmied, war der Erste, der das Schweigen brach. »Ich gebe eine Ziege, damit die Kleinsten nicht sterben müssen, wenn bei ihren Müttern die Milch versiegt!«, rief er quer über den Burghof.

»Gut gesprochen, Meister Schmied! Das störrische Biest wird uns die Reise etwas abwechslungsreicher machen«, rief Friedrich zu ihm hinüber, und sein Scherz schien das Eis zu brechen. Einer versprach einen Sack Hirse, der Nächste einen Scheffel Bohnen, Hafer oder einen Sack Mehl. Auch Karl steuerte eine Ziege bei. Immer mehr Menschen liefen los, um etwas von dem zu holen, das sie gerade noch entbehren konnten, bis die Ernte eingebracht war.

Marthe richtete einen auffordernden Blick auf Sebastian und Josef.

»Ich werde für ihr Wohl beten«, erklärte der dürre Pfarrer mit selbstgerechter Miene. Marthe dankte ihm höflich und erleichtert. Das war mehr, als sie erwartet hatte von diesem Eiferer. Lukas hingegen blickte ihm verächtlich nach, als er ging.

Josef, der Tuchhändler, räusperte sich. »Ich werde heute Abend alle Händler zusammenrufen, um mit ihnen zu beraten, was wir tun können«, verkündete er.

Als Marthe ihn mit leicht geneigtem Kopf anblickte, ohne ein Wort zu sagen, als erwarte sie, dass er weitersprach, blieb ihm nichts anderes übrig, als noch eine konkrete Zusage zu machen. »Womöglich kann ich wohl auch zwei oder drei Gänse entbehren.«

»Oh, danke für Euer großherziges Angebot«, heuchelte Marthe Begeisterung, wenig erschüttert über Josefs Mangel an Verständnis und Bereitschaft, zu helfen. »Doch zwei Gänse für vierhundert Menschen lassen sich womöglich schlecht aufteilen. Mit Hirse oder Erbsen wäre ihnen vielleicht besser gedient.«

»Natürlich, natürlich«, brummte Josef. »Ich werde sofort gehen und sehen, was wir entbehren können.«

Der Vorstoß von Hermann, Jonas und einigen anderen Befürwortern des Stadtrechtes hatte zu wenig Anhänger gefunden, um den Dorfschulzen zum Handeln zu bewegen oder in seiner Position zu erschüttern. Mit Christians Rückkehr und Albrechts Abzug sahen die meisten keine Notwendigkeit mehr zu solch einem folgenreichen Schritt. Denn Stadtbürger hatten zwar mehr Rechte, mussten dafür aber Wachdienste und viele andere Verpflichtungen übernehmen.

Der Bergmeister bat die Obersteiger, sich nach der Arbeit in seinem Haus einzufinden, um gemeinsam zu beraten, welche Gruben vergrößert und wo neue angelegt werden könnten.

Bald kamen Hans und Friedrich mit ihrem zum Aufbruch bereiten Gespann zurück.

»Nun, wie ist dir dabei zumute, wieder auf große Reise zu gehen, Bruder? Kribbelt es dir schon an Händen und Füßen?«, fragte Hans den Älteren.

»Im Moment eher im Hintern«, konterte grinsend der schlagfertige Friedrich, dessen Kopf inzwischen ganz kahl war, abgesehen von einem schütteren grauen Bart.

Dann besann er sich und entschuldigte sich schleunigst dafür, dass ihm vor der Frau des Burgvogtes eine solch ungehörige Bemerkung entwischt sei.

Marthe jedoch konnte sich nach all der Anspannung ein erleichtertes Lachen kaum verkneifen. Schnell vergewisserte sie sich, dass niemand außer den beiden Fuhrleuten sie hören konnte, dann sagte sie: »Ich glaube, für diesen Moment dürfen wir einmal die Regeln für höfisches Benehmen etwas lockern.«

Die Brüder erkannten das schelmische Aufblitzen in ihren Augen und zwinkerten ihr zu. Schließlich kannten sie sich noch aus der Zeit, als die mittellose junge Wehmutter Marthe mit den Siedlern hierher in den Dunkelwald gezogen war. Damals brachten sie als Salzkärrner eine Wagenladung Salz von Halle nach Böhmen und waren unterwegs auf den von Christian angeführten Siedlerzug gestoßen. Später machten sie auf einer ihrer Reisen einen Umweg über Christiansdorf, um von Marthe Friedrichs Rückensteifigkeit behandeln zu lassen. Und bei dieser Gelegenheit entdeckten sie das erste Silbererz – der Anfang der erstaunlichen Entwicklung, die Christiansdorf seitdem genommen hatte und die nun mit vierhundert weiteren Siedlern einen neuen Schub bekommen würde.

»Kuno, Bertram!« Marthe winkte die beiden Unzertrennlichen herbei. Sofort traten sie näher, und zufrieden erkannte Marthe, dass Bertram sich alle Mühe gab, sein Humpeln zu verbergen.

»Seid so gut, reitet Christian entgegen und sagt ihm, dass noch heute eine Wagenladung Proviant auf den Weg zu ihm geht«, bat sie, und die beiden jungen Männer nickten zustimmend.

»Bleibt bei ihm, wenn er euch braucht, oder kommt zurück, wenn er neue Botschaften oder Befehle für uns hat.«

Sie überlegte. Was konnte sie den beiden mitgeben, das Christian in der derzeitigen Lage nützlich war? Nichts, was sie auf zwei Pferden mitnehmen konnten, würde auch nur ansatzweise vierhundert Menschen sättigen. Aber sicher gab es unter den vierhundert auch Frauen, die sich mit ein paar Grundregeln für die Krankenpflege auskannten. Also lief sie in ihre Kammer und holte Schafgarbe für offene Wunden und alle Tinktur gegen Fieber, die sie noch hatte. Sie würde mit Johanna umgehend neue ansetzen.

»Hier, bringt ihm das! Und Gott sei mit euch!«

Mit ernstem Nicken nahm der sonst so spottfreudige Kuno den Krug und die Kräuter entgegen. Dann gaben er und sein Freund den Pferden die Sporen und ritten vom Hof.

Nachdenklich blickte Marthe hinter ihnen her und versuchte, sich vorzustellen, wann sie wohl auf Christians Zug treffen würden und welcher Anblick sich ihnen dann bieten würde. Verfehlen konnten sie ihn nicht: Aus dem schmalen, kaum sichtbaren Pfad, der vor Jahren noch von der Straße abzweigte und zu ihrem Dorf führte, war mittlerweile schon ein vielbefahrener Weg geworden.

Inzwischen kamen die ersten Dorfbewohner zurück und brachten, was sie den Notleidenden zukommen lassen wollten: Erbsen, Hirse, Bohnen …

Plötzlich sah sich Marthe inmitten all der Schätze, dass sie sprachlos war vor Freude. Sie kannte jeden der Dorfbewohner und seine Verhältnisse und wusste, dass sich mancher die Gabe vom Mund würde absparen müssen.

Bewegt dankte sie den Opferwilligen. Bald stand fest, es war mehr, als Hans und Friedrich mit einer Ladung wegschaffen konnten. Doch das machte nichts. Sie musste auch noch ausreichend Vorrat haben, wenn die vierhundert Menschen erst einmal hier angekommen waren.

Während ein paar Stallknechte Hans und Friedrich beim Verstauen der Ladung halfen, ließ Marthe noch einen großen Topf Honig aus der Vorratskammer holen – als Stärkung für die Kinder der Goslarer Bergleute. Peter und seine Jungen konnten gleich nachher losziehen und Waldbienen suchen gehen.

Es war noch nicht einmal Mittag, als die beiden Fuhrleute mit ihrer wertvollen Ladung aufbrachen.

Erschöpft, aber dankbar und geradezu überwältigt von der Hilfsbereitschaft der Dorfbewohner, ließ sich Marthe auf den Stapel Korn und Hülsenfrüchte sinken, den Hans und Friedrich nicht mehr hatten mitnehmen können, schlug die Hände vors Gesicht und begann vor Freude und Erleichterung zu weinen.

Vier Tage später kamen Kuno und Bertram zurück, mit abgetriebenen Pferden, doch begierig darauf, Nachricht von Christian loszuwerden. Marthe lief ihnen über den Hof entgegen, als jemand ihr die Rückkehr der beiden vermeldete.

»Er sagte, gesegnet seiet Ihr für Eure Umsicht«, berichtete Kuno, noch atemlos, aber voller Tatendrang. »In drei Tagen sind sie hier.«

Die Bergleute vom Rammelsberg

Am Tag, an dem sie Christians Ankunft erwarteten, ließ Marthe Peter nach Christians großer Kolonne Ausschau halten. Während der Stallbursche begeistert davonstob, erinnerte sich Marthe mit wehmütigem Lächeln daran, wie früher, in den ersten Jahren nach ihrer Ankunft in Christiansdorf, stets Kuno und Bertram diese Aufgabe übernommen hatten.

Es erschien ihr vor einer halben Ewigkeit gewesen, dass die beiden als zehnjährige Burschen auf hohe Bäume geklettert waren, die den damals noch winzigen Weiler umgaben, und, mit den Beinen baumelnd, Ausschau nach Christian und seinem Knappen Lukas hielten.

Jetzt waren sie erwachsene Männer, Kuno schon ein stolzer Vater, und auch Bertram würde bald heiraten, wenn Christian erst zurück war.

Wir sind alle älter geworden, sann Marthe nach, der es vorkam, als wollte die Zeit bis zu Christians Ankunft einfach nicht vergehen.

Das erste in Christiansdorf geborene Kind war nun schon ein dreizehnjähriger Bursche und schaute heimlich den Mädchen nach; der bei ihrem Aufbruch aus Franken noch junge Schmied Jonas war ein gestandener Mann mit einer wilden Kinderschar, und die kleinen Mädchen Johanna und Marie, von denen beim Aufbruch niemand ahnen konnte, dass sie einmal ihre Stieftöchter würden, waren nun bildhübsche junge Frauen, von denen eine bereits ein Töchterchen stillte.

Friedrich, der Fuhrmann, hatte die Haare verloren, und selbst Mechthilds schier unerschöpfliche Energie schien sich zu verbrauchen. Die gute Seele und heimliche Herrscherin über Speicher und Küche auf der Burg klagte seit einiger Zeit über angeschwollene Beine, jede Anstrengung ließ ihr die Luft knapp werden, und während Marthes und Christians Reise nach Gelnhausen hatte sich Mechthilds Zustand in einem Maße verschlechtert, dass Marthe sie mit strengen Worten dazu bringen musste, Arbeit an andere abzutreten. Allerdings dürfte es ihr schwerfallen, Mechthild ausgerechnet jetzt zu überreden, sich etwas Ruhe zu gönnen, wo doch Christian jeden Moment mit seiner Schar Hilfsbedürftiger eintreffen konnte und außerdem zwei Hochzeiten vorzubereiten waren.

Noch war von Christian und seinem Siedlerzug nichts zu sehen und zu hören, doch bis zu ihrer Ankunft konnte es nicht mehr lange dauern. So blieb Marthe einfach auf dem Hackklotz sitzen, auf den sie sich hatte sinken lassen, und verlor sich weiter in Gedanken.

Ich bin nun sechsundzwanzig Jahre, genau doppelt so alt wie damals, als ich aus meinem Dorf fliehen musste, sinnierte sie weiter. Gemessen am Leben einer Bäuerin, bin ich schon fast eine alte Frau. Doch Gott hatte es gnädig mit ihr gemeint: Sie war immer noch schlank, besaß noch alle Zähne bis auf einen hinteren Backenzahn, hatte von den Schwangerschaften keine hässlichen Streifen zurückbehalten, und ihre Brüste waren zu klein, um schlaff herunterzuhängen.

Dabei wurde ihr ältester Sohn bald zehn Jahre alt und musste sich an Ottos Hof nicht nur vor seinen unnachgiebigen Ausbildern behaupten, sondern auch gegen die hinterlistigen Angriffe von Randolfs Sohn Rutger. Selbst ihren Jüngsten, den kleinen Daniel, würden sie bald ziehen lassen müssen, damit er seine Ausbildung als Page und später Knappe aufnahm. Clara, die Tochter, an der sie so hing, weil sie ihr in vielen Dingen ähnelte, würde in vier Jahren als heiratsfähig gelten! Aber Marthe hatte so eine Ahnung, dass die jetzt Achtjährige ein anderes Leben wählen würde als die meisten Mädchen aus höhergestellten Familien, die nur darauf aus waren, bald zu heiraten, um dem strengen Vater oder dem ereignislosen Leben im Kloster zu entkommen und selbst das Gesinde herumkommandieren zu dürfen.

Nun habe ich genau mein halbes Leben in Christiansdorf verbracht, ging es ihr durch den Kopf. Als wir hier ankamen, war ich die Geringste unter all den Siedlern – und nun bin ich edelfrei und Frau des Burgvogtes.

Genauso unglaublich, wie sich ihr eigenes Leben verändert hatte, erschien ihr auch der gewaltige Wandel, den das Dorf durchlebt hatte. Anfangs gab es hier nur eine kleine Lichtung und ringsum dichten Wald. Unter Mühen hatten die Siedler an ein paar einzelnen Stellen gerodet, um im ersten Jahr wenigstens noch etwas Getreide aussäen zu können, und Lehmkaten gebaut. Jetzt ließ sich nur noch an der Dorflinde erkennen, wo damals der kleine Weiler für die vier Dutzend fränkischen Siedler angelegt worden war. Und wer von den ersten Christiansdorfern noch am Leben war, der arbeitete längst nicht mehr auf dem Feld, sondern zumeist in einer Grube oder an der Scheidebank.

Der Ort war schon größer als manche junge Stadt, hatte eine Burg, drei Kirchen, ein Kaufmannsviertel, und nun sollte auch noch das Burglehen eine eigene Kirche bekommen. Mit weiteren hundert oder zweihundert Bergleuten aus dem Harz, rechnete sie die Frauen und diejenigen Kinder ab, die noch zu klein waren, um an den Scheidebänken zu arbeiten, würden sie die Förderung vielleicht fast verdoppeln können.

Sie würden so wohl Christians altem Traum ein ganzes Stück näher kommen: dass dem von ihm gegründeten Dorf Stadtrecht übertragen wurde – ganz gleich, ob es Josef passte oder nicht.

Ob es Christian wohl gutging? Elf Jahre waren sie nun verheiratet, und obwohl oder gerade weil sie ihn oft wochenlang nicht sah, wenn er in Ottos Auftrag unterwegs war, liebte sie ihn so innig wie an dem Tag, als sie zueinandergefunden hatten. Wie lange mochte ihnen in diesen unruhigen Zeiten noch Glück beschieden sein? Bei diesem wehmütigen Gedanken fühlte sie einen jähen Schmerz, als würde ihr Herz von einem Messer durchbohrt, und sie krümmte sich zusammen.

Sofort war Mechthild zur Stelle, die anscheinend ihre Herrin nicht aus den Augen gelassen hatte, weil es ein zu ungewohnter Anblick war, sie untätig draußen herumsitzen zu sehen.

»Geht es Euch nicht gut?«, fragte sie besorgt.

Marthe atmete tief durch. Der Schmerz ebbte ab, und sie weigerte sich, darüber nachzudenken, was er zu bedeuten hatte. Stattdessen lauschte sie in sich hinein, um vor ihrem geistigen Auge das Bild wachsen zu sehen, wie sich Christian mit seinen Schutzbefohlenen dem Dorf näherte.

Hastig stand sie auf, um Mechthild zu beschwichtigen. Ihr schwindelte.

»Die Ruhe vor dem Sturm«, meinte sie, mühsam lächelnd.

Mechthild warf einen skeptischen Blick auf sie und wollte wieder an ihre Arbeit, mit jenem merkwürdigen watschelnden Gang, den sie sich in letzter Zeit zugelegt hatte. Doch Marthe rief sie zurück.

»Wir gehen jetzt in die Kräuterkammer, um etwas gegen das Wasser in deinen Beinen zu unternehmen«, sagte sie energisch. »Und dann überlegen wir, wer künftig einen Teil von deiner Arbeit übernimmt.«

Erwartungsgemäß protestierte Mechthild, vor allem gegen Marthes zweites Vorhaben. Doch die kannte keine Gnade.

Ohne sich um Mechthilds Einwände zu kümmern, wies sie Richtung Kammer. Ihr entging nicht das Feixen des jungen Christian darüber, dass jemand der wortgewaltigen Mechthild Paroli bot, und so warf Marthe ihm einen strengen Blick zu. Das ließ das belustigte Grinsen auf dem Gesicht des Stallknechtes augenblicklich verschwinden.

Wenn auch die jungen Burschen über Mechthild witzelten – die gestrenge Köchin verdiente ihren Respekt.

In der Kammer verabreichte Marthe ihr eine winzige Dosis Fingerhut. Dann legte sie ihre Hände auf Mechthilds Körper: eine genau übers Herz, die andere in gleicher Höhe auf ihren Rücken. Sie konzentrierte all ihre Gedanken auf das Schlagen des müde gewordenen Herzens zwischen ihren Händen. Ihr war, als könnte sie die kleinen Unregelmäßigkeiten spüren, dann das Prickeln des Kraftstromes, der zwischen ihren Handflächen floss.

So stand sie schweigend eine Weile, bis sie schließlich die Hände von Mechthilds Körper löste. Fassungslos sah die Köchin sie an, dann schlug sie hastig ein Kreuz.

»Sie kommen, sie kommen!«, war auf einmal von draußen eine aufgeregte helle Stimme zu hören.

Marthe lief hinaus.

Statt aufzuspringen, sah Mechthild ihr immer noch verwundert nach. »Ich habe es geahnt …«, murmelte sie schließlich, und ein andächtiges Lächeln breitete sich auf ihrem Gesicht aus.

Der Burghof füllte sich schnell mit Menschen. Wie verabredet, ließ Reinhard erneut das Eisen schlagen, um die Dorfbewohner von der bevorstehenden Ankunft der Bergleute aus dem Harz zu informieren.

Jeder, der von dort stammte, war aufgefordert, zu schauen, ob unter den Neuankömmlingen Verwandte oder Bekannte waren, die er vorläufig bei sich aufnehmen konnte.

Marthes Herz jedoch klopfte immer schneller vor Freude auf das Wiedersehen mit Christian. Clara trat neben sie und griff nach ihrer Hand.

»Darf ich Vater entgegenlaufen?«, bat sie.

»Nur zu!«, ermunterte Marthe sie lächelnd. »Und nimm Daniel mit.«

Ihr Jüngster war schon herbeigesaust und trippelte aufgeregt auf der Stelle, um sofort losrennen zu können.

Wehmütig sah Marthe ihren Kindern nach, denen sie am liebsten gefolgt wäre. Aber natürlich wurde von ihr erwartet, dass sie ihren Gemahl sittsam am Burgtor erwartete und mit einem Willkommenstrunk begrüßte.

Schon von weitem kündete vieles von den Strapazen und Ent-
behrungen, die die Menschen vom Rammelsberg während
ihres eiligen Marsches in den letzten Wochen hatten durchleben müssen. Marthe erschrak angesichts dessen, was sie selbst
aus dieser Entfernung erkennen konnte: Abgesehen von den
Rittern und Reisigen, liefen alle zu Fuß. Manche kamen mit
leeren Händen, andere trugen ein Bündel oder hatten eines
der kleinsten Kinder auf dem Arm oder auf den Schultern.
Vielen war die übergroße Erschöpfung schon am Gang anzusehen, obwohl es die meisten einfachen Menschen gewohnt
waren, an einem Tag zehn oder zwanzig Meilen zu Fuß zurückzulegen.

Hans' und Friedrichs Karren bildete den Abschluss des nicht
enden wollenden Zuges, der sich der Burg entgegenwand.
Auf die fast leere Fläche lagen ein paar Körper gebettet.
Marthe konnte eine hochschwangere Frau erkennen und ein
paar Kinder, die noch so klein waren, dass sie nicht laufen
konnten.

Dann aber richtete sie alle Blicke auf Christian und Dietrich,
die an der Spitze des Zuges ritten und nur noch ein paar
Schritte vom Tor entfernt waren.

Rasch griff sie nach dem Willkommenspokal, den ihr jemand
reichte, und lief ihnen entgegen.

»Gott sei es gedankt, ihr seid gesund zurück«, begrüßte sie
freudestrahlend ihren Mann und dessen Knappen. Christians
Blick sagte ihr, dass er sie genauso vermisst hatte wie sie ihn.
Dann griff er dankbar nach dem kühlen Bier, trank durstig
und reichte den Becher an Dietrich weiter.

Währenddessen hatte Marthe Gelegenheit, die Gesichter der
beiden Reiter zu mustern. Sie wirkten müde, und selbst unter
all dem Staub konnte sie die tiefen Schatten um ihre Augen
sehen. Beide wirkten um mehrere Jahre gealtert, Dietrich

schien unterwegs auf unbestimmte Weise erwachsen geworden zu sein.

Nach dem förmlichen Willkommen für den Burgherrn trat sie beiseite, damit die Kolonne auf den Burghof einziehen konnte. Der füllte sich rasch; das Durcheinander war unbeschreiblich.

Etliche der Neuankömmlinge weinten vor Erleichterung, manche sanken auf die Knie und beteten. Die Mägde, die Bier und Brot austeilten, waren im Nu von Menschen umringt. Auch die alte Grete hatte sich auf Marthes Bitte eingefunden, um zu helfen.

Durch das Gewimmel drängten sich schon die ersten Christiansdorfer, um Ausschau nach vertrauten Gesichtern zu halten. Bald mischten sich die ersten überraschten Freudenschreie in den allgemeinen Tumult, lagen sich Menschen in den Armen, die nie damit gerechnet hatten, sich im Leben noch einmal wiederzusehen.

Marthe riss die Augen von dem Durcheinander los und folgte Christian. Der saß gerade ab und klopfte seinem verschwitzten Rappen anerkennend auf den Hals. »Gut gemacht«, murmelte er. »Gut gemacht.« Sofort war der junge Christian heran und nahm ihm das Pferd ab.

»Kannst du dich um die Frau auf dem Karren kümmern?«, bat der Burgherr Marthe als Erstes. »Ihr Kind kommt, und wir fürchteten schon, dass sie es nicht mehr bis hierher schafft.« Seine Miene verdüsterte sich. »Wir haben unterwegs bereits eine Schwangere und ihr Kind verloren.«

Marthe nickte nur und kehrte sofort um. Sie brauchte einen Moment, um in dem Durcheinander Friedrich und Hans mit ihrem Fuhrwerk zu entdecken, dann bahnte sie sich den Weg zwischen den Menschen hindurch dorthin.

Die Kreißende lag mit schmerzverzerrtem Gesicht auf dem

hölzernen Boden des Karrens, ihre Stirn war schweißnass, ebenso die dunklen Haarsträhnen, die unter ihrem verrutschten Kopftuch hervorquollen. Zwei verängstigt wirkende Frauen saßen an ihrer Seite und blickten sich in dem heillosen Durcheinander suchend um. Daneben standen drei Kinder mit verschmierten Gesichtern, schnieften oder weinten.

»Bitte, Herrin, lasst mich von hier wegschaffen«, stöhnte die Gebärende. »Ich kann doch nicht vor aller Augen das Balg zur Welt bringen!«

»Es kommt zu früh«, raunte eine der Gevatterinnen Marthe zu.

Hastig rief Marthe zwei Männer herbei, die in der Nähe standen, und ließ sie die Frau auf den Tisch in ihrer Kräuterkammer schaffen. Johanna hatte mitbekommen, welcher Notfall vorlag, und folgte ihnen mit raschen Schritten.

Noch im Laufen verkürzte Marthe ihre weiten Ärmel mit Knoten, dann scheuchte sie die Männer hinaus, entzündete eine Kerze und schlug der Kreißenden die Röcke hoch.

»Der Kopf ist gleich draußen! Rasch, Leinen und Wasser!« Schon lief Johanna wieder hinaus.

Hastig goss sich Marthe Wasser aus einem Krug über Hände und Arme, sprach ein Gebet und stellte sich zwischen die Beine der Fremden. Gerade noch rechtzeitig, denn schon bei der nächsten Wehe trat der Kopf aus. Noch eine, dann konnte Marthe das Neugeborene auffangen.

Während sie die Nabelschur durchtrennte, betrachtete sie das winzige Wesen besorgt, das zwar Ärmchen und Beine mit einem einzigen Zucken bewegt hatte, aber keinen Laut von sich gab.

»Ist es tot?«, ächzte die Fremde qualvoll.

»Nein, es lebt.«

Die Wöchnerin sagte kein Wort, und Marthe hatte jetzt keine

Zeit, mit ihr zu reden. Während die inzwischen zurückge-kehrte Johanna es übernahm, die Nachgeburt zu entbinden, säuberte Marthe hastig das Neugeborene von dem Schleim, der Mund und Nase füllte, und blies vorsichtig Atem in den winzigen Körper.

Endlich begann sich der kleine Brustkorb von selbst zu heben und zu senken, und einen Augenblick später gab das Mensch-lein einen wimmernden Protestschrei über die Umstände sei-ner Geburt von sich.

Marthe atmete erleichtert auf. »Es ist ein Junge!«, rief sie der Wöchnerin zu.

Die Freude und Erleichterung auf dem Gesicht der Fremden wich unversehens Besorgnis. »Nun habe ich vier. Wie soll ich sie nur alle durchbekommen?«

»Jetzt seid Ihr in Sicherheit«, beruhigte Marthe sie.

Obwohl sie wusste, dass ihr Kleid verdorben und das Neu-geborene noch nicht richtig gesäubert war, zögerte sie nicht länger.

»Ich schaff es zum Kaplan!«, rief sie. »Welchen Namen soll es bekommen?«

»Frieder, nach seinem Großvater.«

Sie nahm das Kind, hüllte es in ein paar Tücher und lief damit hinaus.

Dann stieg sie auf den Klotz, auf dem sie noch vor kurzem – ihr schien, es sei es vor einer Ewigkeit gewesen – gesessen hat-te, blickte auf das unbeschreibliche Gewimmel vor sich und versuchte, sich bemerkbar zu machen.

»Soll ich helfen?«, bot Peter an, und als sie nickte, rannte er zum Burgtor, redete kurz auf die Wache ein und bekam tat-sächlich die Erlaubnis, auf das Eisen zu hauen, mit dem Alarm geschlagen wurde.

Das zeigte Wirkung: Während selbst ein lauter Pfiff oder Ruf in dem Lärm untergegangen wäre, verstummten die Menschen nun schlagartig und blickten um sich.

Marthe straffte sich und reckte das winzige Bündel in die Höhe, das sich mit einem lauten Krähen über das grelle Sonnenlicht beschwerte.

»Seht!«, rief sie. »Das erste Kind vom Rammelsberg, das in Christiansdorf geboren wurde. Ein Junge! Und seine Mutter ist wohlauf!«

Überraschte, fassungslose und frohe Blicke richteten sich auf Marthe und ihre winzige Last.

»Wenn das kein gutes Zeichen ist!«, rief ein Mann mit tiefer Stimme aus der Menge. »Gott segne Euch und dieses Kind!«

Marthe hätte später nicht sagen können, was sie den Rest des Tages über alles getan hatte. Zu viel war auf sie eingestürzt. Nachdem die Bedürftigen erst einmal zu essen und zu trinken bekommen hatten, übernahmen es der Bergmeister und die Obersteiger, aufzuteilen, wer wo untergebracht wurde, und schlichteten die ersten aufkommenden Streitigkeiten.

Wie Marthe erst später erfuhr, gab es nicht nur freudige Wiedersehen zwischen Christiansdorfern und Goslarern. Einer von Hermanns Männern hatte sich wegen eines alten Streites wütend auf einen der gerade Angekommenen gestürzt. Ein anderer begann eine Schlägerei, als er mitbekam, dass seine zurückgelassene Schwester, die er nun erstmals nach Jahren wiedersah, inzwischen einen anderen Mann geheiratet hatte, als er wollte.

Es war längst dunkel, bis endlich alle untergebracht und die Kranken versorgt waren und Ruhe einkehrte.

Da erst fand auch Christian Zeit, sich den Staub von der Haut zu waschen. Marthe hatte ein sauberes Kleid angezogen, und nun saßen sie gemeinsam mit Dietrich, Lukas, Raimund,

Elisabeth und Reinhard in ihrer Kammer, um sich endlich selbst zu stärken und über das Geschehene zu reden.

»Habt ihr unterwegs viele Menschen verloren?«, erkundigte sich Elisabeth besorgt.

Christian forderte Dietrich mit einem Nicken auf, zu antworten.

»Sieben«, sagte dieser, während sich seine Miene verdüsterte, was ihn zehn Jahre älter wirken ließ. »Einer verlor die Hand, als er bergab einen Hemmschuh unter ein Rad legen wollte, und ist uns verblutet, ohne dass wir noch etwas machen konnten. Zwei Alte sind vor Schwäche einfach umgefallen und nicht wieder aufgestanden. Und eine Frau starb bei der Geburt ihres Kindes. Das Kleine haben wir auch nicht durchgebracht, obwohl wir eine Amme auftrieben.«

»Vielen Stillenden versiegte unterwegs die Milch«, berichtete nun Christian. »Aber dank der Ziegen von den Schmieden bekamen wir die meisten Säuglinge durch ... alle, bis auf zwei.«

Elisabeth schlug ein Kreuz, und jeder in der Runde sprach ein Gebet für die Toten.

Christian und Dietrich zeigten wenig Bereitschaft, mehr von den Strapazen des Marsches zu erzählen. Ihre finsteren Mienen sagten genug. Stattdessen brachten sie zu aller Überraschung Nachrichten vom Verlauf des Krieges nach Heinrichs gescheitertem Angriff auf Goslar.

Unterwegs waren sie erneut auf einen Teil von Hermanns Streitmacht gestoßen, die auf dem Rückmarsch von einer verlorenen Schlacht in Thüringen war.

»Noch während die Rauchsäulen vom Rammelsberg aufstiegen, schickte der Löwe sein Heer von Goslar aus los, um in Thüringen einzufallen und das Land aufs schwerste zu verwüsten«, berichtete Christian seiner Frau und seinen Gefährten. »Sie brannten Königspfalz und Nonnenkloster in Nordhausen nieder, zerstörten die Pfalz Mühlhausen, mordeten und brandschatzten. Als Ludwig von Thüringen davon erfuhr, zog er sein Heer von Goslar ab und folgte Heinrichs Truppen in einem Eilmarsch. Nahe der Unstrut stießen seine und Bernhards Streitmacht auf das zahlenmäßig überlegene gegnerische Heer. Die Schlacht endete mit einer verheerenden Niederlage unserer Verbündeten. Es gab unzählige Tote, Ludwig und sein Bruder Hermann wurden gefangen genommen, die meisten ihrer vierhundert Ritter ebenfalls, und nach Braunschweig gebracht.«

Er richtete seinen Blick auf Lukas. »Hast du Nachricht, wann Otto zur Reichsheerfahrt gegen den Löwen aufbricht? Wird sie wie geplant am fünfundzwanzigsten Juli beginnen?«

Lukas nickte. »Daran hat sich nichts geändert. Und nach allem, was wir wissen, will der Kaiser zuvor die Oberacht gegen den Abtrünnigen verhängen.«

Christian nahm diese Neuigkeit nicht ohne Skepsis auf. Sollte der Staufer das wirklich tun, wäre die Ächtung des Löwen unwiderruflich. Doch Lukas' nächste Worte deuteten darauf hin, dass Friedrich Barbarossa dazu entschlossen war. »Noch vor der Reichsheerfahrt will der Kaiser die Neuverteilung Bayerns vornehmen. Otto wird mit seinen Gefolgsleuten Anfang Juli zur Heerfahrt losreiten. Seine Brüder werden mit uns ziehen.«

So bleiben mir hier noch mehr als vier Wochen Zeit, dachte Christian einigermaßen beruhigt. Er trank seinen Becher mit einem großen Zug aus und wollte aufstehen, um sich mit Marthe in seine Kammer zurückzuziehen.

Bei Gott, ich habe mich so nach diesem Moment gesehnt, ging es ihm durch den Kopf. Aber wenn ich nicht gleich mit ihr hinaufgehe, werde ich vor Erschöpfung einschlafen, bevor sie die Tür hinter sich geschlossen hat.

Lukas' nächste Worte hielten ihn dennoch einen Moment zurück. »Der Markgraf will dich diesmal nicht dabeihaben. Er meint, du solltest dich lieber hier darum kümmern, dass die vielen neuen Leute schnell zu fördern beginnen. Er will von dir lediglich fünf Ritter und zwei Dutzend Reisige.«

»Dann sind ja noch vier Wochen Zeit, zu überlegen, wen wir schicken«, entgegnete Christian und musterte den jüngeren Freund aufmerksam. »Wieso habe ich auf einmal das Gefühl, dass du mir etwas verschweigst? Los, raus mit den schlechten Neuigkeiten!«

»Nun ja ...« Lukas zögerte, bis er mit dem Geständnis herausrückte, das dem sonst so beherrschten Christian für einen Moment schlichtweg die Sprache verschlug. »Ich würde deine Männer auf dem Feldzug gern anführen. Denn unmittelbar davor werde ich heiraten ...«

Der Auszug

»Ich bin so glücklich, mein Gemahl. Und ich werde alles tun, um Euch auch glücklich zu machen«, hauchte Adela, als die letzten Gäste das Brautgemach verlassen hatten, und richtete ihren bewundernden Blick auf Lukas.

Dieser gab sich alle Mühe, nichts von seinen Vorbehalten und seiner Skepsis zu zeigen. Vielleicht konnten sie ja allen Befürchtungen zum Trotz eine gute Ehe führen.

Zugegeben, sie hatte ihn überlistet und mit einer üblen Täuschung dazu gebracht, sie zu heiraten. Das machte ihn nach wie vor zornig. Aber sie schien ihn wirklich zu mögen. Hübsch war sie auch. Er wusste, dass ihn so manch gestandener Ritter um diese gute Partie beneidete. Und irgendwann musste er sich eine Frau nehmen. Er würde nun bald dreißig werden und konnte nicht sein ganzes Leben damit zubringen, Marthe heimlich nachzutrauern und neidvoll zuzusehen, wie glücklich sie und Christian miteinander waren. Neid war eine Todsünde.

Zärtlich schmiegte sich Adela an ihn, und er zögerte, wie er weiter vorgehen sollte. Er hatte noch nie eine Jungfrau im Bett gehabt. Doch er wollte behutsam sein, um ihr nicht mehr Schmerzen als nötig zuzufügen.

Er konnte sich nicht überwinden, ihren Mund zu küssen, weil sie ihm zu fremd war. Deshalb küsste er ihre Stirn. Sie seufzte sehnsüchtig und schmiegte sich noch enger an ihn.

Unter der Decke konnte er ihre Brüste an seinem Körper spüren, die – das hatte er gesehen, als sie vor seinen Augen entkleidet wurde – größer waren als erwartet.

Bei allen Heiligen, sie war wirklich ein verlockendes Wesen. Wenn auch sein Kopf noch Vorbehalte gegen sie haben mochte, sein Körper war anderer Meinung und drängte ihn dazu, die heikle Angelegenheit voranzutreiben.

Sanft, um sie nicht zu verschrecken, ließ er seine Hände über ihren Hals gleiten, hin zu ihren Brüsten. Er konnte das Verlangen nicht bezwingen, die einladenden Wölbungen zu liebkosen. Als sie geradezu begehrlich aufstöhnte, fühlte er sich ermutigt, fester zuzugreifen. Dann senkte er seinen Kopf zwischen ihre Brüste und ließ die Zunge um eine der Brustwarzen kreisen. Es schien ihr zu gefallen, denn sie seufzte erneut und reckte sich ihm entgegen.

Während seine Lippen ihre Brustwarze umschlossen hielten, die sich bald verhärtete, wagte sich seine rechte Hand langsam weiter vor, ihre Hüfte hinab zum Oberschenkel, bis er sie vorsichtig zwischen ihre Schenkel schob, hinauf zu ihrer intimsten Stelle.

Sofort versteifte sie sich. Er zog seine Hand etwas zurück, um sie weiter zu liebkosen, und als sie sich entspannte, arbeitete er sich erneut zu dem heiklen Punkt vor.

»Was tut Ihr dort?«, zischte sie entrüstet, während sie die Schenkel krampfhaft zusammenpresste.

Unwillig löste er seine Lippen von ihrer Brust.

»Was Eheleute in der Brautnacht gewöhnlich tun«, versuchte er sie in beiläufigem Ton zu beschwichtigen.

»Das ist schamlos! Sünde!«, keuchte sie und zerrte wütend an seinem Unterarm, um die Hand von ihren Beinen fortzuziehen.

Ungläubig starrte er sie an. War sie wirklich so ahnungslos, wie sie gerade tat?

Sein prall geschwollenes Glied drängte ihn, die Sache endlich zu beschleunigen, doch er stützte sich für einen Augenblick auf den Ellenbogen und sah ihr in die Augen, die ihn im Kerzenlicht wütend anfunkelten.

»Was glaubt Ihr, wie Kinder gezeugt werden?«, fragte er mit mulmigem Gefühl.

Es kam die Antwort, die er befürchtet hatte.

»Durch einen Kuss natürlich! Und nicht durch solche unaussprechlichen und widerwärtigen Dinge, wie Ihr sie gerade zu tun versucht.«

Wäre die Situation eine andere und dies nicht ausgerechnet *seine* Hochzeitsnacht, hätte er lauthals gelacht.

»Ich bedaure, Euch enttäuschen zu müssen, meine Gemahlin, aber allein durch Küsse werden wir keinen Erben zeugen. Woher kämen sonst die blutigen Laken nach einer Brautnacht?«

Erst verwirrt, dann beinahe verängstigt, starrte sie ihn an, so dass sie ihm schon wieder leidtat. Sie konnte schließlich nichts dafür, dass man ihr solchen Unfug beigebracht hatte. Vielleicht hatte sie sich es auch zusammengereimt aus den Minneliedern, die sie kannte und in denen zumeist nur von schmachtenden Blicken und gehauchten Küssen die Rede war. Bei der Erziehung adliger junger Mädchen wurde tunlichst darauf geachtet, dass sie völlig ahnungslos ins Brautgemach geführt wurden, auch wenn das längst nicht immer gelang.

»Entspannt Euch«, versuchte er sie zu beruhigen. »Hier wird nichts geschehen, das sich nicht gehört oder wider Gottes Willen ist.«

Vorsichtig begann er erneut, sie zu liebkosen, doch diesmal erntete er keine begehrlichen Seufzer.

»Bitte, fürchtet Euch doch nicht«, raunte er ihr ins Ohr. »Je weniger Ihr Euch sträubt, umso weniger Schmerzen muss ich Euch bereiten.«

Er konnte im Kerzenschein sehen, dass sie schluckte und versuchte, sich zu entspannen. Doch je höher er seine liebkosende Hand zwischen ihren Schenkeln klettern ließ, umso mehr verkrampfte sie.

Wie befürchtet, war sie trocken. Aber er hatte vorgesorgt. Von Tilda hatte er sich ein Krüglein mit wohlriechendem Öl besorgt, das er ihr nun zwischen die Schenkel rieb.

»Das macht es für uns beide angenehmer«, versicherte er ihr, als sie ihn irritiert, entsetzt und vorwurfsvoll zugleich ansah. Dabei konnte er sich den boshaften Gedanken nicht verkneifen, dass sie wohl doppelt so irritiert, entsetzt und vorwurfsvoll blicken würde, wenn sie wüsste, dass dieses Öl ausgerechnet aus dem Hurenhaus stammte. Aber schließlich hatte er nicht Marthe darum bitten können.

Mit verkniffener Miene ließ Adela ihn gewähren. Als er fertig war und das Krüglein wieder beiseitestellte, rutschte die Decke von seinem Körper, so dass sie sein aufgerichtetes Glied sehen konnte.

»Allmächtiger, was ist das?«, keuchte sie mit aufgerissenen Augen.

»Damit werden Kinder gezeugt«, erklärte er, so geduldig er noch konnte angesichts ihrer Naivität. Sanft führte er seine Hände nun wieder zu ihren Brüsten, während er sein Knie entschlossen zwischen ihre krampfhaft zusammengepressten Beine schob.

»Hört auf damit!«, schrie sie, als er sich auf sie legte, und hämmerte mit Fäusten auf ihn ein, um ihn dazu zu bringen, von ihr zu steigen.

Lukas' Geduld war zu Ende. Er umfasste ihre Handgelenke und drückte sie auf das Kissen. Länger konnte er beim besten Willen nicht warten, sein Glied drohte gleich zu platzen, und schließlich hatte doch sie diese Hochzeit gewollt, nicht er!

»Glaubt Ihr tatsächlich, zum Vollzug der Ehe gehören nur Küsse?«, fragte er, immer noch ungläubig, doch Adela nickte.

»Dann tut es mir leid, dass ich Euch eines Besseren belehren muss.«

Er hielt ihre Hände weiter fest, während er sein Knie nach oben schob, bis sie unwillkürlich die Schenkel für ihn öffnete.

»Wie könnt Ihr nur so etwas Widerwärtiges tun?«, keifte sie.

Sein hilfloser Zorn wurde immer größer. Sie hatten keine Wahl; eine Schonfrist konnte er ihr nicht gönnen. Um zu beweisen, dass vor der Ehe nichts Unehrenhaftes zwischen ihm und der Jungfrau vorgefallen war, *mussten* sie morgen das blutige Laken vorzeigen.

»Ihr habt diese Ehe gewollt. Ihr habt mich mit Tücke und Hinterlist dazu gezwungen, um Eure Hand anzuhalten, obwohl ich Euch nicht begehrte«, fuhr er sie an. »Also nehmt auch die Konsequenzen auf Euch und lasst es uns zu Ende bringen! Ihr habt einen Mann im Ehebett gewollt, nun ertragt einen Mann im Ehebett!«

Das Öl machte es ihm leicht, in sie einzudringen. Er spürte den Widerstand, hielt kurz inne, als sie ängstlich aufschrie, dann stieß er zu. Er hoffte, es wäre für sie am ehesten zu ertragen, wenn er nicht zögerte, sondern ihr Hymen mit einer schnellen, kraftvollen Bewegung durchstieß. Sie wimmerte, während er sie pflügte, und er fühlte sich gleichermaßen abgestoßen von sich und von ihr.

Dabei hätte er schwören können, dass sie sich ihm mindestens einen Augenblick lang entgegenreckte, als wollte sie noch mehr von ihm bekommen. Doch dann fuhr sie zusammen, als sei sie bei etwas Verbotenem ertappt worden, ließ die Beine sinken und blieb starr und steif liegen.

Zum Glück für beide war es schnell vorbei. Immer noch zornig, keuchte Lukas: »So werden Kinder gezeugt! Ihr habt es so gewollt«, bevor er aus ihr glitt und sofort von ihr abrückte.

Mit vorwurfvollem Blick wickelte sie sich in die Decke und wandte sich von ihm ab. Wortlos lag sie da, ihm demonstrativ den Rücken zugewandt. Sie weinte nicht, dann hätte er sie wenigstens trösten können, sondern schien vor allem beleidigt.

Lukas haderte mit sich und seinem Schicksal. Warum waren es ausgerechnet immer seine Bräute, die aus falsch verstandener Züchtigkeit im Ehebett den Ort schlimmster Sünde sahen? Die erste Frömmlerin dieser Art hatte er noch loswerden können, auch wenn ihn die aufgekündigte Verlobung sein Erbe kostete.

Er hatte geglaubt, Adela begehre ihn als Mann. Doch wie sich gerade herausgestellt hatte, war sie kaum besser als jene bigotte Sigrun, die noch vor der Hochzeit zurück ins Kloster geflüchtet war.

Alle Mädchen, die er bis zu dieser Nacht im Arm gehalten hatte, waren aus Lust an der Liebe zu ihm gekommen und hatten seine Zärtlichkeit ebenso wie seine Kraft genossen; ja, sie schienen gar nicht genug davon bekommen zu können. Wehmütig dachte er an die Lebenslust und Sinnlichkeit, die die sonst so schüchterne Raina im Bett zeigte. An Kathreins und Lisbeths raffinierte Liebesspiele. Und an die zärtliche und doch leidenschaftliche Nacht, die er mit einer jungen Braunschweiger Wirtin, einer Witwe, verbracht hatte.

Auch Bertram und Marie, die vor drei Tagen geheiratet hatten, schienen allem Anschein nach gar nicht genug voneinander zu bekommen.

Warum musste ausgerechnet seine frischgebackene Ehefrau, die loszuwerden er nun keine Chance mehr hatte, so prüde sein?

Lukas setzte sich auf, ebenfalls mit dem Rücken zu Adela, räusperte sich und sagte: »Morgen früh können wir das Laken vorzeigen, das beweist, dass meine und Eure Ehre bis zur Heirat gewahrt blieben, trotz der Falle, die Ihr mir gestellt habt. Sollte ich lebend aus dem Krieg zurückkehren, werde ich in eine eigene Kammer ziehen.«

Er legte eine kurze Pause ein, dann sagte er: »Seid unbesorgt, ich werde Euch nachts nicht mehr behelligen.«

Als am Morgen das blutige Laken des Brautpaares vorgezeigt wurde, standen die Brautleute mit eisigen Mienen nebeneinander, um die Glückwünsche der Festgesellschaft entgegenzunehmen.

»Akzeptiert meine Entschuldigung – Ihr habt Euch ehrenhaft verhalten«, tönte Adelas Bruder, der zwei Tage zuvor mit seiner Schwester und zwei Dutzend Gefolgsleuten nach Christiansdorf gekommen war. Plump-vertraulich hieb er dem neuen Schwager auf die Schulter. »Jetzt ist es an Euch, meiner Schwester Gehorsam beizubringen. Ich beneide Euch nicht darum.«

Gerald lachte, doch Lukas verzog keine Miene.

Er mochte weder Adela noch ihren Bruder. Doch noch weniger konnte er Christians betont ausdruckslose und schon gar nicht Marthes mitleidvolle Miene ertragen.

Sobald es ihm möglich war, ohne unhöflich zu wirken, beendete er die Zeremonie. »Wir müssen zeitig aufbrechen. Der Markgraf erwartet uns.«

Brüsk drehte er sich um und stapfte zu den Ställen.

Er wollte nichts wie fort – fort von hier, fort von der Frau, die ihn zu etwas getrieben hatte, für das er sich verachtete, auch wenn die meisten Männer seines Standes darin nichts Ehrenrühriges sehen würden. Wahrscheinlich verliefen sogar die meisten Hochzeitsnächte nicht anders als seine. Nach allgemeiner Auffassung hatte er seine Pflicht erfüllt und sein Recht in Anspruch genommen.

Doch irgendwie erschien es ihm falsch. Er fühlte sich beschmutzt dadurch, sich einer Frau aufgezwungen zu haben, auch wenn es seine eigene war und sie die Hochzeit selbst herbeigeführt hatte.

Lukas schob den Gedanken weit von sich, wie sein Eheleben wohl künftig aussehen würde, sollte er vom Feldzug zurückkehren.

Marthe sah dem schweigsamen Bräutigam nach. Offenkundig war die Hochzeitsnacht für beide Jungvermählte nicht so verlaufen, wie sie es sich erhofft hatten.

Mit einem Kopfnicken bedeutete sie Mechthild, das Laken zusammenzulegen und Adela zu übergeben. Dann bat sie die Gäste zum Frühmahl.

In der Halle und auf dem Burghof herrschte noch mehr Geschäftigkeit als sonst. Das lag weniger an der Hochzeit des Vortages, auch wenn die Braut und ihr Bruder mit mehr als zwei Dutzend Begleitern angereist waren. Gleich nach dem Frühmahl wollten die Männer aufbrechen, die den Markgraf zur Reichsheerfahrt begleiteten. Gerald und seine Männer würden sich ihnen anschließen.

Obwohl Christian gemäß Ottos Befehl diesmal nicht mit in den Krieg zog, würden er und Marthe die kleine Streitmacht bis zum Kloster Marienzell begleiten, das auf halbem Weg zwischen Christiansdorf und Meißen lag. Dort sollten sie auf Ottos Gefolge treffen und Dietrichs Schwertleite beiwohnen. Der Markgraf hatte beschlossen, seinen jüngeren Sohn als Ritter zur Heerfahrt mitzunehmen. Immerhin war Dietrich an der erfolgreichen Verteidigung der Kaiserstadt Goslar beteiligt gewesen, und Otto hoffte, dieser Umstand sowie die im Krieg gegen den Löwen zu erwartenden Gelegenheiten, Ruhm zu erwerben, seien die beste Möglichkeit für seinen Sohn, vor dem Kaiser seine Ehre wiederherzustellen.

Natürlich wollten Christian als sein Lehrmeister und auch Marthe Dietrichs großen Tag nicht verpassen.

Obwohl der angehende Ritter gleich darauf in den Krieg ziehen würde, fürchtete sie eigentümlicherweise diesmal nicht um ihn. Viel mehr Gedanken machte sie sich um Lukas.

Es war nicht zu übersehen, dass es zwischen ihm und Adela Streit gegeben haben musste. Kein guter Beginn für eine Ehe, die noch dazu auf so fragwürdige Art zustande gekommen war. Dabei hätte sie dem Freund von Herzen eine glückliche Verbindung gewünscht. Wenn sie Lukas helfen wollte, kümmerte sie sich am besten um seine junge Frau, die mit verkniffener Miene neben ihr stand, während ihr Mann offenbar beschlossen hatte, das Frühmahl zu versäumen und sich stattdessen um die Pferde zu kümmern.

Sie dirigierte Adela auf den Platz direkt neben ihr an der Tafel und lächelte ihr aufmunternd zu. Als Ehefrau trug die Neuvermählte ihre blonden Locken nun sittsam mit einem Schleier bedeckt, dessen Saum mit einer Stickerei verziert war.

»Was für eine schöne Arbeit«, lobte Marthe mit geheuchelter Bewunderung das Muster, nachdem das Tischgebet gesprochen war. Sie hatte nie gelernt, solch feine Handarbeiten auszuführen; dafür hatte sie angesichts ihrer Herkunft und ihrer vielen Pflichten weder Gelegenheit noch Zeit gehabt. Im Grunde genommen interessierte sie Adelas Stickerei nicht, und sie hatte wenig Sinn für Schmuck und eitlen Zierrat. Aber sie wusste nicht, mit welch anderem Thema sie das Interesse der Jungvermählten hätte wecken können.

Ihre Rechnung ging auf.

»Findet Ihr?« Ein selbstgefälliges Lächeln zog über Adelas Gesicht. »Die Fürstin Hedwig meinte, keine unter den Jungfrauen hätte dabei eine so geschickte Hand wie ich.«

Marthe lächelte ihr zu, füllte der jungen Frau persönlich die Schüssel mit süßem Hirsebrei und wartete, bis sie den ersten Löffel voll nahm.

Dem Appetit zufolge, mit dem sich Adela auf das Essen stürzt, kann in der Nacht nichts so Schlimmes geschehen sein – außer, dass sie in ihrer Eitelkeit gekränkt worden ist, dachte Marthe und spürte, wie sich die unterschwellige Abneigung gegen ihre Tischnachbarin allmählich in eine sehr deutliche verwandelte. Armer Lukas! Wie zuwider musste ihm seine Frau ein, wenn er lieber freiwillig in den Krieg zog, als bei ihr zu bleiben? Warum nur hatte er um ihre Hand angehalten?

Aber was geschehen war, war geschehen. Wenn sie dem Freund das Leben nicht noch schwerer machen und vor allem in seiner Abwesenheit kein Gezänk auf der Burg haben wollte, sah sie wohl besser zu, das verwöhnte junge Ding irgendwie als Verbündete zu gewinnen.

»Niemand hier kann so wunderbar sticken«, schmeichelte sie

Adela. »Wenn Ihr die Zeit findet, ein paar Altartücher für unsere Kapelle zu besticken, könntet Ihr Euch sicher das Wohlwollen des Kaplans erwerben.«

An Adelas Gesicht erkannte sie, dass ihr Vorschlag auf fruchtbaren Boden gefallen war.

Lieber wäre es ihr, sie hätte Lukas' Frau von einer nützlicheren Arbeit überzeugen können, davon gab es schließlich mehr als genug auf der Christiansdorfer Burg. Die vier Wochen seit der Ankunft der Goslarer hatten sie bis aufs Letzte erschöpft, und ohne die tatkräftige Hilfe Mechthilds, Gretes und ihrer Stieftöchter hätte sie die vielen Aufgaben nie bewältigen können.

Doch eine vornehme Dame wie Adela würde sie wohl nicht ohne weiteres dazu bringen können, sich der Familien der Bergleute anzunehmen, Krankenbesuche bei Wöchnerinnen zu machen oder Johanna beim Ansetzen von fiebersenkenden Arzneien zu helfen. Sollte die junge Frau nur mit etwas ihr Vertrautem beginnen, sich hier einzuleben.

Letztlich musste Adela beschäftigt werden, solange Marthe und Christian zu Dietrichs Schwertleite unterwegs waren. Ehe sie anfing, auf der Burg herumzustöbern oder die Mägde zu schikanieren, sollte sie besser unter Hilberts Obhut Altartücher sticken.

Sobald es ging, ohne unhöflich zu wirken, beendete Christian das Frühmahl und ließ die Tafel aufheben. Sie hatten an diesem Tag noch reichlich zehn Meilen Wegstrecke vor sich und durften nicht später als der Markgraf eintreffen.

Proviant und Ausrüstung waren bereits gepackt, dafür hatten die Knappen und die Stallburschen gesorgt, allesamt unter Lukas' Kommando, der mehr als erleichtert war, mit diesem Vorwand dem Mahl und seiner Ehefrau entkommen zu sein.

Bald waren die Reisenden zum Aufbruch bereit: vier Ritter

und zwei Dutzend Soldaten und Reisige, die unter Lukas'
Kommando den Markgrafen auf dem Kriegzug des Kaisers
begleiten würden, Gerald und seine Männer, dazu Dietrich sowie Christian und Marthe, die mit einigem Gefolge an der
Schwertleite teilnehmen würden.

Überraschend für alle zog mit ihnen auch die alte Grete mit
ihrem nun wieder vollbeladenen Karren. Die Marketenderin,
von der Marthe gehofft hatte, dass sie im Dorf bleiben würde,
hatte beschlossen, ihr früheres Gewerbe wiederaufzunehmen
und die Männer in den Krieg zu begleiten. Marthe hatte sie
nicht davon abbringen können.

»Meinst du nicht, dass du auf deine alten Tage hier sicherer
bist?«, hatte sie die lebenserfahrene Magdeburgerin gefragt.
»Du wirst hier immer ein Auskommen haben, ich versprech's!
Hilf mir und Johanna, die Kranken zu behandeln, und es wird
dir an nichts mangeln. Wenn du willst, lasse ich dir eine eigene
Hütte bauen, du bekommst auch ein Gärtchen und ein paar
Gänse dazu.«

Doch Grete hatte sie nur mit ihren klugen, alten Augen gemustert.

»Ich weiß, Ihr meint es ehrlich, junge Herrin«, hatte sie ge-
seufzt und dann Marthe scharf angeblickt.

»Ich habe mich in den vergangenen Wochen im Dorf gründlich umgesehen und umgehört«, sagte sie und senkte die Stimme. »Selbst inmitten des Krieges bin ich sicherer denn eine
weise Frau hier an diesem Ort, unter den Augen dieses Pater
Sebastian. Hütet Euch vor ihm! Er will Euch immer noch
übel.«

Marthe konnte ein Schaudern nicht unterdrücken. Die Erinnerung an das Verhör vor dem Kirchengericht, die Folter und
ihren Todeskampf in den Fluten der Elbe war plötzlich wieder
übermächtig. Sie musste schlucken, obwohl ihr Mund mit

einem Mal ganz trocken war, und schloss für einen Moment die Augen.

»Seht Euch vor!«, raunte die alte Grete mit ihrer heiseren Stimme. »Gott möge Euch schützen!«

»Dich ebenso«, sagte Marthe, als sie ihre Sprache endlich wiedergefunden hatte.

»Macht Euch um mich keine Sorgen«, hatte die Alte mit verschmitztem Lächeln gesagt. »Ich komme schon zurecht. Und nebenbei werde ich ein Auge auf den jungen Grafen Dietrich und den Herrn Lukas haben, wenn Euch das beruhigt.«

Das beruhigte Marthe tatsächlich sehr.

Das Gesinde und der Rest der Burgbesatzung hatten sich auf dem Hof aufgestellt, um die Reisenden zu verabschieden.

Plötzlich kam Unruhe in die Reihen; Clara zwängte sich hindurch, rannte zu Dietrich und stellte sich neben seinem Pferd auf, bis er zu ihr sah.

»Werdet Ihr mich auch nicht vergessen, wenn Ihr erst ein Ritter seid?«, fragte sie mit ihrer hellen Stimme und ließ kein Auge von ihm.

Dietrich hatte Mühe, seine Verblüffung über ihre Worte zu verbergen. Sicher, nach der Schwertleite und dem Feldzug würde er nicht nach Christiansdorf zurückkehren, sondern vermutlich am Hof seines Vaters leben. Doch für Marthes kleine Tochter hatte er bisher kaum Augen gehabt.

»Natürlich nicht«, erwiderte er lächelnd.

Die Achtjährige verzog keine Miene, sondern sah ihn prüfend an. Dann streckte sie ihm ein kleines Bündel Beifuß entgegen.

»Das ist für Euch. Es schützt Reisende. Ich habe es zusätzlich noch von Pater Hilbert mit Weihwasser besprengen lassen.«

Gleichermaßen verblüfft und gerührt, nahm er die Stengel entgegen und verstaute sie sorgfältig in seinem Gepäck.

»Ich danke dir«, sagte er dann mit großer Ernsthaftigkeit, um das Mädchen nicht zu enttäuschen.

»Gott schütze Euch.« Noch ehe Dietrich oder ihre Eltern etwas sagen konnten, war Clara fortgehuscht.

Marthe und Christian tauschten einen verwunderten Blick, dann gab Christian das Zeichen zum Aufbruch.

Während sich Marthes Zelter in Bewegung setzte, drehte sie sich noch einmal um und schaute zurück.

Raina sandte Lukas ein wehmütiges Lächeln, Adela blickte ihrem Mann und ihrem Bruder mit verkniffener Miene nach. Marie war neben Bertram getreten, um verstohlen nach seiner Hand zu greifen und an seiner Seite den Abreisenden nachzuwinken. Christian hatte beschlossen, die Männer von Marthes Stieftöchtern diesmal nicht wieder in den Krieg zu schicken, und keine Diskussion darüber zugelassen.

Aus dem Augenwinkel sah Marthe, dass Dietrich seinen Blick ebenfalls auf Marie richtete und dabei seine Gesichtszüge zu beherrschen versuchte. Doch es war nicht zu verkennen, dass ihm der Anblick des glücklichen Paares, das dort Hand in Hand stand, einen Stich versetzte.

Wie geplant, erreichten die Christiansdorfer als Erste von allen erwarteten Gästen das Marienkloster, das vor fünf Jahren geweiht worden war. Zisterzienser hatten es erbaut und lebten und arbeiteten nun dort. Dem Abt fühlte sich Christian verbunden. So verschieden sie auch sein mochten, eine wichtige Gemeinsamkeit machte sie zu Gleichgesinnten: Sie beide hatten es sich zur Aufgabe gemacht, mitten im Dunkelwald zu roden und Land zu erschließen, ungeachtet aller Mühen und Hindernisse.

Abt Peter war ein dürrer Greis, dem bei seinem Anblick niemand zutrauen würde, welch gewaltige Aufgabe er trotz seines Alters noch einmal auf sich genommen hatte. Vom Kloster Pforta bei Naumburg aus war er mit elf Mitbrüdern, Werkzeug, einer Bibel und mehreren anderen wertvollen Büchern, ein paar Kerzen und Weihwasser aufgebrochen, um im Auftrag des Meißner Markgrafen zu Ehren Gottes ein neues Kloster zu gründen.

Dreizehn mühevolle Jahre hatte es gedauert, bis das der Heiligen Jungfrau gewidmete Kloster geweiht werden und seine eigentliche Arbeit aufnehmen konnte. Christian hatte oft genug miterlebt, wie der Geistliche selbst angepackt hatte, um zu roden, Bretter für die Mühle zu sägen oder Obstbäume in den Klostergarten zu pflanzen.

Längst halfen Konversen den Mönchen, die Felder zu bebauen, Häute zu gerben und zu Pergament zu verarbeiten, das Korn zu mahlen oder die Gebäude instand zu halten.

Doch der dürre Abt konnte es nicht lassen, trotz seiner vielen Pflichten immer noch regelmäßig nach Axt, Spaten oder Sichel zu greifen. »Ora et labora – bete und arbeite, so will es der heilige Benedikt, nach dessen Regeln wir leben«, wurde er nicht müde zu betonen.

Jetzt ging er der Reisegesellschaft entgegen und begrüßte sie außerhalb des innersten Klosterbezirkes, zu dem Frauen keinen Zutritt hatten.

Die Zisterzienser lebten nach strengeren Regeln als die meisten anderen Orden. Sie wurden nicht nur zu harter körperlicher Arbeit angehalten, sondern ihre Klöster waren im Gegensatz zu anderen auffallend schlicht. Es gab weder Glocken noch Türme, weder Bilder an den Wänden noch irgendwelchen Prunk.

Warmherzig hieß Peter die Ankömmlinge willkommen.

Auch jetzt war seine Haut sonnengebräunt, was davon kündete, dass der Abt in den letzten Wochen wohl mehr Zeit auf den Feldern und im Garten als im Skriptorium verbracht hatte.

Er erbot sich, Dietrich persönlich die Beichte abzunehmen, bevor dieser, der Tradition entsprechend, die Nacht vor seiner Schwertleite im Gebet verbrachte.

Christian sandte seinem Schützling einen aufmunternden Blick, dann übergab er seinen Rappen einem der Laienbrüder, die herbeigeeilt waren, um den Gästen die Pferde abzunehmen und ihnen Räume in den Gästequartieren zuzuweisen.

So standen Marthe, Christian und Lukas wortlos beieinander, bis Marthe schließlich sagte: »Kommt, gehen wir ein paar Schritte bis zum Bach! Wer weiß, wann wir das nächste Mal einen Moment erleben, in dem keine Pflichten auf uns warten.«

Zumal, wie sie dachte, niemand wissen konnte, ob und wann Lukas aus dem Krieg wiederkommen würde.

Christian nickte zustimmend und reichte ihr seinen Arm.

Lukas überlegte, ob er nicht besser unter einem Vorwand verschwinden sollte. Falls dieses Gespräch auf seine Hochzeit hinauslaufen würde, so hatte er nicht das geringste Interesse daran. Doch Marthe ließ ihm keine Gelegenheit für Ausflüchte, sondern drückte ihm mit einem auffordernden Lächeln etwas von dem Proviant in die Hand, den sie mitgenommen hatten.

Sie liefen hinunter zum Ufer des Flüsschens.

Die Sonne brannte, das Rauschen des nahen Wassers mischte sich mit dem Knarren der Mühle ein Stück flussaufwärts, ein paar weiße Schmetterlinge flatterten um die leuchtend gelben Blüten in ihrer Nähe.

Christian breitete seinen Umhang aus, damit sich seine Frau daraufsetzen konnte und ihr Kleid keine Grasflecken bekam.

Marthe brach von dem frischen Brot, das Mechthild ihnen mitgegeben hatte, drei Stücke ab, schnitt mit ihrem Essmesser dicke Scheiben vom Schinken und verteilte sie.

Nachdem sie wortlos gegessen hatten, wandte Marthe ihr Gesicht der Sonne zu und genoss mit geschlossenen Augen die warmen Strahlen. Es war ihr gleichgültig, ob sie die bei Edelfrauen erwünschte vornehme Blässe einbüßen würde. Der Tag war einfach zu schön, das Sonnenlicht tat ihrer Seele zu gut nach all den Mühen und Nöten der letzten Wochen.

Mit einem Mal fiel ihr eine skurrile Episode ein, und sie lächelte verstohlen in sich hinein. Bei einem ihrer Aufenthalte an Ottos Hof hatte sie tatsächlich gesehen, wie sich drei der jungen Mädchen den Kopf mit Honig bestrichen hatten und sich dann an einem verborgenen Platz in die Sonne hockten, nur um ihre Haare zum Blond aufzuhellen. Das Gesicht schützten sie mit einer breiten Krempe vor der Sonne, aber natürlich lockte der süße Honig unzählige Insekten an, so dass die drei bald Hals über Kopf in ihre Kammer stürzten, um die klebrige Masse mühsam aus den Haaren zu waschen.

Mit einem Mal überfiel sie eine übergroße Müdigkeit. Am liebsten hätte sie sich einfach sinken lassen, um ein Weilchen zu schlafen. Aber das war natürlich undenkbar. Also blinzelte sie ein paar Mal in die Sonne und öffnete dann mit Mühe die Augen.

Sie spürte, dass Christian sie schon eine ganze Weile angesehen haben musste, und wurde verlegen. Denn an seinem Blick erkannte sie, dass er in Gedanken gerade ihr Kleid abstreifte und ihren Körper liebkoste. Mit einem Mal fühlte auch sie das Begehren, ihn an sich zu ziehen, seine starken Hände auf ihrer Haut zu spüren und ihn voller Leidenschaft zu küssen.

Keine geziemende Vorstellung in der Nähe eines Klosters,

rügte sie sich, dennoch konnte sie das Verlangen nur schwer unterdrücken.

Aber da war noch Lukas. Bei der Vorstellung, er könnte ihre Gedanken erraten, fühlte sie ihre Wangen brennen.

Verlegen zupfte sie ihren Schleier zurecht und griff nach dem letzten Kanten Brot. Sie teilte ihn in zwei Hälften und gab jedem der Männer eine.

Lukas drehte unentschlossen das Brot in den Händen, das ihn unweigerlich an Raina erinnerte. Schließlich räusperte er sich, blickte zu Marthe und sagte mit belegter Stimme: »Wirst du ein Auge darauf haben, dass … meine Frau« – diese Formulierung ging ihm wirklich schwer über die Lippen – »Raina nicht das Leben zur Hölle macht?«

»Ich kümmere mich darum«, versprach Marthe ohne Zögern.

Lukas nickte erleichtert, doch sofort wich dieser Gesichtsausdruck einer ihm sonst fremden Missmutigkeit.

Marthe überlegte, wie viel sie sagen durfte, ohne ihn zu kränken. Doch noch bevor sie Gelegenheit hatte, auszusprechen, was ihr durch den Kopf ging, tat es Christian schon.

»Du ziehst morgen in den Krieg«, ermahnte er den jüngeren Freund. »Richte deine Gedanken nach vorn auf den bevorstehenden Kampf, und nicht im Groll zurück. Und genieße diesen Augenblick der Ruhe. Es könnte auf lange Zeit der letzte sein.«

Wie zur Bestätigung enthob der Lärm von einer ankommenden größeren Reisegesellschaft Lukas einer Antwort. Rasch standen die drei auf, um Otto und Hedwig zu begrüßen.

Gemeinsam mit dem Meißner Markgrafenpaar war Dietrich von Landsberg gekommen. Ehrerbietig sanken Marthe und Christian auch vor ihm auf die Knie.

Als sie sich wieder erheben durften, musterte Marthe verstohlen die Züge des Landsbergers und erfasste sofort, was in ihm vorging.

Auch Christians Gesicht hatte sich verdüstert. Sie alle dachten an Konrad, Dietrichs einzigen legitimen Erben, der ebenfalls Christians Knappe gewesen und am Tag seiner Schwertleite bei einem Turnier ums Leben gekommen war. Morgen nun würde Dietrich seinem nach ihm benannten Neffen das Schwert als Zeichen des Ritterstandes umgürten, und schon der Gedanke daran musste bittere Erinnerungen in ihm wecken.

Auch Hedwig erriet, was in Dietrich und Christian vorging, die sich trotz der rund fünfzehn Jahre Altersunterschied äußerlich auf frappierende Art ähnelten: beide schlank und dunkelhaarig, mit scharf geschnittenen Gesichtszügen und geschmeidigen Bewegungen.

»Wo ist mein Sohn, Euer Schützling, Christian?«, fragte sie mit ungewohnt sanfter Stimme.

»Er bereitet sich auf die Nacht im Gebet vor. Der Abt hat angeboten, ihm persönlich die Beichte abzunehmen.«

»Dann folgt uns mit Eurer Gemahlin ins Gästehaus, Christian, und lasst uns einen Becher auf das Wohl meiner Söhne und einen erfolgreichen Kriegszug trinken«, verkündete Otto mit seiner lauten Stimme.

Ohne ein weiteres Wort schlossen sich Christian und Marthe dem Zug der engsten Vertrauten an, die Otto zum Marienkloster begleitet hatten. Das Kriegsaufgebot der beiden Markgrafen würde am nächsten Tag zu ihnen stoßen.

Einmal mehr fühlte sich Marthe von Ekkeharts durchdringendem Blick durchbohrt. Dietrich von Landsberg bemerkte den grimmigen Blickwechsel und das Erschrecken der jungen Frau. Er kannte die Geschichte ihrer Feindschaft; er war dabei gewesen, als die vermeintlich verwitwete Marthe vor ein paar

Jahren auf Befehl seines Bruders mit Ekkehart vermählt wurde. Nur Christians unerwartete Rückkehr verhinderte im letzten Augenblick den Vollzug dieser Ehe. Da er seit langem Sympathie und Mitgefühl für Marthe empfand, lud er sie und Christian ein, neben ihm an der Tafel Platz zu nehmen, so dass Marthe die direkte Nähe von Ottos Befehlshaber der Wachen erspart blieb.

Hedwig, die zwischen Dietrich und ihrem Gemahl saß, unterdrückte jeden Gedanken an eine heimliche Begegnung mit ihrem Geliebten. Diesmal brauchte Dietrich sie nicht als zärtliche Geliebte, sondern als fürsorgliche Freundin, als jemanden, der ihm half, den nächsten Tag zu überstehen, ohne dass ihn die schmerzlichen Erinnerungen an Konrads Tod übermannten.

Dabei bezwang sie selbst nur mit Mühe die Tränen, als die schrecklichen Bilder wieder in ihrer Erinnerung aufstiegen. Zu alldem vermischte sich in ihren düstersten Phantasien das Antlitz Konrads mit dem ihres Sohnes. Die beiden Cousins hatten sich so ähnlich gesehen! Der einzige Unterschied war, dass Konrads Haar schwarz wie das seines Vaters war, Dietrichs hingegen braun.

Würde Otto ihrer Mahnung gedenken, seinen Sohn nicht grundlos der Gefahr auszuliefern? Würde ihr Sohn lebend und unversehrt aus dem Krieg zurückkehren?

Hedwigs Herz wurde schwer und schwerer. Nur mühsam beherrschte sie ihre Gesichtszüge. Dann legte sie, ungeachtet der Etikette, ihrem Geliebten tröstend die Hand auf den Arm und lächelte ihm wehmütig zu. Niemand konnte daran etwas Anstößiges finden. Es war nicht mehr und nicht weniger als ein warmherziger Trost für einen trauernden Schwager. Dietrich verstand und sah sie dankbar an, bevor er wieder auf einen Punkt in unbestimmter Ferne starrte.

»Meinen Glückwunsch! Gott und der heilige Georg mögen dich schützen!«

Verwegen hieb Christian seinem einstigen Schützling auf die Schulter, der sich von nun an Ritter nennen durfte. Ottos jüngerer Sohn nahm die von Herzen kommende Gratulation mit frohem Lachen entgegen. Er wirkte erleichtert, die feierliche Zeremonie überstanden zu haben.

Der Abt persönlich hatte seine Waffen gesegnet. Danach hatten ihm Christian und sein Onkel Dietrich feierlich Waffen und Ausrüstung angelegt und ihn mit den seit Generationen überlieferten Worten ermahnt, seine Pflichten gegenüber Gott, seinem Lehnsherrn und den Armen und Schwachen zu erfüllen.

Der Markgraf der Ostmark hatte seinem Neffen aus Anlass der Schwertleite ein prachtvolles Obergewand in den Meißner Farben – Schwarz und Gelb – geschenkt. Dazu trug Dietrich Gambeson, Kettenhelm und -panzer, die ihm sein Onkel, der neuernannte Herzog von Sachsen, für die Verteidigung Goslars überlassen hatte. Von seinem Vater bekam Dietrich ein Schwert von den für ihre Arbeit weithin geschätzten Kölner Waffenschmieden und einen passenden Dolch, deren solide und zugleich prachtvolle Ausführung allgemeine Bewunderung hervorrief.

Dass Dietrichs Schwertleite nicht wie Konrads mit einem Turnier gefeiert wurde, verwunderte niemanden. Otto und seine Brüder hatten nach Konrads Tod einen heiligen Eid leisten müssen, nie wieder Turniere auszurichten oder persönlich an einem Turnier teilzunehmen und auch ihre Gefolgsleute an einem solchem Vorhaben zu hindern. Nur unter dieser Bedingung hatte der Magdeburger Erzbischof nach monatelangem Hin und Her doch noch seine Zustimmung gegeben, dass Konrad ein christliches Begräbnis zuteilwurde.

Christian trat beiseite, damit Hedwig ihrem Sohn gratulieren konnte. Wortlos zog die Markgräfin ihren Sohn an sich und schloss ihn in die Arme.

»Mach dir keine Sorgen«, raunte Marthe Christian zu. »Er wird gesund zurückkehren.«

»Ich pass schon auf ihn auf«, sagte nun auch Lukas leise, der neben Christian getreten war und dessen sorgenvolle Miene sah. »Solange Otto mich lässt, werde ich keinen Schritt von Dietrichs Seite weichen.«

Christian sah den Freund erleichtert an. Dennoch beschloss er bei sich, gleich nach dem Mahl eine große Kerze zu stiften und in der Klosterkirche für die glückliche Heimkehr derer zu beten, die mit Otto in den Krieg gegen den Löwen zogen. Ganz besonders für Dietrich und Lukas.

September 1180 in Christiansdorf

Mit unerbittlicher Miene blickte Christian auf die junge Frau vor ihm. »Adela, solltet Ihr mit Euerm Gezeter Raina vertreiben oder schuld daran sein, wenn sie sich im Kindbett aufregt und am Fieber stirbt, dann werdet Ihr ihre Arbeit im Backhaus übernehmen!«

Christian hatte die Stimme erhoben und wirkte nun so furchteinflößend, dass Lukas' Frau zusammenfuhr. So hatte sie den zwar strengen, aber ihr gegenüber ansonsten stets höflichen Burgherrn noch nicht erlebt.

»Und es kümmert mich nicht, ob es unter Euerm Stand ist, Teig zu kneten und Brot zu backen«, fuhr Christian fort und verlieh damit seiner Drohung Nachdruck.

Seit Lukas' Aufbruch vor fast einem Vierteljahr hatte es zunehmend Ärger mit dessen Frau gegeben. Christians Geduld war erschöpft. Er hatte keine Nachricht vom Krieg, er wusste nicht, ob sein Freund noch lebte und ob es ihm gutging, und er wünschte ihn sich dringend herbei – weil Lukas ihm fehlte und damit er seine Frau zur Ordnung rief.

Er wollte Frieden auf der Burg, doch niemand hatte bisher einen Weg gefunden, die zänkische Adela zu besänftigen, nicht einmal die sonst in vielem so nachsichtige Marthe, die inzwischen selbst lieber einen Bogen um die verwöhnte, schnippische junge Frau machte. Dass Marthe Raina half, Lukas' Sohn zu gebären, würde ihr wohl bei Adela auch nicht gerade Sympathie einbringen.

Gehorsam senkte Adela den Kopf, während es hinter ihrer Stirn arbeitete. Widersprechen durfte sie nicht. Doch wie sollte sie es länger ertragen, dass diese Hure von einer Brotmagd hier stolz ihren Bauch vor sich hertrug und die übelsten Gerüchte in die Welt setzte, während es bei ihr selbst kein einziges Anzeichen für eine Schwangerschaft gab!

Das würde der Burgherr doch nicht tun – jemanden von ihrem Stand als Magd schuften zu lassen? Wenn sie allerdings seinen zornigen Gesichtsausdruck sah, begann sie zu fürchten, dass er seine Drohung wahr machen könnte.

Christian schien ihre Gedanken zu lesen.

»Dieses Kind wurde lange vor Eurer Heirat gezeugt, und Euer Gemahl hat schon vor Monaten unmissverständlich klargemacht, dass er es als seines anerkennen wird. Also richtet Euch nach seinen Wünschen!«

Finster bedeutete er ihr, sich zu entfernen. Rasch lief Adela mit gesenktem Kopf hinaus.

Im Gehen überlegte sie, wohin sie nun sollte. Ihre eigene Kammerfrau würde sie auch nicht trösten können, alle anderen hier hielten fest zum Burgherrn, und Marthe, die sie anfangs noch für eine mögliche Verbündete gehalten hatte, war gerade dabei, dem Bastard ihres Mannes auf die Welt zu helfen. Welche Schande!

Pater Sebastian hatte schon recht, es herrschten wirklich gottlose Zustände in Christiansdorf.

Natürlich hatte es keine drei Tage gedauert, bis sie erfuhr, dass eine der Mägde behauptete, das Balg unter ihrem Herzen sei von Lukas, ihrem Mann. Zwar hatte das Gesinde auf dem Burghof das vor ihr geheim gehalten, doch als sie beim Dorfpfarrer vorsprach, um ihn zu fragen, ob sie auch für den Altar der Dorfkirche einige Stickereien ausführen sollte, hatte dessen Haushälterin sie sogleich über die Sittenlosigkeit ins Bild gesetzt.

Welche Schmach! Ihr eigener Mann! Tränen traten ihr in die Augen. Sollte das schamlose Weib doch verrecken, und das Balg am besten gleich mit ihr!

Jetzt musste sie auch noch beichten, sich aus Eifersucht zu einer solchen Verwünschung hingerissen haben zu lassen. Aber wenn sie aufrichtig Reue zeigte, wies Gott ihr vielleicht einen Weg aus der Not.

Christian rieb sich die Stirn, als er wieder allein in der Halle war. Er fand inzwischen keinen Grund mehr für Nachsicht. Dass Adela ausgerechnet in Pater Sebastian einen Verbündeten sah, war das Schlimmste, was ihnen passieren konnte. Wer weiß, was sie dem Eiferer alles zutrug! Er musste mit Hilbert reden, damit dieser mehr Einfluss auf Lukas' Frau nahm, solange der Freund noch im Krieg war.

Jemand betrat mit energischem Schritt die Halle. Gedankenversunken sah Christian auf. Richtig, der Bergmeister hatte ihn um ein Gespräch gebeten.

Höflich begrüßte Christian den graubärtigen Hermann und bat ihn hinauf in seine Kammer. Was sie zu bereden hatten, war nicht für jedermanns Ohren bestimmt.

Da Marthe bei Raina war, schenkte Christian dem Besucher als Zeichen seiner Wertschätzung persönlich einen Becher Wein ein. Der Bergmeister bedankte sich und richtete seine hellen Augen auf den Burgvogt, dessen Umsicht und Gerechtigkeitssinn er von ihrer ersten Begegnung an zu schätzen wusste.

»Habt Ihr die Gerüchte um die zornigen Berggeister aufklären können?«, erkundigte sich Christian.

Seit Tagen ging die Rede im Dorf, in den Gruben seien Berggeister durch das verstärkte Hämmern und Pochen aufgeweckt worden. Dies war eine ernsthafte Angelegenheit, der sofort nachgegangen werden musste. Waren wirklich Berggeister erzürnt worden, drohte den Männern in den Gruben Gefahr. War es hingegen ein übler Streich abenteuerlustiger Burschen, so gehörten sie unnachgiebig bestraft. Mit den Berggeistern war nicht zu scherzen; wer weiß, wie sie ihnen die Herausforderung einmal heimzahlen mochten. Wenn die Schuldigen auch noch die Erzförderung behinderten, weil sich die Häuer nicht mehr in diesen oder jenen Stollen wagten, war dies beileibe kein simpler Schelmenstreich.

Hermann lächelte in seinen Bart hinein. »Wie sich herausstellte, ist die Geschichte noch verzwickter als gedacht.«

Neugierig sah Christian ihn an, und der Bergmeister zögerte die Aufklärung des Vorfalls nicht länger hinaus.

Einer der Grubeneigner, der mit der Ausbeute unzufrieden war, hatte Tag für Tag Brot und Bier in einen Stollen gebracht – in der Hoffnung, die Berggeister würden sich über die Gabe freuen und ihn dafür mit einem Silberschatz belohnen.

»Leider geschah nicht, was er erhoffte und was immer wieder in den Geschichten aus alten Tagen berichtet wird«, erzählte

Hermann. »Die Berggeister zeigten sich nicht erkenntlich. Seine beiden Söhne aber wunderten sich über das Verbot, jenen Stollen zu betreten, und folgten heimlich ihrem Vater. Statt die Opfergabe den Geistern zu überlassen, machten sie sich selbst darüber her. Als der Vater dahinterkam, wurde er fuchsteufelswild. Er hat sie aus der Grube geprügelt und ihnen verboten, sich je wieder unter Tage blicken zu lassen.«

Der Bergmeister seufzte kaum hörbar. »Jetzt muss ich beim nächsten Bergschöppengericht den Vater bestrafen, weil er mit seinem Geschrei wirklich die Berggeister hätte aufwecken können, und die Söhne, weil sie es ihrem Vater und den Hütern der unterirdischen Schätze gegenüber an Respekt fehlen ließen.«

Die Bergleute hatten gemäß alter Tradition ihre eigene Gerichtsbarkeit unter Vorsitz des Bergmeisters. Zumeist wurden dabei Streitigkeiten um die Ausbeute oder um den Arbeitslohn behandelt. Dieser Vorfall jedoch, das ahnte Christian, würde härter bestraft werden müssen.

»Es gibt noch etwas Wichtiges, das ich Euch mitteilen möchte«, eröffnete Hermann, nachdem er einen Schluck genommen hatte. Als Christian ihn mit einer Handbewegung aufforderte, zu sprechen, zögerte der Bergmeister nicht länger. »Es gibt Anzeichen dafür, dass auch der Abbau in den Nachbardörfern gute Ausbeute bringen könnte, namentlich in Berthelsdorf und Tuttendorf.«

Mehr musste er Christian nicht erklären. Beide Dörfer waren schon vor Jahren dem Zisterzienserkloster zugesprochen worden, wie einst Christiansdorf auch. Bevor der Bergbau dort aufgenommen wurde, musste der Markgraf mit dem Bischof und dem Abt verhandeln. Denn über kurz oder lang würde dort jemand einen Erzfund muten, das war ebenso wenig zu verhindern wie Sonne oder Regen.

Otto hatte schon vor Jahren, gleich nach den ersten Silberfunden in Christiansdorf, mit Bischof Martins Vorgänger Gerung ausgehandelt, dass dieser ihm die drei Dörfer zurückgab. Das hatte den Markgrafen viel Land und beträchtliche andere Zugeständnisse gekostet.

»Ihr solltet mit dem Markgrafen reden, sobald er vom Kriegszug zurückkehrt«, meinte Hermann. »Es könnte Ärger vermeiden, würde er die Absprache mit dem verstorbenen Bischof und dem Abt über den Rücktausch der Dörfer in einer Urkunde festhalten.«

»Danke für Eure Umsicht, Bergmeister«, meinte Christian.

Währenddessen stand Marthe Raina in ihrer schwersten Stunde bei. Schon seit der Nacht lag die Magd in den Wehen, aber nun würde es nicht mehr lange dauern, bis das Kind kam.

Raina schien über den Schmerzen jedes Gefühl für Zeit verloren zu haben. »Ich habe keine Kraft mehr«, stöhnte sie. »Ist es nicht bald endlich vorbei?«

»Du hast es gleich geschafft«, sprach Marthe ihr gut zu.

»Beeil dich, dann kannst du es seinem Vater bei der Ankunft zeigen«, ließ sich Clara vernehmen, die gerade in die Gebärkammer gekommen war.

Verblüfft schauten die Wehmutter und die Kreißende auf das achtjährige Mädchen.

»Sind die Männer etwa schon vom Feldzug wieder da?«, fragte Marthe, hin- und hergerissen zwischen Erleichterung und Sorge.

Die Reichsheerfahrt hatte vor kaum zehn Wochen begonnen; sie konnte unmöglich bereits vorbei sein! War Lukas etwa wegen einer schweren Verletzung nach Hause geschickt worden?

»Noch nicht. Aber es wird wohl nicht mehr lange dauern«,

verkündete Clara lächelnd. Schon war sie wieder zur Tür hinaus.

Ich muss unbedingt mit ihr darüber reden, nahm sich Marthe zum wiederholten Male vor. Dann wandte sie sich wieder Raina zu. »Du hast es gehört. Beeil dich besser, wenn du Ritter Lukas mit seinem Erstgeborenen im Arm begrüßen willst. Also ... pressen ...!«

Glücklich und erleichtert, ließ sich Raina auf das Bett sinken und schloss die Augen, bis Marthe ihr das gewaschene und gewickelte Neugeborene reichte. Erschrocken fuhr sie zurück.

»Das ist unmöglich ... sein Haar ist so dunkel!«

Sofort füllten Tränen die Augen der jungen Mutter.

»Er wird es nicht anerkennen ... Wir sind doch beide blond ... Aber ich schwör's, es ist von ihm, ich war mit keinem anderen zusammen ...«

Rasch versuchte Marthe, die aufgelöste junge Mutter zu beruhigen. »Zuerst sind sie fast alle so dunkel. Mach dir keine Sorgen! Er wird schon noch blond werden.«

»Wirklich?« Hin- und hergerissen zwischen Angst und Hoffnung, wagte Raina ihren Blick nicht von Marthe zu lösen.

»Ja, wirklich«, beteuerte Marthe. »Und jetzt komm, lass dich herrichten. Du willst doch hübsch aussehen, wenn du deinen Sohn seinem Vater vorstellst?«

Ein halber Tag verstrich ereignislos, bis ein Reiter auf den Burghof preschte und rief: »Die Männer kommen vom Kriegszug des Kaisers zurück!«

Schnell füllte sich der Hof mit Menschen, die Ausschau halten und die Zurückkehrenden begrüßen wollten.

Mit klopfendem Herzen versuchte Marthe von der Fensterluke aus zu erkennen, ob die kleine Reiterschar vollzählig war und ob sie Verwundete mit sich führte. Doch der Trupp bewegte sich zu rasch, um die Männer zu Pferde zählen zu können.

Also lief sie hinunter auf den Burghof. Gleich nach ihr kam Adela und stellte sich neben ihr auf.

»Bitte, rasch, helft mir, sitzt mein Schleier richtig?«, fragte die junge Frau, während Röte in ihre Wangen schoss.

Verblüfft darüber, dass Adela diesmal nicht nörgelte oder zeterte, sondern anscheinend voll aufgeregter Freude über die Rückkehr ihres Mannes war, rückte Marthe den Reif zurecht, der das feine Tuch über den blonden Locken hielt.

»Ihr seht sehr hübsch aus«, versicherte sie erleichtert.

Im Gesicht der Jungvermählten stand auf einmal wieder jene schwärmerische Verliebtheit, mit der sie Lukas vor der Hochzeitsnacht angesehen hatte.

Vielleicht kommt doch noch alles ins Lot, dachte Marthe. Vielleicht können sie vergessen, was auch immer in jener Nacht geschehen war, und von vorn beginnen. Ich wünsche es Lukas – und uns allen, damit endlich wieder Frieden auf der Burg einkehrt.

Adelas hochnäsiges und schnippisches Benehmen hatte in den letzten Wochen nicht nur Christians Geduld erschöpft. Auch zwischen Marthe und Adela hatte es zunehmend Streit gegeben, insbesondere darüber, wie Adela ihre Launen am Gesinde ausließ.

Mechthild trat schwer atmend zu ihnen und brachte den Willkommenspokal, der so reichlich gefüllt war, dass sein Gewicht der übermüdeten Marthe bald die Arme nach unten zog.

Schon passierten die ersten Reiter das Tor.

Lukas scheint unverletzt zu sein, dachte Marthe erleichtert, während Adela neben ihr vor Freude aufjuchzte und dann erschrocken über den unziemlichen Ausbruch die Hand auf den Mund presste.

Gemeinsam liefen sie mit raschen Schritten dem Anführer der Schar entgegen.

»Du lebst! Und es geht dir gut! Gott sei es gedankt! Willkommen zurück«, begrüßte Marthe Lukas von Herzen. »Wir hatten nicht so zeitig mit euch gerechnet. Sind alle unversehrt?«

»Gesund und munter ... und sehr durstig!«, meinte Lukas lachend und griff nach dem Pokal. Er nahm einen tiefen Schluck, dann setzte er ab und wollte ihr das Trinkgefäß zurückgeben. Dabei fiel sein Blick auf seine Frau, die ihn mit leuchtenden Augen ansah.

»Meine Gemahlin«, sagte er frostig, und das Lächeln auf Adelas Gesicht erstarb jäh.

Marthe sah, dass sie nur mit Mühe Haltung bewahrte und die Tränen zurückhielt.

»Seid willkommen, Gemahl«, entgegnete Adela, nun ebenso frostig. Lukas saß ab, und während er ihr den Rücken zuwandte, ging sie mit immer schneller werdenden Schritten zurück zum Palas.

»Ganz gleich, was zwischen euch vorgefallen ist – sei nicht zu streng mit ihr«, raunte Marthe Lukas zu, der seiner Frau nur flüchtig nachsah und sich dann wieder seinem Fuchshengst zuwandte. »Ihr seid jetzt auf immer miteinander verbunden. Mach das Beste daraus!«

Lukas' Gesicht blieb ungewohnt eisig. »Da wir gerade davon reden – Mechthild soll mir heute noch eine eigene Kammer zuweisen«, entgegnete er brüsk.

Dann drehte er sich um und begann, den Männern Kommandos zu erteilen, die mit ihm zurückgekehrt waren.

Betroffen sah Marthe ihm nach.

Wie konnte sie nur vermitteln? Doch der Lärm und die Geschäftigkeit auf dem Burghof ließen ihr keine Gelegenheit, darüber nachzudenken. Sie hatte die Männer zu begrüßen, Anweisungen für eine kräftige Mahlzeit zu geben und einen Boten zu Christian zu schicken, der mit dem Bergmeister unterwegs war, um ein paar Gruben außerhalb des Ortes zu besuchen.

Mitten in all dem Trubel bemerkte sie, dass Raina aufgestanden und aus der Gebärstube gekommen war. Mit zittrigen Knien stand sie gegen die Wand gelehnt, ihr Kind im Arm, und richtete den Blick auf Lukas.

Der wurde von einer älteren Magd darauf aufmerksam gemacht. Verblüfft drehte er sich zu Raina um, blieb einen Moment wie versteinert stehen, dann ging er mit langen Schritten geradewegs auf sie zu, wie von einer unsichtbaren Leine gezogen.

Marthe sah, wie er ein paar Worte mit der jungen Mutter wechselte und auf seinen Sohn schaute. Lukas' Gesichtsausdruck wechselte von Fassungslosigkeit über Freude zu unbeholfener Zärtlichkeit, als er das Neugeborene betrachtete und vorsichtig dessen Gesichtchen berührte. Dann strahlte er Raina an, sagte etwas, das auch sie glücklich lächeln ließ, strich ihr über die Wange und ging zögernd zurück zu den Männern, die noch unter seinem Kommando standen.

Die Szene war auch Adela nicht entgangen, die kreidebleich und mit verkniffenem Gesicht vor dem Eingang zur Halle stand.

Das riecht nach Ärger, dachte Marthe. Sie lief los, um die noch von der Entbindung schwache Raina wieder ins Bett zu scheuchen, gab den Mägden ein paar letzte Anweisungen und hastete dann Adela hinterher. Besser, sie sprach jetzt gleich mit ihr, ehe sich böse Gedanken in der tief Getroffenen breitmachten.

Christian kam schon auf den Burghof geritten, noch ehe Lukas und seine Begleiter Gelegenheit hatten, in die Halle zu gehen. Er sprang vom Pferd, warf die Zügel dem jungen Christian zu, der ihm mit höflichem Nicken den Rappen abnahm, und eilte mit großen Schritten dem Freund entgegen.

»Willkommen zurück!«

Erst schlug er Lukas auf die Schulter, dann packte er ihn erleichtert bei den Unterarmen. »Und meinen Glückwunsch zu deinem Sohn!«

»Ich bin immer wieder erstaunt, wie schnell sich Neuigkeiten hier herumsprechen«, entgegnete Lukas lachend.

»Komm, lass uns auf sein und auf dein Wohl trinken«, forderte Christian den Jüngeren auf. »Und erzähl, wieso ihr so schnell schon wieder zurück seid. Die Heerfahrt des Kaisers kann unmöglich bereits beendet sein.«

»Doch, das ist sie«, entgegnete Lukas, während sie sich durch das Gewühl auf dem Hof Richtung Halle arbeiteten. »Sie dauerte keine sieben Wochen.«

»Wie das? Hat sich der Löwe etwa ergeben und dem Kaiser unterworfen?«, fragte Christian verwundert.

»Der Löwe nicht, aber die meisten seiner Gefolgsleute«, berichtete Lukas. Reaktionsschnell wich er einem Stallburschen aus, der ein großes Bündel Heu vor sich hertrug und beinahe gegen ihn gerannt wäre, dann berichtete er im Gehen weiter.

»Der Kaiser hat ein Ultimatum verkündet: Wer von Heinrichs Männern sich ihm bis zum elften November unterwirft, wird begnadigt, wer es nicht tut, verliert wegen Ungehorsams gegenüber dem Kaiser sämtliche Güter. Einer nach dem anderen sind sie übergelaufen, haben dem Kaiser Burgen und Güter übergeben. Und Adolf von Holstein war der Erste ...«

»Der Fluch der bösen Tat«, kommentierte Christian lakonisch. Im ganzen Kaiserreich hatte sich herumgesprochen, dass der entmachtete Herzog den heißblütigen Grafen brüskiert hatte, obwohl dieser sich in Diensten des Löwen Ruhm erworben hatte. Gerüchteweise soll Heinrich nicht nur die Auslieferung von Adolfs Kriegsgefangenen gefordert, sondern auch öffentlich Zweifel an dessen Lehnstreue geäußert haben.

»So, wie Heinrich mit seinen Leuten umgeht, werden wohl noch mehr die Seiten wechseln.«

»Das haben die meisten schon getan, sogar solche, die unter Heinrichs Führung zum Mann heranwuchsen und deren Väter bereits dem Löwen gedient haben«, erwiderte Lukas und begann aufzuzählen: »Luppold von Herzberg, Heinrich von Weida, Ludolf von Peine … Die Liste ist lang und illuster, du wirst dich wundern …«

Gemeinsam betraten sie die Halle, wo ein paar Mägde unter Mechthilds Aufsicht Bier und Hirsebrei an die Ersten der Zurückgekehrten austeilten.

Sofort erhoben sich die Männer, um dem Burgherrn und ihrem Befehlshaber den Respekt zu erweisen.

»Ich bin froh, euch alle wohlbehalten wieder hier zu sehen!«, begrüßte Christian die Runde der Heimgekehrten. »Seid bedankt für eure Treue gegenüber dem Kaiser, dem Markgrafen und mir. Unsere Gebete haben geholfen, Gott hat Seine schützende Hand über euch gehalten.«

»Eure Gebete und die Unnachgiebigkeit, mit der Ihr uns Tag für Tag auf der Übungswiese scheuchen lasst«, erwiderte keck einer der jungen Burschen.

»Hab ich nicht gesagt, dass du mir noch einmal dafür dankbar sein wirst?«, erwiderte Christian, und die Männer in der Halle lachten schallend.

Christian bedeutete ihnen, sich wieder hinzusetzen und weiterzuessen, dann ging er mit Lukas hinauf in seine und Marthes Kammer.

Eine Feier anlässlich der glücklichen Heimkehr würde es am Abend geben, bei der jeder der Kriegsteilnehmer seine eigene Version der Ereignisse mit dem Freund, Nachbarn oder der Liebsten erörtern würde, um sie zu beeindrucken. Doch jetzt wollte er von Lukas die Einzelheiten hören, die nur für seine Ohren bestimmt waren.

Mechthild humpelte ihnen nach, um einen vollen Krug Wein, Brot und Schinken zu bringen.

Wortlos warteten die Männer, bis sie eingeschenkt und den Raum verlassen hatte. Dann blickte Christian gespannt auf Lukas.

»Gleich zu Beginn haben wir die Welfenfestung Lichtenberg bei Wolfenbüttel angegriffen und im Sturm erobert«, begann dieser zu berichten. »Das war Anfang August. Dann zog der Kaiser mit uns weiter Richtung Halberstadt und schickte Verstärkung nach Goslar. Zuvor noch verkündete er jenen Erlass, von dem ich erzählt habe und der den Krieg entschied, noch bevor er richtig begonnen hatte. Nach dem Übertritt des Holsteiners folgten die anderen reihenweise und schlossen sich dem Heer des Kaisers an. Burg um Burg konnten wir kampflos einnehmen.«

Lukas spießte mit seinem Essmesser eine Scheibe Schinken auf und biss davon ab, während er – genüsslich kauend – weitererzählte.

»Die Mehrzahl von Heinrichs Vasallen ist übergetreten, die restlichen werden es noch bis November tun. Deshalb erklärte der Kaiser die Heerfahrt nach nicht einmal sieben Wochen für beendet. Blutige Kämpfe hat es kaum gegeben. Dann zog der Kaiser nach Altenburg, um Otto von Wittelsbach zum Herzog von Bayern zu machen.«

Jedermann wusste, dass die Wittelsbacher seit Generationen treu zum Kaiserhaus standen. Trotzdem hatte der Kaiser vom einstigen Herzogtum des Löwen die Steiermark abgetrennt, bevor er es übergab. Also war er nicht einmal mehr bereit, dem treuen Otto von Wittelsbach vorbehaltlos zu trauen.

»Wie haben sich unsere Leute gemacht? Und Dietrich?«, fragte Christian, begierig auf mehr Neuigkeiten.

Über Lukas' Gesicht zog das wohlbekannte, für ihn so typische Grinsen. »Beim Sturm auf Lichtenberg hat er sich wacker geschlagen. Du wärst stolz auf ihn gewesen, auch wenn Stolz eine Sünde ist! Ja, und dann musste er eigentlich nichts weiter tun, als sich auf seinem Pferd zu halten und zuzusehen, wie die kleinen Welpen zu uns überlaufen.«

Christian rieb sich müde über das Gesicht und blickte dann nachdenklich in das Licht der flackernden Kerze vor ihm. »Ich kann nicht glauben, dass das schon alles war, dass der Krieg wirklich zu Ende ist. Der Löwe ist in die Enge getrieben. Und in die Enge getriebene Raubtiere sind noch gefährlicher als sonst. Er wird alles tun, um sich zu rächen ... furchtbar zu rächen.«

Lukas sah ihm ins Gesicht, sein Lächeln verschwand. Dann starrten die beiden Männer wortlos vor sich hin, jeder in düstere Gedanken verstrickt.

Statt zu Christian und Lukas zu gehen, hatte Marthe zuerst nach Adela gesucht. Sie entdeckte sie dort, wo sie sie nie erwartet hätte: vor der Tür zu ihrer Kräuterkammer. Schließlich war das Verhältnis zwischen beiden Frauen mittlerweile trotz Marthes Bemühungen weidlich angespannt. Doch da stand Lukas' Frau mit rotgeweinten Augen und hochgezogenen Schultern und blickte verzagt zu ihr.

So hatte Marthe Adela noch nie erlebt. Sie schob den Gedanken an die wochenlangen Zankereien beiseite und fühlte Mitleid in sich aufsteigen.

Welche Ehefrau würde es nicht schwer treffen, wenn ihr Mann einen Bastard bekam und diesen auch noch freudestrahlend anerkannte?

»Könnt Ihr mir nicht helfen, damit mein Mann mich liebt?«, fragte Lukas' Frau verzweifelt, und ihre Stimme zitterte.

Liebe lässt sich nicht erzwingen, dachte Marthe. Das solltest du inzwischen begriffen haben.

Doch sie behielt diesen Gedanken für sich. Wenn sie es heute nicht schaffte, Lukas und Adela zu versöhnen, würde es wohl auf lange Zeit nicht gelingen, vielleicht sogar nie.

Sie brachte es nicht über sich, Adela zu umarmen. Womöglich hätte diese die freundschaftliche Geste trotz ihrer Verzweiflung sogar zurückgewiesen. Also führte sie die junge Ehefrau in die Kammer, schloss die Tür hinter sich, setzte sie auf eine Bank und füllte ihr einen Becher mit Wein, den sie zur Beruhigung mit ein paar Tropfen eines Schlaftrankes versetzte.

Gehorsam trank Adela davon, nachdem sie sich die Nase am Ärmel abgewischt hatte.

»Ich werde bei Lukas ein Wort für Euch einlegen«, versprach Marthe schließlich nach einer ganzen Weile des Schweigens.

Ja, dachte Adela mit jäh aufflammendem neuem Zorn. Auf dich wird er hören. Denn dich liebt er noch viel mehr als diese Hure von einer Brotmagd.

Lukas hatte keine Eile, das Willkommensfest am Abend in der Halle zu verlassen. Wozu auch? Ihn erwartete sowieso nur ein leeres Bett. Warum also sollte er nicht mit den anderen feiern? Selbst wenn auf dem Feldzug kaum gekämpft worden war, er hatte alle seine Männer lebend und gesund nach Hause gebracht. Außerdem war er Vater geworden. Mehr als Grund genug, sich den Becher neu zu füllen.

Mittlerweile hatte sich die Halle beträchtlich geleert, die meisten Zecher waren entweder sturzbetrunken nach draußen getorkelt oder längst heim zu ihren Familien gegangen.

Er war so in Gedanken versunken, dass er Marthe erst bemerkte, als sie plötzlich neben ihm saß.

Mit schwerem Blick sah er zu ihr auf. »Danke, dass du Raina beigestanden hast.«

Sie lächelte ihm zu. »Ich habe gerade nach ihr gesehen. Sie schläft. Es geht ihr gut. Und vorhin hat dein Sohn schon kräftig getrunken.« Sie wies auf seinen vollen Becher. »Scheint ganz nach dem Vater zu kommen.«

Lukas musterte sie misstrauisch. Er war noch nüchtern genug, um mitzubekommen, dass sie ihm ins Gewissen reden wollte. Dazu kannte er sie zu genau.

»Wenn du ein gutes Wort für meine Gemahlin einlegen willst, bist du bei mir falsch«, meinte er mürrisch.

Statt Verständnis oder Mitgefühl sah er auf einmal Streitlust in Marthes Zügen – etwas, das sie nur selten zu erkennen gab, und dann auch nur gegenüber Freunden.

»Nein, da bin ich genau richtig!«

Sie brauchte die Stimme nicht zu senken; links und rechts von ihnen waren genug Plätze frei, damit dieses heikle Gespräch vertraulich blieb.

»Sie weiß inzwischen, dass es falsch war, dich zu dieser Heirat gezwungen zu haben, und sie bereut es. Aber schließlich hast *du* um ihre Hand angehalten«, redete sie halblaut auf ihn ein. »Sie ist jetzt genauso an dich gebunden wie du an sie. Wollt ihr euch das Leben gegenseitig zur Hölle machen? Versucht beide, noch einmal von vorn zu beginnen. Sie ist bereit dazu. Also?«

»Du wirst ja sowieso keine Ruhe geben«, protestierte er halbherzig.

»Genau.«

Sie lächelte ihn an, und dieses Lächeln brach ihm beinahe das Herz. Rasch wandte er seinen Blick ab und nahm einen tiefen Schluck aus dem Becher, damit sie sein Gesicht nicht sehen konnte.

Aus Gewohnheit wäre Lukas beinahe versehentlich in seine alte Kammer gegangen, nachdem er die Halle verlassen hatte. Dann fiel ihm gerade noch ein, dass dort ja jetzt seine Frau schlief und er ihr versprochen hatte, sie nicht mehr zu behelligen. Unwirsch kehrte er um und versuchte, sich zu erinnern, welche Kammer ihm Mechthild nun zugewiesen hatte.

Einige Zeit später stand er in der Tür und glaubte seinen Augen nicht zu trauen. Seine Waffen, sein Umhang und sein Gepäck waren bereits in den Raum gebracht worden. Doch nicht das war es, was ihn verblüffte. Auf dem Bett saß niemand anders als Adela und sah ihn mit zaghaftem Lächeln an. Sie hatte Schleier und Bliaut abgelegt, die langen blonden Locken fielen über das dünne Untergewand.

Zornig warf er die Tür hinter sich zu und blieb mit verschränkten Armen in größtmöglichem Abstand von ihr stehen.

»Wollt Ihr mir das erklären, Gemahlin?«, sagte er, und das Grollen in seiner Stimme bewirkte nur, dass Adela noch kläglicher blickte.

»Ich möchte Euch um Verzeihung bitten ... für alles«, flüsterte sie, die Lider gesenkt. »Und Euch versprechen, dass ich Euch künftig in allem eine gehorsame Gemahlin sein werde.«

Plötzlich sah sie auf, lächelte tapfer und ließ sich auf das Laken sinken, ohne ihn aus den Augen zu verlieren.

Mit zwei Schritten war er bei ihr.

»Oh, nein!« Heftiger, als ihm lieb war, griff er nach ihrem Arm und zog sie hoch. »Ihr habt Euch schon zweimal in mein Bett geschlichen, und jedes Mal hat das nur Unglück bewirkt. Geht jetzt, auf der Stelle!«

»Das zweite Mal habe ich mich nicht hineingeschlichen«, protestierte sie, während Tränen in ihre Augen schossen. »Ich wurde Euch als rechtmäßige Gemahlin gegeben, der Kaplan hat unser Brautbett gesegnet!«

»Und dann wart Ihr nicht bereit, Euren Pflichten nachzukommen, und habt mich dazu getrieben, meine Ehre zu beflecken«, hielt er ihr hart entgegen. »Jetzt macht mich nicht auch noch zu einem Eidbrüchigen!«

Deine Ehre hast du befleckt, indem du einen Bastard zeugtest und ihn auch noch vor aller Welt anerkennst, dachte sie wütend. Doch das verbarg sie sorgfältig, während sie sich auf die Bettkante setzte.

»Ich war unerfahren und verängstigt. Könnt Ihr das nicht verstehen? Ich liebe Euch und will Euch eine gute Ehefrau sein. So verzeiht mir doch! Kommt mit mir in unser Gemach!«

Ihre Augen flehten. »Ich will Euch auch in allem gefügig sein.«

Nachdenklich betrachtete er den nur spärlich verhüllten Körper. Er hätte jetzt mit jeder Frau der Welt ins Bett gehen können, doch nicht mit dieser. Was, wenn sie im letzten Moment doch wieder von ihren Ängsten überfallen würde? Er wollte nicht noch einmal die Beherrschung verlieren.

Und er wollte keine gefügige Frau im Bett, die seine Umarmung nur aus Pflichtgefühl erduldete, sondern eine, die sie genoss und herbeisehnte.

Adela erkannte die Ablehnung in seinen Augen.

Ich muss ihn dazu bringen, dass er mich schwängert, dachte sie verzweifelt. Wenn ich ihm auch einen Sohn gebäre, *muss* er mich achten und lieben!

»Bitte!«, flüsterte sie. »Lasst uns noch einmal von vorn beginnen!«

Lange sah Lukas sie schweigend an.

Schließlich sagte er: »Gut. Aber beginnen werden wir es nicht im Bett. Und jetzt geht schlafen. In Eure Kammer!«

Christian sollte mit seiner düsteren Vorhersage recht behalten. Der in die Enge getriebene Löwe nahm schrecklich Rache. Er erteilte dem gefürchteten Bernhard von Lippe das Kommando über das vor einem Jahr vergeblich von Wichmann und seinen Verbündeten belagerte Haldensleben. Gemeinsam mit anderen aus Westfalen vertriebenen Kämpen unternahm dieser von dort aus einen Überfall nach dem anderen auf das Gebiet bis unmittelbar vor die Tore Magdeburgs und richtete schwerste Verwüstungen an.

Während der Kaiser bis zum Ablauf seines Ultimatums am elften November Tag für Tag Treueschwüre ehemaliger Gefolgsleute des Löwen entgegennahm, blieb Erzbischof Wichmann keine Wahl, als erneut Vorbereitungen zu treffen, um die Welfenfestung Haldensleben anzugreifen, die er im Vorjahr nicht hatte einnehmen können. Dazu bat er auch die Wettiner um Beistand.

Philipp von Köln würde diesmal ohne die Brabanzonen kommen, versicherte Wichmann. Angesichts der Untaten des Söldnerheeres waren er und der Kaiser übereingekommen, diese Rotte künftig nicht mehr einzusetzen.

Nach der Beteuerung Wichmanns, er würde ihn als gleichrangigen Heerführer willkommen heißen, konnte sich auch der Meißner Markgraf dem Hilfeersuchen des Magdeburger Erzbischofs, seines Vetters, nicht länger entziehen.

Missgelaunt rief Otto zu Beginn des Jahres 1181 seine Gefolgsleute zusammen, um mit ihnen schimpfend und fluchend zur erneuten Belagerung nach Haldensleben aufzubrechen, ins Torfmoor rund um die uneinnehmbare Festung.

Der Fall Haldenslebens

»Ich kann es kaum erwarten, an diesen gemütlichen Ort zurückzukehren.« Lukas schnitt eine Grimasse und zerrte an den Zügeln, um seinen Hengst zur Ruhe zu bringen, der zur Seite ausbrechen wollte. »Selbst mein Gaul scheint zu ahnen, wohin es geht, und will lieber umkehren.«

»Kluges Tier«, erwiderte Christian gelassen und verzog spöttisch einen Mundwinkel. Diesmal hatte der Markgraf befohlen, dass er ihn in den Krieg begleiten sollte. Das Kommando über die Christiansdorfer Burg hatte er erneut Reinhard übergeben, dem der Markgraf einen seiner kampferfahrensten Ritter zur Seite gestellt hatte, der mittlerweile zu alt für einen Feldzug geworden war.

Christian und Lukas ritten nebeneinander auf dem Weg Richtung Haldensleben, dicht hinter Otto und den Leibwachen unter Ekkeharts Kommando, die die Streitmacht der Wettiner anführten. Nach dem Heer des Meißner Markgrafen folgten die Truppen Dietrichs von Landsberg und Dedos von Groitzsch.

Die schlechte Laune Ottos hatte nun, da das verhasste Torfmoor nur noch ein paar Meilen entfernt war, ihren Tiefpunkt erreicht. Seine Stimmung wurde auch durch die vor ein paar Tagen eingetroffene Nachricht Wichmanns nicht besser, er habe einen Weg gefunden, die uneinnehmbare Burg in Bälde zu erobern.

Jeden Abend wurde an den Lagerfeuern spekuliert, wie der Erzbischof, der Haldensleben schon seit Anfang Februar belagerte, wohl die Festung einnehmen wolle.

Sie alle waren angespannt angesichts dessen, was sie erwarten mochte: eine so gut wie unbezwingbare Burg im Moor, die nun auch noch von einem weithin gefürchteten Kämpen kommandiert wurde. Bernhard von Lippe war berüchtigt für die Unbarmherzigkeit, mit der er ganze Landstriche hatte verwüsten lassen, und er stand in dem Ruf, vor keinem Mittel zurückzuschrecken, um seine Feinde in die Knie zu zwingen. Auf der Wegstrecke von Magdeburg hierher hatten sie mehr als genug gebrandschatzte Dörfer gesehen, die davon kündeten.

»Riechst du's? Wie hab ich diesen anheimelnden Duft vermisst! Das macht wahrhaft Lust auf ein paar gemütliche Tage mehr in Kälte, Schlamm und beißendem Qualm.«

Auch Christian, der Lukas' Lästereien auf dem letzten Stück Wegstrecke wortlos hatte über sich ergehen lassen, konnte den modrigen Geruch wahrnehmen, der ihn nur zu gut an die schier endlosen Wochen erinnerte, als sie vergeblich die Welfenfestung belagert hatten.

»Wenigstens scheint diesmal nichts zu brennen«, meinte er lakonisch.

»Sie haben uns ja auch damals schon alles unter den Füßen abgefackelt«, murrte Lukas. »Vermutlich starren jetzt Wichmanns Verbündete wie Maulwürfe aus den ausgebrannten Erdlöchern auf die Festung. Bernhard von Lippe wird sich ein Vergnügen daraus machen, die abgenagten Knochen von seinen Mahlzeiten auf die hungrigen Belagerer herabzuwerfen.«

Christian verzichtete darauf, dem Freund etwas zu entgegnen.

Das Gute an Lukas' wiedererwachter Redseligkeit war, dass sie von der offensichtlichen Aussöhnung zwischen ihm und Adela kündete. Zwar hatte Christian nicht den Eindruck, dass sein Freund inzwischen übermäßig innige Gefühle für seine

Angetraute hegte, und er sprach auch nie über sie. Aber immerhin war er einige Zeit nach seiner Rückkehr von der Reichsheerfahrt zu Adela in die gemeinsame Kammer gezogen. Unmittelbar vor ihrem Aufbruch hatte die junge Frau sie alle mit der stolz vorgetragenen Nachricht überrascht, dass sie ein Kind erwarte.

Wachsam sah Christian nach vorn. Nur noch ein Stück durch das Wäldchen, dann würden sie das Lager ihrer Verbündeten sehen können.

Als er es vor Augen hatte, verschlug es ihm vor Überraschung die Sprache. Selbst dem redseligen Lukas an seiner Seite erging es ebenso. Auch der Markgraf und dessen engste Begleiter vor ihnen hatten ihre Pferde zum Stehen gebracht, um das verblüffende Bild in sich aufzunehmen.

Die Landschaft um die Burg hatte sich beträchtlich verändert, und zugleich offenbarte sie den Betrachtern Wichmanns erfolgversprechenden Plan.

Haldensleben war in eine Insel verwandelt. Zusätzlich zur Ohre, die an der Stadt vorbeifloss, hatten die Bewohner noch das Flüsschen Bever zur anderen Seite umgeleitet, so dass der Ort fast vollständig von Wasser umgeben war. Doch womit sie sich schützen wollten, das würde ihnen nun zum Verhängnis werden.

Wichmanns Männer waren dabei, den Abfluss der Ohre durch einen Damm zu versperren. Weitere Dämme begrenzten das Bett der Bever nach der zur Stadt abgewandten Seite.

»Was ist mein Vetter doch für ein schlauer Fuchs«, tönte Otto, als er sich von der ersten Überraschung erholt hatte. »Das hat vor ihm noch keiner versucht! Er will die Stadt fluten!«

Und wie es aussah, waren die Belagerer nicht mehr allzu weit von der Ausführung ihres Vorhabens entfernt.

Ein Beauftragter des Magdeburger Erzbischofs ritt der wettinischen Streitmacht entgegen und führte sie zu dem für sie vorgesehenen Lagerplatz, den Christian sofort wiedererkannte. Nur fehlten nun die verkohlten Überreste des Belagerungsturms, der einst hier in Flammen aufgegangen war. Wahrscheinlich waren sie längst von Wichmanns Männern verfeuert worden, um etwas zu kochen oder die Märzkälte zu vertreiben.

Hektisches Gebrüll lenkte die Blicke der gerade Angekommenen zum Zentrum der Geschäftigkeit. Von der Brustwehr der Burgmauer katapultierten die Gefolgsleute Bernhards von Lippe Geschosse auf die Dammbauer. Dutzendfach stürzten Getroffene unter Schmerzensschreien, an mehreren Stellen brachten die Steine das aufgeschüttete Erdreich ins Rutschen. Da und dort rollten ganze Lawinen zu Boden und rissen Menschen mit sich. Die anderen rannten, so schnell sie konnten, um sich in Sicherheit zu bringen. Befehle wurden durcheinandergeschrien, um die Verschütteten schleunigst zu befreien.

Von der Mauer tönte lautes Hohngelächter; Verwünschungen und Drohungen gegen die Belagerer wurden herabgebrüllt.

Christian und Lukas wechselten einen vielsagenden Blick.

»Es scheint wieder einmal die reine Freude zu werden«, sprach Lukas aus, was beide dachten.

Sie saßen ab und übergaben ihre Pferde David und Georg, den beiden Knappen, die mit fassungslosen Gesichtern das Geschehen bei den Dämmen betrachtet hatten. Dann erteilte Christian Befehl, an den vorgegebenen Stellen Zelte, Feuerstellen und Pferdekoppeln zu errichten.

Statt mit dem Schwert zu streiten, schleppten Ottos Männer Körbe voll Erdreich und Schlamm und sammelten Strauchwerk, um dem Damm mehr Halt zu geben.

Tag um Tag konnten sie zusehen, wie das Wasser stieg, auch wenn die Belagerten ihre Arbeiten immer wieder zu behindern suchten. Bogenschützen zielten von den Mauern aus auf diejenigen, die an den Wällen bauten.

Bernhards Schützen trafen gut. Es gab so viele Verletzte und Tote, dass die Männer hinter dem entstehenden Damm in Deckung bleiben mussten, was die Arbeiten verzögerte.

Dessen ungeachtet, begannen Wichmanns Männer, auch noch die Bever kurz hinter Haldensleben so anzustauen, dass das heranströmende Wasser nicht mehr abfließen konnte. Die Stadt war nun von zwei schmalen, aber täglich tiefer werdenden Seen umgeben, deren Fluten längst die Wälle vor den Mauern überschwemmt hatten und nun an den mächtigen Befestigungsmauern leckten.

Schließlich, kurz vor Ostern, war das Wasser so hoch angestiegen, dass nur noch ein paar Handbreit fehlten, bis es über die Stadtmauer strömen würde.

Christian war zu Grete gegangen und sah zu, wie sie Bier an ein paar Ritter aus dem Groitzscher Lager verkaufte.

Das Alltägliche in ihren Gesten, die Selbstverständlichkeit, mit der sie die Männer versorgte und dabei mit spöttischen Bemerkungen nicht sparte, erinnerten ihn an zu Hause.

In den wenigen stillen Momenten, die ihm an diesen Tagen blieben, überfiel ihn regelmäßig der Gedanke, was er hier eigentlich tat und warum er an diesem freudlosen Ort weilte. Er sehnte sich nach Marthe; noch viel mehr, als er erwartet hatte. Der Gedanke, sie an sich zu pressen, ihren Duft zu spüren und sie an den weichsten Stellen ihres Körpers zu liebkosen, beschäftigte ihn mehr, als ihm an diesem Platz und unter diesen Umständen lieb sein konnte. Er sorgte sich, ob es ihr gutging und ob sie auch zurechtkam mit all der Arbeit, die nun auf ihr lastete, da sie die Verantwortung für vierhundert weitere Menschen trug. Und ob er genug für ihren Schutz getan hatte, indem er Reinhard, Walther, Kuno und Bertram zurückgelassen hatte. Sicher, Pater Hilbert, der Bergmeister, der Münzmeister und die Schmiede waren angesehen genug, um ihr ebenfalls zur Seite zu stehen, wenn sie Hilfe brauchte, und würden es auch ohne Zögern tun. Und der alte Friedmar, den Otto Reinhard zur Seite gestellt hatte, galt unter der Meißner Ritterschaft als angesehen und gerecht. Aber wer wusste, was inzwischen in Christiansdorf geschehen mochte? Hätte er sie doch besser mit den Kindern zur Sicherheit bei einem seiner Freunde unterbringen sollen?

Die Abschiedsworte seiner Frau und seiner Tochter wollten ihm nicht aus dem Kopf gehen.

»Du wirst lange fortbleiben, so lange wie noch nie«, hatte Marthe gesagt, bemüht, tapfer dreinzublicken.

Aber noch mehr beunruhigten ihn Claras Worte. »Und dann komm nach Hause, so schnell du kannst!«

So eindringlich und mit ungewohnter Ernsthaftigkeit hatte seine Tochter ihn beschworen, dass ihn sogar noch in der Erinnerung ein unheimliches Gefühl überkam.

Als Grete ihn entdeckte, begrüßte sie ihn respektvoll und bot ihm etwas aus ihrem Fass an. Doch Christian lehnte dankend ab. Nach kaltem Bier stand ihm jetzt nicht der Sinn.

»Morgen also ist es so weit«, meinte Grete mit triumphierendem Blick auf das, was von Haldensleben noch hinter den Dämmen zu erkennen war, während die Groitzscher um sie herum lärmten.

»Ich hoffe, die Bewohner können sich auf die Dächer retten oder ergeben sich rechtzeitig. Ich weiß nicht, wie viele Tote es geben wird, wenn Wichmann wirklich das Wasser in die Stadt fluten lässt.«

Grete sah ihn verblüfft an.

»Für einen Ritter äußert Ihr da recht merkwürdige Bedenken«, sagte sie, während sie sich ächzend auf eines der inzwischen leeren Fässer sinken ließ.

»Weil Krieg eine Sache des Wehrstandes sein sollte, der diese Aufgabe übernommen hat, und nicht von wehrlosen Bauern und einfachen Handwerkern, von Frauen, Kindern und Greisen«, erwiderte Christian.

Grete prustete verächtlich. »Sie sehen doch, wie das Wasser steigt. Sollen sie auf die Dächer klettern!«

»Ich hätte nicht erwartet, dich so reden zu hören«, erklärte Christian einigermaßen befremdet.

»Wieso, Herr?«, meinte die Alte. »Die Magdeburger haben allen Grund, diesen Ort zu hassen. Wie viele verheerende Angriffe sind von hier aus geführt worden! Habt Ihr unterwegs nicht die verstümmelten Leichen und die niedergebrannten Häuser gesehen? Ich bete darum, bei Gott und allen Heiligen, dass Fürst Wichmann morgen Erfolg hat.«

»Hast du Freunde oder Verwandte verloren durch die Überfälle?«

»Ja«, meinte Grete voller Bitterkeit. »Die ganze Familie meiner Schwester, allesamt erschlagen, selbst das Jüngste, das noch nicht einmal von der Mutterbrust entwöhnt war. Und was sie zuvor meiner Großnichte angetan haben, das wollt Ihr nicht hören, Herr.«

Grete wischte sich mit dem Ärmel übers Gesicht, dann schüttelte sie sich, als könne sie damit die schlimmen Erinnerungen abwerfen.

»Diese Burg muss vernichtet und Bernhard geschlagen werden. Glaubt mir, Herr: Wenn unser Herr Erzbischof seine Magdeburger herbeiruft, damit sie Haldensleben bis auf die Grundmauern zerstören – sie werden es mit Freuden tun.«

Das Wasser stieg schneller als erwartet. Die Morgendämmerung war kaum angebrochen, als Jubelrufe die Belagerer aus den Zelten lockten. Auch Christian hatte gewohnheitsmäßig nach seinem Schwert gegriffen, als er nach draußen stürzte. Doch in dem fahlen Licht konnte er erkennen, dass er die Waffe vorerst nicht brauchen würde. Aufgeregt gestikulierend, standen schon etliche von Wichmanns Leuten dort und schauten zu, wie das angestaute Wasser über die Mauerkrone in den Ort strömte. Würden die Fluten die Belagerten im Schlaf ertränken?

Christian blieb keine Zeit für müßige Betrachtungen. Mit eiligen Schritten lief er zu Ottos Zelt, um sich dort zu melden und auf Befehle zu warten. Ekkehart traf nur wenige Augenblicke nach ihm ein, mit der üblichen undurchdringlichen Miene. Die beiden Ritter grüßten sich mit einem Nicken, wie es knapper nicht ausfallen konnte.

Dietrich kam als Erster aus dem Zelt, hellwach und mit nur mühsam verborgener Aufregung. Sein Vater folgte ihm kurz darauf. Otto wirkte nicht so, als ob er in der Nacht überhaupt geschlafen hätte. Und sein Gang deutete darauf hin, dass ihm Knochen und Gelenke noch mehr als sonst schmerzten. Mit einer Handbewegung bedeutete er Christian und Ekkehart, die vor ihm knieten, sich zu erheben und ihm zu folgen.

Wichmann und der Kölner Erzbischof standen mit ihren engsten Vertrauten – unter ihnen auch Gerald und Hoyer, die Christian mit einem kameradschaftlichen Nicken begrüßten – auf dem mannshohen Podest, das seine Leute errichtet hatten, um genau zu verfolgen, was in der belagerten Stadt vor sich ging. Immer noch strömte Wasser über die Mauer. Auf vielen Dächern herrschte hektische Betriebsamkeit. Schindeln wurden herabgeworfen, im freiliegenden Gebälk kletterten Menschen herum, zerrten Säcke oder Körbe mit sich, um wenigstens einen Teil ihrer Habe und ihrer Vorräte retten zu können.

»Schickt Boote mit Bewaffneten aus! Bietet freien Abzug, wenn sie kapitulieren«, befahl Wichmann Gerald. »Ich werde für unseren Erfolg beten.«

»Christian wird Euch als Unterhändler begleiten«, entschied Ekkehart.

Christian nahm das wortlos hin. Als Befehlshaber von Ottos Streitmacht stand es Ekkehart zu, solche Entscheidungen zu treffen.

Es dauerte einige Zeit, bis ausreichend gerüstete Männer die Boote bestiegen hatten, um auf die Mauer zuzurudern.

Auch Christian ließ sich von den Knappen Gambeson, Kettenpanzer und -helm anlegen. Als er gemeinsam mit Gerald und Hoyer von Falkenstein in das Boot stieg, stellte er fest, dass dies in voller Bewaffnung nicht gerade ein leichtes Unterfangen war.

Da lob ich mir einen ehrlichen Zweikampf mit festem Boden unter den Füßen, dachte er, während er versuchte, die Balance zu halten und gleichzeitig zu verhindern, dass sein Schwert beim Einsteigen gegen die Holzplanken schlug.

Doch als er sich umblickte, erkannte er, dass nicht nur er Schwierigkeiten hatte. Etliche Boote schwankten gefährlich, während die Männer einstiegen, zwei kenterten, und mit entsetztem Aufschrei stürzten die Insassen ins Wasser. Eines befand sich noch in ausreichend flachem Wasser, so dass die Männer prustend und fluchend an Land kriechen konnten. Die Besatzung des zweiten Bootes hatte weniger Glück. Von den schweren Kettenhemden wurden die Männer ohne Aussicht auf Rettung auf den Grund gezogen.

Gerald bekreuzigte sich hastig.

Dann blickte er zu Wichmann und wartete, dass dieser das Zeichen zum Ablegen gab.

Die beiden Männer, die Christian, den Magdeburger und den Kölner Ritter an der Spitze der Belagerer zur Stadt ruderten, waren erfahren im Umgang mit Booten. So wagte es Christian, sich vorsichtig umzudrehen, um das Bild aufzunehmen, das sich den Haldenslebenern bot: unzählige Kähne mit schwerbewaffneten Männern, die sich der gefluteten Stadt näherten.

Die anderen hielten ausreichend Abstand von ihnen, um erkennen zu lassen, dass es sich bei der Besatzung des ersten Bootes um Unterhändler handelte. Gerald hielt das Banner Wichmanns hoch, um keinen Zweifel an ihren Absichten zu lassen.

Die Ruderer hielten auf die höher gelegenen Mauern der Burg zu, um nicht mit ihrem flachen Gefährt in die Stadt gespült zu werden. Dort hatte die gegnerische Besatzung bereits zwei Reihen Bogenschützen postiert. Jetzt trat ein Mann mit knielangem Kettenpanzer und normannischem Helm zu ihnen und brüllte etwas, das Christian und Gerald nicht verstehen konnten. Doch sie erkannten sofort, welches Kommando er gegeben haben musste. Die Bogenschützen legten Pfeile ein, hoben ihre Waffen und zielten damit auf das Boot an der Spitze.

Unwillkürlich hielt Christian den Atem an. Sie hatten keine Schilde dabei und waren einem Pfeilhagel wehrlos ausgeliefert. Und falls das Boot kenterte, weil auch nur einer an Bord stürzte, würden sie allesamt mit ihren schweren Kettenhemden ohne Chance auf Rettung ertrinken.

So schnell er konnte, ohne das Boot aus dem Gleichgewicht zu bringen, stand Gerald auf und rief, so laut er konnte: »Wir kommen als Unterhändler!«

Der Anführer befahl seinen Schützen, zu warten. Zwar flog

noch kein Pfeil, dennoch ließ niemand den Bogen mehr als eine Handbreit sinken.

Inzwischen war das Boot der Unterhändler auf zwanzig Fuß an die Mauern herangekommen.

Nun konnten sie den Anführer auf dem Turm verstehen, als er seinen Männern befahl, zu schießen.

»Gott steh uns bei!«, hörte Christian Hoyer hastig flüstern und wappnete sich gegen einen Treffer. Widersinnigerweise hoffte er auf den Schutz durch Gambeson und Kettenhemd, auch wenn sie dafür schon zu nah bei den Schützen waren.

Doch die ersten Pfeile tauchten zwei Armlängen vor ihnen zischend ins Wasser, die fast zeitgleich abgeschossene Salve der zweiten Reihe Bogenschützen ein Stück hinter ihnen.

Sie spielen mit uns, erkannte Christian.

»Ihr schießt auf Unterhändler?«, wandte sich Gerald, laut protestierend, dem Befehlshaber zu.

»Ein Ehrensalut für die tapferen Belagerer!«, rief der andere höhnisch zurück. »Und ein Zeichen, dass wir genug Pfeile haben, um auch ein paar im Bächlein zu versenken.«

Sie waren nun nah genug heran, dass Christian ihren stämmigen Widersacher mustern konnte. Kettenhaube und Nasalhelm ließen wenig von seinem faltenzerfurchten Gesicht erkennen, aber seine Stimme war befehlsgewohnt, seine Rüstung von bester Qualität, sofern sich das aus der Entfernung erkennen ließ. Wenn dies nicht Bernhard von Lippe selbst war, dann zumindest einer seiner Hauptleute.

Der andere machte keine Anstalten, sich vorzustellen.

»Wie lautet Euer Angebot?«, brüllte er zu den Männern auf dem Fluss hinab.

»Freier Abzug für die Bürger der Stadt mit allem, was sie binnen drei Wochen fortschaffen können, und für Bernhard und seine Männer, wenn ihr kapituliert!«, rief Gerald.

»Das sichert uns Wichmann zu?«, fragte der andere zurück.

»Ja.«

»Wir sind nicht befugt, Haldensleben ohne Erlaubnis Herzog Heinrichs zu übergeben.«

Gerald verzichtete auf den Hinweis, dass Heinrich längst kein Herzog mehr war, sondern ein Geächteter. Streit um Förmlichkeiten brachte sie hier nicht weiter. Wenn Haldensleben schnell kapitulierte, würde das beiden Seiten viel Blut und Leid ersparen. Doch da Bernhard von Heinrich das Kommando über die Stadt bekommen hatte, durfte er sie nur mit dessen Erlaubnis übergeben.

»Schickt ihm einen Boten! Er bekommt freies Geleit«, bot Gerald an, der von Wichmann die Vollmacht zu diesem Angebot erteilt bekommen hatte. Niemand erwartete, dass der Geächtete mit seinem Heer gen Haldensleben rückte, um die Stadt von den Belagerern zu befreien.

Der Geharnischte drehte sich um und befahl einen Mann zu sich, der im Hintergrund gestanden hatte.

Gerald und er verständigten sich kurz, dann kletterte der andere vorsichtig an einer Strickleiter hinunter zu ihnen ins Boot.

Der Erzbischof ließ dem Boten sogar ein Pferd bringen, damit er möglichst schnell den Löwen erreichte und mit der Erlaubnis zur Kapitulation wiederkam.

Doch während sie darauf warteten, schien sich das Blatt zugunsten der Belagerten zu wenden.

Eine Nacht und ein Tag mit strömendem Regen ließen die Wassermassen anschwellen und weichten die hastig aufgeschütteten Dämme auf, bis einer brach und das angestaute Wasser, endlich befreit, in die Ebene floss. Die Sturzflut ergoss sich in ihr Lager. Wichmann allerdings duldete kein Verzagen. Sofort ließ er alle verfügbaren Männer festere Dämme bauen. Bald stieg das Wasser erneut bis an die Mauern der Stadt.

Am nächsten Tag näherte sich ein einzelner Reiter dem Lager: der Bote Bernhard von Lippes, der zum Löwen geschickt worden war.

Mit zusammengekniffenen Lippen ließ er sich zu Gerald führen, gab jenem das geborgte Pferd zurück und bat um einen Kahn, der ihn zur Burg bringen sollte.

Wenig später suchte Gerald Christian auf, der gerade gemeinsam mit Lukas die mittlerweile sechzehnjährigen Knappen David und Georg im Schwertkampf unterrichtete. Sein einstiger Knappe Dietrich hatte sich zu ihnen gesellt.

»Haldensleben kapituliert. Der Löwe kann keine Hilfe senden. Stadt und Burg sind nicht länger zu halten«, berichtete Gerald, nachdem er die Bemühungen der beiden Jungen mit anerkennendem Lächeln quittiert hatte.

»Wird sich Bernhard von Lippe danach richten?«, fragte Dietrich zweifelnd.

»Er hat keine Wahl«, meinte Gerald. »Seit Wochen leben die Stadtbewohner im Gebälk der Bodenkammern ihrer Häuser. Die paar Vorräte, die sie retten konnten, gehen zu Ende. Sie müssen sogar ihre Toten mit dem Kahn zur Kirche fahren, damit sie dort im Dachraum aufgebahrt werden, denn begraben werden können sie nicht! Wer soll da Bernhard noch folgen?«

Am nächsten Morgen – es war der dritte Mai des Jahres 1181 – übergab Bernhard von Lippe mit Erlaubnis seines einstigen Herzogs Haldensleben an Erzbischof Wichmann. Dieser gewährte Bernhards Männern und den Bewohnern der Stadt wie versprochen freien Abzug mit allem Besitz, den sie binnen drei Wochen fortschaffen konnten.

Dann ließ Wichmann die Magdeburger Bürger die Burg zerstören, von der aus so viel Leid übers Land gebracht worden war. Mit grimmiger Genugtuung machten sich die Magdeburger an das Vernichtungswerk.

Während die Stadt bis auf den Grund niedergerissen wurde, ließen sich Wichmann und seine Verbündeten bei ihrem Einzug in Magdeburg als strahlende Sieger feiern.

Doch für Christian, Lukas und ihre Gefolgsleute war noch lange nicht die Zeit gekommen, um zurück nach Christiansdorf reiten zu können, sosehr es Christian auch danach drängte. Die nächste Phase des Krieges hatte gerade erst begonnen.

Auch wenn Haldensleben genommen war, diese wichtige Festung des Löwen, Heinrich gab nicht auf. Obwohl ihm weder sein mächtiger Schwiegervater, der englische König, noch die Flamen oder Dänen zu Hilfe kamen, nicht einmal die Wendenfürsten, mit denen er engverbündet war, zog Heinrich nun gegen jene Burgen und Grafschaften, deren Herren von ihm abgefallen waren; Holstein zuerst.

Der Kaiser verschob die für Pfingsten angesetzte erneute Reichsheerfahrt gegen den Löwen auf Juni. Zu diesem Zeitpunkt versammelte sich ein mächtiges Heer, um den Geächteten endgültig zu schlagen: Sachsen, Rheinländer, Schwaben und Bayern.

Auch Otto und seine Brüder Dietrich und Dedo gehörten zu den Heerführern, die sich bei Hornburg mit ihren Truppen einfanden.

Der Kaiser entschied, seine Streitkräfte nicht durch einen Angriff auf das stark befestigte Braunschweig oder eine lange Belagerung binden zu lassen. Stattdessen führte er den größten Teil seiner Streitmacht – darunter auch die Truppen Wichmanns, des Markgrafen von Meißen und von Hedwigs Bruder Otto von Brandenburg – zu aller Überraschung durch die unwirtliche Lüneburger Heide auf Bardowick, das ihm ohne

Kampf zufiel. Schon auf der Wegstrecke hatten sich so gut wie alle Burgen und Orte dem Kaiser widerstandslos unterworfen – alle bis auf Lüneburg.

Ausgerechnet hier sollte Heinrichs Frau Mathilde nun doch einmal als Fürstin handeln. Sie trat vor den Kaiser und erklärte, sie werde Lüneburg nicht übergeben, denn dies sei ihr Hochzeitsgut und gehöre ihr. Der Kaiser gestand ihr Lüneburg zu, ließ aber Hedwigs Brüder, den neuen Herzog von Sachsen und Markgraf Otto von Brandenburg, bei Bardowick zurück, um das Land zu sichern. Dann zog er mit dem Rest seines Heeres – in Ottos Gefolge waren auch Christian und Lukas – über die Elbe gen Lübeck.

Heinrich hatte alle Vorbereitungen für die Verteidigung der mächtigen Hansestadt getroffen und den größten Teil des ihm noch verbliebenen Heeres dort zusammengezogen. Seine wertvollsten Gefangenen, den Thüringer Landgrafen Ludwig und dessen Bruder Hermann, ließ er vorsichtshalber nach Segeberg bringen, um sie in sicherem Gewahrsam zu wissen.

Er wusste, dass die Lübecker treu zu ihm standen. Immerhin hatte er ihre – seine – Stadt zur Blüte gebracht.

Doch der Kaiser bekam überraschend zusätzliche Unterstützung: eine wendische Streitmacht sowie eine große Flotte des Dänenkönigs Waldemar, auf dessen Hilfe der Löwe gehofft hatte, an der Mündung der Trave. Waldemar kam mit dem Kaiser überein, dass eine Tochter des dänischen Königs Friedrichs Sohn, den Herzog von Schwaben, heiraten würde.

Solchermaßen zu Lande und zu Wasser belagert, sahen die Bürger Lübecks keinen anderen Ausweg, als den Kaiser um die Erlaubnis zu bitten, eine Gesandtschaft zu Heinrich nach Stade zu schicken. Sollte ihnen ihr einstiger Herzog zusichern, die Stadt entsetzen zu können, würden sie sie verteidigen, falls nicht, würden sie sich dem Kaiser fügen.

Schon nach wenigen Tagen kehrte die Lübecker Gesandtschaft mit der Order Heinrichs zurück, die Stadt dem Kaiser zu übergeben. Friedrich hielt prachtvoll Einzug in der Hansestadt.

Der Löwe hatte verloren. Er bat nun den Kaiser um sicheres Geleit nach Lüneburg und gab die beiden Thüringer Fürsten ohne Lösegeld frei. Ende August entließ der Kaiser den größten Teil seines Heeres.

Endlich durften auch Christian und Lukas mit Ottos Streitmacht heimkehren. Fast sechs Monate waren sie fern von zu Hause gewesen.

»Der Krieg ist vorbei.« Mit einem müden Lächeln wies Grete auf die Männer, die lachend, schwatzend und trinkend um sie herumstanden. Die Aussicht auf Heimkehr für die Männer hatte ihr reichlich Kundschaft beschert.

»Was wirst du nun tun? Löst du dein Geschäft auf?«, fragte Christian, der von Grete nachgeschenkt bekam, noch ehe er ausgetrunken hatte. »Das Angebot steht noch. Komm mit uns zurück nach Christiansdorf, und für deinen Lebensabend wird gesorgt sein.«

Grete warf einen strengen Blick auf ihre lärmende Kundschaft, dann drückte sie einem der Männer ihre Schöpfkelle in die Hand. »Hier, mach dich nützlich! Geht auf mich!«

Sie ignorierte das Johlen und die Hochrufe auf die freigiebige Gönnerin und bedeutete Christian mit einem Blick, ihr an einen ruhigeren Ort zu folgen.

Etwas abseits der lärmenden Gesellschaft blieben sie stehen.

»Gott danke Euch und Eurer Gemahlin für Eure Güte«, begann Grete. »Ich kann diesen weiten Weg jetzt nicht noch einmal gehen. Meine Zeit ist bald gekommen.«

Sie drückte Christian einen kleinen Gegenstand in die Hand, über den ein Leinentuch geknotet war, anscheinend eine Pfennigschale. »Hier, nehmt das und kauft davon Kerzen für mein Seelenheil. Ich werde Eure Fürsprache beim Allmächtigen benötigen.«

Ein wehmütiges Lächeln zog über das müde Gesicht der Alten. »Ich wollte mir hier einen friedlichen Platz zum Sterben suchen. Aber so Gott will und mich noch ein paar Tage bei Kräften lässt, folge ich Euch später. Doch Ihr solltet Euch beeilen. Um Eurer Frau willen! Ich weiß, Ihr tut Euer Bestes, um sie zu schützen. Aber ihr drohen Gefahren, vor denen ein Schwert sie nicht retten kann.«

Grete sah Christian eindringlich in die Augen, der sofort wieder an die unheilvollen Abschiedsworte seiner Tochter denken musste. Dann drehte sie sich einfach um und ging. Christian wusste, dass es zwecklos war, sie aufzuhalten und nach Einzelheiten zu fragen.

Ohne noch einmal zurückzuschauen, verließ Grete das Lager und wurde nicht mehr gesehen. Ihren Karren, so stellte sich später heraus, hatte sie einer noch jungen Marketenderin vermacht, die ihr gelegentlich zur Hand gegangen war.

Am nächsten Morgen ließ Otto seine Streitmacht Richtung Meißen aufbrechen.

Voll innerer Unruhe zählte Christian die Tage, die ihn noch von Marthe und den Seinen trennten. Er war nun beinahe ein halbes Jahr fort gewesen, so lange wie noch nie. Je näher sie Christiansdorf kamen, umso stärker wurden seine Ängste um Marthe.

Schlechte Nachrichten

Wie üblich hatte Christian auf dem letzten Stück Wegstrecke einen Reiter vorausgeschickt, der ihre Ankunft in Christiansdorf ankündigen sollte.

Ob er zurückkehren würde, um ihn auf schlechte Nachrichten vorzubereiten? Oder um Lukas von der glücklichen Geburt seines Kindes zu berichten?

Doch der Bote kam nicht zurück.

Also ritt Christian an der Spitze seiner Schar weiter, so schnell sie konnten. Sie alle wollten nach Hause. Lukas an seiner Seite war ungewöhnlich still und schien in eigene Gedanken verstrickt, Christian jedoch wurde immer banger zumute. Was mochte in dem halben Jahr seiner Abwesenheit im Dorf geschehen sein?

Wie jedes Mal war der Burghof bereits voller Menschen, die die aus dem Krieg Heimgekehrten begrüßen und Ausschau nach Freunden und Verwandten halten wollten.

Doch als die Reiterschar das Tor passierte, schien Christians Herzschlag für einen Moment auszusetzen: Nicht Marthe stand dort mit dem Willkommenstrunk neben Reinhard, sondern Waltrud, die Goslarer Witwe, die auf dem Marsch hierher seine Verbündete geworden war.

Vielleicht ist sie zu einer Entbindung gerufen worden, redete er sich zu, um sich selbst zu beruhigen. Als er Clara mit ungewohnt ernster Miene dicht hinter Reinhard entdeckte, überfiel ihn inmitten all der jubelnden Menschen eine solche Düsternis, dass er glaubte, das Ende aller Tage sei nah.

Waltrud begrüßte Christian ehrerbietig und reichte ihm einen Krug Bier.

»Meine Frau?«, fragte Christian, noch ehe er den ersten Schluck nahm.

»Sie ist krank und liegt zu Bett«, gab Waltrud mit besorgter Miene Auskunft.

»Jetzt besteht Hoffnung«, ließ sich Clara vernehmen und trat vor. »Rasch, gehen wir zu ihr!«

Christian reichte den Krug hastig weiter an Lukas, der ebenso vergeblich nach seiner Frau Ausschau gehalten hatte wie er nach Marthe, und schwang sich aus dem Sattel.

Reinhard gab Christian den Schlüssel zur Burg zurück und wandte sich sofort mit ernster Miene an Lukas. »Du hast einen Sohn. Aber deine Frau … Es tut mir leid … Gott sei ihrer Seele gnädig.«

Reinhard bekreuzigte sich und winkte ein blutjunges Mädchen zu sich, die ein Neugeborenes im Arm hielt.

»Eure Gemahlin wollte, dass Euer Sohn nach Euch benannt wird, Herr«, sagte sie schüchtern. »Ich bin Rosa, seine Amme.« Sie schlug die Augen nieder und sank zu einem tiefen Knicks zu Boden.

Lukas warf einen Blick auf seinen schlafenden Sohn, der sich gerade im Traum regte und seine winzig kleinen Hände zu Fäusten ballte, und sagte kein Wort. Dann folgte er Christian und Clara mit langen Schritten, die bereits auf dem Weg in Marthes Kammer waren.

Doch die energische Waltrud hielt ihn auf. »Wenn Ihr Euch zuerst von Eurer Gemahlin verabschieden wollt – sie ist in der Kapelle aufgebahrt. Wir haben die Beerdigung so lange hinausgezögert, wie es ging, in der Hoffung, dass Ihr noch rechtzeitig kommt.«

Johanna wachte an Marthes Krankenbett, selbst blass, müde und erschöpft.

Als sie Christian sah, sprang sie sofort auf. »Der Herr sei gepriesen! Ihr seid zurück! Jetzt wird sie gesund.«

Marthe schien in tiefen Schlaf versunken.

»Wir hatten eine Fieberseuche im Dorf«, flüsterte Johanna. »Sie hat bis zur völligen Erschöpfung gearbeitet. Und dann ist Daniel auf den Tod krank geworden.«

Christian fuhr zusammen. »Er lebt, wir haben ihn mit Mühe durchbekommen«, sagte sie schnell, als sie sein Erschrecken bemerkte. »Es geht ihm wieder gut, er ist mit Ritter Friedmar ausgeritten.«

Wenigstens ist dieser Kelch an mir vorbeigegangen, dachte Christian, mehr verbittert als erleichtert, denn er wusste wohl, dass Johanna noch einige Unglücksbotschaften für ihn haben würde. So viele Kinder starben in den ersten Lebenswochen oder Jahren, da war es ihm bisher stets als große Gnade vorgekommen, dass seine Kinder – abgesehen von dem Ungeborenen, das Marthe unter der Folter verloren hatte und um das sie immer noch trauerte – kräftig und gesund waren. Er konnte sich nicht vorstellen, eines zu verlieren.

»Die Sorge, die vielen durchwachten Nächte haben sie zermürbt. Doch ich glaube, es war die unglückselige Entbindung, die sie die letzte Kraft gekostet hat«, berichtete Johanna leise weiter. »Wenn Ihr für einen Moment bei ihr bleiben könnt … Ich hole etwas zu essen für Euch und für sie.«

»Geh. Ich werde vorerst nicht von ihrer Seite weichen«, versicherte Christian düster. »Und berichte Lukas, was mit seiner Frau geschehen ist. Du warst doch sicher dabei.«

»Ja, Herr. Wie Ihr wünscht, Herr.« Hastig knickste Johanna ein weiteres Mal und lief hinaus.

Beklommen setzte sich Christian aufs Bett und beobachtete das bleiche, eingefallene Gesicht seiner Frau. Doch während er noch mit sich kämpfte, ob er ihre Hand nehmen oder sie schlafen lassen sollte, schien sie seine Gegenwart zu spüren und schlug die Augen auf.

»Du bist zurück! Endlich! Jetzt wird alles gut.«

Ihr Lächeln war matt, nur ein fader Nachklang ihrer sonstigen Lebhaftigkeit. Fröstelnd zog sie die Schultern zusammen. »Mir ist so furchtbar kalt! Legst du dich zu mir und wärmst mich?«

Verunsichert sah er sie an, ehe er ihrer Aufforderung folgte. Er warf den staubigen Umhang achtlos zu Boden und legte sich in Reisekleidung, so wie er war, neben sie. Sie schmiegte sich mit dem Rücken an seine Brust, zog seine Arme um ihren Leib und schloss die Augen.

»Jetzt wird alles gut«, murmelte sie erneut, und Augenblicke später war sie wieder eingeschlafen.

»Was ist geschehen?«, fragte Lukas mit Nachdruck.

Er saß in der Halle und versuchte, sich über seine Gedanken klarzuwerden.

In der Kapelle hatte er neben Adelas aufgebahrtem Leichnam gekniet und das Gefühl nicht überwinden können, dass dort eine Fremde lag. Nun saß in einigem Abstand von ihm in einer Ecke Rosa, die blutjunge Amme, und wiegte seinen immer noch schlafenden neugeborenen Sohn. Vor der Halle hatte Raina auf ihn gewartet und ihm seinen Erstgeborenen gezeigt, einen blonden Lockenschopf, der fröhlich juchzend an der Hand seiner Mutter schon die ersten tapsigen Schritte wagte. Und dann hatte Raina ihm zögernd und mit gesenkten Lidern mitgeteilt, dass sie den Großknecht heiraten werde, der um sie angehalten hatte, wenn der Herr Christian es ihnen erlaube.

Nun hatte er also zwei Söhne und keine Frau. Und oben, in der Kammer, lag Marthe schwerkrank.

»Was ist geschehen?«, wiederholte er seine Frage, die niemand beantwortet hatte.

»Das Kind lag verkehrt herum … und sie ist verblutet …«, erklärte schließlich Johanna, die etwas zu essen für Marthe und Christian aus der Küche geholt hatte, nun aber nicht wagte, die Kammer zu betreten.

Also stellte sie Bier und Suppe vor Lukas ab.

»Sie ist selbst schuld«, ließ sich auf einmal eine helle, ungewohnt harte Stimme vernehmen.

Sprachlos drehten sich alle zu Clara um.

Sie waren es gewohnt, Marthes neunjährige Tochter, das Ebenbild ihrer Mutter, nicht mehr als Kind zu behandeln. Abgesehen davon, dass sie die Tochter des Burgvogtes war, wusste jeder von Christians engsten Vertrauten, dass man gut daran tat, die Worte des Mädchens ernst zu nehmen. Aber ein so harter Vorwurf, noch dazu aus dem Mund einer Neunjährigen?

»Willst du uns das erklären?«, forderte Lukas sie ungewohnt streng auf.

»Wenn Vater dabei ist. Er muss es wissen.«

Als hätte Christian ihre Worte gehört, kam er die Treppe herunter, müde und besorgt.

»Sie schläft. Bitte sieh nach ihr«, forderte er Johanna auf, die sofort nach oben huschte.

»Deine Tochter scheint einige außergewöhnliche Enthüllungen für uns zu haben«, meinte Lukas finster.

Christian musterte das Kind, an dem er insgeheim am meisten hing, mit aufmerksamem Blick. Er kannte Clara gut genug, um zu wissen, dass das, was sie nun zu sagen haben würde, nicht für andere Ohren bestimmt war. Also bedeutete er ihr, sich zu ihnen zu setzen.

Clara kletterte auf die Bank Christian und Lukas gegenüber. Die kleine Gruppe saß eng genug beieinander, um zu signalisieren, dass hier Vertrauliches besprochen würde. Gehorsam hielten Gesinde und Bewaffnete Abstand.

»Zuerst wurde Daniel schwerkrank. Dann ging dieses Sommerfieber im Dorf um«, begann Clara. »Es wütete außergewöhnlich heftig, und zu viele Menschen sind krank geworden. Mechthild und Pater Hilbert gehörten zu den ersten.«

Jetzt erst wurde Christian bewusst, dass er die Wirtschafterin und auch den Kaplan noch nicht gesehen hatte. Über seiner Sorge um Marthe hatte er das glatt vergessen.

»Sind sie am Leben?«, fragte er besorgt.

»Ja. Aber beide sind noch zu schwach, um aufzustehen. Mutter, Johanna und ich waren Tag und Nacht unterwegs zu den Kranken. Und während Pater Hilbert darniederlag und sein Amt nicht versehen konnte, predigte Pater Sebastian immer lauter, dass der Allmächtige die Krankheit über das Dorf gebracht habe, um uns alle für das gottlose Treiben hier zu strafen.«

Clara legte eine Pause ein, und Christian und Lukas begannen zu ahnen, was als Nächstes kam.

»Wir mussten ja zu seinen Messen gehen, sonst hätten wir noch mehr Aufmerksamkeit auf uns gezogen. Jedes seiner Worte, jede seiner Drohungen von ewiger Verdammnis waren auf uns und das seiner Meinung nach gottlose Treiben auf dieser Burg gemünzt. Er wusste eine Menge darüber, was hier vor sich geht. Raina hat er öffentlich als reulose Sünderin verdammt und sie dazu getrieben, den Großknecht zu heiraten, obwohl sie den nicht mag. Den Dorfschulzen hat er dazu gebracht, dass er das Hurenhaus schließen lassen will. Und ohne Mutters Namen zu nennen, predigte er immer wieder voller Hass über schamlose Weiber, die heidnischem Aberglauben nachhängen und Zauberei betreiben. Wer zu ihnen gehe, um sich helfen zu lassen, sei verdammt in alle Ewigkeit.«

Clara senkte die Stimme. »Dagegen konnten ihr auch Reinhard oder der Bergmeister nicht helfen, nicht einmal Mechthild. Mutter hat versucht, sich nicht anmerken zu lassen, wie tief sie das traf. Und als dann Adelas schwere Stunde nahte, schrie diese lauthals, sie würde ihr Kind nicht von einer Verdammten auf die Welt holen lassen.«

Clara sah den Zorn in Lukas' Gesicht und ließ mit bitterer Miene die Hände in den Schoß sinken. »Mutter wusste, dass das Kind verkehrt herum lag. Sie flehte Adela geradezu an, sich von ihr helfen zu lassen. Sie hätte es in ihrem Leib drehen können. Aber Adela hatte ihre alte Kammerfrau losgeschickt, damit die eine Wehmutter aus ihrem Dorf holte. Und Pater Sebastian persönlich schlich vor ihrer Kammer herum, um Mutter den Zugang zu verwehren. Die fremde Wehmutter hat versagt, Eure Frau ist ihr unter den Händen weg verblutet. Es tut mir leid.«

»Warum nur hat sie sich nicht von Marthe helfen lassen?«, murmelte Lukas verständnislos.

»Die Dame Adela sagte, jede sei ihr recht, um Euerm Sohn auf die Welt zu helfen, nur nicht Mutter.«

Einen Moment herrschte Schweigen zwischen den beiden Rittern und dem Mädchen.

»Mutter fühlte sich schuldig an Adelas Tod, obwohl sie nichts dafürkonnte. Sie war am Ende ihrer Kräfte durch die Seuche, zermürbt durch Pater Sebastians Angriffe – und nun das noch. Es war einfach zu viel für sie. So wurde sie zur leichten Beute für das Fieber.«

Clara verstummte, und wieder senkte sich Schweigen über die kleine Runde.

Ein halbes Jahr habe ich sie allein gelassen, warf sich Christian vor. Nicht weil ich wollte, sondern weil ich es musste. Habe ich ihr zu viel zugemutet, ihre Kräfte überschätzt? Über all dem, was sie in den letzten Jahren gewagt und geschafft hat, habe ich vergessen, wie zerbrechlich sie in Wirklichkeit ist.

Dem Ansturm von Arbeit allein hätte Marthe standgehalten, dessen war er sich sicher. Doch den hinterhältigen Angriffen Sebastians, dem zermürbenden Geisteskrieg und der über allem schwebenden Drohung des Todesurteils war sie nicht gewachsen. Davor hatte niemand von seinen Freunden sie schützen können.

Er fing Lukas' Blick auf und ahnte, woran der Freund dachte: an einen Streit vor Jahren, damals, als er Marthe, todkrank und durch Folter und Gefangenschaft vor Entsetzen verstummt, nach Hause gebracht hatte. Sie haben ihren Lebenswillen zerstört, fürchtete er lange Zeit, doch Lukas hatte ihm leidenschaftlich widersprochen.

»Du hattest damals doch recht«, murmelte Lukas nun. »Sosehr sie sich auch bemüht hat, es sich nicht anmerken zu lassen – etwas haben sie in ihr zerbrochen.«

Wie hatte er auch denken können, sie würde das Durchlittene je vergessen?, warf sich Lukas vor. Wie stark mochte in ihr die Furcht gewachsen sein, letztlich doch auf dem Scheiterhaufen zu enden? Er hatte geglaubt, sie nach all den Jahren zu kennen wie sonst nur Christian, doch er hatte sich täuschen lassen. Ihre Stärke, ihre Gelassenheit waren nur gespielt.

Denn wer Angst zeigte, war verloren in dieser Welt.

»Ich muss dich doch nicht ermahnen, mit niemandem sonst darüber zu reden?«, sagte Christian nach einem Moment beklommenen Schweigens zu seiner Tochter.

Clara verkniff sich gerade noch im letzten Augenblick ein verächtliches Schnauben. Was dachte ihr Vater von ihr? Doch sie verzog keine Miene, sondern nickte nur. »Natürlich nicht. Soll ich jetzt nach Daniel suchen lassen? Er und der ehrwürdige Friedmar sind bestimmt gleich zurück.«

Als ihr Vater zugestimmt hatte, lief sie davon.

»Du wirst einmal gut auf sie aufpassen müssen«, meinte Lukas düster, während er ihr nachsah. »Sonst erleidet sie Ähnliches wie ihre Mutter – oder noch Schlimmeres.«

Christian antwortete nicht darauf; er wusste es ohnehin. Er winkte eine der Mägde herbei, die in respektvollem Abstand am Eingang zur Halle auf seine Befehle warteten.

»Wer kümmert sich um das Begräbnis der Dame Adela?«

»Waltrud, solange Mechthild noch nicht wieder richtig auf den Beinen ist. Eure Gemahlin bat sie, derweil ihre Arbeit zu übernehmen.«

»Schick sie her.«

Christian besprach mit der Witwe die Vorbereitungen für das Totenmahl. Zu seiner und Lukas' Verärgerung würde Pater Sebastian die Totenmesse feiern, denn Hilbert lag immer noch darnieder, unfähig, das Krankenbett zu verlassen.

»Ich werde zu Sebastian gehen und ihm versprechen, ein Altarkreuz zu stiften aus Dankbarkeit für unsere gesunde Wiederkehr aus dem Krieg«, verkündete Christian.

Lukas blickte fassungslos auf. »Nach allem, was er uns und vor allem Marthe angetan hat, willst du ihm noch dein ganzes Geld in den Rachen werfen?!«

»Nicht ihm, sondern Gott will ich es geben«, rügte Christian mit zusammengezogenen Augenbrauen den Freund.

Dann entspannte sich seine Miene.

»Natürlich hast du recht. Ich will ihn kaufen, um ehrlich zu sein. Einen anderen Weg gibt es nicht. Das Kreuz wird er wollen, und dafür muss er sich mit seinen Hasstiraden zurückhalten. Oder willst du, dass er sogar Adelas Begräbnis dafür missbraucht?«

Er setzte den Becher ab, den er die ganze Zeit gehalten hatte, und erhob sich.

»Lass uns gemeinsam in der Kapelle für das Seelenheil deiner

Frau beten. Und dann sieh nach deinen Söhnen, während ich mich um Marthe kümmere.«

Lukas kam sich wirklich schlecht dabei vor, aber er empfand eher Mitleid als Trauer, als er eine Kerze für Adelas Seele anzündete. Obwohl sie ihm einen Sohn geboren hatte, war sie in seinen Augen ein dickköpfiges, dummes Kind geblieben. So hatte sie die Heirat erzwungen, und aus ebensolcher kindischen Dickköpfigkeit hatte sie selbst in der Not Marthe nicht in die Gebärkammer gelassen. Das kostete sie das Leben.

Und noch etwas hatte er zu klären. Claras Enthüllung ließ auch Rainas Worte in anderem Licht erscheinen. Also mochte sie den Großknecht nicht. Sebastians Gerede von Sünde und Verdammnis musste sie getrieben haben, in die Hochzeit einzuwilligen. Denn als sie früher nachts in seine Kammer gekommen war, schien sie der Gedanke an Sünde nicht besonders gestört zu haben.

Er würde sich den Großknecht beiseitenehmen müssen. Jedermann hier wusste, dass Christian nichts davon hielt, wenn Männer ihr angestammtes Recht beanspruchten, ihre Ehefrauen nach Herzenslust zu verprügeln. Aber er würde den Kerl trotzdem nachdrücklich ermahnen, Raina gut zu behandeln, wenn er nicht großen Ärger mit ihm bekommen wollte.

Diesmal wachte Marthe gleich auf, als Christian die Kammer betrat. Er war inzwischen gewaschen und trug frische Kleider. Mühsam lächelnd, trat er zu ihr und küsste sie auf die Stirn. »Wie geht es dir?«

»Das sollte ich fragen. Schließlich bist *du* es, der aus dem Krieg zurückkehrt«, versuchte sie mit matter Stimme einen Scherz. Er verkniff sich die Bemerkung, dass hier wohl auch ein Krieg getobt hatte, einer mit unsichtbaren, aber nicht minder gefährlichen Waffen.

»Der Krieg ist vorbei. Der Löwe ist vernichtend geschlagen. Und mit mir sind alle meine Männer gesund zurückgekehrt.«

Sie richtete sich auf, und plötzlich zog ein freudiges Leuchten über ihr Gesicht. »Ist das wahr?! Also musst du nicht mehr fort?«

Er bekräftigte seine Antwort mit einem Nicken. Die Erleichterung, eine Spur von Leben in ihren Zügen zu finden, ließ für einen Moment seine Stimme stocken.

Dann setzte er sich zu ihr ans Bett und griff nach ihrer Hand. Resigniert schloss sie die Augen und lehnte sich an ihn.

»Ich habe versagt. Ich wollte, dass du alles in bester Ordnung hier vorfindest, wenn du zurückkehrst. Stattdessen liege ich krank im Bett. Und Adela …«

Die mühsam aufrechterhaltene Beherrschtheit in ihrem Gesicht schwand; sie war kurz davor, zu weinen.

»Wie lange ist es her, dass du dich das letzte Mal krank ins Bett gelegt hast?«, fragte Christian in forschem Ton.

Abgesehen vom Wochenbett nur damals, als sie todkrank aus dem Kerker entronnen war. Doch um sie nicht daran zu erinnern, sprach er gleich weiter. »Krank zu werden, ist kein Versagen. Sonst hättest du dich damals für einen ziemlich schlimmen Versager entschieden, als wir uns in Raimunds Hütte des Wilden Mannes versteckt hielten.«

Ein wehmütiges Lächeln spielte um ihre Lippen angesichts seiner Worte und der damit verbundenen Erinnerungen.

Zwölf Jahre war es her, als sie ihn von den Folterwunden und dem brennend heißen Fieber geheilt hatte, mit dem ihn seine Freunde aus Randolfs Kerker befreit hatten. Und dann war sie nachts zu ihm gekommen, hatte sich ihm geschenkt, weil niemand wusste, ob sie den nächsten Tag überleben würden. Damals, unmittelbar vor einem Kampf auf Leben und Tod, hatte er sie gebeten, trotz aller Standesunterschiede seine Frau zu werden.

Er würde nie eine andere als Marthe wollen. Sie war außergewöhnlich: warmherzig, mutig und mit besonderen Gaben gesegnet. Doch gerade das brachte sie immer wieder in Gefahr. Er würde jederzeit sein Leben geben, um sie zu schützen, sie noch mit seinem letzten Tropfen Blut verteidigen. Wenn er sich auch ein Leben ohne Marthe nicht vorstellen konnte – sie brauchte ihn noch mehr, als Halt gegen die bösen Stürme, die sie anwehten.

Ihr wehmütiges Lächeln erlosch.

»Vielleicht hätte ich Adela retten können«, sagte sie leise. »Doch sie hat mich nicht eingelassen, weil sie mich hasste. So habe ich es nicht gewagt, mir durch Friedmar oder Reinhard Zutritt verschaffen zu lassen, an Pater Sebastian vorbei …«

An jedem anderen hätte sich Marthe vorbeigekämpft, um mit ihrer Heilkunst Leben zu retten, zur Not sogar mit Hilfe seiner Ritter; das wusste Christian. Aber nicht an Sebastian vorbei. So tief saß ihre Furcht.

»Bei dir liegt keine Schuld«, redete er auf sie ein. »*Sie* hat sich entschieden. Und dann gefiel es Gott, sie zu sich zu rufen.«

Seine Stimme wurde mit einem Mal streng. »Wage es nicht, öffentlich über Gottes Willen zu hadern! Sie könnten dir einen Strick daraus drehen.«

Sanft strich er ihr über die Wange. »Sieh zu, dass du schnell zu Kräften kommst. In ein paar Wochen sollen wir den Markgrafen zum Hoftag begleiten. Oder willst du dir etwa den Anblick entgehen lassen, wie sich der Löwe dem Kaiser reumütig zu Füßen wirft?«

Marthe blieb ausreichend Zeit, gesund zu werden bis zu jenem denkwürdigen Hoftag, an dem sich Heinrich der Löwe dem Kaiser bedingungslos unterwerfen sollte. Das von vielen mit Genugtuung, Zufriedenheit oder Häme erwartete Ereignis ließ länger auf sich warten als gedacht.

Beim Reichstag in Quedlinburg geriet der Löwe in so heftigen Streit mit Hedwigs Bruder, dem neuen Herzog von Sachsen, dass sämtliche Verhandlungen zu seiner Sache abgesetzt wurden. So wurde er aufgefordert, Mitte November in Erfurt vor dem Kaiser und den Fürsten zu erscheinen, um das Urteil entgegenzunehmen.

Wichmann, trotz seiner langjährigen Auseinandersetzungen mit dem Welfenfürsten auch ein Mann des Ausgleichs bei schwierigsten Verhandlungen, erklärte sich bereit, den Geächteten zum Hoftag zu geleiten.

Für den Meißner Markgrafen war diesmal kein Weg zu weit und kein Wetter zu widrig, um den Löwen vor dem Kaiser im Staub liegen zu sehen. Angesichts der Novemberkälte wies er an, dass der Christiansdorfer Vogt diesmal wieder gemeinsam mit seiner Gemahlin ihn, seinen Sohn und die Fürstin Hedwig nach Erfurt begleiten solle.

Also packte Marthe, körperlich wieder genesen, mit Johannas und Claras Hilfe einen großen Vorrat an Arzneien in einen Korb, um unterwegs für das Wohlergehen Ottos und das seiner Gefolgsleute zu sorgen.

Sie selbst zog ihr wärmstes Wollkleid an, auch wenn es eigentlich viel zu schlicht war für den Hof des Markgrafen, und hüllte sich in ihren dunkelsten Umhang. Sebastians hasserfüllte Angriffe hatten in ihr alte Ängste wieder so heftig aufleben lassen, dass sie sich am liebsten unsichtbar gemacht hätte.

Doch Christian erhob Einspruch gegen ihre einfache Gewandung und bestand darauf, dass sie ihre kostbarsten Kleider und den pelzverbrämten Umhang trug, den er ihr geschenkt hatte. Wortlos und mit gesenktem Kopf nahm sie seine Ermahnung entgegen. Er hatte ja recht, wenn er sagte, teure Kleider würden ihren Stand anzeigen und sie schützen. Aber wenn sie sich doch am liebsten vor aller Welt verkrochen hätte!

Markgraf Otto zeigte sich auf der Reise zum Hoftag in Erfurt ausnehmend gut gelaunt angesichts des zu erwartenden Schauspiels.

Doch Marthe wurde wieder von alten Ängsten gepackt. Mehr als Kälte und Schneeregen setzten ihr die bedrohlichen Blicke von Ekkehart, Elmar und Giselbert zu. Sie ließen in ihr den alten, fast vergessenen Alptraum wiederaufleben, der sie seit ihrem ersten Tag bei Hofe immer wieder gequält hatte: den Traum von dem Rudel wilder Bestien, die sich auf sie stürzen und sie zerreißen würden, wenn sie auch nur durch eine einzige Bewegung ihre Todesangst verriet.

In Christians Gegenwart wagten die drei Ritter, die einst über sie hergefallen waren, nicht ein Wort zu ihr zu sagen. Dies und die Ausdrücklichkeit, mit der Hedwig die bewährte Heilerin unter ihren Schutz gestellt hatte, ließen Marthe mit jedem ereignislos verstreichenden Tag etwas mehr aufatmen. Nur langsam fand sie die Kraft zurück, sich in der feindlichen höfischen Gesellschaft zu bewegen, ohne sich etwas von ihren Ängsten anmerken zu lassen.

Auf dem Hoftag Mitte November in Erfurt galt es, wichtige Dinge zu verhandeln. Hedwigs Bruder Siegfried, nunmehr Erzbischof von Bremen, erhielt vom Kaiser Stadt und Grafschaft Stade, Adolf von Holstein bekam seine einstigen Besitzungen dafür zurück, dass er auf die Seite des Kaisers gewechselt war. Landgraf Ludwig von Thüringen, befreit aus welfischer Gefangenschaft, überließ die Pfalzgrafschaft seinem Bruder Hermann.

Dieser vereinbarte außerdem eine Heirat mit Sophie, der Witwe von Ottos erst Ende August verstorbenem Bruder Heinrich von Wettin. Eine Absprache, die Otto im Kreis seiner Brüder zu der mürrisch vorgebrachten Äußerung bewegte, die mit solcher Hast wiedervermählte Witwe möge im Bett ihr Bestes tun, um die Thüringer dem Hause Wettin gewogen zu machen. Er traue Ludwig nach wie vor nicht über den Weg.

Auch wenn vermögende Witwen zumeist schnell wiederverheiratet wurden – schließlich galt es, Besitzungen zu erhalten und neue Bündnisse zu schließen –, brachte ihm seine taktlose Bemerkung einen strafenden Blick Hedwigs ein.

Doch selbst diese zu jedem anderen Zeitpunkt als wichtig erachteten Neuigkeiten bewegten die meisten der angereisten Fürsten nur wenig.

Sie wollten nichts dringender sehen als den gefallenen Welfenfürsten im Staub zu Füßen des Kaisers.

Da! Otto krallte seine Hand so heftig in Hedwigs Arm, dass sie nur mit Mühe einen Aufschrei unterdrücken konnte. Der Skandal wäre perfekt gewesen!

Sie stieß mit dem malträtierten Arm Otto leicht in die Seite, der so erst seine unwillkürliche Reaktion bemerkte und den Griff lockerte.

Hedwig warf einen heimlichen Blick auf Dietrich, ihren Geliebten, der zwischen Otto und Dedo stand, dann stellte sie sich leicht auf die Zehenspitzen, um in der dichtgedrängten Menge der Fürsten sehen zu können, was nun geschah.

Geleitet von Wichmann, durchschritt der Löwe den großen Saal, während er die Augen aller Anwesenden auf sich gerichtet wusste.

In deutlich größerem Abstand, als er früher dem Kaiser, seinem Vetter, seine Aufwartung gemacht hatte, blieb er stehen und verharrte, ohne den Blick von Friedrich abzuwenden.

Mancher meinte zu sehen, dass Wichmann ihm sogar einen kleinen Stoß gab, andere behaupteten, er habe dem Gefallenen lediglich zur Ermutigung die Hand auf die Schulter gelegt.

Zögernd trat Heinrich einen Schritt vor und kniete nieder. Schon diese Geste fiel ihm sichtlich schwer, und das nicht nur, weil er die fünfzig überschritten hatte.

Totenstille herrschte in der prunkvollen Halle.

Kaiser und Kaiserin sahen wortlos und mit ausdruckslosen Mienen auf den einstigen Herzog, der vor ihnen kniete.

Endlich schien Heinrich zu begreifen, dass ein Kniefall nicht genügte.

War es das Ächzen eines alten Mannes oder ein verzweifeltes Stöhnen, das er von sich gab, als er den Rücken krümmte und sich dem Kaiser zu Füßen warf?

Friedrich zeigte immer noch keinerlei Regung.

Endlich erhob er sich und ging drei Schritte auf den Gefallenen zu. »Steht auf, Vetter!«

Er reichte dem Löwen sogar die Hand, um ihm aufzuhelfen, und umarmte ihn zum Friedenskuss. Dann wischte er sich mit dem Ärmel seines prachtvollen Umhangs über die Augen.

Immer noch war kein Wort in der Halle gefallen. Die meisten Fürsten blickten finster – manche angesichts der Taten des in

Ungnade Gefallenen, andere wegen der versöhnlichen Haltung des Kaisers, weil sie Heinrich den Friedenskuss nicht gönnten. In den Vorverhandlungen hatte der Kaiser dafür plädiert, dem Reumütigen wenigstens einen Teil seiner Besitztümer zurückzugeben. Doch die Fürsten waren unerbittlich gewesen und beriefen sich darauf, dass der Kaiser ihnen in Würzburg einen Eid geleistet hatte, den Löwen ohne ihre Zustimmung nie wieder in seine früheren Ehren einzusetzen. Nun pochten sie darauf, dass der Welfe alle Titel, Lehen und Eigengüter verlieren müsse.

Mit Mühe hatte Friedrich wenigstens ihre Zustimmung dazu erwirken können, dem in Ungnade Gefallenen Braunschweig und Lüneburg zu überlassen. Die Bedingung dafür war Verbannung.

»Ihr werdet das Reich verlassen und es nur mit meiner ausdrücklichen Erlaubnis wieder betreten«, verkündete der Kaiser den Beschluss des Fürstengerichts.

Heinrichs versteinerte Gesichtszüge erblassten. Hatte er damit gerechnet, dass sein Vetter das Urteil noch abwenden konnte?

»Wie Ihr wünscht, mein Kaiser«, sagte er schließlich. Sein Atem ging stoßweise wie nach einem schnellen Marsch.

»Ich muss Euch einen Eid darauf abverlangen«, beharrte der Kaiser.

Heinrich zuckte zusammen. Die Demütigung war zu groß. Wieder griff Wichmann als Vermittler ein.

Unaufgefordert trat er vor und hielt Heinrich ein goldenes Kreuz hin. Was er dabei flüsterte, konnte niemand außer seinem Gegenüber verstehen.

Der gestürzte Herzog legte seine rechte Hand auf das Kreuz und sagte mit gepresster Stimme: »Mein Kaiser! Vor Gott, vor Euch und den in dieser Halle versammelten Fürsten schwöre ich, das Land nicht wieder zu betreten, bevor es Euer Wunsch und Befehl ist.«

»Ich gewähre Euch eine Frist bis zum fünfundzwanzigsten Juli des nächsten Jahres, Eure Angelegenheiten zu regeln. Danach habt Ihr das Land auf drei Jahre zu verlassen«, verkündete der Kaiser.

Mit einem knappen Nicken nahm der einst so stolze Herzog von Sachsen und Bayern den Befehl entgegen. Dann stützte er sich auf Wichmanns angebotenen Arm und ließ sich aus dem Saal geleiten.

Raunen und Wispern begleiteten seinen Abgang. Heinrich tat, als würde er von alledem und von den gehässigen und triumphierenden Blicken nichts bemerken, doch die vorangegangene Demütigung hatte seinen Stolz und seine Beherrschung aufgezehrt. Beinahe wäre er kurz vor der Tür gestolpert. Aus den hinteren Reihen war ein unterdrücktes Lachen zu vernehmen.

»Ich finde, so hätte er noch eine Weile liegen bleiben können«, raunte der Meißner Markgraf, der mit Hedwig zwischen seinen Brüdern stand.

»Und sollte ihm je ein Denkmal gesetzt werden, dann dieses – im Staub zu Füßen des Kaisers«, fügte Dedo nicht weniger gehässig an.

»Ihr vergesst beide, bei allen seinen Fehlern, seiner Selbstüberschätzung, seiner Habgier und seinem Hochmut – er war ein großer Fürst«, ermahnte Dietrich leise. »Ein tapferer Mann, ein gefürchteter Kämpfer, ein kluger Förderer der Städte und der Besiedlung Ostelbiens.«

Verwundert starrte Otto seinen Bruder an. Schließlich war Dietrich derjenige aus dem Hause Wettin, der die meisten Gründe hatte, den Welfen zu verabscheuen.

Doch schon erhob der Kaiser erneut seine Stimme.

»Wir, Kaiser von Gottes Gnaden, bestätigen Bernhard von Anhalt als Herzog von Sachsen. In unserer Güte lösen Wir Braunschweig und Lüneburg aus Unserer Acht, obwohl sie einem Geächteten statt ihrem Kaiser die Treue gehalten haben. Und jeder der hier versammelten Fürsten möge Uns jetzt und hier einen feierlichen Eid leisten, von nun an Waffenruhe zu halten. Tretet einzeln vor und schwört, damit endlich Friede herrsche im Reich!«

Wie alle, die bei jener geschichtsträchtigen Zusammenkunft nicht dabei sein durften, weil sie nur den höchsten Edlen des Reiches vorbehalten war, diskutierten an diesem Abend auch Marthe und Christian mit ihren Freunden ausgiebig, was sich von der Fürstenversammlung in Windeseile herumgesprochen hatte. Zusammen mit Lukas, Raimund und Elisabeth saßen sie in der winzigen Gästekammer, die Marthe und Christian als Quartier diente, um das endgültige Ende des Krieges zu feiern. Gerade hatte sich noch Christians einstiger Knappe Dietrich zu ihnen gesellt, der mit Neuigkeiten aus erster Hand aufwarten konnte.

»Hat der Kaiser tatsächlich geweint?«, fragte Marthe ihn zweifelnd. Zu diesem Detail schwirrten widersprüchliche Gerüchte durch Erfurt.

»Er wischte sich mit dem Ärmel über die Augen«, berichtete Dietrich.

Raimund grinste. »Eine wohldurchdachte Geste. Niemand wird behaupten können, er hätte den Kaiser weinen sehen, aber auch für das Gegenteil gibt es keinen klaren Beweis.«

»Solche Gesten sind wochen- und monatelang vorher abgesprochen und in langwierigen Verhandlungen ausgehandelt«, versicherte Lukas Marthe. »Der Löwe wirft sich ihm zu Füßen, und der Kaiser hebt ihn unter Tränen wieder auf. Nur, was die beiden daraus gemacht haben, war wohl ein besonderes Schauspiel. Eines, von dem die Menschen vielleicht noch in hundert Jahren berichten werden – und jeder wird etwas anderes erzählen.«

»Sollen sie! Für mich zählt nur eines: Endlich ist Frieden!« Christian hob seinen Becher. »Auf ruhigere, auf glückliche Zeiten!«

Die anderen taten es ihm gleich und tranken ihm zu.

Marthe erwiderte Christians Lächeln und rutschte ein winziges Stückchen näher an ihn heran, während er mit seiner linken Hand verstohlen zärtlich über ihren Nacken fuhr.

Sie erkannte an seinem Gesicht, dass er schon Pläne machte – nicht nur für diese Nacht, sondern für sein Dorf, das nun im Frieden gedeihen sollte.

Jetzt, da der Krieg zu Ende ist, muss er vielleicht nicht mehr so lange fort, dachte sie und versuchte, ihre tiefsitzenden Ängste zu begraben, wie lange ihnen wohl noch gemeinsames Glück beschieden sei.

Doch merkwürdigerweise fiel ihr ausgerechnet in diesem Moment ein Ausspruch ein, den Christians alte Ziehmutter einmal geäußert hatte: Seit wann ist es je dort ruhig gewesen, wo du auftauchst?

In dieser Nacht liebte Christian sie mit einer Leidenschaft, die unerschöpflich schien. Es war schon kurz vor dem Morgengrauen, als sie endlich zum Schlafen kamen.

Nicht für lange. Denn gleich nach der Frühmesse ließ der Meißner Markgraf den Christiansdorfer Vogt und dessen Gemahlin zu sich rufen.

»Es ist vollendet. Der Löwe muss in die Verbannung«, verkündete er mit seiner weittragenden Stimme. »Jetzt werden neue Verhältnisse im Land einziehen. Die Schachfiguren werden neu aufgestellt. Christian, richtet alle Kraft auf den Bergbau! Schafft mir Silber! Und dann zieht aus und holt Juden nach Christiansdorf, die Handel in ferne Länder betreiben. Sie sollen Geschmeide, Seide, kostbare Gewürze und edle Duftwässer für meinen Hof herbeibringen! Meine Gemahlin will ich mit feinsten Gewändern schmücken, schön wie eine Kaiserin! Wenn ich schon nicht der mächtigste Fürst im Kaiserreich bin, so will ich wenigstens der reichste Fürst sein.«

VIERTER TEIL

Das Blutopfer

Pfingsten 1184 in Mainz

Sprachlos vor Staunen, schlenderte Marthe an Christians
Seite über die Wiesen der Maaraue am Rhein. Obwohl genau genommen von Schlendern in diesem Gewimmel kaum
die Rede sein konnte.

Zu Tausenden drängten sich die prächtig gekleideten Menschen auf der Ebene zwischen Mainz und dem Palast von Ingelheim, wo der Kaiser am Rheinufer eine ganze hölzerne
Stadt hatte errichten lassen, sogar mit einem Kaiserpalast und
einer Kathedrale.

Menschen schoben sich aneinander vorbei, linker und rechter
Hand bahnten Bewaffnete mit lautem Rufen den Weg für ihre
hohen Herren, und wer nicht so prachtvoll gekleidet war, dass
er schon von weitem als jemand von vornehmem Stand zu erkennen war, musste damit rechnen, mit einem rüden Schubs
beiseitegedrängt zu werden.

Ein solches Fest hatte die Menschheit noch nicht gesehen.

Der Kaiser hatte die Großen seines Reiches und die Könige
der christlichen Welt eingeladen, um mit ihnen die Schwertleite seiner Söhne Heinrich und Friedrich zu feiern.

Fast alle Fürsten des Kaiserreiches – ob weltlich oder geist-
lich – waren gekommen, hohe Gäste aus vielen Ländern, alles, was Rang und Namen hatte. Sie trugen Gewänder aus

kostbarster morgenländischer Seide, mit teuren Pelzen verbrämt und mit Edelsteinen geschmückt, ihre Zelte waren mit farbenprächtigen Stickereien und goldenen Fäden verziert.

Vierzigtausend Ritter sollen angereist sein, hieß es; mancher behauptete sogar, es seien siebzigtausend. Angesehene Dichter und Sänger erfreuten die Herbeigereisten mit ihrer Kunst und wurden dafür mit prachtvollen Gewändern, Gold und Silber belohnt.

Und während die ranghöchsten Gäste im Palast gemeinsam mit dem Kaiser tafelten, waren für die Ritter Hunderte Tische am Rheinufer aufgestellt, die sich zum Festmahl beinahe bogen von der Menge üppiger Speisen: mit erlesenen Spezereien gewürztes Wildbret, Unmengen an Rind und Schaf, Schwein und Geflügel, fremdartige Früchte aus fernen Ländern, die Marthe noch nie zuvor gesehen, geschweige denn gekostet hatte.

Von den Kochstellen am Rand des Festgeländes drangen schon wieder dichte Rauchwolken zu ihnen herüber und überdeckten alle anderen Gerüche. Dort wurde in gewaltigen Kesseln die nächste Mahlzeit vorbereitet; wahrscheinlich das Essen für die Dienerschaft.

Mit ihrem Sinn fürs Praktische versuchte sich Marthe auszumalen, wie viel Aufwand es wohl bedeuten musste, ausreichend Fleisch und Wein, Korn und Bier zusammenzukaufen und herzuschaffen, um solch eine gewaltige Zahl von Menschen zu beköstigen. Denn mit den Fürsten und Rittern waren auch noch unzählige Knappen und Bedienstete gekommen. Gerade legte wieder ein Schleppkahn am Ufer an, und unter lauten Rufen rollten Männer Fässer auf die Wiese oder hievten sich schwere Schweinehälften über die Schulter, um sie zu den Vorratszelten der Küchenmeister zu schleppen.

Da und dort begrüßte jemand Christian im Vorbeigehen; er erwiderte den Gruß, ohne sich länger aufzuhalten.

In der Hoffnung, dass es in dem Gedränge unbemerkt blieb, schmiegte sich Marthe für einen Moment etwas enger an ihn, als die Etikette erlaubte. Er lächelte kaum erkennbar in sich hinein und hauchte einen Kuss auf ihre Schläfe.

Soweit es in der Menschenmenge möglich war, steuerten sie geradewegs auf ihr Ziel zu. Ein guter Bekannter aus früheren Tagen, der Sänger Ludmillus, hatte ihnen die Nachricht zukommen lassen, er würde nach dem Festmahl, wo er im Kaiserpalast für die Unterhaltung der Gäste zu sorgen hatte, unter freiem Himmel auftreten, und ihnen eine ungefähre Beschreibung des Ortes gegeben.

Er war nicht zu verfehlen. Der begnadete Spielmann musste auf einem Fass oder etwas Ähnlichem stehen, denn sein Kopf ragte aus der Zuschauermenge heraus, die ihn umringte. Gerade gab er wohl ein paar Scherze zum Besten, denn die Menschen um ihn herum brachen immer wieder in fröhliches Gelächter aus.

Nun entdeckte er sie und rief seinem Publikum zu: »Holde Damen! Edle Herren! Jetzt erfahrt von mir aus erster Hand von der großen Herrlichkeit, mit der heute Morgen vor unserem Herrn Kaiser und seiner schönen Gemahlin Beatrix von Burgund der Pfingstgottesdienst gefeiert worden ist! Doch bevor ich meinen Gesang beginne, macht Platz für jenen tapferen Ritter dort und seine Dame!«

Schwungvoll wies er auf Marthe und Christian, für die nun tatsächlich jeder bereitwillig beiseiterückte, bis sie in der vordersten Reihe zu stehen kamen.

Niemand von den Zuschauern konnte wissen, dass der Spielmann die beiden nach vorn bat, weil er ihnen seit vielen Jahren und durch gemeinsam überstandene Gefahren verbunden war.

Die anderen hielten sie anhand ihrer Kleider einfach für zwei besonders vornehme Gäste, denen allein aus diesem Grund zweifelsfrei die besten Plätze zustanden.

Otto hatte Unsummen Silbers ausgegeben, um bei dem Fest mit seinem Gefolge besonders eindrucksvoll aufzutreten. Allen seinen Rittern hatte er aus diesem Anlass prachtvolle Bliauts fertigen lassen; Christian noch dazu aus Dankbarkeit für dessen Verdienste ein aufwendig gearbeitetes Schwertgehänge. Marthe hingegen hatte von Hedwig ein so prächtiges Kleid bekommen, wie sie noch nie eines besessen hatte: in leuchtendem Krapprot und mit üppigen Stickereien, nach neuester burgundischer Mode eng geschnürt in der Taille, aber mit weit ausladendem, weich fallendem Rock und Ärmeln, deren Enden fast bis zum Boden reichten.

Ludmillus grüßte seine Gönner mit einer tiefen Verbeugung.

»Willkommen, edler Herr! Und Ihr, meine Sonne!«

Marthe musste lächeln, denn so hatte Ludmillus sie einst bei ihrer ersten Begegnung genannt, als sie mit dem Siedlerzug in die Mark Meißen unterwegs waren und sie barfuß, zerlumpt und abgekämpft von den Strapazen des Weges ihn zum ersten Mal singen hörte.

»Ich sollte zuerst Eurer schönen Dame ein Minnelied dichten. Doch vergebt mir, hoher Herr – all diese Menschen warten auf Neuigkeiten vom Fest! Wenn Ihr bereit seid, Euch zu gedulden, bis ich vom Glanz des Kaisers und der Kaiserin berichtet habe, werde ich Euch entschädigen, indem ich gleich zwei Lieder für die schöne Dame an Eurer Seite singe.«

Mit auffordernder Geste ging Christian auf den Vorschlag des Spielmanns ein. Er wusste, dass Marthe vor Verlegenheit am liebsten im Boden versinken würde, wenn Ludmillus hier ein Minnelied auf sie anstimmte; selbst wenn diese Lieder zumeist so allgemein gehalten waren, dass der eifrige Sänger nur die

512

Haar- und Augenfarbe der Dame seines Gönners einfügen musste, um ihr zu schmeicheln.

Und natürlich wollten auch sie Einzelheiten von den Geschehnissen des Vormittags hören – woher immer der Spielmann sie haben mochte. In der hölzernen Kathedrale war es so voll gewesen, dass sie so gut wie nichts hatten sehen können, denn die vorderen Plätze waren den vielen Fürsten vorbehalten, und diese und ihre Frauen hatten den Raum schon fast gefüllt.

Ludmillus griff nach der Laute und begann zu singen.

Wie jedes Mal zog seine unverwechselbare, volltönende Stimme die Zuschauer sofort in den Bann. In gesungenen Versen beschrieb er die prachtvollen Gewänder von Kaiser und Kaiserin, die Feierlichkeit, mit der Graf Balduin von Hennegau, der an diesem Tag zum Reichsfürsten erhoben wurde, das Reichsschwert dem Kaiserpaar vorantrug, und die festliche Krönung des Kaisers.

Marthe wunderte sich nicht zum ersten Mal darüber, wie schnell es der Spielmann verstand, gerade erst Geschehenes in wohlklingende Verse umzusetzen. Zum Schluss des Liedes schilderte er, wie eine hölzerne weiße Taube aus dem Heilig-Geist-Loch des Kirchengewölbes herabschwebte. Er ließ den letzten Ton verklingen, schob rasch die Laute, die er an einem Band um den Hals trug, nach hinten, formte aus den Händen eine flatternde Taube und ließ sie gurrend davonfliegen.

Die Zuschauer staunten, lachten und applaudierten begeistert.

Jetzt erst entdeckte Marthe Ludmillus' Frau, die jener vor Jahren in Eisenach kennengelernt hatte, als er zusammen mit Lukas aufgebrochen war, um den totgesagten, aber in einem Verlies gefangen gehaltenen Christian zu suchen und zu befreien.

Die junge Frau ging mit einer Filzkappe herum und sammelte Pfennige und Hälflinge von den Zuhörern ein, von denen die meisten freigiebig spendeten. Christian legte einen Ring hinein, nicht nur aus Begeisterung für den Vortrag. Neben ihr begannen nun zwei Burschen von vielleicht sechs und acht Jahren, die unverkennbar Ludmillus' Gesichtszüge trugen, geschickt mit bunten Bällen zu jonglieren.

Der Spielmann wollte nach einer tiefen Verbeugung von seinem Fass herunterklettern und die Vorstellung beenden, da erinnerten ihn die Zuschauer an sein Versprechen, ein Liebeslied zu Ehren jener Dame im krapproten Kleid vorzutragen.

Peinlich berührt, sah Marthe zu Christian, doch der warf ihr einen belustigten Blick zu. »Eine Dame sollte dergleichen huldvoll über sich ergehen lassen«, raunte er.

Marthe fand diesen Hinweis nicht besonders hilfreich. Wie blickt man huldvoll?, fragte sie sich. Dann rief sie sich ein paar der Hofdamen aus Hedwigs Gefolge in Erinnerung, drückte den Rücken durch und sah, so gelassen es ging, in die Runde.

Doch Ludmillus kannte sie zu gut. Statt sie in Verlegenheit zu bringen, spielte er ein einfaches, aber sehr bekanntes Liebeslied, anrührend und einprägsam zugleich.

Noch während die Zuhörer applaudierten, sprang er vom Fass.

»Die Vorstellung ist beendet, edles Publikum«, rief er. »Das zweite versprochene Lied muss ich meinem vornehmen Gönner und seiner Schönen privat vortragen. Ihr versteht?«

Noch ehe sich die Zuschauer in zweideutigen Bemerkungen verlieren konnten, kündigte er an: »Morgen vor Einbruch der Dämmerung findet Ihr mich wieder hier!«

Dann ging er auf Christian und Marthe zu und verneigte sich tief vor ihnen, diesmal ohne das Gehabe, das er bei seinen Auftritten an den Tag legte.

»Ein wunderbarer gesungener Bericht. Aber ich habe deine Spötteleien vermisst«, begrüßte ihn Christian.

»Die sind hier und vor diesem Publikum auch nicht angebracht«, entgegnete Ludmillus lachend.

Dann setzte er eine ungewohnt nachdenkliche Miene auf.

»Mir wurde angeboten, mit dem Hof des Kaisers zu ziehen. So verlockend das klingt – ich glaube, immer nur Lobgesänge ... das ist nichts für mich.«

»Komm mit uns zu unserem Zelt«, schlug Christian vor. »Lukas wird sich freuen, dich zu sehen.«

»Ich schulde Euch ja auch noch ein Lied«, entgegnete Ludmillus verschmitzt. »Wie geht es dem Herrn Lukas? Und was ist inzwischen aus Euerm Dorf geworden? Oder ist es nun gar schon eine Stadt?«

Das Interesse des Spielmanns war echt. Schließlich hatte er einige Zeit in Christiansdorf gelebt, als Schreiber in Christians Diensten, in der düstersten Phase seines Lebens, als er durch einen grausamen Mord seine erste Frau und sein Töchterchen und damit jeden Lebensmut verloren hatte.

»Du würdest das Dorf kaum wiedererkennen«, berichtete sein ehemaliger Dienstherr und beantwortete damit indirekt gleich Ludmillus' letzte Frage. Obwohl Otto daran gelegen war, Städte zu gründen, hatte er für Christiansdorf vorerst keine Eile damit. Der Ort wuchs auch so atemberaubend schnell und brachte ihm ein Vermögen ein, ohne dass er den Bewohnern zusätzliche Rechte einräumen musste. Und Josef und seine Anhängerschaft zeigten nach wie vor keine Bereitschaft, sich um Rechte zu bemühen, die ihnen auch zusätzliche Pflichten eintrugen.

»Die Gruben erstrecken sich nun schon mehrere Meilen um das Dorf herum bis in die Nachbardörfer«, erzählte Christian.

»Die Burg ist fertiggebaut samt der Münze, die ersten Straßen im Kaufmannsviertel sind mit Holzbohlen belegt wie in einer Stadt, sogar ein kleines Judenviertel haben wir bereits. Von Christiansdorf aus wird nun im Auftrag des Markgrafen gehandelt bis ins Heilige Land.«

Durch die Handelsreisen der Juden, die Christian hatte gewinnen können, sich in seinem Dorf niederzulassen, war Otto auch zu den kostbaren Stoffen und Farben gekommen, mit denen er seinen Hofstaat zu diesem Fest hatte schmücken lassen. Ausschließlich jüdische Kaufleute betrieben Fernhandel bis in die nur unter beträchtlichen Gefahren zu bereisenden Länder weit im Süden.

Marthe sann derweil darüber nach, wie sie die Frage nach Lukas' Befinden beantworten sollte. Der Freund hatte nach Adelas Tod keinerlei Bemühungen unternommen, sich eine neue Frau zu suchen, und das bestimmt nicht aus Trauer um die Verstorbene. Seine Söhne ließ er gemeinsam von der Amme aufziehen, beäugte misstrauisch, ob der Großknecht Raina gut behandelte, und gehörte nun wieder regelmäßig zu den Gästen des Hurenhauses.

Das hatte doch nicht schließen müssen, nachdem Christian Pater Sebastian eindrücklich klargemacht hatte, ein solches Haus sei vonnöten, damit die Ledigen und Witwer nicht in Versuchung gerieten, ehrbare Frauen zu verführen oder gar über sie herzufallen.

Als hätte Ludmillus Marthes Gedanken erraten, fragte er: »Wacht dieser Sebastian immer noch darüber, dass es nicht die geringste freudige Regung im Dorf gibt, vom sündigen Tanz und Gesang ganz zu schweigen?«

Das hatte den begabten Spielmann auch dazu getrieben, den Dienst bei Christian zu quittieren und aus dem Dorf wegzuziehen, nachdem er wieder zu singen begonnen hatte. Er wollte weder selbst mehr Ärger als üblich bekommen noch Marthe und Christian welchen bereiten, in deren Lohn und Brot er schließlich gestanden hatte.

Doch Christian kam nicht dazu, ihm zu antworten.

Jemand trat ihnen in den Weg, und als Marthe den Mann erkannte, war ihr, als griffe eine eisige Hand nach ihrem Herzen und zerquetschte es. Christian schob seine Frau mit einer blitzschnellen Bewegung hinter sich.

Vor ihm stand Wulfhart – der Herr des Dorfes, aus dem Marthe einst fliehen musste. Der Mann, der ihr zur Strafe dafür, dass seine Frau ein totes Kind geboren hatte, Hände und Füße abhacken lassen wollte.

Das war mehr als ihr halbes Menschenleben her. Sich Christians Siedlerzug anzuschließen, blieb ihr an jenem schrecklichen Tag als einzige Aussicht auf Rettung. Und später bewahrten Christian, Raimund und Lukas sie im letzten Augenblick vor dem grauenvollen Schicksal, das der Burgherr für sie bestimmt hatte, als sie zweien seiner Reitknechte in die Hände gefallen war.

In den Jahren seit Marthes Flucht aus dem fränkischen Heimatdorf war ihr einstiger Herr fett geworden. Sein Gesicht wirkte aufgedunsen, die Augen gerötet, und auch jetzt schien er dem Wein mehr zugesprochen zu haben, als ihm guttat.

Sie konnte nur hoffen, dass Wulfhart zu betrunken war, um sie wiederzuerkennen, noch dazu, da sie jetzt, in ein teures Kleid gehüllt, an der Seite eines Ritters ging und ihr Haar bedeckt war.

»Ich kenne Euch«, meinte Wulfhart zu Christian, und seiner Miene war zu entnehmen, dass er überlegte, wo er das ihm vage vertraute Gesicht einordnen sollte. Dann sah er triumphierend auf. »Wart Ihr nicht jener Ritter, der einst mit ein paar von meinen Bauerntölpeln in eine der östlichen Marken gezogen ist?«

»Der bin ich«, antwortete Christian höflich und gelassen. »Ich hoffe, Ihr seid wohlauf.«

»Und ich dachte damals, Ihr würdet unterwegs verhungern«, antwortete Wulfhart mit schwerer Zunge. »Aber anscheinend« – er ließ seine verquollenen Augen über Christians Kleidung und sein gutes Schwert wandern – »habt Ihr es inzwischen weit gebracht.«

Nun richtete er seinen Blick nachdenklich auf Marthe, die Mühe hatte, nichts von ihrer Angst zu zeigen.

»Kann es sein, dass mir Euer Weib schon einmal begegnet ist?«

»Es ist ganz und gar unmöglich, dass Ihr diese Dame je gesehen habt«, erwiderte Christian gelassen, und Marthe bewunderte die Schlagfertigkeit, mit der er die gefährliche Frage beantwortet hatte, ohne zu lügen. Als Dame war sie Wulfhart wirklich noch nie begegnet.

Misstrauisch warf er noch einmal einen Blick auf sie, aber die vornehm gekleidete Edelfreie konnte er nicht mit dem zerlumpten mageren Ding in Verbindung bringen, das er vor mehr als fünfzehn Jahren hatte verfolgen lassen, um sie zu töten. Nachträglich war sie froh, heute statt Schleier und Reif ein Gebende zu tragen, das ihr Haar vollständig verbarg.

Christian verneigte sich wortlos und wandte sich dann ab, um Marthe mit sich ziehen zu können.

Sie glaubte bei jedem Schritt, die Knie würden ihr den Dienst versagen. Vielleicht würde Wulfhart ihnen nachgerannt kommen, weil ihm doch noch klargeworden war, wen er da wiedergetroffen hatte? Oder würde er seine Häscher hinter ihr herhetzen? Die unverhoffte Begegnung mit dem grausamen Burgherrn aus ihrem früheren Leben wühlte Marthe auf. Obwohl sie Christian an ihrer Seite wusste, war die Angst vor Wulfhart und seinem Schreckensurteil plötzlich wieder übermächtig.

Mit einem Mal hatte sie keine Augen mehr für all die Pracht rings um sie herum. Stattdessen wuchs in ihr die Furcht, etwas Schreckliches würde hier geschehen.

Sie umklammerte Christians Arm fester. Beruhigend legte er seine Hand über ihre.

Ludmillus hatte instinktiv erfasst, was gerade geschehen war, und schwieg. Christian führte ihn und Marthe zu dem Zelt, in dem er und seine Frau, die beiden inzwischen neunzehnjährigen Knappen Georg und David sowie Lukas und Reinhard untergebracht waren. Die Ritter und Knappen hatten es sich davor um ein Feuer gemütlich gemacht und erzählten sich gegenseitig, was sie an diesem Tag gesehen und erlebt hatten. Die Menschenmengen und die ungeheure Pracht dieses Festes boten schier unerschöpflichen Gesprächsstoff.

»Hier, ich bringe einen alten Bekannten, der euch noch mehr berichten kann«, sagte Christian, als er ans Feuer trat.

Begeistert begrüßten die Männer den Spielmann, den sie alle kannten, und drängten ihn, zu erzählen.

Bevor Ludmillus begann, schickte Christian David los, um Raimund und dessen Frau Elisabeth zu suchen, während er Georg Wein holen ließ.

Endlich war die Runde komplett, jeder hatte seinen Becher und wartete gespannt auf Ludmillus' Vortrag.

Auf Christians Bitte begann der Sänger noch einmal mit seinem gesungenen Bericht über die feierliche Messe am Morgen. Nachdem er unter dem Beifall der Zuschauer die Taube hatte flattern lassen, sah er prüfend in die Runde, ob er wirklich jedem der hier Sitzenden vertrauen konnte, und fügte ein zweites Lied an – diesmal mit der altbekannten Spottlust über das Festmahl im Palast. Denn wie Ludmillus singend und spielend berichtete, hatte es dabei allerhand Gezänk gegeben unter den

Fürsten, von denen mehrere fanden, ihnen stünde ein besserer Platz an der Tafel zu.

Vor allem der Erzbischof von Köln hatte schon wieder für Streit gesorgt und sogar mit sofortiger Abreise gedroht, weil er sich nicht angemessen behandelt fühlte. Eintausendsiebenhundert Ritter hatte Philipp zum Hoffest nach Mainz mitgebracht – so viele wie Landgraf Ludwig von Thüringen und der Herzog von Sachsen zusammen, was diese wiederum verärgerte.

»Das war nun wirklich nicht zum Vortrag vor den Fürsten geeignet«, befand Lukas grinsend, als Ludmillus sein bissiges Lied über das Gezänk der eitlen Herrscher beendet hatte.

»Ja, und ich fürchte, über kurz oder lang werde ich mir am Hof des Kaisers größten Ärger einhandeln«, sagte dieser mit gespielter Schicksalsergebenheit.

Er wandte sich Christian zu, der seinen Arm im Feuerschein schützend um Marthe gelegt hatte. »Ich schulde Euch noch ein Lied, Herr!«

Dann begann er zu singen, mit sanfter, betörender Stimme: ein Lied über die Liebe eines Ritters zu seiner Geliebten, die jede Gefahr überwand.

»Sei bedankt«, sagte Christian nach einem Moment des Schweigens, als der Spielmann geendet hatte. Ludmillus verbeugte sich tief vor ihm und Marthe. Dann bat er, gehen zu dürfen, denn er werde noch zu einem Auftritt vor der Kaiserin erwartet.

»Gott schütze Euch!«, sagte er, als er sich bei seinen Gastgebern bedankte.

»Dich ebenso.«

Einen Augenblick lang herrschte Schweigen zwischen den Freunden, dann half Christian seiner Frau auf, um mit ihr zu Bett zu gehen.

Ihre Schlafgelegenheit war nur durch eine Leinwand von den Ruheplätzen der anderen abgetrennt. Ob es an Ludmillus' betörendem Lied lag oder an der düstere Erinnerungen heraufbeschwörenden Begegnung mit Wulfhart – diesmal war Christian nicht bereit, mit Rücksicht auf mögliche Zuhörer darauf zu verzichten, seine Frau in die Arme zu nehmen. Er wollte Marthe jetzt, auf der Stelle, und riss sie an sich, kaum dass sie die Leinwand hinter sich hatte fallen lassen.

Sein leidenschaftlicher Kuss überraschte Marthe, doch nur für einen winzigen Moment, dann erwiderte sie ihn. Mit ungewohnter Heftigkeit hielt er sie umklammert, ließ seine Lippen über ihre Haut gleiten, zog den Schleier von ihrem Haar und legte seine starken Hände auf ihre Brüste.

Ungeduldig versuchte Marthe, die Verschnürung ihres Kleides zu lösen. Endlich lockerte sich das Band. Bereitwillig hob sie die Arme, damit er ihr das teure krapprote Kleid über den Kopf ziehen konnte, ebenso das Unterkleid. Dann zerrte sie ihm den Bliaut vom Leib. Er bettete sie auf die Felle, die ihre Schlafstatt bildeten, küsste sie erneut und ließ seine Hände über ihren Körper wandern.

Begierig zog Marthe ihn über sich und seufzte leise vor Sehnsucht, als er in sie eindrang. Von seiner Leidenschaft ließ sie sich treiben, erstickte mit Mühe ihre Lustschreie und konnte doch am Ende, ebenso wie er, ihr Stöhnen nicht ganz unterdrücken.

Aneinandergeschmiegt lagen sie danach auf den Fellen. Christian griff nach seinem Umhang und legte ihn über sie, damit sie nicht fror. Ungeachtet des Lärmens draußen in der Zeltstadt, in der lautstark geredet, gesungen, gestritten und gepoltert wurde, schliefen sie ineinander verschlungen ein.

Am nächsten Morgen, nach der Frühmesse, fand die Schwertleite statt, die Anlass für dieses gewaltige Fest war.

Jeder der Gäste hatte sein prachtvollstes Gewand angelegt, viele Ritter erschienen in voller Rüstung, um die Zusammengehörigkeit des Standes zu demonstrieren, und auch deshalb, weil sie danach zu einem prachtvollen Reiterspiel antreten sollten, bei dem zwei gewaltige Heere geharnischter Ritter aufeinander zupreschten, allerdings ohne ihre Lanzen gegeneinander zu richten.

Das eigentliche Turnier sollte erst am nächsten Tag einige Meilen entfernt auf einem freien Feld bei Ingelheim stattfinden. Daran würde sich wegen des Eides zugunsten Konrads christlichem Begräbnis keiner der wettinischen Ritter beteiligen. Doch Christian, Lukas und viele andere von Ottos Rittern würden zum großen Umritt der Ritterschaft des Kaisers antreten. Auf das Schauspiel wartete auch Marthe schon voller Aufregung.

Von der Zeremonie, mit der der Kaiser persönlich seine Söhne Heinrich und Friedrich zu Rittern ernannte, bekam sie erwartungsgemäß angesichts der ungeheuren Menschenmengen nichts zu sehen. Nur am Jubel der Massen konnte sie erkennen, dass das festliche Ereignis wohl vollzogen war.

Die Ritter um sie herum zogen die Schwerter und stießen sie mit lauten Vivat-Rufen in die Luft, um die jungen Herrscher und nunmehrigen Ritter zu feiern. Der achtzehnjährige Heinrich war bereits König; sein ein Jahr jüngerer Bruder trug den Titel eines Herzogs von Schwaben.

Sogleich kam Bewegung in der riesigen Menschenansammlung auf. Die Ritter arbeiteten sich durch die dichtgedrängte Menge, um zu ihren Pferden zu gelangen, sich die Rüstung anlegen zu lassen, sofern sie nicht schon eine trugen, und die Lanzen aufzunehmen.

Christian, bereits in Gambeson und Kettenpanzer, erriet Marthes heimliche Sorge und bot ihr seinen Arm.

»Musst du nicht zu den Pferden?«, fragte sie zweifelnd.

»Dort wird jetzt so viel los sein, dass ich noch Zeit genug habe, dich zu Hedwig zu geleiten.«

Die Wahrscheinlichkeit war zwar nicht groß, dass sie unter so vielen Menschen noch einmal auf Wulfhart stoßen würde. Aber angesichts seiner Körpermasse und seiner Trägheit würde der gnadenlose Burgherr wohl kaum am Reiterspiel teilnehmen. Und falls ihm nachträglich klargeworden sein sollte, auf wen er da am Vortag gestoßen war, könnte es durchaus sein, dass er ein paar seiner Männer im Lager der Meißner nach Marthe suchen ließ.

Die Damen von Ottos Hofstaat – Hedwig voran – ließen es sich nicht nehmen, den Rittern zuzusehen, wie sie sich zum Aufbruch für das Reitmanöver wappneten. Mit einer höflichen Verbeugung vor der Fürstin überließ Christian Marthe deren Obhut, bevor er seinen Rappen holen ging.

»Werdet Ihr in der Nähe Eures einstigen Schützlings bleiben?«, fragte ihn Hedwig, lächelnd und scheinbar beiläufig.

Doch sowohl Marthe als auch Christian erkannten das geheime Flehen und die Sorge hinter ihren Worten.

Marthe stockte für einen Moment der Atem.

So weit also war die Feindschaft zwischen Dietrich und Albrecht schon gediehen, dass Hedwig um das Leben ihres Jüngsten fürchtete, wenn beide in vollen Waffen nebeneinanderritten!

Albrecht hatte die letzte Zeit überwiegend im Gefolge von König Heinrich zugebracht, der soeben zum Ritter geschlagen worden war, während Dietrich seit seiner Schwertleite und dem Kriegszug am Hof seines Vaters lebte. Doch nun würden Ottos Söhne gemeinsam an der Spitze der wettinischen Streitmacht reiten – in prachtvollen Gewändern und mit dem Wappen des Hauses. So war es der ausdrückliche Wunsch des Markgrafen.

»Seid unbesorgt, meine Fürstin«, versicherte Christian und verbeugte sich. Mit einem eindringlichen Blick, der allen anderen außer Marthe verborgen blieb, bedeutete er der Markgräfin, dass er verstanden hatte und entsprechend achtgeben würde.

Sichtlich erleichtert, atmete Hedwig auf. Mit einem Lächeln erlaubte sie Christian, zu gehen, dann wandte sie sich zu ihren Hofdamen um und klatschte temperamentvoll in die Hände: »Kommt, rasch! Wir wollen doch das großartige Ereignis nicht versäumen!«

Ekkehart als Hauptmann der Leibwache hatte ihnen eine Eskorte aus jenen Männern zusammengestellt, die nicht am Reiterspiel teilnahmen und trotzdem als zuverlässige Kämpfer galten. Diese sorgten dafür, dass die Gruppe der Frauen unbehelligt durch das Gewimmel von Tausenden Schaulustigen zu der Tribüne gelangten, die für sie errichtet worden war.

Marthe ging an Elisabeths Seite dicht hinter Hedwig und hatte Mühe, nicht über den Saum ihres Kleides zu stolpern, so sehr war sie in Gedanken gefangen.

Nicht nur Hedwigs erschreckende Befürchtung und die unerwartete Begegnung mit Wulfhart beschäftigten sie. Während sich die Männer auf den Umritt vorbereiteten, hatte sie gesehen, dass neuerdings Rutger, Randolfs Sohn, Elmar als Knappe diente. Das war sicher kein Zufall – und ebenso wenig, dass ihre beiden Söhne nicht zum Hoffest hatten mitreisen dürfen. Thomas, inzwischen ebenso wie Rutger Knappe an Ottos Hof, und Daniel, der seit kurzem als Page dort erzogen wurde, waren auf Ekkeharts Anweisung damit für ihr schlechtes Betragen bestraft worden. Von Raimund, dessen Ältester nach wie vor Thomas' engster Freund war, hatten sie erfahren, was geschehen war. Rutger hatte Daniel verprügelt, und Thomas war seinem jüngeren Bruder zu Hilfe geeilt. Ekkehart hatte ihren Söhnen die Schuld an der Schlägerei gegeben und Thomas zusätzlich mit einer öffentlichen Tracht Prügel bestraft. Stoisch hatte ihr Sohn diese über sich ergehen und sich nicht anmerken lassen, wie sehr ihn die ungerechte Behandlung aufbrachte. Er kannte die Geschichte der Feindschaft zwischen seinem Vater, Randolf und dessen Freunden und wusste, weshalb er von Ekkehart keine Gerechtigkeit und von Rutger nur Hinterhältigkeiten zu erwarten hatte.

Es schmerzte Marthe, dass ihre Söhne unter solchen Verhältnissen aufwuchsen. Doch sie mussten lernen, sich gegen alle Widrigkeiten zu behaupten, sonst würden sie nicht alt werden.

Sie erreichten die Tribüne gerade noch rechtzeitig, um den Beginn des farbenprächtigen Spektakels nicht zu verpassen.

Marthe, die neben Elisabeth stand, hielt den Atem an angesichts des Anblicks, der sich ihr bot: Tausende Ritter in Bliauts mit leuchtenden Farben unter dem Kettenpanzer, mit blitzenden Helmen, Schwertern und Lanzen. Metall glänzte in der Sonne, Hufe stampften, Rösser wieherten, und über alldem die Jubelschreie der Tausende Zuschauer, Rauch, Qualm und Staub.

Sie hielt Ausschau nach Ottos Reitern, die mit Lanzenwimpeln in den Meißner Farben ausgestattet worden waren, doch sie suchte vergeblich. Die Zahl der aufeinander zuhaltenden Ritter war einfach zu groß, um jemanden erkennen zu können.

Da, gleich würden die beiden Reitertrupps zusammenprallen! Doch im letzten Augenblick rissen die Männer ihre Lanzen hoch, und die Kavalkaden vermischten sich. Tosender Jubel erschallte über das Feld.

Selbst die Damen um Marthe herum konnten ihre Begeisterung nicht mehr hinter den üblichen kühlen oder gar hochnäsigen Mienen verbergen.

Diesmal war Marthe die Einzige, die beherrscht blieb. Sie atmete flach, weil sie insgeheim auf eine Nachricht wartete, die Hedwigs heimliche Befürchtung bestätigen könnte.

Einmal mehr wurde ihr bewusst, wie sehr sie sich von den anderen Hofdamen unterschied, die – abgesehen von Hedwig und Elisabeth – auf sie herabblickten, auch wenn die meisten von ihnen schon wegen diesen oder jenen Leidens ihre Hilfe beansprucht hatten. Die einen verachteten sie wegen ihrer Herkunft, die anderen, weil sie ihnen keinen Liebestrank verschafft hatte, doch die meisten wohl, weil es ihnen suspekt erschien, dass Marthe auch als Edelfreie noch als Heilerin und Wehmutter arbeitete.

Aber im Augenblick war ihr das gleichgültig, denn immer stärker füllte sie das Gefühl aus, dass irgendetwas Bedrohliches geschehen würde.

»Nichts ist passiert, außer dass die Ritter die Zusammengehörigkeit zu ihrem Stand demonstriert haben«, beruhigte Christian Marthe, als sie sich nach dem Reiterspiel endlich wiedergefunden hatten.

Noch bevor sie zu ihrem Zelt gehen konnten, kam ihnen eine von Ottos Leibwachen entgegen und forderte sie auf, ihn zum Markgrafen zu begleiten.

Im Zelt standen Otto und Hedwig gemeinsam mit ihren Söhnen. Marthe entging nicht die Feindseligkeit, mit der Albrecht sie und vor allem Christian anstarrte. Doch Ottos ältester Sohn und Erbe sagte kein Wort.

»Wir sind aufgefordert, dem König und dem Herzog von Schwaben unsere Glückwünsche auszusprechen. Begleitet mich«, befahl der Markgraf.

Zwölf Wachen gingen voran, um ihnen den Weg durch die Massen zur kaiserlichen Residenz zu bahnen.

Dort warteten schon eine gewaltige Zahl prunkvoll gekleideter Männer und Frauen darauf, vor die kaiserliche Familie zu treten. Christian erkannte von weitem Graf Balduin von Hennegau, der beim Pfingstgottesdienst das Reichsschwert getragen hatte, den Thüringer Landgrafen und Hedwigs Brüder Bernhard und Otto.

Währenddessen vertiefte sich Marthe in ihre eigenen Gedanken. Der Kaiser war uralt, er musste etwas über sechzig Jahre zählen. Nur wenige Menschen lebten überhaupt so lange. Was erwartete sie, wenn nach seinem Tode sein Sohn Heinrich, der ja bereits König war, die Regentschaft übernahm?

Es dauerte, bis die Meißner Fürsten endlich an der Reihe waren. Während Otto, Hedwig und ihre Söhne vortraten, sich tief verneigten und niederknieten, beobachtete Marthe von der Seite jedes noch so winzige Detail. Der Kaiser bedeutete den Edlen aus Meißen, sich zu erheben, dann wurden Worte gewechselt, von denen Marthe kaum etwas hörte.

Vorsichtig musterte sie den künftigen Kaiser, den sie zum ersten Mal aus der Nähe sah, und nur mit Mühe unterdrückte sie dabei ein Frösteln. Der junge König Heinrich, soeben zum Ritter geschlagen, hatte wenig von der würdevollen Ausstrahlung seines Vaters und noch weniger von der Schönheit seiner Mutter.

Doch nicht das war es, was Marthe verstörte. Etwas an Heinrich jagte ihr einen Schauer über den Rücken, ein nahezu abgrundtiefes Entsetzen, wie es bisher nur Wulfhart und Randolf ausgelöst hatten.

Gott sei uns gnädig, wenn dieser Mensch Kaiser wird, dachte sie, von Grauen erfüllt.

Christian bemerkte ihr Schaudern und drückte ihr unauffällig die Hand – als Trost, vor allem aber als Warnung, sich nichts anmerken zu lassen.

Jetzt rief der junge König Ottos älteren Sohn zu sich, stand sogar auf und umarmte ihn. Die beiden schienen sich gut zu verstehen. Albrecht erwiderte etwas, das den künftigen Kaiser zum Lachen brachte. Doch es war kein fröhliches Lachen, sondern ein boshaftes – und Albrecht stimmte mit ein.

Wenig später wurden Otto und die Seinen vom Kaiser huldvoll entlassen. Gemeinsam mit ihrem Gefolge bahnten sie sich den Weg durch die noch wartenden Edlen, wobei Markgraf Dietrich sich ihnen anschloss.

Christian warf Marthe einen mahnenden Blick zu, damit sie schwieg, doch das war unnötig. Stumm folgten sie dem Zug und wurden bei der Ankunft vor Ottos Zelt von dem gutgelaunten Markgrafen aufgefordert, mit ihm einen Becher Wein zu trinken. Hedwigs Lächeln hingegen wirkte angestrengt, sie schien in Gedanken ganz woanders zu sein, wie Marthe unschwer erkannte.

Zum Glück erwartete von ihr als Frau niemand, dass sie etwas sagte, so dass sie weiter ihren düsteren Gedanken nachhängen konnte. Draußen schien Wind aufgekommen zu sein, er rüttelte an den Zeltplanen und ließ die Flammen der Kerzen flackern.

Markgraf Dietrich betrachtete sie versonnen, doch sein Blick schien durch sie hindurchzugehen. Christian beteiligte sich hin und wieder mit höflichen Floskeln an der Unterhaltung, wenn er zum Sprechen aufgefordert wurde.

Marthe schreckte erst auf, als Albrecht mit scharfer Stimme etwas gesagt hatte und sich über die Runde jäh betroffenes Schweigen legte.

»Dann erlaubt mir, Euch von meiner Anwesenheit zu befreien«, sagte Christian eisig, verneigte sich knapp und zog Marthe mit sich nach draußen. Im Gehen hörte sie, wie Hedwig ihren Ältesten mit vorwurfsvoller Stimme zurechtwies.

Sie wollte ihren Mann fragen, womit Albrecht ihn beleidigt hatte, aber der Anblick, der sich ihnen draußen bot, ließ sie verstummen. Schwarze Gewitterwolken waren aufgezogen, Windböen ließen zu lose gespannte Zeltwände und Banner heftig flattern und peitschten Sandkörner so heftig durch die Luft, dass sie die Augen zukneifen musste. Schon zuckten erste Blitze. Der Wind wurde so stark, dass Marthe sich in den Boden stemmen musste, um nicht umgeweht zu werden. Menschen hasteten an ihnen vorbei auf der Suche nach Schutz vor den Naturgewalten, rechts vor ihr sank ein Spielmann auf die Knie und betete, während ein Geistlicher an ihm vorüberrannte.

Christian zog Marthe rasch an sich und legte seinen Umhang um ihre Schultern. »Geh auf keinen Fall in eines der Zelte und meide die hölzernen Bauten«, drängte er. »Lieber durchnässt sein als von Balken erschlagen werden.«

Einen Augenblick später brach die Hölle los.

Christian presste seine Frau auf den Boden und legte sich schützend über sie.

Das Tosen des Windes und dicht aufeinanderfolgende, sich nähernde Donnerschläge übertönten die Angstschreie und das Wehklagen der Menschen. Obwohl noch früh am Tag, herrschte fast völlige Finsternis, die immer wieder von zuckenden Blitzen jäh erhellt wurde.

Hagelkörner schlugen hart auf Mensch und Tier nieder, dann wurde der tosende Wind zu einem heulenden Sturm, wirbelte Zeltwände und Holz durch die Luft. Wassermengen wie aus Schläuchen gingen nieder und verwandelten den Boden in eine Schlammwüste.

Vor Kälte zitternd, presste sich Marthe an Christian, der sie fest umschlungen hielt.

So schnell das Unwetter gekommen war, so plötzlich schien es vorbei.

Doch gerade als sich der heftige Gewitterguss zu einem kräftigen Regen abschwächte, die Nachtschwärze schwand und die Wolken wieder aufzureißen begannen, die ersten Menschen triefend nass, aber erleichtert aus ihren Unterständen hervorkamen, brandete der Sturm noch einmal auf.

Marthe öffnete den Mund, um eine Warnung zu schreien, aber zu spät: Das hölzerne Haus links von ihr ächzte, wankte und brach mit alptraumhafter Langsamkeit zusammen. Balken splitterten, Menschen schrien angstvoll auf.

Als das Geräusch der stürzenden Holzwände und Bretter verklungen war, herrschte einen Moment unwirkliche Stille. Doch dann ertönten die schrillen Schreie der Verletzten.

Marthe löste sich rasch aus Christians Armen und stand hastig auf. »Ich muss helfen.«

Er warf einen besorgten Blick hinter sich. Dort stand Ottos Gefolge wie erstarrt. Das prächtige Zelt war verschwunden, vom Sturm fortgetrieben, die Stangen umgeknickt. Was er dann sah, ließ sein Herz fast stillstehen vor Schreck.

»Du wirst hier gebraucht!«, rief er und zog sie mit sich.

Christian drängte hastig die Menschen beiseite, die wie gelähmt vor Entsetzen dastanden, und schob Marthe in die Mitte der Schreckensszene.

Hedwig kniete auf dem Boden, verzweifelt über eine Gestalt gebeugt, die vor ihr lag, während ihr Tränen über die Wangen rannen.

Das Gesicht von Markgraf Dietrich war blutverschmiert, seine Augen geschlossen, neben ihm lag ein heller Balken, an dem Blut klebte. Rasch kniete sich Marthe neben ihn und untersuchte die klaffende Wunde am Kopf des Landsbergers. Entsetzt und entmutigt ließ sie die Hände sinken.

Dann sammelte sie sich, forderte mit fester Stimme Binden, Wasser, ein Messer und schickte einen Pagen, um ihren Medizinkorb zu holen.

Hedwig löste ihren Blick für einen Moment von ihrem tödlich verletzten Geliebten, um in Marthes Gesicht nach einer Antwort zu suchen.

»Schickt nach einem Priester«, sagte Marthe leise.

Gequält schrie die Markgräfin auf.

Schwer getroffen, kniete nun auch Otto an die Seite seines Bruders und griff nach seiner Hand.

Vorsichtig legte Marthe ihre Hände auf Dietrichs Schläfen. Sie fühlte, wie ein schwarzer Sog sie ergriff, doch sie wehrte sich mit aller Kraft dagegen. Auch wenn sie es besser wusste: Dietrich durfte nicht sterben. Stumm betete sie um ein Wunder.

»Er hat mit seinem Leib den Balken aufgefangen, der meine Gemahlin erschlagen hätte«, murmelte Otto. Marthe sah den Schmerz in seinen Augen.

Dietrich öffnete die Augen, die sich bereits trübten. »Verzeih mir, Bruder«, sagte er mit kraftloser Stimme.

Dann richtete er seinen Blick auf Hedwig. Seine Lippen formten Worte, die niemand mehr zu hören bekam.

Mehrere Menschen schoben sich durch die Massen und brachten Marthe die verlangten Utensilien.

Während sie vorsichtig die Haare um die verletzte Stelle abschnitt, das Blut abwusch, die Wundränder säuberte und den Verband anlegte, setzte hektische Geschäftigkeit ein. Jemand rief nach einer Trage, ein Priester drängelte sich durch. Ein Bote kam und meldete, der Leibarzt des Kaisers werde sich um den Schwerverletzten kümmern, doch dazu müsse er in dessen Zelt gebracht werden, es habe noch etliche Verletzte mehr und sogar Tote gegeben.

Hedwig und Otto standen auf und traten beiseite, um Platz zu schaffen.

Christian sank vor Otto auf die Knie und senkte den Kopf. »Es ist meine Schuld. Vergebt mir, Herr. Ich hätte Eure Gemahlin schützen sollen«, sagte er verzweifelt. »Hätte ich Euer Zelt nicht verlassen, wäre Euer Bruder unversehrt.«

»Es war Gottes Wille.« Der Markgraf war zu erschüttert, um zornig zu werden. »Ich gebe Euch keine Schuld.«

Vorsichtig hoben zwei Männer Dietrich auf eine Trage und brachten ihn fort. Markgraf Otto, Hedwig und ihr Sohn Dietrich folgten ihnen.

Marthe blieb, denn sie wusste, unter den gelehrten Ärzten würde sie nicht geduldet werden. Auch wenn sie schwer erschüttert war, sie musste nachsehen, ob unter den Trümmern des zusammengebrochenen Hauses noch jemand ihre Hilfe brauchte.

Doch bevor sie losgehen konnte, zwang ein überstarkes Gefühl sie, sich umzudrehen.

Albrecht kam auf sie und Christian zu. Wie Christian verbarg sie alle ihre Gedanken und verneigte sich stumm.

Albrecht wartete, bis sie sich wieder aufgerichtet hatten, und musterte beide mit stechendem Blick.

»Endlich kann ich auch einmal etwas Gutes von Euch sagen, Christian«, sagte er mit einer Eiseskälte, die Marthe das Blut gefrieren ließ. »Ihr habt darauf verzichtet, meine ungeliebte Mutter zu retten, und damit unbeabsichtigt gleich noch meinen ach so edlen Onkel aus dem Weg geräumt. Wie bedauerlich für Euch – Ihr habt Euren wichtigsten Fürsprecher verloren.«

Albrecht legte eine Pause ein, um zu genießen, wie seine Worte auf sein Gegenüber wirkten. Sie waren allein, niemand sonst hörte ihn, endlich konnte er aussprechen, was er diesem Bastard schon lange entgegenschmettern wollte.

»Es wird nicht mehr lange dauern, dann gehört die Mark Meißen mir«, sagte er, verschränkte die Arme und sah Christian verächtlich an. »Sucht Euch für diesen Tag besser jetzt schon einen neuen Lehnsherrn, möglichst weit weg von hier. Denn ich habe keine Verwendung für Freunde meines Schwächlings von Bruder, für Verehrer meiner schamlosen Mutter und für die selbsternannten Wächter der ritterlichen Ehre.«

Höhnisch richtete er seinen Blick auf Marthe. »Bestenfalls für Euer Weib – als meine Hure.«

Christian griff nach Marthes Schulter und wollte sie von diesem Ort wegbringen.

»Ich habe Euch nicht erlaubt, zu gehen!«, schrie Albrecht mit sich überschlagender Stimme. »Ich bin noch nicht fertig mit Euch.«

Christian wandte sich um und sah dem künftigen Markgrafen in die Augen.

Albrecht fühlte sich plötzlich zunehmend unwohl. Er hatte eine Probe seiner künftigen Macht geben wollen, doch auf einmal war ihm unheimlich. Ob das an der Hexe lag, vor der ihn schon mehrere Leute gewarnt hatten? Dann gewannen Hass und die ihm eigene Unbeherrschtheit wieder die Oberhand.

»Ihr glaubt, Euch meinem Vater unentbehrlich gemacht zu haben«, zischte er. »Doch seine Herrschaft wird bald vorbei sein. Dann zwinge ich Euer aufsässiges Dorf in die Knie – und wenn es mir nicht so viel Silber liefert, wie ich verlange, lasse ich es niederbrennen.«

Christian sah ihm weiterhin in die Augen, während er antwortete, und diesmal lag in seiner Stimme so viel Kälte wie zuvor in Albrechts. »Einem Lehnsherrn, der mit grausamer Willkür herrscht, ist niemand zu Treue verpflichtet.«

Er machte kehrt, schob Marthe vor sich, während er seinen Arm schützend um sie legte, und ließ Albrecht stehen.

Marthe wusste, dass der künftige Markgraf sie mit Blicken verfolgte, doch sie zwang sich, ruhig zu gehen und sich nicht umzudrehen.

Als sie außer Sichtweite waren, blieben sie stehen und sahen sich an. Keiner von ihnen musste etwas sagen.

Nur Gott wusste, was für Zeiten nun vor ihnen und ihrem Heimatort lagen. Sie würden sich wieder einmal wappnen müssen für das Schlimmste.

Vorwarnungen

Die Sonne strahlte, ein leuchtend blauer Himmel hing über Christiansdorf, Vogelgezwitscher war zu hören, wenn das regelmäßige Hämmern aus der Münze einmal unterbrochen wurde, und die Stallburschen riefen den Mägden laute Scherze quer über den Burghof zu.

Doch die Idylle trog, dieses Gefühl wurde in Marthe immer stärker. Sie war am Morgen aus einem grauenhaften Alptraum erwacht, und den ganzen Tag über hatte sich ein altbekannter hämmernder Schmerz in ihrer rechten Schläfe immer tiefer in ihren Kopf gewühlt, bis sie kaum noch einen klaren Gedanken fassen konnte.

Gegenüber Christian hatte sie kein Wort darüber verloren, weil sie sich nicht sicher war, ob sie sich noch auf ihre Ahnungen verlassen konnte. Vielleicht rührte der Schmerz ja auch vom fehlenden Schlaf oder von einem nahenden Wetterumschwung.

Doch ihr jähes Aufschrecken aus dem Bett, die tief umschatteten Augen in ihrem bleichen Gesicht und die verstohlene Bewegung, mit der sie sich die Stirn massierte, waren ihm nicht entgangen. Besorgt musterte er seine Frau und beschloss, an diesem Tag in ihrer Nähe zu bleiben und die Waffenübungen mit seinem und Lukas' Knappen, die nächstes Jahr in den Ritterstand erhoben werden sollten, auf den Burghof zu verlegen.

Aus den verunsicherten Vierzehnjährigen, die krampfhaft bemüht waren, den Anforderungen von zweien der besten Schwertkämpfer der Meißner Ritterschaft standzuhalten, hatten sich Georg und David zu tüchtigen jungen Männern entwickelt, deren Umgang mit Schwert und Lanze sich sehen lassen konnte, auch wenn sie natürlich noch weit entfernt vom Geschick ihrer Lehrmeister waren.

Das Klirren der Schwerter, zusätzlich zum Lärm aus der Münzstätte, dem Wiehern der Pferde und den anderen, alltäglichen Geräuschen, verstärkte Marthes Kopfschmerz noch. Sie beschloss, in ihre Kräuterkammer zu gehen und sich dort, abgeschieden von der allgemeinen Geschäftigkeit und dem grellen Sonnenlicht, einen lindernden Trank aus Melisse und Lavendel zuzubereiten.

Noch bevor sie sich der Kammer auch nur näherte, kam ihr ihre ebenfalls besorgt blickende Tochter entgegen.

Also ist es wahr, dachte Marthe erschrocken, als sie Claras ernsten Gesichtsausdruck sah. Irgendetwas Bedrohliches wird noch heute geschehen.

Clara war mittlerweile zwölf Jahre alt, und jeder, der Marthe noch vor ihrer ersten, erzwungenen Heirat gekannt hatte, sah in dem Mädchen unweigerlich das jüngere Abbild ihrer

Mutter: eine schmale, zierliche Gestalt mit kastanienbraunem Zopf und graugrünen Augen, die den Betrachter gefangen nehmen konnten. Nur wirkte Clara nicht so bedrückt oder gar verzweifelt wie Marthe damals.

Heute allerdings war von Frohsinn oder Unbeschwertheit nichts im Gesicht des Mädchens zu erkennen. »Wir sollten Vater bitten, dass er Peter und ein paar seiner Freunde ausschickt, um Ausschau zu halten, wer sich dem Dorf nähert«, sagte sie zu ihrer Mutter.

Marthe entgegnete nichts, sondern nickte nur.

Sie würden also unliebsamen Besuch bekommen. Nur wer? Oder drohte ein neuerlicher Überfall auf das Dorf?

Sie gingen zur Mitte des Burghofes, wo Lukas gerade die beiden Knappen, die gemeinsam gegen ihn angetreten waren, mit zwei blitzschnellen Hieben entwaffnete – sehr zu deren Verdruss und Beschämung.

Der eine mit finsterer Miene, der andere mit hängendem Kopf, hoben David und Georg ihre Waffen auf.

Christian, der die Szene beobachtet hatte, sah Frau und Tochter auf sich zukommen. An ihren Gesichtern erkannte er, dass sie keine guten Nachrichten brachten.

In Gedanken überschlug er sofort, wie viele Bewaffnete er gerade auf der Burg hatte und wie viele er noch zusammenrufen konnte, sollte es nötig werden. Es hatte schon längere Zeit keinen Überfall mehr auf Christiansdorf gegeben, und dieses Glück würde nicht ewig anhalten. Doch trotz aller jäh aufkommenden Sorge konnte er den Gedanken nicht unterdrücken, wie sehr er an diesen beiden Frauen hing, die nun unmittelbar vor ihm standen und ihn ansahen.

Christian stellte keine weiteren Fragen, nachdem Clara ihm gegenüber wiederholte, was sie schon ihrer Mutter gesagt hatte. Er wusste, sie würden die Antwort bald erfahren. Denn so, wie er gelernt hatte, auf Marthes Vorahnungen zu hören, vertraute er auch denen seiner Tochter.

Er winkte Raina zu sich, die gerade mit einem Korb voll duftender Brotlaibe in Richtung der Pferdeställe lief. »Hol den Stallmeister und Peter«, sagte er, und nach einem tiefen Knicks hastete Raina weiter, redlich bemüht, jeden Blick in Lukas' Richtung zu vermeiden.

Ihre Ehe mit dem Großknecht, zu der Pater Sebastians angsteinflößende Predigten über ewige Verdammnis und die Qualen der Hölle sie getrieben hatten, war alles andere als glücklich. Nicht, dass er sie schlug – dafür hätten ihm Christian und Lukas die Hölle heiß gemacht. Über seine Grobheit im Bett und die Gleichgültigkeit, mit der er sie nahm, konnte sie sich bei niemandem beschweren. Obwohl sie abends todmüde war von der harten Arbeit, weinte sie sich manchmal lautlos in den Schlaf, wenn sie an Lukas' Zärtlichkeiten und die Freude dachte, mit der er ihren Körper und ihre Zuneigung genossen hatte. Aber was geschehen war, ließ sich nicht mehr ändern. So gern sie auch weiterhin Lukas' Lager geteilt hätte, als Ehefrau durfte sie das nicht mehr. Den einzigen Trost bot ihr neben ihrem Sohn der Gedanke, dass sie sich mit dem Kummer, den ihr die Heirat mit dem derben Großknecht eingebracht hatte, vielleicht einen Platz im Himmelreich erkaufen konnte.

Christians Freund und die Knappen hatten inzwischen ihre Waffenübungen eingestellt. Die beiden Burschen warteten wie befohlen auf ihren Plätzen, während Lukas mit fragendem Gesichtsausdruck zu Christian, Marthe und Clara trat.

Im nächsten Moment war der alte Stallmeister bei ihnen, an seiner Seite Peter, nun schon seit mehr als zehn Jahren in Christians Diensten und nach wie vor der Anführer einer Bande, die manch abenteuerlichen Auftrag für den Burgvogt und seine Vertrauten übernahm.

Aus dem mageren Jungen war inzwischen ein junger Mann von achtzehn Jahren geworden, mit ungebrochener Autorität unter den Burschen des Dorfes wegen der Geschicklichkeit im heimlichen Beobachten und Übermitteln von Nachrichten, die er sich als Beutelschneider erworben hatte, und durch seine Treue zum Burgvogt.

»Ich brauche ab sofort Peter und alle, die er sich dazu noch aussucht, für eine besondere Aufgabe«, informierte Christian den Stallmeister.

»Wie Ihr wünscht, Herr.«

Mit Christians Erlaubnis ging er zurück zu den Pferden, während Peter gespannt auf Order wartete. Was für ein Auftrag würde es diesmal sein?

»Nimm dir alle von deinen Burschen, die du auftreiben kannst, und haltet Ausschau auf sämtlichen Wegen, die ins Dorf führen. Wenn ihr etwas Außergewöhnliches bemerkt, komm sofort und sag Bescheid!«

Peter grinste. »Ihr könnt Euch ganz auf uns verlassen, Herr!«

»Das weiß ich«, erwiderte Christian mit großer Ernsthaftigkeit.

Peter schluckte und hatte Mühe, sich seine Freude über das Lob nicht allzu offenkundig ansehen zu lassen. Dann ließ er den Blick kurz über den Hof schweifen, um Ausschau nach seinen Freunden zu halten.

»Ihr erlaubt?«, fragte er Christian, der wusste, was nun kam, und zustimmend nickte. Auf zwei Fingern stieß Peter einen gellenden Pfiff aus, der den in seiner Nähe Stehenden in den Ohren schrillte.

Es dauerte nur ein paar Augenblicke, bis gut ein Dutzend Burschen zu ihnen gerannt kamen, der junge Christian zuerst, der wohl schon auf der Lauer gelegen hatte. Wenig später liefen auch eine kleine Küchenmagd und Anna, Peters jüngere Schwester, herbei.

Peter schickte die Mädchen zurück an ihre Arbeit und ließ die Jungen ausschwärmen, um Verstärkung zu holen. Längst gehörten neben den Burschen aus den Gruben auch die Söhne der beiden Schmiede zu ihnen; Jonas' Ältester Johann war inzwischen neben dem jungen Christian Peters engster Vertrauter und Mitanführer.

Sie würden keine Zeit verlieren und den Auftrag des Burgvogtes in aller Gewissenhaftigkeit ausführen.

»Ruf die Ritter zusammen, sie sollen die Rüstung anlegen und sich bereithalten. Ich informiere inzwischen Walther«, verabredete Christian mit Lukas. Mit eiligen Schritten gingen die Männer davon.

Marthe und Clara blieben allein auf dem Hof stehen und wechselten einen Blick. Nun blieb ihnen nichts anderes übrig, als zu warten.

Die Mägde waren bereits dabei, in der Halle die Tische für das Spätmahl aufzubauen, als Peter wie aus dem Nichts vor Christian auftauchte.

Den ganzen Tag über waren in regelmäßigen Abständen immer wieder ein paar flinke Späher zu ihm gerannt gekommen, um Bericht zu erstatten und sich danach anscheinend wieder in Luft aufzulösen. Aber bisher hatte sich nichts Beunruhigendes oder anderweitig Außergewöhnliches zugetragen.

Diesmal jedoch hatte er Neuigkeiten.

»Graf Albrecht ist mit einer großen Gruppe von Rittern auf dem Weg hierher«, meldete er. »Sie werden bald den östlichen Wartturm erreichen. Walther weiß Bescheid, er wird sie dort mit seinen Männern empfangen.«

Wieder war Marthe, als griffe eine eiserne Faust nach ihrem

Herzen und presste es zusammen. Albrechts Ankunft war mit Sicherheit kein Höflichkeitsbesuch. Wenn er ohne seinen Vater und unangekündigt hier auftauchte, dann konnte das nichts Gutes bedeuten.

Am liebsten hätte sie Christian am Arm gepackt und wäre mit ihm und Clara, so schnell es ging, geflohen.

Doch Christian würde nicht fliehen. Er hatte einen Eid geschworen.

Der Burgvogt entschloss sich, dem Sohn des Markgrafen mit einigen seiner Ritter entgegenzureiten. Albrecht mochte dies als Ehrenbezeugung und Zeichen dafür nehmen, dass Christiansdorf gut genug bewacht war, um sein Kommen frühzeitig zu bemerken.

So konnte er ihm im Sattel begegnen, ohne zu ihm aufblicken zu müssen.

Er bat Lukas, bei Marthe zu bleiben und sich um ihre und Claras Sicherheit zu kümmern, sollte Albrecht gekommen sein, um ihn zu verhaften. Einen Vorwand dafür zu erfinden, würde dem künftigen Markgrafen sicher nicht den Schlaf rauben.

Das war ein weiterer Grund, warum er Albrecht entgegenritt.

Er schickte Peter vor, damit dieser von einem Versteck in der Nähe des voraussichtlichen Zusammentreffens den Verlauf der Begegnung beobachten und Marthe und Lukas im Notfall warnen konnte.

Dann gab Christian Reinhard und fünf weiteren seiner Ritter das Zeichen, ihn zu begleiten, und ließ sich seinen Rappen bringen. Längst ritt er nicht mehr Radomir, der zu alt geworden war, um einen Ritter in voller Rüstung zu tragen, und sein Gnadenbrot bekam, sondern einen von dessen Nachkommen, einen feurigen Hengst von vier Jahren.

Im Galopp preschte die Gruppe Albrecht und seinen Begleitern entgegen. Verwundert und erschrocken blickten die Dorfbewohner ihrem Burgvogt und seinen Rittern nach.

Die beiden Trupps begegneten sich kurz vor dem Wartturm am östlichen Dorfeingang. Mit erhobenem Arm gab Christian an der Spitze seinen Männern das Zeichen, die Pferde zum Stehen zu bringen.

Elmar, der Albrechts Trupp anführte, blieb nichts anderes übrig, als seinen Leuten den gleichen Befehl zu geben. Sie waren ein Dutzend Ritter, noch einmal so viele Reisige und ein paar Knappen, unter denen Christian sofort Rutger, Randolfs Sohn, erkannte. Doch noch mehr verwunderte es Christian, Lukas' Bruder Jakob unter Albrechts Gefolgsleuten zu finden, der seinem Blick geflissentlich auswich.

»Wollt ihr dem künftigen Markgrafen den Weg versperren?«, rief Elmar drohend. »Macht Platz, oder ich lasse euch beiseiteräumen!«

Auf sein Zeichen hin zogen die Männer um ihn herum die Schwerter.

»Erspar dir deinen Übereifer, Elmar«, entgegnete Christian lakonisch. »Du wirst auf eine bessere Gelegenheit warten müssen, um mich töten zu lassen.«

Dann verneigte er sich mit der Hand über dem Herzen vor Albrecht, der hinter Elmar auf einem prachtvollen Schimmel saß. »Meine Ritter und ich sind gekommen, um Euch willkommen zu heißen und zur Burg zu geleiten, Graf.«

Wortlos, nur mit einem knappen Nicken, nahm Albrecht den Gruß entgegen und gab seinem Pferd die Sporen.

Christian und seine Ritter wichen zur Seite aus, um die anderen vorbeizulassen. Zum Glück war der Weg so nah am Dorfausgang nicht mehr beiderseits mit Häusern bebaut. Dann wendeten sie ihre Pferde und bildeten das Ende der Reiterkolonne.

Sie hatten die Gruben längst hinter sich gelassen. Der Weg zur Burg war nicht zu verfehlen. Als sie das Burglehen erreichten, das nun schon fast vollständig bebaut war, abgesehen von der gewaltigen Kirche, die noch nicht fertig war, führte sie eine Straße direkt bis zur Zugbrücke, die zusammen mit Graben und Wall Tor und Burg schützte.

Mit höflichem Gruß ließen Walthers Männer die Gäste passieren.

Stallburschen liefen herbei, um den Angekommenen die Pferde abzunehmen, und Marthe stand mit dem Willkommenspokal bereit, um Ottos Sohn zu begrüßen.

Sie ließ sich ihr Erschrecken darüber nicht anmerken, dass nicht nur Elmar, sondern auch der feiste Giselbert diesmal Albrechts Gefolge mit anführte, und unterdrückte mit aller Kraft ihren Widerwillen und ihre Angst, als sie Albrecht den besten Wein zur Erfrischung reichte.

Ottos Sohn nahm den Pokal entgegen, doch er trank nicht. Ohne sie aus den Augen zu lassen, reichte er ihn an einen seiner Männer weiter.

»Vorkosten!«, befahl er barsch. Der Mann erblasste, dann gehorchte er zögernd und nahm vorsichtig einen kleinen Schluck.

»Mehr!«, fuhr Albrecht ihn an.

Auch Marthe war inzwischen bleich geworden.

Von Peters flinken Boten hatte sie erfahren, dass die erste Begegnung Christians mit Albrecht und dessen Männern ohne Zwischenfall verlaufen, aber kein Wort über den Anlass des Besuches gefallen war.

Dass Albrecht ihr auf diese brüske Art vor aller Augen vorwarf, ihn womöglich vergiften zu wollen, war eine offene Kriegserklärung.

Sie senkte den Kopf vor dem künftigen Markgrafen, um ihm

nicht in die Augen sehen zu müssen. Ihr Herz klopfte wie wild. Doch Albrecht schien sie gar nicht zu beachten.

Er saß ab und rief Christian zu: »Es gibt schlechte Neuigkeiten. Führt mich in einen Raum, wo wir ungestört sind, und lasst den Bergmeister und den Münzmeister kommen. Sie sollen warten, bis ich sie rufe.«

Christian schickte Boten zu den beiden angesehenen Männern und geleitete Albrecht in seine Kammer.

Er konnte sich darauf verlassen, dass Mechthild oder Waltrud, die der Kranken immer mehr Arbeit abnahm, trotz der Kürze der Zeit dort bereits kalten Braten und guten Wein aufgetafelt hatten. Doch auch ihm war der Affront nicht entgangen, dass Albrecht hatte vorkosten lassen. Wollte er hier einen Zwischenfall inszenieren, um ihn oder Marthe eines Giftanschlages zu beschuldigen?

»Ab sofort sollen ein paar von den Wachen in der Küche, im Weinkeller, im Backhaus und in der Vorratskammer aufpassen, dass sich kein Fremder dort blicken lässt«, raunte er unterwegs Lukas zu, der sofort verstand und ging, um Vorsorge zu treffen.

Die drohende Gefahr drängte vorerst sogar Lukas' Zorn und seine Beschämung darüber zurück, dass sein Bruder nun zu Albrechts Männern zählte. Wie hatte sich der Jüngere nur dazu hergeben können?!

Immer noch wusste niemand von ihnen, welche schlechten Neuigkeiten der künftige Markgraf mitgebracht hatte und was diese für Christian und sein Dorf bedeuteten. Voller Sorge beobachtete Marthe, wie ihr Mann und Albrecht zum Haupthaus gingen. Elmar und Giselbert begleiteten den Grafen, dazu auf einen Wink Elmars Rutger, um sie zu bedienen. Weiter würde wohl niemand zu dieser Beratung zugelassen, sie als Frau am allerwenigsten.

Clara trat mit düsterer Miene zu ihr.

»Er ist ein böser Mensch, von Grund auf böse«, sagte sie so leise, dass nur ihre Mutter sie hören konnte.

»Ja«, erwiderte Marthe ebenso leise. »Besser, du verbirgst dich, solange er hier ist.«

»Schlechte Neuigkeiten«, wiederholte Albrecht, als er mit seinen beiden engsten Vertrauten, dem Knappen und Christian in dessen Kammer war. Doch in seinen Augen glitzerte es, und seine Stimme klang so unverhohlen triumphierend, dass nicht zu verkennen war, wie sehr ihn diese Neuigkeiten erfreuten.

»Ludwig von Thüringen hat meinen Vater gefangen genommen und hält ihn auf seiner Wartburg fest«, verkündete er dann mit gespielter Entrüstung. »In Camburg, auf unserem eigenen Land, hat er ihn überfallen lassen. Welche Dreistigkeit! Ich brauche Silber, um meinen Vater auszulösen.«

»Wurde der Markgraf bei dem Angriff verwundet?«, erkundigte sich Christian besorgt.

Albrecht reagierte mit einer ungeduldigen Handbewegung, als wolle er die lästige Frage wegwischen. »Ein paar seiner Leibwachen wurden niedergemacht, aber er ist unversehrt.«

Angesichts dieser Auskunft gingen Christian mehrere Gedanken gleichzeitig durch den Kopf.

Die Beziehungen zwischen dem Meißner Markgrafen und Ludwig von Thüringen waren immer angespannter geworden, je mehr Besitz Otto jenseits der Saale erwarb. Dass ihm nun mittlerweile die Grafschaft Camburg, Weißenfels und die Vogtei über das Hochstift Naumburg gehörten, musste den Ludowinger aufbringen. Doch wenn Albrechts Worte zutrafen, hatte sich der Landgraf einen Übergriff erlaubt, über den auch der Kaiser nicht hinwegsehen durfte, selbst wenn Ludwig sein Neffe war.

Da Otto den Angriff unverletzt überstanden hatte, brauchte er sich allerdings vorerst keine Sorgen um das Wohlergehen seines Dienstherrn zu machen. Wenn sich Fürsten schon gegenseitig gefangen nahmen, legten sie den Kontrahenten nicht in Ketten und warfen ihn auch nicht in den Kerker. Otto würde auf der Wartburg keine Bequemlichkeit vermissen außer der, die Festung verlassen zu dürfen. Wahrscheinlich würde er an Ludwigs Tafel speisen, vielleicht sogar mit ihm zur Jagd ausreiten und nachts eine hübsche Gespielin ins Bett gelegt bekommen.

Die Anwesenheit von Elmar und Giselbert hinderte Christian daran, zu fragen, ob wohl auch der Hauptmann der Leibwache zu den Opfern des Überfalls zählte, was ihn brennend interessierte. Darauf war ihm Albrecht keine Antwort schuldig und würde ihn wohl nur mit verächtlichen Worten zur Ordnung rufen. Er musste sich gedulden, bis er auf anderem Weg etwas über Ekkeharts Schicksal erfuhr.

Allerdings konnte er eine andere Frage nicht zurückhalten.

»Vermögt Ihr nicht Euren Einfluss auf den König zu nutzen, damit Ludwig Order erhält, Euren Vater freizulassen, Graf?«

Lässig lehnte sich Albrecht zurück und verzog einen Mundwinkel zu einem mokanten Lächeln. »Ihr überschätzt meinen Einfluss auf den König. Angesichts der Nachricht von der schnöden Gefangennahme habe ich mich eigens vom König beurlauben lassen, um hier die Regentschaft der Mark Meißen zu übernehmen, solange mein geliebter Vater« – Hohn triefte an dieser Stelle geradezu aus Albrechts Stimme – »von uns ferngehalten wird.«

Geradezu lässig fuhr Albrecht fort: »Ich habe meine Mutter mit meinem innig geliebten Bruder zum Kaiser geschickt, damit sie dort ein Wort für ihren Gebieter einlegt. So kann sie ihre Zeit sinnvoller vertun, als im Kloster auf dem Petersberg am Grab meines Onkels in Tränen zu zerfließen. Ein flennendes Weib zu Füßen des Kaisers, das um Rettung für ihren Gemahl bittet, dürfte wohl mehr Wirkung zeigen.«

Er lachte trocken auf. »Ich will doch sehr hoffen, dass es meine Mutter schafft, sich aus diesem Anlass im richtigen Moment ein paar falsche Tränen abzuringen.«

Mit vollkommen beherrschten Gesichtszügen vernahm Christian diese ungeheuerlichen Worte.

Markgraf Dietrichs letzter Wunsch war es gewesen, ins Familienkloster der Wettiner auf dem Petersberg bei Halle gebracht und dort auch begraben zu werden. Otto trug schwer am Tod des Landsbergers, mehr, als ihn das Ableben seiner Brüder Heinrich von Wettin und Friedrich von Brehna ein paar Jahre zuvor getroffen hatte. Hedwig hingegen schien durch Dietrichs Tod aufs tiefste erschüttert. Ob es der Gedanke war, dass ihr Schwager sein Leben gegeben hatte, um sie zu schützen?, dachte Christian nicht zum ersten Mal.

Doch noch ungeheuerlicher als Albrechts taktlose Worte war sein Handeln: Anstatt als Vertrauter des Königs und ältester Sohn und Erbe des Gefangenen sofort beim Kaiser Fürsprache für seinen Vater einzulegen, hatte er den Hof verlassen und stattdessen seine Mutter auf eine lange und beschwerliche Reise geschickt. Wer weiß, wo sich der Kaiser gerade aufhielt; Hedwig und Dietrich würden ihn womöglich erst suchen und ihm bis zum nächsten Hoftag nachreisen müssen.

Das hatte Albrecht mit Sicherheit bezweckt. Er war Mutter und Bruder auf unbestimmte Zeit los, und sein Vater wurde auf ebenso unbestimmte Zeit festgehalten, denn es würde dauern, bis der Kaiser endlich davon erfuhr und eingreifen konnte.

Bis auf weiteres gehörte die Mark Meißen nun uneingeschränkt Albrecht.

Ich muss Marthe und Clara in Sicherheit bringen, dachte Christian voller Bitterkeit. Und ich muss herausfinden, ob Thomas und Daniel in Hedwigs und Dietrichs Gefolge sind. Sein Misstrauen gegenüber Albrecht war inzwischen so groß, dass er um das Leben seiner Söhne fürchtete, sollten diese auf dem Meißner Burgberg geblieben sein.

Albrecht schien auf einmal keine Angst mehr zu haben, vergiftet zu werden. Mit sichtlichem Appetit spießte er ein großes Stück Fleisch auf sein Essmesser und begann, es genüsslich zu vertilgen.

Niemand sagte ein Wort, während der künftige Markgraf kräftig kaute, alles mit einem großen Schluck hinunterspülte und dann nach dem nächsten Brocken griff.

Er forderte Elmar und Giselbert auf, sich ebenfalls an Fleisch und Wein gütlich zu tun. Beide zögerten nicht und langten zu.

Während Christian die hasserfüllten Blicke von Randolfs Freunden auf sich wusste, schaute er weiter stoisch geradeaus. Dabei war ihm zumute, als würde die Zeit stillstehen. Ihn drängte es, aufzuspringen und hinauszustürzen, um viele Dinge gleichzeitig zu tun: seine Frau und seine Tochter in Sicherheit zu bringen, jemanden zu beauftragen, unauffällig herauszufinden, was aus Ekkehart geworden war, und Erkundigungen einzuziehen, wo seine Söhne steckten.

Doch natürlich war es undenkbar, zu gehen, solange ihn Albrecht nicht entließ oder in einem Anfall von Jähzorn hinauswarf. Und er wusste auch, dass außerhalb dieser vier Wände viele Getreue längst Vorsorge trafen.

Lukas und Walther würden sich um Schutz für Marthe und Clara kümmern, Mechthild und Waltrud darauf achten, dass Albrecht und seine Männer keinen Anlass fanden, Quartier oder Verpflegung zu beanstanden, die Stallburschen aus Peters Bande und die junge Magd Anna unauffällig lauschen, um diese oder jene Bemerkung der Reitknechte aus Albrechts Gefolge aufzuschnappen, aus denen sie wichtige Rückschlüsse ziehen konnten.

Albrecht und seine Begleiter ließen sich Zeit mit dem Essen, während draußen immer noch der Bergmeister und der Münzmeister wie Bittsteller vor der Tür warten mussten, bis sie irgendwann hereingerufen wurden. Natürlich standen sie in Diensten des Fürsten. Aber solche angesehenen und für die markgräflichen Schatztruhen bedeutenden Männer hätten eine weniger verächtliche Behandlung verdient, dachte Christian grimmig bei sich.

Endlich, nach einem kräftigen Rülpser, ließ sich Ottos Sohn von Rutger die bereitstehende Schüssel reichen, um die fettigen Hände hineinzutauchen, und befahl Giselbert, die beiden Männer hereinzurufen, die draußen schon eine ganze Weile warteten.

Mit einer knappen Handbewegung unterbrach er die höflichen Begrüßungsworte des Bergmeisters und des Münzmeisters.

»Ich brauche sämtliches Silber, um meinen Vater aus der Gefangenschaft auszulösen«, befahl er schroff. »Bergmeister, Ihr werdet dafür sorgen, dass umgehend alles abgeliefert wird, was die Bergleute aus den Gruben geholt haben, damit es die Schmelzer unverzüglich verarbeiten. Münzmeister, Ihr werdet vorerst keine Pfennige mehr schlagen lassen, sondern Barren liefern. In vier Wochen lasse ich alles holen. Und jetzt zeigt mir, was in der Silberkammer an Vorräten liegt!«

Albrecht stemmte sich hoch, um den beiden Männern in den Bergfried zu folgen. Seine Ritter begleiteten ihn.

Da Christian keine Order hatte, mit ihnen zu gehen, blieb er nachdenklich am Tisch sitzen.

Es war höchst unwahrscheinlich, dass Albrecht seinen Vater mit Silber auslösen musste wie einen Kriegsgefangenen. Angesichts des offenen Rechtsbruchs des Thüringers in Friedenszeiten würden die mit den Wettinern verbündeten Fürsten Protest erheben, wenn sie es nicht schon längst getan hatten, und der Kaiser Ottos Freilassung anordnen.

Doch es stand ihm nicht zu, Albrecht jetzt den Zugang zum Silber seines Vaters zu verwehren.

Er schickte Rutger hinaus und ging Reinhard suchen.

Während Albrecht im Beisein Elmars und Giselberts Christian vom Geschehenen informierte und dem Münzmeister Befehle erteilte, wurden seine Männer in der Halle je nach Rang mit Wein oder Bier, Schinken, Käse und Brot bewirtet.

Lukas hatte inzwischen, wie verabredet, überall Wachen postiert, die verhindern sollten, dass sich ein Fremder mit schlechter Absicht an den Vorräten zu schaffen machte. Er überlegte kurz, ob er in die Halle gehen sollte, um Albrechts Männer im Blick zu behalten. Doch das würden bereits Peters Leute tun und dabei die Ohren weit aufsperren. Jedermann an Ottos Hof wusste, dass er Christians treuer Freund war; so würde seine Anwesenheit die anderen womöglich davon abhalten, dieses oder jenes auszuplaudern, mit dem sie prahlen konnten, wenn sie unter sich waren.

Vor allem aber verspürte er nicht die geringste Lust, seinen Bruder in trauter Gemeinsamkeit mit Albrechts Gesindel zu sehen.

Seit ihrer halbherzigen Versöhnung im Krieg, den möglichen Tod vor Augen, waren sie in Friedenszeiten nicht gerade die besten Freunde geworden, aber sie standen sich auch nicht mehr feindselig gegenüber.

Das hat sich mit dem heutigen Tag geändert, dachte Lukas

wütend, während er in den Stall ging. Er mochte den Jüngeren nicht sehen, sonst würde er sich womöglich zu einer Schlägerei provozieren lassen, die Christian nur schaden konnte. Lieber überprüfte er persönlich, dass bei den Pferden alles in Ordnung war. Nicht auszuschließen, dass hier ein Anschlag geplant war. Wie sein Freund auch traute er Albrecht und Elmar jede Hinterhältigkeit zu. Sie konnten sich gar nicht genug in Acht nehmen.

Die Stallburschen hatten alle Hände voll zu tun, so viele neu angekommene Pferde zu versorgen. Er ging zu seinem Braunen am hinteren Ende des Stalles, streichelte gedankenversunken den Hals des Tieres und überlegte.

Was plante Albrecht?

In welcher Gefahr schwebten sie alle?

Ein Geräusch, das nicht zur allgemeinen Geschäftigkeit passte, ließ ihn sich blitzschnell umdrehen. Jemand näherte sich ihm mit gleichmäßigen Schritten, kein Stallbursche, sondern ein Mann in guten Stiefeln. Lukas hatte seinen Dolch schon gezogen, als er den unerwarteten Besucher erkannte.

»Verschwinde, Verräterseele!«, knurrte er seinen Bruder an, ohne den Dolch sinken zu lassen, und spie ihm verächtlich den Strohhalm vor die Füße, auf dem er herumgekaut hatte.

Jakob hob abwehrend die Hände, als erwarte er, dass sein Bruder zustach.

»Ich hab mir gedacht, dass ich dich hier finde«, meinte er verlegen.

»Dann hattest du wahrhaftig einmal einen richtigen Gedanken. Wohl dein einziger seit langem. Aber du fandest es wahrscheinlich schlau, dich jetzt schon beim künftigen Markgrafen anzubiedern, nicht wahr?«

Jakob wich einen halben Schritt zurück angesichts der tiefen Verachtung, mit der sein Bruder ihm begegnete.

»Verschwinde aus meiner Nähe, ehe ich dich zu Boden schlage!«, zischte ihm Lukas wütend entgegen. »Und glaub mir, das kostet mich immer noch die geringste Mühe!«

»Hör zu«, versuchte Jakob ihn zu beschwichtigen. »Wenn du Christians Freund bist, dann halt jetzt einfach mal den Mund und hör mir zu! Ich habe nämlich nicht viel Zeit, dann muss ich mich wieder in der Halle blicken lassen.«

»Ja, bei deinen hinterlistigen Freunden.«

Jakob seufzte angesichts der Starrköpfigkeit seines Bruders, dann sprach er mit gesenkter Stimme. »Es ist nicht so, wie du denkst. Sie wissen nichts von unserer Aussöhnung, sie glauben immer noch, ich sei mit Christian und dir zerstritten, deshalb schlug Elmar Albrecht vor, mich in sein Gefolge aufzunehmen. Ich stimmte zu, um euch warnen zu können.«

»Hast du Albrecht einen Lehnseid geschworen?«, forderte Lukas zu wissen, kein bisschen einlenkend.

»Ja«, murmelte Jakob. »Aber kein ehrlicher Mann sollte jemandem wie ihm folgen müssen. Dass ich ihn jetzt verrate, habe ich allein mit Gott abzumachen, wenn es so weit ist.«

Immer noch misstrauisch, aber mit erwachendem Interesse, sah Lukas auf seinen Bruder.

»Christian sollte Vorbereitungen treffen, zu fliehen. Albrecht wird morgen wieder abreisen und in vier Wochen wiederkommen, um alles Silber zu holen. Und dabei will er Christian aus dem Weg räumen«, warnte Jakob.

Er schluckte, dann sagte er: »Du solltest vielleicht besser mit ihm fliehen.«

»Weißt du genau, was er plant?«, fragte Lukas, immer noch nicht völlig von der Aufrichtigkeit des Jüngeren überzeugt. Vielleicht wollte Albrecht sie dazu bringen, freiwillig zu gehen, damit er freie Hand hatte.

»Nein. So sehr trauen sie mir auch nicht. Aber sobald ich etwas erfahre, gebe ich euch Bescheid. Über einen von Peters Jungen.« Jakob hatte lange genug in Christiansdorf gelebt, um zu wissen, wie er das anstellen und an wen er sich dabei halten konnte.

»Was ist mit Christians Söhnen?«

»Sie sind noch auf dem Burgberg«, berichtete Jakob. »Aber ich hab ein Auge auf sie, zusammen mit ein paar heimlichen Verbündeten. Solange ich nicht da bin, wacht Friedmar über sie.«

Auf Friedmar ist Verlass, dachte Lukas erleichtert. Der bejahrte Ritter war angesehen genug, dass sein Wort auch von anderen respektiert wurde.

»Ich muss zurück.« Ohne ein weiteres Wort drehte sich Jakob um und ging.

Nachdenklich sah Lukas ihm nach. »Gott schütze dich, Bruder, solltest du recht haben«, murmelte er vor sich hin. »Und Er schütze dich erst recht vor meinem Zorn, solltest du mich belogen haben.«

Albrecht brach mit seinem Gefolge bereits am nächsten Morgen wieder auf – nicht ohne Christian persönlich dafür verantwortlich gemacht zu haben, dass jede verfügbare Unze Silber für ihn bereitstand, wenn er in vier Wochen wiederkäme.

Die Reiterkolonne hatte den Burghof kaum verlassen, da rief Christian Marthe, Lukas und Reinhard in seine Kammer.

Jakob hatte ihnen über Peters Schwester noch eine Nachricht überbringen lassen.

Ekkehart hatte den Überfall mit einer leichten Verletzung überstanden und war von der Wartburg als Bote geschickt worden, um Albrecht die Nachricht von der Festsetzung seines Vaters zu überbringen. Der Thüringer Landgraf musste geahnt oder gar gewusst haben, dass Ottos Erbe nicht sofort

Beschwerde beim König oder beim Kaiser einlegen würde. Statt Hedwig und Dietrich zu begleiten, sollte Ekkehart auf dem Burgberg bleiben, vorgeblich, um seine Verletzung auszukurieren, und erst dann seinen Dienst als Befehlshaber von Ottos Leibwache wiederaufnehmen, wenn der Markgraf die Wartburg verlassen durfte. Dann sollte er ihm mit einer Eskorte entgegenreiten.

»Traust du deinem Bruder?«, wollte Christian von Lukas wissen.

»Ehrlich gesagt, ich weiß es nicht«, gab dieser zu.

Reinhard räusperte sich, geradezu verlegen. Verwundert sahen die anderen ihn an. Auch wenn der junge Ritter einst in Randolfs Diensten gestanden hatte, so konnten sie sich bisher stets auf ihn verlassen. Doch es war selten, dass er sich bei solchen Besprechungen im engsten Kreis zu Wort meldete.

»Ich schätze, ihr könnt ihm vertrauen«, meinte er zur großen Verwunderung der anderen.

»Und wie kommst du zu diesem Urteil?«, fragte Lukas leicht gereizt.

Reinhard sah beklommen von einem zum anderen. Am liebsten hätte er jetzt Christian um ein Gespräch unter vier Augen gebeten, doch er wusste, dieser würde weder Lukas noch Marthe hinausschicken.

»Heute Nacht hat Elmar mich zu sich befohlen«, berichtete Reinhard mit gesenkter Stimme. »Er warf mir vor, einem Verräter zu dienen, wo ich doch einst Randolf meinen Treueeid geschworen hatte. Und da diese Burg sowieso bald einen neuen Vogt bekäme, sollte ich mir dringend überlegen, ob ich nicht schnellstens wieder die Seiten wechsle und mich ihm als nützlich erweise.«

»Nützlich inwiefern?«, fragte Christian mit hochgezogenen Augenbrauen.

»Indem ich euch beobachte ... und ihnen berichte, was ihr plant. Ihr solltet mich jetzt wohl besser hinausschicken.«

Reinhard blickte seinem Dienstherrn gefasst in die Augen. »Was ich nicht weiß, kann ich auch unter der Folter nicht verraten. Am besten, du entlässt mich gleich aus deinen Diensten. Dann reite ich zu Elmar und sage, unser nächtliches Gespräch sei belauscht worden.«

Für einen Moment herrschte Stille im Raum.

»Wir beraten hier nichts, das Albrecht nicht wissen dürfte. Wir planen keinen Anschlag auf ihn, sondern werden ihm das Silber befehlsgemäß übergeben. Und ich werde nicht fliehen«, erklärte Christian entschlossen.

Marthe gab sich größte Mühe, ihre Gesichtszüge unter Kontrolle zu behalten, als sie Christians letzte Worte hörte. Warum nur musste er so starrköpfig sein? Durften sie nicht einmal auch an sich, an ihre eigene Sicherheit denken? Lohnte es sich wirklich, nur für die Ehre zu sterben?

»Dass Jakob unser Verbündeter ist, weißt du ohnehin«, fuhr Christian fort, als würde er den stummen Aufruhr im Gesicht seiner Frau nicht bemerken. »Wirst du es schaffen, das für dich zu behalten?«

»Natürlich«, versicherte Reinhard leise. Er schien mit sich zu ringen, ob er die nächsten Worte aussprechen sollte, dann tat er es nach einigem Zögern. »Elmar droht, wenn ich mich nicht als zuverlässig erweisen sollte, würde er es meine Braut büßen lassen.«

»Das ändert alles«, entschied Christian sofort, während die anderen entsetzt schwiegen. Sie alle wussten, dass Reinhard in ein paar Wochen eines der jungen Mädchen heiraten wollte, die auf dem Burgberg unter Hedwigs Aufsicht erzogen wurden und an dem ihm viel lag. Es war unwahrscheinlich, dass die Markgräfin sie kurz vor der Hochzeit auf die lange, beschwerliche Reise zum Kaiser mitgenommen hatte. So war sie jetzt Elmar ausgeliefert.

»Du bist offiziell aus meinen Diensten entlassen. Reite nach Meißen und bitte Albrecht und Elmar, dich in ihr Gefolge aufzunehmen.«

Christian erhob sich und umarmte den jungen Ritter, der ebenfalls aufgestanden war. »Ich danke dir für deine Treue. Wenn du willst, kannst du dich weiter als in meinen Diensten betrachten.«

»Das werde ich. Und ich werde tun, was ich kann, um dich und deine Söhne zu schützen«, versicherte Reinhard mit brüchiger Stimme.

Dann ging er hinaus. Wenig später hörten sie ihn vom Burghof reiten.

»Nun lasst mal hören«, fasste Lukas wenig später das Ergebnis ihrer Beratung zusammen. »Wir haben in Meißen Friedmar und vielleicht auch Jakob und Reinhard, die deine Söhne schützen. Wobei wir nicht wissen, wie ehrlich es mein Brüderchen meint und ob sie Reinhard am Ende nicht doch noch mit der Drohung umstimmen, seiner Braut etwas anzutun. Für alle Fälle ändern wir die Pläne, wo sich Marthe und Clara verstecken können, falls es zum Schlimmsten kommt. Aber du wirst hier bleiben, allen Warnungen zum Trotz.«

Christian nickte entschlossen. »Ich rede jetzt mit Walther, dass er die Wachen verdoppelt, und dann mit dem Bergmeister.«

Er erhob sich und beendete damit die Zusammenkunft.

Marthe sank auf ihrem Sitz in sich zusammen. Sicher, es gab offiziell noch keinen Grund, warum Christian seinen Posten verlassen und fliehen sollte. Und doch sagte ihr jede Faser ihres Herzens, dass er es besser tun sollte, wenn er sein Leben retten wollte.

Lukas zeigte keine Eile, Christian zu folgen. Im Gegensatz zu seinem unnachgiebigen Freund war er durchaus der Meinung, dass Christian Fluchtvorbereitungen treffen sollte. Also würde er sich heimlich darum kümmern. Nicht einmal Marthe würde er etwas davon verraten, auch wenn er ihr dadurch einen Teil ihrer Ängste nehmen könnte. Er war sich nicht sicher, ob sie in einem Anfall von Schwäche seinen Plan nicht doch ihrem Mann verraten und dieser sein Vorhaben unterbinden würde.

Zuerst einmal musste er mit den Schmieden reden, mit Jonas und mit Karl, der mit der Tochter eines Obersteigers verheiratet war. Und dann mit Peter und Jonas' Ältestem Johann, den Anführern der jungen Burschen aus dem Dorf.

Der Überfall

Überraschend kamen Albrecht und sein Gefolge schon drei Tage vor dem angekündigten Termin zurück nach Christiansdorf.

»Ich wollte mich überzeugen, dass wirklich alles Silber bereitgestellt wird, um meinen Vater auszulösen«, verkündete er.

Mit Mühe schluckten Bergmeister und Münzmeister die Beleidigung hinunter, die hinter diesen Worten stand – dass sie etwas beiseitetun und dem Markgrafen vorenthalten würden.

Albrecht hatte diesmal nicht nur Elmar, Giselbert, Jakob und Reinhard in seinem beträchtlichen Gefolge, sondern als Knappen beziehungsweise Pagen auch Christians Söhne.

Sosehr sich dieser freute, Thomas und Daniel gesund wiederzusehen, so sehr beunruhigte es ihn, sie hier zu wissen. Albrecht würde sie als Geiseln benutzen, wenn es zu einer Auseinandersetzung zwischen ihm und dem Burgvogt kam. Und offensichtlich war das etwas, das er für diesen Besuch geplant hatte, wollten sie Jakob glauben.

Christian überlegte, ob er seinen Freund Raimund durch einen Boten hierherbitten sollte, damit er ihnen Verstärkung leistete, ließ den Gedanken aber fallen. Er hatte hier eine Menge fähiger und treuergebener Kämpfer, und es war gut, noch einen Verbündeten auswärts zu wissen, bei dem sich seine Familie notfalls verbergen konnte, wenigstens vorübergehend.

Die Burgbesatzung war angewiesen, sich auf keinen Fall von den Leuten des Markgrafen provozieren zu lassen.

Waltrud hatte inzwischen von der kranken Mechthild das Regime über Küche und Halle übernommen, und die energische Witwe verstand ihre Arbeit. Beim besten Willen konnte sich keiner der Gäste über das beklagen, was sie auftischen ließ, und mit der ihr eigenen Klugheit erkannte sie sofort in Burkhart, dem Befehlshaber von Elmars Wachen, einen potenziellen Verbündeten, wenn es darum ging, Krakeeler und Raufbolde aus der Halle fernzuhalten.

Marthe litt darunter, mit ihren Söhnen nicht sprechen zu können, da diese Albrechts Ritter zu bedienen hatten. Viel mehr Sorge aber bereitete ihr das drohende Unheil, das unsichtbar über ihnen schwebte.

Die erste Nacht und der nächste Tag verliefen ohne Zwischenfälle.

Doch als sich Burgbesatzung und Gäste bei einbrechender Dämmerung zum Mahl in der Halle versammelten, stürmten Walther und der Schmied Jonas aufgeregt in die Halle und verlangten den Burgvogt zu sprechen.

Besorgt ließ Christian die beiden zu sich kommen.

»Ein großer Trupp Bewaffneter nähert sich von Westen!«, berichtete Walther schwer atmend. »Sie sind noch ein ganzes Stück vom Dorf entfernt, aber der Köhler hat sie beobachtet und ist zu Meister Jonas gelaufen, so schnell er konnte, um uns zu warnen.«

»Wie viele?«, fragte Christian.

»Das wissen wir nicht. Der Köhler hat sie entdeckt, als sie rasteten, war aber zu aufgeregt, um sie zu zählen. Er meint, es seien viele, und ihren Gesprächen nach wollen sie ins Dorf einfallen, wenn es dunkel ist.«

»Ein paar deiner Männer sollen auskundschaften, wie viele es sind und ob sie es auf die Burg oder das Dorf abgesehen haben.«

»Sind schon unterwegs und müssen jeden Augenblick wiederkommen«, gestand Walther.

»Gut. Alle Bewaffneten sollen sich bereithalten, aber löse noch keinen Alarm im Dorf aus, ehe wir nicht mehr wissen.«

»Unsinn!«, befahl Albrecht. »Bemannt die Burg mit meinen und Euren Leuten und schließt das Tor! Alles andere ist bedeutungslos. Diese Burg ist stark genug, um Angriffen standzuhalten.«

»Und die Menschen im Dorf?«, widersprach Christian leidenschaftlich. »Bei Angriffen oder Feuersbrünsten müssen sie hier Schutz suchen können. Dafür ist die Burg erbaut.«

»Erbaut wurde sie, um das Silber des Markgrafen zu schützen, nicht ein paar Bauerntölpel!«, fuhr Albrecht ihn an.

Nur mit Mühe hielt Christian an sich. »Wir Ritter haben bei unserer Schwertleite geschworen, die Schwachen zu schützen!«

»Hier geht es um ein paar hundert Mark Silber, die habt Ihr zu schützen!«, brüllte Albrecht. Jäh erhob er sich und hätte dabei

558

beinahe die Tafel umgestoßen. »Zu den Waffen! Wir werden angegriffen!«

Sowohl seine als auch Christians Gefolgsleute sprangen von den Plätzen auf, doch sorgte Albrechts Befehl eher für Verwirrung als für gezieltes Handeln.

Wer greift wen an?, schienen sich seine Anhänger zu fragen, und die ersten unternahmen Anstalten, über die Christiansdorfer herzufallen. Die wiederum blickten zu ihrem Anführer, um dessen Befehle entgegenzunehmen.

»Eine Bande Bewaffneter ist im Anmarsch aufs Dorf!«, rief Christian, so laut er konnte, woraufhin ein paar Übereifrige davon abließen, sich mit der Burgbesatzung prügeln zu wollen. »Bewaffnet euch und versammelt euch auf dem Burghof!«

Hektisches Gedränge setzte ein. Rasch leerte sich die Halle, und es dauerte nicht lange, bis sich alle Männer – Albrechts und Christians – draußen in voller Bewaffnung eingefunden hatten.

Christian besetzte Türme und Wehrgänge und schickte zwei Dutzend Mann ans Burgtor. Noch schien alles still im Dorf zu sein, nichts deutete auf einen bevorstehenden Überfall hin.

Dann sah er einen Berittenen in atemberaubendem Tempo auf das Tor zukommen – Kuno, den er trotz der Dämmerung am roten Haarschopf erkannte.

Kaum durchs Tor geprescht, sprang der junge Mann vom Pferd und meldete atemlos: »Sie wollen das Dorf niederbrennen! Jetzt sind sie nur noch zwei Meilen vom westlichen Wartturm entfernt!«

»Die Hälfte unserer Männer dorthin, den Dorfeingang verteidigen! Alarmiert die Dorfbewohner!«, befahl Christian sofort.

Jemand lief los, um das Eisen zu schlagen.

559

»Ihr könnt jetzt die Burg mit dem Silberschatz nicht entblößen!«, fuhr Albrecht Christian an. »Den wollen sie haben!«

»Ihr habt genug Kämpfer mitgebracht, die sie verteidigen können«, widersprach dieser. »Zuallererst haben sie es auf das Dorf abgesehen. Wenn wir sie gleich dort aufhalten, ist auch Euer Silber ungefährdet!«

Er lief los, um drei Dutzend seiner Männer unter Lukas' Kommando zum Wartturm zu schicken. In größter Eile ritten sie hinaus.

Schon näherten sich ihnen die ersten Dorfbewohner – verstört und voller Angst. Einige hatten sich offensichtlich bereits zur Nachtruhe niedergelegt, als der Alarm sie aufschreckte.

»Ein Angriff! Rasch, in die Burg!«, rief Christian ihnen zu.

Die Dörfler begannen zu rennen. Doch bevor sie das Tor erreichten, hatten Albrechts Männer bereits auf dessen Befehl begonnen, die Zugbrücke hochzuziehen.

»Feuer!«, schrie eine Frau und zeigte zum Ortsausgang, wo eine Rauchwolke gen Himmel stieg. Die Menschen um sie herum stöhnten oder beteten laut.

»Lasst sofort die Zugbrücke wieder herab!«, befahl Christian den Reisigen aus Albrechts Gefolge, die dabei waren, den Zugang einzuholen. Als sie seine Weisung ignorierten, zog er sein Schwert und zwang sie dazu. Dann rannte er zurück zum Tor.

»Das Tor schließen!«, brüllte Elmar von oben.

Dichtgedrängt und voller Angst, schoben und schubsten die Dorfbewohner, um Zuflucht auf der Burg zu finden, ehe sie verschlossen wurde.

»Lasst erst die Leute herein!«, widerrief Christian brüllend Elmars Befehl.

Rasselnd fiel das eiserne Tor hinab, bevor die ersten Schutzsuchenden die Burg betreten konnten.

Mittlerweile kamen die ersten Bewohner des westlichen Dorfendes in panischer Flucht angerannt. »Sie brennen unsere Häuser nieder! Wer sich nicht schnell genug retten kann, den schlagen sie tot!«, schrie eine Frau mit aufgelöstem Haar, die nur ein Tuch über ihr Unterkleid geschlungen hatte. »Den alten Gernot haben sie erwischt!«

Verängstigt oder wütend schrien die Dorfbewohner auf, die vordersten rüttelten am Gitter und forderten Einlass.

Die meisten von Albrechts Leuten waren inzwischen auf den Wehrgängen postiert, so dass nur noch ein paar seiner Männer das Tor hüteten, ein halbes Dutzend Reisige und Reinhard.

Christian rief Walther, Kuno, Bertram und Jonas herbei, dem er seinen Dolch hinüberwarf.

»Öffne das Tor!«, befahl er demjenigen, der den Mechanismus betätigt hatte, und streckte ihm sein blankes Schwert entgegen. Die anderen machten sich ebenfalls bereit, notfalls mit Waffengewalt den Zugang für die Dorfbewohner zu erzwingen.

»Tu, was er sagt«, befahl Reinhard nach kurzem Zögern. Angesichts der Überzahl entschlossener Kämpfer sah der Reitknecht keinen anderen Ausweg, als dem Befehl nachzukommen, und zog das Eisengitter wieder hoch. Sofort strömten die Dörfler auf den Burghof, der sich im Nu mit verängstigten, weinenden und Gebete murmelnden Menschen füllte.

Dann gab Christian Befehl, das Tor zu schließen und die Zugbrücke hochzuziehen, und rannte nach oben, um sich vom Wehrgang aus einen Überblick zu verschaffen.

Der Kampf ums Dorf schien ausschließlich am westlichen Wartturm zu toben, mehrere dort gelegene Katen brannten lichterloh, aber sie standen zum Glück weit genug auseinander, um nicht die Nachbarhäuser in Brand zu stecken, falls nicht noch plötzlich starker Wind aufkam. In der Dämmerung konnte er sich bekämpfende Menschenknäuel erkennen, aber keine Einzelheiten. Alles in ihm drängte danach, hinauszustürmen, um mit dem Rest seiner Männer Lukas zu Hilfe zu eilen.

»Habt Ihr genug Leute, um die Burg zu verteidigen, falls es die Angreifer bis hierher schaffen?«, fragte er Reinhard, der die Burg gut genug kannte und schon vorübergehend mit dem alten Friedmar kommandiert hatte.

Der nickte. »Mehr als genug.«

Sofort sammelte Christian den Rest seiner Mannschaft um sich. »Wir reiten hinaus und machen sie nieder!«, rief er Elmar zu, der den kurzen Dialog mit Reinhard gehört hatte. »Sichere mit deinen Männern die Burg!«

Es wurde schwierig für sie, mit ihren Pferden durch den dichtgefüllten Burghof zu kommen, ohne jemanden niederzutrampeln. Christians Wunsch erfüllte sich nicht, noch einmal einen Blick auf Marthe werfen zu können. Er hoffte nur, dass sie sich mit ihren Kindern in die Kapelle gerettet hatte, wie für den Notfall abgesprochen.

Reinhard sorgte dafür, dass für den Ausbruch der bewaffneten Kavalkade Tor und Zugbrücke für möglichst kurze Zeit geöffnet beziehungsweise hinuntergelassen und die Burg sofort danach wieder verschlossen wurde.

Mit lautem Schrei und erhobenem Schwert ritt Christian an der Spitze seiner Männer, genau hinein in das Kampfgetümmel am Dorfausgang.

In der Dämmerung und durch den Rauch der brennenden Katen konnte er kaum noch etwas sehen, doch das Schwertergeklirr und die Rufe verrieten ihm, wo der Kampf am heftigsten tobte. Genau dorthin lenkte er seinen Rappen, teilte Hiebe nach links und rechts aus, um die unbekannten Gegner niederzustrecken.

Er erkannte, dass Lukas' Trupp inzwischen in Bedrängnis geraten war – die Überzahl der Feinde war zu groß. Doch durch Christians Verstärkung änderte sich die Lage schnell.

Bald war die Blutarbeit getan.

Längst herrschte Nacht, aber die immer noch glimmenden Reste der niedergebrannten Häuser beleuchteten die unheimliche Szenerie.

Lukas kam auf Christian zu, voller Blut, doch offensichtlich unverletzt bis auf eine Beinwunde, die ihn zum Humpeln zwang.

»Hast du mir nicht zugetraut, mit den paar Halunken allein fertig zu werden?«, fragte er. Dann wurde sein Gesicht ernst. »Ihr hättet nicht viel später kommen dürfen. Sie waren in dreifacher Überzahl, und ich habe ein paar gute Leute verloren.«

Christian legte dem Freund die Hand auf die Schulter, dann zog er ihn kurzentschlossen an sich. »Gott sei es gedankt, dass du am Leben bist.«

Einen Moment standen sie schweigend nebeneinander, bis sie zusammen losgingen, um nach den Toten zu sehen. Alle Angreifer waren niedergestreckt worden, doch auch einige von Christians Männern hatten die Verteidigung des Dorfes mit ihrem Leben bezahlt, drei seiner Ritter und ein halbes Dutzend Wachen.

Bei jedem seiner Männer, die Christian dort liegen sah, fühlte er sich schlechter. Hätte er gleich mit allen hinausreiten und Elmar die Verteidigung der Burg überlassen sollen? Doch dann wäre den Dörflern die Zuflucht verwehrt geblieben, das konnte er nicht dulden. Niemand hatte zu diesem Zeitpunkt wissen können, wie stark, wie gut ausgebildet und bewaffnet die Angreifer waren und wie weit sie sich ins Dorf durchschlagen würden.

Ganz abgesehen davon, dass Albrecht befohlen hatte, alle

Kämpfer auf der Burg zu lassen, und er diesem Befehl offen zuwidergehandelt hatte. Schlimmer noch, er hatte dessen Leute mit Waffengewalt gezwungen, gegen Albrechts ausdrückliche Order zu verstoßen. Es würde ihn also allerhand Ärger erwarten, wenn er auf die Burg zurückkehrte.

Christian gab Befehl, seine gefallenen Männer auf die Pferde zu hieven und sie zurück zur Burg zu bringen.

Um Leichenwäsche und Begräbnis für den alten Gernot, einen Sattler, würde sich dessen Familie kümmern.

Während die Toten geborgen wurden, inspizierte er zusammen mit Lukas die Leichen der getöteten Angreifer. Weder anhand ihrer Ausrüstung noch ihren Gesichtern konnte er sie irgendeinem Gegner zuordnen. Was ihn irritierte: Ihre Waffen waren eindeutig besser als ihre Kleider.

»Ein merkwürdiger Angriff, findest du nicht auch?«, meinte er zu Lukas.

»Das hab ich auch gerade überlegt«, entgegnete der Freund. »Wieso sollten sie das Dorf überfallen, wenn sie wissen, dass gerade alles Silber auf der doppelt bemannten Burg ist? Wieso haben sie nicht noch zwei Tage gewartet, bis das Silber fortgeschafft wird, und dann den Transport angegriffen? Worauf waren sie aus? Und wer gab ihnen diese Waffen?«

»An der Sache ist was faul. Aber ich schätze, wir werden es bald erfahren.« Christian weigerte sich, den Verdacht auszusprechen, der in ihm aufkam. Es war einfach zu ungeheuerlich.

»Wenn wir ankommen, wird es sicher einigen Ärger meinetwegen geben«, sagte er stattdessen zu seinem Freund. »Nutze das Durcheinander, um einen zuverlässigen und schnellen Boten nach Meißen zu schicken. Jemand, dem wir dort trauen können, muss sofort Reinhards Braut in Sicherheit bringen.«

Auf Lukas' fragenden Blick erklärte er: »Reinhard hat gegen

Elmars Befehl das Tor öffnen lassen, um die Dörfler einzulassen.«

Die beiden Ritter saßen auf und führten ihren Trupp zurück Richtung Burg, jeder in düstere Gedanken verstrickt.

Mit blutigen Waffen und Kettenpanzern, jeder mehr oder weniger verwundet, hielten die Verteidiger des Dorfes vor der Zugbrücke. Neun von ihnen führten ein Pferd mit einem gefallenen Kämpfer am Zügel.

»Der Angriff ist zurückgeschlagen, sämtliche Gegner sind tot. Das Dorf ist wieder sicher!«, rief Christian hinauf zum Turm, wo er Elmar neben Albrecht stehen sah. »Lasst uns ein. Die Dörfler können zurück in ihre Häuser.«

Es schien eine halbe Ewigkeit zu dauern, bis das Tor geöffnet und die Zugbrücke hinabgelassen wurde.

Erleichtert, manche mit tränennassem Gesicht, strömten die Dorfbewohner aus der Burg.

»Danke, Herr«, sagten etliche von ihnen zu Christian, während sie an ihm vorbeiliefen. Einige verneigten sich oder küssten seine blutverschmierte Hand, die immer noch das Schwert hielt. »Das werden wir Euch nie vergessen!«

Dann mussten sie an den Leichnamen der Kämpfer vorbei, die bei der Verteidigung des Dorfes ihr Leben gegeben hatten. Kreuze wurden geschlagen, Gebete gemurmelt.

Endlich war der Menschenstrom versiegt und der Zugang zur Burg frei.

Christian setzte seinen Rappen in Bewegung und ritt an der Spitze seiner Männer auf den Burghof. Als sie alle dort versammelt waren, hörte er das Fallgitter hinter sich hinabrasseln.

Er sah Albrechts Bewaffnete im Halbkreis und mit gezogenen Waffen auf dem Burghof stehen und wusste, was kommen würde, als er absaß.

»Nehmt ihn gefangen!«, befahl Albrecht und wies mit ausgestreckter Hand auf Christian. »Er hat sich meinen Befehlen mit Waffengewalt widersetzt. Dafür verdient er den Tod.«

Zögernd ging Hartmut auf Christian zu. »Eure Waffen, Christian! Und leistet besser keinen Widerstand, sonst würden Eure Familie und Eure Freunde dafür zahlen.«

Scheinbar ruhig händigte Christian Hartmut sein Schwert und seinen Dolch aus. Das konnte er noch ertragen, denn es kam nicht überraschend für ihn, und Hartmut besaß noch so etwas wie Anstand, selbst wenn er Albrecht diente.

Schwerer fiel es ihm hingegen, ohne Widerstand hinzunehmen, dass Elmar persönlich ihm die Fesseln anlegte und dann so heftig auf den Rücken hieb, dass er in die Knie sackte.

»Bleibt, wo Ihr seid und hingehört – in Fesseln vor mir auf Knien!«, fuhr Albrecht ihn an, als er sich wieder hochstemmen wollte. »Und denkt nicht einmal daran, hier den Helden spielen zu wollen!«

Er gab einigen seiner Leute ein Zeichen, und dann wurden zu Christians Entsetzen fünf weitere Männer in Ketten in die Mitte des Burghofes gestoßen: Walther, Kuno, Bertram, Jonas, der Schmied, und Reinhard, der jede Farbe aus seinen Gesichtszügen verloren hatte.

»Diese Verräter haben meine Gefolgsleute mit Waffengewalt dazu gezwungen, meinen Befehlen zuwiderzuhandeln. Auch ihnen gebührt dafür der Tod.«

»Ich übernehme die volle Verantwortung für ihr Tun!«, rief Christian mit fester Stimme. »Sie taten, was ich ihnen befahl. Und Reinhard, der aus eigenem Willen in Eure Dienste übergewechselt ist, wurde mit vorgehaltener Waffe gezwungen, Euerm Befehl zuwiderzuhandeln. Ihn trifft keine Schuld.«

»Wenn das so ist«, meinte Albrecht mit gedehnter Stimme, »spricht das nicht gerade für seine Standhaftigkeit und sein

Waffengeschick. Aber da Ihr so wacker für Eure Schandtat einsteht und alle Schuld auf Euch nehmen wollt, werde ich mir später Gedanken über ihre angemessene Bestrafung machen. Schafft sie mir aus den Augen!«, befahl er seinen Wachen, die die fünf Gefangenen fortzerrten.

Dann richtete Albrecht seinen kalten Blick wieder auf Christian. »Solltet Ihr vor Eurer Hinrichtung fliehen, werde ich mich an denen da schadlos halten. Und an Euerm Weib und Euren Söhnen! Vielleicht macht Euch dieses Wissen den Gedanken an den Tod etwas leichter.«

»Ich habe Anspruch, vor dem Landding gehört zu werden, bevor Ihr das Urteil über mich fällt«, forderte Christian.

»Du hast Anspruch auf gar nichts, du Bastard und Verräter!«, hielt ihm Elmar entgegen, der es sich nicht nehmen ließ, ihn persönlich hochzuzerren und zum Bergfried zu führen.

»Werft ihn ins tiefste Verlies«, befahl er dann ein paar Wachen, die seinen Befehl mit größter Rücksichtslosigkeit befolgten. Grob wurde Christian in das Loch unter der Wachstube gestoßen.

Das war es also, dachte er, als der erste Schmerz des Aufpralls verebbte.

Jetzt blieb ihm nur zu hoffen, dass sich seine Freunde um die Sicherheit von Marthe und seinen Kindern kümmerten, seine fünf Getreuen freigelassen wurden und jemand rechtzeitig Reinhards Braut außer Gefahr brachte. Und dass sie einen Priester zu ihm ließen, bevor sie ihn töteten.

Marthe hatte Christians Verhaftung vom Fenster ihrer Kammer aus beobachten müssen, in die sie von Albrechts Wachen geführt worden war, kaum dass ihr Mann mit seinem Reitertrupp die Burg verlassen hatte, und die sie auf Befehl des selbsternannten Markgrafen nicht verlassen durfte.

Stumm starrte sie auf die Szene, unfähig, sich zu regen, den Blick abzuwenden oder ein Wort zu sagen. Dabei drängte alles in ihr danach, in die Welt hinauszurufen, dass dies eine himmelschreiende Ungerechtigkeit war, dass der Allmächtige Blitz und Donner zur Erde senden solle, um dem gottlosen Treiben Albrechts Einhalt zu gebieten und ihren Mann zu retten.

Doch sie war wie gelähmt.

Vielleicht, weil sie in ihrem tiefsten Inneren ebenso wie Christian geahnt hatte, dass es so kommen würde? Und sie konnte nichts dagegen tun.

Der Burghof hatte sich inzwischen geleert, aber sie starrte immer noch aus dem Fenster. Lautes Stimmengewirr vor ihrer Kammer zwang sie, sich umzudrehen. Kamen sie nun, um auch sie zu töten?

Harsch wurde die Tür zu ihrer Kammer aufgerissen, und einer von Elmars Reisigen trat beiseite, um Hartmut einzulassen.

»Es wurden mehrere von Christians Männern verletzt, und sie bitten darum, dass Ihr Euch um ihre Wunden kümmert. Seid Ihr bereit dazu?«

Marthe nickte. »Dazu muss ich aber in meine Kammer mit den Verbänden und Arzneivorräten.«

Hartmut zögerte. Dann befahl er zwei seiner Männer zu sich. »Ihr werdet die Dame hinuntergeleiten und haftet mit Euerm Leben dafür, dass sie nicht flieht!«

Die damit Beauftragten grinsten verächtlich. Wie sollte so ein schwaches Weibsbild schon an ihnen vorbeikommen? Dennoch wollte einer von ihnen Marthe grob am Arm packen. Sie sah Hartmut fordernd in die Augen, und er befahl dem Reitknecht, sie loszulassen.

Ruhig, mit erhobenem Haupt, ging Marthe die Treppe hinunter in ihre Kräuterkammer. Ihr Inneres war wie erstorben, dennoch befahl sie sich, alle Gedanken auf die Verletzungen derer zu richten, die jetzt ihre Fürsorge brauchten.

Die beiden Wachen stellten sich vor der Tür auf, nachdem sie sich überzeugt hatten, dass die Fensteröffnung zu klein war, als dass Marthe durch diese hätte fliehen können. Da sie Johanna, Marie und Clara im Dorf versteckt hatten, forderte sie, dass eine Magd ihr sauberes Wasser bringen und zur Hand gehen solle.

Schon füllte sich der Raum mit verletzten Kämpfern. Rasch verschaffte sich Marthe einen Überblick, wer am dringendsten Hilfe benötigte, und begann, die ersten Wunden auszuwaschen und abzubinden. Peters Schwester Anna kam mit zwei Eimern Wasser und lief gleich wieder los, um Glut zu holen, denn es waren Wunden auszubrennen.

»Eure Söhne sind in der Kapelle bei Pater Hilbert und haben um Kirchenasyl nachgesucht«, wisperte sie Marthe zu. »Und der junge Christian ist mit dem Pferd des Bergmeisters zum Burgberg unterwegs, um Reinhards Braut zu warnen. Ritter Friedmar soll sich um sie kümmern.«

Diese Nachrichten nahmen Marthe einen Teil ihrer Sorgen. Doch sie sah, dass Anna dem Weinen nah war, auch wenn sie sich das nicht anmerken lassen wollte. Nicht nur, weil sie den Burgherrn aus ganzem Herzen verehrte, der ihr Leben vor vielen Grausamkeiten und einem frühen Tod bewahrt hatte. Sie und der junge Christian, der verwegene Stallbursche, der selbst mit den wildesten Pferden zurechtkam, waren schon seit einiger Zeit ein Paar und wollten bald heiraten. Ein nächtlicher Ritt durch den Wald war keine ungefährliche Sache. Zumal, wenn Albrecht nach dem Stallburschen suchen lassen sollte, den er einst verprügelt und sicher nicht vergessen hatte.

»Lasst mich mal durch, ich kann nicht mehr stehen, so sehr schmerzt das Bein«, ertönte eine vertraute Stimme.

Erschrocken und erleichtert zugleich, sah Marthe, dass Lukas sich humpelnd durch die wartenden Verletzten schob, um sich mit gequälter Miene auf einen Schemel hinter Marthe sinken zu lassen.

Seine Wunde war nicht tief, aber sicher schmerzhaft. Der Freund blickte finster, doch sein kurzer, verschwörerischer Blick zu Marthe sagte ihr, dass er etwas plante.

Ihre Vermutung sollte sich umgehend bestätigen.

»Los, jammere mal ein bisschen lauter«, raunte er dem ersten Patienten zu, dem Marthe eine Wunde ausbrennen musste. Der hatte keine Mühe, Lukas' Wunsch zu entsprechen, und stöhnte herzzerreißend, selbst als Marthe mit ihrer Arbeit fertig war und sich dem Nächsten zuwandte.

Dabei begann ihr Lukas ins Ohr zu raunen, welchen Plan er schon vor Wochen ersonnen und heimlich in die Tat umgesetzt hatte.

Marthe hatte alle Mühe, sich nichts von ihrer Verblüffung anmerken zu lassen.

Lukas hatte mit Karls Schwiegervater, dem Obersteiger, dafür gesorgt, dass von einer der nahen Gruben heimlich ein Fluchttunnel zum Verlies im Bergfried gegraben wurde. Den Bergmeister, der sicherlich bei diesem Plan mitgewirkt hätte, wollten sie bewusst im Ungewissen lassen, damit er Albrecht gegenüber hinterher ruhigen Gewissens schwören konnte, von nichts gewusst zu haben. Gemeinsam mit einigen vertrauenswürdigen Bergleuten hatten der junge Christian, die Söhne der Schmiede und die anderen Burschen von Peters Bande in den vergangenen vier Wochen heimlich einen Fluchtweg gegraben. Lukas hatte vorausgeahnt, dass Christian im Verlies des Bergfrieds landen würde, und Vorsorge getroffen.

Daher rührten also die Gerüchte um die Berggeister, die sich neuerdings des Nachts in einer der Gruben zu schaffen machen schienen, so dass die furchtsamen Dörfler lieber einen Bogen um die betreffende Gegend machten!

»Es fehlt nur noch das letzte Stück, der Durchschlag. Den schaffen sie bis morgen früh. Dann holen wir Christian heraus – und niemand wird etwas merken, bevor sie ihn vor Gericht stellen wollen.«

So verblüfft und erleichtert Marthe war; ihre Zweifel überwogen. »Er wird nicht fliehen, solange Albrecht hier so viele Getreue und unsere Söhne als Geiseln hält. Das wird er nicht tun!«, wisperte sie verzweifelt.

»Keine Sorge, wir haben alles bedacht. Noch bevor sie seine Flucht bemerken, hauen wir euch mit Waffengewalt hier raus. Es ist für eine kleine Abwechslung beim Frühmahl gesorgt, das verschafft uns etwas Zeit. Und in der allgemeinen Verwirrung, für die Peters Leute sorgen, ohne dass das zu ihnen zurückverfolgt werden kann, bringen wir euch fort von hier. Es ist nicht ohne Risiko, aber das müssen wir eingehen. Besser, als ihn sterben zu sehen und vielleicht die anderen noch dazu.«

Wieder verdüsterte sich Lukas' Gesicht.

Von widerstreitenden Gefühlen hin- und hergerissen, setzte Marthe ihre Arbeit fort, bis sie schließlich von Elmars Wachen wieder in ihre Kammer geführt wurde. Sie hörte, wie sich die beiden vor der Tür postierten und da und dort eine mürrische Bemerkung austauschten, dass sie nun nicht mit den anderen in der Halle den Sieg feiern durften. Dann kniete sie nieder und begann zu beten, für Christians Leben und dass die Rettung gelingen möge.

Christians Entscheidung

Voller Unruhe wartete Marthe auf die Nachricht, dass Christians Flucht geglückt war. Ihre Füße schienen einen eigenen Willen bekommen zu haben und wollten sie nach draußen tragen, zur Grube, die das Ende des in aller Eile gegrabenen geheimen Ganges bildete, um ihn in ihre Arme zu nehmen und an sich zu pressen. Doch sie wusste, dass sie jetzt ihre Kammer nicht verlassen durfte, wollte sie keinen Verdacht erwecken, dass sie und etliche Christiansdorfer an der Flucht des Gefangenen beteiligt waren. Albrechts Strafgericht würde wahllos jeden treffen, von dem er wusste, dass er mit ihr und Christian sympathisierte.

So blieb ihr nichts, als zu bangen, zu hoffen und zu beten. Nur, ihr Herz wollte einfach nicht leichter werden.

Der Tag schritt voran, ohne dass etwas geschah.

Mechthild war die Erste, die ihre Kammer betreten durfte. Auf ihrem Gesicht entdeckte Marthe kein verschmitztes Lächeln oder Erleichterung über die geglückte Flucht, sondern nur tiefen Kummer.

Ihr letztes bisschen Hoffnung erlosch wie ein winziges Fünkchen in einem Schwall eisigen Wassers.

»Ritter Lukas bittet, dass Ihr nach seiner Wunde seht, die wieder blutet«, verkündete Mechthild laut. »Er wartet in der Halle auf Euch.«

So war wenigstens Lukas noch frei! Im ersten Moment hatte Marthe befürchtet, die Flucht sei entdeckt und alle Beteiligten verhaftet worden. Dennoch fühlte sie sich, als müsste ihr Herzschlag gleich aussetzen. War Christian tot? Welche andere Erklärung konnte es sonst geben, wenn er nicht in Freiheit war?

»Erlaubt Euer Herr, dass ich hinuntergehe und mich um die Verletzung eines Ritters kümmere?«, fragte sie den Mann, der vor ihrer Tür Wache hielt.

Der überlegte kurz. »Nein, meine Befehle sind eindeutig. Wenn dieser Ritter wirklich Eure Hilfe braucht, soll er hierherkommen, und Ihr behandelt ihn, während ich Euch bewache.«

Marthe blieb nichts weiter übrig, als zu nicken und Mechthild zu beauftragen, den Verletzten heraufzubitten und ihren Korb mit Arzneien zu holen.

Wenig später kam Lukas, mit noch düstererem Gesicht als die Köchin.

Der Wächter begleitete ihn in die Kammer. »Die Tür bleibt offen. Ich werde aufpassen, dass die Ehre der Dame gewahrt wird und hier keine Ränke geschmiedet werden«, verkündete er mit selbstgefälliger Miene.

»Tüchtiger Mann«, lobte Lukas ihn. »Einer, der weiß, worauf es ankommt.«

Der andere grinste dümmlich, drehte sich um und ging, um sich wieder an der Tür zu postieren. Doch er kam keine drei Schritte weit, da hieb Lukas ihm die verschränkten Hände so kräftig in den Nacken, dass er bewusstlos zu Boden stürzte.

»Tölpel«, revidierte er sein Urteil, verschloss hastig die Tür und setzte sich Marthe gegenüber.

»Was ist mit Christian?!«, bedrängte sie ihn, während sie die Tränen kaum zurückhalten konnte.

»Er weigert sich, zu fliehen«, brachte Lukas finster hervor.

»Was???« Marthe starrte ihn fassungslos an. Obwohl diese Antwort für sie nicht unerwartet kam, weigerte sich ihr Verstand, sie zu akzeptieren. »Hast du ihn gesehen? Hast du mit ihm gesprochen?«

»Ja. Als Peter die Nachricht brachte, hab ich mich selbst durch den Gang gezwängt und auf ihn eingeredet. Es besteht keine Chance, ihn umzustimmen. Und so bitter es ist – in gewisser Weise hat er sogar recht.«

Er griff nach Marthes Händen, die eiskalt geworden waren, und umklammerte sie mit seinen. »Ich soll dir von ihm ausrichten, dass er dich liebt. Er bittet dich, jetzt allen Mut zusammenzunehmen und zu ihm zu stehen.«

»Aber …« Marthe brachte vor Entsetzen kaum noch ein Wort heraus. »Weiß er nicht, dass Albrecht ihn töten will?«

»Er weiß es«, sagte Lukas kurz angebunden.

Marthes Tränen zu sehen, brach ihm das Herz. Und auch er konnte nicht mit dem Gedanken leben, dass sein Freund scheinbar gelassen dem Tod ins Auge sah.

»Er meint, wenn er jetzt flieht, macht er nicht nur dich und eure Kinder ebenso zu Gesetzlosen, sondern wer weiß wie viele Christiansdorfer noch«, begann er zu erklären. »Albrecht würde ein Blutbad im Dorf anrichten, und daran will er nicht schuld sein. Sollte er ihn jedoch hinrichten lassen, ohne Landding und ordentlichen Prozess, kann Otto nicht darüber hinweggehen, wenn er nicht die Unterstützung seiner Lehnsleute verlieren will. Es wäre ein so offensichtlicher Bruch des Lehnsrechtes, dass es Albrecht sogar die Erbfolge kosten könnte. Christian sagt, er habe geschworen, euch alle zu schützen. Und er bittet dich um Verzeihung für den Kummer, den er dir bereitet.«

Lukas stockte, weil auch ihm die Stimme brach. Schließlich stand er auf und zog Marthe hoch. Er umarmte sie und hielt sie fest, während sie an seiner Schulter schluchzte.

Er rührte sich nicht, sondern stand einfach nur stumm da, als Halt für sie in ihrem fassungslosen Schmerz, während ihm selbst der Kummer die Kehle zuschnürte.

Er verschwieg, dass er die halbe Nacht lang Pläne geschmiedet hatte, wie er mit Hilfe einiger Entschlossener Christian noch vom Richtplatz befreien konnte. Aber Christian hatte sich entschieden. Er würde die Hilfe nicht annehmen, um das Blutgericht im Dorf vermeiden zu können, das eine solche Aktion zweifellos mit sich bringen würde.

Die Zeit schien eingefroren, während sie so dastanden, vereint in Schmerz und Trauer.

Dann begann sich der niedergeschlagene Wachsoldat zu regen. Lukas ließ Marthe los und setzte ein klägliches Lächeln auf, während er ihr in die Augen sah. »Fühlst du dich bereit, dem Dummkopf da weiszumachen, dass er keinesfalls von mir zu Boden geschickt wurde?«

»Einen Moment noch«, schniefte sie. Ihr Arm schien bleiern schwer, als sie sich übers Gesicht fuhr, um die Tränen abzuwischen.

Sie schloss die Augen für eine Weile, bis es fast so schien, als würde sie im Stehen schlafen. Dann riss sie sie mit einem Ruck auf. »Jetzt.«

Er nickte ihr ermutigend zu, dann hockte er sich neben den zu Boden Geschlagenen und brachte ihn mit ein paar kräftigen Schlägen ins Gesicht wieder zu sich.

»He, du da, wach gefälligst auf! Was soll dein Herr von dir denken, wenn du dich mitten während des Dienstes langlegst, noch dazu in der Kammer einer Dame!«

Verwirrt schlug der Wächter die Augen auf und sah sich um.

»Du bist gestürzt. Ich hoffe, du hast dir nichts getan«, sagte Marthe rasch.

Er sah ihren bekümmerten Gesichtsausdruck und deutete ihn als Sorge um sich. Das schmeichelte ihm, doch er war immerhin misstrauisch genug, sich umzuschauen, worüber er gestolpert sein könnte.

»Los, hoch mit dir, sonst melde ich dich deinem Herrn«,

schnauzte Lukas ihn an. Der Befehlston erstickte bei dem Mann jeden weiteren Gedanken. Hastig stand er mit verlegener Miene auf. »Verzeiht, Herr!«

»Und nun erfülle gefälligst deine Aufgabe und pass auf, dass alles rechtens zugeht, wenn sich die Dame des Hauses um meine Verletzung kümmert«, befahl Lukas, was zur Folge hatte, dass sich die Wache hastig zur Tür zurückzog, um sich dort zu postieren.

Marthe musste nun zu Ende mitspielen, holte aus einer Truhe ein Stück Leinen, riss es in Streifen und verband die Wunde neu.

Jedes Wort, jede Bewegung fiel ihr unendlich schwer.

Ihr war zumute, als ob die Trauer sie erstickte.

Nachdem Lukas gegangen war, blieb ihr nichts als Verzweiflung. Da sie die Kammer nicht verlassen und auch niemand zu ihr durfte, kroch sie unter die Decke und rollte sich zusammen, während ihr Tränen über das Gesicht liefen und ihre Gedanken hin und her rasten, auf der Suche nach einem Weg, Christian zu retten.

Ob sie Albrecht auf Knien um Gnade bitten sollte?

Sie war mit ihren Überlegungen genau an diesem Punkt angekommen, als sich draußen jemand laut räusperte und an die offene Tür ihrer Kammer klopfte. Sie gab kein Zeichen von sich; Albrechts Männer würden ohnehin eintreten, wenn sie Befehle für sie hatten.

Der unerwartete Besucher räusperte sich noch einmal laut, dann rief jemand von der Tür aus: »Dame Marthe, Markgraf Albrecht wünscht Euch zu sprechen.«

Markgraf Albrecht! So ließ er sich also schon bezeichnen.

Hatte er Nachricht vom Tod seines Vaters erhalten? Dann war jegliche Hoffnung verloren.

Sie hatte die Stimme des Mannes erkannt, es war Hartmut.

»Ich brauche einen Moment, mich angemessen zurechtzumachen«, rief sie zur Tür.

Ihr Kleid war zerknittert, daran war nichts mehr zu ändern. Sie tauchte ein Tuch in kaltes Wasser und presste es sich auf die vom Weinen geschwollenen Augen. Dann glättete sie hastig mit dem Kamm ihr zerzaustes Haar, flocht es zu einem Zopf und setzte den kostbarsten Schleier darauf, den sie besaß, feine Seide aus fernen Ländern, die von einem schmalen goldenen Reif gehalten wurde.

So gewappnet, straffte sie sich und machte eine kühle Miene, als sie die Tür durchschritt und von Hartmut in den Palas geleitet wurde. Es konnte nichts Gutes bedeuten, wenn Albrecht sie ausgerechnet jetzt zu sich befahl.

Albrecht hatte während ihrer kurzen Gefangenschaft einige Veränderungen im Palas vornehmen lassen. Die augenscheinlichste: ein Podest an der Saalfront, auf dem er nun in einem reichverzierten Stuhl thronte, dem ähnlich, von dem aus sein Vater auf dem Meißner Burgberg zu regieren pflegte.

Wie jedes Mal, wenn er hier war, tollte ein halbes Dutzend seiner Jagdhunde durch die Halle und suchte nach Ratten im Stroh, die sich von den Abfällen mästeten, die Albrecht und seine Leute bei den Mahlzeiten einfach unter den Tisch fallen ließen. Tische und Bänke waren beiseitegeräumt, so dass jeder, der den Raum durchquerte, auf langem Weg geradewegs auf das Podest zumarschierte, von dem aus der künftige Herrscher der Mark Meißen auf ihn herabblickte.

Diesmal verzichtete Albrecht darauf, so zu tun, als ob er Marthe nicht bemerkte, wie bei ihrer ersten Begegnung in Christiansdorf. Diesmal erfasste er sie schon beim Eintreten mit unerbittlicher Miene und ließ sie nicht aus den Augen, während sie in Hartmuts Begleitung den Saal durchschritt, bis sie vor ihm niederkniete und gehorsam den Blick senkte.

Es war an ihm, zuerst zu sprechen, schließlich hatte er sie herbefohlen. Aber noch schwieg er. Sie wusste, dass er sie mit Blicken geradezu durchbohrte, um sie einzuschüchtern. Doch Angst hatte sie nur um Christian.

Ob Albrecht etwas von der vorbereiteten Flucht erfahren hatte? Sie würde es nach Lukas' Besuch möglicherweise nicht einmal mitbekommen haben, wenn er das halbe Dorf hätte verhaften lassen. Andererseits – wenigstens einer von Peters Bande wäre bestimmt entwischt und hätte ihr insgeheim eine Nachricht zukommen lassen.

Mit keiner Regung ließ sie Furcht oder Ungeduld erkennen, so schwer es ihr auch fiel.

Endlich hatte Albrecht das Spiel satt. »Erhebt Euch, Dame Marthe!«

Während sie dem Befehl folgte, wunderte sie sich darüber, dass er ihr immer noch die respektvolle Anrede zubilligte.

Wollte er etwas von ihr, oder gehörte das zu seinem Spiel, bis er blitzschnell zuschnappte wie eine lauernde Schlange nach der Beute, die sie nicht wieder hergab?

»Ich hoffe, Ihr seid wohlauf«, eröffnete Ottos Sohn das Gespräch, wobei er einen Mundwinkel zynisch nach unten verzog.

»Wie könnte ich nicht, wo Ihr doch so sehr um mein Wohlergehen besorgt seid, dass Ihr Tag und Nacht Eure besten Männer über mich wachen lasst?«, gab sie mit betont kühlem Lächeln zurück.

»Nun, Euer Gemahl hat sich schwerster Vergehen schuldig gemacht. Doch wie Ihr gemerkt habt, bin ich vorerst nicht geneigt, auch Euch und Eure Tochter dafür büßen zu lassen.

Eure Söhne haben sich ja inzwischen beim Kaplan verkrochen und sind für die nächsten neununddreißig Tage unantastbar.«

Die Drohung war unverkennbar, selbst wenn er sie in höfliche Sätze kleidete. Falls er Dankbarkeit erhofft hatte, wurde er enttäuscht. Marthe schwieg.

Mit undurchdringlicher Miene wartete sie auf seine nächsten Worte.

Gereizt beugte sich Albrecht auf seinem Stuhl vor. »Ihr solltet etwas mehr Entgegenkommen zeigen, Weib!«, fuhr er sie an. »Euer Mann wird morgen als Verräter verurteilt und hingerichtet. Ist Euch nicht klar, dass ich Euch und Eure Tochter aus dem Dorf peitschen lassen könnte?«

»Gewiss«, antwortete sie mit einem ungewollten Anflug von Schärfe, weil sie sich trotz aller Mühe einfach nicht mehr in der Gewalt hatte. »Wenn Ihr einen Unschuldigen hinrichten lassen könnt, so wird es Euch ein Leichtes sein, auch noch seine Frau und sein Kind fortzujagen.«

»Deine Dreistigkeit ist unerhört«, fauchte Albrecht.

Dann lehnte er sich zurück und betrachtete sie aufmerksam.

»Mir ist so einiges zu Ohren gekommen über Christian und dich und eure große Liebe. Vielleicht macht es dir nichts aus, zu sterben, wenn er erst tot ist. Aber ist es dir auch gleichgültig, wenn ich deine Tochter als vogelfrei erkläre? Sie ist zwölf, nicht wahr? Es liegt bei dir, Weib, ob ich sie meinen Wachen zum Zeitvertreib überlasse und dann ins Verlies werfe oder unter meinen Schutz stelle und eine günstige Heirat für sie abspreche.«

Er stieß ein kurzes, verächtliches Lachen aus. »Obwohl, sehr hoch dürften ihre Ansprüche nicht mehr sein als Tochter eines Verräters. Es sei denn, sie sagt sich von ihrem Vater los. Das Angebot gilt übrigens auch für deine Söhne, wenn sie nach

Ablauf der vierzig Tage Kirchenasyl nicht ebenfalls zu Gesetzlosen erklärt werden wollen. Wie ich gesehen habe, sind sie trotz ihrer Jugend tüchtige Reiter.«

Es kostete Marthe alle Kraft, Albrecht ihren Hass nicht ins Gesicht zu schreien. Und sie brachte die Replik nicht über die Lippen, die er wohl von ihr erwartete – von einem gnädigen Herrscher, der Milde walten lassen möge gegenüber der Familie eines Verurteilten. Für Albrecht war Christian bereits verurteilt. Doch sie war nicht bereit, ihren Mann als Verräter zu bezeichnen.

Sie wusste, dass jetzt auch das Leben ihrer Kinder in ihrer Hand lag. Christian war schon so gut wie verloren, ihr eigenes Schicksal kümmerte sie nun nicht mehr, aber es würden sich genug Mutige finden, um Clara weiteres Leid zu ersparen. Peter und seine Leute würden sie in Sicherheit bringen, ebenso ihre Brüder. Raimund und Lukas würden sich ihrer annehmen und für das Recht von Christians Kindern kämpfen, wenn Hedwig und Otto zurückkehrten.

»War es das, weshalb Ihr mich zu Euch bestellt habt, Herr?«, fragte sie scheinbar gleichmütig.

»Ich will dir nur die Möglichkeiten vor Augen führen«, erklärte er bedeutungsschwer. Lässig schlug er ein Bein über das andere, zupfte sein kostbares Obergewand zurecht und gab dem Pagen zu seiner Linken einen Wink, ihm den Becher zu füllen.

Vom schroffen »Du« wechselte er nun wieder zu einer höflichen Anrede.

»Als Zeichen meiner Gnade erlaube ich Euch, den Verräter im Verlies zu besuchen. Sprecht mit ihm. Wenn Ihr ihn dazu bringen könnt, dass er sein Vergehen morgen öffentlich eingesteht, schenke ich ihm sein Leben.«

Hartmut führte Marthe zum Bergfried und befahl den Wachen, die Luke zum Verlies zu öffnen und eine Leiter hinabzuhängen.

»Ich habe Befehl, Euch nicht aus den Augen zu lassen«, sagte er, und sein Bedauern klang echt.

Marthe erwiderte nichts darauf. Was sollte sie auch dazu sagen? Sie musste jetzt alle Kraft zusammennehmen, um bei dem vielleicht letzten Zusammensein mit ihrem Mann nicht in Tränen auszubrechen. Das würde für Christian alles nur noch schwerer machen.

Hartmut ließ sich eine Fackel reichen und kletterte zuerst die Leiter hinab. Dann trat er beiseite, damit Marthe ihm folgen konnte.

Sie hatte kaum die ersten Sprossen bewältigt, als der Kummer über ihr zusammenschlug. Mühevoll unterdrückte sie den gequälten Aufschrei, der sich mit aller Macht Bahn brechen wollte, und blinzelte die Tränen weg.

Ich werde nicht weinen, befahl sie sich, und kletterte weiter.

Hartmuts Fackel erhellte das Verlies so weit, dass sie sogar das schwache Lächeln erkennen konnte, mit dem Christian sie begrüßte.

Er war in Ketten, seine Kleidung noch vom Kampf blutverschmiert, doch zumindest dem ersten Anschein nach war er nicht gefoltert worden.

Sie hatte vor Hartmut nichts von ihren Gefühlen zeigen wollen, aber alle guten Vorsätze waren in diesem Augenblick vergessen. Sie flog auf Christian zu und presste sich an ihn. Er versuchte, sie zu umarmen, soweit es seine Ketten erlaubten.

»Warum nur?«, flüsterte sie ihm verzweifelt zu, während Tränen ihre Stimme erstickten und sie mit gesenkten Lidern nach dem Fluchtloch suchte, das er nicht benutzen wollte.

»Hat man dich zu mir gelassen, damit du mich umstimmst?«, fragte er laut genug, dass Hartmut jedes Wort verstehen konnte. »Soll ich öffentlich bereuen, meinem Eid als Ritter getreu gehandelt zu haben?«

Ihre Miene erstarrte. Sie löste sich von ihm und trat einen Schritt zurück.

»Markgraf Albrecht verspricht, dir dein Leben zu schenken, wenn du morgen vor allen dein Verbrechen eingestehst«, sagte sie mit flacher Stimme. »Er befahl mir, dir das zu übermitteln.«

Christian zog die Augenbrauen hoch. »*Markgraf* Albrecht? Ist Otto tot?«

»Ich weiß es nicht. Ich darf meine Kammer kaum verlassen«, antwortete sie und warf einen fragenden Blick zu Hartmut.

»Nein. Soweit wir wissen, ist er auf Befehl des Kaisers aus dem Gewahrsam des Thüringers entlassen und auf dem Weg nach Meißen. Albrecht lässt sich so nennen, bis sein Vater wieder die Regentschaft ausüben kann«, erklärte dieser, sichtlich verlegen.

»Und welches Verbrechen soll ich öffentlich eingestehen?« Diesmal richtete Christian die Frage direkt an Hartmut.

»Den Befehlen des Markgrafen widersprochen und den Silberschatz in Gefahr gebracht zu haben«, antwortete dieser.

»Ihr wisst so gut wie ich, dass ich richtig gehandelt habe, so wie es die Lage gebot«, fuhr Christian fort, wieder an Hartmut gewandt. »Und dass es gegen jedes Recht verstößt, wenn Albrecht allein ein Halsgericht über mich verhängt. Über meine Schuld oder Unschuld hat das Landding zu entscheiden.«

Elmars Ritter fühlte sich sichtlich unwohl. Nach kurzem Schweigen räusperte er sich und sagte: »Ich verstoße damit gegen meine Befehle, aber ich lasse Euch für einen Moment allein, damit Ihr mit Eurer Frau reden könnt. Habe ich Euer

582

Wort, Christian, dass Ihr nichts unternehmen werdet, um zu entkommen?«

»Ihr habt es«, entgegnete Christian. »Ich fliehe nicht. Ein solches Schuldeingeständnis werde ich Albrecht nicht liefern. Denkt Ihr, ich weiß nicht, warum er mich nicht an die Kerkermauern ketten ließ?«

Grimmig wies Christian auf die ins Gestein eingelassenen Ringe und Schellen. Seine Hand- und Fußketten schränkten zwar seine Bewegungen ein, aber innerhalb des Verlieses konnte er sich frei bewegen. »Er muss mir schon öffentlich den Prozess machen, wenn er mich hinrichten lassen will.«

Bevor Hartmut die Leiter hinaufkletterte, drehte er sich noch einmal zu Marthe um. »Versucht, ihn umzustimmen, sonst verliert Ihr Euern Mann«, sagte er mit Nachdruck, und aus seiner Stimme klang ehrliches Mitgefühl. »Albrecht wird morgen über ihn richten. Und er wird keine Gnade zeigen.«

Sie wussten beide, dass Hartmut neben der Luke stand, sie beobachtete und jedes laut gesprochene Wort hörte, das sie wechselten.

Doch Marthe konnte nicht anders, als zu Christian zu stürzen und ihn verzweifelt zu umarmen. Der Gedanke, dass sein warmer, lebendiger Körper morgen schon nur noch entseeltes Fleisch sein konnte, überstieg ihr Vorstellungsvermögen.

»Warum nur?«, flüsterte sie wieder und wieder.

Christians Ketten klirrten, als er ihr übers Haar strich.

»Mach mir das Herz nicht noch schwerer, Liebste«, sagte er leise.

Vorsichtig löste er sich von ihr, hielt sie an den Armen und trat einen halben Schritt zurück.

»Albrecht schickt dich, um mich kleinzukriegen«, sagte er, während er sie mit zärtlicher Trauer ansah. »Er will mich loswerden und gleichzeitig ein Exempel statuieren. Er weiß, dass er damit gegen jedes Recht verstößt. Wenn ich mich schuldig bekenne, hat er sein Ziel erreicht, ohne dass ihm jemand einen Rechtsbruch nachsagen kann. Und den Gefallen werde ich ihm nicht tun. Es wäre Verrat an allem, was einem Ritter heilig sein sollte. Verrat an den Menschen in unserem Dorf und an allen, die unseren Schutz benötigen. Ich weiß, unsere Kinder sind in Sicherheit. Aber ich kann nicht Kuno, Bertram und die anderen für meine Befehle mit dem Leben büßen lassen.«

»Baust du darauf, dass er es nicht wagen würde?«, fragte sie, während ein winziges Fünkchen Hoffnung in ihr aufglomm, das mit Christians Antwort sofort wieder erlosch.

»Doch, er wird es tun. Albrecht wird mich so oder so töten lassen – wenn nicht öffentlich, dann heimlich durch Mittelsmänner. Er kann nicht riskieren, dass sein Vater von seinen falschen und feigen Befehlen erfährt. Und von meinem Verdacht, dass er mit den Angreifern paktiert hat, um an das Silber zu kommen. Nur wäre es ihm lieber, ich unterwerfe mich. Das würde ihm ein Willkürurteil ersparen, mit dem er einen beträchtlichen Teil der Ritterschaft gegen sich aufbringen würde – womöglich sogar seinen Vater. Doch wenn ich mich nicht unterwerfe und er die Sache zu Ende bringt ...«

»Das heißt, wenn er dich umbringen lässt, wenn du dich freiwillig in Ketten zur Schlachtbank führen lässt!«, rief Marthe verzweifelt.

Christian ignorierte ihren Einwurf. »Wenn er es wirklich wagt, mich töten zu lassen, wäre das ein so klares Unrecht, dass das Landding nicht darüber hinweggehen kann. Es wäre ein Signalfeuer für die ganze Mark Meißen, das Albrecht als Tyrann entlarvt.«

Marthe trat einen Schritt zurück. Sie suchte auf dem Boden nach dem Einstieg zum Fluchtweg, doch sie konnte ihn nicht entdecken. Christian musste ihn nach dem Weggang seiner Freunde wieder sorgfältig mit Steinplatten, Erde und Stroh zugedeckt haben.

»Soll ihn ein anderer nutzen, der zu Recht sein Heil in der Flucht sucht«, flüsterte er ihr zu.

»Du bist fest entschlossen?«, fragte sie noch einmal.

»Ja.« Eine Weile schwieg er und sah versonnen auf seine verzweifelte Frau. »Ich hätte längst sterben können in einer Schlacht oder einem Zweikampf. Mindestens zweimal bin ich dem Tod mit deiner und Lukas' Hilfe nur um Haaresbreite entkommen. Vielleicht hat der Allmächtige beschlossen, dass meine Zeit nun wirklich abgelaufen ist. Ich bin Ihm dankbar für jeden Tag, den ich mit dir verbringen durfte, und für unsere Kinder. Ihnen wird nichts geschehen, dafür ist Vorsorge getroffen.«

Auf irgendeinem geheimen Weg musste er erfahren haben, dass Thomas und Daniel in der Kapelle Kirchenasyl gewährt wurde und Clara in Sicherheit war.

Zärtlich strich Christian Marthe übers Haar. Sie spürte das rostige Metall seiner Ketten an ihrer Wange, hörte die Ringe klirren.

»Also gibst du auf?«, flüsterte sie todunglücklich.

»Dann wäre ich geflohen«, antwortete er leise.

Seine Stimme klang nun wieder fest und laut. »Ich ergebe mich nicht, Liebste, ich gehe in einen Kampf. Vielleicht mein letzter, aber auf jeden Fall mein schwerster Kampf. Und ich bitte dich bei unserer großen, unsterblichen Liebe: Steh zu mir. Erniedrige dich morgen nicht vor Albrecht, um Gnade für mich zu erflehen. Er wird sie nicht gewähren, er will nur das Schauspiel genießen.«

Heftig presste er sie an sich. »Du warst immer mutiger, als es jeder von dir erwartet hätte. Sei es dieses eine Mal wieder.«

Marthe musste erneut ihre Tränen niederkämpfen. In ihren Gedanken stiegen Bilder auf, wie rohe Wachen morgen Christian in Ketten vorführten, Albrecht ihn niederknien ließ, wie ein Schwert auf seinen Nacken niedersauste. Die Vorstellung war so unfassbar, dass es sie vor Grauen schüttelte.

Aber sie würde Christian nicht umstimmen können. Er hatte seine Entscheidung getroffen. Er war bereit, sein Leben zu opfern, um seine Getreuen zu schützen und vor aller Welt zu zeigen, dass Albrecht ein Tyrann war, der die Herrschaft über die Mark Meißen nicht verdiente. Die Kunde von dem zum Himmel schreienden Unrecht würde sofort die Runde in der Mark machen, sollte es sich Albrecht nicht doch noch im letzten Augenblick anders überlegen.

Dafür würden Christians Freunde sorgen.

Wenn sie jetzt zu weinen begann, würde er sie fortschicken. Er hatte recht, sie durfte es ihm nicht noch schwerer machen. Wenn sie ihm helfen wollte, dann blieb ihr nur eines: dafür zu sorgen, dass er seinen letzten Gang in Würde antreten konnte.

Sie küsste ihn verzweifelt, und bei dem Gedanken, dass es vielleicht der letzte Kuss sein würde, rannen ihr die Tränen über die Wangen, ohne dass sie etwas dagegen tun konnte. Mit Mühe löste sie sich von ihm, wischte sich das Gesicht ab und trat einen Schritt zurück.

»Du solltest morgen nicht diese schmutzigen Sachen tragen«, sagte sie, so beherrscht sie konnte.

Ohne seine Antwort abzuwarten, kletterte sie ein paar Stufen die Leiter hinauf. »Ist es erlaubt, meinem Mann saubere Kleider zu bringen und ihm den Bart zu scheren, bevor er morgen vor seinen Richter tritt?«

Hartmut überlegte kurz, dann befahl er ihr, im Verlies zu bleiben, und schickte einen der Soldaten, damit er alles Nötige herbeischaffte. Wahrscheinlich wollte er vermeiden, dass Marthe etwas zwischen die Sachen schmuggelte, das Christian zur Flucht verhelfen konnte.

Christian und Marthe wechselten kein Wort, während sie warteten, sondern sahen nur einander an.

Hartmut durchsuchte gewissenhaft das Kleiderbündel, das Waltrud brachte, dann ließ er einen Eimer warmes Wasser an einem Strick hinab. Mit Seife und einem Rasiermesser in der Hand folgte er selbst.

Er zögerte, Marthe beides zu übergeben.

»Ihr steht zu Euerm Wort, keinen Fluchtversuch zu unternehmen?«, fragte er, an Christian gewandt.

»Ja.«

Hartmut zögerte immer noch. »Ich überschreite meine Befugnisse. Und ich würde es bei keinem anderen gestatten. Doch Ihr versteht, dass ich Euch nicht allein lassen kann, wenn ich Eurer Frau dieses Messer aushändige. Beim ersten Verdacht werde ich Euch und Euer Weib töten müssen.«

Christian nickte ihm zu.

»Das wird nicht nötig sein«, sagte er ruhig.

Hartmut persönlich schloss einzeln die Schellen um die Hand- und Fußgelenke des Gefangenen auf, damit Marthe ihm die verschmutzten Sachen ausziehen konnte. Dann begann sie, mit langsamen, bedächtigen Bewegungen Christians Körper zu waschen.

Noch einmal fuhr sie mit den Fingern über jede einzelne seiner Narben – die Spuren von Randolfs Folter mit glühenden Eisen, die vernarbten Stellen, an denen Pfeile und Armbrustbolzen in seinen Unterschenkel und in sein Brustbein gefahren waren, die sauber verheilte Wunde von einem Schwertstreich auf seinem Handrücken, die vielen Zeichen, die Jahre des Kampfes auf seinem Körper hinterlassen hatten.

Noch einmal nahm sie jedes Detail in sich auf, um es nie wieder zu vergessen. Wie oft hatte sie diesen Körper in den Armen gehalten, wie oft hatten sie sich hingebungsvoll geliebt, wie gern hätte sie ihn ein letztes Mal an sich gerissen. Doch sie wusste, dies war ein Abschied unter fremden Augen, und er sollte würdevoll sein.

Waltrud hatte Christians prachtvollsten Bliaut bringen lassen. Nachdem Marthe ihm die frischen Kleider übergestreift hatte – ein mühevolles Unterfangen, da Hartmut nur bereit war, jeweils eine einzige Schelle zu lösen – und Christians Hände und Füße wieder in Ketten waren, bat sie Hartmut um das Rasiermesser. Zögernd legte er es ihr in die Hand. Dann zog er sein Schwert und ließ sie nicht aus den Augen, während sie sorgfältig Christians Bart auf die gewohnte Form zurechtschnitt.

Als sie fertig war, gab sie Hartmut das Messer zurück und trat zwei Schritte beiseite.

»So ist es besser«, sagte sie und suchte nach Worten.

Sie wollte hier vor Hartmut nicht von Würde sprechen, denn genau das war es, was Albrecht ihm nehmen wollte.

Aber Christian verstand auch so.

»Danke.«

Mehr sagte er nicht. Alles andere las sie in seinen Augen, in seinem letzten Blick für sie: seine Liebe und die Bitte, morgen stark zu bleiben, seinen Abschiedsgruß.

Noch einmal nahm sie seinen Anblick in sich auf – in Ketten, aber voll innerer Stärke angesichts des möglichen Todes.

»Gott schütze dich«, sagte sie.

»Gott schütze dich und unsere Kinder«, antwortete er.

Sie durfte nicht vor seinen Augen weinen. Also stieg sie mit langsamen, bedächtigen Bewegungen nach oben und ließ sich von Hartmut zurück in ihre Kammer bringen.

»Wärt Ihr so gütig, ihm den Kaplan zu schicken, damit er ihm die Beichte abnimmt?«, fragte sie ihn.

Hartmut verstand und nickte.

»Schade um einen guten Mann«, sagte er, und sein Bedauern klang ehrlich. »Gott steh ihm bei und sei seiner Seele gnädig.«

Drei Pfeile

Noch nie hatten sich so viele Menschen auf dem Burghof eingefunden wie an jenem Morgen, als Albrecht über Christian Gericht halten wollte.

Nicht nur die ersten Siedler und viele Bewohner des Handwerkerviertels waren gekommen, sondern diesmal auch etliche Bergleute, die vom Bergmeister und den Obersteigern angeführt wurden. Albrecht hatte den Hof mit schwerbewaffneten Männern umstellen lassen. Er befürchtete einen Aufruhr oder aber einen Befreiungsversuch durch Christians Anhänger.

Marthe wurde, von zwei Bewaffneten bewacht, auf das Podest geführt, das für Ottos Sohn errichtet worden war und auf dem auch das Urteil vollzogen werden sollte. Jakob und Giselbert stellten sich neben sie; Jakob mit regloser Miene, Giselbert mit sichtlichem Triumph. Offenbar sollten die beiden in Elmars Auftrag zusätzlich auf sie aufpassen.

Diesmal hatte Albrecht keine Werkzeuge auf dem Richtblock auslegen lassen, sondern seinen stärksten Mann danebengestellt, der ein blankes Schwert vor sich hielt, die Spitze leicht auf den Boden gesetzt.

Sosehr sich Marthe auch zwang, den Blick von Block und Schwert abzuwenden, sie konnte das Grauen nicht bezwingen. Sie wusste nicht, woher sie die Kraft nehmen sollte, das zu tun, was Christian von ihr erwartete und verlangte.

Ihr suchender Blick wanderte über die Menschenmenge vor ihr. Dicht an dicht drängten sich die Christiansdorfer auf dem Platz und warteten. Direkt vor dem Podest standen Peter und seine Anhänger, manche mit tränenverschmierten Gesichtern, andere mit trotzigen Mienen. Der junge Christian, zurück von seinem nächtlichen Gewaltritt nach Meißen, hatte der weinenden Anna tröstend den Arm um die Schulter gelegt. Neben ihr standen Marthes Stieftöchter und Emma, die Frau des Schmiedes, mit ihren Söhnen. Mechthild, schwerkrank und auf Krücken gestützt, schneuzte sich laut, dann spuckte sie einem der Bewacher direkt vor die Füße, der herumfuhr und ihr einen derben Schlag ins Gesicht verpasste. Das brachte ihm eine solch deftige Schimpftirade ein, dass die Umstehenden trotz der angespannten Lage grimmig lachten.

Lukas, der Bergmeister Hermann, die Schmiede, Kaplan Hilbert und weitere angesehene Männer starrten finster vor sich hin.

Zu ihrer Überraschung entdeckte Marthe auch Raimund, den alten Friedmar und ein halbes Dutzend Ritter, die sie nur flüchtig kannte, bei ihnen. Ob Lukas sie über Nacht herbeigeholt hatte? Planten sie doch noch einen tollkühnen Befreiungsversuch im Angesicht von Albrechts Bewaffneten?

Aus dem Augenwinkel bekam sie mit, dass zwei Soldaten Pater Sebastian auf das Podest halfen, der sich mit selbstgerechter Miene direkt ihr gegenüber aufstellte.

Doch der künftige Markgraf schien keine Eile zu haben, sondern sich beim Frühmahl besonders viel Zeit zu lassen.

Das ungeduldige Murmeln auf dem Burghof schwoll an und

klang mit der Zeit immer bedrohlicher. Aus den hinteren Reihen wurden Rufe laut, die Christians Freilassung forderten.

Die Bewacher tauschten unruhige Blicke, dann setzte sich einer von ihnen Richtung Palas in Bewegung – wahrscheinlich, um Albrecht zu sagen, dass die Lage auf dem Burghof allmählich unberechenbar wurde.

Ein Hornsignal kündigte das Erscheinen des selbsternannten Markgrafen an. Diesmal kniete die Menschenmenge nur widerwillig vor ihm nieder, nachdem die Ersten mit Hieben von den Wachen dazu gezwungen wurden.

Albrecht tat, als ob er dies nicht bemerke, doch Marthe konnte erkennen, dass er seinen Zorn nur mühsam beherrschte.

»Der Verräter soll vorgeführt werden«, befahl er.

Elmar persönlich war es, der Christian mit vorgehaltenem Schwert zwang, auf das Podest zu steigen. Der Triumph in seinen Gesichtszügen war unübersehbar.

Doch niemand von den Dorfbewohnern schien ihn zu beachten, weil sich alle Blicke auf Christian richteten. Da stand er, so wie sie ihn kannten, aufrecht und würdevoll. Nur trug er diesmal kein Schwert am Gürtel, sondern Ketten an Händen und Füßen.

»Der Gefangene kommt reichlich stolz daher!«, rief Albrecht abfällig in die Menge, um sich dann an Pater Sebastian zu wenden. »Und ist Stolz nicht eine Todsünde, Pater?«

Mit gewichtiger Miene bejahte der Geistliche.

Vergeblich versuchte Marthe, einen Blick von Christian aufzufangen. Aber er drehte sich nicht zu ihr um, sondern sah auf die Menschen vor sich, die ihrerseits kein Auge von ihm ließen. Es war wie ein wortloses Bündnis, eine Übereinkunft, an dem festzuhalten, was sie sich für ihr Dorf erträumt hatten.

»Dieser Mann hier, ein Ritter in Diensten des Markgrafen von Meißen, hat es gewagt, den Befehlen seines Fürsten zuwiderzuhandeln, noch dazu in einer Lage, da die Burg und der markgräfliche Silberschatz in höchster Gefahr waren. Für Befehlsverweigerung im Kriegsfall kann es nur einen Urteilsspruch geben: den Tod«, verkündete Albrecht.

Aufgeregtes Stimmengewirr erscholl über dem Burghof.

»Ruhe!«, brüllte Elmar. »Oder ich lasse ein paar von den Störenfrieden auf der Stelle hängen!«

Augenblicklich erstarben die Rufe.

»Angesichts seiner Verdienste bin ich dennoch geneigt, Milde walten zu lassen«, fuhr Albrecht fort.

Marthe hob den Kopf und zwang sich, nichts von den Gefühlen erkennen zu lassen, die in ihr tobten. Vielleicht wagte es Albrecht wirklich nicht, Christian hinzurichten? Selbst wenn er ihm eine Hand abschlagen ließ – sie würde ihn lieber als Krüppel an ihrer Seite haben, statt seinen Tod mit ansehen zu müssen.

Doch Albrechts nächste Worte ließen ihre vage Hoffnung jäh ersterben.

»Vorausgesetzt natürlich, er zeigt aufrichtige Reue und schwört mir für die Zukunft völlige Ergebenheit. Als einfacher Ministerialer in meinen Diensten. Denn natürlich kann ich jemandem mit solchem Ungehorsam nicht die Verantwortung für eine Burg überlassen.«

Albrecht lehnte sich zurück, verschränkte die Arme vor der Brust und sah mit jovialer Miene zu seinem Gefangenen.

»Nun, Christian, ich höre!«

Christian trat einen halben Schritt vor, wobei die Ketten klirrten. Er sah alle Blicke auf sich gerichtet.

»Es war richtig, die Burg als Zuflucht für die Dorfbewohner zu nutzen. Gott ist mein Zeuge – sonst hätte es noch viel mehr Tote gegeben. Ich übernehme die volle Verantwortung für das Tun jener Männer, die Ihr dort immer noch in Ketten haltet.«

Mit dem Kopf wies Christian dorthin, wo Walther, Kuno, Bertram, Jonas und Reinhard, von etlichen Wachen umgeben, standen. »Lasst sie frei. Sie haben lediglich meine Befehle befolgt. Aber über mich richten kann nur das Landding.«

Elmar stieß ihm seinen Schwertknauf in den Rücken, dass Christian in die Knie sackte, sich jedoch sofort wieder erhob.

»Aufrührerischer Bastard«, fuhr Elmar den langjährigen Rivalen an.

»Ihr handelt gegen geltendes Recht. Ihr seid es, der den Lehnseid bricht, den Eid eines Herrschers, seine Untertanen zu schützen«, rief Christian.

»Unbelehrbar!«, schnaubte Albrecht wütend in die Menschenmenge. Dann wandte er sich mit scharfer Stimme wieder direkt an seinen Gefangenen. »Das Landding ist nur zuständig für Männer von Stand. Und dazu zählst du nicht mehr.«

Er gab Marthes Bewachern einen Wink, die sie zwei Schritt nach vorn stießen.

»Vielleicht möchte dein Weib ein gutes Wort für dich einlegen? Dies ist die letzte Gelegenheit, meine Gnade zu erflehen. Überleg gut! Aber nicht zu lange!«

Christian drehte sich zu Marthe um und schenkte ihr einen letzten, langen Blick. Dann straffte er sich und verschloss seine Gesichtszüge.

Marthe wagte es nicht, unter Christians strengen Augen einen Schritt zu tun.

An ihrer Stelle trat unerwartet Lukas vor. Die Menschen um ihn herum drängten, so gut es ging, ein Stück zurück, damit er vor Albrecht niederknien konnte.

»Mein Fürst, im Namen kampfbewährter Ritter möchten wir Euch bitten, dieses Urteil nicht allein heute und hier, sondern vor dem Landding zu fällen.«

»Bewährter Ritter?«, fragte Albrecht mit gespielter Verwunderung. »Soweit ich weiß, seid Ihr ein Mann ohne Land und ohne Namen!«

»Dann nehmt unsere Fürsprache«, rief Raimund, der an Lukas' Seite niederkniete, während Friedmar und die anderen Ritter es ihm gleichtaten.

»Wir stammen aus alteingesessenen, angesehenen Familien, die dem Hause Wettin seit Generationen treu ergeben sind. Und es ließen sich im Gefolge Eures Vaters noch Dutzende finden, die ohne Zögern Christians Aufrichtigkeit und Lehnstreue bezeugen werden.«

»Meinen Vater lassen wir hierbei besser aus dem Spiel«, knurrte Albrecht. »Er war nicht dabei, als das Dorf angegriffen wurde.«

Bergmeister Hermann trat zu den Rittern und kniete ebenfalls nieder. »Mein Fürst! Wenn der hiesige Bergbau in den letzten Jahren den Reichtum Eures Hauses mehren konnte, so ist dies in besonderem Maße Ritter Christians Verdienst. Und seid versichert, sein Handeln während des Überfalls hat verhindert, dass die Förderung auf längere Zeit zum Erliegen kam.«

Albrecht musterte erst die Männer, die vor ihm knieten, dann Christian, der aufrecht vor ihm stand.

»Mir fehlen Worte ehrlicher Reue. Euer stolzer Freund und sein Weib sollen mir zu Füßen fallen und mich um Gnade bitten«, forderte Albrecht. »Unter Tränen!«

Christian bedeutete Marthe mit einem Blick, an ihrem Platz zu verharren. Lähmende Stille legte sich über den Burghof. Marthe wagte es nicht, die Augen von Christian abzuwenden.

So bemerkte sie nicht, wie Elmar ein verstohlenes Zeichen gab, und sah den ersten Pfeil nicht kommen. Aber noch bevor er sein Ziel erreichte, durchfuhr sie ein tödliches Grauen.

Und dann, wie in einem Alptraum, sah sie Christian in die

Knie sacken. Zwei Pfeile ragten aus seiner Brust, einer war durch seinen Hals gefahren. Sie sah seine Augen brechen, bevor er zu Boden schlug. Mit einem markerschütternden Schrei stürzte sie auf den Leichnam ihres Mannes zu.

Von Entsetzen gelähmt, starrten die Menschen auf ihren ermordeten Anführer. Dann schrien auch die Ersten von ihnen auf.

Lukas hatte sich nach einem schreckensweiten Blick auf Marthe hastig in die Richtung umgedreht, aus der die Pfeile abgeschossen worden waren, zog sein Schwert und bahnte sich mit Raimund und Friedmar einen Weg durch die Menge, die sofort eine Gasse für die drei Ritter bildete.

Jakob, dem Lukas einen Befehl zugerufen hatte, stellte sich mit gezogenem Schwert schützend vor Marthe, die fassungslos vor Schmerz über Christians Leichnam lag.

Mit tränenverschwommenem Blick starrte sie auf sein gelassenes, friedliches Gesicht. Nur seine Augen, die ins Nichts starrten, kündeten von seinem Tod. Einer der Pfeile musste sein Herz direkt durchbohrt haben.

Sie strich über Christians Lider, um sie zu schließen, dann wollte jemand sie von dem Leichnam wegzerren. Doch erst die fremde Berührung, die rohe Geste war es, die sie wieder zu Bewusstsein brachte.

»Mörder!«, schrie sie Albrecht an und richtete sich auf. »Ihr habt den Befehl dazu gegeben!«

Auf dem Burghof mehrten sich die Schreie, ein Tumult drohte auszubrechen.

»Schafft mir sofort das Weibsbild vom Hals!«, brüllte Albrecht seinen Wachen zu.

Jemand hielt ihr den Mund zu und zog sie hoch. Direkt hinter sich hörte sie Jakobs verzweifelte Stimme, der ihr beschwörend ins Ohr raunte: »Sei still und komm weg hier, sonst töten sie dich und deine Kinder auch noch!«

Sie wollte Christians Leichnam nicht loslassen, aber Jakob packte sie fest um die Taille und zog sie mit sich.

Dann hielt er jedoch plötzlich inne und drehte sich um. Marthe folgte seinem Blick. Lukas kam schwer atmend und mit bluttriefendem Schwert zurück durch die Menge, die sich erneut vor ihm teilte.

Mit seiner Linken hielt er einen abgeschlagenen Kopf an den Haaren gepackt und warf ihn Albrecht direkt vor die Füße. Die Trophäe rollte ein kleines Stück auf dessen Stuhl zu und kam dann auf dem blutigen Halsstumpf zum Stehen. Die offenen Augen waren direkt auf Albrecht gerichtet.

»Einer der Mörder«, spie Lukas voller Grimm aus. »Auch die beiden anderen werden nicht weit kommen.«

Gleichgültig blickte Albrecht auf den blutverschmierten Schädel, dann sah er zu Lukas. »Ich kann mich nicht erinnern, Euch den Befehl dazu erteilt zu haben. Aber gut, so ist wenigstens der Übeltäter bestraft.«

Er stand auf und breitete die Arme aus, um die aufgebrachte Menge zu beruhigen.

»Ich wollte Gnade walten lassen und Christian das Leben schenken!«, rief er mit lauter Stimme. »Unbekannte haben auf ihn geschossen.« Dann hob er selbst den abgeschlagenen Kopf auf und hielt ihn mit ausgestrecktem Arm hoch. »Seht, Leute, der Schuldige ist bestraft!«

Jakob hatte während Albrechts Worten seine Hand noch kräftiger auf Marthes Mund gepresst. »Sag jetzt nichts«, beschwor er sie von neuem leise, aber eindringlich. »Denk an deine Kinder! Und wenn es hier einen Aufruhr gibt, lässt er ein Blutbad unter den Dorfbewohnern anrichten.«

Lukas sandte Marthe einen Blick, der wohl das Gleiche besagen sollte, dann bahnte er sich erneut einen Weg durch die Menge, um die Verfolgung der beiden flüchtigen Mörder aufzunehmen.

Willenlos ließ sich Marthe von Jakob fortführen.

Marthe wusste nicht, wie sie in ihre Kammer gelangt war und wie viel Zeit verstrichen war, bis Waltrud zu ihr kam und berichtete, Christians Leichnam sei in der Kapelle der Burg aufgebahrt.

»Ihr könnt jetzt zu ihm gehen«, sagte sie, während sie sich mit ihren rauhen Händen über das rotgeweinte Gesicht fuhr und dann in ihre Schürze schneuzte. »Mechthild hat die Totenwäsche übernommen, doch nun liegt sie selbst darnieder. Es war zu viel für sie. Aber die anderen Gefangenen wurden begnadigt und freigelassen.«

Lukas, Raimund, Friedmar, Reinhard und Jakob standen bereits um die Bahre und hielten Totenwache.

Jakob und Reinhard, der wieder frei war und wusste, dass sich seine Braut in Sicherheit befand, hatten beschlossen, sich nun offen zu Christian zu bekennen. Lukas hatte seine Hände Christians Söhnen auf die Schultern gelegt, um sie festzuhalten. Fassungslos starrten Thomas und Daniel auf den Leichnam ihres Vaters, Thomas mit hassverzerrter Miene, doch der jüngere Daniel konnte trotz aller Mühe seine Tränen nicht zurückhalten, seine Schultern zitterten unter Lukas' festem Griff.

Als Marthe die Kapelle betrat, richteten sich alle Blicke auf sie.

»Er ist gerächt«, sagte Lukas. »Die drei Mörder sind tot.«

»Nur der Auftraggeber nicht!«, stieß Marthe voller Hass aus.

Lukas ließ Christians Söhne los, trat zu ihr und legte nun ihr beschwichtigend beide Hände auf die Schultern.

»Jeder weiß, wer den Befehl gab«, sagte er, so ruhig er konnte, voller Bitterkeit und Härte in der Stimme. »Doch wenn du Albrecht noch einmal öffentlich des Mordes bezichtigst, reißt du unzählige Menschen mit ins Grab.«

Marthe erwiderte nichts, sondern sank wortlos neben Christians Leichnam nieder und umklammerte mit ihren Händen seine, die gefaltet über der Brust lagen und sein Schwert hielten. Irgendjemand musste Hartmut dazu gebracht haben, es dem Toten zurückzugeben. Vielleicht hatte er es sogar von sich aus getan.

Marthe nahm kaum wahr, dass nun auch Kuno und Bertram mit ihren Frauen kamen und Clara mitgebracht hatten.

Während Johanna und Marie laut aufschluchzten, kniete Clara lautlos an Marthes Seite nieder, totenbleich und mit versteinerter Miene.

»Er hat es gewusst«, flüsterte sie ihrer Mutter zu. »So, wie wir beide gewusst haben, dass es so kommen wird ... Er hat sich geopfert.«

Erst durch Claras Worte wurde Marthe klar, dass sie in ihrem Innersten den Ausgang dieses Tages längst hatte kommen sehen, wie Christian auch. Aber er hatte sich entschieden, nicht davor wegzulaufen.

Sie taumelte, als sie sich aufrichtete.

»Es ist falsch«, sagte sie.

Die anderen sahen sie irritiert an.

»Sein Totenkleid sollte der blutige, von Pfeilen durchbohrte Bliaut sein! Damit jeder sieht, er ist nicht friedlich entschlafen, sondern er wurde ermordet – und dass er dem Tod mutig ins Gesicht gesehen hat!«

»Mutter hat recht«, sagte zu aller Überraschung Clara in das jäh eingetretene Schweigen hinein. »Vater hätte es so gewollt. Sein Tod soll Mahnung und Anklage sein.«

Noch bevor jemand etwas erwidern konnte, betrat einer von Albrechts Bediensteten die Kapelle.

»Der Markgraf wünscht umgehend die Witwe Marthe zu sprechen.«

Witwe! Erst allmählich drang das Wort zu Marthes Innerem durch. Sie war jetzt Witwe.

Wortlos half ihr Lukas hoch und begleitete sie.

Er musste am Eingang der Halle warten, da er schließlich nicht aufgefordert war, zu erscheinen, aber um nichts in der Welt hätte er jetzt Marthe allein zu Albrecht gehen lassen. Wer weiß, was er für sie plante – es war auf keinen Fall etwas Gutes.

»Ich sollte Euch ins Verlies werfen lassen für Eure Unverschämtheit heute Morgen«, begann Albrecht, nachdem Marthe mit versteinerter Miene vor ihm niedergekniet war. »Aber ich will Euch zugutehalten, dass der Schmerz über den Verlust Euren Verstand trübt.«

Marthe sagte kein Wort, sondern starrte Albrecht nur ins Gesicht.

»Ihr werdet verstehen, dass nun kein Platz mehr für Euch auf der Burg ist. Ich will so großzügig sein, Euch drei Tage Frist zu gewähren, um Eure persönlichen Besitztümer zusammenzupacken und diese Gemäuer zu verlassen. Eure Bediensteten dürfen Euch begleiten. Dann wird der neue Vogt, den ich ernennen werde, das Amt und die ihm zustehenden Gemächer übernehmen.«

»Ich verlasse die Burg noch heute«, antwortete Marthe, so ruhig sie konnte.

Sie wollte nichts wie fort von Albrecht und seinen Mordgesellen. Sie würde mit den Ihren wieder in das Haus ziehen, in dem sie glücklich mit Christian gelebt hatte, bevor er zum

Burgvogt ernannt worden war. Sie wollte nicht unter einem Dach mit seinem Mörder hausen.

Und sie wusste genau, was Albrecht als Nächstes und Letztes verfügen würde, in dem vergeblichen Versuch, Christians Andenken zu tilgen.

»Gut, das erleichtert es, was ich Euch noch mitzuteilen habe«, fuhr Ottos Sohn salbungsvoll fort. »Mir ist zu Ohren gekommen, dass Euer Gemahl in der Burgkapelle aufgebahrt liegt. Ihr müsst einsehen, dass dies nicht der richtige Ort ist für jemanden, der sich in solchem Maße schuldig gegenüber seinem Fürsten gemacht hat. Also, nehmt seinen Leichnam und sorgt für ein angemessenes Begräbnis in aller Stille. Eure Söhne können Euch begleiten. Sie sind aus den markgräflichen Diensten entlassen und müssen sich nicht mehr unterm Altar verkriechen.«

Sie sah, wie sich Elmar zu Albrecht hinabbeugte und ihm etwas zuflüsterte.

Albrecht zog die Augenbrauen hoch.

»Denkt daran: in aller Stille!«, wiederholte er drohend. »Seid dankbar, wenn er überhaupt in geweihter Erde begraben werden darf! Solltet Ihr mit seinen Anhängern einen Aufruhr anzetteln, werde ich alle Beteiligten aufs härteste bestrafen!«

Lukas sah Marthe am Ausgang der Halle mit finsterer Miene entgegen.

»Waltrud soll packen und sich dazu als Helfer nehmen, wen sie braucht. Ein paar Mägde sollen unser altes Haus an der Dorflinde herrichten«, sagte Marthe.

Das Steinhaus hatte einige Zeit leer gestanden und war nur hin und wieder genutzt worden, wenn es auf der Burg zu voll wurde. Aber zwei, drei tüchtige Frauen würden es im Handumdrehen bewohnbar machen. Das Haus hatte sogar eine eigene Kapelle, die Christian errichten ließ, nachdem Marthe nur mit knapper Not der Anklage der Hexerei entkommen war. So musste sie nicht mehr bei dem fanatischen Pater Sebastian beichten, sondern bei Hilbert, den Christian in sein Haus geholt hatte.

Marthe wunderte sich, dass sie in ihrer derzeitigen Situation überhaupt fähig war, klare Anweisungen zu erteilen – als sei weiter nichts geschehen, als ginge es nur darum, eine Reise vorzubereiten.

Doch letztlich war es genau das: Christians letzte Reise. Sie sollte Teil seines Vermächtnisses werden.

Gemeinsam mit Lukas ging Marthe zurück in die Kapelle.

Die dort Wartenden richteten sofort fragende Blicke auf sie. Sie berichtete kurz von Albrechts Befehlen und ihren Entschlüssen, dann bat sie alle bis auf ihre Kinder, die Nachricht im Dorf zu verbreiten, dass Christians Leichnam kurz vor Sonnenuntergang in sein Haus nahe der Dorflinde getragen werden würde.

»Wenn du einverstanden bist, nehme ich deine Söhne nach dem Begräbnis zu mir«, schlug Raimund vor. »Albrecht wird ihnen nun ohnehin keinen Platz auf dem Burgberg mehr zubilligen, und es ist besser, wenn sie außerhalb seiner Reichweite sind.«

Marthe nickte erleichtert. Bei Raimund würden ihre Söhne gut aufgehoben und in Sicherheit sein.

Nachdem die Männer gegangen waren, bat sie ihre Stieftöchter, Christians blutdurchtränkten Bliaut zu holen.

Sie hätte die Totenwäsche lieber selbst übernommen, wäre ihr die tüchtige Mechthild nicht zuvorgekommen. Aber vielleicht war es auch besser, nicht sein durchbohrtes Herz und seine tödlichen Wunden zu sehen, sondern ihn so in Erinnerung zu behalten, wie sie ihn tags zuvor noch einmal gewaschen hatte – in Vorbereitung auf das, was sie beide geahnt und erwartet hatten.

Johanna und Marie kamen mit dem von Pfeilen durchbohrten Obergewand zurück und halfen ihr, es ihm über sein Leichenkleid zu ziehen. Dann faltete sie erneut die Hände ihres Geliebten so über seiner Brust, dass sie sein Schwert hielten. Das Schwert würde sie für Thomas aufbewahren, so war es der Wille seines Vaters. Aber bis zum Begräbnis sollte es in Christians Händen bleiben.

Dann kniete sie erneut an seiner Seite nieder, verschränkte die Arme und legte ihren Kopf auf Christians Schulter.

Nur ein Satz, ein Vorwurf pulste immer wieder durch ihren Kopf: Warum hast du mich verlassen, Geliebter?

Sie wusste nicht, wie sie nun weiterleben sollte.

Es konnte eine Ewigkeit vergangen sein oder auch nur ein Wimpernschlag, als Lukas an ihre Seite trat.

»Es ist alles bereit«, sagte er, wartete einen Moment des Schweigens und half ihr dann auf.

Jakob, Reinhard und Raimund kamen herein und betteten Christians Leichnam auf die Bahre, die sie mitgebracht hatten.

Lukas trat als Vierter hinzu. Gemeinsam hoben sie die Bahre mit dem Toten an und trugen ihn hinaus.

Marthe und Clara, die an ihre Seite getreten war, folgten ihnen, danach Thomas und Daniel, Kuno und Johanna, Bertram und Marie.

Solange die kleine Gruppe den Burghof durchquerte, blieb sie für sich allein.

Doch kaum hatten sie das Tor passiert, strömten von allen

Seiten Christiansdorfer herbei, um sich der Prozession anzuschließen. Mit finsteren Mienen oder verweinten Gesichtern folgten sie ihrem toten Anführer: die ersten Siedler wie Jonas und Emma, viele der Bergleute mit ihren Familien, die Christian selbst dafür gewonnen hatte, in die Mark Meißen zu ziehen, mit dem Bergmeister an der Spitze, die jungen Burschen von Peters Bande, etliche Händler und Handwerker. Auch die angesehenen Männer der kleinen jüdischen Gemeinde schlossen sich dem Trauerzug an. Den Schluss des immer größer werdenden Zuges bildeten Walther und seine Getreuen.

Bei alldem fiel kein einziges Wort. Christians Freunde hatten dafür gesorgt, dass Albrechts Befehl: »In aller Stille!« wörtlich befolgt wurde, wenn auch sicher nicht so, wie er es sich vorgestellt hatte.

Vor der Dorflinde kam der Zug zum Stehen, die Ritter trugen die Bahre mit Christians Leichnam in die steinerne Kapelle und setzten sie vor dem Altar ab. Hilbert, der sie dort erwartete und nun ebenfalls wieder hier Quartier nehmen würde, schließlich gehörte er zu Christians Haushalt und nicht zur Burg, entzündete eine Kerze und sprach ein langes, feierliches Gebet.

Die Männer waren links und rechts des Toten niedergekniet und beteten mit ihm, ebenso Marthe und ihre Kinder.

Dann traten sie beiseite, und einer nach dem anderen zogen die Dorfbewohner vorbei, um noch einmal einen letzten Blick auf ihren einstigen Herrn zu werfen und für sein Seelenheil zu beten. Einige hatten aus späten Wiesenblumen oder Blättern Girlanden geflochten und legten sie ihm zu Füßen.

Vom Weinen gerötete Gesichter, fassungslose Blicke, inbrünstig gesprochene Gebete und leises Schluchzen erfüllten die Kapelle, bis die Prozession vorbei war.

Marthe bemerkte, dass viele der Vorbeiziehenden die Blicke nicht von den blutigen Löchern abwenden konnten, die die todbringenden Pfeile in Christians Bliaut gerissen hatten. Selbst wer auf dem Burghof nicht dabei gewesen war, sah nun, was alle nach ihrem Willen sehen sollten.

Albrecht sollte es noch bereuen, den Befehl zu Christians Ermordung gegeben zu haben! Lukas und seine Freunde hatten die Männer getötet, die die Pfeile abgeschossen hatten. Doch derjenige, der dahintersteckte, sollte nicht davonkommen. Selbst wenn es zehn oder zwanzig Jahre dauern sollte – sie würde Christian rächen.

Längst war das Dunkel der Nacht hereingebrochen. Die vier Ritter, die die Bahre getragen hatten, erklärten sich bereit, die erste Totenwache zu übernehmen.

Marthe wollte sich ihnen anschließen, doch da griff Johanna ein und tat, was Marthe sonst auch mit jeder anderen Frau getan hätte, die gerade ihren geliebten Mann verloren hatte. Sie führte sie und Clara sanft hinaus und bestand darauf, dass sie einen starken Schlaftrunk zu sich nahmen.

»Ihr werdet beide noch alle Kraft brauchen«, sagte Johanna, obwohl sie selbst die Tränen kaum zurückhalten konnte.

Bevor Marthe ging, zog sie noch einmal schmerzerfüllt ihre Söhne an sich, von denen der Ältere sie nun schon eine Handspanne überragte.

Den Gesichtern der Jungen sah sie an, dass sie Rachepläne schmiedeten. Doch sie überließ es Lukas und Raimund, die beiden zur Besonnenheit anzuhalten. Dafür fehlte ihr jetzt einfach die Kraft, und den Rittern würden Thomas und Daniel wohl eher gehorchen.

Im Hinausgehen hörte sie, wie Lukas ihre Söhne zu sich rief. »Wir müssen reden.«

Den Rest konnte sie nicht mehr verstehen, aber sie wusste,

dass Thomas und Daniel Lukas verehrten und ihren ganzen Ehrgeiz daransetzen würden, seinen Befehlen zu folgen und vor seinen Augen zu bestehen.

Bis zum Tag von Christians Begräbnis baten so viele Menschen um die Ehre, Totenwache halten zu dürfen, dass der Platz in der Kapelle kaum reichte.
Doch die letzte Nacht wollte Marthe allein mit Christians engsten Freunden dort verbringen.
Lukas, Raimund, Jakob und Reinhard hatten sich links und rechts des Leichnams aufgestellt, jeder von ihnen selbst gezeichnet von Schmerz und Trauer, von den Folgen der Nachtwachen, des Fastens und der langen Gebete in den vergangenen drei Tagen.
Marthe sank erneut an Christians Seite nieder. Sein Gesicht wirkte nicht wie das eines Toten, er sah aus, als ob er nur schliefe, aber sein Körper war eiskalt.
Sie wusste nicht, wie sie die letzten Tage zugebracht hatte, Waltrud und ihre Helfer hatten sich um alles Nötige gekümmert. Sie hatte geglaubt, längst keine Tränen mehr zu haben, doch als sie nun an der Seite ihres toten Mannes niederkauerte, brachen mit einem Schrei all ihr Schmerz und ihre Verzweiflung heraus.
Dann erstarrte sie, und ihr war, als sei das Ende aller Tage gekommen.

Als der Morgen graute, legte Lukas leicht seine Hand auf ihre Schulter. »Es ist so weit.«
Mühsam stemmte sie sich hoch und setzte hölzern einen Schritt vor den anderen, um sich oben in ihrer Kammer für die Totenmesse und Christians Beerdigung zurechtmachen zu lassen.

Sie wusste nicht, mit welcher Drohung oder List Christians Freunde es geschafft hatten, Pater Sebastian dazu zu bringen, Hilbert die Totenmesse in der Nikolaikirche feiern zu lassen. Aber sie war ihnen dankbar dafür. Es wäre für sie eine Entweihung gewesen, hätte ausgerechnet Sebastian die Zeremonie geleitet, ja, auch nur Christians Namen in den Mund genommen.

Auch für das Begräbnis galt Albrechts Befehl: »In aller Stille!«, und die Christiansdorfer hielten sich daran. In einer riesigen, stummen Prozession folgten sie dem Toten, der von seinen drei besten Freunden und Rittern und dem Bergmeister getragen wurde.

Hinter dem Leichnam gingen Marthe, ihre Kinder und Stiefkinder; Elisabeth und ihre Kinder waren gekommen, ebenso Jakobs Frau und viele andere Bekannte, deren Ankunft sie kaum wahrgenommen hatte: Ritter, die zu Christian hielten, auch wenn sie wussten, dass sie sich durch ihr Erscheinen hier beim künftigen Herrscher der Mark unbeliebt machten, und zu aller Erstaunen sogar Ludmillus, der Spielmann.

Hunderte von Trauernden folgten Christians Leichnam, auch wenn waffenstarrende Gefolgsleute Albrechts den Zug säumten und misstrauisch beäugten, bereit, beim ersten Anzeichen offenen Aufruhrs loszuschlagen.

Doch die Christiansdorfer wussten, was auf dem Spiel stand, und waren bereit, Christian still die Ehre zu erweisen, um sein Andenken zu wahren. Er hatte sich geopfert, um ein Blutbad zu vermeiden, und dieses Opfer sollte nicht umsonst gewesen sein.

Eiseskälte erfüllte Marthe, als sie sah, wie Handvoll um Handvoll Erde auf Christians Leichnam geworfen wurde. Sie hatte keine Tränen mehr. Lukas und Raimund übernahmen es, ein hölzernes Kreuz über dem Grab zu errichten.

Als alle dachten, die Zeremonie wäre vorbei, trat Ludmillus aus der Menschenmenge hervor und begann zu singen.

Diesmal begleitete er sich selbst nicht auf der Laute. Doch gerade die Schlichtheit seines Liedes war es, die die Menschen ergriff, so dass viele von neuem zu weinen begannen.

Mit seiner wohltönenden Stimme sang Ludmillus ein Lied, das noch nie jemand von ihm gehört hatte: von einem tapferen Ritter, der geschworen hatte, die Wehrlosen zu schützen, und der sein Leben gab, um diesen Schwur zu halten. Alle paar Verse flocht er die gleichen Zeilen ein, mit einer einfachen, einprägsamen Melodie, die bald von den Ersten mitgesummt wurde:

»Christian, tapferer Rittersmann,
in den Tod für uns gegan'
Dein Sinn war gerecht und rein
wirst uns unvergessen sein.«

Mehr und mehr Menschen sangen diese Worte mit, die Ludmillus alle paar Verse wiederholte. Als der Chor immer lauter wurde, zogen Albrechts Männer die Waffen. Doch ohne sie zu beachten, beendete ein vielstimmiger, machtvoller Gesang das Lied.

Als es verhallt war, trat erneut Stille ein.

»Ergreift ihn! Zerschmettert ihm die Hände und schneidet ihm die Zunge heraus!«, schrie Elmar in das Schweigen hinein.

Während seine Männer ausschwärmten, verneigte sich Ludmillus stumm vor Christians Grab und trat zurück in die Menschenmenge, die ihn zu verschlucken schien, so dass keiner der Häscher ihn zu entdecken vermochte.

Wortlos und wie von unsichtbarer Hand geordnet, defilierten die Menschen an Christians Grab vorbei, verbeugten sich, schlugen ein Kreuz und gingen weiter, um dem Nächsten Platz zu machen und dann den Gottesacker zu verlassen.

Nur Marthe, ihre Kinder und Christians engste Freunde blieben noch an dem frischen Grab stehen, das inzwischen von Wildblumen übersät war, die freundliche Hände daraufgelegt hatten.

Marthe sah auf Clara und ihre Söhne, in deren Gesichtern sich Trauer, Zorn und wilde Entschlossenheit mischten.

Lukas und Raimund boten ihr ihren Arm, um sie zu stützen und nach Hause zu begleiten. Doch Marthe lehnte ab. »Bitte, lasst mich noch für einen Moment allein hier.«

Lukas wollte widersprechen, aber ein Blick auf ihr totenbleiches, von Schmerz gezeichnetes Gesicht brachte ihn zum Verstummen.

So folgten er und seine Freunde gemeinsam mit den Kindern den anderen ins Haus zum Totenmahl und überließen Marthe auf deren Wunsch der stillen Trauer an Christians frischem Grab.

Alte Rechnungen

Marthe war so in Trauer erstarrt, dass sie nicht einmal bemerkte, wie bereits die Dämmerung hereinbrach. Lukas und Raimund waren gekommen, um nach ihr zu sehen, doch sie hatte gebeten, sie noch eine Weile allein hierzulassen und sich an ihrer Stelle um die Trauergäste zu kümmern. Sie wollte jetzt allein sein.

Beim nächsten Mal würden Christians Freunde darauf bestehen, dass sie ihnen folgte. Die Dunkelheit kam rasch um diese Jahreszeit, und sie war die Letzte, die es sich erlauben konnte, ohne Begleitung hier auszuharren, auch wenn sie wusste, dass

Lukas irgendwo in der Nähe ein paar Männer zu ihrem Schutz postiert haben würde.

Benommen richtete sie sich auf, um ins Haus zu gehen, ohne eine Vorstellung davon zu haben, wie sie nun ohne Christian leben sollte.

Von düsteren Gedanken gefangen, hatte sie jegliches Gespür für Gefahr verloren. So fiel ihr nicht auf, dass ihr niemand von Lukas' Wachen entgegenkam, um sie zu begleiten.

Bis sie jäh nach hinten gerissen wurde, ihr jemand eine Hand auf den Mund presste und sie mit der anderen fest umklammert hielt.

»Seid still, und Euch wird nichts geschehen«, raunte eine unbekannte Stimme.

Sie wehrte sich nicht einmal, so tief war ihr Schmerz. Sollten die Fremden sie doch töten. Es war ihr gleichgültig.

Der unbekannte Entführer zerrte sie hinter die Kirche, ohne dass sie sehen oder erraten konnte, wer er war. Jemand verband ihr die Augen und knebelte sie, ihre Hände wurden gefesselt. Es mussten mehrere Männer sein, die ihretwegen gekommen waren.

Erstaunlich behutsam wurde sie auf ein Pferd gehoben.

Kräftige Arme hielten sie – nicht grob, aber fest genug, als dass sie hätte fliehen können. Wohin auch, ohne etwas zu sehen?

Das Pferd, auf dem sie saß, setzte sich in Bewegung.

»Verhaltet Euch ruhig, und Euch wird nichts geschehen«, wiederholte die Stimme direkt hinter ihr. »Ihr müsst Euch nicht fürchten.«

Marthe verlor jedes Gefühl für Zeit und Richtung, aber es kam ihr vor, als würde sie die halbe Nacht hindurch reiten. Offensichtlich hatten die Entführer Befehl, ihr kein Haar zu krümmen. Der Knebel würgte sie, aber das Tuch über ihren Augen war aus weichem, feinem Stoff.

Was hatte das zu bedeuten? Wer hatte diese Männer ausge-schickt? Wer besaß ein Interesse daran, sie heimlich zu entfüh-ren – und weshalb? Wenn die Männer sie töten wollten, hätten sie es längst getan.

Dem Hufklang nach musste es eine Gruppe von vier bis fünf Reitern sein, die sich mit ihr als Beute wortlos durch die Nacht bewegten.

Marthe versuchte durch eine Bewegung zu ergründen, ob es ihr möglich wäre, sich vom Pferd fallen zu lassen. Die Gefahr, dabei unter die Hufe zu kommen, wollte sie in Kauf nehmen. Ihr Leben war ihr ohnehin nichts mehr wert. Doch der Reiter hinter ihr reagierte sofort und umklammerte sie nur mit noch härterem Griff, ohne ein Wort zu verlieren.

So blieb ihr nichts als zu warten, bis das Ziel erreicht war und ihr Augenbinde und Fesseln abgenommen würden.

Stumm betete sie, dass Lukas ihr Verschwinden bemerkt und die Verfolgung aufgenommen hatte. Doch wie sollte er in der Nacht ihre Spur finden?

Sie hatte noch in der Nähe des Dorfes einen Schuh fallen las-sen, wenig später den anderen, und hoffte, dass niemand von ihren Entführern es bemerkte. Mehr konnte sie nicht tun. Aber in der Dunkelheit würde Lukas ihre Zeichen nicht ent-decken.

Endlich verlangsamten die Reiter ihr Tempo. Worte wurden geflüstert, ohne dass sie etwas davon verstehen konnte. Die Hufe klapperten nun nicht mehr über Waldpfade, sondern auf härterem Grund. Der Reitertrupp brachte die Pferde zum Ste-hen.

Sie wurde vom Sattel gehoben und stehen gelassen.

Ob es immer noch Nacht war? Bestimmt, auch wenn sie durch die Augenbinde nichts sehen konnte. Falls sie sich wirklich auf einem Burghof befand, würden tagsüber viele Geräusche von

Geschäftigkeit künden: das Geplapper der Mägde, die Rufe der Knechte und Stallburschen, die Kommandos der Wachen. Wo war sie? Auch wenn es schwer war, zu schätzen, schien ihr die zurückgelegte Strecke kürzer zu sein als der Weg nach Meißen. In wessen Auftrag war sie entführt worden? Und warum?

Der Mann, der sie auf sein Pferd genommen hatte, kehrte zurück. Sie erkannte ihn an der Stimme.

»Wenn Ihr erlaubt.« Er nahm sie beim Arm und führte sie vorsichtig über den Hof, machte sie auf Stufen aufmerksam und stützte sie, damit sie nicht stolperte oder fiel, während er sie eine Wendeltreppe hinaufgeleitete. Sie musste also in einem Turm sein, im Bergfried einer Burg oder eines größeren Rittergutes.

Als Nächstes hörte sie Türangeln knarren, dann musste sie noch ein paar Schritte gehen.

Schließlich machte ihr Entführer halt und nahm ihr Augenbinde und Knebel ab, nicht aber den Strick um ihre Handgelenke.

Der Raum war dunkel und wurde nur durch eine einzige Kerze erhellt. Doch sie erkannte ihn sofort wieder und wähnte sich in einem bösen Traum. Hier war sie schon einmal gewesen – vor Jahren, als Ekkehart sie aus dem Kerker und vor dem sicheren Tod gerettet hatte.

Sie befand sich in Ekkeharts Gewalt.

Der Mann verneigte sich stumm vor ihr, bedeutete ihr, sich zu setzen, und entfernte sich.

Trotzig blieb Marthe stehen. Wie sie befürchtete, betrat nur wenige Augenblicke später Ekkehart die Kammer.

»Was bedeutet das?!«, fuhr sie ihn an und reckte ihm anklagend ihre gebundenen Hände entgegen. »Ihr lasst mich mitten in der Nacht vom Grab meines Mannes entführen und in Fesseln in Eure Kammer bringen?!«

»Eine reine Vorsichtsmaßnahme, damit du mir nicht noch einmal im letzten Moment entkommst!«, sagte er und ging auf sie zu.

Sein Gesicht zeigte jenen begehrlichen Ausdruck, mit dem er sie meistens anzusehen pflegte, doch diesmal war es verzerrt von Hass und hemmungsloser Gier.

»Heute Nacht werden wir es vollenden. So viele Jahre musste ich warten! Aber diesmal wird mich nichts daran hindern, dich zur Frau zu nehmen.«

Er musste den Verstand verloren haben.

»Ihr habt bereits eine Frau«, sagte sie, so kühl sie konnte.

»Nicht mehr«, erwiderte Ekkehart, während er ihr die Fesseln abnahm und den Strick lässig in den Gürtel steckte. »Sie war eine Ehebrecherin. Ich habe sie heute Morgen ertappt und gerichtet.«

Er zog seinen Dolch und hielt ihn hoch, direkt vor Marthes Augen.

Ihr schauderte bei dem Gedanken daran, dass er seine unglückliche und verängstigte Frau einfach so erstochen haben könnte, nur um sich ihrer zu entledigen.

Ekkeharts nächsten Worte bestätigten ihren furchtbaren Verdacht. »Da wir nun also beide verwitwet sind, steht unserer Vermählung nichts mehr im Wege.«

Angewidert wich sie zurück.

»Ihr seid ein Ungeheuer!«

Sofort folgte er ihr nach, packte sie an beiden Armen und sah ihr drohend in die Augen. »Für meine Feinde – ja, wenn du es so sehen willst. Aber ich bin nicht dein Feind. Und du solltest Wert darauf legen, dass ich es niemals werde. Jetzt gehörst du mir.«

»Nie und nimmer!«, schrie sie ihn an und versuchte, sich seinem eisernen Griff zu entreißen.

»Doch. Der Markgraf hat dich mir schon vor Jahren zugesprochen. Heute hole ich mir, was mir zusteht.«

In seinen Augen glitzerte es, er zog ihr den Schleier vom Haar, umklammerte mit einem Arm ihre Taille und mit dem anderen ihren Nacken, presste sie an sich und küsste sie hart. Marthe trat ihm mit aller Kraft ans Schienbein, und während er für einen Moment zurückwich, versuchte sie, ihr Knie zwischen seine Beine zu stoßen.

Doch Ekkehart war schneller. Er drehte ihr den linken Arm auf den Rücken und zwang sie in die Knie.

»Versuch das noch einmal, und ich prügle dich, bis du um meine Liebe bettelst! Du bist meine Frau! Wenn die Sonne aufgeht, wird mein Kaplan uns trauen. Er hat darauf bestanden, mindestens einen Tag nach dem Tod der Ehebrecherin verstreichen zu lassen. Doch diesmal wird mir nichts dazwischenkommen. Was ich will, hole ich mir jetzt gleich!«

Er zerrte sie hoch, um sie mit verdrehtem Arm zu seinem Bett zu schieben. Geistesgegenwärtig zog Marthe mit der Rechten den Dolch aus seinem Gürtel. Blindlings stieß sie mit der Waffe zu, spürte, wie die Klinge durch Stoff und Haut ging, doch Ekkehart beachtete die Wunde gar nicht. Er packte ihr Handgelenk und presste es so heftig zusammen, dass sie vor Schmerz die Waffe fallen ließ.

»Miststück!«, wütete er, drehte ihr wieder den Arm auf den Rücken und stieß sie aufs Bett.

Marthe versuchte, aufzuspringen und wegzurennen, aber er drückte sie auf das Laken und kniete sich mit seinem ganzen Gewicht auf ihre Schenkel. Als sie auf ihn einzuschlagen versuchte, fing er ihre Arme ab und hielt sie mit seiner Linken an den Handgelenken umklammert.

»Ich hätte dir doch nicht die Fesseln abnehmen sollen«, wütete er, zog den Strick aus seinem Gürtel und band damit ihre Hände an einem der Bettpfosten fest.

»Ist das Eure Vorstellung von einer freiwilligen Vereinigung?!«, schrie sie ihn an. »Ich hasse Euch!«

Er schlug ihr mit aller Kraft ins Gesicht. Dann beugte er sich kurz aus dem Bett, um seinen Dolch aufzulesen, und schnitt ihr damit das dunkle Trauerkleid vom Leib. »Weg mit dem düsteren Fetzen! Ab heute bist du meine Frau und trägst die prachtvollsten Gewänder.«

»Nie und nimmer!«, schrie sie noch einmal und wand sich verzweifelt.

Doch er war zu stark und zu massig, als dass sie ihm entrinnen konnte. Er riss ihr das Unterkleid vom Leib, bis sie nackt vor ihm lag.

»Jetzt bist du mein. Wie lange habe ich auf diesen Moment gewartet«, ächzte er.

»Ich werde nie Euer sein. Ich werde Euch nie als meinen Mann anerkennen«, sagte sie angewidert, während ihr die Tränen in die Augen traten.

»Wen interessiert das?«, höhnte er. »Du bleibst hier so lange eingeschlossen, bis ich dich geschwängert habe.«

Dann verlagerte er sein Gewicht, packte ihre Schenkel und drückte sie auseinander.

Sie drehte den Kopf beiseite, als er sich auf sie warf, doch er zwang sie erneut zu einem Kuss.

Sie wusste nicht, was stärker war: ihr Schmerz, ihr Entsetzen oder ihr Widerwillen, während er in sie stieß und dabei kein Ende zu finden schien.

»Ich werde jede Spur von ihm aus dir tilgen«, keuchte er, bevor er sich in sie ergoss.

Endlich rollte er sich von ihr herab.

Er musterte sie mit triumphierendem Blick, sah ihre hasserfüllten Augen und beschloss, ihr die Fesseln besser nicht abzunehmen.

So musste sie in hilfloser Haltung neben ihm verharren, während er es sich im Bett bequem machte.

Doch wenn sie gedacht hatte, es wäre nun vorbei, hatte sie sich getäuscht. Statt einzuschlafen, ließ er seine begehrlichen Blicke über ihren nackten Leib streifen, und bald richtete sich sein Glied wieder auf.

»Gewöhn dich besser an Gehorsam mir gegenüber«, sagte er, als er ihren entsetzten Blick sah. »Du wirst mir noch einmal dankbar dafür sein, dass du durch mich nicht als Bettlerin oder Hure endest.« Dann schob er sich erneut auf sie.

Diesmal hatte Marthe keine Kraft mehr, sich zu wehren. Wozu auch?

Es war alles vorbei. Jetzt wollte sie nur noch sterben.

Ein Pochen und laute, fordernde Stimmen vom Hof rissen Marthe aus dem Dämmerzustand, in den sie gefallen war. Es konnte nicht viel Zeit vergangen sein, seit Ekkehart endlich von ihr abgelassen hatte, aber durch die schmale Fensterluke war zu sehen, dass die Morgendämmerung bereits hereinbrach.

Ekkehart fuhr aus seinem Schlaf hoch, warf einen Blick auf sie und schien dann zu begreifen, was auf seinem Hof los war.

Marthe glaubte eine Stimme zu erkennen und zuckte vor Hoffnung und Scham zugleich zusammen. Doch auch Ekkehart musste wissen, wer da unten Einlass verlangte, und drückte sofort seine schwielige Hand auf Marthes Mund, um sie daran zu hindern, den Neuankömmlingen eine Nachricht zuzurufen.

Mit der anderen Hand griff er nach ihrem Witwenschleier, der vor dem Bett auf dem Boden lag, und knebelte sie damit erneut.

Dann stand er auf, zog sich an, griff nach Dolch und Schwert und ließ die Tür hinter sich laut zukrachen.

Marthe – nackt und immer noch an den Bettpfosten gefesselt – versuchte, sich so weit aufzurichten, dass sie aus dem Fenster sehen und erkennen konnte, was auf dem Hof von Ekkeharts Stammsitz vor sich ging. Mit einiger Mühe fand sie zu einer Position, die ihr, so unbequem sie auch war, einen Blick nach unten gestattete.

Sie hatte sich nicht verhört: Es war tatsächlich Lukas, der dort unten lauthals Einlass forderte. Und in seiner Begleitung waren mehr als ein Dutzend Ritter – all jene, die zu Christians Begräbnis gekommen waren.

In Gedanken verwünschte Ekkehart den Umstand, dass er derzeit nur wenige Bewaffnete hier hatte. Die Mehrzahl seiner Männer hatte er vor ein paar Tagen losschicken müssen, damit sie Otto und Hedwig entgegenritten. Nachricht war eingetroffen, dass der Kaiser auf dem Hoftag in Fulda von seinem Vetter Ludwig die Freilassung Ottos gefordert und die beiden Rivalen zum Friedensschluss gezwungen hatte. Nun waren Otto und sein Gefolge unterwegs nach Meißen.

Mit Mühe hatte Ekkehart als Hauptmann der Wache einen glaubwürdigen Vorwand erdacht, zunächst auf seinen Stammsitz zu reiten und der Eskorte erst in ein paar Tagen nachzufolgen. Aber Elmars Nachricht von Christians schmählichem, langersehntem und sorgfältig geplantem Ende war zu bedeutend, als dass er jetzt fortgekonnt hätte. Jetzt oder nie war die Gelegenheit gewesen, sich endlich zu holen, was ihm längst zustand: Christians Witwe.

Und der Umstand, dass ihn diesmal nichts und niemand daran gehindert hatte, erfüllte ihn mit grimmiger Freude. Mochten sich die paar Anhänger Christians jetzt auch noch so aufspielen – er hatte Tatsachen geschaffen. Er hatte sie genommen, sie gehörte nun ihm, und wenn den Kerlen da unten das Weib etwas wert war, dann machten sie lieber keine große Sache daraus. Sie sollten froh sein, wenn er noch bereit war, sie zu heiraten, nachdem er sie schon entehrt hatte.

»Was gibt es? Was schreist du so früh am Morgen auf meinem Hof herum?«, fuhr er Lukas an, der an der Spitze der ungebetenen Besucher stand und ihn wütend anstarrte.

Dieser Bursche verdiente ohnehin eine Abreibung, dreist und unverschämt, wie er war. Doch als erklärter Anhänger eines toten Verräters, noch dazu enterbt vom eigenen Vater, waren seine Tage ohnehin gezählt.

»Du hast etwas auf deinen Besitztümern, das dir nicht gehört«, konterte Lukas voller Wut.

»Und was soll das sein?«

»Christians Witwe. Sie ist vom Grab ihres Mannes entführt worden, ihre Spur brachte uns genau hierher. Gib sie auf der Stelle frei!«

Wütend umklammerte Lukas den Griff seines Schwertes, bis seine Fingerknöchel weiß wurden.

Hinter ihm standen ein Dutzend bewährter Ritter mit gegürteten Waffen. Aber auch die paar Bewaffneten, die Ekkehart noch hier hatte, fanden sich mittlerweile ein, stellten sich zu ihrem Herrn und starrten mit finsterer Miene auf die Fremden, während das aus kurzem Schlaf gerissene Gesinde ängstlich und in sicherer Entfernung die Szenerie beobachtete.

»Verschwindet sofort von meinem Hof«, verlangte Ekkehart

und stellte sein blankes Schwert mit der Spitze demonstrativ auf den Boden – genau jene Geste, die Lukas und seine Gefährten an die geplante Hinrichtung Christians erinnerte und damit ihren Zorn noch verstärkte.

In diesem Moment drang Marthes Hilferuf aus einer der oberen Fensterluken des Bergfrieds. Sie hatte es geschafft, sich von dem Knebel zu befreien.

Von glühendem Hass erfüllt, zog Lukas sein Schwert und trat drei Schritte auf Ekkehart zu. Er wusste, dass er sich in größte Schwierigkeiten brachte, wenn er den Hauptmann von Ottos Leibwache angriff, aber das war ihm gleichgültig.

»Gib sie frei, du Bastard, sofort!«, zischte er.

Ekkehart beugte sich leicht vor und sah ihn triumphierend an. »Du kommst zu spät. Der Markgraf hat sie mir zugesprochen. Sie ist mein. Sie liegt in *meiner* Kammer, in *meinem* Bett, und hat *meinen* Samen in ihrem Schoß.«

Lukas' wütender Aufschrei hatte nichts Menschliches mehr an sich. Mit seinem Schwert stürzte er auf Ekkehart zu, doch vier von dessen Männern stellten sich ihm in den Weg.

»Versteck dich nicht hinter deinen Knechten, Feigling!«, brüllte Lukas. Dann drehte er sich kurz um und wies auf das Dutzend Ritter hinter ihm. »Gegen uns alle habt ihr keine Chance. Lass es uns austragen von Mann zu Mann!«

Ekkehart überlegte nicht lange. Mochte der Habenichts auch Christians Schüler gewesen sein – er hatte ihm ein Dutzend Jahre Kampferfahrung voraus. Und wenn der Kerl erst einmal röchelnd vor ihm im Staub lag, war sein Sieg endgültig – über Christian, Marthe und deren letzte paar Anhänger, die hier vor ihm standen und sich aufspielten.

Er gab seinen Männern das Zeichen, zurückzutreten, dann winkte er Lukas höhnisch zu sich heran.

»Komm schon, Bursche! Gleich kannst du Christian in der

Hölle von mir grüßen. Hättest die schöne Witwe wohl vorher selbst noch gern bestiegen?«

Seine letzten Worte waren noch nicht einmal ganz heraus, da stürzte Lukas schon mit Wutgeheul auf ihn zu. Er hieb so schnell hintereinander mit kurzen Schlägen auf Ekkehart ein, dass dieser nicht einmal dazu kam, selbst auszuholen.

Er brauchte keine fünf Hiebe, um den Gegner tödlich zu treffen. Mit gespaltenem Schädel stürzte Ekkehart zu Boden.

Schwer atmend sah Lukas auf den blutigen Leichnam zu seinen Füßen.

»Haltet seine Männer in Schach!«, rief er Raimund und den anderen Rittern zu, die ihn begleitet hatten. Schon rannte er mit riesigen Schritten zum Wohnturm.

Nach den Schreckensbildern, die Ekkeharts gehässiges Eingeständnis bei ihm hervorgerufen hatte, wollte er nicht, dass jemand außer ihm Marthe so sah, wie er sie vorzufinden befürchtete.

Immer noch das blanke, blutige Schwert in der Hand, trat Lukas die Tür auf, hinter der Marthe sein musste, und erstarrte.

Der Anblick erschütterte ihn so sehr, dass er für einen Moment nicht wusste, was er tun oder sagen sollte. Sie war nackt ans Bett gefesselt, das Haar aufgelöst, im Gesicht, an den Armen und auf dem Körper sah er selbst aus dieser Entfernung noch die Spuren der Misshandlung, während sie voller Scham, doch vergeblich versuchte, ihre Blöße zu bedecken.

Dann ließ er sein Schwert fallen und stürzte auf sie zu. Hastig bedeckte er ihren nackten Leib mit dem Laken, schnitt ihre Fesseln durch, versuchte, den Blutfluss in ihren angeschwollenen Handgelenken wieder in Gang zu bringen und dabei nicht auf ihren geschundenen Körper zu sehen.

»Es tut mir so leid«, sagte sie und begann zu weinen.

»Du bist nicht schuld, er hat dir das angetan«, erwiderte er mit Nachdruck. »Und dafür hat ihn die einzige gerechte Strafe getroffen. Er wird in der Hölle dafür büßen.«

Lukas sah sich um, ob irgendwo Krug und Becher standen, und drängte Marthe einen kräftigen Schluck Wein zur Stärkung auf. Mit bebenden Fingern versuchte sie, das Laken enger um ihren Leib zu ziehen, bevor sie den Becher nahm. Lukas suchte nach ihrem Kleid, doch auf dem Boden lagen nur die zerschnittenen Fetzen ihres Trauergewandes. Davon war nichts mehr zu retten.

Kurzentschlossen klappte er den Deckel einer Truhe hoch, die gegenüber dem Fenster stand. Er hatte richtig vermutet, zwischen Beinlingen und Untergewändern lagen darin auch mehrere Kleider. Etwas unentschlossen hielt er sie einzeln hoch und warf einen fragenden Blick zu Marthe.

»Das wird es tun«, entschied sie schließlich und wies mit dem Kinn auf ein schmales Obergewand in gedeckten Farben.

Lukas zögerte einen Moment, es ihr zu geben.

»Wenn du Anklage wegen Notzucht erheben willst, müsstest du in den zerrissenen Kleidern vor den Richter treten.«

So, wie er es sagte, war es eine Frage, und sie musste nicht lange über eine Antwort grübeln. »Wozu? Er ist tot. Und ich will die Schande nicht noch bekannter machen. Ich will, dass es vorbei ist.«

Sie begann zu weinen, und Lukas wollte sie tröstend in seine Arme schließen, doch er merkte, dass sie vor der Berührung zurückschreckte.

Beklommen legte er ihr das Kleid aufs Bett und drehte sich um, damit sie sich ankleiden konnte.

Dann erst schien sie plötzlich den Sinn seiner Frage zu verstehen. »Otto wird dich bestrafen, weil du seinen Hauptmann getötet hast, wenn du nicht Notzucht als Grund angeben kannst!«, flüsterte sie erschrocken.

»Mach dir keine Sorgen um mich«, versuchte er sie zu beruhigen. »Er hat schließlich vor einem Dutzend Ritter damit geprahlt.«

Entsetzt sah Marthe ihn an, dann schlug sie die Hände vors Gesicht.

»Jetzt muss ich ins Kloster, wenn sie mich dort überhaupt aufnehmen. Dir lässt Otto zur Strafe die Hand abschlagen oder dich sogar hinrichten ... Und die Kinder?! Was soll nur aus meinen Kindern werden?«

»Nichts von dem wird geschehen«, versuchte er sie in ihrer Not zu beruhigen. »Aber wir sollten jetzt sehen, dass wir von hier fortkommen.«

»Ich bin so weit«, sagte sie mit zittriger Stimme, und er wagte es, sich umzudrehen. Sie war nun wieder vollständig angekleidet, ihr Haar vom Witwenschleier bedeckt, doch sie machte auf ihn einen solch desolaten Eindruck, dass er ihr nicht zutraute, die steile Treppe hinabsteigen zu können.

Kurzentschlossen wischte er sein Schwert am Laken ab, steckte es in die Scheide, ging auf sie zu und nahm sie auf seine Arme. »Niemand wird Anstoß daran nehmen, der ahnt, was du durchlitten hast.«

Vorsichtig wie einen kostbaren Schatz trug er sie die Treppe hinunter. Er spürte ihr Gewicht kaum, umso mehr das Zittern ihres Körpers.

Sie begegneten niemandem auf dem Weg nach unten. Das Gesinde hielt wohl lieber Abstand von dem Fremden, der ihren Herrn getötet hatte. Auf dem Hof angekommen, sah er, dass seine Freunde Ekkeharts Wachen immer noch in Schach hielten. Dann entdeckten sie ihn und Marthe, und entsetzt, mitfühlend und grimmig blickende Augenpaare richteten sich auf sie.

»Lasst uns von hier verschwinden«, sagte Lukas. »Wir müssen beraten.«

Raimund nickte ihm zu. »Besser für euch, ihr verhaltet euch ruhig und wartet, bis ein neuer Herr dieses Lehen übernimmt«, rief er Ekkeharts Männern zu. »Es könnte sonst sein, dass ihr euch vor dem Markgrafen für die Entführung einer Edelfreien verantworten müsst!«

Zögernd blickten sich die Reisigen an; niemand von ihnen wagte etwas zu sagen.

Inzwischen hatte einer der Ritter Lukas' Pferd gebracht, nahm ihm Marthe ab, damit er aufsitzen konnte, und hob sie vorsichtig in den Sattel.

Flüchtig tauchte in Lukas die Erinnerung auf, wie er einst mit Marthe vor sich auf seinem Braunen losgeritten war, um Rettung für Christian zu suchen. Das war für ihn ein halbes Menschenleben her. Für Christian gab es nun keine Rettung mehr. Sie konnten nur noch für seine Seele beten. Jetzt hielt er die geschundene Marthe vor sich und wusste noch nicht genau, wie er sie, ihre Kinder und sich selbst in Sicherheit bringen konnte.

Der Reitertrupp bewegte sich ein Stück südwärts, schlug dann einen großen Bogen, um mögliche Verfolger zu täuschen, und hielt auf Raimunds Ländereien zu.

Doch nach ein paar Meilen zügelte Raimund, der an der Spitze der Kolonne ritt, seinen Hengst und gab den anderen das Zeichen, es ihm gleichzutun. Sie saßen ab und führten ihre Pferde zu einer verborgenen Lichtung, zu der ihnen Raimund den Weg wies.

Marthe ging nun wieder auf eigenen Füßen, doch sie fühlte sich nicht nur schwach, müde und zerschlagen. Sie wünschte, in der Nähe des Ortes, zu dem Raimund sie führte, gäbe es eine Quelle oder einen Bach, denn noch dringender, als zu schlafen oder zu essen, war ihr das Bedürfnis, Ekkeharts Schweiß und Samen von ihrem Körper abzuspülen – die Erinnerung an jede seiner Berührungen.

»Lukas hat recht, wir müssen beraten«, eröffnete Raimund die Runde, als sich die Männer zur Rast niedergelassen hatten. Marthe setzte sich etwas abseits. Sie wusste, sie war die Ursache der Schwierigkeiten, in die all diese Männer geraten waren, und fühlte sich schuldig.

»Markgraf Otto ist mit seiner Gemahlin auf dem Weg nach Meißen«, sagte er. »Sollen wir ihm entgegenreiten, damit er von uns zuerst erfährt, welches himmelschreiende Unrecht Christian zugefügt wurde?«

»Er wird die Version seines Erstgeborenen bis dahin schon kennen«, meinte der graubärtige Friedmar. »Ich denke, zuerst sollten wir uns lieber Gedanken machen, wie wir Lukas' Schwerthand und im schlimmsten Fall seinen Kopf retten, ohne die Ehre von Christians Witwe aufs Spiel zu setzen.«

»Ich sehe keinen Weg, ohne den wahren Grund zu nennen. Diese Sache kann nicht öffentlich verhandelt werden«, sagte sofort ein anderer, ein dunkelhaariger junger Ritter, der in Raimunds Nachbarschaft wohnte und dessen Frau von Marthe vor einem Jahr von ihrem ersten Sohn entbunden wurde. »Wir müssen geschlossen vor ihn treten und eine vertrauliche Aussprache erbitten, um die Ehre der Dame zu wahren.«

»Sofern er noch bereit ist, sie als Dame zu sehen und nicht als Witwe eines Verräters«, warf ein anderer ein, den Marthe nur flüchtig kannte.

»Dabei können wir sicher auf die Fürsprache der Markgräfin zählen«, bekundete der Graubärtige mit seiner tiefen, rauhen Stimme. »Albrecht wird sich hüten, vor seinem Vater die irrsinnigen Anschuldigungen gegen Christian zu wiederholen.

Es stehen zu viele bewährte Ritter hinter Christian und seinen Entscheidungen während des Angriffs.«

»Otto kennt keine Milde, wenn sich seine Ritter gegenseitig abstechen«, meinte Raimund nachdenklich. »Denkt daran, was er Christian und Randolf im Falle eines Streites angedroht hat. Ekkeharts Eingeständnis seiner Schandtat vor uns allen könnte Lukas' Kopf retten. Doch dann würde er sicher sofort beschließen, Marthe in ein Kloster zu schicken.«

Lukas fuhr auf. »Das kommt nicht in Frage! Es wäre ihr Tod! Welches Kloster würde jemanden aufnehmen, der schon einmal vor einem Kirchengericht gestanden hat? Sie würden es nur tun, um sie früher oder später doch noch auf den Scheiterhaufen zu bringen.«

Niemand widersprach ihm.

»Am besten, ich sage ohne jede weitere Erklärung, er hätte die Ehre der Dame beleidigt, und nehme die Strafe auf mich«, sagte Lukas schließlich und warf den Grashalm weg, auf dem er herumgekaut hatte.

»Nein!«, entfuhr es Marthe, die sich an der Seite zusammengekauert hatte und nun den Kopf hob. »Daran will ich nicht auch noch schuld sein!«

Wieder legte sich Schweigen über die Runde. Das Gezwitscher der Vögel, das leise Rascheln der Blätter im Wind, die friedliche Stille des sonnenhellen Ortes schienen Marthe unwirklich nach dem durchlebten Grauen der letzten Tage. Wollte Gott sie verhöhnen?

»Es gäbe einen Weg«, sagte Raimund in das Schweigen hinein. Alle Blicke richteten sich auf ihn, doch er zögerte.

»Nun sprich schon«, drängte ihn der alte Friedmar.

Raimund stieß seinen Dolch in den Boden, mit dem er unentschlossen an einem Stück Holz herumgeschnitzt hatte, richtete sich auf und sah Lukas an.

»Du musst sie heiraten. Jetzt gleich, noch bevor Otto von Ekkeharts Tod erfährt.«

Fassungslos starrte Lukas den Freund an. »Hast du den Verstand verloren? Es ist noch keinen Tag her, dass wir ihren Mann zu Grabe getragen haben! Unseren Freund! Und sieh sie dir doch an, zerschunden und gequält, wie sie ist! Wie kannst du das von ihr verlangen?!«

Doch Lukas' Protest schien an Raimund abzuprallen; im Gegenteil, er schien seine Meinung noch zu bekräftigen.

»Es ist der einzige Weg«, beharrte er. »Nur so schützt du sie davor, dass er sie ins Kloster schickt oder an irgendjemanden verschachert. Erinnere dich, wie schnell er sie damals wieder verheiraten wollte, als Christian vor ein paar Jahren voreilig totgesagt wurde. Und so kannst du dich darauf berufen, ihre Ehre wiederhergestellt zu haben, indem du Ekkehart zum Zweikampf herausgefordert hast. Darüber kann er nicht hinweggehen. Dann kann er dir Ekkeharts Tod nicht anlasten.«

Lukas fühlte sich wie vor den Kopf gestoßen. Seit ihrer ersten Begegnung hatte er davon geträumt, Marthe zu heiraten. Doch nicht so!

»Ich bin nicht bereit, ihr das anzutun, nur um meinen Hals aus der Schlinge zu ziehen«, meinte er heftig.

Eine ganze Weile sagte niemand etwas.

Dann endlich stand der Graubart auf. »Raimund hat recht«, sagte er mit seiner rauhen Stimme. »So wärt ihr alle gerettet: Marthe, ihre Kinder und Lukas. Die Frage ist nur: Was sagt Ihr dazu, Marthe?«

Alle Blicke richteten sich auf sie.

Die Entscheidung

Marthe saß immer noch an ihrem Platz, die Arme um die angezogenen Knie geschlungen, doch nun wiegte sie sich vor und zurück, während sie den starren Blick auf einen unbestimmten Punkt in der Ferne gerichtet hielt. Nichts ließ erkennen, ob sie die letzten Worte mitbekommen hatte.

Ihr Anblick ließ Lukas das Blut gefrieren. Ob sie wieder in monatelanges Schweigen verfallen würde, so wie damals, als sie dem Kerker und der Hinrichtung nur um Haaresbreite entronnen war? Oder gar wahnsinnig werden? Alles in ihm drängte danach, sie an sich zu reißen, um sie mit der Berührung eines warmen menschlichen Körpers, eines Freundes, zurückzuholen aus der grenzenlosen Düsternis, auf die sie zutrieb. Aber er befürchtete, sie würde vor ihm zurückschrecken oder sogar in Panik verfallen.

Umso irrwitziger erschien ihm, was Raimund und Friedmar von ihr erwarteten.

»Lasst mich und Lukas für einen Augenblick mit ihr allein reden«, schlug der Graubart angesichts Marthes Zustand vor. Er ging auf die zusammengekrümmte Gestalt zu, die sich immer noch vor und zurück wiegte, und berührte sie behutsam am Arm. »Marthe! Kommt, steht auf, ich bitte Euch! Hier, trinkt etwas zur Stärkung!«

Wie aus einem Traum erwachend, wandte Marthe ihm mit einer unsäglich langsamen Bewegung den Kopf zu. Lukas hegte starke Zweifel, ob Friedmars Worte überhaupt zu ihr durchgedrungen waren. Doch sie ließ sich aufhelfen und trank gehorsam einen Schluck aus dem Weinschlauch, den der Ritter ihr entgegenhielt.

Die anderen Männer zogen sich ein paar Schritte zurück, so dass sie die drei zwar sehen, aber nichts von ihrem Gespräch hören konnten.

»Marthe, ich weiß, es ist sehr viel von Euch verlangt«, begann Friedmar, mit leisen, aber eindringlichen Worten auf sie einzureden. Dabei gelang es ihm, ihren leeren Blick aufzufangen und festzuhalten, bis sich ihre Züge klärten.

»Aber wenn Ihr Euer Leben, das Eurer Kinder, von Lukas und uns allen hier schützen wollt, so bleibt kein anderer Ausweg. Ihr müsst Lukas unverzüglich heiraten, heute noch, bevor wir vor Otto treten und Gerechtigkeit im Namen Eures ermordeten Mannes einklagen können«, redete er beschwörend auf sie ein.

Sie starrte ihn an, ohne etwas zu erwidern, ihr Blick schien durch ihn hindurchzugehen und ließ nicht erkennen, ob seine Worte sie erreichten.

So fuhr er fort: »Niemand wird Euch vorwerfen, dass Ihr Euch so schnell nach Christians Tod wieder vermählt. Im Gegenteil, man wird Eure Tapferkeit loben, mit der Ihr die Ehre und vielleicht sogar das Leben eines ganzen Dutzends Ritter bewahrt. Otto wird uns allen die Mitschuld an Ekkeharts Tod geben. Tut es, auch um Christians Andenken willen!«

Marthe senkte die Lider, biss sich auf die Lippe und schwieg. Dann sah sie auf, Lukas direkt ins Gesicht, und ihr gequälter Blick erschütterte ihn bis ins Mark.

»Würdest du es tun?«, fragte sie ihn leise.

Er hatte Mühe, seine Stimme unter Kontrolle zu halten. Auch wenn er sich so viele Jahre heimlich gewünscht hatte, Marthe heiraten zu können – unter diesen Umständen schien es ihm glattweg unmöglich. Sie würde ihn womöglich dafür hassen, und das war ein zu hoher Preis.

»Niemand kann das jetzt von dir verlangen«, sagte er leise,

aber mit Nachdruck. »Wir müssen einen anderen Weg finden.«

»Es gibt keinen«, widersprach Friedmar, doch Marthe fiel ihm überraschend ins Wort.

»Es ist, weil er mich in sein Bett gezwungen hat, nicht wahr?«, sagte sie leise zu Lukas. »Ich bin dir deshalb zuwider.«

Nun zog er sie doch in seine Arme, und sie ließ es geschehen. Es kümmerte ihn nicht, ob die anderen an der vertraulichen Berührung Anstoß nahmen. Wozu auch? Wenn es nach ihnen ginge, wären sie noch vor dem Abend verheiratet.

»Denk das niemals!«, beschwor er sie. »Du tust mir nur so unsäglich leid, und ich gebe mir die Schuld daran, dass ich es nicht verhindert habe, dass ich zu spät gekommen bin ... dir das nicht ersparen konnte. Nach alldem kann niemand von dir erwarten ...« Er konnte nicht mehr weiterreden.

Immer noch hielt er Marthe an sich gepresst.

Friedmar wartete nicht länger auf Antwort, er nahm die Geste als solche.

»Lasst uns aufbrechen«, drängte er. »Wir dürfen keine Zeit verlieren.«

Während Raimund Marthe aufs Pferd half, hielt Friedmar Lukas am Arm zurück. »Dir ist klar, dass diese Ehe vollzogen werden muss, heute noch?«, sagte er nicht ohne Schärfe. »Wir können uns nicht erlauben, vor Otto zu treten, wenn du nicht behaupten kannst, ihr rechtmäßiger Gemahl zu sein, ohne einen Meineid zu leisten.«

Er sah den Protest auf Lukas' Miene, doch er ließ ihn nicht zu Wort kommen. »Jetzt ist nicht der Zeitpunkt für übermäßige Rücksichtnahme. Sie wird es überstehen. Sie ist zäher, als sie aussieht.«

Sie ritten zu Raimunds Anwesen, das nicht mehr weit entfernt war, und noch ehe Lukas und Marthe so recht zur Besinnung gekommen waren, hatte Raimunds Kaplan sie schon vermählt. Raimund und Friedmar waren die Trauzeugen.

Mit Rücksicht auf die Umstände wurde auf eine große Feier verzichtet.

Elisabeth war nicht da, weil sie immer noch mit den anderen Gästen der Trauerfeier in Christiansdorf ausharrte, ohne zu wissen, was sich im Verlauf des letzten Tages zugetragen hatte. Doch nachdem Raimund seine Wirtschafterin mit knappen Worten instruiert hatte, sorgte sie dafür, dass trotz der überraschenden Ankunft so vieler Gäste und der Kürze der Zeit ein anständiges Mahl auf den Tisch kam. Auf Lukas' Bitte hin ließ sie Marthe außerdem eines von Elisabeths Kleidern bringen, damit sie nicht länger etwas aus Ekkeharts Truhen tragen musste.

Die beim Mahl ausgebrachten Segenssprüche für die Neuvermählten waren eher mitfühlend als überschwenglich. Und niemanden überraschte es, dass Lukas seine nunmehrige Frau, die zu Tode erschöpft, zerschunden und immer noch wie betäubt an seiner Seite saß, bald hinauf in das Brautgemach leitete.

Der Kaplan segnete das Brautbett, gleich danach zogen sich die Zeugen der Brautlegung zurück. Selbst die Hartgesottensten unter ihnen wollten angesichts der vorangegangenen Ereignisse Rücksicht bekunden.

Friedmar jedoch konnte es sich nicht versagen, Lukas leise noch einmal ausdrücklich daran zu erinnern, dass die Ehe vollzogen werden müsse.

Als der Letzte die Tür verschlossen hatte, setzte sich Marthe auf, zog sich fröstelnd die Decke hoch bis an den Hals und richtete ihren Blick auf den Mann, dem sie soeben anvermählt worden war.

Beklommen sah Lukas auf seine Braut.

Jahrelang hatte er sich diesen Moment in seinen Träumen ausgemalt – und jetzt war alles ganz anders. Dass Christian immer zwischen ihnen stehen würde, selbst nach seinem Tod, das war ihm immer klar gewesen. Doch sein Sterben war für sie beide noch zu allgegenwärtig.

Zu alldem waren an Marthes Handgelenken und in ihrem Gesicht die Spuren der Gewalt nicht zu übersehen, mit der Ekkehart sie sich zu Willen gezwungen hatte.

Wie konnte er sie so kurz danach in sein Bett ziehen?

Marthe schwieg und schien in Gedanken weit weg zu sein. Endlich blickte sie auf und wollte etwas sagen, doch Lukas legte ihr sanft einen Finger auf den Mund.

»Vielleicht sollten wir damit noch warten.«

Für einen Moment sah sie ihn an, dann senkte sie die Lider und sagte leise: »Also doch. Ich bin dir zuwider, weil es keinen Tag her ist, dass ein anderer mich genommen hat.«

Er griff nach ihren Händen und umklammerte sie.

»Du bist meine Liebe, so lange schon, das weißt du. Und jetzt ...«

Er stockte. »Ich möchte jede Erinnerung daran in dir auslöschen. Gerade deshalb sollten wir vielleicht erst etwas Zeit verstreichen lassen.«

Wieder senkte sie den Blick. »Weil ... wenn ich in neun Monaten ein Kind bekomme, werden wir nie wissen, wer der Vater ist.«

»Mach dir darüber keine Sorgen«, erklärte er mit gespielter Leichtigkeit. »Das ist ganz einfach. Hat es dunkle Haare, ist es von Christian; wird es blond, ist es von mir. Lieben werde ich es auf jeden Fall.«

Marthe lächelte ihn kläglich an, dankbar dafür, dass er die dritte Möglichkeit einfach ausgelassen hatte: dass das Kind von Ekkehart sein könnte. Lukas aber dachte längst weiter. Würde in Marthe ein Kind von Christian heranwachsen, wüsste sie es wohl schon. Er wollte die Angst in ihr auslöschen, Ekkehart könnte sie geschwängert haben.

Vielleicht war es deshalb besser, nicht zu warten. Falls sich in ein paar Wochen herausstellte, dass sie schwanger war, würde er das Kind ganz selbstverständlich als seines anerkennen. Vielleicht würde es ja wirklich ein Blondschopf wie seine beiden Söhne.

Aber dann sah er wieder den gequälten Ausdruck in ihrem müden Gesicht und sagte: »Schlaf jetzt!«

Zu seinem Erstaunen schüttelte sie den Kopf. »Ich habe gehört, was Friedmar gesagt hat.«

»Und ich werde jeden Meineid auf mich nehmen, wenn es nötig sein sollte.«

Erschrocken sah sie ihn an, dann senkte sie den Kopf, und ihre Augen füllten sich mit Tränen. »Diese Schuld kann ich nicht auch noch tragen!«

»Wir werden es tun. Aber nicht jetzt und nicht hier«, erklärte Lukas entschlossen. Dann drückte er sie behutsam auf das Laken, legte die Decke sorgfältig über sie und blies die Kerze aus. Während er ihrem Atem lauschte und bald erkannte, dass sie eingeschlafen war, verschränkte er die Arme unter dem Kopf, kämpfte sein Begehren nieder und grübelte darüber nach, wie er diese verzwickte Situation lösen konnte, ohne dass Marthe ihn dafür hassen würde.

Mit einem Angstschrei fuhr Marthe aus dem Schlaf. Lukas, sofort hellwach, hielt sich gerade noch zurück, beschwichtigend einen Arm um sie zu legen.

Durch die Fensterluken war zu sehen, dass der Morgen bereits graute.

Er entzündete eine Kerze und rief leise ihren Namen. Allmählich schien sie zu begreifen, wo sie war und was geschehen war.

Um nicht sehen zu müssen, ob sie ihn angstvoll, verächtlich oder gar hasserfüllt anstarrte, stand er auf, füllte ihr einen Becher Wein und gab ihn ihr zu trinken. Ohne ein Wort, aber mit einem angedeuteten matten Lächeln, setzte sie sich auf, nahm den Becher entgegen und trank.

Auf der Fensterbank stand ein Brett mit kaltem Fleisch und frisch gebackenem Brot. Er brach etwas davon ab und reichte es ihr. »Hier, iss, das vertreibt die schlimmen Träume.«

Immer noch bis zum Hals unter der Decke, zog sie die Beine an und begann zu kauen. »Ich glaube, ich habe seit zwei Tagen nichts gegessen, abgesehen von ein paar Bissen gestern Abend … bei unserem Hochzeitsmahl …«

Betretenes Schweigen breitete sich zwischen ihnen aus.

»Ich sollte aufstehen«, sagte sie schließlich. »Schlafen möchte ich nicht mehr, sonst kommen die Alpträume wieder. Aber … ich weiß noch, was Friedmar gesagt hat … Sollten wir nicht …?«

Entschlossen löste sich Lukas von der Wand, an die er sich gelehnt hatte.

»Komm her«, forderte er sie, schwach lächelnd, auf.

Verwundert folgte sie ihm. Dass sie immer noch das feinbestickte Unterkleid und er Leinenhemd und Bruche trug, nahm ihr wenigstens ein bisschen von ihrer Beklommenheit.

Sie tranken beide von dem kühlen, schweren Wein.

Dann nahm Lukas ihr den Becher ab, stellte ihn beiseite und zog sie an sich. Er umarmte sie wie eine Mutter ein Kind, wie ein Freund einen Freund, und wiegte sie sanft. Er spürte

Marthes Tränen und tat nichts weiter, als ihr die Wärme und den Trost einer Umarmung zu schenken. Dabei hoffte er inständig, sein aufkeimendes Begehren wenigstens so lange unterdrücken zu können, bis sie sich von ihm lösen würde.

»Ich vermisse ihn doch auch«, sagte er leise.

Marthe schluchzte. Schließlich sah sie mit verquollenen Augen auf.

»Wir sind jetzt Mann und Frau«, schniefte sie, vergeblich bemüht, die Fassung nicht gänzlich zu verlieren. »Christian ist tot, Gott sei seiner Seele gnädig. Er sollte nicht im Ehebett zwischen uns liegen.«

Ihr kläglich bemühtes Lächeln brach Lukas fast das Herz.

Die halbe Nacht lang hatte er überlegt, wie er am besten angehen sollte, was nun unweigerlich folgen würde.

Er griff nach ihren Schultern und drehte Marthe mit dem Rücken zu sich.

»Schließ die Augen«, flüsterte er und ließ seine Hände langsam sinken, um dann ihren Leib zu umschlingen und sie an sich zu ziehen, damit sie an seiner Brust lehnte.

»Denk jetzt nichts, sieh nichts, fühle einfach nur ... einen Mann, der dich von ganzem Herzen liebt.«

Dann begann er, sie sanft zu liebkosen. Er strich mit seinen Lippen kaum fühlbar über ihre Wangen, ihren Hals, den Ansatz ihrer Schulter ... lange, bis er endlich begann, ganz vorsichtig, den Halsausschnitt des Unterkleides beiseitezuschieben.

Sie lehnte an ihm, immer noch die Augen geschlossen, ohne sich zu bewegen oder einen Laut von sich zu geben.

Lukas befürchtete, Marthe könnte durch den dünnen Stoff seine Erregung spüren. So löste er sich von ihr und geleitete sie vorsichtig zum Bett. Bereitwillig ließ sie sich von ihm führen, immer noch mit geschlossenen Augen.

Während Lukas' Liebkosungen dachte sie nicht ein einziges Mal, es könnten Christians sein. Christian hatte sie stets voller Leidenschaft geliebt, zärtlich und kraftvoll zugleich, sie waren eins gewesen.

Lukas liebte sie ganz anders: beinahe bedächtig, als wäre sie etwas Heiliges, und mit einer Ernsthaftigkeit, die für sie neu an ihm war. Erst da begriff sie, wie viel sie ihm wirklich bedeutete, und sie war ihm dankbar für seine Geduld und seine bedingungslose Hingabe.

Ja, sie würde Christian bis an ihr Lebensende nicht vergessen. Aber er wäre sicher froh, zu wissen, dass kein anderer als sein bester Freund sich von nun an um seine Frau kümmerte. So hatte er es gewollt.

Lukas verdiente es, dass sie nun ganz und gar seine Frau wurde. Und dass sie es tat, um ihm die Schwerthand und das Leben zu retten, wenn sie bald vor Otto treten mussten, um über ihn richten zu lassen.

Obwohl die Männer um Raimund und Friedmar höchste Eile hatten, aufzubrechen, um Otto zu erreichen, bevor ihm Christians Feinde ihre Version von dessen und Ekkeharts Tod berichteten, hatten sie die Nacht oder die frühen Morgenstunden genutzt, um bei Raimunds Kaplan die Beichte abzulegen und sich ihre Sünden vergeben zu lassen. Niemand vermochte vorauszusagen, wie Otto reagieren würde, wenn er von den dramatischen Geschehnissen in Christiansdorf und vom Tod seines Hauptmannes erfuhr. Sie hatten einen Mann unterstützt, der ausdrücklich gegen die Befehle von Ottos Erben verstoßen hatte, und nicht eingegriffen, als der Anführer seiner Leibwache vor ihren Augen in einem Zweikampf getötet wurde. Und solche Kämpfe unter seinen Rittern hatte der Markgraf seit langem unter Androhung härtester Strafe untersagt.

Raimunds Kaplan war klug genug, um das Bedrohliche der Situation zu begreifen. Möglicherweise ritten diese Männer geradewegs in den Tod. Und was aus der geschundenen Witwe wurde, die er gestern aus der Not heraus sofort wieder verheiraten musste, war auch nicht abzusehen. So fiel die Morgenmesse trotz aller Eile länger aus als sonst. Inbrünstig bat der Kaplan den Allmächtigen, Seine schützende Hand über die Ritter zu halten, die bereit waren, für ihr Tun einzustehen, und über die bedauernswerte junge Frau. Er kannte Marthe seit Jahren von ihren häufigen Besuchen bei Raimund und Elisabeth und wusste einiges von dem, was sie schon durchlitten hatte.

Dann sprachen sie gemeinsam ein inniges Gebet für Christians Seelenheil.

Marthe schluchzte auf dabei, sie vermochte vor Kummer die Worte nicht zu Ende zu sprechen und hoffte nur, Gott würde ihre Gedanken und Bitten erkennen, ohne dass sie sie laut sagen musste.

Innerlich aufgewühlt und beklommen, sah Lukas zu Marthe, die nun seine Frau war. Würde sie ihn am Ende doch hassen dafür, dass er sie angerührt hatte, so kurz nach all den schrecklichen Geschehnissen? Vielleicht hätte er sie doch unangetastet lassen sollen.

Als er sie am Morgen genommen hatte, so behutsam es ihm nur möglich war, da hatte er nicht nur die Spuren von Ekkeharts Misshandlungen gesehen, sondern auch die noch schwach sichtbaren Narben auf ihrem Rücken von der Folter im Verlies des Bischofs. Wie viel würde sie noch ertragen können, bis sie ganz zusammenbrach?

Doch andererseits mochte es gerade der Vollzug der Ehe sein, der auch ihr Leben rettete. Ins Kloster gezwungen, würde sie nicht lange überleben.

Lukas hatte beschlossen, Marthe für den bevorstehenden Ritt zu sich aufs Pferd zu nehmen. Sie war noch nie eine besonders gute Reiterin gewesen, doch jetzt war sie unübersehbar zu schwach und zittrig, um sich allein im Sattel zu halten und dabei auch noch die Kontrolle über ein Pferd zu bewahren. Sie wog nicht viel, und von Raimund, der neben einer ergiebigen Schafzucht auch ein einträgliches Gestüt besaß, hatte er sich ein zweites Pferd zum Wechseln geben lassen.

Jetzt jedoch fürchtete er, sie könnte – tränenüberströmt, wie sie nach dem Gebet war – vorwurfsvoll oder angewidert vor ihm zurückschrecken.

Vorsichtig half er ihr auf und bestand darauf, dass sie beim kurzen Frühmahl nach der Morgenandacht etwas aß. Dann führte er sie zu seinem Braunen und verschränkte die Hände, um ihr in den Sattel zu helfen. Erleichtert sah er, dass sie keinen Einspruch erhob und seine Hilfe annahm.

Sie hasste ihn also nicht nach dieser Nacht. Und als sie sich – zu Tode erschöpft und müde – an ihn lehnte, fühlte er sich für einen Moment sogar glücklich. Aber nur für einen Moment. Christian war tot, und möglicherweise würde sie alle noch heute das gleiche Schicksal ereilen.

Raimund, Friedmar und die anderen Ritter hatten noch am Abend, nachdem sich Lukas und Marthe ins Brautgemach begeben hatten, Pläne erörtert, verworfen und neu erdacht, wie sie am besten vorgehen sollten.

Otto musste von der Wartburg unterwegs nach Meißen sein und war wahrscheinlich nur noch ein paar Tagesritte vom Ziel entfernt.

Auf dem Burgberg sollten sie ihn lieber nicht erwarten, dorthin würden nach Christians Begräbnis Albrecht und seine Männer mit dem Silberschatz geritten sein.

Sie hatten beschlossen, zunächst zum Kloster Chemnitz zu reiten. Falls sie nicht schon unterwegs auf den Markgrafen und sein Gefolge trafen, würden sie erfahren, ob er dort haltgemacht hatte, und ihm dann nach- oder entgegenreiten. Sie alle hatten wenig Hoffnung, auf ihn und sein Gefolge zu treffen, bevor er von anderer Seite etwas von den Geschehnissen der letzten zwei Tage erfuhr, doch sie mussten es wenigstens versuchen.

Ihnen war kein Glück beschieden. In Chemnitz erfuhren sie, dass der Markgraf schon weiter auf dem Weg nach Meißen sei. Die Männer verständigten sich kurz und beschlossen, auf schnellstem Weg zum Burgberg zu reiten.

Sie holten den Markgrafen und seine Begleitung zehn Meilen vor Meißen ein, als diese gerade rasteten.

Die Leibwachen, die unter Ekkeharts Kommando gestanden hatten, sprangen auf, zogen die Schwerter und bildeten einen Kreis um den Markgrafen, seine Frau und ihren jüngeren Sohn, der Hedwig zum Kaiser begleitet hatte.

Auch als sie die Männer erkannten, die da auf sie zukamen, ließen sie die Schwerter nicht sinken. Zu allem Unglück sah Lukas, dass sich inzwischen die zwei Ritter der Leibwache angeschlossen hatten, die noch bei Ekkehart gewesen waren, als es zu ihrem tödlichen Zusammentreffen kam. Also musste Otto inzwischen bereits vom Tod seines Hauptmannes erfahren haben.

Gott, sei uns gnädig, bat er in Gedanken. Vor allem halte Deine schützende Hand über Deine Tochter Marthe, die schon so viel Schlimmes erlitten hat, und ihre und meine Kinder. Und lass nicht zu, dass Otto meine Kampfgefährten für meine Tat büßen lässt.

Vorsichtig hob er Marthe aus seinem Sattel, warf Jakob die

Zügel des Pferdes zu und ging mit festen Schritten auf den Markgrafen zu, der weiterhin von seinen Wachen umringt war.

In zehn Schritten Abstand hielt Lukas inne, sank auf ein Knie und senkte wortlos den Kopf.

»Ihr!«, brüllte ihm der Markgraf entgegen. »Ihr wagt es, mir vor die Augen zu treten? Stimmt es, dass Ihr den Hauptmann meiner Wache getötet habt?«

Beinahe trotzig hob Lukas den Kopf und sah Otto ins Gesicht. »Ja.«

»Ergreift ihn und schlagt ihm den Kopf ab, auf der Stelle!«

Mit grimmiger Freude in den Gesichtern gingen die beiden Ritter auf ihn zu, die bei dem für Ekkehart tödlichen Zweikampf dabei gewesen waren.

»Nein!!!« Marthe hatte sich von Jakob losgerissen und rannte an Lukas vorbei, um sich vor dem Markgrafen zu Boden zu werfen.

Noch ehe dieser etwas sagen konnte, trat Friedmar vor.

»Bevor Ihr Ritter Lukas töten lasst, hört uns an, mein Fürst! Er hatte gewichtige Gründe für sein Handeln.«

Raimund, Jakob, Reinhard und ihre Begleiter waren währenddessen neben dem alten Friedmar niedergekniet, um seine Worte zu bekräftigen.

Verwundert sah der alte Markgraf auf das Dutzend bewährter Ritter vor ihm.

»Ihr solltet sie anhören, Vater. Ich kenne Lukas gut genug, um auf seine Ehrenhaftigkeit zu vertrauen«, sagte Dietrich leise, der ebenso wie Hedwig zutiefst erschrocken über das vorschnell von seinem Vater verhängte Todesurteil war.

»Wartet«, rief Otto mürrisch den beiden Leibwachen zu, die Lukas unter den Armen gepackt hatten, um das Urteil zu vollstrecken.

»Legt ihn in Ketten, aber wartet vorerst noch damit, ihn zu köpfen.«

Unübersehbar enttäuscht, befolgten die beiden Ottos Order.

»Ich höre!«, fuhr Otto die Ritter an, die immer noch vor ihm knieten.

»Die Angelegenheit ist so delikat, dass wir Euch um ein vertrauliches Gespräch bitten müssen. Es geht um die Ehre einer Dame«, erklärte Friedmar.

Misstrauisch sah Otto auf den alten Kämpen, der ihm viele Jahre zuverlässig gedient hatte. Auch weil er Hedwigs strengen Blick auf sich gerichtet sah, befahl er schließlich den anderen Anwesenden: »Entfernt Euch auf zwölf Schritte. Aber bleibt bereit.«

Die Leibwachen und Bediensteten gehorchten und bildeten in einigem Abstand einen Ring um Otto, Hedwig und Dietrich und die Ritter, die vor ihnen knieten. Neben ihnen lag immer noch Marthe vor Otto auf dem Boden, mit zerschundenem Gesicht und Handgelenken.

Hedwig, die zu ahnen begann, worauf dieses Gespräch hinauslaufen würde, betrachtete sie voller Mitleid. Doch als der alte Friedmar seine leise vorgetragene Ansprache mit dem Bericht von Christians Tod begann, schrie sie entsetzt auf. Dietrich legte seiner Mutter tröstend die Arme auf die Schulter, doch auch er hatte Mühe, angesichts dieser Nachricht nicht zu wanken oder aufzuschreien.

Wortlos hörte der alte Markgraf zu. Abwechselnd ließ er seine Blicke über die vor ihm knienden Ritter und die zerschundene Marthe wandern, die Lippen fest zusammengepresst und die Fäuste geballt.

»Ihr werdet mich auf den Burgberg begleiten«, befahl er schließlich. »Ich will hören, was mein Ältester über diese Geschichte erzählt. Ritter Lukas bleibt in Ketten. Ihr anderen werdet mir Euer Wort geben, nicht zu fliehen und jede Strafe anzunehmen, die ich über Euch verhängen werde.«

»Ihr habt es«, versicherte Friedmar stellvertretend für alle.

Otto winkte sein Gefolge wieder zu sich heran und befahl den sofortigen Aufbruch.

Sollte Albrecht wirklich gewagt haben, was ihm diese gestandenen Ritter hier berichteten? Er war ohnehin schon voller Zorn über seinen Ältesten, weil der durch sein unerklärliches Verhalten seine Freilassung hinausgezögert hatte. Doch das, was er jetzt gerade erfahren hatte, warf noch ein ganz anderes Licht auf Albrecht.

Beim Allmächtigen, konnte es denn nie Ruhe in seiner Mark geben? Und vor allem nicht in seinem Silberdorf?

Jetzt musste er dort für Ordnung sorgen, mit dem Berg- und dem Münzmeister die Listen durchgehen, um sicher zu sein, dass Albrecht sich nichts von dem vorzeitig abgelieferten Silber in die eigene Tasche gesteckt hatte, und einen neuen Burgvogt ernennen. Ganz abgesehen von dem Dilemma, wie er nun über ein Dutzend bewährter Ritter urteilen sollte. Sie hatten tatenlos zugesehen, wie sein Hauptmann der Wache niedergemacht wurde. Doch wenn stimmte, was sie berichteten, dann sollte er wohl am besten Gras über die Sache wachsen lassen und froh sein, dass sich dieser Lukas Christians Witwe angenommen hatte. Sonst müsste er beim nächsten Landding jene unangenehme Sache verhandeln, und dabei käme auch öffentlich zur Sprache, dass sich der Hauptmann seiner Leibwache – selbst wenn er inzwischen tot war – der Notzucht gegenüber einer Edelfreien schuldig gemacht hatte.

Wie zur Bestätigung suchte sein Blick noch einmal nach der so schnell wiedervermählten Witwe. Selbst das bisschen unbedeckte Haut in ihrem Gesicht und an den Händen wies Spuren grober Gewalt auf, das war ihm schon auf den ersten Blick nicht entgangen.

Hedwig hatte inzwischen ihren Hofdamen befohlen, Marthe aufzuhelfen und sich ihrer anzunehmen. Ihr Schicksal und Christians Tod hatten die Markgräfin schwer erschüttert.

Aber Hedwig dachte weiter.

Seit dem Tod ihres Geliebten war sie vor Trauer förmlich erstarrt. Sie hatte das Gefühl, gar nicht mehr richtig am Leben zu sein. Und in gewisser Weise war ihr Leben auch vorbei. Sie wusste, sie würde nie wieder geliebt werden und nie wieder lieben können.

Erst die unglaublichen Geschehnisse nach der Gefangennahme ihres Gemahls durch den Thüringer Landgrafen weckten sie aus ihrer Erstarrung. Albrechts Verhalten hatte seinen Vater zutiefst empört. Und so machte es sich Hedwig zur Lebensaufgabe, um jeden Preis zu verhindern, dass ihr ältester Sohn je Markgraf von Meißen wurde.

An Ottos Miene konnte sie erkennen, dass das gerade Gehörte sein Misstrauen gegenüber Albrecht entschieden verstärkt hatte.

Der Ritt nach Meißen verlief schweigend, obwohl die Gruppe groß war. Jeder der Betroffenen hing seinen eigenen Gedanken nach: Marthe hatte die Furcht immer noch nicht abschütteln können, die sie zusammenbrechen ließ, als Otto Lukas' Hinrichtung befohlen hatte.

Jetzt saß der Freund – nein, mein Mann, korrigierte sie sich – in Ketten auf seinem Braunen und ritt einem ungewissen Schicksal entgegen. Sollte sie ihn auch noch verlieren?

Bei der Ankunft auf dem Burgberg befahl Otto dem Gefangenen, den Rittern, die ihn begleitet hatten, und der Dame Marthe, in der Halle zu warten.

Dann rief er seinen ältesten Sohn zu sich, zum Gespräch unter vier Augen. Weder Hedwig noch Dietrich ließ er daran teilnehmen. Er wusste, dass Albrecht seine Mutter und seinen Bruder hasste. Wie würde er sich verhalten, wenn er seinem Vater allein gegenüberstand und sich rechtfertigen sollte?

Natürlich hatte Albrecht gesehen, wer mit dem Gefolge seines Vaters auf den Burgberg gekommen war. Christians bester Freund in Ketten – welch ein vielversprechender Anblick! Und den Alten würde er schon um den Finger wickeln, wie immer.

»Wie schön, Vater, Euch gesund wiederzusehen!«, rief er und ging dem Zurückgekehrten mit ausgebreiteten Armen entgegen.

Währenddessen warteten Lukas, Marthe und die Ritter in ihrer Begleitung voller Ungeduld in der Halle.

»Wie geht es dir?«, fragte Marthe Lukas leise und mit beklommenem Blick auf die eng gebundenen, groben Fesseln, die seine Handgelenke wundgescheuert hatten.

»Das sollte ich dich fragen«, erwiderte er ebenso leise. Vom kräftigen Rot hatten sich die sichtbaren Spuren, die Ekkeharts Brutalität auf ihrem Gesicht hinterlassen hatte, zu schillernden Blau- und Grüntönen verwandelt.

Nicht ich kann jeden Moment hingerichtet werden, dachte Marthe bitter, aber sie sprach es nicht aus. Ihrer aller Leben hing davon ab, was der Markgraf entscheiden würde, nachdem er mit seinem hinterhältigen, verlogenen, grausamen Sohn gesprochen hatte.

Die Unterredung zwischen Otto und Albrecht schien ewig zu dauern.

Hedwig, die sich keinen Deut um den Gefangenenstatus der

Anhänger Christians kümmerte, hatte veranlasst, dass ihnen reichlich zu essen und zu trinken gebracht wurde.

Dietrich ließ sich derweil von denen, die dabei waren, Einzelheiten über den Überfall und das darauf folgende Strafgericht über Christian erzählen. Die Erschütterung des jungen Mannes war unverkennbar. Schließlich war Christian über viele Jahre nicht nur sein Lehrer, sondern auch sein Vorbild gewesen.

Marthe und Lukas saßen immer noch beieinander, ohne ein Wort zu wechseln, aber jeder voller Sorge um den anderen.

Endlich, eine Ewigkeit schien vergangen zu sein, betrat Otto die Halle. Allein. Seine Miene war finster, so dass Marthe Schlimmstes zu befürchten begann und ängstlich nach Lukas' gefesselten Händen griff.

Die Männer erhoben sich von den Bänken und knieten vor dem Markgrafen nieder, um seinen Urteilsspruch entgegenzunehmen.

»Ihr seid alle frei«, verkündete Otto. »Reitet nach Hause und bewahrt Stillschweigen über die Gründe von Ekkeharts Tod. Lukas, führt Eure junge Frau nach Christiansdorf. Ich mache Euch persönlich dafür verantwortlich, dass es im Zusammenhang mit Christians Tod dort keinen Aufruhr gibt und die Silberförderung weiter vorangetrieben wird. Einen neuen Burgvogt werde ich in den nächsten vier Wochen entsenden. Christians Ruf als Ritter von Ehre bleibt unangetastet, seine Söhne dürfen hierher zurückkehren, um an meinem Hof erzogen zu werden.«

Otto wehrte die Dankesbezeugungen der zwölf Ritter ab, drehte sich brüsk um und ging. Er wollte jetzt allein sein. Noch nie war ihm so deutlich aufgefallen, wie kalt Albrechts Blick war trotz der höflichen Worte. Angesichts der Umarmung war ihm ein eisiger Schauer über den Rücken gelaufen, einen Augenblick lang fürchtete er sogar, der Sohn würde ihm einen Dolch in den Rücken stoßen. Nein, wenn er nicht wollte, dass sich sein Ältester das Erbe mit Gewalt holte und noch mehr Unheil in der Mark Meißen stiftete, sollte er ihn schleunigst wieder fortschicken. Wie es aussah, hatte Hedwig doch recht.

Epilog

1185 in Christiansdorf

Fast die gesamte Einwohnerschaft hatte sich an diesem Tag zusammengefunden, um dem denkwürdigen Ereignis beizuwohnen. Sogar in den Gruben wurde heute nicht gearbeitet, und das aus gutem Grund. Die Markscheider waren beauftragt worden, einen neuen Stadtteil auszumessen und abzustecken wie ein riesiges Schachbrett, mit einem großen Marktplatz in der Mitte.

Bergmeister Hermann beaufsichtigte die Aktion persönlich. Gemeinsam mit einem Beauftragten des Markgrafen hatten sie den Plan entworfen, der Christiansdorf endlich zur Stadt machen sollte.

Dreißig mal sechsunddreißig Ruten sollte der Marktplatz messen, siebenundzwanzig mal siebenundzwanzig Ruten die Eckblöcke, entsprechend symmetrisch die Grundstücke dazwischen.

Wieder etwas aufsehenerregend Neues, das Otto zusammen mit den Bergleuten ersonnen hatte und das die Christiansdorfer nun mit Staunen betrachteten und kommentierten. Zwischen ihnen liefen Händler herum und boten mit lauten Lobpreisungen ihre Ware an – duftendes Brot, Honigkuchen, Wein. An mehreren Stellen wurde aus Fässern Bier ausgeschenkt. Kinder tollten umher und trieben allerhand Unfug.

Das Ganze sah mehr nach einem Fest oder einem Jahrmarkt aus als nach einer Stadtgründung.

Die Grundstücke, die die Markscheider mit ihren Gerätschaften sorgsam maßen und absteckten, mussten allesamt nach Jahr und Tag bebaut sein, wenn sie nicht an einen anderen Eigner fallen sollten. So hatte es der Markgraf verfügt – als Gewähr dafür, dass die »Oberstadt«, wie sie nun schon genannt wurde, schnell wuchs. Interessenten für Wohn- und Lagerhäuser mit reichlich Nebengelass rund um den neuen, oberen Markt gab es genug: der Bergmeister, der Münzmeister, reiche Händler und Kaufleute. Sie würden auch einen Großteil der Ratsherren stellen, die nun die Interessen der neuen Stadtbürger vertreten sollten. Stadtrecht nach Madgeburger Recht, das hatte der Markgraf ihnen zugesichert. Auch Jonas, der Schmied, würde einer der Ratsherren sein.

Marthe und Lukas standen inmitten der Menschenmenge und beobachteten das quirlige Treiben.

»Wie froh wäre Christian, diesen Tag mitzuerleben«, sagte Marthe leise, beinahe traurig. »Er hat sich immer gewünscht, dass aus seinem Dorf einmal eine Stadt wird, stark und gut geschützt und mit mehr Rechten für ihre Bewohner.«

Lukas zog sie sacht an sich. »Er sieht vom Himmel aus auf uns herab. Und er wird immer über uns und diese Stadt wachen, auch wenn sie nun nicht mehr seinen Namen trägt.«

Freiberg, die Stadt am freien Berge, sollte der Ort nun heißen, hatte der Markgraf verfügt, wie er es schon vor Jahren erdacht hatte, damals, als er die ersten Silberfunde in Augenschein genommen hatte.

Marthe lehnte sich an Lukas, um Halt zu finden und damit er ihre Tränen nicht sah. Schützend legte ihr Mann seine starken Hände um ihren Leib, in dem sein Sohn heranwuchs. Das

Gedränge war zu groß, und er wollte nicht, dass Marthe aus Versehen einen Stoß abbekam.

Sie lebten beide in dem Steinhaus, das Christian einst hatte bauen lassen. Lukas war als Ritter in den Dienst des neuen Burgvogtes getreten, eines strengen, unnachgiebigen Mannes. Er hatte das hauptsächlich in dem Bestreben getan, die Christiansdorfer zu schützen. Christians Tod und die Härte, mit der dieser neue Vogt den Ort regierte, hatten den Ausschlag dafür gegeben, dass die Bewohner mittlerweile geradezu danach gierten, das Stadtrecht und damit mehr Freiheiten zu bekommen.

Marthe arbeitete weiter als Wehmutter und Heilerin, und wie es aussah, würde sie wohl bald wieder Arbeit bekommen. Der junge Christian wühlte sich aufgeregt durch die fröhliche Menschenmenge zu ihr durch und gestikulierte dabei heftig mit den Armen, um auf sich aufmerksam zu machen.

»Es ist so weit! Wir brauchen Eure Hilfe!«, rief er Marthe zu. Anna war seit einem knappen Jahr mit dem jungen Christian – inzwischen Stellvertreter des Stallmeisters – verheiratet und erwartete ihr erstes Kind.

Endlich stand der junge Mann vor ihnen, aufgelöst und voller Sorge.

»Ich begleite dich ein Stück«, sagte Lukas zu Marthe, der nicht wollte, dass sich seine Frau in ihrem Zustand allein durch das Gewühl arbeiten musste. Dankbar nahm sie sein Geleit an.

Als sie die Menschenmenge endlich hinter sich gelassen hatten, blieb Marthe für einen Moment versonnen stehen.

»Du warst das erste Kind, das in Christiansdorf geboren ist«, meinte sie lächelnd zu dem einstigen Stallburschen. »Da passt es doch, dass dein Sohn das erste sein wird, das in Freiberg geboren wird.«

»Wenn Ihr einverstanden seid«, sagte der junge Ehemann verlegen zu Lukas und Marthe, »würden wir ihn gern auch Christian nennen, nach unserem Anführer, Herrn und Beschützer.« Mit dem Arm deutete er auf die entstehende Stadt. »Dem Mann, dem wir alles verdanken.«

Nachbemerkungen

Wie auch in den beiden vorangegangenen Teilen meiner Geschichte um Marthe und Christian bildeten die tatsächlichen Ereignisse jener Zeit – soweit überliefert – das Grundgerüst der Handlung. Doch als ich vor Jahren begann, in Romanform von den Siedlerzügen, den ersten Silberfunden im Erzgebirge, dem Werden der Stadt Freiberg und der Mark Meißen im 12. Jahrhundert zu erzählen, war mir noch nicht in vollem Maße bewusst, dass mich meine Bücher nicht nur zu einem entscheidenden Moment der Freiberger und sächsischen Geschichte, sondern auch zu einem Wendepunkt der deutschen Geschichte führen sollten. Die in diesem Band geschilderten Auseinandersetzungen zwischen Barbarossa und Heinrich dem Löwen mündeten nicht nur in einen blutigen Krieg, durch den vor allem die einfachen Menschen furchtbar leiden mussten und ganze Landstriche zum Teil mehrfach verheert wurden, sondern sie brachten auch beträchtliche Veränderungen auf der Landkarte mit sich. Das Sachsen, das bis zu Heinrichs Ächtung noch in etwa das Gebiet Nordsee – Harz – Westfalen umfasste, verlagerte sich nach der Aufteilung annähernd auf das heutige Sachsen-Anhalt, bevor 1423 mit der Belehnung der Wettiner mit dem Kurfürstentum Sachsen der Name auf die Mark Meißen überging.

Im hier geschilderten Ablauf der Auseinandersetzungen folge ich so genau wie möglich den tatsächlichen Begebenheiten.

Markgraf Dietrich hat auf dem Hoftag in Magdeburg tatsächlich Heinrich den Löwen zum Gottesurteil herausgefordert, auch wenn dieser Kampf nie stattgefunden hat.

Ebenfalls den Überlieferungen entsprechend, habe ich die zweimalige Belagerung Haldenslebens geschildert – vom brennenden Torfmoor über den Abzug der Wettiner nach heftigem Streit mit dem Kölner Erzbischof bis zur Flutung und völligen Vernichtung der Stadt. Es sollte Jahrzehnte dauern, bis dort wieder Menschen siedelten.

Den bekannten Fakten entsprechen die Kriegsgreuel einschließlich der Untaten der Brabanzonen.

Bei der Belagerung Goslars, das tatsächlich durch den neuen Herzog von Sachsen und den Thüringer Landgrafen geschützt werden sollte, habe ich ein wenig meine Phantasie spielen lassen. Fakt ist aber, dass Heinrichs Truppen damals die Bergwerke und Hütten am Rammelsberg zerstörten und die Menschen von der Lebensmittelzufuhr abschnitten, was zum massiven Zuzug Goslarer Bergleute nach Christiansdorf führte. Das versuchte ich zu schildern.

Lediglich bei zwei Episoden habe ich mir ein paar kleine Änderungen am wahrhaftigen Ablauf erlaubt, über die ich den Lesern Rechenschaft schuldig bin.

Über Markgraf Dietrich schreibt die Petersberger Chronik des Hauses Wettin, dass er auf dem Mainzer Hoffest so schwer erkrankte, dass er sich nicht wieder erholte und im Januar 1185 verstarb. Nähere Angaben zur Art seiner Krankheit gibt es nicht, so nahm ich mir die Freiheit, seinen Tod etwas dramatischer zu gestalten. Und natürlich – wie schon in den vorangegangenen Bänden versichert – ist sein Verhältnis mit Hedwig frei erfunden. Von Ehestreitigkeiten zwischen Otto und Hedwig ist nichts überliefert, abgesehen davon, dass ihr die Chronisten früherer Zeit immer wieder vorwarfen, sich in Ottos Geschäfte eingemischt und insbesondere darauf eingewirkt zu haben, ihrem jüngeren Sohn und nicht Albrecht die Mark Meißen zu vererben. Doch die späteren Ereignisse sollten ihr recht geben. Mehr darüber erzähle ich demnächst in den letzten zwei Bänden meines Romanzyklus über Marthe und die frühen Jahre Freibergs.

Markgraf Otto wurde tatsächlich 1184 vom Thüringer Landgrafen wegen der Streitigkeiten um Camburg überfallen und auf der Wartburg festgehalten. Allerdings war das vor und nicht nach dem Mainzer Hoffest. Nach der Intervention etlicher Fürsten, die den Wettinern verbunden waren, musste Ludwig auf Barbarossas Befehl den Rivalen freilassen. Ob sie sich dann trotz der befohlenen Aussöhnung beim Hoftag in Fulda auf dem Mainzer Hoffest, das wirklich durch ein Unwetter vorzeitig beendet wurde, vertragen haben, darf bezweifelt werden.

Wann Freiberg tatsächlich Stadtrecht erhielt, ist nicht belegt. Es gibt keine Urkunde darüber, ebenso wenig über Details der städtischen Freiheiten, obwohl sicherlich das damals verbreitete »Magdeburger Recht« zugrunde lag.

Das vermeintliche Jahr der Stadtgründung ist im 20. Jahrhundert verschiedentlich eher nach Erwägungen »festgelegt« worden, wann ein günstiger Zeitpunkt für eine Jubiläumsfeier war. Die 750-Jahr-Feier wurde 1938 begangen, die 800-Jahr-Feier 1986. Seitdem wird zumeist 1186 als Gründungsjahr angegeben. Anhaltspunkt dafür ist die letztmalige Nennung des Namens »Christiansdorf« in einer Urkunde von 1185, die viele Jahre nach Vollzug den Rücktausch der drei Dörfer schriftlich fixiert, die ursprünglich dem Kloster Marienzell (heute Altzella bei Nossen) gehört hatten. Nach neuesten Forschungen neigen viele Historiker allerdings dazu, diese nachträglich verfasste Urkunde als Beleg dafür zu nehmen, dass rechtliche Grundlagen für die Stadtbildung geschaffen werden mussten, und halten deshalb das Jahr 1185 als Gründungsjahr für wahrscheinlich.

Wie schnell aus dem Siedlerdorf unter mittelalterlichen Bedingungen allein aufgrund der reichen Silberfunde eine Stadt wurde, ist nur der Beginn einer Entwicklung, die Freiberg später zu einem Zentrum des Silberbergbaus in Europa und zum Ausgangspunkt vieler technischer Innovationen im Montanwesen machte.

Dass bei der Bebauung der Freiberger Oberstadt möglicherweise erstmals der Schachbrettgrundriss in aller Konsequenz durchgesetzt wurde und dafür die Fachkenntnisse der örtlichen Markscheider genutzt wurden, ist eine spannende These von Professor Hans-Jürgen Nitz, die posthum in einem Sonderdruck des Instituts für Sächsische Geschichte und Volkskunde Dresden veröffentlicht wurde. Die gleiche Publikation enthält auch einen erhellenden Aufsatz von Michael Lindner, in dem er erstmals die bislang ungeklärte Frage näher untersucht und beantwortet, warum sich Ottos Vater ins Kloster zurückzog und seinen Besitz aufteilte, und dessen Schlussfolgerungen ich hier anklingen lasse.

Viele Menschen haben dazu beigetragen, auch diesem Band so viel historische Korrektheit, wie in einem Roman möglich ist, angedeihen zu lassen.

Mein Dank geht deshalb besonders an Dr. André Thieme vom Institut für Sächsische Geschichte und Volkskunde für seine Hinweise zur Stadtwerdung Freibergs, an den Freiberger Münzexperten Hans Friebe für seine ausführlichen Darlegungen zu Münzwesen und Münzprägung im 12. Jahrhundert, an die Geologen und Bergbaufachleute Dr. Manfred Jäkel, Dr. Rainer Sennewald und Jens Kugler für viele bergbautechnische Details wie zum Beispiel das Rotgüldigerz, an Prof. Otto Wienhaus von der Forsthochschule Tharandt für seine ausführliche Schilderung darüber, wie ein Torfmoor brennt, an den Bodendenkmalpfleger Andreas Becke aus Freiberg für seine Angaben zu dem hastig gegrabenen Fluchttunnel, den er tatsächlich vor Jahren bei der Freilegung der Grundmauern des Bergfrieds der Freiberger Burg entdeckte, und an die exzellenten Schwertkämpfer der Schule für historische Fechtkunst »Pax et Codex« Landsberg bei Halle für viele kämpferische Details.

Danken möchte ich Daniela Loisl, der Vorsitzenden der Österreichischen Rheumaliga, für Informationen zur Gicht als »Krankheit des Adels« im Mittelalter. Auf ihre Bitte hin sei auch vermerkt, dass entgegen der heute noch verbreiteten Ansicht nach neuesten Laborforschungen Bier bei Gichterkrankungen schädlicher ist als Wein. Doch das hatte Marthe zu ihrer Zeit nicht wissen können.

Den Heimatforscherinnen Gabriele Meißner und Angela Kießling verdanke ich viele wichtige Hinweise zum Alltagsleben jener Zeit, zur Wirkung von Bilsenkraut sowie zahlreiche Quellen aus Archiven und Bibliotheken, die ich allein vielleicht nicht gefunden hätte.

Keinen rein historischen, doch einen liebenswerten künstlerischen Beitrag zu diesem Band leistete der wahre Sänger Ludmillus, ein wunderbarer Barde, der erlaubt hatte, dass ich mir seinen Namen für die Romanfigur »ausborgte«, und der den Refrain für Ludmillus' Lied bei Christians Begräbnis dichtete, wobei er sich an das Versmaß jener Zeit hielt.

Katharina Wegelt danke ich für die kritische Durchsicht der

Rohfassung des Manuskriptes und Ilse Wagner für ihr sorgfältiges Lektorat.

Mein besonderer Dank geht an den Verlag Droemer Knaur, der von meiner Geschichte überzeugt war und ihr eine Chance auf dem hart umkämpften Büchermarkt eingeräumt hat, und an meine Tochter, die von allen am meisten an mich und meine Bücher geglaubt hat.

Zeittafel

1155 Der Staufer Friedrich I., genannt Barbarossa und bereits 1152 zum König gewählt, wird in Rom zum Kaiser gekrönt.

1156 Otto von Wettin wird Markgraf von Meißen, nachdem sein Vater Konrad der Große der weltlichen Macht entsagt, sich ins Kloster zurückgezogen und sein Land unter den fünf Söhnen aufgeteilt hat.

1162 Otto stiftet das Zisterzienserkloster Marienzell (heute Altzella) bei Nossen, das 1175 geweiht wird.

um 1165 Leipzig erhält von Markgraf Otto das Stadtrecht.

1167 Der Meißner Markgraf und seine Brüder schließen sich der Verschwörung gegen Heinrich den Löwen an, an der unter anderem Albrecht der Bär als Markgraf von Brandenburg, Ludwig der Eiserne von Thüringen, Erzbischof Wichmann von Magdeburg und der Kölner Erzbischof Rainald von Dassel maßgeblich beteiligt sind.

1167	Beim 4. Italienfeldzug Barbarossas sterben vor Rom mehr als 2000 Ritter. Mit dem Tod Rainald von Dassels bricht die Fürstenverschwörung gegen Heinrich vorerst praktisch zusammen. Nur mit Mühe gelingt dem Kaiser die Rückkehr aus Italien.
1168	erste Silberfunde in Christiansdorf, dem späteren Freiberg
1168	Beim Hoftag in Würzburg erzwingt der Kaiser einen Waffenstillstand zwischen Heinrich dem Löwen und seinen Gegnern. Im Gegenzug fordert er vom Löwen die reiche Stadt Goslar zurück.
1169	Barbarossas Sohn Heinrich VI. wird als Vierjähriger zum deutschen König gekrönt.
nach 1170	Chemnitz, Altenburg und Zwickau erhalten vom Kaiser das Stadtrecht.
1173	In Christiansdorf lässt Markgraf Otto mit dem Bau einer Burg beginnen.
1176	Zwischen dem Kaiser und Heinrich dem Löwen kommt es zum Bruch. Bei der darauffolgenden Schlacht von Legnano erleidet Barbarossa ohne Heinrichs Unterstützung eine verheerende Niederlage.

1177	Kaiser Friedrich von Staufen und Papst Alexander III. söhnen sich nach zwanzigjährigem Streit in Venedig aus.
1179	Ottos Bruder Dietrich von Landsberg, der Markgraf der Ostmark, der späteren Niederlausitz, fordert auf dem Hoftag in Magdeburg Heinrich den Löwen zum Gottesurteil heraus, zum Zweikampf auf Leben und Tod.
1179	Gemeinsam mit Erzbischof Wichmann von Magdeburg, Erzbischof Philipp von Köln, dem Thüringer Landgrafen und weiteren Verbündeten belagern die Wettiner vergeblich Heinrichs Festung Haldensleben bei Magdeburg. Nach einem Streit zwischen den Heerführern ziehen die wettinischen Streitmächte ab.
1180	Auf dem Reichstag in Würzburg wird Heinrich der Löwe geächtet. Im gleichen Jahr, auf den Hoftagen in Gelnhausen und Regensburg, werden seine Herzogtümer aufgeteilt und neu vergeben. Der Askanier Bernhard von Aschersleben wird Herzog von Sachsen, nachdem der westliche Teil des Landes abgespalten wurde und als neues Herzogtum Westfalen an den Erzbischof von Köln geht. Otto von

Wittelsbach wird Herzog von Bayern, von dem die Steiermark abgetrennt wurde.

1180   Nach Ablauf eines Waffenstillstandes rückt Heinrichs Heer gegen Goslar vor, kann die Stadt aber nicht einnehmen und zerstört Gruben und Schmelzhütten am Rammelsberg. Das führt zu verstärktem Zuzug Harzer Bergleute nach Christiansdorf.

1180   Die Mehrzahl der Anhänger des Löwen folgt dem Ultimatum des Kaisers und übergibt Städte und Festungen.

1181   Bei der zweiten Belagerung Haldenslebens gelingt es den Angreifern, die Stadt zu fluten und zur Kapitulation zu zwingen. Nach dem Abzug der Bewohner zerstören die Magdeburger Stadt und Festung bis auf die Grundmauern.

1181   Auf dem Hoftag im November 1181 in Erfurt unterwirft sich der geschlagene Heinrich der Löwe dem Kaiser. Er darf Braunschweig und Lüneburg behalten, wird aber auf drei Jahre in die Verbannung geschickt und zieht zu seinem Schwiegervater, dem englischen König Heinrich Plantagenet.

1184   Mainzer Hoffest: Mit einem über-
         aus prachtvollen Fest feiert Barba-
         rossa die Schwertleite seiner Söhne
         Heinrich und Friedrich. Dort er-
         krankt Dietrich von Landsberg so
         schwer, dass er sich nicht wieder er-
         holt und im Januar 1185 stirbt. Die
         Ostmark – die heutige Niederlausitz –
         geht an seinen Bruder Dedo von
         Groitzsch.

1185 (?) Christiansdorf erhält Stadtrecht und
         wird bald »Freiberg« genannt.

1189   Ottos ältester Sohn Albrecht nimmt
         seinen Vater gefangen, um durchzu-
         setzen, dass er und nicht sein jüngerer
         Bruder die Mark Meißen erbt. Barba-
         rossa interveniert und befiehlt Ottos
         Freilassung.

1190   Markgraf Otto stirbt. Später erhält er
         den Namen »Otto der Reiche«. Die
         Mark Meißen geht an seinen ältesten
         Sohn.

1190   Kaiser Friedrich von Staufen ertrinkt
         während des dritten Kreuzzuges.

1195   Albrecht, genannt »der Stolze«, wird
         nach grausamer Herrschaft in Frei-
         berg vergiftet. Kaiser Heinrich VI.
         zieht die Mark Meißen als erledigtes
         Reichslehen ein.

1196   Nach dem Tod Heinrichs VI. er-
            kämpft sich Ottos Sohn Dietrich
            die Mark Meißen auch mit Hilfe der
            Städte zurück.

1198   Dietrich der Bedrängte wird durch
            König Philipp von Schwaben mit der
            Mark Meißen belehnt und baut sein
            Herrschaftsgebiet geschickt aus.

Glossar

Bliaut: Übergewand

Brabanzonen: ursprünglich aus Brabant stammende Söldnertruppe, überwiegend zu Fuß kämpfend, die wegen ihrer Gewalttaten und Plünderungen so berüchtigt waren, dass die Kirche 1179 im III. Laterankonzil ihren Einsatz verbot

Bruche: eine Art Unterhose, an der die Beinlinge befestigt wurden

Buhurt (gelegentlich auch Buhurd geschrieben): Massenkampf bei einem Turnier, bei dem zwei »gegnerische« Parteien gegeneinander antreten

Gambeson: gepolstertes Kleidungsstück, das unter dem Kettenhemd getragen wurde

Gewette: Geldanteil, der dem Richter nach dem Urteilsspruch zusteht, zum Beispiel von einer als Strafe verhängten Summe

Gezähe: Werkzeug der Bergleute

Grubenstock: Gebälk zum Abstützen der Stollen

Hälfling: halber Pfennig

Haspel: u. a. Hebevorrichtung im Bergbau

Häuer (auch: Hauer): Bergmann, der in der Grube Erz abbaut

Hufe: mittelalterliches Flächenmaß, beschrieb etwa so viel Land, wie eine Familie für den Lebensunterhalt brauchte; die Größe war von Region zu Region verschieden und umfasste in der Mark Meißen etwas mehr als zwanzig Hektar

Konversen: seit dem 11. Jahrhundert Laienmönche oder Tagelöhner, die ohne kirchliche Weihen in Klöstern für praktische Arbeiten eingesetzt wurden

Landding: vom Markgrafen einberufene große Landesversammlung, bei der Rechtsstreitigkeiten der Burggrafen, Edelfreien, Reichs- und markgräflichen Ministerialen verhandelt und die landespolitischen Fragen behandelt wurden

Mark Silber: im Mittelalter keine Wert-, sondern eine Gewichtsangabe; in Meißen wog eine Mark Silber etwa 233 Gramm

Markscheider: Vermessungsfachmann im Bergbau

Mineure: zum »Unterminieren« einer Burg eingesetzte Männer, bevorzugt Bergbaukundige, die einen Tunnel zur einzunehmenden Festung gruben

Ministerialer: unfreier Dienstmann eines edelfreien Herren, als Ritter oder für Verwaltungsaufgaben eingesetzt, teilweise auch in bedeutenden Positionen

Palas: Wohn- und Saalbau einer Burg oder Pfalz

Pfalz: mittelalterliche Bezeichnung für die Burgen, in denen der reisende kaiserliche oder königliche Hofstaat zusammentrat, aber auch Regierungsstätte beispielsweise eines Grafen oder Herzogs

Pfennigschale: Behältnis zur Aufbewahrung von Münzen. Zu der im Roman geschilderten Zeit waren sogenannte Hohlpfennige in Umlauf; verschiedene Motive wurden mit einem Stempel in kleine Silberscheiben geprägt. Diese Münzen waren so dünn, dass sie bei loser Aufbewahrung schnell zerbrochen wären. Später erhielten die Hohlpfennige den Namen »Brakteaten«; die Behältnisse aus Kupfer oder Messing heißen seitdem Brakteatenschalen.
Es sind nur wenige erhalten; das Freiberger Stadt- und Bergbaumuseum besitzt jedoch gleich drei davon.

Reisige: bewaffnete Reitknechte

Rotgüldigerz (auch: Rotgültigerz): rotes, durchsichtiges (lichtes Rotgüldigerz) bzw. dunkelrotes bis schwarzes (dunkles Rotgüldigerz) Silbererz

Rute: altes Maß, von Ort zu Ort verschieden. Der zugrundeliegende römische actus quadratus zu 12 x 12 Ruten betrug nach heutigen Maßen 35,5 x 35,5 Meter. Die Meißnische oder Rute wird mit 2,96 Metern angenommen und teilte sich in zehn Fuß.

Scheidebank: Ort, wo reichhaltiges Erz und taubes Gestein voneinander getrennt wurden. Diese Arbeit übernahmen in der Vergangenheit oft Frauen und Kinder.

Schrötlinge: kleine runde Silberscheiben, aus denen im Mittelalter Pfennige geprägt wurden

Schwertleite: feierliche Aufnahme in den Ritterstand, für lange Zeit die deutsche Form des Ritterschlags

Tjost: Zweikampf im Turnierkampf, zu Pferd oder zu Fuß mit Lanze und Schwert

Trippen: hölzerne Sohlen, die unter die Schuhe gebunden wurden, damit der Träger trockenen Fußes über schlammige oder schmutzbedeckte Straßen und Wege kam

Truchsess: oberster Hofbeamter

Zaine: dünn geschlagene Silberstreifen, aus denen Pfennige geschnitten wurden

Sabine Ebert

Das Geheimnis der Hebamme

Roman

Deutschland zur Zeit von Kaiser Barbarossa:
Weil sein Sohn tot geboren wurde, will Burgherr
Wulfhart der jungen Hebamme Marthe Hände
und Füße abschlagen lassen. Nur mit knapper
Not gelingt ihr die Flucht aus dem Dorf. Um zu
überleben, schließt sich das Mädchen einer Gruppe von Siedlern an, die ostwärts ziehen, um sich
in dem noch unerschlossenen Gebiet ein neues,
freies Leben aufzubauen. Angeführt werden sie
von dem edlen Ritter Christian, der sofort von
Marthe fasziniert ist. Doch ihre Schönheit und
ihre besondere heilende Gabe haben auch die
Aufmerksamkeit von Randolf erregt, Christians
erbittertem Feind ...

»Eine Geschichte, die so bunt und lebhaft gerät
wie ein mittelalterlicher Wandteppich.«
Darmstädter Echo

Knaur Taschenbuch Verlag